HISTÓRIA DA MENINA PERDIDA

Índice geral da obra

Volume 1
A amiga genial

Volume 2
História do novo sobrenome

Volume 3
História de quem foge e de quem fica

Volume 4
História da menina perdida

ELENA FERRANTE
HISTÓRIA DA MENINA PERDIDA

MATURIDADE – VELHICE

Tradução
Maurício Santana Dias

BIBLIOTECA AZUL

Storia della bambina perduta © 2014 Edizioni e/o published by arrangement with the Ella Sher Literary Agency
Copyright da tradução © 2017 by Editora Globo S.A.

Todos os direitos reservados. Nenhuma parte desta edição pode ser utilizada ou reproduzida — em qualquer meio ou forma, seja mecânico ou eletrônico, fotocópia, gravação etc. — nem apropriada ou estocada em sistema de banco de dados sem a expressa autorização da editora.

Texto fixado conforme as regras do Acordo Ortográfico da Língua Portuguesa (Decreto Legislativo nº 54, de 1995).

Título original: *Storia della bambina perduta*

Editora responsável: Juliana de Araujo Rodrigues
Editor assistente: Thiago Barbalho e Erika Nogueira
Revisão: Milena Martins
Diagramação: Gisele Baptista de Oliveira
Capa: Mariana Bernd
Imagem de capa: Anna Hwatz/ Getty Images
Tratamento de imagem: Paula Korosue

CIP-BRASIL. CATALOGAÇÃO-NA-FONTE
SINDICATO NACIONAL DOS EDITORES DE LIVROS, RJ

F423h
Ferrante, Elena
História da menina perdida : maturidade-velhice / Elena Ferrante; tradução Maurício Santana Dias. – 1. ed. – São Paulo : Biblioteca Azul, 2017.
480 p. ; 21 cm. (Napolitana ; 4)

Tradução de: *Storia della bambina perduta*
Sequência de: História de quem foge e de quem fica
ISBN 978-85-250-6310-6

1. Romance italiano. I. Dias, Maurício Santana. II. Título. III. Série.

17-41044
CDD: 853
CDU: 821.131.1-3

1ª edição, 2017 - 12ª reimpressão, 2025

Direitos exclusivos de edição em língua portuguesa, para o Brasil, adquiridos por
EDITORA GLOBO S.A.
Rua Marquês de Pombal, 25 – 20230-240
Rio de Janeiro – RJ – Brasil
www.globolivros.com.br

LISTA DOS PERSONAGENS

A família Cerullo (família do sapateiro):
Fernando Cerullo, sapateiro, pai de Lila.
Nunzia Cerullo, mãe de Lila.
Raffaella Cerullo, chamada de *Lina* ou *Lila*. Nasceu em agosto de 1944. Tem 66 anos quando desaparece de Nápoles sem deixar vestígios. Casa-se muito jovem com Stefano Carracci, mas, durante umas férias em Ischia, se apaixona por Nino Sarratore, por quem abandona o marido. Depois do naufrágio da convivência com Nino e do nascimento do filho Gennaro, chamado de Rino, Lila abandona definitivamente Stefano quando descobre que ele espera um filho de Ada Cappuccio. Transfere-se com Enzo Scanno para San Giovanni a Teduccio e, depois de alguns anos, volta a viver no bairro com Enzo e Gennaro.
Rino Cerullo, irmão mais velho de Lila. É casado com Pinuccia Carracci, irmã de Stefano, com quem tem dois filhos. O primeiro filho de Lila tem o nome dele, Rino.
Outros filhos.

A família Greco (família do contínuo):
Elena Greco, chamada de *Lenuccia* ou *Lenu*. Nascida em agosto de 1944, é a autora da longa história que estamos lendo. Depois da escola fundamental, Elena continua a estudar com êxito crescente,

até obter o diploma na Escola Normal de Pisa, onde conhece Pietro Airota, com quem se casa anos depois e se transfere para Florença. Juntos eles têm duas filhas, Adele, chamada de Dede, e Elsa. Porém, desiludida com o casamento, Elena acaba abandonando as meninas e Pietro quando começa um caso com Nino Sarratore, seu amor desde a infância.
Peppe, Gianni e *Elisa*, irmãos mais novos de Elena. Apesar da desaprovação de Elena, Elisa vai morar com Marcello Solara.
O *pai* trabalha como contínuo na prefeitura.
A *mãe* é dona de casa.

A família Carracci (família de dom Achille):
Dom Achille Carracci, contrabandista e agiota. Foi assassinado.
Maria Carracci, mulher de dom Achille, mãe de Stefano, Pinuccia e Alfonso. A filha que Stefano teve com Ada Cappuccio tem seu nome.
Stefano Carracci, filho do falecido dom Achille, comerciante e primeiro marido de Lila. Insatisfeito com o tempestuoso casamento com Lila, começa um relacionamento com Ada Cappuccio, com quem passa a conviver. É pai de Gennaro, que teve com Lila, e de Maria, nascida da relação com Ada.
Pinuccia, filha de dom Achille. Casa-se com o irmão de Lila, Rino, e com ele tem dois filhos.
Alfonso, filho de dom Achille. Conforma-se em se casar com Marisa Sarratore depois de um longo noivado.

A família Peluso (família do marceneiro):
Alfredo Peluso, marceneiro e comunista, morre na prisão.
Giuseppina Peluso, mulher dedicada de Alfredo, suicida-se após a morte dele.
Pasquale Peluso, filho mais velho de Alfredo e Giuseppina, pedreiro, militante comunista.

Carmela Peluso, chamada de *Carmen*. Irmã de Pasquale, por muito tempo foi noiva de Enzo Scanno. Depois se casa com o frentista do estradão, com quem tem dois filhos.
Outros filhos.

A família Cappuccio (família da viúva louca):
Melina, viúva, parente de Nunzia Cerullo. Quase enlouquece após o fim de um relacionamento com Donato Sarratore, de quem foi amante.
O *marido* de Melina, morto em circunstâncias obscuras.
Ada Cappuccio, filha de Melina. Por muito tempo namorada de Pasquale Peluso, torna-se amante de Stefano Carracci, com que vai morar. De sua relação nasce uma menina, Maria.
Antonio Cappuccio, irmão dela, mecânico. Foi namorado de Elena.
Outros filhos.

A família Sarratore (família do ferroviário-poeta):
Donato Sarratore, grande mulherengo, foi amante de Melina Cappuccio. Também Elena se entrega a ele muito jovem, numa praia de Ischia, movida pelo sofrimento diante da relação entre Nino e Lila.
Lidia Sarratore, mulher de Donato.
Nino Sarratore, primogênito de Donato e Lidia, tem uma longa relação clandestina com Lila. Casado com Eleonora, com quem teve Albertino, inicia um caso com Elena, também ela casada e mãe de duas meninas.
Marisa Sarratore, irmã de Nino. Casada com Alfonso Carracci, torna-se amante de Michele Solara, com quem tem dois filhos.
Pino, *Clelia* e *Ciro Sarratore*, os filhos mais novos de Donato e Lidia.

A família Scanno (família do verdureiro):
Nicola Scanno, verdureiro, morre de pneumonia.
Assunta Scanno, mulher de Nicola, morre de câncer.

Enzo Scanno, filho de Nicola e Assunta, por muito tempo foi noivo de Carmen Peluso. Assume as responsabilidades por Lila e Gennaro quando ela abandona definitivamente Stefano Carracci, transferindo-se com eles para San Giovanni a Teduccio.
Outros filhos.

A família Solara (família do dono do bar-confeitaria de mesmo nome):
Silvio Solara, proprietário do bar-confeitaria.
Manuela Solara, mulher de Silvio, agiota. Já velha, é assassinada na porta de casa.
Marcello e *Michele Solara*, filhos de Silvio e Manuela. Rejeitado por Lila na juventude, Marcello, depois de muitos anos, passa a conviver com Elisa, irmã mais nova de Elena. Michele, casado com Gigliola, a filha do confeiteiro, com quem tem dois filhos, torna-se amante de Marisa Sarratore, com quem tem outros dois filhos. No entanto, continua obcecado por Lila.

A família Spagnuolo (família do confeiteiro):
Seu Spagnuolo, confeiteiro do bar-confeitaria Solara.
Rosa Spagnuolo, mulher do confeiteiro.
Gigliola Spagnuolo, filha do confeiteiro, mulher de Michele Solara e mãe de dois filhos.
Outros filhos.

A família Airota:
Guido Airota, professor de Literatura grega.
Adele, sua mulher.
Mariarosa Airota, a filha mais velha, professora de história da arte em Milão.
Pietro Airota, professor universitário muito jovem. Marido de Elena e pai de Dede e Elsa.

Os professores:
Ferraro, professor e bibliotecário.
Oliviero, professora.
Gerace, professor do ginásio.
Galiani, professora do liceu.

Outros personagens:
Gino, filho do farmacêutico, foi o primeiro namorado de Elena. Chefe dos fascistas do bairro, é assassinado numa emboscada em frente à farmácia.
Nella Incardo, prima da professora Oliviero.
Armando, médico, filho da professora Galiani. É casado com Isabella, com quem teve um filho, Marco.
Nadia, estudante, filha da professora Galiani, foi namorada de Nino. Durante sua militância política, se junta a Pasquale Peluso.
Bruno Soccavo, amigo de Nino Sarratore e herdeiro da fábrica de embutidos da família. É assassinado dentro da própria empresa.
Franco Mari, namorado de Elena durante os primeiros anos de faculdade, torna-se ativista político. Perde um olho após um atentado fascista.
Silvia, estudante universitária e ativista política. Tem um filho, Mirko, nascido de uma breve relação com Nino Sarratore.

MATURIDADE
HISTÓRIA DA MENINA PERDIDA

1.

A partir de outubro de 1976 até 1979, quando voltei a morar em Nápoles, evitei restabelecer uma relação estável com Lila. Mas não foi fácil. Ela procurou quase imediatamente entrar mais uma vez à força em minha vida, e eu a ignorei, a tolerei, a suportei. Mesmo se comportando como se só desejasse estar perto de mim em um momento difícil, eu não conseguia esquecer o desprezo com que me tratara.

Hoje penso que, se o que me feriu tivesse sido apenas o insulto — você é uma cretina, ela me gritou por telefone quando lhe contei de Nino, e jamais acontecera antes, *nunca*, de ela me falar daquele modo —, eu logo teria recobrado a calma. Na verdade, mais que a ofensa, machucou a menção a Dede e a Elsa. Pense no mal que você está fazendo a suas filhas, me advertiu, e na hora não dei importância a isso. Mas ao longo do tempo aquelas palavras adquiriram cada vez mais peso, e tornei a pensar nelas com frequência. Lila nunca havia manifestado o menor interesse por Dede e Elsa, quase com certeza nem sequer lembrava seus nomes. As vezes em que mencionei alguma tirada inteligente das meninas por telefone, ela cortou a conversa e mudou de assunto. E, quando as encontrou pela primeira vez na casa de Marcello Solara, limitou-se a um olhar distraído e a poucas frases genéricas, não deu a mínima atenção ao modo como estavam vestidas, bem penteadas, ambas capazes — embora ainda fossem pequenas — de se expressar com propriedade. No entanto elas haviam nascido *de mim, eu* as criara, eram parte de mim, sua amiga desde sempre: deveria ter dado espaço — não digo por afeto, mas ao menos por gentileza — ao meu orgulho de mãe. No entanto nem sequer recorrera a uma ironia benévola, demonstrou apenas desinteresse, e só. Somente agora — seguramente por ciúmes, porque eu me juntara a Nino — se recordara das meninas e tinha desejado sublinhar que eu era uma péssima mãe, que, buscando ser feliz a todo custo, estava causando a infelicidade delas. Assim que eu pensava nisso, ficava nervosa. Lila por acaso se preocupou com Gennaro quando abandonou Stefano, quando deixou o menino com a vizinha por causa do trabalho na fábrica, quando o mandou para mim quase para se livrar dele? Ah, eu tinha lá minhas culpas, mas sem dúvida era mais mãe do que ela.

2.

Pensamentos desse tipo se tornaram uma constante naqueles anos. Foi como se Lila, que no fim das contas só havia pronunciado aquela única frase pérfida sobre Dede e Elsa, tivesse se tornado a advogada defensora de suas necessidades de filhas, e eu me sentisse obrigada a demonstrar a ela que estava errada toda vez que as negligenciava para cuidar de mim. Mas se tratava apenas de uma voz inventada pelo mau humor: o que ela realmente pensava sobre minhas atitudes de mãe eu de fato não sabia. Ela é a única que pode dizê-lo, se é verdade que conseguiu inserir-se nesta cadeia longuíssima de palavras para modificar meu texto, para introduzir com astúcia alguns elos faltantes, para desatar outros sem se dar a ver, para falar de mim mais do que eu tenho vontade, mais do que sou capaz de dizer. Torço por essa sua intrusão, espero por isso desde que comecei a esboçar nossa história, mas preciso chegar ao fim e submeter todas estas páginas a uma verificação. Se eu tentasse fazer isso agora, certamente travaria. Estou escrevendo há muito tempo e estou cansada, é cada vez mais difícil manter esticado o fio do relato dentro do caos dos anos, dos acontecimentos miúdos e grandes, dos humores. Sendo assim, ou tendo a passar por cima dos fatos relacionados a mim para logo agarrar Lila pelos cabelos com todas as complicações que ela tem, ou, pior, deixo-me tomar pelos acontecimentos de minha vida apenas porque os desembucho com mais facilidade. Mas tenho de me furtar a essa encruzilhada. Não devo seguir o primeiro caminho, no qual — já que a própria natureza de nossa relação impõe que eu só possa chegar a ela passando por mim — eu acabaria, caso me colocasse de fora, encontrando cada vez menos vestígios de Lila. Nem devo, por outro lado, seguir o segundo. De fato, o que ela com certeza mais apoiaria é que eu falasse de minha experiência cada vez mais profusamente. Vamos — me diria —, nos conte que rumo sua vida tomou, quem se importa com a minha, confesse que ela não interessa nem mesmo a você. E concluiria: eu sou um rascunho em cima de um rascunho, totalmente inadequada para um de seus livros; me deixe em paz, Lenu, não se narra um apagamento.

Então o que fazer? Mais uma vez dar razão a ela? Aceitar que ser adulto é parar de se mostrar, é aprender a se esconder até se dissipar? Admitir que, quanto mais os anos avançam, menos eu sei de Lila?

Nesta manhã, tento controlar o cansaço e volto à escrivaninha. Agora, que estou perto do ponto mais doloroso de nossa história, quero buscar na página o equilíbrio entre mim e ela que, na vida, não consegui encontrar sequer comigo mesma.

3.

Dos dias em Montpellier me lembro de tudo, exceto da cidade: é como se nunca tivesse estado lá. Afora o hotel, afora a monumental sala magna onde ocorria o congresso acadêmico de que Nino participava, hoje vejo apenas um outono ventoso e um céu azul apoiado em nuvens brancas. No entanto, por muitos motivos, aquele topônimo — Montpellier — ficou em minha memória como um sinal de evasão. Eu já tinha estado uma vez fora da Itália, em Paris, com Franco, e me sentira eletrizada por minha própria audácia. Mas então me pareceu que meu mundo era e continuaria sendo para sempre o bairro, Nápoles, ao passo que o resto era como uma breve escapada em cujo clima de exceção eu podia me imaginar como de fato nunca seria. Já Montpellier, que no entanto era bem menos excitante que Paris, me deu a sensação de que minhas barreiras tinham se rompido e que eu estava me expandindo. O puro e simples fato de me encontrar naquele lugar constituía a meus olhos a prova de que o bairro, Nápoles, Pisa, Florença, Milão e a própria Itália eram apenas fragmentos minúsculos de mundo, e que seria bom eu não me contentar mais com aqueles fragmentos. Em Montpellier percebi a limitação do olhar que eu tinha, da língua com que me expressava e com a qual tinha escrito. Em Montpellier me pareceu evidente quanto poderia ser estreito ser esposa e mãe aos trinta e dois anos. E por todos aqueles dias densos de amor pela primeira vez me senti libertada dos vínculos que acumulara ao longo dos anos, os vínculos devidos à minha origem, os que eu havia adquirido com o sucesso nos estudos, os que derivavam das escolhas de vida que fizera, sobretudo do casamento. Ali também compreendi as razões do prazer que experimentei no passado ao ver meu primeiro livro traduzido em outras línguas e, ao mesmo tempo, as razões do desprazer por ter conquistado poucos leitores fora da Itália. Era maravilhoso ultrapassar fronteiras, deixar-se ir a outras culturas adentro, descobrir a provisoriedade do que eu tinha tomado por definitivo. Se no passado eu tinha julgado o fato de Lila jamais ter saído de Nápoles — assustando-se até com San Giovanni a Teduccio — como uma escolha discutível, mas que ela saberia como sempre reverter em sua vantagem, agora aquilo me parecia simplesmente um sinal de estreiteza mental. Reagi como quando se reage a quem nos insulta com a mesma fórmula que nos ofendeu. *Você se enganou a meu respeito? Não, querida, fui eu, eu que me enganei: você vai ficar a vida toda vendo os caminhões passarem pelo estradão.*

Os dias voaram. Os organizadores do congresso tinham reservado há tempos para Nino um quarto individual em um hotel e, como me decidi a acompanhá-lo muito tarde, não houve jeito de substituí-lo por um de casal. Portanto, estávamos em quartos separados, mas toda noite eu tomava uma ducha, me preparava para a noite e, com o coração batendo forte, ia visitá-lo em seu quarto. Dormíamos juntos, agarrados um ao outro como se temêssemos que uma força hostil nos separasse durante o sono. De manhã pedíamos o café no quarto e gozávamos daquele luxo que eu só tinha visto no cinema, ríamos muito, estávamos felizes. Durante o dia eu o acompanhava ao auditório do congresso e, embora os palestrantes lessem páginas e páginas eles mesmos com um tom entediado, estar com ele me entusiasmava, e eu sentava a seu lado sem o perturbar. Nino acompanhava todas as falas com muita atenção, tomava notas e de vez em quando me sussurrava no ouvido comentários irônicos e palavras de amor. No almoço e no jantar, nos misturávamos aos acadêmicos de meio mundo, nomes estrangeiros, línguas estrangeiras. Claro, os conferencistas de maior prestígio ficavam numa mesa só para eles, nós participávamos de uma grande mesa de estudiosos mais jovens. Mas me espantei com a desenvoltura de Nino, seja durante os trabalhos, seja no restaurante. Como era diverso do aluno de antigamente, até mesmo do jovem que me defendera na livraria de Milão quase dez anos antes. Tinha deixado de lado o tom polêmico, atravessava com tato as barreiras acadêmicas, estabelecia relações com um ar sério e ao mesmo tempo cativante. Ora em inglês (ótimo), ora em francês (bom), conversava de maneira brilhante, exibindo seu velho culto das cifras e da eficiência. Me senti cheia de orgulho pelo seu sucesso. Em poucas horas se tornou simpático a todos, que o requisitavam para cá e para lá.

Houve apenas um momento em que mudou bruscamente, na noite anterior a sua fala no congresso. Tornou-se ríspido e indelicado, me pareceu tomado pela ansiedade. Começou a falar mal do texto que tinha preparado, repetiu várias vezes que, para ele, escrever não era tão fácil quanto para mim, irritou-se por não ter tido tempo de trabalhar bem. Me senti culpada — foi nosso caso complicado que o distraiu? — e tentei remediar abraçando-o, beijando-o, incentivando-o a ler sua fala para mim. Ele leu, e eu me comovi com seu ar de aluninho assustado. O texto me pareceu não menos tedioso que os outros que eu tinha ouvido no auditório, mas o elogiei muito, e ele se acalmou. Na manhã seguinte se exibiu com um ímpeto recitado, e foi aplaudido. À noite, um dos acadêmicos de prestígio, um norte-americano, o convidou a se sentar ao lado dele. Fiquei sozinha, mas não me incomodei. Quando Nino estava presente eu não conversava com ninguém, mas na sua ausência tive de me arranjar com meu francês precário e fiz amizade com um casal de Paris. Gostei deles porque logo descobri que estavam numa situação não muito diferente da nossa. Ambos consideravam sufocante a instituição da família, ambos haviam deixado para trás dolorosamente filhos e cônjuges, ambos pareciam felizes. Ele, Augustin, com seus cinquenta anos, tinha o rosto avermelhado e olhos azuis muito vivos, além de um grande bigode louro. Ela, Colombe, pouco mais de trinta anos como eu, tinha cabelos pretos curtíssimos, olhos e lábios desenhados com força em um rosto pequeno, uma elegância encantadora. Falei principalmente com Colombe, que tinha um filho de sete anos.

"Ainda faltam uns meses", falei, "para que minha primeira filha faça sete, mas neste ano ela já vai para o segundo ano do fundamental, é excelente."
"O meu é muito esperto e fantasioso."
"Como ele encarou a separação?"
"Bem."
"Não sofreu nem um pouco?"
"As crianças não têm a nossa rigidez, são bem mais flexíveis."
Insistiu na flexibilidade que atribuía à infância, me pareceu que isso a apaziguava. Acrescentou: em nosso meio é bastante comum que os pais se separem, os filhos sabem que é possível. Mas justo quando lhe dizia que eu, ao contrário, não conhecia outras mulheres separadas exceto uma amiga minha, ela mudou bruscamente de registro e começou a lamentar-se do menino: ele é ótimo, mas lento — exclamou —, na escola dizem que é desorganizado. Fiquei muito surpresa que tivesse passado a se expressar sem ternura, quase com rancor, como se o filho se comportasse daquele modo para feri-la, e isso me deixou ansiosa. Seu companheiro deve ter percebido e se intrometeu, gabou-se de *seus* dois rapazes, um de catorze e outro de dezoito, brincou sobre como eles atraíam tanto as mulheres jovens quanto as maduras. Quando Nino voltou a se sentar a meu lado, os dois homens — sobretudo Augustin — passaram a falar malíssimo da maior parte dos palestrantes. Colombe se meteu quase imediatamente na conversa com uma alegria meio artificial. A maledicência criou vínculos rapidamente, Augustin falou e bebeu muito a noite toda, sua companheira ria assim que Nino conseguia abrir a boca. Os dois nos convidaram a ir a Paris com eles, de carro.

As conversas sobre os filhos, e aquele convite ao qual não respondemos nem sim nem não, me fizeram recolocar os pés no chão. Até aquele momento Dede e Elsa tinham voltado à minha mente com insistência, e Pietro também, mas como suspensos num universo paralelo, imóveis ao redor da mesa da cozinha de Florença, ou diante da televisão, ou em suas camas. De repente meu mundo e o dele voltaram a se comunicar. Percebi que os dias de Montpellier estavam para terminar, que inevitavelmente Nino e eu retornaríamos às nossas casas, que precisaríamos enfrentar as respectivas crises conjugais, eu em Florença, ele, em Nápoles. O corpo de minhas meninas se reintegrou ao meu, e senti violentamente seu contato. Há cinco dias não sabia nada sobre elas e, ao me dar conta disso, senti uma náusea intensa, e a saudade se tornou insuportável. Tive medo não do futuro em geral, que agora parecia imprescindivelmente ocupado por Nino, mas das horas que estavam por vir, do amanhã, do depois de amanhã. Não consegui me segurar e, embora já fosse quase meia-noite — que importância tem, disse a mim mesma, Pietro está sempre acordado —, tentei telefonar.

Foi algo bastante trabalhoso, mas por fim consegui uma linha. Alô, falei. Alô, repeti. Sabia que do outro lado estava Pietro, e o chamei pelo nome: Pietro, é Elena, como as meninas estão. A comunicação se interrompeu. Esperei alguns minutos e então pedi à telefonista que ligasse de novo. Estava determinada a insistir durante a noite toda, mas desta vez Pietro respondeu.

"O que você quer?"
"Me fale das meninas."
"Estão dormindo."
"Eu sei, mas como elas estão?"
"E você se importa com isso?"
"São minhas filhas."
"Você as abandonou, não querem mais ser suas filhas."
"Disseram isso a você?"
"Disseram a minha mãe."
"Você chamou Adele?"
"Sim."
"Diga que estou voltando daqui a uns dias."

"Não, não volte. Nem eu, nem as meninas, nem minha mãe queremos ver você de novo."

4.

Chorei muito, aos poucos me acalmei e fui ver Nino. Queria conversar com ele sobre o telefonema, queria ser consolada. Mas, quando estava para bater na porta de seu quarto, ouvi que ele estava falando com alguém. Hesitei. Ele estava ao telefone, não consegui entender o que dizia nem em que língua estava falando, mas logo pensei que estivesse conversando com a mulher. Então era isso que acontecia todas as noites? Quando eu ia para meu quarto me preparar e ele ficava sozinho, ia correndo ligar para Eleonora? Estava buscando um jeito de se separar sem conflitos? Ou estava se reconciliando e, fechado o parêntese de Montpellier, ela o retomaria para si?
Resolvi bater. Nino interrompeu a fala, fez silêncio, depois voltou a conversar, mas baixando ainda mais a voz. Fiquei nervosa, bati de novo, nada aconteceu. Precisei bater uma terceira vez, e com força, antes de ele vir abrir. Quando o fez, imediatamente o confrontei, acusei-o de estar me escondendo de sua mulher, gritei que tinha ligado para Pietro, que meu marido não queria deixar que eu visse minhas filhas, que estava pondo em risco toda minha vida e ele, ao contrário, ficava de namoricos com Eleonora por telefone. Tivemos uma noite horrível de agressões, foi difícil fazer as pazes de novo. Nino tentou de tudo para me acalmar: ria com nervosismo, se enfurecia com Pietro pelo modo como me tratara, me beijava, eu o repelia, ele murmurava que eu estava louca. No entanto, por mais que o pressionasse, ele não admitia que estivesse falando com a esposa, aliás, jurou pelo filho que, desde o dia em que saíra de Nápoles, nunca mais falara com ela.
"Então você estava conversando com quem?"

"Com um colega aqui no hotel."

"À meia-noite?"

"À meia-noite."

"Mentiroso."

"É verdade."

Por um bom tempo me recusei a transar, não podia, tinha medo de que ele não me amasse mais. Depois cedi para não ter de pensar que tudo já estava acabado.

Na manhã seguinte, pela primeira vez depois de quase cinco dias de convivência, despertei de mau humor. Já era hora de retornar, o congresso estava terminando. Mas não queria que Montpellier fosse um parêntese, temia voltar para casa, temia que Nino voltasse para a casa dele, tinha medo de perder as meninas para sempre. Quando Augustin e Colombe tornaram a nos convidar a ir com eles de carro até Paris, oferecendo-nos inclusive hospedagem, virei-me para Nino e esperei que também ele só estivesse torcendo por uma ocasião para prolongar aquele tempo e adiar o retorno. Mas ele balançou a cabeça desolado e disse: impossível, precisamos voltar à Itália, e falou de voos, bilhetes, trens, dinheiro. Eu estava fragilizada, desiludida, senti rancor. Então eu estava certa, pensei, ele mentiu para mim, o rompimento com a esposa não é definitivo. Com certeza falara com ela todas as noites, se comprometera a voltar para casa após o fim do congresso, não podia atrasar nem dois dias. E eu?

Me lembrei da editora em Nanterre e de meu textinho erudito sobre a invenção masculina da mulher. Até aquele momento eu não falara de mim com ninguém, nem sequer com Nino. Tinha sido a mulher sorridente, mas quase muda, que dormia com o brilhante professor de Nápoles, a mulher sempre colada a ele, atenta às suas exigências, aos seus pensamentos. Mas agora falei com fingida alegria: é Nino que precisa voltar, eu tenho um compromisso em Nanterre; está para sair — ou talvez já tenha saído — um trabalho meu, uma coisa entre o ensaio e a ficção; estou quase indo com vocês, vou dar um pulo na editora. Os dois me olharam como se somente naquele instante eu tivesse de fato começado a existir e passaram a perguntar sobre o que eu fazia. Falei em linhas gerais e ficamos sabendo que Colombe conhecia bem a senhora que administrava a pequena — mas, como descobri naquele momento, prestigiosa — editora. Segui em frente, falei com muita vivacidade e talvez tenha exagerado um pouco sobre minha carreira literária. Mas o fiz não pelos dois franceses, mas por Nino. Quis lembrar a ele que eu tinha uma vida minha, plena de satisfações; que, se tinha sido capaz de abandonar minhas filhas e Pietro, também poderia prescindir dele, e não daqui a uma semana, não daqui a dez dias: imediatamente.

Ele ficou ouvindo e então disse sério a Colombe e Augustin: tudo bem, se não for incômodo para vocês, vamos aproveitar a carona de carro. Porém, quando ficamos sozinhos, ele fez um discurso nervoso no tom e apaixonado na substância, cujo sentido era que eu devia confiar nele, que, mesmo nossa situação sendo complicada, com certeza conseguiríamos contorná-la, mas que, para isso, precisávamos voltar para casa, não podíamos fugir de Montpellier a Paris e depois sabe-se lá a que outra cidade, era necessário enfrentar nossos companheiros e começar a viver juntos. De repente senti que ele estava sendo não só razoável, mas também sincero. Fiquei confusa, o abracei, murmurei tudo bem. Mas mesmo assim fomos a Paris, eu só queria mais uns dias.

5.

Fizemos uma longa viagem, havia um vento forte, às vezes chovia. A paisagem era de uma palidez incrustada de ferrugem, de vez em quando o céu se abria e tudo se tornava brilhante, a começar pela chuva. Fiquei colada em Nino durante todo o percurso, às vezes dormia em seu ombro, voltei a me sentir bem estando fora de meus confins, e com deleite. Gostava da língua estrangeira que ressoava no interior do carro, gostava de estar indo rumo a um livro que eu tinha escrito em italiano, mas que, graças a Mariarosa, via a luz pela primeira vez em outra língua. Que fato extraordinário, quanta coisa espantosa estava acontecendo comigo. Senti aquele volumezinho como uma pedra minha, arremessada segundo uma trajetória imprevisível e a uma velocidade que não tinha comparação com a das pedras que Lila e eu lançávamos na infância contra os bandos de meninos.

Mas a viagem nem sempre correu bem, tive momentos de tristeza. Logo depois tive a impressão de que Nino se dirigia a Colombe com uma entonação que não usava com Augustin, sem falar que tocava seu ombro frequentemente com a ponta dos dedos. Aos poucos meu mau humor foi crescendo, vi que os dois estavam muito íntimos. Quando chegamos a Paris os dois estavam afinadíssimos, conversavam sem parar entre si, e ela ria bastante, ajeitando os cabelos com um gesto irrefletido.

Augustin morava num belo apartamento de frente para o Canal Saint-Martin, Colombe se mudara havia pouco para lá. Mesmo depois de mostrarem nosso quarto, não nos deixaram ir para a cama. Tive a impressão de que temiam ficar sozinhos, as conversas não acabavam nunca. Eu estava cansada e nervosa, fui eu quem quis ir a Paris e agora me parecia absurdo estar naquela casa, entre estranhos, com Nino que pouco ligava para mim, distante de minhas filhas. Uma vez no quarto, perguntei a ele:

"Você gosta de Colombe?"
"É simpática."
"Perguntei se você gosta."
"Quer brigar?"
"Não."
"Então pense bem: como é que eu posso gostar de Colombe se amo você?"

Eu me assustava quando ele assumia um tom que beirava o áspero, temia ter de admitir que algo entre nós não funcionava. Simplesmente está sendo gentil com quem foi gentil com a gente, disse a mim mesma, e adormeci. Mas dormi mal. A certa altura tive a impressão de estar sozinha na cama, tentei acordar, mas fui tragada de novo pelo sono. Redespertei não sei quanto tempo depois. Nino agora estava de pé, no escuro, ou assim me pareceu. Durma, ele disse. Voltei a dormir.

No dia seguinte nossos anfitriões nos acompanharam a Nanterre. Durante toda a viagem Nino continuou brincando com Colombe, falando de modo alusivo. Tentei não dar importância. Como podia pensar em viver com ele tendo de passar meu tempo o vigiando? Quando chegamos lá, e ele se mostrou sociável e sedutor também com a amiga de Mariarosa, dona da editora, e com sua sócia — uma com seus quarenta anos, a outra, uns sessenta, ambas bem longe da graça da companheira de Augustin —, respirei aliviada. Não há malícia, concluí, ele age assim com todas as mulheres. E finalmente me senti bem de novo.

As duas senhoras me receberam com muita festa, perguntaram de Mariarosa. Soube que meu livro acabara de chegar às livrarias, e já tinham saído duas resenhas. A mais velha mostrou-as para mim, ela mesma parecia maravilhada de como eram elogiosas, e enfatizou a coisa dirigindo-se a Colombe, a Augustin e a Nino. Li os artigos, duas linhas aqui, quatro ali. Eram assinados por mulheres — eu nunca ouvira falar delas, mas Colombe e as duas senhoras, sim —, e de fato elogiavam o livro sem reservas. Eu devia ficar contente, um dia antes me vi forçada a incensar a mim mesma e agora não precisava mais disso. No entanto descobri que eu não conseguia me entusiasmar. Era como se, a partir do momento em que eu amava Nino e ele me amava, aquele amor tornasse tudo o que de bom me acontecia ou viesse a acontecer em nada mais que um agradável efeito secundário. Mostrei minha satisfação com compostura e disse pálidos "sins" aos planos de divulgação de minhas editoras. Você precisa voltar logo, exclamou a mais velha, pelo menos é o que esperamos. A mais jovem acrescentou: Mariarosa nos falou de sua crise matrimonial, torcemos para que a atravesse sem muito sofrimento.

Então descobri que a notícia de meu rompimento com Pietro chegara não só a Adele, mas também a Milão e até à França. Melhor assim, pensei, vai ser mais fácil tornar a separação definitiva. Disse a mim mesma: ficarei com o que me cabe, e não devo viver com medo de perder Nino, não devo me preocupar com Dede e Elsa. Tenho sorte, ele vai me amar para sempre, minhas filhas são minhas filhas, tudo se arranjará.

6.

Voltamos a Roma. Despedimo-nos jurando de tudo, fizemos juras sem parar. Depois Nino partiu para Nápoles, e eu, para Florença.

Entrei em casa quase na ponta dos pés, convencida de que passaria por uma das provas mais difíceis de minha vida. No entanto as meninas me receberam com uma alegria alarmada e começaram a seguir-me pela casa — não só Elsa, mas Dede também —, como se temessem que, caso me perdessem de vista, eu desapareceria de novo; Adele foi gentil e não acenou nem uma vez à situação que a levara para minha casa; Pietro, palidíssimo, limitou-se a me entregar uma folha em que estavam registrados os telefonemas para mim (destacava-se em quatro ocasiões o nome de Lila), balbuciou que precisava viajar a trabalho e duas horas depois já tinha sumido sem se despedir nem da mãe, nem das meninas.

Foram necessários alguns dias para que Adele manifestasse sua opinião com clareza: queria que eu pensasse melhor e voltasse para meu marido. Mas ela precisou de algumas semanas para se convencer de que eu realmente não queria fazer nem uma coisa, nem outra.

Naquele intervalo de tempo nunca ergueu a voz, nunca perdeu a calma, não fez ironias uma única vez sobre meus longos telefonemas com Nino. Interessou-se mais pelas chamadas das duas senhoras de Nanterre, que me informavam sobre os progressos do livro e sobre um calendário de encontros que me faria viajar pela França. Não se surpreendeu com as resenhas positivas nos jornais franceses, apostou que logo o texto receberia a mesma atenção na Itália, afirmou que ela conseguiria coisa melhor em nossa imprensa. Acima de tudo elogiou insistentemente minha inteligência, minha cultura, minha coragem e em nenhum instante fez a defesa do filho, que aliás não deu mais as caras.

Excluí a hipótese de que Pietro realmente tivesse compromissos de trabalho fora de Florença. Ao contrário, convenci-me em pouco tempo, com raiva e também com uma ponta de desprezo, de que ele confiara à mãe a resolução de nossa crise e estava entocado em algum canto para trabalhar em seu livro interminável. Certa vez não consegui me conter e disse a Adele:

"Foi realmente difícil viver com seu filho."

"Não há homem com quem não seja difícil viver."

"Acredite em mim, com ele foi especialmente difícil."

"Acha que com Nino vai ser mais fácil?"

"Acho."

"Andei me informando, o que dizem sobre ele em Milão não é nada bom."

"Não preciso das fofocas de Milão. Eu o amo há vinte anos, me poupe dessas conversas. Sei mais sobre ele do que qualquer pessoa."

"Como você gosta de dizer que o ama."

"Por quê? E não deveria gostar?"

"Tem razão, por que não? Eu me enganei: é inútil abrir os olhos de quem está apaixonado."

A partir daquele momento não mencionamos mais Nino. E, quando deixei as meninas com ela e fui correndo para Nápoles,

não pestanejou. Não pestanejou nem mesmo quando lhe expliquei que, quando retornasse de Nápoles, iria em seguida para a França e ficaria lá por uma semana. Limitou-se a me perguntar com uma leve inflexão irônica:
"Você vai estar aqui no Natal? Vai passar com as meninas?"
A pergunta quase me ofendeu, respondi:
"Claro."
Enchi a mala sobretudo de roupa íntima e vestidos elegantes. Ao saber de minha nova partida, Dede e Elsa, que nunca perguntavam sobre o pai apesar de não o ver há tempos, reagiram muito mal. Dede chegou a gritar comigo palavras que evidentemente não eram suas, e disse: tudo bem, vá embora, você é feia e antipática. Voltei-me para Adele com o olhar, esperei que interviesse para distraí-las, brincar, mas ela não fez nada. Quando me viram ir para a porta, desandaram a chorar. A primeira foi Elsa, que estrilou: quero ir com você. Dede resistiu, esforçou-se em me mostrar toda sua indiferença, talvez até seu desprezo, mas no final cedeu e se desesperou ainda mais que a irmã. Precisei arrancar-me delas, que me agarravam pelo vestido e queriam que eu largasse a mala. O choro delas me perseguiu até a rua.

A viagem até Nápoles me pareceu interminável. Chegando à cidade, me aproximei da janela. Quanto mais o trem diminuía a marcha deslizando para o espaço urbano, mais eu era tomada por um abatimento ansioso. Percebi o aspecto desagradável da periferia com seus prédios cinzentos em torno dos trilhos, as torres, as luzes dos semáforos, os parapeitos de pedra. Quando o trem entrou na estação, me pareceu que a Nápoles à qual me sentia ligada, a Nápoles para onde estava voltando, agora estava reduzida apenas a Nino. Sabia que ele estava em situação pior que a minha. Eleonora o expulsara de casa, tudo para ele também se tornara provisório. Havia algumas semanas estava com um colega da universidade que morava a poucos passos da Catedral. Para onde ele me levaria, o que iríamos fazer? Acima de tudo, que decisões tomaríamos, já que não tínhamos sequer hipóteses sobre uma saída concreta para o nosso caso? Minha única certeza era que eu ardia de desejo, não via a hora de revê-lo. Desci do trem com medo de que algo o tivesse impedido de vir me buscar na estação. No entanto lá estava ele: alto como era, despontava em meio ao fluxo dos viajantes. Isso me reconfortou, e me reconfortou ainda mais o fato de ele ter reservado um quarto num pequeno hotel da Mergellina, demonstrando assim que não tinha nenhuma intenção de me manter escondida na casa do amigo. Estávamos loucos de amor, o tempo passou voando. À noite passeamos abraçados um ao outro à beira-mar, ele me envolvia os ombros com um braço, de vez em quando se inclinava para me beijar. Tentei de todas as maneiras convencê-lo a partir comigo para a França. Ele ficou balançado, depois recuou, entrincheirou-se no trabalho que tinha na faculdade. Em nenhum momento falou de Eleonora ou de Albertino, como se só mencioná-los pudesse estragar a alegria de estarmos juntos. Já eu lhe falei do desespero das meninas, disse que era preciso achar uma solução o mais rápido possível. Senti seu nervosismo, era muito sensível a qualquer leve tensão, temia que me dissesse de uma hora para outra: eu não consigo, vou voltar para casa. Mas eu estava enganada. Quando fomos jantar, ele me revelou qual era o problema. Disse, assumindo um ar sério de repente, que havia uma novidade incômoda:

"Diga lá", murmurei.

"Hoje de manhã Lina me ligou."

"Ah."

"Ela quer nos encontrar."

7.

A noite azedou. Nino disse que foi minha sogra quem disse a Lila que eu estava em Nápoles. Expressou-se com grande embaraço,

escolhendo cuidadosamente as palavras, sublinhando coisas do tipo: ela não tinha meu endereço; pediu a minha irmã o número da casa de meu colega; ligou pouco antes de eu sair para buscar você na estação; não lhe disse logo porque temia que você se irritasse e nos estragasse o dia. Concluiu desolado:
"Você sabe como ela é, não consegui dizer não. Temos um encontro marcado com ela amanhã, às onze, na entrada do metrô da piazza Amedeo."
Não consegui me controlar:
"Desde quando vocês retomaram o contato? Já se encontraram?"
"O quê? Não, de jeito nenhum."
"Não acredito em você."
"Elena, juro que não ouço nem vejo Lina desde 1963."
"Você já sabe que o filho não é seu?"
"Ela me contou hoje de manhã."
"Então vocês ficaram falando de intimidades?"
"Foi ela quem mencionou o filho."
"E durante todo esse tempo você nunca teve curiosidade de saber mais?"
"É um problema meu, não vejo a necessidade de discutir sobre isso."
"Agora seus problemas também são meus. Temos muita coisa a conversar, o tempo é escasso, e não deixei minhas filhas para desperdiçá-lo com Lina. O que é que lhe deu na cabeça para marcar esse encontro?"
"Achei que você fosse gostar. De todo modo, tem um telefone ali: ligue para sua amiga e diga que temos compromisso, que não podemos encontrá-la."

Pronto, de repente ele perdeu a paciência, e eu me calei. Sim, eu sabia como Lila era. Desde que voltei a Florença ela telefonou várias vezes, mas eu tinha mais em que pensar e não só desliguei todas as vezes, mas pedi a Adele — caso acontecesse de ela atender

— que dissesse que eu não estava em casa. Mas Lila não desistiu. Então é provável que tenha sabido de minha presença em Nápoles por Adele, é provável que desse por certo que eu não iria ao bairro, é provável que, para me encontrar, tivesse achado um meio de contatar Nino. O que havia de mal? E sobretudo o que é que eu queria? Eu sabia desde sempre que ele amara Lila e que Lila o amara. E daí? Aquilo acontecera muito tempo atrás, e ter ciúmes era descabido. Acariciei de leve a mão dele, murmurei: tudo bem, amanhã vamos à piazza Amedeo.

Comemos, e foi ele quem falou longamente do nosso futuro. Nino me fez prometer que eu pediria a separação assim que voltasse da França. Também me garantiu que já havia contatado um advogado amigo e que, apesar de tudo ser complicado, e de Eleonora e os pais certamente lhe darem trabalho, estava decidido a ir até o fim. Você sabe — falou —, aqui em Nápoles essas coisas são mais difíceis: pela mentalidade atrasada e por maus hábitos, os pais de minha mulher não são diferentes dos meus e dos seus, apesar de terem dinheiro e de serem profissionais de alto nível. E, como para explicar-se melhor, passou a falar bem de meus sogros. Infelizmente — exclamou — não vou lidar, como você, com gente educada como os Airota, pessoas que ele definiu de grande tradição cultural, de uma civilidade admirável.

Fiquei ouvindo o que ele dizia, mas àquela altura Lila já estava ali, entre nós, à nossa mesa, e não consegui afastá-la. Enquanto Nino falava, me lembrei das enrascadas em que ela se metera só para ficar com ele, sem ligar para o que Stefano poderia fazer, ou o irmão, ou Michele Solara. E por uma fração de segundo a menção aos pais me reconduziu a Ischia, à noite na praia dos Maronti — Lila com Nino em Forio, eu na areia úmida com Donato —, e senti horror. Isso — pensei — é um segredo que jamais poderei revelar a ele. Quantas palavras permanecem impronunciáveis mesmo entre um casal que se ama, e como é alto o risco de que outros o destruam ao revelá-las. O pai dele e eu, ele e Lila. Espantei a repulsa, aludi a Pietro, a quanto estava sofrendo. Nino se exaltou, foi sua vez de sentir ciúmes, tentei tranquilizá-lo. Exigiu rupturas definitivas e pontos pacíficos, eu também exigi o mesmo, nos pareciam condições indispensáveis para começar uma nova vida. Refletimos sobre quando e onde. O trabalho vinculava Nino a Nápoles, as meninas me vinculavam a Florença.

"Volte a viver aqui", me falou de repente, "venha o mais rápido que puder."

"Impossível, Pietro precisa ter condição de ver as meninas."

"Façam um rodízio: uma vez você as leva para ele, outra, ele vem encontrá-las."

"Não vai aceitar."

"Vai sim."

A noite se consumiu desse jeito. Quanto mais esmiuçávamos a questão, mais nos parecia complicada; quanto mais imaginávamos uma vida juntos — todo dia, toda noite —, mais nos desejávamos e as dificuldades desapareciam. Enquanto isso, no restaurante vazio, os garçons conversavam entre si, bocejavam. Nino pagou e voltamos à orla, ainda muito animada. Por um instante, enquanto eu olhava a água escura e sentia seu cheiro, pareceu-me que o bairro estava bem mais distante de quando eu havia partido para Pisa ou Florença. Até Nápoles me pareceu de repente muito distante de Nápoles. E Lila, de Lila; senti que tinha a meu lado não ela, mas minhas próprias ansiedades. Próximos, muito próximos, estávamos apenas eu e Nino. Murmurei-lhe no ouvido: vamos dormir.

8.

No dia seguinte levantei cedo e me tranquei no banheiro. Tomei uma ducha demorada, enxuguei os cabelos com cuidado, temia que o secador do hotel, cujo jato era muito violento, lhes desse uma forma indesejada. Pouco antes das dez acordei Nino, que, ainda entorpecido de sono, me encheu de elogios pelo vestido que eu estava usando. Ainda tentou me puxar para si, mas me esquivei. Por mais que eu tentasse fingir naturalidade, era difícil perdoá-lo. Ele tinha transformado aquele nosso novo dia de amor no dia de Lila, e agora o tempo estava marcado por aquele encontro penoso.

Arrastei-o para o café da manhã, e ele me seguiu obediente. Não riu, não fez brincadeiras, disse roçando-me os cabelos com a ponta dos dedos: você está ótima. Evidentemente percebia que eu estava alarmada. E era isso mesmo, eu temia que Lila viesse ao encontro em sua melhor forma. Eu era o que era, já Lila possuía uma elegância natural. E além disso agora tinha dinheiro de novo, se quisesse poderia se cuidar como sempre fizera na juventude com o dinheiro de Stefano. Não queria que Nino ficasse encantado por ela de novo.

Saímos por volta das dez e meia, soprava um vento frio. Fomos a pé e sem pressa rumo à piazza Amedeo, e eu sentia calafrios apesar do capote pesado e do braço dele em meus ombros. Não fizemos nenhuma referência a Lila. Nino me falou de modo um tanto superficial como Nápoles melhorara agora que tinha um prefeito comunista, e voltou a pressionar-me para que eu trouxesse logo as meninas. Seguimos abraçados durante todo o percurso, e esperei que ele continuasse me abraçando até a estação do metrô. Desejava que Lila já estivesse na entrada e nos visse de longe, nos achasse bonitos, fosse obrigada a pensar: é um casal perfeito. Mas a poucos metros do local de encontro ele retraiu o braço e acendeu um cigarro. Eu por instinto segurei sua mão, apertei com força, e entramos na piazza assim.

Não avistei Lila de pronto e, por um segundo, torci para que não viesse. Mas logo escutei o chamado — me chamava com o modo imperativo de sempre, como se nem pudesse levar em consideração que eu não a escutasse, não me virasse, não obedecesse à sua voz. Estava na soleira do bar em frente ao túnel do metrô, as mãos enfiadas no bolso de um velho capote marrom, mais magra que o habitual, um pouco encurvada, os cabelos de um preto brilhante riscados por traços de prata e amarrados num rabo de cavalo. Pareceu-me a Lila de sempre, a Lila adulta, marcada pela experiência da fábrica: não fizera nada para ficar bonita. Abraçou-me forte, um aperto intenso ao qual retribuí sem energia, depois me beijou as bochechas com dois estalos e uma risada contente. Estendeu a mão a Nino displicentemente.

Sentamos no interior do bar, e ela falou quase todo o tempo, como se estivéssemos a sós. Logo enfrentou minha hostilidade, que evidentemente se lia em meu rosto, e disse em tom afetuoso, rindo: tudo bem, eu errei, você se ofendeu, mas agora chega, como é que você ficou tão suscetível, você sabe que tudo em você me agrada, vamos fazer as pazes.

Esquivei-me com sorrisinhos mornos, não disse sim nem não. Ela estava sentada na frente de Nino, mas em nenhum momento lhe lançou um olhar ou dirigiu meia palavra. Estava ali por mim, em certo momento pegou minha mão, e eu a retirei devagar. Queria que nos reconciliássemos, pretendia reinserir-se em minha vida, mesmo não concordando com o rumo que eu lhe dava. Percebi como emendava uma pergunta na outra sem prestar atenção às respostas. Estava tão desejosa de voltar a ocupar cada recanto meu que, tão logo tocava num assunto, passava imediatamente a outro.

"E Pietro?"
"Mal."
"E suas filhas?"
"Estão bem."
"Você vai pedir o divórcio?"
"Vou."
"Onde, em que cidade?"
"Não sei."
"Volte a morar aqui."

"É complicado."
"Eu acho um apartamento para você."
"Se for preciso, lhe digo."
"Está escrevendo?"
"Publiquei um livro."
"Outro?"
"Sim."
"Ninguém falou a respeito."
"Por ora só saiu na França."
"Em francês?"
"Claro."
"Um romance?"
"Uma narrativa, mas com umas reflexões."
"Fala de quê?"

Fui vaga, cortei a conversa. Preferi perguntar sobre Enzo, Gennaro, o bairro, o trabalho dela. Quanto ao filho, armou um olhar divertido, disse que eu o veria dali a pouco, agora ainda estava na escola, mas chegaria com Enzo e haveria uma bela surpresa. No entanto, a respeito do bairro, assumiu um ar de indiferença. Aludindo à morte violenta de Manuela Solara e à desordem que se sucedera, disse: nada de mais, morre-se assassinado como em qualquer canto da Itália. Então mencionou surpreendentemente minha mãe, elogiou sua energia e iniciativa, embora conhecesse bem nossa relação conflituosa. E, também de modo surpreendente, mostrou-se afetuosa com os pais, enfatizou que estava guardando dinheiro para comprar a casa onde moravam desde sempre e dar tranquilidade a eles. Gosto da ideia — explicou, como se devesse justificar-se por aquele impulso generoso —, nasci ali, sou afeiçoada ao lugar, e, se Enzo e eu trabalharmos bastante, vamos poder comprá-la. Agora fazia turnos de até doze horas por dia, não só para Michele Solara, mas também para outros clientes. Estou estudando um novo aparelho — contou —, o sistema 32, bem melhor do que aquele que lhe mostrei quando você foi a Acerra: é um caixotão branco com um monitor minúsculo de seis polegadas, um teclado e a impressora incorporada. Falou bastante sobre sistemas mais avançados, que viriam em breve. Estava muito informada, mostrava-se como sempre entusiasmada com as novidades, embora se cansasse depois de poucos dias. Segundo ela, o novo aparelho tinha uma beleza própria. Pena — acrescentou — que ao redor, além do aparelho, só haja merda.

Naquele ponto Nino se intrometeu e fez exatamente o contrário do que vinha fazendo até aquele momento: começou a dar informações detalhadas. Falou empolgado sobre meu livro, disse que estava para sair também na Itália, citou a boa acolhida das resenhas francesas, enfatizou que eu tinha muitos problemas com meu marido e minhas filhas, falou do rompimento dele com a esposa, reiterou que não havia outra solução senão viver em Nápoles, até a encorajou a procurar uma casa para nós e lhe fez perguntas competentes sobre o trabalho dela e de Enzo.

Fiquei ouvindo um tanto apreensiva. Ele se expressou sempre de modo distanciado, para me demonstrar que, primeiro, realmente nunca tinha visto Lila anteriormente; segundo, que ela já não tinha nenhuma influência sobre ele. E nem por um segundo usou os tons sedutores com que tratara Colombe e que, por hábito, assumia ao lidar com mulheres. Não inventou expressões adocicadas, em nenhum momento a olhou direto nos olhos, não tocou nela: sua voz só se aveludou um pouco quando me elogiou.

Isso não me impediu de lembrar a praia de Citara, de como ele e Lila serviram-se das desculpas mais variadas para chegarem a um entendimento e me tirarem da jogada. Mas me pareceu que, naquela ocasião, estava ocorrendo o contrário. Mesmo quando fizeram perguntas um ao outro e se deram respostas recíprocas, o fizeram ignorando-se e dirigindo-se a mim como se eu fosse sua única interlocutora.

Discutiram assim por uma boa meia hora, sem concordarem em nenhum ponto. O que mais me surpreendeu foi como sublinharam suas divergências sobre Nápoles. Minha competência política estava em baixa: o cuidado com as meninas, o estudo preparatório para meu livrinho, a redação dele e sobretudo o terremoto em minha vida privada me fizeram abandonar até a leitura dos jornais. Já os dois sabiam tudo de tudo. Nino listou os nomes de comunistas e socialistas napolitanos que conhecia bem, nos quais confiava. Elogiou uma administração finalmente honesta, liderada por um prefeito que definiu como correto, simpático, estranho ao antigo e habitual saqueio. E concluiu: agora finalmente há bons motivos para viver e trabalhar aqui, é uma grande ocasião, é preciso estar presente. Mas Lila ironizou tudo o que ele dizia. Nápoles — disse — dá nojo exatamente como antes e, se não se der uma bela lição a monarquistas, fascistas e democratas-cristãos por todas as calamidades que fizeram, se, mais ainda, não se der um basta ao que a esquerda está fazendo, logo, logo a cidade vai ser retomada pelos bodegueiros — riu um tanto estrídula ao pronunciar aquela palavra —, pela burocracia municipal, os advogados, os construtores, os bancos e os camorristas. Logo me dei conta de que me haviam colocado no centro daquela discussão. Ambos queriam que eu regressasse a Nápoles, mas cada um, de modo aberto, buscava subtrair-me à influência do outro e pressionava para que eu me transferisse o mais rápido possível para a cidade que estavam imaginando: a de Nino era pacificada e tendia ao bom governo; a de Lila se vingava de todos os saqueadores, se lixava para os comunistas e socialistas, recomeçava do zero.

Examinei-os durante todo o tempo. Chamou-me a atenção que, quanto mais a conversa desembocava em temas complexos, mais Lila tendia a exibir aquele seu italiano secreto que eu já conhecia bem, mas que naquela ocasião me surpreendeu muito, porque cada frase a mostrava mais culta do que pretendia parecer. Espantou-me que

Nino, geralmente brilhante, muito seguro de si, escolhesse as palavras com cautela e às vezes parecesse intimidado. Ambos estão incomodados, pensei. No passado se expuseram um ao outro sem véus, e agora se envergonhavam de o terem feito. O que está acontecendo neste momento? Estão me enganando? Estão de fato travando uma disputa por mim ou simplesmente tentam manter a antiga atração sob controle? Logo manifestei abertamente alguns sinais de impaciência. Lila percebeu, se levantou, desapareceu como se fosse ao banheiro. Eu não disse palavra, temia mostrar-me agressiva com Nino, e ele também se manteve calado. Quando Lila voltou, exclamou alegre:

"Vamos, está na hora, vamos buscar Gennaro."

"Não posso", respondi, "temos um compromisso."

"Meu filho é muito afeiçoado a você, vai ficar triste."

"Mande lembranças, diga que eu também gosto muito dele."

"Eu tenho um encontro na piazza dei Martiri: são só dez minutos, damos um oi a Alfonso e vocês vão embora."

Olhei firme para ela, que imediatamente apertou os olhos como para escondê-los. Então era esse o plano? Queria arrastar Nino para a velha loja de sapatos dos Solara, queria levá-lo de novo ao lugar onde por quase um ano se amaram clandestinamente?

Respondi com um meio sorriso: não, lamento, realmente precisamos ir. E lancei um olhar a Nino, que logo fez um sinal ao garçom pedindo a conta. Lila disse: eu já paguei — e, enquanto ele protestava, dirigiu-se de novo a mim, insistindo com um tom sedutor:

"Gennaro não vem sozinho, Enzo o está trazendo. E com eles também vem uma pessoa que está morrendo de vontade de vê-la, seria realmente feio se você fosse embora sem dizer nem um alô."

A pessoa era Antonio Cappuccio, meu namorado de adolescência, que os Solara, depois do assassinato da mãe, tinham trazido às pressas da Alemanha.

9.

Lila me contou que Antonio havia chegado para o funeral de Manuela, sozinho, quase irreconhecível de tão magro. Em poucos dias tinha se instalado a poucos passos de Melina, que morava com Stefano e Ada, e então trouxera para o bairro a esposa alemã e os três meninos. Portanto era verdade que ele se casara, era verdade que tinha filhos. Segmentos distantes de vida se reataram em minha cabeça. Antonio era uma parte relevante do mundo de onde eu vinha, as palavras de Lila relativas a ele atenuaram o peso daquela manhã, me senti mais leve. Murmurei a Nino: só por uns minutos, tudo bem? Ele deu de ombros e nos dirigimos à piazza dei Martiri.

Durante todo o percurso, enquanto caminhávamos pela via dei Mille e via Filangieri, Lila se apossou de mim e, enquanto Nino nos seguiu com as mãos nos bolsos, de cabeça baixa, certamente de mau humor, ela conversou comigo com a intimidade de sempre. Disse que, na primeira oportunidade, eu deveria conhecer a família de Antonio. Me descreveu a mulher e os filhos com grande vivacidade. Ela era linda, mais loura que eu, e os três meninos também eram louros, nenhum deles puxara ao pai, que era escuro feito um mouro: quando os cinco andavam pelo estradão, a esposa e os meninos, branquíssimos, com as cabeças reluzentes, pareciam seus prisioneiros de guerra levados a passeio pelo bairro. Riu e então me fez uma lista daqueles que, além de Antonio, me esperavam para um brinde: Carmen — que no entanto precisava trabalhar, ficaria poucos minutos e iria embora com Enzo —, Alfonso, obviamente, que continuava administrando a loja dos Solara, e Marisa com os filhos. Dedique apenas uns minutos a eles — me disse —, e todos ficarão contentes: gostam muito de você.

Enquanto ela falava, pensei que toda aquela gente que eu estava prestes a reencontrar logo espalharia no bairro a notícia de minha separação, e minha mãe ficaria sabendo que me tornei amante do filho de Sarratore. Mas percebi que a coisa não me agitava, ao contrário, estava contente de que meus amigos me vissem com Nino, que falassem às minhas costas: ela é dessas mulheres que fazem o que dá na veneta, deixou o marido e as filhas, agora está com outro. Notei com surpresa que eu *desejava* ser oficialmente associada a Nino, desejava ser vista com ele, desejava eliminar o casal Elena–Pietro e substituí-lo pelo casal Nino–Elena. E de repente me senti calma, quase bem-disposta diante da rede em que Lila pretendia me enredar.

Ela disparava uma palavra atrás da outra sem trégua e a certa altura me pegou pelo braço, segundo um velho hábito. O gesto me deixou indiferente. Queria convencer-se de que continuamos as mesmas, pensei comigo, mas já é hora de admitir que ambas nos desgastamos, o braço dela é como uma peça de madeira ou um resíduo fantasmático do contato emocionante de outros tempos. Então me lembrei, por contraste, do momento em que, anos antes, eu tinha torcido para que ela estivesse de fato doente e morresse. Na época — pensei —, apesar de tudo, a relação era viva, densa e por isso mesmo dolorosa. Agora, por sua vez, havia um fato novo. Toda a paixão de que eu era capaz — até mesmo a que nutrira aquele desejo terrível — concentrara-se no homem que eu amava desde sempre. Lila ainda achava que tinha sua velha força de arrastar-me consigo para onde quisesse. Mas no fim das contas o que ela havia orquestrado? A revisitação de amores imaturos e de paixões adolescentes? O que poucos minutos antes me parecera ruim, repentinamente me pareceu tão inócuo quanto um museu. Para mim, pouco importava se ela gostava dele ou não. O que importava era apenas eu e Nino, Nino e eu, e causar escândalo no pequeno mundo do bairro me parecia até uma confirmação agradável da nossa união. Eu não sentia mais Lila, não havia sangue em seu braço, era apenas pano contra pano.

Chegamos à piazza dei Martiri. Virei-me para Nino e disse que na loja também estariam a irmã dele com os filhos. Ele murmurou algo, aborrecido. Apareceu o letreiro — SOLARA —, entramos e, apesar de todos os olhares se voltarem para Nino, fui recebida como se estivesse sozinha. Marisa foi a única a se dirigir a Nino, e nenhum dos dois pareceu contente com aquele encontro. Ela o repreendeu de saída por nunca mandar notícias nem aparecer, e exclamou: mamãe está mal, papai é insuportável, e você não está nem aí. Ele não disse nada, deu um beijo distraído nos sobrinhos e, só porque Marisa continuava o agredindo, resmungou: eu tenho meus problemas, Marì, me deixe em paz. Quanto a mim, mesmo sendo imediatamente puxada de cá para lá com afeto, não tirei os olhos dele, mas agora sem ciúme, temia apenas seu mal-estar. Não sabia se ele se lembrava de Antonio, se o reconheceria, somente eu tinha conhecimento da surra que meu ex-namorado lhe dera. Vi que os dois trocaram um cumprimento muito contido — um movimento de cabeça, um sorriso rápido —, não diferente daquele que logo em seguida ocorreu entre ele e Enzo, ele e Alfonso, ele e Carmen. Para Nino eram todos estranhos, um mundo meu e de Lila, com o qual ele tinha pouquíssima relação. Depois, circulou pela loja fumando seu cigarro e ninguém, nem sequer a irmã, lhe dirigiu mais a palavra. Estava ali, presente, era aquele por quem eu tinha deixado meu marido. Também Lila — sobretudo ela — deve ter assimilado definitivamente o fato. Agora que cada um o havia esquadrinhado bem, eu só desejava tirá-lo dali depressa e levá-lo embora comigo.

10.

Durante a meia hora que permaneci naquele espaço houve um entrechoque caótico de passado e presente: os sapatos desenhados por Lila, sua foto em vestido de noiva, a noite da inauguração e do aborto, ela mesma que, por interesse próprio, havia transformado a loja em salão e alcova; e a trama de hoje, aos trinta anos de idade, nossas histórias muito diferentes, as palavras manifestas, as ocultas.

Tomei uma atitude, assumi um tom bem-humorado. Troquei beijos, abraços e algumas palavras com Gennaro, que se tornara um rapazinho gorducho de doze anos com um leve buço, com os traços tão parecidos com Stefano na adolescência que Lila, ao concebê--lo, parecia ter-se subtraído por inteiro. Me senti na obrigação de ser igualmente afetuosa com as crianças de Marisa e com a própria Marisa, que, contente com minhas atenções, passou a frases alusivas, frases de quem sabia o rumo que minha vida estava tomando. Falou: agora que você virá mais vezes a Nápoles, por favor, apareça; sabemos que vocês são pessoas ocupadas e estudiosas, ao contrário de nós, mas mesmo assim vão conseguir arranjar um tempo.

Estava ao lado do marido e segurava os filhos, prontos a debandar para fora, ao ar livre. Procurei inutilmente em seu rosto as marcas da relação de sangue com Nino, mas não tinha nada nem do irmão, nem da mãe. Agora que estava um pouco mais cheia se parecia mais com Donato, e herdara dele até a conversa fingida de quem tentava me fazer crer que tinha uma bela família e uma vida boa. E Alfonso, para lhe dar apoio, fazia sinal que sim com a cabeça e me sorria em silêncio com os dentes branquíssimos. Como o aspecto dele me desconcertou. Estava elegantíssimo, os cabelos pretos muito compridos e presos num rabo de cavalo evidenciavam a graça dos traços, mas tinha algo nos gestos e no rosto que não consegui entender, um quê de inesperado que me inquietou. Era o único naquele espaço, com a exceção de mim e de Nino, que tinha estudado de verdade, estudos que — tive a impressão — em vez de embotar com o tempo tinham entrado ainda mais em seu corpo flexuoso, nas linhas finas do rosto. Como era bonito, como era educado. Marisa quis casar com ele a todo custo, embora ele a tivesse sempre evitado, e agora lá estavam os dois, ela que, envelhecendo, ia assumindo traços masculinos, e ele que combatia a virilidade efeminando-se cada vez mais, e os filhos deles, que diziam que eram filhos de Michele Solara. Sim, sussurrou Alfonso reforçando o convite da esposa, ficaremos muito contentes se vocês vierem jantar conosco. E Marisa: quando você vai escrever um novo livro, Lenu? Estamos esperando. Mas você precisa se atualizar: parecia indecente e no entanto não era tanto assim, viu as coisas pornográficas que andam escrevendo hoje? Mesmo não demonstrando nenhuma simpatia por Nino, nenhum dos presentes fez o mínimo gesto de me criticar por minha virada sentimental, nem sequer com um olhar ou um sorrisinho. Ao contrário, enquanto eu cumpria meu giro de abraços e de conversas, tentaram fazer que eu sentisse seu afeto e sua estima. Enzo me abraçou estreitando-me com sua força compenetrada e, embora apenas sorrisse sem uma palavra, pareceu-me que dissesse: gosto de você qualquer que seja sua decisão. Já Carmen me puxou logo para um canto — estava muito nervosa, não parava de olhar o relógio — e falou ansiosamente do irmão, como se faz com uma boa autoridade que sabe tudo, pode tudo e cuja aura nenhum passo em falso é capaz de apagar. Não fez nenhuma menção aos filhos, ao marido, à sua vida privada ou à minha. Compreendi que carregava sobre si todo o peso da fama de terrorista que Pasquale conquistara, mas só para mudar de sinal. Nos poucos minutos que conversamos, não se limitou a dizer que o irmão era perseguido injustamente, quis reivindicar sua coragem e sua bondade. Os olhos ardiam na determinação de estar sempre e em qualquer circunstância ao lado dele. Disse que precisava saber onde poderia me encontrar, pediu meu número de telefone e endereço. Você é uma pessoa importante, Lenu — assegurou-me —, você conhece gente que, se não matarem meu Pasquale, tem condições de ajudá-lo. Então fez sinal a Antonio, que estava apartado, a poucos passos de Enzo. Venha — disse-lhe num sussurro —, fale você também. E Antonio se aproximou de cabeça baixa e me disse com frases tímidas: sei que Pasquale confia em você, foi até sua casa antes de fazer a escolha que fez; então, se você o encontrar mais uma vez, diga que ele precisa desaparecer, que não pode mais dar as caras na Itália; porque, como eu disse também a Carmen, o problema não é a polícia, o problema são os Solara: estão convencidos de que foi ele quem matou dona Manuela e, se o encontrarem — hoje, amanhã, daqui a anos —, não vou poder ajudá-lo. Enquanto ele falava aquelas coisas com um tom grave, Carmen se intrometia continuamente e me perguntava: entendeu, Lenu?, perscrutando-me cheia de ansiedade no olhar. Por fim me abraçou, me beijou e murmurou: você e Lina são minhas irmãs, e foi embora com Enzo, tinham um compromisso.

Então fiquei sozinha com Antonio. Tive a impressão de me deparar com duas pessoas presentes no mesmo corpo e, no entanto, bem distintas. Era o jovem que tempos atrás me agarrara nos pântanos, que me idolatrara, cujo cheiro intenso permanecera em minha memória como um desejo nunca realmente satisfeito. E era o homem de agora, sem um fio de gordura no corpo, todo feito de ossos grandes e pele tesa, desde o rosto duro e sem olhar até os pés metidos em sapatos enormes. Disse embaraçada que eu não conhecia ninguém capaz de ajudar Pasquale, que Carmen me superestimava. Mas logo entendi que, se a irmã de Pasquale tinha uma noção exagerada de meu prestígio, a dele era ainda mais exagerada. Murmurou que eu era modesta como sempre, que tinha lido meu livro na tradução alemã, que eu era conhecida no mundo todo. Apesar de ter vivido muito tempo no exterior, vendo e fazendo coisas certamente terríveis por conta dos Solara, era sempre uma pessoa do bairro e continuava imaginando — ou talvez fingindo, quem sabe, para me agradar — que eu tivesse algum poder, o poder da gente de bem, porque eu tinha um diploma, falava italiano, escrevia livros. Respondi rindo: aquele livro alemão só você comprou. E perguntei sobre a esposa, os filhos. Respondeu com monossílabos, e enquanto isso me conduziu para fora, até a praça. E ali disse com gentileza:

"Agora você deve reconhecer que eu tinha razão."
"Como assim?"
"Você gostava dele e só mentia para mim."
"Eu era uma menina."
"Não, você já era grande. E era mais inteligente que eu. Você não sabe o mal que me fez ao me deixar acreditar que eu era louco."
"Pare com isso."
Ficou calado, e eu recuei até a loja. Ele me seguiu e me deteve na entrada. Por uns segundos olhou fixamente para Nino, que estava sentado num canto. Murmurou:
"Se ele também lhe fizer mal, me diga."
Eu ri:
"Claro."
"Não ria, já falei com Lina. Ela o conhece bem, diz que você não deve confiar nele. Nós respeitamos você, ele não."
Lila. Então ela usava Antonio, fazia dele seu mensageiro de possíveis desventuras. Onde ela foi parar? Vi que estava um pouco afastada, brincando com os filhos de Marisa, mas na verdade espreitando cada um de nós com os olhos em fenda. E comandava a todos com seu modo habitual: Carmen, Alfonso, Marisa, Enzo, Antonio, o filho dela e os dos outros, talvez até os donos daquela loja. Voltei a me prometer que ela nunca mais exerceria nenhuma autoridade sobre mim, que aquela longa fase havia terminado. Fui me despedir, ela voltou a me abraçar forte, como se quisesse puxar-me para dentro de si. Enquanto eu cumprimentava a todos, um a um, Alfonso me surpreendeu de novo, mas desta vez entendi o que me havia perturbado desde a primeira vista. Todo aquele pouco que o caracterizava como o filho de dom Achille e de Maria, como o irmão de Stefano e de Pinuccia, tinha desaparecido de seu rosto. Agora, misteriosamente, com aqueles cabelos compridos num rabo de cavalo, se assemelhava a Lila.

11.

Voltei a Florença, conversei com Pietro sobre nossa separação. Brigamos violentamente enquanto Adele tentava proteger as meninas e talvez até a si mesma, trancando-se com elas em seu quarto. A certa altura percebemos que não estávamos exagerando, mas que a presença de nossas filhas não nos permitia exagerar tanto quanto sentíamos a urgência de fazer. Então saímos e continuamos nos atacando pela rua. Quando Pietro se meteu não sei onde — eu estava furiosa, não queria mais vê-lo nem ouvi-lo —, voltei para casa. As meninas estavam dormindo, Adele estava sentada na cozinha, lendo. Falei:
"Percebeu como ele me trata?"
"E você?"
"Eu?"
"Sim, você: já se deu conta de como o trata, de como o tratou?"
Dei-lhe as costas e fui me fechar no quarto de dormir, batendo a porta. O desprezo que pusera naquelas palavras me surpreendera e ferira. Era a primeira vez que se voltava contra mim de modo tão explícito.

Parti no dia seguinte para a França, carregada dos sentimentos de culpa pelo choro das meninas e de livros para estudar na viagem. Porém, quanto mais me concentrava na leitura, mais as páginas se misturavam a Nino, a Pietro, às minhas filhas, à apologia de Pasquale feita pela irmã, às palavras de Antonio, à mutação de Alfonso. Desembarquei em Paris depois de uma extenuante viagem de trem, mais confusa que nunca. No entanto, já na estação, quando reconheci a mais jovem das duas editoras, fiquei alegre e recuperei o prazer da expansividade, que tinha experimentado com Nino em Montpellier. Mas desta vez não houve hotéis nem salas monumentais, tudo pareceu mais pobre. As duas senhoras me levaram para grandes cidades e pequenos centros, cada dia uma viagem, cada noite um debate numa livraria e até em apartamentos privados.

Quanto às refeições, ao sono, cozinha caseira, uma caminha, às vezes um sofá. Fiquei muito cansada, cuidei cada vez menos de minha aparência, emagreci. Mas mesmo assim agradei minhas editoras e o público que encontrava noite após noite. Deslocando-me de cá para lá, discutindo com fulano ou sicrana numa língua que não era a minha, mas que aprendi rapidamente a governar, redescobri pouco a pouco uma atitude que eu já havia manifestado anos antes, com meu livro anterior: me vinha com naturalidade transformar pequenos acontecimentos privados em reflexões públicas. Todas as noites improvisei com êxito, partindo de minha própria experiência. Falei sobre o mundo de onde eu vinha, da miséria e da degradação, das fúrias masculinas e também femininas, de Carmen, da ligação com o irmão, de suas justificativas para ações violentas que seguramente jamais cometeria. Falei de como tinha observado em minha mãe e nas outras mulheres, desde menina, os aspectos mais humilhantes da vida familiar, da maternidade, da sujeição aos homens. Falei de como, por amor a um homem, era possível chegar a manchar-se de toda a infâmia possível perante outras mulheres, perante os filhos. Falei da relação difícil com os grupos femininos de Florença e de Milão e, ao fazer isso, uma experiência que eu tinha subestimado tornou-se de repente importante, descobri em público quanto aprendera assistindo àquele esforço doloroso de escavação. Falei de como tinha tentado desde sempre, a fim de me impor, ser um homem na inteligência — percebi-me inventada pelos homens, colonizada por sua imaginação, iniciava minha fala assim todas as noites —, e contei como recentemente tinha visto um amigo meu de infância fazer todos os esforços para subverter-se, extraindo de dentro de si uma mulher.

Frequentemente recorria àquela meia hora passada na loja dos Solara, mas me dei conta disso bastante tarde, talvez porque em nenhum momento eu tenha me lembrado de Lila. Não sei por que motivo não acenei à nossa amizade em nenhuma ocasião. Provavelmente achei que, mesmo ela tendo me arrastado para a maré de seus desejos e dos amigos de nossa infância, não tivesse a capacidade de decifrar aquilo que me pusera diante dos olhos. Via, por exemplo, aquilo que num lampejo eu tinha visto em Alfonso? Refletia sobre isso? Não me parecia. Estava mergulhada na *luta* do bairro, se contentara com isso. Quanto a mim, naqueles dias franceses, senti-me no centro do caos e ainda assim dotada de instrumentos para discernir suas leis. Essa convicção, consolidada pelo pequeno sucesso de meu livrinho, ajudou a diminuir minhas ansiedades em relação ao futuro, como se de fato tudo o que eu era capaz de compor em palavras escritas e orais estivesse destinado a compor-se também na realidade. Sim, eu me dizia, cai o casal, cai a família, cai toda gaiola cultural, cai toda possibilidade de acomodação socialdemocrata e, no entanto, cada coisa experimenta assumir violentamente outra forma até então impensada: eu e Nino, a soma de meus filhos e dos dele, a hegemonia da classe operária, o socialismo e o comunismo, sobretudo o sujeito imprevisto, a mulher, eu. Fiz um périplo reconhecendo-me noite após noite numa ideia sugestiva de desestruturação generalizada e, ao mesmo tempo, de uma nova composição.

Enquanto isso, sempre meio ofegante, telefonava para Adele e falava com as meninas, que me respondiam monossilábicas ou perguntavam como numa cantilena: quando você volta? Nas vésperas do Natal tentei me despedir de minhas editoras, mas elas a essa altura tinham se envolvido amorosamente com meu destino e não queriam me deixar partir. Tinham lido meu primeiro livro, queriam republicá-lo e, pensando nisso, arrastaram-me até a redação da editora francesa que anos atrás o havia publicado sem sucesso. Participei timidamente de discussões e tratativas apoiada pelas duas senhoras que, ao contrário de mim, eram muito combativas, sabiam persuadir e intimidar. No final, graças também à mediação da editora milanesa, chegou-se a um acordo: meu texto voltaria a circular no ano seguinte com o selo de minhas editoras. Contei a notícia a Nino por telefone, e ele se entusiasmou. Mas depois, frase após frase, seu descontentamento veio à tona. "Talvez você não precise mais de mim", disse. "Está brincando? Não vejo a hora de abraçar você." "Está tão tomada por suas coisas que não tem mais o mínimo espaço para mim." "Engano seu. Foi graças a você que escrevi esse livro, que sinto ter tudo claro em minha mente." "Então vamos nos ver em Nápoles, ou mesmo em Roma, agora, antes do Natal."

Mas naquele momento era impossível nos vermos, as questões editoriais tinham me tomado tempo, precisava voltar para as meninas. No entanto não consegui resistir, decidimos nos encontrar em Roma pelo menos por algumas horas. Viajei de vagão-leito e cheguei exausta à capital na manhã de 23 de dezembro. Passei horas inúteis na estação, Nino não aparecia, eu estava preocupada, desolada. Já ia tomar um trem para Florença quando ele surgiu todo suado, apesar do frio. Comemos alguma coisa rapidamente, pegamos um quarto de hotel na via Nazionale, a poucos passos na estação, e ficamos lá dentro. Eu queria viajar de tarde, mas não tive forças para deixá-lo, adiei a partida para o dia seguinte. Acordamos felizes por termos dormido juntos: ah, era tão bom esticar um pé e descobrir, após a inconsciência do sono, que ele estava ali na cama, ao meu lado. Era véspera de Natal, e saímos para comprar presentes. Minha viagem retardou de hora em hora, a dele também. Só no fim da tarde me arrastei com as bagagens até o carro dele, não conseguia deixá-lo. Por fim ele deu a partida, e o carro sumiu no tráfego. Arrastei-me com dificuldade da piazza della Repubblica até a estação, mas estava muito atrasada e perdi o trem por poucos minutos. Fiquei desesperada, chegaria a Florença no meio da noite. Mas aconteceu assim, e me resignei a telefonar para casa. Pietro atendeu.

"Onde você está?"

"Em Roma, o trem está parado aqui na estação e não sei quando ele parte."

"Ah, essas ferrovias. Digo às meninas que você não virá para a ceia?"

"Sim, talvez eu não chegue a tempo."

Caiu na risada, desligou.

Viajei num trem totalmente vazio, gelado, não passou nem mesmo o cobrador. Me senti como se tivesse perdido tudo e estivesse indo para o nada, prisioneira de uma desolação que acentuava meus sentimentos de culpa. Cheguei a Florença tarde da noite, não achei um táxi. Arrastei as malas no frio, pelas ruas vazias, e até os repiques natalinos já tinham se perdido havia muito na noite. Recorri às chaves para entrar em casa. O apartamento estava no escuro, num silêncio angustiante. Vaguei pelos cômodos, nenhum vestígio nem das meninas, nem de Adele. Exausta, aterrorizada, mas também exasperada, procurei pelo menos um bilhete que me dissesse aonde tinham ido. Nada.

A casa estava em perfeita ordem.

12.

Tive pensamentos ruins. Talvez Dede ou Elsa ou ambas tivessem se machucado, e Pietro e a mãe as tivessem levado ao hospital. Ou era meu marido quem estava no hospital depois de ter feito alguma loucura, e Adele estava com ele e as meninas.

Circulei pela casa consumida pela ansiedade, não sabia o que fazer. A certa altura, pensei que — não importava o que houvesse acontecido — era provável que minha sogra tivesse avisado Mariarosa, e, embora fossem três da madrugada, decidi telefonar. Minha cunhada atendeu depois de um tempo, foi difícil tirá-la do sono. Mas por fim fiquei sabendo que Adele tinha decidido levar as meninas para Gênova — tinham viajado três dias antes —, para permitir que eu e Pietro pudéssemos enfrentar nossa situação em liberdade, enquanto Dede e Elsa passavam suas férias de Natal em um clima sereno.

Por um lado a notícia me acalmou, por outro, me deixou furiosa. Pietro tinha mentido para mim: quando liguei, ele já sabia que não haveria nenhuma ceia, que as meninas não estavam me esperando, que tinham viajado com a avó. E Adele? Como se permitiu levar minhas filhas embora? Desabafei no telefone com Mariarosa, que me escutou em silêncio. Perguntei: estou errando tudo, mereço o que está acontecendo comigo? Ela assumiu um tom grave, mas encorajador. Disse que eu tinha o direito de ter minha vida e o dever de continuar estudando e escrevendo. Então se ofereceu para hospedar a mim e às meninas sempre que eu estivesse em dificuldades.

Suas palavras me acalmaram, mas mesmo assim não consegui dormir. Fiquei remoendo no peito angústias, raivas, o desejo de Nino, a tristeza por ele passar as festas em família, com Albertino, e eu reduzida a uma mulher sozinha, sem afetos, numa casa vazia. Às nove da manhã escutei a porta de casa se abrindo, era Pietro. Imediatamente o afrontei, gritando: como você confiou as meninas à sua mãe sem minha permissão? Estava desgrenhado, a barba por fazer, fedendo a vinho, mas não parecia bêbado. Deixou-me gritar sem reagir, apenas repetiu várias vezes e em tom deprimido: estou ocupado, não posso cuidar disso, você tem seu amante, não está com tempo para elas.

Obriguei-o a se sentar, na cozinha. Tentei me acalmar, falei: "Precisamos entrar em acordo."

"Explique-se, que tipo de acordo."

"As meninas vêm morar comigo, e você as encontra nos fins de semana."

"Nos fins de semana onde?"

"Em minha casa."

"Onde é sua casa?"
"Não sei, depois decido: aqui, em Milão, em Nápoles."
Bastou aquela palavra: Nápoles. Assim que a escutou, deu um salto, arregalou os olhos, abriu a boca como para me morder, ergueu o punho com tal expressão de ferocidade no rosto que me assustei. Foi um instante eterno. A torneira pingava, a geladeira zumbia, alguém ria no pátio. Pietro era grande, os nós dos dedos grossos e brancos. Já havia batido em mim uma vez, compreendi que agora me golpearia com tal violência que me mataria ali mesmo, e levantei os braços no instinto para me proteger. Mas ele mudou de ideia bruscamente, se virou e esmurrou uma, duas, três vezes o móvel de metal onde eu guardava as vassouras. Teria prosseguido se eu não tivesse agarrado seu braço, aos gritos: pare com isso, chega, está se machucando.

A consequência de sua raiva foi que o medo que eu experimentara ao entrar em casa acabou se tornando verdade, e fomos parar no hospital. Engessaram sua mão, e na volta pareceu até alegre. Lembrei que era Natal e preparei algo para comer. Sentamos à mesa e ele de repente falou:

"Ontem liguei para sua mãe."

Estremeci.

"Mas por quê?"

"Bem, alguém devia avisá-la. Contei o que você fez comigo."

"Era eu quem devia falar com ela."

"Por quê? Para contar mentiras, como fez comigo?"

Tornei a me agitar, mas tentei me conter, temi que ele voltasse a esmagar os ossos para evitar me esmagar. No entanto vi que sorria calmo, olhando o punho engessado.

"Assim não posso dirigir", resmungou.

"Aonde você quer ir?"

"À estação."

Descobri que minha mãe tinha tomado um trem no dia de Natal — o dia em que ela atribuía a si mesma o máximo de centralidade doméstica, o máximo da responsabilidade — e estava prestes a chegar.

13.

Tive a tentação de fugir. Pensei em escapar para Nápoles — para a cidade de minha mãe, justo enquanto ela estava chegando à minha — e buscar um pouco de paz ao lado de Nino. Contudo não me movi. Por mais que me sentisse mudada, continuava sendo a pessoa disciplinada que jamais se furtara a nada. De resto, disse a mim mesma, o que ela pode me fazer? Sou uma mulher, não uma menina. No máximo trará umas coisas boas para comer, como naquele Natal de dez anos atrás, quando fiquei doente e ela foi me visitar no alojamento da Normal.

Fui com Pietro buscar minha mãe na estação, eu dirigindo o carro. Ela desceu do trem toda empertigada, vestindo roupas novas, sapatos novos, até com ruge nas bochechas. Você está bem, eu disse a ela, muito elegante. Ela sibilou: não por mérito seu, e não me dirigiu mais a palavra. Em compensação, foi muito afetuosa com Pietro. Informou-se sobre o gesso no braço e, como ele foi vago — disse que tinha trombado numa porta —, passou a resmungar num italiano incerto: trombar, eu sei quem fez você trombar, imagina só, trombar.

Uma vez em casa, interrompeu sua falsa compostura. Me fez um longo sermão mancando para lá e para cá pela sala. Elogiou exageradamente meu marido, ordenou que lhe pedisse perdão. Vendo que eu não me decidia, passou a implorar a ele que me perdoasse, jurando por Peppe, Gianni e Elisa que não voltaria para casa se nós dois não fizéssemos as pazes. No início, exaltada como estava, quase me pareceu que estivesse debochando de mim e de meu marido. A lista que fez das virtudes de Pietro me pareceu interminável e — devo admitir — não poupou nem mesmo as minhas. Enfatizou mil vezes que, em matéria de inteligência e estudos, éramos feitos um para o outro. Pediu que pensássemos no bem de Dede — era sua neta favorita, sobre Elsa nenhuma menção —, a menina entendia tudo e não era justo fazê-la sofrer.

Enquanto ela falava, meu marido se mostrava sempre de acordo, embora com aquela expressão incrédula que assume diante de um espetáculo de imoderação. Ela o abraçou, o beijou, agradeceu por sua generosidade, diante da qual — gritou para mim — eu deveria simplesmente ficar de joelhos. Empurrou-nos incessantemente com mãozadas rudes um contra o outro, para que nos abraçássemos e nos beijássemos. Me esquivei, fui arredia. O tempo todo pensei: não a suporto, não suporto que em um momento como este eu *ainda* tenha de acertar contas, sob os olhos de Pietro, com o fato de que sou filha dessa mulher. Enquanto isso eu tentava me acalmar e me dizia: é a mesma cena de sempre, daqui a pouco ela se cansa e vai dormir. Somente quando me agarrou pela enésima vez, forçando-me a admitir que eu havia cometido um erro gravíssimo, não aguentei mais, suas mãos me ofenderam e as arranquei de mim. Disse algo como: chega, mãe, não adianta, não posso mais viver com Pietro, gosto de outro.

Foi um equívoco. Eu a conhecia, ela estava esperando apenas uma pequena provocação. A ladainha se interrompeu, as coisas mudaram num relâmpago. Golpeou-me com um tapa violentíssimo, gritando em metralhadora: calada, vadia, calada, calada, calada. E tentou agarrar meus cabelos, berrou que não podia mais comigo, que não era possível que eu, *eu*, quisesse arruinar minha vida correndo atrás do filho de Sarratore, alguém que era pior, bem pior que aquele homem de merda do pai dele. Antigamente, gritou, achei que fosse sua amiga Lina quem a desviava do bom caminho, mas estava errada, você, *você* é que é a sem-vergonha; a outra, sem você, se tornou uma pessoa excelente. Ah, diacho, por que não quebrei suas pernas desde pequena. Você tem um marido de ouro, que lhe dá uma vida de madame nesta cidade linda, que a ama, que lhe deu duas filhas, e você retribui assim, cretina? Venha cá, eu lhe dei a vida e agora lhe tiro.

 Estava em cima de mim, tive a impressão de que queria mesmo me matar. Naqueles instantes senti toda a verdade da decepção que eu estava lhe causando, toda a verdade do amor materno que, perdendo as esperanças de me dobrar ao que achava que era o meu bem — vale dizer, o que ela nunca teve e que eu no entanto possuía, algo que até um dia antes fazia dela a mãe mais abençoada do bairro —, estava pronto a transformar-se em ódio e a me destruir a fim de me punir pelo desperdício de dons que recebera de Deus. Então a empurrei para longe, a empurrei berrando mais forte que ela. Empurrei-a sem querer, instintivamente, com tanta força que a fiz perder o equilíbrio e a derrubei no chão.

 Pietro se assustou. Vi em seu rosto, nos olhos, meu mundo se chocando contra o seu. Com certeza nunca tinha visto na vida uma cena daquele tipo, com palavras tão gritadas, com reações tão desmedidas. Minha mãe tinha tombado uma cadeira e caído pesadamente. Agora, por causa da perna doente, tinha dificuldade de se levantar e agitava um braço para agarrar-se à borda de uma mesa e ficar de pé. Mas não cedia, continuava gritando ameaças e insultos contra mim. Não parou nem mesmo quando Pietro, estarrecido, a ajudou a se levantar com o braço bom. Ela, com a voz embargada, raivosa e ao mesmo tempo sinceramente dolorida, arquejou de olhos arregalados: você não é mais minha filha, meu filho é ele, ele, nem sequer seu pai quer mais você, nem sequer seus irmãos; que o filho de Sarratore lhe passe gonorreia e sífilis, o que eu fiz de mal para viver um dia como este, oh, meu Deus, meu Deus, meu Deus, quero morrer agora, quero morrer já. Estava tão tomada pelo sofrimento que — algo para mim inverossímil — desandou a chorar.

 Corri para me trancar no quarto. Não sabia o que fazer, nunca imaginei que me separar fosse causar tanto estrago. Estava assustada, desolada. De que fundo escuro, de que prepotência me chegara a determinação para rechaçar minha mãe com a sua idêntica violência física? Só me aquietei quando, depois de um tempo, Pietro veio bater na porta e dizer baixinho, com uma doçura inesperada: não abra, não lhe peço que me deixe entrar; só quero lhe dizer que eu não queria isso, é demais, nem você merece isso.

14.

Esperei que minha mãe abrandasse, que já de manhã, numa de suas bruscas guinadas, achasse um jeito de reafirmar que gostava de mim e que, apesar de tudo, tinha orgulho de sua filha. Mas não foi assim. Pude ouvi-la conversando com Pietro a noite inteira: ela o afagava, reiterava rancorosa que eu sempre tinha sido sua cruz, dizia suspirando que comigo era preciso ter paciência. No dia seguinte, para evitar que acabássemos brigando de novo, circulei pela casa ou tentei ler sem jamais me intrometer em seus conluios. Estava muito infeliz. Me envergonhava do empurrão que lhe havia dado, me envergonhava dela e de mim, desejava pedir desculpas, abraçá-la, mas temia que ela não entendesse e achasse que eu estava me rendendo. Se tinha chegado a afirmar que eu era a alma negra de Lila, e não Lila a minha, é porque eu devo ter lhe dado uma decepção realmente insuportável. Para justificá-la, disse a mim mesma: sua unidade de medida é o bairro; a seus olhos, tudo ali se arranjou da melhor forma: sente-se aparentada dos Solara graças a Elisa; seus filhos homens finalmente trabalham para Marcello, que chama orgulhosamente de meu genro; traz em suas roupas novas a marca do bem-estar que se derramou sobre ela; portanto é natural que Lila, a serviço de Michele Solara, unida estavelmente a Enzo, rica a ponto de querer resgatar para seus pais o pequeno apartamento onde moram, lhe pareça mais bem-sucedida do que eu. Mas raciocínios desse tipo só serviram para acentuar ainda mais a distância entre mim e ela, já não tínhamos pontos de contato.

Foi embora sem que trocássemos palavra. Fomos levá-la de carro até a estação, mas fez como se eu não estivesse ao volante. Limitou-se a desejar tudo de bom a Pietro e a lhe pedir, até um segundo antes de o trem partir, que a mantivesse informada sobre o braço engessado e as meninas.

Assim que desapareceu, percebi com certa surpresa que sua entrada em cena tivera um efeito inesperado. Já enquanto voltávamos para casa, meu marido foi além das poucas palavras de solidariedade sussurradas à minha porta na noite anterior. Aquele confronto desproporcional com minha mãe deve ter revelado mais de mim a ele — de como eu tinha crescido — do que eu mesma lhe havia contado ou ele houvesse imaginado. Acho que teve pena de mim. Voltou subitamente a si, nossas relações tornaram a ser cordiais, dias depois fomos a um advogado que a princípio falou de amenidades e por fim nos perguntou:

"Vocês têm certeza de que não querem mais viver juntos?"

"Como é possível viver com uma pessoa que não gosta mais de você?", disse Pietro.

"A senhora não gosta mais de seu marido?"

"Isso não vem ao caso", respondi. "O senhor deve apenas facilitar os trâmites da separação."

Quando saímos para a rua, Pietro riu:

"Você é idêntica à sua mãe."

"Não é verdade."

"Tem razão, não é verdade: você é como sua mãe se ela tivesse estudado e começado a escrever romances."

"O que você quer dizer com isso?"

"Quero dizer que você é pior."

Fiquei um pouco irritada, mas não muito; estava contente de que, nos limites do possível, ele houvesse recuperado a sobriedade.

Dei um suspiro de alívio e passei a me concentrar no que fazer. Durante longos interurbanos a Nino, lhe contei tudo o que me acontecera desde o momento em que nos deixamos, discutimos sobre minha transferência para Nápoles, omiti por prudência que Pietro e eu tínhamos voltado a dormir sob o mesmo teto, embora naturalmente em quartos separados. Acima de tudo ouvi muitas vezes minhas filhas e anunciei com explícita hostilidade a Adele que iria buscá-las de volta.

"Não se preocupe", minha sogra tentou me tranquilizar, "pode deixá-las comigo todo o tempo que for preciso."

"Dede tem a escola."

"Podemos matriculá-la aqui, bem ao lado, eu cuido de tudo."

"Obrigada, mas preciso ficar com elas."

"Pense nisso. Uma mulher separada, com duas filhas e as ambições que você tem, precisa acertar os ponteiros com a realidade e estabelecer o que é renunciável e o que não é."

Tudo naquela última frase me aborreceu.

15.

Queria partir imediatamente para Gênova, mas me ligaram da França. A mais velha das minhas editoras me pediu que escrevesse para uma revista importante as ideias que ouviu em minhas falas públicas. Assim, imediatamente me vi numa situação em que precisava escolher entre ir buscar minhas filhas ou começar a trabalhar. Adiei a partida, empenhei-me dia e noite com a ânsia de fazer direito. Ainda estava tentando dar uma forma aceitável ao meu texto quando Nino me anunciou que, antes de recomeçar na universidade, tinha alguns dias livres e estava pronto para me encontrar. Não pude resistir, e fomos ao Argentario de carro. Me entorpeci de amor. Passamos dias maravilhosos, abandonados ao mar do inverno e, como nunca me acontecera com Franco e muito menos com Pietro, ao prazer de comer e de beber, da conversa culta, do sexo. De manhã, me levantava da cama ao alvorecer e me punha a escrever.

Uma noite, na cama, Nino me deu umas folhas que tinha escrito, disse que contava muito com minha opinião. Era um ensaio complicado sobre a Italsider de Bagnoli. Li bem ao lado dele, que de vez em quando murmurava em meu ouvido, se autodepreciando: eu escrevo mal, corrija se quiser, você é melhor, já era na época do liceu. Elogiei muito o trabalho, sugeri algumas correções. Mas Nino não se satisfez, me estimulou a interferir mais. Foi naquela circunstância que, quase para me convencer da necessidade de minhas correções, acabou me dizendo que tinha uma história ruim para me revelar. Assim definiu seu segredo, entre embaraço e ironia: a coisa mais vergonhosa que fiz em toda minha vida. E me disse que tinha a ver com o artiguinho em que eu relatava meu embate com o professor de religião, aquele que ele me encomendara para uma revistinha de estudantes nos tempos do liceu.

"O que você aprontou?", perguntei rindo.

"Já lhe digo, mas leve em conta que eu era apenas um garoto."

Senti que se envergonhava de verdade e me alarmei um pouco. Falou que, quando leu meu artigo, teve a impressão de que era impossível escrever de modo tão agradável e tão inteligente. Fiquei contente com o elogio, lhe dei um beijo, me lembrei de quanto havia trabalhado naquelas poucas páginas na companhia de Lila, e logo em seguida representei com autoironia a desilusão, o sofrimento por que passei quando a revista não o publicou por falta de espaço.

"Foi o que eu lhe disse?", indagou Nino incomodado.

"Talvez, agora não lembro."

Fez uma expressão desconsolada.

"A verdade é que espaço para seu artigo é o que não faltava."

"Então por que não o publicaram?"

"Por inveja."

Estourei numa risada.

"Os redatores tinham inveja de mim?"

"Não, fui *eu* que senti inveja. Li aquelas páginas e as joguei no lixo. Não consegui tolerar que fosse tão boa."

Por um instante eu não disse nada. Quanto eu me apegara àquele artigo, quanto tinha sofrido. Não conseguia acreditar: era possível crer que o estudante predileto da professora Galiani tivesse sentido inveja de umas poucas linhas escritas por uma ginasial a ponto de jogá-las no lixo? Senti que Nino estava à espera de minha reação, mas eu não sabia como situar uma ação tão mesquinha no nimbo radiante com que o circundei desde menina. Os segundos se passavam e eu tentava desorientada reter perto de mim aquela ação vil para evitar que ela fosse unir-se à péssima fama que, segundo Adele, Nino gozava em Milão, ou à sugestão que me vinha de Lila e Antonio para desconfiar dele. Depois me recuperei, me saltou aos olhos o aspecto positivo daquela confissão, e o abracei. Substancialmente não havia nenhum motivo para que ele me contasse aquele episódio, era uma má ação muito distante no tempo. No entanto ele acabara de fazê-lo, e sua necessidade de ser sincero para além de todo cálculo, mesmo se arriscando a mostrar-se sob uma péssima luz, acabou me comovendo. De repente, a partir daquele momento, senti que podia acreditar sempre nele.

Naquela noite nos amamos com uma paixão incomum. Ao acordar me dei conta de que, admitindo aquela culpa, Nino admitia que a seus olhos eu sempre fui uma menina fora do comum, mesmo quando estava namorando com Nadia Galiani, mesmo quando se tornou amante de Lila. Ah, como era excitante me sentir não só amada, mas também admirada. Confiou-me seu texto, ajudei-o a dar uma forma mais brilhante a ele. Naqueles dias do Argentario tive a impressão de que agora havia expandido definitivamente minha capacidade de sentir, de entender, de me exprimir, coisa que — pensava com orgulho — se confirmava pela discreta acolhida, fora da Itália, do livro que eu escrevera estimulada por ele, para lhe agradar. Naquele momento eu tinha tudo. À margem tinham ficado apenas Dede e Elsa.

16.

Não falei de Nino à minha sogra. Em vez disso, contei sobre a revista francesa e me mostrei integralmente absorvida pelo texto que estava escrevendo. Em seguida, embora de má vontade, agradeci por estar cuidando bem das netas.

Apesar de não confiar nela, naquela altura compreendi que Adele havia atentado para um problema autêntico. O que eu poderia fazer para conciliar minha vida e minhas filhas? Dava por certo, é verdade, que em breve iria viver com Nino em algum lugar, e nesse caso nos ajudaríamos um ao outro. Mas, e nesse meio-tempo? Não seria fácil dar conta da necessidade de nos vermos, de Dede, Elsa, de escrever, dos compromissos públicos, das pressões a que Pietro, embora mais razoável, de todo modo me submeteria. Sem falar da questão do dinheiro. De meu mesmo havia sobrado muito pouco, e ainda não sabia quanto o novo livro renderia. Estava fora de cogitação que eu pudesse no curto prazo bancar um aluguel, telefone, a vida cotidiana de minhas filhas e a minha. De resto, em que lugar tomaria forma aquela nossa cotidianidade? Em breve iria buscar as meninas, mas para levá-las aonde? A Florença, ao apartamento em que tinham nascido e no qual, reencontrando um pai gentil, uma mãe educada, milagrosamente se convenceriam de que tudo tinha voltado ao normal? Queria iludi-las, sabendo muito bem que à primeira aparição de Nino as decepcionaria ainda mais? Devia dizer a Pietro que fosse embora, mesmo tendo sido eu a romper com ele? Ou cabia a mim deixar o apartamento?

Parti para Gênova com mil perguntas e nenhuma decisão.

Meus sogros me receberam com elegante frieza, Elsa, com certo entusiasmo, Dede, com hostilidade. Eu conhecia pouco a casa de Gênova, em minha memória só restara uma impressão de luz. Na realidade, havia salas inteiras forradas de livros, móveis antigos, lampadários de cristal, assoalhos cobertos de tapetes valiosos, cortinas pesadas. Apenas a sala de estar era ofuscante, com uma grande vidraça que recortava um trecho de luz e de mar e o expunha como um artefato precioso. Minhas filhas — percebi — se moviam por todo o apartamento com mais liberdade do que na casa delas: tocavam em tudo, pegavam tudo sem jamais uma censura e se dirigiam à empregada doméstica com o tom cortês mas imperativo que haviam aprendido com a avó. Nas primeiras horas após minha chegada, me mostraram seu quarto, quiseram me entusiasmar com os inúmeros brinquedos que, caros como eram, nunca receberiam de mim ou do pai, me contaram as muitas coisas maravilhosas que tinham feito e visto. Aos poucos fui entendendo que Dede se apegara muito ao avô, ao passo que Elsa, mesmo tendo me abraçado e beijado ao extremo, dirigia-se a Adele por qualquer coisa que precisasse ou, quando estava cansada, subia em seus joelhos e me observava de lá com um olhar melancólico, o polegar dentro da boca. As meninas tinham aprendido a prescindir de mim em tão pouco tempo? Ou estavam abatidas com o que tinham visto e ouvido nos últimos meses e agora, apreensivas com o enxame de desastres que eu evocava, tinham medo de me aceitar de volta? Não sei. O fato é que não ousei dizer imediatamente: preparem suas coisas e vamos. Fiquei alguns dias, recomecei a cuidar delas. E meus sogros nunca se intrometeram, ao contrário, ao primeiro apelo — sobretudo de Dede — à autoridade deles contra a minha, se retiravam evitando qualquer conflito.

Principalmente Guido estava muito atento a falar de outras coisas, nos primeiros dias não acenou sequer ao rompimento entre mim e o filho. Depois do jantar, quando Dede e Elsa iam dormir e, por cortesia, ele conversava comigo antes de ir trabalhar em seu escritório até altas horas (evidentemente Pietro apenas aplicava o mesmo modelo do pai), mostrava-se constrangido. Refugiava-se quase sempre na discussão política: a agudização da crise do capitalismo, a panaceia da austeridade, o alargamento da margem de exclusão, o terremoto no Friul como símbolo de uma Itália precária, as grandes dificuldades da esquerda, velhos partidos e grupelhos. Mas o fazia sem demonstrar nenhuma curiosidade por minhas opiniões, que aliás nem mesmo eu me esforçava em ter. Se de fato me encorajava a manifestar minhas ideias, passava a falar de meu livro, cuja edição italiana vi pela primeira vez justamente naquela casa: era um volumezinho magro, pouco vistoso, recebido junto aos muitos livros e revistas que se empilhavam continuamente sobre as mesas à espera de serem folheados. Uma noite ele me fez umas perguntas, e eu — sabendo que não o tinha lido e não o leria nem mesmo em seguida — resumi os argumentos e li algumas linhas para ele. De modo geral, escutou muito sério, atento. Somente em um caso sugeriu críticas eruditas sobre uma passagem de Sófocles que eu citara fora de propósito e assumiu tons professorais que me deixaram envergonhada. Era um homem que emanava autoridade, embora a autoridade seja uma pátina e às vezes baste pouco para que, mesmo por uns minutos, ela se rompa e deixe entrever outra pessoa, menos edificante. Quando fiz menção ao feminismo, Guido rompeu subitamente a compostura, seus olhos brilharam de inesperada malícia e começou a cantarolar com sarcasmo, o rosto vermelho — ele, que em geral tinha uma cor anêmica —, dois ou três slogans que tinha ouvido: *sexo, sexo dos meus desejos, quem sente orgasmos nesses reinos? Nenhuma*; e também: *não somos máquinas de reprodução, mas mulheres lutando por liberação*. Cantarolava e ria, todo excitado. Quando percebeu que me deixou surpresa e incomodada, agarrou os óculos, limpou as lentes com cuidado e se retirou para estudar.

Naquelas poucas noites, Adele se manteve quase sempre calada, mas logo entendi que tanto ela quanto o marido estavam procurando o meio asséptico para me colocar na berlinda. Porém, como eu não mordia a isca, foi justamente meu sogro quem enfrentou o problema a seu modo. Quando Dede e Elsa nos deram o boa-noite, ele submeteu as netas a uma espécie de ritual jocoso:
"Como se chamam estas duas lindas senhoritas?"
"Dede."
"Elsa."
"E o que mais? O vovô quer ouvir o nome completo."
"Dede Airota."
"Elsa Airota."
"Airota como quem?"
"Como o papai."
"E quem mais?"
"Como o vovô."
"E a mamãe, como se chama?"
"Elena Greco."
"E vocês se chamam Greco ou Airota?"
"Airota."
"Muito bem. Boa noite, queridas, tenham lindos sonhos."

Então, assim que as meninas saíram da sala acompanhadas por Adele, disse como se seguisse um fio que derivava das respostinhas das duas meninas: soube que a causa do rompimento com Pietro foi Nino Sarratore. Estremeci, fiz sinal que sim. Ele sorriu e começou a elogiar Nino, mas não com a adesão absoluta de anos passados. Definiu-o como um rapaz muito inteligente, alguém que era bastante habilidoso, mas — disse enfatizando a conjunção adversativa — é *undívago*, e repetiu a palavra como para entender se havia escolhido a mais certa. Então sublinhou: as últimas coisas que Sarratore escreveu não me agradaram. E, com um tom súbito de desdém, colocou-o no grupo dos que achavam mais urgente aprender a pôr em funcionamento as engrenagens do neocapitalismo a continuar exigindo transformações das relações sociais e de produção. Usou essa linguagem, mas conferindo a cada palavra a consistência do insulto.

Não o suportei. Empenhei-me em convencê-lo de que estava enganado, e Adele retornou justo quando eu citava textos de Nino que me pareciam muito radicais, e Guido me ouvia emitindo o som surdo a que recorria sempre que estava pendente entre o consenso e o dissenso. Me calei de pronto, bastante agitada. Por alguns minutos meu sogro pareceu suavizar seu julgamento (*de resto, é difícil para todo mundo orientar-se no marasmo da crise italiana, e posso compreender que jovens como ele se encontrem em dificuldade, especialmente se têm vontade de agir*), até que se levantou e se recolheu no escritório. Porém, antes de desaparecer, voltou atrás um instante. Parou na soleira e escandiu com hostilidade: mas há agir e agir, Sarratore é uma inteligência sem tradições, gosta mais de ser simpático com quem manda do que se bater por uma ideia; vai se tornar um tecnocrata muito solícito. E interrompeu a fala, mas ainda hesitando, como se tivesse algo bem mais cru na ponta da língua. No entanto se limitou a murmurar boa-noite e foi para o escritório.

Senti sobre mim o olhar de Adele. Também preciso me retirar, pensei, preciso inventar uma desculpa, dizer que estou cansada. Mas esperei que Adele encontrasse uma fórmula conciliadora, capaz de me acalmar, e por isso perguntei:

"O que significa que Nino é uma inteligência sem tradições?"
Ela me olhou com ironia.
"Que não é ninguém. E, para quem não é ninguém, tornar-se alguém é mais importante que qualquer outra coisa. A consequência é que esse senhor Sarratore é uma pessoa inconfiável."
"Eu também sou uma inteligência sem tradições."
Sorriu.
"Você também, sim, e de fato é inconfiável."

Silêncio. Adele tinha falado com tranquilidade, como se as palavras não tivessem nenhuma carga afetiva, mas se limitassem a registrar dados de fato. Me senti igualmente ofendida.

"O que você quer dizer com isso?"

"Que lhe confiei um filho, e você o tratou sem honestidade. Se gostava de outro, por que se casou com ele?"

"Eu não sabia que gostava de outro."

"Você está mentindo."

Hesitei, admiti:

"Estou mentindo, sim, mas porque você me obriga a dar uma explicação linear, e as explicações lineares são quase sempre falsas. Você também me falou mal de Pietro, aliás, me defendeu contra ele. Estava mentindo?"

"Não. De fato fiquei do seu lado, mas dentro de um pacto que você deveria ter respeitado."

"Qual?"

"Continuar com seu marido e com as meninas. Você era uma Airota, suas filhas eram Airota. Não queria que se sentisse inadequada e infeliz, tentei ajudá-la a ser uma boa mãe e uma boa esposa. Mas, se o pacto foi rompido, tudo muda de figura. De mim e de meu marido você não terá mais nada, ao contrário, vou tirar tudo aquilo que lhe dei."

Respirei fundo, tentei manter a voz calma assim como ela estava fazendo.

"Adele", falei, "eu sou Elena Greco e minhas filhas são minhas filhas. Que se fodam todos vocês, Airota".

Fez sinal que sim, pálida, agora com expressão severa.

"Bem se vê que você é Elena Greco, agora está mais que evidente. Mas suas meninas são filhas de meu filho, e não vamos permitir que você as arruíne."

Deixou-me plantada ali e foi dormir.

17.

Foi o primeiro embate com meus sogros. Seguiram-se outros, mas nunca chegaram a um desprezo tão explícito. Em seguida, se limitaram a me demonstrar por todos os meios que, se eu insistia em cuidar sobretudo de mim, deveria deixar Dede e Elsa com eles. Naturalmente me opus, não houve dia em que não me enfurecesse e não decidisse levar imediatamente minhas filhas para Florença, Milão, Nápoles, para qualquer lugar, só para não deixá-las nem um minuto a mais naquela casa. Mas logo cedia, adiava a partida, sempre ocorria algo que testemunhava contra mim. Nino, por exemplo, telefonava e eu não resistia, corria para encontrá-lo onde ele quisesse. Além disso, também na Itália começara o pequeno sucesso do novo livro que, embora ignorado pelos resenhistas dos grandes jornais, de todo modo ia alcançando seu público. De modo que muitas vezes eu aliava os encontros com os leitores às escapadas com meu amante, o que alongava o tempo em que me afastava das meninas.

Deixava-as com grande esforço. Sentia em mim seu olhar acusador, e sofria. No entanto, já no trem, enquanto estudava, enquanto me preparava para algum debate público, enquanto antecipava com a imaginação o encontro com Nino, gozava a alegria desabrida que começava a borbulhar por dentro. Logo descobri que estava me habituando a ser simultaneamente feliz e infeliz, como se esse fosse o novo e inevitável estatuto de minha vida. Quando voltava a Gênova me sentia culpada — Dede e Elsa já estavam à vontade, tinham escola, colegas de brincadeiras, tudo o que pediam, independentemente de mim —, mas tão logo eu partia de novo a culpa se tornava um estorvo irritante e se atenuava. Obviamente eu notava isso, e aquela oscilação fazia com que me sentisse mesquinha. Era humilhante ter de admitir que uma discreta notoriedade e o amor por Nino conseguissem obscurecer Dede e Elsa. Mas era assim.

O eco da frase de Lila: *pense no mal que você está fazendo a suas filhas* tornou-se justamente naquele período uma espécie de epígrafe permanente que introduzia a infelicidade. Eu viajava, mudava várias vezes de cama, frequentemente não conseguia dormir. Voltavam à memória as maldições de minha mãe, que se misturavam às palavras de Lila. Ela e minha amiga, que no entanto, para mim, tinham sido desde sempre uma o avesso da outra, naquelas noites acabaram muitas vezes por coincidir. Sentia ambas hostis, estranhas à minha vida nova, e de um lado isso me parecia a prova de que eu finalmente me tornara uma pessoa autônoma, de outro, fazia com que me sentisse sozinha, à mercê de minhas dificuldades.

Tentei reatar as relações com minha cunhada. Ela como sempre se mostrou bastante disponível, organizou um encontro em homenagem a meu livro numa livraria de Milão. Compareceram sobretudo mulheres, e ora fui muito criticada, ora muito elogiada por grupos opostos. De início me assustei, mas Mariarosa interveio com autoridade, e eu descobri em mim uma insuspeitada capacidade de manter o equilíbrio entre o consenso e o dissenso, adotando um papel de mediadora (sabia dizer de modo convincente: *não era exatamente isso o que eu queria dizer*). No final fui aplaudida por todas, especialmente por ela.

Depois jantei e dormi em sua casa. Lá encontrei Franco, e também Silvia com o filho, Mirko. Durante todo o tempo fiquei espiando o menino — calculei que devia ter oito anos — e notei todas as semelhanças físicas e até de caráter que certamente tinha com Nino. Não tinha dito a ele que sabia daquele menino e decidi que nunca tocaria no assunto. Mas por toda a noite conversei o tempo todo com ele, lhe fiz carinhos, brinquei, o pus nos joelhos. Em que desordem vivíamos, quantos fragmentos de nós iam sendo lançados como se viver fosse explodir em estilhaços. Em Milão, sim, havia esse menino, em Gênova, minhas filhas, em Nápoles, Albertino. Não resisti, cheguei a falar daquela dispersão com Silvia, com

Mariarosa, com Franco, adotando a postura da pensadora desencantada. Na realidade, esperava que fosse meu ex-namorado — como sempre — que se apropriasse do discurso e dispusesse tudo segundo sua habilíssima dialética, organizando o presente, antecipando o futuro e nos tranquilizando. Mas ele foi a verdadeira surpresa da noite. Falou sobre o fim iminente de uma época que havia sido *objetivamente* — usou o advérbio com sarcasmo — revolucionária, mas que agora — disse —, declinando, levava consigo todas as categorias que tinham servido de bússola.

"Não me parece", objetei, mas só para provocá-lo, "na Itália a situação é muito animada e combativa."

"Não lhe parece porque você está contente de si."

"Ao contrário, estou deprimida."

"Deprimidos não escrevem livros. Quem os escreve são pessoas contentes, que viajam, estão apaixonadas e falam e falam com a convicção de que as palavras de um modo ou de outro sempre seguem a direção justa."

"E não é assim?"

"Não, as palavras raramente seguem a direção justa, e somente por um tempo brevíssimo. Quanto ao resto, servem apenas para falar a esmo, como agora. Ou para fingir que está tudo sob controle."

"Fingir? Você, que sempre manteve tudo sob controle, era um fingidor?"

"Por que não? Fingir um pouco é fisiológico. Nós, que queríamos fazer a revolução, éramos aqueles que, mesmo no meio do caos, inventavam sempre uma ordem e faziam de conta saber exatamente como as coisas estavam indo."

"Está se denunciando?"

"Mas claro. Boa gramática, boa sintaxe. Uma explicação pronta para tudo. Nenhuma chaga que contamine, nenhuma ferida que não tenha seus pontos de sutura, nenhum quarto escuro que lhe dê medo. Só que, a certa altura, o truque não funciona mais."

"Ou seja?"
"Blá-blá-blá, Lena, blá-blá-blá. O significado está abandonando as palavras."
E não parou por ali. Ironizou longamente suas próprias frases, zombando de si e de mim. Depois murmurou: quanta bobagem estou dizendo, e passou o resto do tempo ouvindo nós três.

Fiquei espantada ao constatar que, se em Silvia os terríveis sinais da violência sofrida pareciam de todo apagados, nele o espancamento a que fora submetido anos antes havia lentamente exposto outro corpo e outro espírito. Levantou-se várias vezes para ir ao banheiro, mancava, mesmo que de modo discreto, a órbita avermelhada e mal preenchida pelo olho falso se mostrava mais combativa que o outro olho, o qual, embora estivesse vivo, parecia opaco pela depressão. Mas acima de tudo tinham desaparecido tanto o Franco agradavelmente enérgico de antigamente quanto o homem sombrio da convalescência. Pareceu-me uma pessoa suavemente melancólica, capaz de um cinismo afetuoso. Se Silvia gastou algumas palavras para que eu fosse buscar minhas filhas, se Mariarosa disse que, enquanto eu não tivesse uma situação estável, Dede e Elsa estariam bem com os avós, Franco se abandonou ao elogio de minhas capacidades, definidas ironicamente como masculinas, e insistiu para que eu continuasse a afiná-las, sem me perder com obrigações de mulher.

Quando me retirei em meu quarto, tive dificuldade de dormir. Qual era o mal de minhas filhas, qual era o bem? E o meu mal, o meu bem, consistiam em quê?; coincidiam ou divergiam de seu mal e de seu bem? Naquela noite Nino acabou no fundo, e Lila reemergiu. Somente Lila, sem o apoio de minha mãe. Senti a necessidade de brigar com ela, de gritar: não me critique apenas, assuma a responsabilidade de me sugerir o que devo fazer. Por fim adormeci. No dia seguinte voltei para Gênova e disse de supetão a Dede e Elsa, na presença de meus sogros:

"Meninas, neste período tenho muito trabalho. Daqui a poucos dias preciso viajar de novo, e depois de novo e de novo. Vocês querem vir comigo ou ficar com seus avós?" Até hoje, enquanto escrevo, me envergonho daquela pergunta. Primeiro Dede e logo em seguida Elsa responderam: "Com os avós. Mas, quando você puder, volte e nos traga uns presentes."

18.

Foram necessários mais de dois anos cheios de alegrias, tormentos, surpresas ruins e pensamentos aflitivos para que eu conseguisse pôr um pouco de ordem em minha vida. Nesse meio-tempo, mesmo vivendo dolorosas agruras privadas, publicamente continuei tendo êxito. As menos de cem páginas que eu escrevera sobretudo para impressionar Nino foram logo traduzidas para alemão e inglês. Tanto na França quanto na Itália meu livro de dez anos atrás tornou a circular, e voltei a escrever em jornais e revistas. Meu nome e até minha figura física reconquistaram pouco a pouco uma pequena notoriedade, os dias se tornaram mais uma vez agitados, como já havia acontecido no passado; atraí a curiosidade e às vezes até o apreço de pessoas muito presentes na cena pública da época. Mas o que me ajudou a me sentir mais segura de mim foi uma fofoca do diretor da editora de Milão, que desde o início tivera simpatia por mim. Uma noite em que fui jantar com ele para falarmos de meu futuro editorial, mas também — devo dizer — para lhe propor uma coletânea de ensaios de Nino, revelou-me que nas vésperas do Natal passado Adele tinha pressionado para que a publicação de meu livrinho fosse suspensa.

"Os Airota", disse brincando, "estão acostumados a tramar no café da manhã para impor um subsecretário e, no jantar, para depor um ministro, mas com seu livro não conseguiram. A edição já estava pronta, e o mandamos para a gráfica." A causa do escasso número de resenhas na imprensa italiana, segundo ele, também era minha sogra. Consequentemente, se mesmo assim o livro teve êxito, o mérito com certeza não devia ser atribuído a uma gentil reconsideração da doutora Airota, mas à força de minha escrita. Assim fiquei sabendo que, dessa vez, eu não devia nada a Adele — coisa que, ao contrário, ela continuou me afirmando todas as vezes que fui a Gênova. Isso me deu confiança, me deixou orgulhosa, e acabei me convencendo de que o tempo de minha dependência havia terminado.

Lila nem se deu conta. Do fundo do bairro, daquela área que agora me parecia do tamanho de uma cusparada, continuou me considerando um apêndice seu. Obteve de Pietro o número de Gênova e passou a telefonar sem se preocupar em aborrecer meus sogros. As vezes em que conseguia me encontrar, fingia não perceber meu laconismo e falava pelas duas, sem parar um segundo. Falava de Enzo, do trabalho, do filho que ia bem na escola, de Carmen, de Antonio. Quando no entanto não me encontrava, seguia telefonando, e o fazia com perseverança neurótica, dando motivos para Adele — que anotava em um caderno as ligações para mim, assinalando, sei lá, mês tal de tal, dia tal de tal, Sarratore (três ligações), Cerullo (nove ligações) — se queixar do aborrecimento que eu lhe dava. Tentei convencer Lila de que, se lhe diziam que eu não estava, era inútil insistir, a casa de Gênova não era minha, aquilo me deixava constrangida. Não adiantou nada. Chegou a ligar até para Nino. Difícil dizer como as coisas de fato tinham ocorrido: ele estava embaraçado, minimizava, temia dizer algo que me irritasse. Num primeiro momento, me disse que Lila tinha ligado várias vezes para a casa de Eleonora deixando-a furiosa, depois tive a impressão de entender que ela o procurara diretamente no apartamento de via Duomo, por fim, que ele mesmo tivesse se apressado em procurá-la para evitar que continuasse telefonando para a esposa. Seja lá como as coisas tenham se dado, o fato é que Lila o havia forçado a encontrá-la. Mas não sozinha: Nino fez questão de esclarecer que ela fora em companhia de Carmen, já que era Carmen — sobretudo Carmen — que precisava urgentemente entrar em contato comigo.

Fiquei ouvindo o relato do encontro sem experimentar emoções. De início, Lila quis saber tim-tim por tim-tim como eu me comportava em público quando falava de meus livros: que roupas eu vestia, como me penteava e maquiava, se era tímida, se era divertida, se lia, se improvisava. Quanto ao resto, se manteve calada, dando espaço a Carmen. Assim veio à tona que toda aquela ânsia de falar comigo tinha a ver com Pasquale. Por meio de seus canais, Carmen tinha sabido que Nadia Galiani se refugiara no exterior e, portanto, queria de novo me pedir o favor de contatar minha professora de liceu para saber dela se Pasquale também estava a salvo. Carmen exclamara duas vezes: não quero que os filhos dos ricos se safem e aqueles como meu irmão não. Depois recomendou a ele que me alertasse — como se ela mesma considerasse sua preocupação com Pasquale um crime passível de pena e, portanto, uma culpa que podia envolver até a mim — que, se eu quisesse ajudá-la, não devia usar o telefone nem para contatar a professora, nem para ligar para ela. Nino concluiu: tanto Carmen quanto Lina são muito imprudentes, melhor deixá-las para lá, podem metê-la em apuros.

Pensei que até alguns meses atrás um encontro entre Nino e Lila, ainda que na presença de Carmen, me deixaria alarmada. Agora, porém, estava descobrindo com alívio que aquilo me deixava indiferente. Evidentemente eu já estava tão segura do amor de Nino que, mesmo sem poder excluir que ela quisesse tirá-lo de mim, me parecia impossível que conseguisse. Fiz um carinho em seu rosto e lhe disse: não se meta *você* em apuros, olhe lá; como é que você nunca tem um momento livre e dessa vez encontrou tempo para isso?

19.

Naquele período, pela primeira vez me espantou a rigidez do perímetro que Lila demarcara para si. Importava-se cada vez menos com o que acontecia fora do bairro. Caso se entusiasmasse por algo que tivesse uma dimensão não apenas local, isso só ocorria porque dizia respeito a pessoas que conhecia desde a infância. Até mesmo seu trabalho, pelo que pude saber, interessava-lhe apenas dentro de um raio muito restrito. Sobre Enzo, sabia-se que de vez em quando tivera de transferir-se por breves períodos a Milão, a Turim. Lila não, jamais se movera de lá, e aquela sua clausura só começou a me chamar a atenção de verdade quando experimentei cada vez mais o prazer de viajar.

Na época, aproveitava toda ocasião possível para sair da Itália, especialmente se era possível viajar acompanhada de Nino. Por exemplo, quando a pequena editora alemã que publicara meu livrinho organizou um circuito de divulgação pela Alemanha ocidental e pela Áustria, ele deixou todos os seus compromissos e me serviu de motorista, alegre e sorridente. Viajamos para cima e para baixo por uns quinze dias, deslizando de paisagem em paisagem como por pinturas de cores deslumbrantes. Cada montanha, lago, cidade ou monumento entrava em nossa vida de casal apenas para se tornar parte do prazer de estar ali, naquele momento, e sempre nos parecia um tributo bem apropriado à nossa felicidade. Até quando a realidade áspera nos alcançava e assustava porque coincidia com as palavras mais tétricas que eu pronunciava noite após noite para um público muito radical, depois contávamos um ao outro o assombro como uma agradável aventura.

Certa noite estávamos no carro, voltando para o hotel, quando a polícia nos parou. A língua alemã, no escuro, na boca de homens fardados e com armas em punho soou tanto ao meu ouvido quanto ao de Nino de maneira sinistra. Os policiais nos fizeram sair de nosso carro aos empurrões, nos separaram, eu acabei em um veículo, gritando, Nino em outro. Reencontramo-nos numa saleta, primeiro abandonados a nós mesmos, depois brutalmente inquiridos: documentos, motivo de nossa permanência, trabalho. Na parede havia uma fileira de fotos, rostos sombrios, na maioria homens barbudos, algumas mulheres de cabelo curto. Surpreendi-me procurando ansiosamente os rostos de Pasquale e de Nadia, não os encontrei. Fomos liberados ao amanhecer, nos reconduziram ao local onde haviam nos obrigado a abandonar nosso carro. Ninguém se desculpou conosco: tínhamos placa italiana, éramos italianos, tratara-se de um controle obrigatório.

Fiquei surpresa com meu instinto de buscar na Alemanha, entre as fotos de identificação de criminosos de meio mundo, a imagem da mesma pessoa que, naquele instante, estava no pensamento de Lila. Naquela noite Pasquale Peluso me pareceu uma espécie de sonda lançada de dentro do espaço exíguo em que ela se retraíra para, em meu espaço muito mais amplo, me lembrar de sua presença no turbilhão dos acontecimentos planetários. Por alguns segundos o irmão de Carmen se tornou o ponto de contato entre o mundo dela, cada vez menor, e meu mundo, cada dia mais vasto.

Nas noites em que eu falava de meu livro, em cidadezinhas estrangeiras sobre as quais não sabia nada, ao final choviam perguntas sobre a dureza do clima político, e eu me safava com frases genéricas que fundamentalmente giravam em torno do verbo *reprimir*. Como narradora, sentia a necessidade de ser imagética. Nenhum espaço é poupado, dizia. Um rolo compressor está passando de um território a outro, do Ocidente ao Oriente, para repor todo o planeta em ordem: os trabalhadores trabalhando, os desempregados definhando, os famintos apodrecendo, os intelectuais falando a esmo, os negros servindo de negros, as mulheres servindo de mulheres. Mas às vezes sentia a necessidade de dizer algo de mais verdadeiro, de mais sincero, de meu, e contava as vicissitudes de Pasquale em todas as suas trágicas etapas, desde a infância até a opção pela clandestinidade. Eu não conseguia fazer discursos mais concretos, o léxico era o mesmo de que me apropriara dez anos antes, e eu só sentia aquelas palavras plenas de significado quando as aproximava de certos acontecimentos do bairro. Quanto ao resto, era apenas material já testado e de efeito seguro. Só que, se nos tempos do primeiro livro eu acabava mais cedo ou mais tarde apelando à revolução como algo que parecia estar no sentimento comum, agora procurava evitar essa palavra, Nino começava a achá-la ingênua, eu estava aprendendo com ele a complexidade da política e a ser mais cautelosa. Preferia recorrer à forma *é justo rebelar-se*, e logo em seguida acrescentava que era preciso ampliar o consenso, que o Estado duraria mais do que havíamos imaginado, que era urgente aprender a governar. Nem sempre saía daquelas noites satisfeita comigo. Em alguns casos, tive a impressão de baixar o tom só para contentar Nino, que se sentava para me ouvir em saletas enfumaçadas, entre belas estrangeiras de minha idade ou mais jovens que eu. Frequentemente eu não resistia e me excedia, seguindo minha velha e obscura pulsão que, no passado, me impelira a brigar com Pietro. Acontecia sobretudo quando me deparava com um público de mulheres que tinham lido meu livro e esperavam frases cortantes. Cuidado para não nos transformarmos em policiais de nós mesmas, eu dizia, a luta é de morte e só vai terminar quando vencermos. Depois Nino zombava de mim, dizia que eu sempre exagerava, e ríamos juntos.

 Certas noites eu me aninhava ao lado dele e tentava entender a mim mesma. Confessava gostar das palavras subversivas, aquelas que denunciavam os compromissos dos partidos e as violências do Estado. A política — dizia —, a política como você pensa, *como certamente é*, me aborrece, pode ficar com ela, não fui feita para esse tipo de responsabilidade. Mas depois revia minhas posições e acrescentava que não me sentia adequada nem mesmo para a responsabilidade a que me vi forçada no passado, arrastando comigo minhas meninas. Os gritos ameaçadores das passeatas me assustavam, e o mesmo efeito me faziam as minorias agressivas, os grupos armados, os mortos nas ruas, o ódio revolucionário contra qualquer coisa. Preciso falar em público, admitia, mas não sei de fato o que sou, não sei até que ponto penso seriamente o que digo.

Agora, com Nino, tinha a impressão de poder pôr em palavras os sentimentos mais secretos, até aquilo que eu calava a mim mesma, até as incoerências, as vilezas. Ele era tão seguro de si, sólido, tinha opiniões detalhadas a respeito de tudo. Eu me sentia como se tivesse colado sobre a rebeldia caótica da infância etiquetas lustrosas com frases sob medida para fazer bonito. Na vez em que fomos a um congresso em Bolonha — fazíamos parte de um êxodo aguerrido rumo à cidade da vida livre —, topamos com sucessivas blitz policiais e fomos parados cinco vezes. Armas em punho, fora do carro, documentos, todos contra o muro. Na época, me assustei mais que na Alemanha: era a minha terra, a minha língua, fiquei nervosa, queria manter silêncio, obedecer, e no entanto comecei a gritar, despejei insultos nos policiais pelo modo como me empurravam, sem nenhuma educação. Espanto e raiva se misturavam, e com frequência eu não conseguia controlar nenhum dos dois. Já Nino permaneceu calmo, brincou com os policiais, os amansou, me acalmou. Para ele só nós dois contávamos. Lembre-se de que estamos aqui, agora, juntos, o resto é cenário e vai mudar.

20.

Naqueles anos estávamos sempre para lá e para cá. Queríamos estar presentes, observar, estudar, entender, raciocinar, testemunhar e, acima de tudo, nos amar. As sirenes incessantes da polícia, os postos de bloqueio, o ronco das pás dos helicópteros, os mortos assassinados eram lousas sobre as quais assinalávamos o tempo de nossa relação, as semanas, os meses, o primeiro ano, e depois um ano e meio, sempre a partir da noite em que eu, na casa de Florença, fui até o quarto de Nino. Foi então — nos dizíamos — que nossa vida verdadeira teve início. E o que chamávamos de vida verdadeira era aquela impressão de fulgor milagroso que não nos abandonava nem quando se encenavam os horrores de cada dia.

Estávamos em Roma nos dias que se sucederam ao sequestro de Aldo Moro. Eu tinha ido ver Nino, que apresentaria o estudo de um colega napolitano sobre política do *Mezzogiono* e geografia. Quase não se falou do livro, e muito se discutiu sobre o presidente da Democracia Cristã. Uma parte do público se insurgiu — e me deu medo — quando Nino disse que quem jogou lama no Estado e mostrou sua pior face, quem criou as condições para o nascimento das Brigadas Vermelhas foi justamente Moro, ao ocultar verdades incômodas sobre seu partido de corruptos e, mais que isso, ao identificá-lo com o próprio Estado para subtraí-lo a qualquer acusação e a qualquer punição. Nem mesmo quando concluiu dizendo que defender as instituições significava não ocultar seus malfeitos, mas torná-los transparentes, sem omissões, eficientes, capazes de justiça em cada órgão seu, nem assim os ânimos se acalmaram, e as ofensas voaram. Vi Nino ficar cada vez mais pálido e o arrastei dali assim que possível; refugiamo-nos em nós como numa couraça cintilante.

Os tempos tinham aquele andamento. Numa noite a coisa também virou contra mim, em Ferrara. O cadáver de Moro tinha sido encontrado havia pouco mais de um mês quando me escapou chamar seus sequestradores de assassinos. Era sempre difícil lidar com as palavras, meu público exigia que eu soubesse calibrá-las segundo os usos correntes na extrema esquerda, e eu estava atentíssima. Mas muitas vezes acabava me excedendo e então pronunciava frases sem barreiras. Assassinos não soou bem a nenhum dos presentes — *assassinos são os fascistas* —, e eu fui atacada, criticada, denegrida. Emudeci. Como eu sofria nos casos em que, de repente, perdia o consenso: deixava de ter confiança em mim, me sentia puxada para o fundo até minhas origens, me sentia politicamente incapaz, me sentia uma mulher que deveria ficar de boca fechada e durante um tempo evitava qualquer ocasião de confronto público. *Quando se mata alguém, não se é um assassino?* A noite terminou mal, Nino esteve a ponto de engalfinhar-se com um sujeito que estava no fundo da sala. Mas mesmo naquele caso o importante foi voltarmos à nossa intimidade. Era assim: se estávamos juntos, não havia crítica que de fato nos atingisse; aliás, nos tornávamos arrogantes, e nada mais tinha sentido exceto nossas opiniões. Saíamos correndo para o jantar, para a boa comida, o vinho, o sexo. Queríamos apenas nos agarrar e apertar.

21.

O primeiro banho de água fria veio no final de 1978, naturalmente por obra de Lila. Foi o ponto culminante de uma série de acontecimentos desagradáveis que começaram em meados de outubro, quando Pietro, voltando da universidade, foi agredido por dois rapazes — comunistas, fascistas, já não se sabia — de rosto descoberto e armados de porretes. Corri ao hospital, convencida de que o encontraria mais deprimido que nunca. Em vez disso, apesar da cabeça enfaixada e de um olho roxo, ele estava alegre. Recebeu-me com ar reconciliado, depois se esqueceu de mim e conversou o resto do tempo com alguns alunos, entre os quais se destacava uma jovem muito graciosa. Quando a maioria deles foi embora, ela se sentou a seu lado, na beira da cama, e lhe deu a mão. Vestia uma camiseta branca de gola alta e uma minissaia azul, com os cabelos castanhos até as costas. Fui gentil, fiz perguntas sobre seus estudos. Respondeu que lhe faltavam dois últimos exames para se formar, mas já estava trabalhando na tese, sobre Catulo. Ela é excelente, a elogiou

Pietro. Chamava-se Doriana e, enquanto estive no ambulatório, só soltou a mão dele para arrumar os travesseiros.

À noite, no apartamento de Florença, minha sogra apareceu com Dede e Elsa. Comentei sobre a garota, ela sorriu satisfeita, já estava a par do relacionamento do filho. Disse: você o deixou, esperava o quê? No dia seguinte fomos todas juntas ao hospital. Dede e Elsa foram logo seduzidas por Doriana, por seus colares e pulseiras. Deram pouquíssima importância seja ao pai, seja a mim, e passaram quase todo o tempo no pátio, brincando com ela e a avó. Começou uma nova fase — disse a mim mesma —, e cautelosamente sondei o terreno com Pietro. Já antes do atentado ele havia espaçado muito as visitas às filhas, e agora eu entendia o porquê. Indaguei-o sobre a garota. Falou dela a seu modo, com devoção. Perguntei: ela vai morar com você? Disse que era muito cedo, não sabia, mas sim, talvez sim. Precisamos discutir sobre as meninas — me antecipei. Ele concordou.

Assim que pude, tratei daquela nova situação com Adele. Ela deve ter achado que eu quisesse me lamentar, mas lhe expliquei que o fato não me incomodava, que meu problema eram as meninas.

"Ou seja?", perguntou alarmada.

"Até agora as deixei com você por necessidade e porque pensei que Pietro precisasse se reorganizar, mas agora que ele ajeitou a vida as coisas mudam de figura. Também tenho direito a um pouco de estabilidade."

"E então?"

"Vou alugar uma casa em Nápoles e me mudar para lá com minhas filhas."

Tivemos uma discussão muito violenta. Ela era muito ligada às meninas e não confiava em deixá-las comigo. Acusou-me de ser muito centrada em mim para cuidar delas como se devia. Insinuou que pôr um estranho em casa — referia-se a Nino — quando se tem duas filhas mulheres era uma imprudência muito grave. Por fim jurou que jamais permitiria que suas netas crescessem numa cidade bagunçada como Nápoles.

"Trocamos as piores ofensas. Ela tirou da cartola minha mãe, o filho deve ter lhe contado o feio episódio em Florença.

"Quando você precisar viajar, vai deixá-las com quem? Com ela?"

"Vou deixá-las com quem quiser."

"Não quero que Dede e Elsa entrem em contato com pessoas descontroladas."

Respondi:

"Em todos esses anos acreditei que você fosse a figura materna que sempre me faltou. Me enganei, minha mãe é melhor que você."

22.

Em seguida tornei a apresentar a questão a Pietro, e ficou evidente que, apesar das muitas resistências, ele estava disposto a qualquer acordo que lhe permitisse passar o maior tempo possível com Doriana. Naquela altura, fui a Nápoles conversar com Nino, não queria reduzir um momento tão delicado a um telefonema. Hospedou-me no apartamento da via Duomo, como já acontecia com frequência. Eu sabia que ele continuava morando ali, era sua casa, e, embora eu sempre tivesse uma impressão de precariedade e ficasse irritada com os lençóis muito usados, estava feliz de encontrá-lo e ia para lá de bom grado. Quando lhe anunciei que me sentia pronta para me mudar para Nápoles com minhas filhas, teve uma verdadeira explosão de alegria. Fizemos a maior festa, e ele se apressou em encontrar o mais rapidamente possível um apartamento para nós, fazendo questão de encarregar-se de todos os aborrecimentos inevitáveis.

Me senti aliviada. Depois de tanto correr e viajar e sofrer e gozar, já era tempo de nos acertarmos. Agora eu tinha um pouco de dinheiro, receberia mais algum de Pietro para o sustento das meninas e estava prestes a assinar um contrato vantajoso para um novo livro. Além disso, me sentia finalmente adulta, com um prestígio crescente, numa condição em que regressar a Nápoles podia ser uma aposta excitante e muito frutífera para meu trabalho. Mas acima de tudo desejava viver com Nino. Como era bom passear com ele, encontrar seus amigos, discutir até altas horas. Queria alugar uma casa muito luminosa, de onde se avistasse o mar. Minhas filhas não deviam sentir falta dos confortos de Gênova.

Evitei ligar para Lila e anunciar minha decisão. Dava por certo que se intrometeria à força em minhas coisas, e eu não queria isso. Em vez disso, telefonei para Carmen, com quem eu tinha estabelecido um bom relacionamento no último ano. Só para agradá-la, tinha ido encontrar o irmão de Nadia, Armando, que agora — acabei descobrindo —, além de médico, era um expoente de peso da Democracia Proletária. Me tratou com grande respeito. Elogiou meu último livro, me exortou a vir discuti-lo em algum local da cidade, me arrastou a uma rádio muito seguida, que ele mesmo fundara, e ali, na mais miserável desordem, fez uma entrevista comigo. Porém, foi evasivo quanto ao que ironicamente definiu como minha curiosidade constante em relação a sua irmã. Disse que Nadia estava bem, que partira numa longa viagem com a mãe, e só. Não sabia nada a respeito de Pasquale nem se interessava em ter notícias suas: homens como ele — enfatizou — foram a ruína de um período político formidável.

Obviamente relatei a Carmen uma síntese edulcorada daquele encontro, mas ela ficou desgostosa mesmo assim. Um desgosto contido, que por fim me levou a encontrá-la de tanto em tanto, quando eu ia a Nápoles. Sentia nela uma angústia que eu compreendia. Pasquale era o *nosso* Pasquale. Ambas gostávamos dele, não importava o que ele tivesse feito ou viesse a fazer. Dele agora me restava uma lembrança fragmentária, vaga: a vez em que estivemos juntos na biblioteca do bairro, a vez da pancadaria na piazza dei Martiri, a vez em que me buscou de carro para irmos encontrar Lila, a vez em que apareceu em minha casa de Florença com Nadia. Já de Carmen eu tinha uma impressão mais compacta. Seu sofrimento de menina — tinha bem em mente o dia em que prenderam seu pai — se juntara à dor pelo irmão, à constância com que tentava acompanhar seu destino. Se antes havia sido apenas a amiga de infância que acabara sendo vendedora na charcutaria nova dos Carracci graças a Lila, agora era uma pessoa que eu visitava com prazer e de quem eu gostava.

Marcamos o encontro num bar da via Duomo. O local era escuro, nos sentamos ao lado da porta que dava para a rua. Informei-a minuciosamente sobre meus projetos, sabia que ela os contaria a Lila e pensava: é justo que seja assim. Vestida de preto e com o rosto sombrio, Carmen ouviu com muita atenção e sem me interromper. Me senti frívola com minha roupa elegante, as conversas sobre Nino e a vontade de morar numa bela casa. A certa altura ela olhou o relógio e me anunciou:

"Lina está para chegar."

Fiquei nervosa, tinha um encontro com ela, não com Lila. Olhei também o relógio e disse: "Preciso ir."

"Espere, só mais cinco minutos e ela estará aqui."

Desandou a falar de nossa amiga com afeto e gratidão. Lila se preocupava com os amigos. Lila cuidava de todos: dos pais, do irmão, até de Stefano. Tinha ajudado Antonio a achar uma casa e se tornara muito amiga da alemã com quem se casara. Estava pensando em abrir sua própria empresa de computadores. Lila era sincera, rica, generosa, se visse alguém em dificuldade logo abria a bolsa. Lila estava pronta a ajudar Pasquale de qualquer maneira. Ah, Lenu — disse —, que sorte vocês tiveram de ser tão entrosadas desde pequenas, quanta inveja eu senti de vocês. E tive a impressão de ouvir em sua voz, de reconhecer em um movimento da mão, nos tons, os gestos de nossa amiga. Tornei a pensar em Alfonso, me lembrei de

como me impressionou que ele, homem, se parecesse tanto com Lila, até nos traços. O bairro estava tomando suas feições, estava encontrando um rumo?
"Estou indo", falei.
"Espere mais um pouco, Lila precisa lhe contar uma coisa importante."
"Diga você mesma."
"Não, ela é quem tem de dizer."
Esperei, cada vez mais irritada. Finalmente Lila chegou. Dessa vez tinha se cuidado bem mais do que quando a encontrei em piazza Amedeo, e tive de reconhecer que, quando queria, ainda sabia se mostrar muito bonita. Exclamou:
"Então você resolveu, vai voltar para Nápoles."
"Sim."
"E contou a Carmen, mas não a mim?"
"Eu lhe diria de todo modo."
"Seus pais já sabem?"
"Não."
"E Elisa?"
"Também não."
"Sua mãe não está bem."
"O que ela tem?"
"Tosse, mas não quer ir ao médico."
Me mexi na cadeira, tornei a olhar o relógio:
"Carmen disse que você precisa me contar uma coisa importante."
"Não é uma coisa boa."
"Vamos ouvir."
"Pedi a Antonio que seguisse Nino."
Estremeci.
"Seguisse em que sentido?"
"Ver o que ele anda fazendo."
"E por quê?"

"Fiz para seu bem."
"Quanto a isso, penso eu."
Lila lançou um olhar a Carmen, como para ter seu apoio, e então voltou a mim.
"Se você prefere assim, não digo nada: não quero que você se ofenda de novo."
"Não me ofendo, mas seja rápida."
Cravou os olhos nos meus e me revelou com frases secas, em italiano, que Nino nunca havia deixado a esposa, que continuava vivendo com ela e com o filho, que como prêmio tinha sido colocado na direção — justo naqueles dias — de um importante instituto de pesquisa financiado pelo banco do sogro. Concluiu séria:
"Você sabia disso?"
Balancei a cabeça.
"Não."
"Se não acredita, vamos até ele e você vai ver que posso repetir diante dele tudo o que disse, palavra por palavra, exatamente como estou contando agora a você."
Sacudi uma mão como para lhe dizer que não era necessário.
"Acredito em você", murmurei, mas, para evitar seus olhos, mirei além da porta, na rua.
Nesse meio-tempo me chegou de muito longe a voz de Carmen, que dizia: se vocês forem ver Nino, quero ir também; nós três podemos enquadrá-lo de jeito, cortamos a corda dele. Senti que ela me tocava levemente o braço para chamar minha atenção. Quando pequenas, líamos fotonovelas nos jardinzinhos ao lado da igreja e sentíamos o mesmo impulso de ajudar a heroína quando estava em apuros. Agora ela com certeza sentia no peito o mesmo sentimento de solidariedade de então, mas com a seriedade de hoje, e era um sentimento autêntico, induzido por um erro não mais inventado, mas verdadeiro. Já Lila sempre desprezara aquelas nossas leituras e, naquele momento, estava sentada em minha frente certamente com

outras motivações. Imaginei que se sentisse satisfeita, como também deve ter se sentido Antonio ao descobrir a falsidade de Nino. Vi que ela e Carmen trocaram um olhar, uma espécie de tácita consulta, como para tomar uma decisão. Foram instantes demorados. Não, li nos lábios de Carmen, e foi um sopro acompanhado de um imperceptível sinal negativo da cabeça.

Não o quê?

Lila voltou a me fixar de boca entreaberta. Estava atribuindo a si, como de costume, a tarefa de enterrar uma agulha em meu coração, não para que ele parasse, mas para que batesse mais forte. Tinha os olhos apertados, a grande testa franzida. Esperava minha reação. Queria que eu gritasse, que eu chorasse, que me entregasse a ela. Falei baixinho:

"Agora preciso mesmo ir."

23.

Excluí Lila de tudo o que se seguiu.

Eu estava ferida, e não porque ela me revelara que Nino durante mais de dois anos me contava mentiras sobre o estado de seu casamento, mas porque conseguira me demonstrar o que de fato me dissera desde o primeiro momento: que minha escolha era equivocada, que eu era uma estúpida.

Poucas horas depois encontrei Nino, mas fiz de conta que nada acontecera, limitei-me apenas a evitar seus abraços. Estava tomada pelo rancor. Fiquei toda a noite de olhos abertos, o desejo de me agarrar àquele corpo comprido de homem se estragara. No dia seguinte ele quis me levar para ver um apartamento na via Tasso, e aceitei que me dissesse: se você gostar, não se preocupe com o aluguel, eu cuido disso, estou para assumir um cargo que vai resolver os nossos problemas financeiros. Somente à noite não

aguentei mais e explodi. Estávamos na casa da via Duomo, o amigo dele como sempre não estava. Falei:
"Amanhã quero encontrar Eleonora."
Ele me olhou perplexo.
"Por quê?"
"Preciso falar com ela. Quero saber o que ela sabe de nós, quando você saiu de casa, desde quando não dormem mais juntos. Quero saber se vocês pediram a separação legal. Quero que me diga se o pai e a mãe dela sabem que o casamento de vocês terminou."
Ele permaneceu calmo.
"Pergunte a mim: se algo não estiver claro, eu lhe explico."
"Não, eu só confio nela, você é um mentiroso."
Nessa altura comecei a gritar e passei a usar o dialeto. Ele cedeu imediatamente, admitiu tudo, eu não tinha dúvida de que Lila me dissera a verdade. Esmurrei-o de punhos fechados no peito e, enquanto o fazia, me senti como se houvesse um eu descolado de mim que queria machucá-lo ainda mais, que queria esbofeteá-lo, cuspir-lhe na cara como eu tinha visto em criança nas brigas do bairro, chamá-lo de homem de merda, arranhá-lo, arrancar-lhe os olhos. Me surpreendi, me assustei: ainda sou eu esta outra tão furiosa? Eu, aqui, em Nápoles, nesta casa imunda, eu, que se pudesse mataria esse homem, enfiaria com todas as minhas forças uma faca em seu coração? Devo deter esta sombra — minha mãe, todas as nossas antepassadas — ou devo soltá-la? Berrava, o golpeava. E ele a princípio aparou os golpes fingindo que se divertia, depois de repente ficou turvo, caiu sentado numa poltrona, não se defendeu mais.

Desacelerei, meu coração estava para explodir. Ele murmurou: "Sente-se."
"Não."
"Pelo menos me dê a possibilidade de lhe explicar."
Afundei numa poltrona o mais longe possível e o deixei falar.
Você sabe muito bem — começou com voz embargada — que, antes

de Montpellier, eu tinha dito tudo a Eleonora e que o rompimento era insanável. Mas ao voltar — murmurou — as coisas se complicaram. Sua mulher tinha enlouquecido, e até a vida de Albertino lhe parecera em perigo. Por isso, para poder continuar, tive de dizer a ela que não nos víamos mais. Por um tempo a mentira ficou de pé. Mas, como as explicações que dava a Eleonora para todas as suas ausências eram cada vez mais inverossímeis, os ataques dela recomeçaram. Uma vez sua esposa agarrara uma faca e tentara ferir-se na barriga. Em outra ocasião, abriu a porta da sacada e quis se atirar de lá. Outra vez ainda, foi embora de casa levando o menino com ela. Ficou desaparecida um dia inteiro, e ele quase morreu de medo. Mas, quando finalmente a localizou na casa de uma tia a quem ela era muito ligada, percebeu que Eleonora havia mudado. Começara a tratá-lo sem raiva, apenas com um toque de desprezo. Certa manhã — Nino disse aflito — me perguntou se eu havia deixado você. Respondi que sim. E ela simplesmente disse: tudo bem, acredito em você. Falou exatamente assim e, a partir daquele momento, começou a fingir que acreditava em mim, a *fingir*. Agora vivemos dentro dessa ficção, e tudo vai bem. De fato, como se pode ver, eu estou aqui com você, durmo com você — se quiser, viajo com você. E ela sabe de tudo, mas se comporta como se não soubesse de nada.

    Nesse ponto tomou fôlego, limpou a voz e tentou entender se eu o estava escutando ou se só alimentava a raiva. Continuei em silêncio, olhei para o outro lado. Ele deve ter achado que eu estava me rendendo e continuou se explicando com determinação ainda maior. Falou e falou como só ele sabia fazer, apelou a tudo. Mostrou-se persuasivo, autoirônico, sofredor, desesperado. Mas, quando tentou se aproximar de mim, o rechacei gritando. Então não aguentou mais e caiu no choro. Gesticulava, inclinava-se com o peito em minha direção, balbuciava entre lágrimas: não quero que você me perdoe, só quero ser compreendido. Então o interrompi mais furiosa que nunca e gritei: você mentiu para ela e mentiu para mim, e não fez isso por amor a nenhuma das duas, fez isso por você, porque não tem a coragem de fazer suas escolhas, porque é um canalha. Depois passei a palavras repugnantes em dialeto, e ele se deixou insultar, murmurando apenas umas frases de lamento. Logo me senti sem ar, ofeguei, me calei, o que o permitiu voltar à carga. Tentou mais uma vez demonstrar que mentir foi a única maneira de evitar uma tragédia. Quando ele achou que tinha conseguido, quando me sussurrou que agora, graças à concordância de Eleonora, podíamos tentar viver juntos sem problemas, falei calmamente a ele que estava tudo acabado entre nós. Então parti, voltei para Gênova.

24.

A atmosfera na casa de meus sogros se tornou cada vez mais tensa. Nino ligava continuamente, e eu ou batia o telefone na cara dele, ou brigava em voz alta. Em duas ocasiões Lila telefonou, queria saber como as coisas estavam. Respondi: estão muito bem, excelentes, como você queria que estivessem? — e cortei o assunto. Tornei-me intratável, gritava com Dede e Elsa por nada. Mas sobretudo passei a implicar com Adele. Certa manhã lhe joguei na cara o que ela havia feito para barrar a publicação de meu livro. Ela não negou, ao contrário, me disse: é um panfleto, não tem a dignidade de um livro. Repliquei: se eu escrevo panfletos, você em toda sua vida não foi capaz de escrever nem isso, e não se entende de onde vem essa sua autoridade. Ofendeu-se, sibilou: você não sabe nada de mim. Ah, não, eu sabia de coisas que ela nem sequer imaginava. Naquela ocasião consegui fechar a boca, mas uns dias depois tive um embate violentíssimo com Nino, berrei no telefone em dialeto e, como minha sogra me censurou em tom de desprezo, reagi dizendo:
"Me deixe em paz, olha só quem fala."
"O que você quer dizer com isso?"

"Você sabe."

"Não sei de nada."

"Pietro me contou que você teve amantes."

"Eu?"

"Sim, você, e não se faça de desentendida. Eu assumi minhas responsabilidades diante de todos, inclusive diante de Dede e de Elsa, e pago as consequências de minhas ações. Já você, que se dá tanta importância, não passa de uma burguesinha hipócrita, que joga a própria sujeira para baixo do tapete."

Adele empalideceu, ficou sem palavras. Rígida, com o rosto tenso, se levantou e foi fechar a porta da sala. Depois me disse em voz baixa, quase sussurrando, que eu era uma mulher má, que eu não podia entender o que significava amar de verdade e renunciar à pessoa amada, que por trás da simpatia e da docilidade eu escondia uma ânsia vulgar por abraçar tudo, algo que nem os estudos nem os livros jamais poderiam domesticar. Então concluiu: amanhã você vai embora, você e suas filhas; só lamento que, se as meninas crescessem aqui, talvez pudessem tentar não ser como você.

Não repliquei, sabia que havia me excedido. Fiquei tentada a me desculpar, mas não o fiz. Na manhã seguinte, Adele mandou a empregada me ajudar a preparar as bagagens. Faço isso sozinha, exclamei, e sem sequer me despedir de Guido, que estava no escritório se fingindo de morto, me vi na estação carregada de malas, com as duas meninas me observando e tentando entender quais eram as minhas intenções.

Recordo o abatimento, o barulho no saguão da estação, a sala de espera. Dede se queixava dos meus puxões: não me puxe, não grite sempre, não sou surda. Elsa perguntava: vamos ver o papai? Ambas estavam contentes porque não haveria escola, mas eu sentia que não confiavam em mim e me perguntavam com cautela, prontas a se calar se eu me irritasse: o que vamos fazer, quando vamos voltar para a casa da vovó, onde vamos comer, onde vamos dormir esta noite?

Em um primeiro momento, desesperada como estava, pensei em ir a Nápoles e me apresentar com as meninas, sem aviso prévio, na porta da casa de Nino e Eleonora. Dizia a mim mesma: sim, é o que eu devo fazer, eu e minhas filhas estamos nesta situação também por culpa dele, ele precisa pagar por isso. Queria que minha perturbação o atingisse como estava arrastando a mim, cada vez mais. Ele me enganara. Manteve a família e, para se distrair, também a mim. Eu havia feito uma escolha para sempre, ele, não. Eu deixei Pietro, ele continuou com Eleonora. Portanto eu estava certa. Tinha o direito de invadir sua vida e lhe dizer: bem, meu caro, aqui estamos nós; se você se preocupou com sua mulher porque ela fazia loucuras, agora que a louca sou eu vamos ver como você se safa.

Porém, enquanto me preparava para uma viagem longa e insuportável até Nápoles, mudei de ideia num estalo — bastou um anúncio do autofalante — e parti para Milão. Naquela nova situação, eu precisava de dinheiro mais do que nunca, e me convenci de que a primeira coisa a fazer era ir à editora e mendigar trabalho. Somente no trem me dei conta daquela brusca mudança de rota. Apesar de tudo, o amor se retorcia feroz por dentro de mim, e só de pensar em fazer mal a Nino já me dava náuseas. Por mais que agora eu escrevesse e falasse a torto e a direito de autonomia feminina, não sabia prescindir de seu corpo, de sua voz, de sua inteligência. Foi terrível ter de confessá-lo, mas eu continuava gostando dele, e o amava mais que a minhas próprias filhas. À ideia de feri-lo, de nunca mais o encontrar, eu murchava dolorosamente, a mulher livre e culta perdia as pétalas, se desprendia da mulher-mãe, e a mulher-mãe se distanciava da mulher-amante, e a mulher-amante, da criada enfurecida, e todas pareciam prestes a voar para longe, em direções diversas. Quanto mais eu ia rumo a Milão, mais descobria que, posta Lila de lado, eu não sabia conferir consistência a mim mesma senão me modelando em Nino. Era incapaz de ser *eu* o modelo de mim mesma. Sem ele eu não tinha mais um núcleo a

partir do qual me expandir para fora do bairro e pelo mundo, era um amontoado de detritos.
Cheguei exausta e aterrorizada à casa de Mariarosa.

25.

Quanto tempo fiquei lá? Alguns meses, e foi uma convivência às vezes difícil. Minha cunhada já tinha sabido de meu confronto com Adele e me falou com a franqueza habitual: você sabe que eu gosto de você, mas foi um erro tratar minha mãe daquele modo.
"Ela se comportou muito mal comigo."
"Agora. Mas, antes, a ajudou."
"Só fez isso para que o filho não fizesse feio."
"Você está sendo injusta."
"Não, estou sendo clara."
Então me olhou com um fastio que, nela, era incomum. Depois, como se enunciasse uma regra cuja violação ela não poderia tolerar, falou:
"Eu também quero ser clara. Minha mãe é minha mãe. Pode dizer o que quiser de meu pai e de meu irmão, mas a deixe fora disso."
Quanto ao resto, foi gentil. Acolheu-nos em sua casa com seu jeito desenvolto, nos cedeu um quarto com três camas dobráveis, nos deu toalhas e em seguida nos abandonou a nós mesmas como fazia com todos os hóspedes que apareciam e desapareciam do apartamento. Como sempre, fiquei surpresa com a vivacidade de seu olhar: todo o organismo dela parecia pender de seus olhos como um penhoar liso. Não dei muita importância à sua palidez incomum, ao corpo emagrecido. Estava consumida por mim, por minha dor, e logo acabei não prestando muita atenção.
Tentei pôr um pouco de ordem no quarto poeirento, sujo, lotado de coisas. Preparei minha caminha e a das meninas. Fiz uma

lista de tudo o que precisaríamos. Mas esse esforço de organização durou pouco. Estava com a cabeça no mundo da lua, não sabia que decisões tomar, passei os primeiros dias pendurada no telefone. Sentia tanta falta de Nino que liguei para ele imediatamente. Ele me pediu o número de Mariarosa e, a partir daquele momento, não parou de telefonar, embora toda chamada terminasse em briga. De início eu escutava a voz dele com alegria, às vezes me via prestes a ceder. Dizia a mim mesma: eu também ocultei dele que Pietro tinha voltado para casa e que dormíamos sob o mesmo teto. Depois sentia raiva de mim, me dava conta de que não era a mesma coisa: eu nunca dormi com Pietro, ele dormia com Eleonora; eu tinha dado andamento à separação, ele havia consolidado sua relação conjugal. Assim voltávamos a nos desentender, e eu gritava que ele nunca mais devia ligar. Mas o telefone tocava com regularidade, manhã e noite. Ele falava que não podia ficar sem mim, me suplicava que fosse encontrá-lo em Nápoles. Um dia me anunciou que tinha alugado o apartamento da via Tasso e que estava tudo pronto para que eu e minhas filhas fôssemos morar lá. Dizia, anunciava, prometia, parecia disposto a tudo, mas não se decidia a dizer as palavras mais importantes: *agora terminei de verdade com Eleonora*. Por isso havia sempre um momento em que, sem me importar com as meninas e com quem estivesse pela casa, eu berrava que ele devia parar de me atormentar e desligava mais envenenada que antes.

26.

Vivi aqueles dias me desprezando, não conseguia tirar Nino da cabeça. Concluía meus trabalhos sem nenhum interesse, viajava por obrigação, voltava por obrigação, me desesperava, me arruinava. E sentia que os fatos davam razão a Lila: estava me esquecendo de minhas filhas, as deixava sem cuidados e sem escola.

Dede e Elsa estavam encantadas com a nova situação. Quase não conheciam a tia, mas adoravam o senso de liberdade absoluta que ela emanava. A casa de Sant'Ambrogio continuava sendo um porto seguro, Mariarosa acolhia qualquer um com ares de irmã ou talvez de freira sem preconceitos, e não ligava para sujeira, distúrbios mentais, crimes, drogas. As meninas não tinham obrigações e circulavam curiosas pelos cômodos até tarde da noite. Escutavam falas e jargões de todo tipo, se divertiam quando faziam música, quando se cantava e dançava. A tia saía de manhã para a universidade e voltava no final da tarde. Nunca estava nervosa, ria com elas, corria atrás delas pelos quartos, brincava de esconde-esconde ou de cabra-cega. Quando ficava em casa, promovia grandes limpezas e envolvia as meninas, a mim, a suas hóspedes errantes. Porém, mais até que dos corpos, ela cuidava principalmente de nossas inteligências. Tinha organizado cursos noturnos, convidava suas colegas de faculdade, às vezes ela mesma dava aulas espirituosas e cheias de informações, bem ao lado das sobrinhas, dirigindo-se a elas, cativando-as. Naquelas ocasiões o apartamento ficava lotado de amigos e amigas que vinham justo para ouvi-la.

Uma noite, durante uma daquelas aulas, bateram na porta e Dede, que adorava receber as pessoas, correu para abrir. A menina voltou para a sala de estar e disse num tom muito impressionado: é a polícia. Entre o pequeno público houve um rumor raivoso, quase ameaçador. Mariarosa se levantou com calma e foi falar com os policiais. Eram dois, disseram que os vizinhos haviam se queixado ou coisa assim. Ela os tratou com cordialidade, insistiu para que entrassem, quase os obrigou a se sentar entre nós, na sala, e retomou sua aula. Dede nunca tinha visto um policial de perto e puxou conversa com o mais novo, apoiando um cotovelo no joelho dele. Lembro-me de sua frase de abordagem, querendo explicar que Mariarosa era uma boa pessoa:

"Na realidade", disse, "minha tia é uma professora."

"Na realidade", murmurou o policial com um sorriso incerto.
"Sim."
"Como você fala bem."
"Obrigada. Na realidade, ela se chama Mariarosa Airota e ensina história da arte."

O jovem disse algo no ouvido do colega mais velho. Ficaram detidos ali por uns dez minutos e depois foram embora. Dede os acompanhou até a porta.

Mais tarde, eu também fui designada para uma daquelas atividades didáticas e, na noite em que falei, veio mais gente que de costume. Minhas filhas se sentaram em almofadas na primeira fila, na sala maior, e me escutaram disciplinadamente. Foi a partir daquele momento — acho — que Dede passou a me estudar com curiosidade. Tinha uma grande admiração pelo pai, pelo avô e, agora, por Mariarosa. De mim, não sabia nada nem queria saber. Eu era a mãe dela, lhe proibia tudo, não me suportava. Deve ter se espantado que eu fosse ouvida com uma atenção que ela, por princípio, jamais me dedicaria. E talvez também tenha apreciado a calma com que rebati as críticas que, naquela noite, me foram dirigidas surpreendentemente por Mariarosa. Minha cunhada foi a única entre as mulheres presentes que demonstrou não compartilhar nem mesmo uma palavra do que eu estava dizendo — justo ela que, tempos atrás, me encorajara a estudar, a escrever, a publicar. Sem me pedir permissão, contou o embate que eu tinha tido com minha mãe em Florença e mostrou que o conhecia em detalhes. Teorizou, "recorrendo a muitas citações eruditas", que uma mulher sem amor pela genitora está perdida.

27.

Nas vezes em que eu viajava, deixava as meninas com minha cunhada; mas logo me dei conta de que quem cuidava delas de fato era Franco. Ele em geral ficava trancado em seu quarto, não participava das lições, não se importava com o contínuo vaivém. Mas se afeiçoou a minhas filhas. Quando era preciso, cozinhava para elas, inventava brincadeiras, as instruía a seu modo. Dede aprendeu com ele a discutir sobre o apólogo insosso — assim o definiu ao mencioná-lo — de Menenio Agrippa, que lhe haviam ensinado na nova escola em que eu decidira inscrevê-la. Ria e dizia: mamãe, o patrício Menenio Agrippa espantou os plebeus com suas conversas, mas não conseguiu demonstrar que os membros de um homem se nutrem quando a barriga de outro se enche. Há-há-há. Com ele também aprendeu em um mapa-múndi a geografia do bem-estar escandaloso e da miséria insuportável. Não parava de repetir: é a maior injustiça.

    Numa noite em que Mariarosa não estava, meu namorado dos tempos de Pisa me disse com um tom sério de lamento, aludindo às meninas que corriam pela casa aos gritos: imagine que poderiam ter sido nossas. Corrigi: hoje teriam alguns anos a mais. Fez sinal que sim. Observei-o por uns segundos enquanto fixava a ponta dos sapatos. Comparei-o mentalmente ao estudante rico e culto de quinze anos atrás: era ele e, no entanto, não era ele. Não lia mais, não escrevia, há quase um ano reduzira ao mínimo sua participação em assembleias, debates, manifestações. Falava de política — seu único interesse verdadeiro — sem a convicção e a paixão de antigamente, ao contrário, tinha acentuado a tendência a zombar de seus próprios vaticínios sombrios de desventuras. Listava-me em tom exagerado os desastres que, segundo ele, estavam por vir: primeiro, o ocaso do sujeito revolucionário por excelência, a classe operária; segundo, a dispersão definitiva do patrimônio político dos socialistas e comunistas, já desnaturados por sua disputa cotidiana para ver quem serviria de muleta ao capital; terceiro, o fim de qualquer hipótese de mudança, o que havia e teríamos de nos adaptar a isso. Eu perguntava cética: você realmente acredita que vai terminar as-

sim? Claro — ele ria —, mas você sabe que sou hábil na conversa fiada e, se você quiser, com um monte de teses, antíteses e sínteses, posso lhe demonstrar exatamente o contrário: o comunismo é inevitável, a ditadura do proletariado é a forma mais alta de democracia, a União Soviética, a China, a Coreia do Norte e a Tailândia são bem melhores que os Estados Unidos, derramar rios ou mares de sangue em certos casos é um crime, em outros, não. Prefere que eu faça assim?
Somente em duas circunstâncias o vi como tinha sido na juventude. Uma manhã Pietro apareceu, sem Doriana, com o ar de quem fazia uma inspeção para averiguar em que condições suas filhas viviam, em que escola estudavam, se estavam contentes. Foi um momento de grande tensão. Talvez as meninas lhe tenham contado muito em detalhe o modo como viviam, com aquele gosto infantil do exagero fantasioso. Por isso ele começou a brigar pesadamente primeiro com a irmã, depois comigo, dizendo a ambas que éramos umas irresponsáveis. Perdi a calma e gritei com ele: você tem razão, leve as meninas com você, cuidem delas você e Doriana. Nessa altura Franco saiu do quarto e se intrometeu, exibindo sua velha arte da palavra que, no passado, o fizera sobrepor-se a assembleias muito acirradas. Ele e Pietro acabaram discutindo com erudição sobre o casal, a família, o cuidado com os filhos, até sobre Platão, esquecendo-se de mim e de Mariarosa. Meu marido se retirou com o rosto em brasa, os olhos brilhantes, nervoso mas contente de ter encontrado um interlocutor com quem pudesse discutir de maneira inteligente e civilizada.
Mais turbulento — e bem mais terrível para mim — foi o dia em que Nino apareceu sem avisar. Estava cansado depois da longa viagem de carro, com o aspecto desleixado, muito tenso. Num primeiro momento, pensei que tivesse vindo para decidir com autoridade sobre meu destino e o das meninas. Chega — esperei que dissesse —, resolvi minha situação conjugal e vamos viver em Ná-

poles. Me senti disposta a ceder sem discussões, não aguentava mais aquela provisoriedade. Mas não foi assim. Fechamo-nos num quarto e ele, entre mil titubeios, contorcendo as mãos, os cabelos, o rosto, reiterou contra todas as minhas expectativas que era impossível se separar da esposa. Ficou agitado, tentou me abraçar, fez de tudo para me convencer de que somente continuando com Eleonora seria possível não renunciar a mim e a uma vida em comum comigo. Em outro momento ele teria me dado pena, estava na cara que seu sofrimento era sincero. Mas naquele instante não dei a mínima para seu sofrimento e o olhei estarrecida.

"O que você está me dizendo?"

"Que não posso deixar Eleonora, mas não posso viver sem você."

"Então eu entendi bem: você está propondo, como se fosse uma solução razoável, que eu saia do papel da amante e aceite o de esposa paralela."

"Não, não é isso."

Nesse ponto o agredi — *é claro que é isso* — e apontei a porta de casa: estava cansada de todos os seus truques, de suas tiradas, de cada palavra infeliz que ele dizia. Então, com a voz que mal lhe saía da garganta e, por outro lado, com o ar de quem está enunciando de modo categórico as razões irrefutáveis para seu comportamento, me confessou uma coisa que — berrou — *não queria que eu ficasse sabendo por meio de outros*, e por isso tinha vindo para me comunicar pessoalmente: Eleonora estava grávida de sete meses.

28.

Hoje, que tenho toda uma vida atrás de mim, sei que reagi àquela notícia de modo exagerado e, enquanto escrevo, percebo que intimamente sorrio. Conheço muitos homens e muitas mulheres que poderiam narrar experiências não muito diferentes: o amor, o sexo são irracionais e brutais. Mas na época não aguentei. O dado concreto — *Eleonora está grávida de sete meses* — me pareceu a infâmia mais insuportável que Nino pudesse fazer comigo. Lembrei-me de Lila, do momento de incerteza em que ela e Carmen se consultaram com o olhar, como se tivessem mais coisa a me comunicar. Quer dizer que Antonio também descobrira sobre a gravidez? Elas sabiam? E por que Lila desistira de me contar? Atribuíra a si mesma o direito de dosar minha dor? Algo ali se rompeu em meu peito e no ventre. Enquanto Nino sufocava de ansiedade e se debatia tentando justificar-se, murmurando que, se de um lado a gravidez serviria para acalmar a esposa, por outro tornara ainda mais difícil deixá-la, eu me dobrei em duas de tanto sofrimento, os braços cruzados, o corpo todo dolorido, sem conseguir falar nem gritar. Então me levantei de ímpeto. Naquele momento só Franco estava na casa. Nenhuma mulher lunática, desolada, cantora, doente. Mariarosa tinha ido passear com as meninas para que eu e Nino tivéssemos tempo de nos acertar. Abri a porta do quarto e chamei meu ex-namorado de Pisa com voz abatida. Ele apareceu imediatamente, e eu apontei para Nino. Disse numa espécie de estertor: expulse ele daqui.

Não o expulsou, mas fez sinal para que ele se calasse. Evitou perguntar o que havia ocorrido, me agarrou pelos pulsos, me segurou firme, esperou até que eu me recobrasse. Depois me levou à cozinha, fez que eu me sentasse. Nino nos acompanhou. Eu resfolegava, me desesperava em sons estrangulados. Expulse ele daqui, repeti quando Nino tentou se aproximar. Ele o afastou, disse tranquilo: deixe-a em paz, saia. Nino obedeceu, e eu contei tudo a Franco da maneira mais confusa. Ele escutou sem me interromper, até perceber que eu não tinha mais energias. Somente nessa altura ele me disse, com seu modo sempre muito culto, que é boa regra não pretender demais da vida, mas gozar o possível. Parti para cima dele também: conversa fiada de macho — gritei —, que se foda o possível, você está falando idiotices. Ele não se ofendeu, quis que eu examinasse a situação tal como era. Tudo bem, falou, esse senhor mentiu para você durante dois anos e meio, disse que tinha deixado a mulher, disse que não tinha mais relações com ela, e agora você descobre que sete meses atrás ele a engravidou. Você tem razão, é horrível, Nino é um ser abjeto. Mas, uma vez que foi descoberto — me fez notar —, poderia ter desaparecido, não se preocupar mais com você. Então por que ele veio de Nápoles até Milão de carro, por que viajou uma noite inteira, por que se humilhou ao se autodenunciar, por que implorou para que não o deixasse? Tudo isso deve significar alguma coisa. Significa — gritei — que é um mentiroso, que é uma pessoa superficial, que é incapaz de escolher. E ele fez sinal que sim, estava de acordo. Mas depois me perguntou: e se a amasse de verdade e soubesse que não podia amá-la senão assim?

    Não tive tempo de lhe berrar que aquela era justamente a tese de Nino. A porta de casa se abriu, e Mariarosa apareceu. As meninas reconheceram Nino com encantadora relutância e, à ideia de receber sua atenção, de repente se esqueceram que aquele nome ecoara por dias, meses, na boca do pai delas como uma blasfêmia. Ele logo se dedicou a elas, Mariarosa e Franco cuidaram de mim. Como tudo era difícil. Dede e Elsa agora falavam em voz alta, riam, e meus dois anfitriões se dirigiam a mim com argumentos sérios. Queriam me ajudar a raciocinar, mas com sentimentos de fundo que nem eles conseguiam controlar. Franco revelou uma surpreendente tendência a dar espaço à mediação afetuosa, em vez dos discursos cortantes que costumava fazer noutros tempos. A princípio minha cunhada teve toda a compreensão comigo, depois tentou entender também as motivações de Nino e especialmente o drama de Eleonora, terminando assim por me ferir — talvez sem querer, talvez calculadamente. Não fique com raiva — falou —, tente refletir: o que uma mulher com sua inteligência sente ao saber que sua felicidade passa pela ruína de outra?

Prosseguiu-se assim. Franco me impelia a pegar o que eu podia dentro dos limites impostos pela situação, Mariarosa me fazia imaginar Eleonora abandonada com um filho pequeno, outro na barriga, e me aconselhava: estabeleça uma relação com ela, espelhem-se uma na outra. Tolices de quem não compreende — eu pensava já sem forças —, de quem não pode entender. Lila se sairia daquela como sempre fez, Lila me aconselharia: você já errou bastante, cuspa na cara de todo mundo e vá embora — é o resultado que ela sempre almejou. Mas eu estava assustada, me sentia ainda mais confusa com as conversas de Franco e Mariarosa, não os escutava mais. Em vez disso, espiava Nino. Como era lindo enquanto reconquistava a simpatia de minhas filhas. Agora estava entrando com elas no quarto, fazia de conta que nada acontecera, as elogiava dirigindo-se a Mariarosa — está vendo, tia, que senhoritas incríveis? — e já lhe saía com naturalidade seu tom envolvente, o toque leve dos dedos no joelho nu dela. Então o arrastei para fora de casa e o obriguei a uma longa caminhada por Sant'Ambrogio.

Fazia calor, me lembro. Deslizávamos por uma mancha vermelho tijolo, o ar estava cheio da lanugem que voava dos plátanos. Disse a ele que precisava me habituar à ideia de não o ter, mas que por ora eu não podia, necessitava de tempo. Respondeu que ele, ao contrário, nunca seria capaz de viver sem mim. Rebati dizendo que ele não era capaz de se separar nunca de nada, nem de ninguém. Reiterou que não era verdade, que era culpa das circunstâncias, que para me ter foi compelido a preservar tudo. Compreendi que forçá-lo a ir além daquela posição era inútil, via diante de si apenas um precipício e estava aterrorizado. Acompanhei-o ao carro e o mandei embora. Um segundo antes de partir, me perguntou: o que você está pensando em fazer? Não respondi, eu mesma não tinha ideia.

29.

O que decidiu por mim foi o fato ocorrido poucas semanas depois. Mariarosa tinha viajado, tinha não sei que compromisso em Bordeaux. Antes de partir, me chamou de lado e me fez um discurso estranho sobre Franco, sobre a necessidade de que eu ficasse perto dele durante sua ausência. Falou que ele estava muito deprimido, e eu de repente entendi o que até aquele momento só havia intuído fragmentariamente e depois me esquecera por distração: com Franco ela não brincava de boa samaritana como fazia com todos; o amava de verdade, se tornara sua mãe–irmã–amante, e aquele seu ar sofrido, aquele corpo depauperado se deviam à ansiedade permanente por causa dele, à certeza de que se tornara frágil demais e podia se romper a qualquer momento.

Ficou fora oito dias. Com alguma dificuldade — eu estava absorvida por outros assuntos — fui cordial com Franco, me entretive todas as noites conversando com ele até tarde da noite. Apreciei que, em vez de me falar de política, tenha preferido contar mais a si mesmo que a mim como tínhamos estado bem juntos: nossos passeios em Pisa na primavera, o mau cheiro do Lungarno, as vezes em que me confidenciara fatos de sua infância, dos pais, dos avós, que nunca havia dito a ninguém. Gostei sobretudo que tenha me deixado falar de minhas ansiedades, do novo contrato que tinha assinado com a editora, portanto da necessidade de escrever um novo livro, do possível retorno a Nápoles, de Nino. Nunca recorreu a generalizações ou a floreios de palavras. Ao contrário, foi direto, quase vulgar. Se você se preocupa mais com ele do que com você — me falou certa noite em que estava como aturdido —, deve aceitá-lo do jeito que é: com mulher, filhos, essa tendência permanente a trepar com outras mulheres, as canalhices de que é e de que será capaz. Lena, Lenuccia — murmurou com afeto, balançando a cabeça. E então riu, se levantou da poltrona, disse obscuramente que, na opinião dele, o amor só acabava quando era possível voltar a si mesmo sem temor ou desgosto, e saiu da sala arrastando o passo, como se quisesse assegurar-se da materialidade do pavimento. Não sei por que naquela noite me lembrei de Pasquale, uma pessoa muito distante dele por origem social, cultura e escolhas políticas. No entanto, por um segundo, imaginei que, se meu amigo do bairro conseguisse reemergir vivo do fundo escuro que o engolira, teria o mesmo jeito de caminhar.

Por um dia inteiro Franco não saiu do quarto. À noite eu tinha um compromisso de trabalho, bati, perguntei se ele podia dar o jantar a Dede e a Elsa. Prometeu que sim. Voltei tarde, estranhamente ele tinha deixado a cozinha em desordem, tirei a mesa, lavei os pratos. Não dormi muito, às seis já estava acordada. Ao ir ao banheiro, passei diante de seu quarto e fui atraída por uma folha de caderno preso à porta por uma pontinha. Estava escrito: *Lena, não deixe as meninas entrarem*. Pensei que naqueles dias Dede e Elsa o tivessem incomodado, ou que na noite anterior o tivessem aborrecido, e fui fazer o café com a intenção de repreendê-las. Depois pensei melhor. Franco tinha uma ótima relação com minhas filhas, excluí que estivesse irritado com elas por algum motivo. Por volta das oito bati discretamente na porta dele. Nenhuma resposta. Bati mais forte, abri a porta com cuidado, o quarto estava no escuro. Chamei, silêncio, acendi a luz.

Havia sangue no travesseiro e no lençol, uma grande mancha escura que se alongava até os pés. A morte é tão repulsiva. Aqui digo apenas que, quando vi sem vida aquele corpo que eu conhecera na intimidade, que tinha sido feliz e ativo, que tinha lido tantos livros e se expusera a tantas experiências, senti simultaneamente repulsa e piedade. Franco havia sido uma matéria viva entranhada de cultura política, de propósitos generosos e esperanças, de boas maneiras. Agora oferecia um horrível espetáculo de si. Desembaraçou-se de um modo tão feroz da memória, da linguagem, da capacidade de atribuir sentidos, que me pareceu evidente o ódio por si mesmo, pela própria epiderme, pelos cheiros, pelos pensamentos e palavras, pela feia dobra do mundo que o havia envolvido.

Nos dias seguintes me voltou à mente a mãe de Pasquale e Carmen, Giuseppina. Ela também deixara de tolerar-se e de tolerar o segmento de vida que lhe restara. Mas Giuseppina vinha de um tempo que me precedia, já Franco era o meu tempo, e aquela sua recusa violenta não se limitou a me impressionar, mas me transtornou. Pensei demoradamente em seu bilhete, o único que deixou. Dirigia-se a mim e substancialmente me dizia: não deixe as meninas entrarem, não quero que me vejam; já você pode entrar, você *precisa* me ver. Penso ainda hoje naquele duplo imperativo, um explícito, outro, implícito. Depois do funeral, seguido por uma multidão de militantes com o punho frouxamente fechado (na época, Franco ainda era muito conhecido e admirado), tentei restabelecer contato com Mariarosa. Queria estar perto dela, queria falar sobre ele, mas ela não permitiu. Aquele seu ar desfeito se acentuou, assumiu os traços de uma desconfiança doentia que lhe embaçou até a vivacidade dos olhos. A casa aos poucos se esvaziou. Suspendeu em relação a mim todo comportamento de irmã, tornando-se cada vez mais hostil. Ou passava todo o tempo na universidade ou, quando estava em casa, se trancava em seu quarto e não queria ser perturbada. Irritava-se caso as meninas fizessem barulho ao brincar, irritava-se ainda mais se eu censurava suas brincadeiras ruidosas. Fiz as bagagens e parti com Dede e Elsa para Nápoles.

30.

Nino tinha sido sincero, de fato havia alugado o apartamento da via Tasso. Fui morar lá imediatamente, embora o lugar estivesse infestado de formigas e o mobiliário se resumisse a uma cama de casal sem cabeceira, às camas das meninas, a uma mesa e algumas cadeiras. Não falei de amor, não mencionei o futuro.

Disse a ele que minha decisão se devia em grande parte a Franco e me limitei a lhe dar uma notícia boa e outra ruim. A boa era que minha editora tinha aceitado publicar a coletânea de ensaios dele, contanto que lhe desse uma nova redação, menos árida; a ruim era que eu não queria que ele tocasse em mim. Recebeu com alegria a primeira notícia, se desesperou com a segunda. Depois passamos todas as noites sentados um ao lado do outro reescrevendo seus textos, e aquela proximidade me impediu de manter a raiva acesa. Eleonora ainda estava grávida quando voltamos a nos amar. E quando ela deu à luz uma menina, a quem deram o nome de Lidia, Nino e eu já tínhamos voltado a ser um casal de amantes com hábitos próprios, uma bela casa, duas meninas, uma vida privada e pública muito intensa.

"Não ache", disse a ele desde o início, "que estou às suas ordens: no momento não sou capaz de deixá-lo, mas cedo ou tarde isso vai acontecer."

"Não vai acontecer, você não terá motivos."

"Motivos já tenho o bastante."

"Logo tudo vai mudar."

"Veremos."

Mas era tudo encenação, eu queria fazer passar por muito razoável o que de fato era despropositado e humilhante. Pego para mim — eu pensava, adaptando as palavras de Franco — o que agora é indispensável e, assim que tiver consumido seu rosto, suas palavras e todo o desejo, o mandarei embora. Por isso, quando o esperava inutilmente por dias, dizia a mim mesma que era melhor assim, eu tinha muito que fazer, ele me sufocava com sua presença. E, quando sentia as agulhadas do ciúme, tentava me acalmar sussurrando: a mulher que ele ama sou *eu*. E, se pensava nos filhos dele, dizia para mim: passa mais tempo com Dede e Elsa que com Albertino e Lidia. Evidentemente era tudo verdade e tudo mentira. Sim, a força de atração de Nino se exauriria. Sim, eu tinha um monte de coisas a fazer. Sim, Nino me amava, amava Dede e Elsa. Mas também havia outros sinais que eu fingia ignorar. Sim, estava atraída por ele mais do que nunca. Sim, estava pronta para deixar tudo e todos se ele precisasse de mim. Sim, os laços com Eleonora, Albertino e a recém-nascida Lidia eram pelo menos tão fortes quanto aqueles com minhas filhas e comigo. Sobre esses sins desciam véus escuros e, caso aqui e ali se abrissem alguns rasgos que tornassem o estado das coisas evidente, eu logo recorria a frases empoladas sobre o mundo futuro: tudo muda, estamos inventando novas formas de convivência, e outras balelas desse tipo, como as tantas que eu mesma dizia toda vez que falava em público ou escrevia. Mas as dificuldades me martelavam todos os dias, abrindo rachaduras continuamente. A cidade não havia melhorado em nada, e em pouco tempo me esgotou com seu mal-estar. A via Tasso se mostrou incômoda. Nino procurou um carro usado para mim, um R4 branco ao qual me afeiçoei de imediato, mas nos primeiros tempos evitei usá-lo, já que acabava presa no tráfego. Penava bem mais para enfrentar as mil dificuldades cotidianas do que quando estava em Florença, Gênova ou Milão. Desde o primeiro dia de escola Dede detestou a professora e os colegas. Elsa, agora no primeiro ano do fundamental, voltava sempre com os olhos vermelhos, triste, e se recusava a me contar o que tinha acontecido. Comecei a recriminá-las. Dizia que não sabiam reagir às adversidades, não sabiam se impor, não sabiam se adaptar, e precisavam aprender. O resultado foi que as duas irmãs se uniram contra mim: passaram a falar da avó Adele e da tia Mariarosa como se fossem divindades que haviam organizado um mundo feliz e perfeito para elas, queixando-se de saudades de modo cada vez mais insistente. Quando, para reconquistá-las, eu as puxava para perto e lhes dava carinho, elas me abraçavam arredias, às vezes me empurravam. E meu trabalho? Tornou-se cada vez mais claro que, sobretudo naquela fase favorável, teria sido melhor permanecer em Milão e ocupar um cargo na editora. Ou quem sabe ir para Roma, uma vez que em minhas viagens de divulgação eu conhecera pessoas que se ofereceram para me ajudar ali. O que eu e minhas filhas estávamos fazendo em Nápoles? Estávamos ali apenas para contentar Nino? Mentia para mim mesma quando me imaginava livre e autônoma? E mentia para meu público quando representava o papel de quem, com seus dois livrinhos, tentara ajudar toda mulher a confessar o que não sabia dizer a si mesma? Eram meras fórmulas nas quais era confortável acreditar, mas eu de fato não me distinguia de minhas contemporâneas mais tradicionais? Apesar de todo o discurso, eu me deixava *inventar* por um homem a ponto de suas necessidades se sobreporem às minhas e às de minhas filhas?

Aprendi a sair pela tangente. Bastava Nino bater à porta para que a aflição sumisse. Dizia a mim mesma: a vida *agora* é esta, e não pode ser de outro jeito. Enquanto isso, tentava me impor uma disciplina, não me resignava, buscava ser combativa, às vezes até conseguia me sentir feliz. A casa resplandecia de luz. De minha varanda eu via Nápoles estender-se até as bordas do revérbero amarelo-celeste do mar. Havia tirado minhas filhas da provisoriedade de Gênova e de Milão, e o ar, as cores, os sons do dialeto pelas ruas, a gente culta que Nino arrastava para minha casa até no meio da noite me davam segurança e alegria. Eu levava as meninas para Pietro em Florença e me mostrava contente quando ele vinha vê-las em Nápoles. Eu o hospedava em casa, lutando com as resistências de Nino. Fazia a cama para ele no quarto das meninas, que tinham por ele um afeto ostensivo, como se quisessem detê-lo ali com a representação de quanto o amavam. Tentávamos ter uma relação natural, me informava sobre Doriana, perguntava a ele sobre o livro que sempre estava prestes a ser publicado, até que depois surgiam outros detalhes a serem aprofundados. Quando as meninas ficavam grudadas no pai e me ignoravam, eu ia me distrair um pouco. Descia ao Arco Mirelli e passeava pela via Caracciolo, à beira do mar. Ou subia a via Aniello Falcone até a Floridiana. Ali escolhia um banco e ficava lendo.

31.

Da via Tasso o bairro era um pálido amontoado de pedras muito distante, apenas detritos urbanos indistinguíveis aos pés do Vesúvio. Queria que continuasse assim: agora eu era outra pessoa, agiria de modo a que não me capturasse de novo. Mas também naquele caso eu tendia a me atribuir um propósito frágil. Três ou quatro dias depois da primeira e agitada organização do apartamento, cedi. Vesti as meninas com esmero, eu mesma me arrumei com cuidado e disse: agora vamos visitar vovó Immacolata, vovô Vittorio e os tios.

Partimos de manhã cedo, tomamos o metrô na piazza Amedeo, e as meninas se entusiasmaram com o vento fortíssimo trazido pela chegada do trem, que despenteava o cabelo, colava os vestidos no corpo e tirava o fôlego. Eu não via nem ouvia minha mãe desde aquele episódio em Florença. Temia que recusasse me ver e, talvez por isso, não telefonei anunciando minha visita. Mas devo ser honesta, houve também outra razão, mais secreta. Eu tinha receio de admitir: estou aqui por esse e aquele motivo, quero ir para lá e para cá. O bairro para mim, antes que meus parentes, era Lila: planejar aquela visita também significaria me interrogar sobre como eu queria lidar com ela. E ainda não tinha respostas definitivas, então melhor a casualidade. De todo modo, visto que podia ocorrer de encontrá-la, dediquei a máxima atenção à aparência das meninas e à minha. Desejava que, se fosse o caso, ela se desse conta de que eu era uma senhora distinta e que minhas filhas não estavam sofrendo, não estavam largadas, estavam ótimas.

Foi um dia emotivamente denso. Passei pelo túnel, desviei da bomba de gasolina onde Carmen trabalhava com o marido, Roberto, e atravessei o pátio. Subi as escadas carcomidas do prédio em que eu tinha nascido, com o coração aos pulos. Dede e Elsa estavam excitadíssimas, como se prestes a entrar em sabe-se lá que aventura; coloquei-as diante de mim e toquei a campainha. Lá vinha o passo claudicante de minha mãe, que abriu a porta e arregalou os olhos como se fôssemos três fantasmas. Sem querer, também demonstrei espanto. Houve um descolamento entre a pessoa que eu esperava encontrar e a que de fato topei em minha frente. Minha mãe estava muito mudada. Por uma fração de segundo, me pareceu uma prima dela que eu tinha visto poucas vezes na infância e que se parecia muito com ela, embora fosse seis ou sete anos mais velha. Estava bem mais magra, os ossos do rosto, o nariz e as orelhas pareciam enormes.

Tentei abraçá-la, ela se esquivou. Meu pai não estava, nem Peppe, nem Gianni. Foi impossível saber alguma coisa a respeito deles, por uma boa hora quase não me dirigiu a palavra. Já com as meninas foi afetuosa. Elogiou-as muito e então, depois de cobri-las com grandes aventais para que não se sujassem, foi com elas preparar caramelos de açúcar. Passei aquele tempo em grande embaraço, ela fez como se eu não estivesse ali. Quando tentei dizer às meninas que estavam comendo balas demais, Dede se virou prontamente para a avó:

"Podemos pegar mais?"

"Comam tudo o que quiserem", respondeu minha mãe sem olhar para mim.

A mesma cena se repetiu quando disse às netas que podiam brincar no pátio. Em Florença, em Gênova, em Milão nunca as deixei sair de casa sozinhas. Falei:

"Não, meninas, vocês não podem ir, fiquem aqui."

"Vovó, podemos ir?", perguntaram minhas filhas quase em uníssono.

"Já disse que sim."

Ficamos sós. Disse-lhe ansiosa, como se ainda fosse uma menina: "Eu me mudei. Estou numa casa na via Tasso."

"Muito bem."

"Há três dias."

"Muito bem."

"Escrevi outro livro."
"Estou me lixando."
Calei. Com uma careta de desgosto, ela cortou um limão em dois e espremeu o suco num copo.
"Vai tomar limonada por quê?"
"Porque só de vê-la meu estômago embrulha." Acrescentou água ao limão, pôs um pouco de bicarbonato, bebeu tudo de um gole com um rumor espumoso.
"Você não está bem?"
"Estou ótima."
"Não é verdade. Já foi ao médico?"
"Imagine se vou jogar dinheiro fora com médicos e remédio."
"Elisa sabe que você não está bem?"
"Ela está grávida."
"Por que não me disseram nada?"
Não respondeu. Apoiou o copo na pia com um longo suspiro cansado e enxugou os lábios com o dorso da mão. Insisti:
"Vou levá-la ao médico. Está sentindo mais o quê?"
"Todos os males que você me causou. Por culpa sua, uma veia se rompeu em minha barriga."
"O que você está dizendo?"
"Sim, você fez meu corpo explodir."
"Eu gosto muito de você, mamãe."
"Eu não. Veio morar em Nápoles com as crianças?"
"Sim."
"E seu marido não vem?"
"Não."
"Então não apareça nunca mais nesta casa."
"Mãe, hoje não é como antigamente. É possível ser uma mulher direita mesmo deixando o marido, mesmo se juntando a outro. Por que você implica tanto comigo e não diz nada a Elisa, que está grávida sem ser casada?"

"Porque você não é Elisa. Por acaso Elisa estudou como você? Eu esperava de Elisa o que esperava de você?"
"Você devia estar orgulhosa das coisas que tenho feito. Greco está se tornando um nome importante. Agora sou conhecida até no exterior."
"Não se vanglorie comigo, você não é ninguém. Para pessoas normais, o que você se acha não significa nada. Eu aqui sou respeitada não porque pari você, mas por ser mãe de Elisa. Ela, que não estudou, que não tem nem o diploma ginasial, se tornou uma senhora. E você, formada na faculdade, se transformou em quê? Lamento apenas pelas meninas, que são tão lindas e falam tão bem. Você não pensou nelas? Com o pai que tinham, estavam crescendo como crianças de TV. E você fez o quê? Trouxe as coitadas para morar em Nápoles?"
"Fui eu quem as educou, mãe, não o pai. E não importa para onde as leve, continuarão crescendo assim."
"Você é uma metida. Minha Nossa Senhora, como eu errei com você. Achava que a metida fosse Lila, mas é você. Sua amiga comprou a casa dos pais, você fez isso? Sua amiga comanda todo mundo de rédea curta, até Michele Solara, e você manda em quem? Naquele merda do filho de Sarratore?"

Nessa altura, passou a tecer elogios a Lila: ah, como Lina é bonita, como é generosa, agora tem simplesmente uma empresa só dela, ela e Enzo realmente fizeram as coisas direito. Afinal compreendi que a maior culpa que me atribuía é que ela tivera de admitir, sem escapatórias, que eu valia menos que Lila. Quando falou que queria cozinhar algo para Dede e Elsa, excluindo-me de propósito, percebi que seria um peso para ela convidar-me para o almoço, e fui embora amargurada.

32.

Uma vez no estradão, vacilei: esperar no portão a volta de meu pai, circular pelas ruas à procura de meus irmãos, tentar ver se minha irmã estava em casa? Achei uma cabine telefônica, liguei para Elisa, arrastei as meninas para seu grande apartamento, de onde se avistava o Vesúvio. Minha irmã ainda não mostrava nenhum sinal de gravidez, no entanto a achei muito mudada. O simples fato de estar grávida deve ter feito com que crescesse de repente, mas se deformando. Passara por uma espécie de vulgarização do corpo, das palavras, do tom. Tinha uma cor terrosa e estava tão envenenada de mau humor que nos recebeu com desinteresse. Não percebi em nenhum momento o afeto e a estima um tanto infantil que sempre tivera por mim. E, quando mencionei o estado de saúde de nossa mãe, assumiu contra mim um tom agressivo que nunca imaginei nela, pelo menos não comigo. Exclamou:

"Lenu, o médico disse que ela está ótima, é a alma que está sofrendo. Mamãe tem uma saúde de ferro, saúde ela tem, só precisa se tratar da dor. Se você não a tivesse decepcionado como fez, ela não estaria reduzida a esse estado."

"Que bobagem você está dizendo?"

Foi ainda mais rude.

"Bobagem? Só lhe digo isso: eu estou pior de saúde que mamãe. De todo modo, já que você agora está morando em Nápoles e sabe mais que o médico, cuide um pouco dela, não deixe todo o peso em minhas costas. Basta lhe dar um pouco de ânimo e ela se recupera."

Tentei me conter, não queria brigar. Por que ela estava falando comigo daquele modo? Eu também tinha mudado para pior, assim como ela? Nossa época feliz de irmãs havia terminado? Ou Elisa, a mais jovem da família, era o sinal evidente de que a vida no bairro estragava as pessoas ainda mais que no passado? Disse às meninas — que estavam sentadas comportadamente, em silêncio, mas decepcionadas porque a tia não lhes dava a menor atenção — que podiam terminar as balas de caramelo da avó. Depois perguntei a minha irmã:

"Como estão as coisas com Marcello?"

"Tudo ótimo, por que não deveriam estar? Se não fossem as preocupações que o atazanam desde a morte da mãe, estaríamos realmente contentes."

"Que preocupações?"

"Preocupações, Lenu, preocupações. Você só pensa em livros, a vida é outra coisa."

"Peppe e Gianni?"

"Trabalhando."

"Não consigo encontrá-los nunca."

"Culpa sua, que nunca aparece."

"Agora vou vir com frequência."

"Muito bem. Então tente falar também com sua amiga Lina."

"O que aconteceu?"

"Nada. Mas ela também está entre as tantas preocupações de Marcello."

"Como assim?"

"Pergunte a Lina; se por acaso ela responder, diga que seria melhor ficar em seu lugar."

Reconheci a reticência ameaçadora dos Solara e me dei conta de que nunca mais teríamos a intimidade de antes. Falei que minhas relações com Lila estavam mornas, mas que eu tinha acabado de saber por mamãe que ela havia deixado de trabalhar para Michele e agora tinha uma empresa própria. Elisa rebateu:

"Empresa própria com o nosso dinheiro."

"Me explique."

"Explicar o que, Lenu? Ela manipulou Michele como bem quis. Mas com Marcello não vai conseguir."

33.

Também Elisa não nos convidou para o almoço. Somente quando nos acompanhou até a porta pareceu se dar conta da descortesia e disse a Elsa: venha aqui com a tia. Desapareceram por uns minutos causando aflição em Dede, que segurou minha mão para não se sentir negligenciada. Quando reapareceram, Elsa estava com o rosto sério, mas o olhar alegre. Minha irmã, que parecia esforçar-se para estar de pé, fechou a porta de casa assim que começamos a descer as escadas.

Uma vez na rua, a pequena nos mostrou o presente secreto da tia: vinte mil liras. Elisa tinha dado dinheiro do mesmo modo que certos parentes um pouco mais remediados faziam quando éramos pequenas. Mas na época o dinheiro era só aparentemente um agrado para nós, crianças, instruídas a repassá-los a minha mãe, que os gastava nas despesas de casa. Evidentemente Elisa também quisera dar o dinheiro mais a mim do que a Elsa, mas por outro motivo. Com aquelas vinte mil liras — o equivalente a uns três livros em ótima edição —, quisera demonstrar que Marcello gostava dela e lhe dava uma vida confortável.

Acalmei as meninas, que já o estavam disputando. Foi preciso submeter Elsa a um duro interrogatório para que admitisse que, segundo a vontade da tia, o dinheiro devia ser dividido, dez mil liras para ela e dez mil liras para Dede. Ainda estavam brigando e se empurrando quando ouvi uma voz me chamar. Era Carmen, metida num uniforme azul de frentista. Eu estava distraída e não tinha desviado da bomba de gasolina. Agora estava me fazendo sinais, o cabelo encaracolado e muito preto, o rosto largo.

Foi difícil resistir. Carmen fechou a bomba e quis me levar para almoçar em sua casa. Veio também o marido, que eu ainda não conhecia. Tinha ido buscar os filhos na escola maternal, dois meninos, um da idade de Elsa, outro menor, de um ano. Revelou-se uma pessoa amável, muito cordial. Pôs a mesa com a ajuda dos meninos, tirou os pratos, lavou a louça. Nunca tinha visto até aquele momento um casal de minha geração tão afinado, tão visivelmente feliz de viver junto. Finalmente me senti bem acolhida, vi que minhas filhas também estavam à vontade: comeram com apetite, dedicaram-se aos dois meninos com ares maternais. Enfim, voltei a me animar e passei duas horas de paz. Depois Roberto correu para abrir a bomba, enquanto Carmen e eu ficamos sozinhas.

Ela foi discreta, me perguntou sobre Nino e se eu tinha me transferido a Nápoles para viver com ele, embora parecesse já saber de tudo. Então me falou do marido, grande trabalhador, apegado à família. Lenu — disse —, no meio de tanta dor, ele e os meninos são meu único consolo. E recordou o passado: o terrível episódio do pai, os sacrifícios da mãe e a morte dela, o período em que trabalhou na charcutaria de Stefano Carracci, a fase em que Ada substituíra Lila e a atormentara. Até rimos um pouco da época em que ela foi namorada de Enzo: que tolice, disse. Não citou Pasquale nem sequer uma vez, fui eu que acabei perguntando. Mas ela fixou o chão, balançou a cabeça e saltou de pé, como para afastar algo que não queria ou não podia me dizer.

"Vou telefonar para Lina", falou, "se souber que nos vimos e não a avisei, não fala mais comigo."

"Deixe para lá, ela deve estar trabalhando."

"Imagine, agora a dona é ela, pode fazer o que quiser."

Tentei puxar mais conversa, perguntei com cautela sobre as relações entre Lila e os Solara. Mas ela se atrapalhou, disse que sabia muito pouco e foi fazer a chamada. Senti que anunciava nossa presença em sua casa com grande entusiasmo. Quando voltou, disse:

"Ela ficou muito contente, chega logo."

A partir daquele momento fiquei cada vez mais nervosa. No entanto me sentia bem disposta, era bom estar naquela casa digna, os quatro meninos brincavam no outro cômodo. A campainha tocou, Carmen foi abrir, e lá estava a voz de Lila.

34.

A princípio não notei Gennaro, não vi nem mesmo Enzo. Só se tornaram visíveis depois de uma série interminável de segundos nos quais notei apenas Lila e um inesperado sentimento de culpa. Talvez tenha me parecido injusto que, mais uma vez, fosse ela a vir me encontrar, ao passo que eu insistia em mantê-la fora de minha vida. Ou talvez tenha me parecido uma grosseria que ela continuasse tendo curiosidade por mim e eu, ao contrário, com meus silêncios e ausências, buscasse lhe mostrar que ela não me interessava mais. Não sei. O certo é que, enquanto me abraçava, pensei: se não me agredir com palavras pérfidas sobre Nino, se fingir que não sabe da nova paternidade, se mostrar gentileza com minhas filhas serei cordial, e depois veremos.

Então nos sentamos. Não nos víamos desde o encontro no bar na via del Duomo. Foi Lila quem falou primeiro. Impeliu Gennaro para frente — um adolescente grande, o rosto devastado por espinhas — e logo passou a se queixar de seu rendimento na escola. Recriminou, mas em tom afetuoso: ele era bom no fundamental, e no ginásio também, mas neste ano vai ser reprovado, não consegue aprender latim e grego. Estimulei o rapaz, o consolei: você só precisa se exercitar, Gennà, venha me ver, vou lhe dar aulas de reforço. De repente decidi tomar a iniciativa, abordei o assunto mais espinhoso para mim e disse: me mudei para Nápoles há poucos dias, na medida do possível as coisas com Nino se esclareceram, está tudo bem. Então chamei minhas filhas com voz tranquila e, quando elas puseram a cara na porta, exclamei: aqui estão as meninas, o que acha, viu como cresceram? Houve confusão. Dede reconheceu Gennaro e, feliz, o atraiu para si com ar sedutor, ela com nove anos, ele com quase quinze; por sua vez, Elsa o puxou para não ficar atrás da irmã. Olhei-as com orgulho de mãe e fiquei contente quando Lila disse: você fez bem em voltar para Nápoles, a gente deve fazer o que sente vontade, as meninas estão realmente ótimas, como são bonitas. Naquela altura me senti aliviada; Enzo, puxando conversa, me perguntou sobre o trabalho. Me gabei um pouco pelo sucesso do último livro, mas logo entendi que, se na época o primeiro despertara o interesse do bairro e alguns até o tinham lido, do segundo não só Enzo e Carmen, mas também Lila não tinham nem mesmo ouvido falar. Então falei um pouco sobre ele em tom autoirônico e depois perguntei sobre a atividade deles, rindo: soube que, de proletários, vocês se transformaram em proprietários. Lila fez um trejeito minimizador, virou-se para Enzo, e Enzo tentou me explicar em poucas frases. Disse que nos últimos anos os computadores tinham evoluído, disse que a IBM lançara no mercado máquinas muito diferentes das anteriores. Como sempre, perdeu-se em detalhes técnicos que me aborreceram. Citou siglas, o Sistema 34, o 5120, e explicou que agora já não havia nem fichas perfuradas, nem máquinas perfuradoras e verificadoras, mas uma linguagem diferente de programação, o BASIC, e aparelhos cada vez menores, com pouca potência de cálculo e de armazenamento, mas também muito menos custosos. No final entendi apenas que a nova tecnologia tinha sido decisiva para eles, que depois de estudá-la tinham decidido fazer por conta própria. Assim fundaram uma sociedade, a Basic Sight — *em inglês, se não ninguém leva a sério* —, e dessa sociedade, sediada nos cômodos de sua casa — *que proprietários que nada* —, ele, Enzo, era o sócio majoritário e administrador, mas a alma, a verdadeira alma — Enzo a apontou com um gesto orgulhoso — era Lila. Olhe esta marca — disse —, foi ela quem desenhou.

Examinei o logo, um rabisco em torno de uma linha vertical. Fixei os olhos nele com repentina comoção, era mais uma mostra de sua cabeça desgovernada, quem sabe quantas eu havia perdido. Senti saudade dos belos momentos de nosso passado. Lila aprendia, arquivava, aprendia. Não conseguia parar, nunca recuava: o 34, o 5120, o BASIC, a Basic Sight, o logo. Bonito, eu disse, e me senti como não me sentira nem com minha mãe, nem com minha irmã. Pareciam todos felizes de me ter de novo entre eles, me atraíam com generosidade para dentro de suas vidas. Quase para me demonstrar que suas ideias não tinham mudado apesar dos bons negócios, Enzo começou a contar a seu modo seco o que ele via quando circulava pelas fábricas: as pessoas trabalhavam em condições terríveis por um salário de fome, e ele às vezes se envergonhava de ter que transformar a nojeira da exploração na assepsia da informática. Por sua vez, Lila disse que, para obter aquele asseio, os patrões se viram obrigados a deixá-los ver de perto toda sua imundície, e discorreu com sarcasmo sobre as falsidades, as fraudes, as trapaças que havia por trás da fachada das contas em ordem. Carmen não ficou atrás, falou da gasolina, exclamou: nesse meio também há merda para todo lado. E somente nesse momento citou o irmão, acenando às razões justas que o haviam levado a fazer coisas erradas. Recordou o bairro de nossa infância e adolescência. Contou — coisa que jamais acontecera antes — sobre quando ela e Pasquale eram pequenos, e o pai listava para eles, ponto por ponto, tudo o que lhe haviam feito os fascistas chefiados por dom Achille: a vez em que levara uma surra bem na entrada do túnel; a vez em que o obrigaram a beijar a foto de Mussolini, mas ele cuspira nela; e, se não o tinham matado, se não tinha desaparecido como tantos outros companheiros — *não existe a história daqueles que os fascistas assassinaram e com cujos corpos depois sumiram* —, era porque tinha a oficina de marceneiro e era muito conhecido no bairro, e, se o apagassem da face da terra, todos se dariam conta.

O tempo passou assim. A certo ponto houve tal entrosamento que decidiram me dar uma grande prova de amizade. Carmen consultou Enzo e Lila com o olhar e então disse, cautelosa: podemos confiar em Lenuccia. Quando viu que estavam de acordo, me revelou que tinham encontrado Pasquale recentemente. Ele tinha aparecido à noite na casa de Carmen, ela chamara Lila, e Lila viera correndo com Enzo. Pasquale estava bem. Estava todo limpo, nem sequer um pelo fora do lugar, muito elegante, parecia um médico-cirurgião. Mas o acharam triste. As ideias continuavam as mesmas, mas ele estava triste, triste, triste. Disse que jamais se renderia, que precisariam matá-lo. Antes de ir embora, foi olhar os sobrinhos enquanto dormiam, não sabia nem mesmo como se chamavam. Nessa altura Carmen começou a chorar, mas em silêncio, para evitar que os filhos viessem. Dissemos entre nós, ela primeiro, ela mais que eu e Lila (Lila foi lacônica, Enzo se limitou a fazer sinal que sim), que as escolhas de Pasquale não nos agradavam, que sentíamos horror por toda a desordem sangrenta da Itália e do mundo, mas que ele sabia as mesmas coisas essenciais que nós sabíamos, e não importava que ações terríveis — entre todas as que se liam nos jornais — ele tivesse cometido, ainda que tivéssemos nos arranjado em nossas vidas com a informática, o latim e o grego, os livros, a gasolina, nunca o renegaríamos. Nenhum dos que gostavam dele faria isso.

O dia terminou ali. Houve apenas uma última pergunta que fiz a Lila e Enzo, porque me sentia à vontade e tinha em mente o que Elisa me dissera pouco antes. Perguntei: e os Solara? Enzo imediatamente fixou o assoalho. Lila deu de ombros, disse: os mesmos merdas de sempre. Depois contou irônica que Michele tinha enlouquecido: depois da morte da mãe, deixou Gigliola, expulsou a mulher e os filhos da casa de Posillipo e, se apareciam ali, os enchia de porrada. Os Solara — disse com uma nuance de satisfação — estão acabados: imagine que Marcello anda dizendo por aí que o irmão tem se comportado assim por minha culpa. E então armou aqueles olhos estreitos e uma careta de regozijo, como se aquela opinião de Marcello fosse um elogio. Por fim concluiu: enquanto você estava fora, muitas coisas mudaram, Lenu; agora você precisa ficar mais com a gente; me dê seu número de telefone, precisamos nos ver sempre que pudermos; além disso, quero lhe mandar Gennaro, veja se pode ajudá-lo.

Pegou a caneta e se preparou para escrever. Ditei imediatamente os dois primeiros dígitos, depois me confundi, tinha decorado o número havia poucos dias e não o recordava bem. Mas, quando ele me voltou à memória com precisão, vacilei de novo, tive medo de que ela voltasse a se arraigar em minha vida, ditei mais duas cifras e errei as seguintes de propósito.

Fiz bem. Justo quando eu estava saindo com as meninas, Lila me perguntou diante de todos, inclusive de Dede e Elsa:

"Você vai ter um filho com Nino?"

35.

Obviamente não, respondi, e dei um risinho constrangido. Mas já na rua precisei explicar sobretudo a Elsa — Dede se mantinha calada, taciturna — que eu não teria outros filhos, que minhas meninas eram elas, e só. Por uns dois dias tive dor de cabeça, não preguei o olho. Poucas palavras insinuadas com habilidade, e Lila pôs a perder um encontro que me parecera bonito. Pensei comigo: não há o que fazer, ela é incorrigível, sempre sabe me complicar a vida. E não me referia apenas à ansiedade que desencadeara em Dede e Elsa. Lila golpeara com precisão em um ponto meu que eu mantinha bem secreto e que tinha a ver com a urgência de maternidade percebida pela primeira vez uns doze anos antes, quando peguei nos braços o pequeno Mirko na casa de Mariarosa. Tinha sido um impulso completamente irracional, uma espécie de comando do amor, que na época me subjugara. Já então eu havia intuído que não se tratava de uma mera vontade de ter filho, eu queria um filho determinado, um filho como Mirko, um filho de Nino. De fato aquela ânsia não tinha sido aplacada por Pietro e pelo nascimento de Dede e Elsa. Ao contrário, recentemente ressurgira sempre que eu via o menino de Silvia e sobretudo quando Nino me dissera que Eleonora estava grávida. Agora me remexia por dentro com frequência cada vez maior, e Lila, com seu habitual olhar afiado, o *havia enxergado*. É sua diversão preferida — disse a mim mesma —, faz isso com Enzo, com Carmen, com Antonio, com Alfonso. Com certeza se comportou do mesmo modo com Michele Solara, com Gigliola. Finge ser uma pessoa gentil e afetuosa, mas depois nos dá um leve tombo, nos desloca e nos estraga. Quer voltar a agir assim também comigo, também com Nino. Já tinha conseguido tornar evidente um frêmito secreto que, em geral, eu buscava ignorar como se ignora o tremor de uma pálpebra.

Durante dias, na casa da via Tasso, sozinha ou em companhia, me senti continuamente agitada por aquela pergunta: *vai ter um filho com Nino?* Mas agora não se tratava mais de uma pergunta de Lila, já era uma questão minha.

36.

Em seguida voltei ao bairro com frequência, especialmente quando Pietro vinha ficar com as filhas. Descia a pé até a piazza Amedeo e pegava o metrô. Às vezes parava na ponte da ferrovia e olhava o estradão lá embaixo, às vezes me limitava a atravessar o túnel e dar um passeio até a igreja. Mas na maioria das vezes ia pelejar com minha mãe para que fosse consultar um médico, e envolvia meu pai, Peppe e Gianni naquela batalha. Era uma mulher teimosa, se enfurecia com o marido e os filhos assim que mencionavam seus problemas de saúde. Comigo gritava pontualmente: calada, é você quem está me fazendo morrer — e me expulsava ou ia se trancar no banheiro.

Mas, como se sabia, quem tinha fibra era Lila; Michele, por exemplo, percebera isso havia tempo. De modo que a aversão de Elisa por ela não se devia apenas a alguma rusga com Marcello, mas ao fato de que Lila se desprendera mais uma vez dos Solara e agora sobressaía depois de os ter desfrutado. A Basic Sight estava lhe dando cada vez mais o prestígio da novidade e dos ganhos. Não se tratava mais da pessoa criativa que desde pequena tinha a capacidade de nos arrancar a desordem da cabeça e do peito e restituí-la a nós bem organizada ou, se não nos tolerava, de nos confundir as ideias e nos deixar desconcertados. Agora também encarnava a possibilidade de aprender um trabalho novo, um trabalho sobre o qual ninguém sabia nada, mas que rendia. Os negócios iam tão bem — se dizia — que Enzo estava procurando uma sede adequada para o escritório, e não aquilo que por fingimento instalara entre a cozinha e o quarto de dormir. Porém, por mais esperto que fosse, quem era Enzo? Um mero subordinado de Lila. Era ela que movia as peças, que fazia e desfazia. Assim, exagerando um pouco, parecia que em pouco tempo a situação do bairro tinha se tornado a seguinte: ou se aprendia a ser como Marcello e Michele, ou como Lila.

Claro, talvez se tratasse de uma obsessão minha, mas pelo menos naquela fase tive a impressão de vê-la sempre mais em todas as pessoas que tinham sido ou lhe eram próximas. Certa vez, por exemplo, encontrei Stefano Carracci, muito mais pesado, macilento, mal vestido. Não tinha mais absolutamente nada do jovem comerciante com quem Lila se casara, muito menos o dinheiro. No entanto, pelas poucas frases que trocamos, me pareceu que ele usava muitas fórmulas da ex-mulher. E também Ada — que naquela fase estimava muito Lila e falava bem a seu respeito por causa do dinheiro que ela dava a Stefano — me deu a impressão de imitar seus gestos, talvez até a maneira de rir.

Parentes e amigos se apinhavam em torno dela em busca de uma colocação e tentando se mostrar adequados. A própria Ada foi contratada de uma hora para outra na Basic Sight, começaria atendendo ao telefone, depois quem sabe aprenderia outro serviço. Também Rino — que num dia ruim havia brigado com Marcello e deixado o supermercado — se inseria sem sequer pedir permissão nas atividades da irmã, vangloriando-se de ser capaz de aprender num piscar de olhos todo o necessário. Mas para mim a notícia mais inesperada — soube dela uma noite por Nino, que por sua vez soubera por Marisa — foi que até Alfonso tinha ido parar na Basic Sight. Michele Solara, que continuava dando uma de louco, tinha fechado a loja da piazza dei Martiri sem nenhum motivo, e Alfonso ficara desempregado. O resultado é que agora ele também estava se reciclando, e com sucesso, graças a Lila.

Eu poderia ter sabido de mais detalhes, e talvez até gostasse da ideia, bastaria telefonar para ela ou lhe fazer uma visita. Mas não fiz nem uma coisa nem outra. Somente uma vez a encontrei na rua, e ela parou de má vontade. Devia estar ofendida porque eu lhe dera o número errado, porque me oferecera para ajudar o filho e em vez disso desapareci, porque ela tentara de tudo para refazer as pazes, e eu me esquivara. Falou que estava com pressa, perguntou em dialeto:

"Você continua na via Tasso?"

"Continuo."

"É desconfortável."

"De lá se vê o mar."

"E o que é o mar lá de cima? Uma mancha de cor. Melhor ficar perto dele, aí você percebe o que é sujeira, luta, mijo, água infectada. Mas vocês, que leem e escrevem livros, gostam de inventar mentiras para si, não a verdade."

Cortei o assunto e disse:

"Agora estou lá."

Ela foi ainda mais brusca que eu:

"Sempre se pode mudar. Quantas vezes dizemos uma coisa e depois fazemos outra? Alugue uma casa aqui."

Balancei a cabeça, me despedi. Ela queria isso? Trazer-me de volta ao bairro?

37.

Depois aconteceu que, em minha vida já complicada, se verificaram simultaneamente dois fatos de todo inesperados. O instituto de pesquisa dirigido por Nino foi convidado a Nova York para não sei que trabalho importante, e uma minúscula editora de Boston publicou meu livrinho. Aquelas duas ocasiões se transformaram numa possível viagem aos Estados Unidos. Depois de mil dúvidas, discussões e algumas brigas, decidimos nos conceder aquelas férias. Mas eu precisaria deixar Dede e Elsa por duas semanas. Normalmente eu já me virava para dar atenção a elas: escrevia para algumas revistas, fazia traduções, participava de debates em grandes e pequenos centros, acumulava anotações para um novo livro, e conciliá-las no meio daquilo tudo era sempre muito difícil. Em geral, recorria a Mirella, uma aluna de Nino muito confiável que cobrava pouco, mas, quando ela não estava disponível, as deixava com Antonella, uma vizinha de seus cinquenta anos, mãe eficiente de filhos crescidos. Naquela ocasião tentei deixá-las com Pietro, mas ele respondeu que ficar com elas por tanto tempo, naquele momento, seria impossível. Examinei a situação (com Adele eu não tinha mais relações, Mariarosa tinha viajado e não se sabia para onde, minha mãe estava debilitada por seu mal-estar indefinido, Elisa era cada vez mais hostil), e não me pareceu que houvesse saídas aceitáveis. Por fim foi Pietro quem me sugeriu: peça a Lina, no passado ela nos deixou o filho por meses, está em dívida. Vacilei sem me decidir. A parte mais superficial de mim imaginava que, mesmo se ela se mostrasse disponível apesar dos compromissos de trabalho que tinha, teria tratado minhas filhas como bonequinhas mimadas e cheias de caprichos, as teria atormentado, as deixaria com Gennaro; já uma parte mais oculta de mim, que talvez me irritasse ainda mais que a primeira, a considerava a única pessoa dentre as minhas conhecidas que se dedicaria inteiramente para que elas ficassem bem. Foi a urgência de encontrar uma solução que me impeliu a ligar para ela. Ela respondeu sem hesitar à minha solicitação cheia de pausas e de rodeios, me surpreendendo como sempre:

"Suas filhas são mais que minhas filhas, pode trazê-las quando quiser e faça suas coisas pelo tempo que precisar."

Mesmo eu tendo dito que viajaria com Nino, ela não o citou em nenhum momento, nem sequer quando, com mil recomendações, fui deixar as meninas em sua casa. Então, em maio de 1980, consumida por escrúpulos e mesmo assim entusiasmada, parti para os Estados Unidos. A viagem foi para mim uma experiência fora do comum. De novo me senti sem limites, capaz de voar sobre os oceanos, capaz de estender a mim mesma sobre o mundo inteiro. Um delírio exaltante. Naturalmente foram duas semanas muito cansativas e dispendiosas. As mulheres que me haviam publicado não tinham dinheiro e, mesmo elas se esforçando, de todo modo tive de gastar muito. Quanto a Nino, teve de penar para que lhe reembolsassem até a passagem aérea. No entanto estávamos felizes. Eu, pelo menos, nunca me sentira tão bem como naqueles dias.

Ao voltar, tinha a certeza de estar grávida. Já antes de partir para a América, tivera alguma suspeita sobre meu estado, mas em nenhum momento o mencionei a Nino e, durante todas as férias, saboreei aquela possibilidade em segredo, com um prazer irrefletido. Porém, quando fui buscar minhas filhas, já não tinha nenhuma dúvida e me sentia literalmente tão cheia de vida que fui tentada a me abrir com Lila. Mas, como sempre, recuei e pensei: ela vai dizer algo desagradável, vai jogar na minha cara que eu neguei o fato de que queria outro filho. No entanto eu estava radiante, e

Lila, como se minha alegria a contagiasse, acolheu-me com um ar não menos contente e exclamou: como você está bonita. Dei-lhe os presentes que eu tinha trazido para ela, Enzo e Gennaro. Descrevi minuciosamente as cidades que vi, os encontros que tive. Do avião — disse — avistei por um buraco nas nuvens um pedaço do oceano Atlântico. As pessoas são muito sociáveis, não são fechadas como na Alemanha ou arrogantes como na França. Mesmo que você fale mal o inglês, eles escutam com atenção e se esforçam para entender. Nos restaurantes todos falam alto, mais que em Nápoles. Se você compara o arranha-céu do corso Novara aos de Boston ou Nova York, logo entende que não se trata de um arranha-céu. As ruas são numeradas, não têm nome de gente que ninguém mais sabe quem é. Em nenhum momento citei Nino, não contei nada sobre ele ou seu trabalho, fiz como se tivesse viajado sozinha. Ela ficou ouvindo com grande atenção, me fez perguntas às quais não soube responder e então elogiou minhas filhas com sinceridade, disse que passara muito bem com elas. Fiquei alegre, estive de novo a ponto de lhe contar que estava esperando um bebê. Mas Lila não me deu tempo, murmurou séria: ainda bem que você voltou, Lenu, acabei de ter uma boa notícia e queria contar primeiro a você. Ela também estava grávida.

38.

Lila se dedicara às meninas de corpo e alma. E não deve ter sido uma tarefa simples acordá-las de manhã cedo, obrigá-las a se lavar, se vestir, forçá-las a um café da manhã abundante e rápido, acompanhá-las à escola na via Tasso no caos matutino da cidade, ir buscá-las pontualmente em meio à mesma desordem, trazê-las de volta ao bairro, alimentá-las, supervisionar seus deveres de casa e, ao mesmo tempo, dar conta do trabalho e das necessidades domésticas. Mas, como ficou claro quando interroguei a fundo Dede e Elsa, ela se saíra muito bem. E agora, para elas, eu era uma mãe mais do que nunca insuficiente. Não sabia fazer a massa ao molho de tomate como tia Lina fazia, não sabia enxugar seus cabelos e penteá-los com a competência e a doçura de tia Lina, não sabia me concentrar em nada que ela não executasse com uma sensibilidade superior, talvez exceto cantar certas musiquinhas que elas adoravam e que Lila admitira não conhecer. A isso era preciso acrescentar que, especialmente aos olhos de Dede, aquela mulher maravilhosa, que por culpa minha frequentávamos tão pouco (*Mamãe, por que não vamos ver tia Lina? Por que não nos deixa dormir com ela mais vezes? Você não vai viajar mais?*), tinha uma especificidade que a tornava incomparável: era a mãe de Gennaro, que minha filha mais velha chamava de Rino e que lhe parecia a pessoa do sexo masculino mais perfeita do mundo.

Naquele momento fiquei mal. Minhas relações com as meninas não eram idílicas, e aquela idealização que elas faziam de Lila acabou piorando as coisas. Uma vez, depois da enésima crítica dirigida a mim, perdi a paciência e gritei: chega, vão ao mercado das mães e comprem outra. Aquele mercado era uma brincadeira nossa que em geral servia para apaziguar conflitos e nos reaproximarmos. Eu dizia: me vendam no mercado das mães, se não estão satisfeitas comigo; e elas respondiam: não, mamãe, não queremos vender você, a amamos assim. Já naquela ocasião, talvez por causa de meu tom áspero, Dede respondeu: sim, vamos logo, vendemos você e compramos tia Lina.

Durante certo tempo o clima foi esse. E com certeza não era o mais propício para anunciar às meninas que eu lhes havia dito uma mentira. Estava numa condição emocional muito complicada: atrevida, pudica, feliz, ansiosa, inocente, culpada. E não sabia por onde começar, o assunto era difícil: meninas, eu achava que não queria outro filho, mas na verdade eu queria e estou grávida, vocês vão ter um irmãozinho ou talvez outra irmãzinha, mas o pai não é o papai de vocês, o pai é Nino, que no entanto já tem uma mulher e dois filhos, não sei como vai reagir. Eu pensava, repensava e adiava.

Depois, de uma hora para outra, veio à tona uma conversa que me surpreendeu. Na presença de Elsa, que estava escutando um pouco alarmada, Dede disse com o tom que assumia quando queria esclarecer para si um problema cheio de insídias:

"Sabe que tia Lina dorme com Enzo, mas eles não são casados?"
"Quem lhe disse isso?"
"Rino. Enzo não é o pai dele."
"Também foi Rino que lhe contou?"
"Sim. Então perguntei a tia Lina, e ela me explicou."
"O que foi que ela explicou?"

Ela estava tensa. Me perscrutou para saber se estava me deixando com raiva.

"Posso lhe dizer?"
"Pode."

"Tia Lina tem um marido assim como você, e esse marido é o pai de Rino, se chama Stefano Carracci. Depois tem Enzo, Enzo Scanno, que dorme com ela. E a mesma coisa acontece com você: você tem papai, que se chama Airota, mas dorme com Nino, que se chama Sarratore."

Sorri para tranquilizá-la.

"Como é que você aprendeu todos esses sobrenomes?"

"Foi tia Lina que me falou, disse que são idiotas. Rino saiu da barriga dela, vive com ela, mas se chama Carracci assim como o pai. Nós saímos de sua barriga, ficamos bem mais com você do que com papai, mas nos chamamos Airota."

"E daí?"

"Mamãe, se alguém tiver que falar da barriga de tia Lina não vai dizer: esta é a barriga de Stefano Carracci, mas sim esta é a

barriga de Lina Cerullo. O mesmo vale para você: sua barriga é a barriga de Elena Greco, e não a de Pietro Airota."
"E o que isso quer dizer?"
"Quer dizer que seria mais justo que Rino se chamasse Rino Cerullo, e nós, Dede e Elsa Greco."
"É uma ideia sua?"
"Não, de tia Lina."
"E o que você acha?"
"Eu acho a mesma coisa."
"É mesmo?"
"Sim, com certeza."
Mas Elsa, vendo que o clima parecia bom, me puxou e se intrometeu:
"Não é verdade, mamãe. Ela disse que, quando casar, vai se chamar Dede Carracci."
Dede exclamou furiosa:
"Fique calada, você é uma mentirosa."
Então perguntei a Elsa:
"Por que Dede Carracci?"
"Porque ela quer casar com Rino."
Perguntei a Dede:
"Você gosta de Rino?"
"Sim", ela disse com um tom de rixa, "e mesmo que a gente não se case, vamos dormir juntos do mesmo jeito."
"Com Rino?"
"Sim. Como tia Lina com Enzo. E também como você com Nino."
"Ela pode fazer isso, mamãe?", indagou Elsa, duvidosa.
Não respondi, mudei de assunto. Mas aquela troca de frases melhorou meu humor e inaugurou um novo período. De fato, não precisei de muito para perceber que, com aquelas e outras conversas sobre pais verdadeiros e postiços, sobrenomes antigos e novos, Lila conseguira tornar aos olhos de Dede e Elsa não só aceitável,

mas também interessante a condição em que eu as havia constrangido a viver. Assim, como por milagre, minhas filhas pararam de pedir por Adele e Mariarosa; pararam de voltar de Florença dizendo que queriam viver para sempre com o pai e Doriana; pararam de criar caso com Mirella, a babá, como se fosse a pior inimiga delas; pararam de rejeitar Nápoles, a escola, os professores, os colegas e sobretudo o fato concreto de que Nino dormia em minha cama. Enfim, pareciam mais serenas. E verifiquei aquelas mudanças com alívio. Por mais que fosse irritante o fato de Lila também ter entrado na vida de minhas filhas, ligando-as a si, eu jamais poderia acusá-la de não lhes ter dado o maior afeto, a maior assistência, de ter contribuído para atenuar suas ansiedades. Era essa, na verdade, a Lila de quem eu gostava. Ela sabia despontar inesperadamente de dentro de sua própria maldade e me surpreender. De repente todos os insultos desbotaram — é pérfida, sempre foi, mas também é muito mais que isso, é preciso suportá-la —, e reconheci que estava me ajudando a fazer menos mal a minhas filhas.

Numa manhã, ao acordar, pela primeira vez depois de muito tempo pensei nela sem hostilidade. Lembrei-me de quando se casara, da primeira gravidez: tinha dezesseis anos, apenas sete ou oito a mais que Dede. Minha filha logo teria a idade de nossos fantasmas de adolescentes. Achei inconcebível que, num lapso de tempo relativamente exíguo, minha filha pudesse vestir — como ocorreu com Lila — um vestido de noiva, acabar brutalizada na cama de um homem, fechar-se no papel de senhora Carracci; achei inconcebível que pudesse acontecer com ela, como ocorreu comigo, deitar-se sob o corpo pesado de um senhor maduro, de noite, nos Maronti, suja de areia escura e de suores, só por revanche. Recordei as mil coisas odiosas pelas quais tínhamos passado e deixei que a solidariedade reconquistasse força. Que desperdício seria, pensei, estragar nossa história dando espaço excessivo aos maus sentimentos:

os maus sentimentos são inevitáveis, mas o essencial é represá-los. Me reaproximei de Lila com a desculpa de que as meninas queriam encontrá-la. Nossa gravidez fez o resto.

39.

Mas fomos duas grávidas bem diferentes. Meu corpo reagiu com forte adesão, o dela, com relutância. No entanto, desde o início Lila enfatizou que *queria* aquela gravidez, e dizia rindo: foi programada. Porém havia algo em seu organismo que, como sempre, fazia resistência. Assim, ao passo que me senti de imediato como se trouxesse dentro de mim uma espécie de luz rosada, ela se tornou esverdeada, o branco dos olhos amarelou, detestava certos cheiros, vomitava continuamente. O que eu posso fazer, dizia, estou contente, mas essa coisa na barriga não está, ao contrário, tem birra de mim. Enzo negava e dizia: que nada, ele é o mais contente de todos. E segundo Lila, que zombava dele, isso queria dizer: fui eu quem o colocou lá dentro, confie em mim, vi que ele é bom, e você não precisa se preocupar.

As vezes em que estive com Enzo, senti por ele mais simpatia que nunca, mais admiração. É como se à sua antiga altivez se acrescentasse outra, manifestada por uma vontade exponencial de trabalhar e, ao mesmo tempo, por uma vigilância em casa, no escritório, na rua, toda concentrada em defender sua companheira de perigos físicos e metafísicos e antecipar seus desejos. Assumiu a tarefa de dar a notícia a Stefano, que ficou impassível, fez uma meia careta e se afastou, talvez porque a velha charcutaria já não rendesse quase nada e o subsídio que a ex-mulher lhe passava era essencial, talvez porque toda ligação entre ele e Lila devia lhe parecer uma história antiquíssima, e o que lhe importava se ela estava grávida, tinha outras preocupações, outros desejos.

Mas Enzo assumiu sobretudo a missão de comunicar o fato a Gennaro. Na verdade, Lila diante do filho passava por constrangimentos não diferentes dos meus — mas com certeza mais justificados — em relação a Dede e Elsa. Gennaro não era mais uma criança, e não era possível adotar tons e palavras infantis com ele. Tratava-se de um rapaz em plena crise de adolescência, que ainda não conseguia achar um equilíbrio. Reprovado duas vezes seguidas no ginásio, tornara-se hipersensível, incapaz de conter as lágrimas, não conseguia escapar à humilhação. Passava os dias vagando pelas ruas ou dentro da charcutaria do pai, sentado num canto, torturando as espinhas no rosto largo e estudando Stefano em cada gesto ou trejeito, sem dizer uma palavra.

Ele vai ficar péssimo — Lila se preocupava, mas também temia que ele soubesse por outros, por Stefano, por exemplo. Assim, numa noite Enzo o chamou de lado e lhe falou da gravidez. Gennaro não esboçou reação, Enzo o exortou: vá abraçar sua mãe, mostre que você gosta dela. O rapaz obedeceu. Mas depois de uns dias Elsa me perguntou sem que a irmã ouvisse:

"Mamãe, o que é uma cadela?"
"A mulher do cachorro."
"Tem certeza?"
"Tenho."
"Rino disse a Dede que tia Lina é uma cadela."

Enfim, problemas. Não comentei isso com Lila, me pareceu inútil. De resto, eu também tinha minhas dificuldades: não conseguia dizer a Pietro, não conseguia dizer às meninas, sobretudo não conseguia dizer a Nino. Tinha certeza de que Pietro, apesar de agora ter Doriana, quando soubesse que eu estava grávida se tornaria hostil de novo, recorreria aos pais, induziria Adele a me infernizar a vida de todas as maneiras. Tinha certeza de que Dede e Elsa se voltariam de novo contra mim. Mas meu verdadeiro problema era Nino. Esperava que o nascimento do bebê o ligasse definitivamente a mim. Esperava que Eleonora, uma vez sabendo daquela nova paternidade, o abandonasse definitivamente. Mas era uma esperança frágil, quase sempre o medo prevalecia. Nino me dissera com clareza: preferia aquela vida dupla — mesmo com os incômodos de todo tipo, ansiedades, tensões — ao trauma de um rompimento definitivo com a esposa. Consequentemente eu temia que ele me pedisse para abortar. Assim, a cada dia estive a ponto de lhe anunciar meu estado, e todo dia pensava comigo: não, melhor amanhã.

No entanto tudo começou a se ajeitar. Uma noite telefonei a Pietro e lhe disse: estou grávida. Houve um longo silêncio, ele pigarreou, murmurou que já esperava por isso. Perguntou:

"Você já disse às meninas?"
"Não."
"Quer que eu diga?"
"Não."
"Seja cuidadosa."
"Tudo bem."

Simples assim. A partir daquele momento ele ligou mais vezes. Tinha um tom sempre afetuoso, se preocupava sobre como as filhas reagiriam, se oferecia sempre para contar a novidade a elas. Mas a tarefa não coube a nenhum de nós dois. Foi Lila, que também se recusara a falar com o filho, quem convenceu Dede e Elsa de que seria lindo cuidar no devido tempo do engraçado bonequinho vivo que eu tinha feito com Nino, e não com o pai delas. Elas gostaram da ideia. E, como tia Lina o chamara de bonequinho, elas começaram a chamá-lo do mesmo modo. Manifestavam interesse por minha barriga e perguntavam todas as manhãs, assim que acordavam: mamãe, como está o bonequinho?

Entre o anúncio a Pietro e a revelação às meninas, finalmente falei com Nino. Foi assim. Numa tarde em que eu estava especialmente ansiosa, fui encontrar Lila para desabafar e lhe perguntei:

"E se ele quiser que eu aborte?"
"Bem", ela disse, "nesse caso tudo fica mais claro."
"Claro o quê?"
"Que em primeiro lugar estão a esposa e os filhos; você vem depois."

Direta, brutal. Lila me escondia muitas coisas, mas não sua repulsa por aquela minha união. Mas não levei a mal, ao contrário, percebia que ela me fazia bem ao falar de modo tão explícito. No fim das contas, me dissera o que eu não tinha coragem de dizer a mim mesma, ou seja, que a reação de Nino seria a prova da consistência de nossa relação. Balbuciei frases do tipo: é possível, vamos ver. Quando logo em seguida Carmen chegou com os filhos, e Lila a incluiu na conversa, a tarde se tornou parecida com aquelas da adolescência. Fizemos confidências umas às outras, armamos complôs, planos. Carmen ficou com raiva, disse que, se Nino resistisse, ela estava pronta a lhe dizer poucas e boas pessoalmente. E acrescentou: não entendo como é possível, Lenu, que uma mulher do seu nível se deixe espezinhar desse jeito. Tentei me justificar e justificar meu companheiro. Falei que os sogros o tinham ajudado e continuavam ajudando, que tudo o que Nino e eu nos permitíamos só era possível porque ele, graças à família da esposa, ganhava muito bem. Com o que recebo dos livros e de Pietro — admiti —, eu e as meninas penaríamos para chegar ao fim do mês com dignidade. E acrescentei: mas não alimentem ideias erradas, Nino é muito afetuoso, vem dormir comigo pelo menos quatro vezes por semana, sempre evitou que eu passasse qualquer tipo de humilhação, quando pode, cuida de Dede e de Elsa como se fossem suas filhas. Porém, assim que parei de falar, Lila quase me ordenou:

"Então fale ainda esta noite."

Obedeci. Voltei para casa e, quando ele apareceu, jantamos, pus as meninas na cama e finalmente anunciei que estava grávida.

Foi um instante interminável, depois ele me abraçou, me beijou, estava muito feliz. Murmurei aliviada: já sei há bastante tempo, mas tinha medo de que você se irritasse. Ele me censurou, disse algo que me deixou espantada: precisamos levar Dede e Elsa até meus pais e dar a eles essa bela notícia, minha mãe vai ficar contente. Queria legitimar assim a nossa união, queria tornar oficial sua nova paternidade. Fiz uma expressão morna de concordância e então murmurei:

"Mas você vai dizer a Eleonora?"
"Não é assunto dela."
"Vocês ainda são casados."
"É mera formalidade."
"Nosso menino precisa ter seu sobrenome."
"Farei isso."

Fiquei agitada:

"Não, Nino, você não vai fazer isso, vai fazer de conta que não é nada, como fez até hoje."
"Você não está bem comigo?"
"Estou ótima."
"Eu deixo de lhe dar atenção?"
"Não. Mas *eu* deixei meu marido, *eu* vim morar em Nápoles, *eu* mudei minha vida completamente. Já *você* ainda mantém a sua, que continua intacta."
"Minha vida é você, suas filhas, esse menino que está para nascer. O resto é cenário inevitável."
"Inevitável para quem? Para você? Para mim certamente não é."

Me abraçou forte, sussurrou:

"Confie em mim."

No dia seguinte liguei para Lila e disse: está tudo bem, Nino ficou muito contente.

40.

As semanas seguintes foram complicadas, pensei várias vezes que, se meu organismo não tivesse reagido com tanta naturalidade à gravidez, se eu me visse naquele estado de permanente sofrimento físico de Lila, não teria suportado. Depois de muita resistência, minha editora finalmente publicou a coletânea de ensaios de Nino, e eu — continuando a imitar Adele, apesar de nossa péssima relação — assumi a tarefa de ficar atrás tanto das poucas pessoas de algum prestígio que eu conhecia, pedindo que escrevessem sobre o livro nos jornais, quanto das muitas, muitíssimas que ele conhecia, mas às quais, por soberba, se recusava a telefonar. Justamente naquele período também foi lançado o livro de Pietro, e ele mesmo trouxe um exemplar para mim quando veio a Nápoles ver as filhas. Esperou ansioso que eu lesse a dedicatória (embaraçosa: *a Elena, que me ensinou a amar com dor*), ambos nos emocionamos, ele me convidou a uma festa em sua homenagem em Florença. Tive de ir, pelo menos para levar as meninas. Mas naquela ocasião fui forçada a enfrentar não só a hostilidade aberta de meus sogros, mas também, antes e depois, os nervosismos de Nino, ciumento de qualquer contato meu com Pietro, irritado com a dedicatória, furioso porque eu dissera que o livro de meu ex-marido era excelente e que, dentro e fora do mundo acadêmico, se falava dele com grande respeito, descontente porque sua coletânea estava passando totalmente despercebida.

Como nossa relação me consumia, e quantas ciladas se insinuavam em cada gesto, em cada frase que eu pronunciava, que ele pronunciava. Não podia nem ouvir o nome de Pietro, ficava soturno quando eu mencionava Franco, tinha ciúme se eu ria com algum amigo dele, mas achava muito normal se dividir entre mim e a esposa. Em duas ocasiões topei com ele na via Filangieri com Eleonora e os dois filhos: na primeira vez, fingiram que não me viram e seguiram adiante; na segunda, me postei alegremente diante dos dois, disse algumas palavras aludindo à minha gravidez, embora ainda não fosse visível, e fui embora com o coração batendo na garganta e uma grande raiva. Em seguida ele me censurou pelo que definiu de atitude provocatória, e acabamos brigando (*não disse a ela que você é o pai, disse apenas que estava grávida*), o expulsei de casa, o acolhi de volta.

Naqueles momentos me vi de repente como eu era de fato: submissa, disposta a fazer sempre o que ele queria, atenta a não me exceder para não o deixar em dificuldade, para não o desagradar. Desperdiçava meu tempo cozinhando para ele, lavando a roupa suja que ele deixava pela casa, dando ouvidos a seus problemas na universidade e aos muitos encargos que ia acumulando graças ao clima de simpatia que o circundava e aos pequenos poderes do sogro; o recebia sempre com alegria, queria que se sentisse melhor comigo do que na outra casa, queria que descansasse, que se abrisse comigo, sentia ternura por ele estar continuamente angustiado com as responsabilidades; chegava até a me perguntar se por acaso Eleonora não o amava mais que eu, já que aceitava qualquer afronta contanto que o sentisse ainda seu. Mas às vezes eu não suportava e gritava com ele, com o risco de as meninas ouvirem: o que eu sou para você, me explique por que estou nesta cidade, por que o espero todas as noites, por que tolero esta situação.

Nessas ocasiões ele se assustava e implorava que me acalmasse. Provavelmente foi para me demonstrar que eu — e apenas eu — era sua mulher, e que Eleonora não tinha nenhum peso em sua vida, que quis de fato me levar para almoçar na casa dos pais, em via Nazionale, num domingo. Não pude dizer não. O dia passou devagar, em um clima afetuoso. Lidia, a mãe de Nino, já era uma mulher de idade, limada pelo sofrimento, os olhos pareciam aterrorizados não pelo mundo exterior, mas por uma ameaça alojada no peito. Quanto a Pino, Clelia e Ciro, que eu conhecera meninos, eram adultos, uns estudavam, outros trabalhavam, Clelia até se casara havia pouco. Em pouco tempo também chegaram Marisa e Alfonso com os filhos, e o almoço foi servido. Foi uma sucessão de pratos, seguimos assim das duas da tarde às seis da noite numa atmosfera de alegria forçada, mas também de afeto sincero. Sobretudo Lidia me tratou como se eu fosse sua verdadeira nora, quis que eu ficasse ao seu lado, fez grandes elogios a minhas filhas e mostrou alegria pelo filho que eu trazia no ventre.

Naturalmente a única fonte de tensão foi Donato. Revê-lo depois de vinte anos me causou grande impressão. Vestia um robe azul-marinho sobre o pijama, calçava pantufas marrons. Tinha como reduzido de tamanho e se alargado, agitava sem parar as mãos curtas com as manchas escuras da velhice e um arco escuro de sujeira sob as unhas. O rosto parecia folgado sobre os ossos, o olhar era opaco. Cobriam o crânio calvo escassos cabelos tingidos, de uma cor vagamente semelhante ao vermelho, e sorria exibindo o vazio dos dentes que lhe faltavam. De início tentou assumir os antigos ares de homem mundano, fixou meus seios várias vezes, pronunciou frases alusivas. Depois começou a se lamentar: ninguém mais se contenta com seu lugar, os dez mandamentos foram abolidos, quem segura as mulheres, é tudo um bordel. Mas os filhos o silenciaram, o deixaram de lado, e ele se calou. Depois do almoço, puxou para um canto Alfonso, tão fino, tão delicado, aos meus olhos tão ou mais bonito que Lila, e desafogou com ele sua mania de ser o centro das atenções. De vez em quando eu olhava incrédula aquele homem idoso e pensava: não é possível que eu, ainda menina, tenha estado nos Maronti com esse homem repulsivo, não pode ter acontecido de verdade. Oh, meu Deus, ali estava ele: calvo, desleixado, os olhos obscenos, ao lado de meu colega de ginásio tão ostensivamente feminino, uma jovem mulher em roupas masculinas. E eu na mesma sala com ele, muito diferente de quem fui em Ischia. Que tempo é *agora*, que tempo foi *outrora*?

A certa altura Donato me chamou e disse com gentileza: Lenu. Alfonso também insistiu com o gesto e o olhar para que me juntasse a eles. Fui de má vontade para o canto onde estavam. Donato desandou a me elogiar com um tom muito exaltado, como se falasse a um auditório imenso: esta mulher é uma estudiosa excepcional, uma escritora como não há outra igual em nenhuma parte do mundo; tenho orgulho de a ter conhecido mocinha; em Ischia, quando veio veranear com a gente, era uma menina, descobriu a literatura aproximando-se de meus pobres versos, lia meu livro antes de dormir: não é verdade, Lenu?

Olhou para mim inseguro, de repente com ar de súplica. Implorava com os olhos que eu confirmasse o papel de suas palavras em minha vocação literária. E eu disse sim, é verdade, quando eu era menina não podia acreditar que conhecia pessoalmente alguém que tinha escrito um livro de poesia e que ainda publicava suas ideias nos jornais. Agradeci pela resenha que doze anos atrás ele havia dedicado a meu livro de estreia, disse que tinha sido muito útil para mim. E Donato ficou vermelho de alegria, foi às nuvens, começou a se autocelebrar e ao mesmo tempo a se queixar porque a inveja dos medíocres o impedira de ser conhecido como merecia. Nino precisou intervir de forma rude. E me puxou de novo para perto da mãe.

Na rua não me censurou, disse: você sabe como meu pai é, não é o caso de lhe dar corda. Fiz sinal que sim e enquanto isso o espiei com o canto do olho. Nino perderia os cabelos? Engordaria? Pronunciaria palavras rancorosas contra quem teve mais sorte que ele? Agora era um homem tão bonito, não queria nem pensar nessa possibilidade. Continuava falando do pai: não se resigna, quanto mais envelhece, mais piora.

41.

Naquela mesma época, minha irmã teve um parto entre mil ansiedades e gritos, deu à luz um menino e lhe deu o nome de Silvio, como o pai de Marcello. Já que nossa mãe continuava com problemas, tentei ajudar Elisa. Ela estava pálida de esgotamento e aterrorizada com o recém-nascido. Ver o filho todo melado de sangue e de fluidos lhe dera a impressão de um corpinho em agonia, e sentiu repulsa por ele. Mas Silvio era vivo até demais, se esgoelava de punhos cerrados. E ela então não sabia como pegá-lo nos braços, como lhe dar banho, como cuidar da ferida do cordão umbilical, como cortar suas unhas. Tinha asco até por ele ser menino. Tentei instruí-la, mas durou pouco. Marcello, sempre meio desastrado, logo me tratou com uma subalternidade que me incomodou, como se minha presença em sua casa lhe complicasse o dia a dia. E mesmo Elisa, em vez de agradecer a mim, mostrou-se irritada por qualquer coisa que eu dissesse, até por minha solicitude. Todo dia eu dizia a mim mesma: chega, tenho mil coisas a fazer, amanhã não vou. Mas continuei indo, e foram os fatos que decidiram por mim.

Fatos ruins. Numa manhã em que eu estava na casa de minha irmã — fazia muito calor, e o bairro cochilava sob uma poeira escaldante, a estação de Bolonha tinha sido explodida havia alguns dias —, recebi uma chamada de Peppe: nossa mãe tinha desmaiado enquanto estava no banheiro. Corri para lá, ela suava frio, tremia, tinha dores insuportáveis na barriga. Finalmente consegui lhe impor uma consulta médica. Em seguida houve tratativas de vários tipos e, num breve intervalo de tempo, foi diagnosticado um mal terrível, terminologia alusiva que eu mesma aprendi a usar de imediato. O bairro recorria a ela quando se tratava de câncer, e os médicos fizeram o mesmo. Traduziram o diagnóstico com uma fórmula assemelhada, talvez um pouco mais culta: mais que terrível, o mal era *inexorável*.

Diante daquela notícia, meu pai logo desmoronou, demonstrou que não era capaz de enfrentar a situação, se deprimiu. Meus irmãos, com o olhar levemente alucinado, a tez amarelada, se agitaram um período com ar prestativo e depois, absorvidos dia e noite por seus trabalhos indefinidos, sumiram deixando dinheiro, que aliás era necessário para os médicos e os remédios. Quanto a minha irmã, fechou-se assustada em sua casa, sem se cuidar, sempre de camisola, pronta a meter o bico do peito na boca de Silvio se ele ameaçasse um vagido. Assim, no quarto mês de gravidez, o peso da doença de mamãe caiu inteiramente sobre mim.

Não me lamentei, queria que minha mãe entendesse que, apesar de sempre ter me atormentado, eu gostava dela. Tornei-me muito ativa: envolvi tanto Nino quanto Pietro para que me indicassem médicos famosos; a acompanhei a vários medalhões; fiquei ao seu lado no hospital quando foi operada de urgência, quando lhe deram alta; depois de levá-la para casa, a assisti em tudo.

Fazia um calor insuportável, eu estava numa apreensão constante. Enquanto a barriga começava a despontar alegremente, enquanto crescia ali dentro um coração diferente do que eu tinha no peito, constatei a cada dia, dolorosamente, o definhar de minha mãe. Fiquei emocionada ao notar que ela se agarrava a mim para não se perder, assim como eu, pequena, agarrava sua mão. Quanto mais ela se tornava frágil e amedrontada, mais eu tinha orgulho de mantê-la em vida.

De início, foi intratável como sempre. Qualquer coisa que eu dissesse, ela sempre se opunha em tons grosseiros, não havia nada que ela não fosse capaz de fazer sem mim. O médico? Queria consultá-lo sozinha. O hospital? Queria ir para lá sozinha. O tratamento? Queria cuidar disso sozinha. Você não me serve para nada, resmungava, vá embora, você só me irrita. No entanto se chateava se eu atrasasse apenas um minuto (*já que você tinha outros compromissos, era inútil me dizer que viria*); me insultava se eu não estivesse pronta a lhe buscar imediatamente o que pedia e, além disso, se arrastava com seu passo manco para me demonstrar que eu era pior que a bela adormecida, ela era muito mais enérgica que eu (*ali, ali, está pensando em quem, não fique com a cabeça nas nuvens, Lenu, se eu esperar por você, estou frita)*; criticava ferozmente minhas boas maneiras com doutores e enfermeiros, sibilava: *se você não cospe na cara deles, esses bostas não estão nem aí para você, correm apenas para quem lhes mete medo.* Mas nesse meio-tempo algo dentro dela estava mudando. Com frequência se assustava ao notar a própria agitação. Caminhava como se temesse que o assoalho pudesse abrir sob seus pés. Uma vez em que a surpreendi ao espelho — olhava-se frequentemente, com uma curiosidade que nunca tivera —, me indagou constrangida: você se lembra de quando eu era jovem? Então, como se houvesse algum nexo, me obrigou a jurar — retomando seu velho tom violento — que eu nunca a internaria num hospital, que não permitiria que ela morresse sozinha numa enfermaria. E seus olhos se encheram de lágrimas.

O que mais me preocupou foi aquela comoção fácil, coisa que jamais tinha acontecido. Comovia-se quando eu mencionava Dede, quando lhe vinha o temor de que meu pai ficasse sem meias limpas, quando falava de Elisa às voltas com o bebê, quando olhava minha barriga discreta, quando se lembrava dos campos que antigamente se estendiam em volta dos prédios do bairro. Enfim, a doença lhe trouxe uma fragilidade que até então nunca tivera, e essa fragilidade atenuou sua neurastenia, a transmudou num sofrimento caprichoso que cada vez mais lhe deixava os olhos brilhantes. Numa tarde desandou a chorar simplesmente porque se lembrara da professora Oliviero, que no entanto sempre detestara. Você lembra, disse, como ela insistiu para você fazer o exame de admissão na escola média? E as lágrimas rolavam sem controle. Mãe, lhe disse, se acalme, por que chorar? Fiquei impressionada de vê-la tão desesperada por nada, não estava habituada a isso. Até ela balançou a cabeça, incrédula, rindo e chorando, e ria para me mostrar que não sabia por que chorava.

42.

Foi sua fragilidade que lentamente abriu caminho para uma intimidade que nunca tivéramos. De início se envergonhava por estar mal. Se em suas recaídas estivessem presentes meu pai, meus irmãos ou Elisa com Silvio, ela se escondia no banheiro e, quando eles a procuravam com discrição (*mãe, como você está, abra a porta*), ela não abria, respondendo inevitavelmente: estou ótima, o que vocês querem, por que não me deixam em paz pelo menos na privada? Já diante de mim, de uma hora para outra, decidiu se abandonar e exibir seus sofrimentos sem nenhum pudor.

Começou numa manhã, na casa dela, quando me contou por que era manca. Falou de espontânea vontade, sem preâmbulos. O anjo da morte — disse com orgulho — me tocou desde a infância com o mesmo mal de agora, mas eu ferrei ele, mesmo sendo uma menina. E você vai ver que vou ferrá-lo de novo, porque eu sei como sofrer — aprendi aos dez anos, desde então nunca mais parei —, e, se você sabe como sofrer, o anjo respeita e depois de um tempo vai embora. Enquanto falava, levantou o vestido e me mostrou a perna machucada, como se fosse uma relíquia de uma antiga batalha. Apalpou-a e me espiou com uma risadinha fixa nos lábios e nos olhos aterrorizados.

A partir daquele momento, o tempo em que ficava calada e rancorosa diminuiu cada vez mais, e ela passou a me fazer confidências sem nenhuma inibição. Às vezes dizia coisas embaraçosas. Revelou-me que nunca estivera com nenhum outro homem além de meu pai. Revelou-me com rude obscenidade que meu pai era afobado, ela não se lembrava se algum dia realmente gostara de deitar com ele. Revelou-me que sempre gostou dele e que ainda gostava, mas como a um irmão. Revelou-me que a única coisa bonita de sua vida foi o momento em que saí de sua barriga, eu, sua primeira filha. Revelou-me que o pior pecado que havia cometido — um pecado que a mandaria direto para o inferno — era que nunca se sentira ligada aos outros filhos, que os considerara um castigo, e ainda os considerava assim. Revelou-me, por fim, direta e sem rodeios, que sua única filha de verdade era eu. Quando me revelou isso — lembro que estávamos no hospital para uma consulta —, o desgosto foi tamanho que ela chorou mais que de costume. Murmurou: só me preocupei com você, sempre, os outros para mim eram como enteados; por isso mereço a decepção que você me deu, que punhalada, Lenu, que punhalada, você não devia abandonar Pietro, não devia se meter com o filho de Sarratore, aquele é pior que o pai, um homem honesto, casado, pai de dois filhos, não vai roubar a mulher dos outros.

Defendi Nino. Tentei tranquilizá-la, disse que agora havia o divórcio, que ambos nos divorciaríamos e depois casaríamos. Ficou escutando sem me interromper. Tinha exaurido quase de todo a força com que antigamente se insurgia e queria ter sempre razão, agora se limitava a balançar a cabeça. Estava pele e osso, pálida, se me contestava, o fazia com a voz lenta do desconforto.

"Quando? Onde? Terei de ver você se tornar pior do que eu?"

"Não, mãe, não se preocupe, eu vou seguir em frente."

"Não acredito mais nisso, Lenu, você parou."

"Vai ver que a deixarei contente, todos nós seremos seu orgulho, eu e meus irmãos."

"Eu abandonei seus irmãos e me envergonho por isso."

"Não é verdade. Não falta nada a Elisa, e Peppe e Gianni estão trabalhando, recebendo salário, o que mais você quer?"

"Quero ajeitar as coisas. Dei os três a Marcello e errei."

Assim, em surdina. Estava inconsolável, esboçou um quadro que me surpreendeu. Marcello é mais delinquente que Michele, disse, arrastou meus filhos para a luta, parece o melhor dos dois, mas não é verdade. Ele transformara Elisa, que agora se sentia mais Solara que Greco e tomava partido dele em tudo. Durante todo o tempo me falou sussurrando, como se não estivéssemos esperando nossa vez havia horas na sala imunda e lotada de um dos hospitais mais conhecidos da cidade, mas em algum lugar onde Marcello estivesse a poucos passos. Tentei minimizar as coisas para acalmá-la, a doença e a velhice a faziam exagerar. Você se preocupa demais, eu disse. Ela respondeu: me preocupo porque eu sei, e você não; se não acredita em mim, pergunte a Lina.

Foi então, seguindo o fluxo de palavras que iam narrando como o bairro tinha mudado para pior (*era melhor quando dom Achille comandava*), que começou a falar de Lila com uma adesão ainda mais explícita que das outras vezes. Lila era a única pessoa capaz de pôr as coisas em ordem no bairro. Lila era capaz de usar as boas maneiras e mais ainda as piores. Lila sabia tudo, até as ações mais infames, mas nunca condenava os outros, sabia que qualquer um pode errar, ela mais que todo mundo, e por isso ajudava. Lila lhe parecia uma espécie de santa guerreira que expandia um brilho vingador pelo estradão, pelos jardins, entre os prédios velhos e novos.

Fiquei ouvindo e tive a impressão de que ela só me contava isso agora porque, aos seus olhos, eu restabelecera boas relações com a nova autoridade do bairro. Definiu minha amizade com Lila como uma amizade útil, que eu deveria cultivar para sempre, e logo soube por quê.

"Me faça um favor", pediu, "fale com ela e com Enzo, veja se conseguem tirar seus irmãos da rua, veja se podem pegá-los para trabalhar com eles."

Sorri para ela, arrumei uma mecha de seus cabelos grisalhos. Dizia que não tinha cuidado dos outros filhos e no entanto, encurvada, com as mãos trêmulas, as unhas brancas cerradas em torno do meu braço, se preocupava sobretudo com eles. Queria tirá-los dos Solara e entregá-los a Lila. Era seu modo de remediar um erro de cálculo na guerra entre a vontade de fazer mal e a de fazer bem, na qual desde sempre fora treinada. Lila — pude constatar — lhe parecia a encarnação da vontade de fazer o bem.

"Mamãe", respondi, "faço tudo o que você quiser, mas, ainda que Lila contratasse Peppe e Gianni — o que acho difícil, ali é preciso estudar —, eles nunca iriam trabalhar para ela por poucas liras, com os Solara eles ganham mais."
Fez sinal que sim, tristonha, mas insistiu:
"Tente mesmo assim. Você esteve fora e está mal informada, mas todos aqui sabem como Lila dobrou Michele. E agora, que está grávida, você vai ver: vai ficar ainda mais forte. No dia em que decidir, quebra as pernas dos dois Solara."

43.

Os meses de gravidez, apesar das preocupações, passaram rápido para mim, e muito lentamente para Lila. Várias vezes tivemos de constatar que experimentávamos um sentimento de espera muito diverso. Eu dizia frases do tipo: *já* estou no quarto mês; ela, frases como: *ainda* estou no quarto mês. É verdade, a cor de Lila logo melhorou, seus traços se suavizaram. Mas nossos organismos, mesmo sendo submetidos ao mesmo processo de reprodução da vida, continuaram sofrendo suas fases de maneira diferente, o meu com zelosa colaboração, o dela, com desanimada resignação. E as pessoas com quem lidávamos também acabavam se surpreendendo como meu tempo corria e o dela se arrastava.

Lembro que, num domingo, passeávamos por via Toledo com as meninas quando topamos com Gigliola. Aquele encontro foi importante, me perturbou muito e me demonstrou que Lila de fato estava relacionada com o comportamento louco de Michele Solara. Gigliola estava com uma maquiagem bem carregada, mas se vestia com desleixo, toda despenteada, ostentando peitos e quadris enormes, a bunda cada vez mais larga. Parecia feliz de nos encontrar, não desgrudou de nós. Fez muita festa com Dede e Elsa, nos arrastou ao Gambrinus, pediu de tudo e comeu avidamente cada coisa, fosse salgada ou doce. Esqueceu-se logo de minhas filhas, e elas também: quando passou a nos contar minuciosamente, com voz altíssima, todo o mal que Michele lhe fizera, as duas se aborreceram e exploraram o local com curiosidade.

Gigliola não conseguia aceitar o modo como tinha sido tratada. É um animal, disse. Ele chegara a gritar com ela: não fique só nas ameaças, se mate de verdade, se jogue da sacada, morra. Ou então achava que podia consertar tudo metendo-lhe no peito ou nos bolsos centenas de milhares de liras, como se ela não tivesse sensibilidade. Estava furiosa, desesperada. Contou — virando-se apenas para mim, que tinha estado fora por tanto tempo e não estava a par — que o marido a expulsara da casa de Posillipo a socos e pontapés e a mandou de volta ao bairro, para viver em dois cômodos apertados e escuros, com os filhos. Porém, no momento em que passou a desejar a Michele todas as doenças mais horríveis que lhe vinham à mente e uma morte das mais terríveis, mudou de interlocutora e se dirigiu exclusivamente a Lila. Fiquei muito espantada, ela lhe falou como se pudesse ajudá-la a tornar eficazes as maldições, a considerava sua aliada. Você fez bem — se entusiasmou — ao fazê-lo pagar a peso de ouro pelo seu trabalho e depois dispensá-lo. Aliás, se você ficou com dinheiro dele, melhor ainda. Sorte sua que sabe como tratá-lo, deve continuar fazendo ele cuspir sangue. Estrilou: o que ele não pode suportar é a sua indiferença, não pode aceitar que quanto menos o vê, melhor você fica; muito bem, muito bem, você deve deixá-lo doido definitivamente, deve fazê-lo morrer que nem um danado.

Nesse momento deu um suspiro de falso alívio. Lembrou-se de nossas duas barrigas de grávida, quis tocá-las. Em mim, apoiou a mão larga quase sobre o púbis e perguntou em que mês eu estava. Assim que lhe disse o quarto, exclamou: então você já está no quarto. Já sobre Lila falou, repentinamente hostil: há mulheres que não parem nunca, querem manter o filho dentro de si para sempre, você é uma dessas. Foi inútil observarmos que estávamos no mesmo mês, que ambas completaríamos os nove meses em janeiro do ano seguinte. Balançou a cabeça, disse a Lila: imagine que eu estava certa de que você já tinha parido, e acrescentou com uma nota de pena incoerente: quanto mais Michele a vir com essa barriga, mais vai sofrer; por isso faça-a durar bastante, você sabe como é, coloque-a bem na frente das fuças dele, faça-o explodir. Então anunciou que tinha coisas urgentíssimas a fazer, mas enquanto isso repetiu duas ou três vezes que precisávamos nos ver com mais frequência (*vamos reconstruir o grupo de quando éramos meninas, ah, como era bom, a gente não estava nem aí para todos esses cretinos e só pensávamos em nós*). Não fez nem um sinal de despedida às meninas, que agora brincavam do lado de fora, e se afastou depois de dizer aos risos frases obscenas ao garçom.

"É uma boba", disse Lila, "o que é que minha barriga tem de errado?"

"Nada."

"E eu?"

"Nada, não se preocupe."

44.

Era verdade, Lila não tinha nada: nada de novo. Continuava a mesma criatura inquieta, com uma força de atração irresistível, a força que a tornava especial. Cada experiência dela, no bem e no mal (como estava reagindo à gravidez, o que tinha feito com Michele e como o dobrara, como estava se impondo no bairro), continuava nos parecendo mais densa que as nossas, e era por esse motivo que seu tempo parecia mais lento. Passei a encontrá-la com frequência cada vez maior, sobretudo porque a doença de minha mãe me reconduziu ao bairro. Mas com um novo equilíbrio. Talvez por causa de minha aparição pública, talvez pelos problemas particulares que eu tinha, agora me sentia mais madura que Lila e estava sempre mais convencida de que poderia readmiti-la em minha vida, reconhecendo seu fascínio sem sofrer por isso.

Naqueles meses corri de lá para cá em grande agitação, mas os dias voavam e, paradoxalmente, eu me sentia mais leve, mesmo quando atravessava a cidade para levar minha mãe a consultas médicas no hospital. Quando não sabia o que fazer com as meninas, recorria a Carmen, às vezes até a Alfonso, que telefonara várias vezes para me dizer que eu podia contar com ele. Mas naturalmente a pessoa que me passava mais confiança, e sobretudo aquela com quem Dede e Elsa se sentiam mais à vontade, era Lila, embora estivesse sempre assoberbada de trabalho e extenuada com a gravidez. As diferenças entre minha barriga e a dela iam aumentando. Meu ventre era grande e largo, parecia expandir-se mais para os lados que para a frente; já sua barriga era pequena, apertada entre os quadris estreitos, protuberante como uma bola que estivesse prestes a rolar da bacia.

Assim que comuniquei a Nino meu estado, ele me acompanhou imediatamente a uma obstetra, casada com um colega dele, e, como gostei da doutora — muito capaz, muito disponível, a léguas de distância dos médicos arrogantes de Florença, fosse pelas maneiras, fosse talvez até pela competência —, falei logo em seguida a respeito dela com Lila e a estimulei a ir comigo ao consultório pelo menos uma vez, para testar. Agora íamos juntas às consultas, fizemos um acordo para sermos atendidas juntas; quando era minha vez, ela ficava num canto em silêncio, e eu, quando era a vez dela, segurava sua mão porque os médicos ainda a deixavam nervosa. Mas o momento perfeito era o da sala de espera. Por um momento eu punha entre parênteses o calvário de minha mãe, e voltávamos a ser meninas. Gostávamos muito de sentar uma ao lado da outra, eu loura, ela morena, eu tranquila, ela nervosa, eu simpática, ela maldosa, ambas opostas e concordes, ambas distantes das outras grávidas que espiávamos com ironia.

Era uma hora de rara alegria. Uma vez, pensando nos seres minúsculos que estavam se definindo dentro de nossos corpos, tornou-me à mente a época em que — sentadas uma rente à outra no pátio, como agora na sala de espera — brincávamos de mamãe com nossas bonecas. A minha se chamava Tina, a dela, Nu. Ela havia jogado Tina na escuridão do subsolo, e eu, por despeito, fiz o mesmo com Nu. Você se lembra, perguntei. Ela pareceu perplexa, tinha o sorrisinho morno de quem tenta agarrar uma memória. Depois, quando lhe falei ao ouvido, rindo, com que medo e com quanta coragem subimos até a porta do terrível dom Achille Carracci, o pai de seu futuro marido, atribuindo a ele o furto de nossas bonecas, ela começou a achar graça, e ríamos como duas idiotas, perturbando os ventres habitados das outras pacientes, mais comportadas que nós.

Só paramos quando a enfermeira chamou: Cerullo e Greco — ambas tínhamos dado nossos nomes de solteira. Era uma mulherona jovial, todas as vezes dizia a Lila ao tocar sua barriga: aqui dentro há um menininho; e a mim: aqui dentro há uma menininha. Depois nos fazia entrar, e eu sussurrava a Lila: já tenho duas meninas, se você de fato tiver um menino, me dá? E ela respondia: sim, fazemos a troca, qual o problema.

A médica sempre nos achou em boa forma, ótimos exames, tudo ia às mil maravilhas. Aliás — como acima de tudo ela estava atenta ao nosso peso, e Lila como sempre se mantinha magérrima, ao passo que eu tendia a engordar —, a cada consulta avaliou que ela estava melhor do que eu. Em suma, mesmo tendo ambas uma infinidade de preocupações, naquelas oportunidades nos sentimos quase sempre felizes de ter reencontrado a via do afeto, aos trinta e seis anos, distantes em tudo, mas muito próximas.

Porém, quando eu subia a via Tasso e ela corria para o bairro, a distância que colocávamos entre nós me fazia saltar aos olhos outras distâncias. A nova afinidade era sem dúvida real. Gostávamos de estar juntas, tornava a vida mais leve. Mas havia um dado indiscutível: eu lhe falava quase tudo sobre mim, ela, pouquíssimo ou nada. Ao passo que eu não podia deixar de falar de minha mãe, ou de um artigo que estava escrevendo, ou dos problemas com Dede e Elsa, ou até da minha situação de amante–esposa (bastava não especificar amante-esposa de quem, era melhor não pronunciar o nome de Nino, quanto ao resto eu podia me abrir sem reservas), quando falava de si, dos pais, dos irmãos, de Rino, das ansiedades que Gennaro lhe causava, de nossos amigos e conhecidos, de Enzo, de Michele e de Marcello Solara, de todo o bairro, ela era vaga, parecia no fundo no fundo não confiar. Evidentemente eu continuava sendo aquela que tinha ido embora e que, mesmo voltando, tinha agora um outro olhar, morava na Nápoles alta, não podia ser plenamente reintegrada.

45.

Era verdade que eu tinha uma espécie de dupla identidade. No alto da via Tasso Nino me trazia seus amigos cultos, que me tratavam com respeito, e gostavam sobretudo de meu segundo livro, queriam que eu desse uma olhada no que estavam escrevendo. Discutíamos até tarde da noite com um ar de quem sabe tudo. Perguntávamo-nos se o proletariado ainda existia ou não, aludíamos com benevolência à esquerda socialista e com azedume aos comunistas (*são mais policialescos que os policiais e os padres*), discutíamos ferrenhamente sobre a governabilidade de um país cada vez mais depauperado, alguns usavam drogas com orgulho, ironizava-se sobre uma nova doença que a todos parecia uma armação do papa Wojtyla para impedir a livre manifestação da sexualidade em todas as suas práticas possíveis.

Mas não me limitava à via Tasso, me deslocava muito, não queria ficar prisioneira de Nápoles. Com bastante frequência subia com as meninas até Florença. Pietro, há tempos em desacordo inclusive político com o pai, agora era — ao contrário de Nino, cada vez mais próximo dos socialistas — declaradamente comunista. Eu ficava lá algumas horas e o ouvia em silêncio. Tecia elogios à honestidade competente de seu partido, fazia referência aos problemas na universidade, me informava sobre a aceitação que seu livro estava tendo entre os acadêmicos, sobretudo anglo-saxões. Em seguida eu retomava as viagens. Deixava as meninas com ele e Doriana e ia a Milão, à editora, especialmente para fazer frente à campanha de difamação que Adele insistia em mover contra mim. Minha sogra — o próprio diretor me dissera numa noite em que me levara para jantar — não perdia ocasião de falar mal de mim e estava tentando me impingir o rótulo de pessoa inconstante e inconfiável. Consequentemente eu me esforçava para ser cativante com qualquer um que encontrasse na editora. Mantinha conversas cultas, me mostrava solícita a qualquer pedido da assessoria de imprensa, declarava ao diretor que meu novo livro estava indo bem, embora eu nem tivesse começado a escrevê-lo. Então partia de novo, passava para pegar as meninas e descia novamente até Nápoles, readaptando-me ao trânsito caótico, a tratativas eternas por qualquer coisa que me fosse de direito, a filas extenuantes e barulhentas, ao esforço para me impor, à ansiedade permanente quando eu ia com minha mãe aos médicos, hospitais, laboratórios de análise. O resultado é que, na via Tasso e em viagem pela Itália, eu me sentia uma senhora com uma pequena fama, e lá em Nápoles, ao contrário, sobretudo no bairro, eu perdia a aura, ninguém nunca ouvira falar de meu segundo livro, quando os abusos passavam dos limites eu me enfurecia e usava o dialeto nos insultos mais imundos.

O único laço entre o alto e o baixo me parecia o sangue. Matava-se cada vez mais, no Vêneto, na Lombardia, na Emília, no Lácio, na Campânia. Dava uma olhada nos jornais de manhã, e às vezes o bairro me parecia mais pacato que o resto da Itália. Naturalmente não era bem assim, a violência era a mesma. Homens se massacravam, mulheres eram espancadas, alguns terminavam assassinados por razões obscuras. De vez em quando, até entre pessoas de quem eu gostava, a tensão aumentava e o tom se tornava ameaçador. Mas eu era tratada com respeito. Em relação a mim havia a benevolência que se tem com um hóspede bem-vindo, mas que não deve se meter em assuntos que desconhece. E, de fato, eu me sentia uma observadora externa com informações insuficientes. Tinha a impressão permanente de que Carmen, Enzo e outros sabiam bem mais do que eu, que Lila contava a eles segredos que não revelava a mim.

Uma tarde eu estava com as meninas no escritório da Basic Sight — três saletas de cujas janelas se via a entrada de nossa escola fundamental — e, sabendo que eu estava no bairro, Carmen deu uma passada lá. Aludi a Pasquale com simpatia, com afeto, ainda que agora o imaginasse como um combatente clandestino cada vez mais envolvido em crimes infames. Queria saber se havia novidades, mas tive a impressão de que tanto Carmen quanto Lila ficaram tensas, como se eu tivesse dito algo imprudente. Mas não desviaram do assunto, ao contrário, conversamos longamente sobre ele, ou melhor, deixamos que Carmen desafogasse suas ânsias. Mas continuei achando que, por algum motivo, tinham decidido que comigo não podiam falar nada além.

Em duas ou três ocasiões também topei com Antonio. Na primeira vez ele estava com Lila, na outra — acho —, com Lila, Carmen e Enzo. Fiquei surpresa como a amizade entre eles se fortalecera, e achei curioso que ele, um capanga dos Solara, se comportasse como se tivesse mudado de patrão, parecia a serviço de Lila e de Enzo. É verdade, nos conhecíamos desde criança, mas senti que não se tratava de velhos laços. Ao me ver, os quatro se comportaram como se tivessem se encontrado por acaso, e não era verdade, notei uma espécie de pacto secreto que não pretendiam estender também a mim. Dizia respeito a Pasquale? Às atividades da empresa? Aos Solara? Não sei. Numa daquelas ocasiões, Antonio apenas me disse, distraidamente: você está muito bonita com a barriga. Ou pelo menos essa é a única frase de que me lembro.

Era desconfiança? Não creio. Às vezes pensava que, por causa de minha identidade *decorosa*, eu tivesse perdido — sobretudo aos olhos de Lila — a capacidade de entender e, portanto, ela quisesse me proteger de tropeços que eu podia cometer por ignorância.

46.

De todo modo, algo estava errado. Havia um clima de indeterminação, eu podia percebê-lo mesmo quando tudo parecia às claras, era como se fosse uma das velhas brincadeiras de Lila: orquestrar situações em que dava a entender que, sob as evidências, havia mais coisas.

Certa manhã — sempre na Basic Sight — conversei um pouco com Rino, que eu não encontrava fazia muitos anos. Me pareceu irreconhecível. Tinha emagrecido, os olhos atônitos, me acolheu com um afeto excessivo, chegou a me apalpar como se eu fosse de borracha. Falou a esmo de computadores, dos grandes negócios que ele administrava. Depois de repente mudou, foi tomado por uma espécie de ataque de asma, começou a imprecar em surdina contra a irmã, sem motivo aparente. Disse a ele: calma, e quis buscar um copo d'água, mas ele me deixou diante da porta fechada de Lila e sumiu como se temesse que o censurasse.

Bati, entrei. Perguntei cheia de dedos se o irmão dela estava mal. Ela fez uma expressão de fastio e disse: você sabe como ele é. Fiz que sim, pensei em Elisa, murmurei que nem sempre tudo é linear com os irmãos. Então me voltaram à mente Peppe e Gianni, falei que minha mãe estava preocupada com eles, desejava tirá-los de Marcello Solara e tinha me pedido que lhe perguntasse se havia meios de arranjar um emprego para eles. Mas aquelas frases — *tirá-los de Marcello Solara, arranjar um emprego para eles* — a fizeram apertar os olhos, e ela me olhou como se quisesse entender até que ponto eu conhecia o sentido das palavras que tinha pronunciado. Como deve ter se convencido de que eu não conhecia o sentido a fundo, disse ríspida: não posso tê-los aqui comigo, Lenu; já basta Rino, sem falar dos riscos que Gennaro está correndo. Eu no momento não soube o que responder. *Gennaro, meus irmãos, o dela, Marcello Solara*. Tornei a insistir, mas ela se retraiu e mudou de assunto.

Aqueles rodeios e esquivas também voltaram a acontecer a propósito de Alfonso. Ele agora trabalhava para Lila e Enzo, mas não como Rino, que vadiava ali sem fazer nada. Alfonso se tornara bom naquilo, levavam ele para as empresas a fim de recolher dados. Mas a ligação entre ele e Lila me pareceu imediatamente bem mais forte que qualquer relação de trabalho. Não era a atração-repulsa que ele me confessara no passado, agora havia algo a mais. Havia por parte dele uma necessidade — não sei como dizer — de nunca a perder de vista. Era uma relação singular, como que fundada num fluxo secreto que, partindo dela, o remodelava. Logo me convenci de que o fechamento da loja da piazza dei Martiri e a consequente demissão de Alfonso tinham a ver com aquele fluxo. Porém, se eu tentava fazer perguntas — o que aconteceu com Michele, como é que você conseguiu se livrar dele, por que Alfonso foi demitido —, Lila dava uma risadinha e falava: o que eu posso lhe dizer, Michele não sabe mais o que quer, fecha, abre, faz, desfaz e depois implica com os outros.

A risadinha não era de escárnio, contentamento ou satisfação. A risadinha lhe servia para vetar que eu insistisse. Uma tarde fomos à via dei Mille fazer compras e, como aquela área tinha sido por anos o reino de Alfonso, ele se ofereceu para nos acompanhar, tinha um amigo com a loja perfeita para nós. A essa altura já se sabia de sua homossexualidade. Alfonso continuava formalmente vivendo com Marisa, mas Carmen me confirmara que seus filhos eram de Michele, e também me sussurrara: Marisa agora é amante de Stefano — sim, de Stefano, o irmão de Alfonso, ex-marido de Lila, essa era a nova fofoca que corria pelo bairro. Mas — acrescentara com explícita simpatia — Alfonso não está nem aí, ele e a mulher levam vidas separadas e seguem adiante. Assim, não me surpreendi que o amigo lojista fosse — como o próprio Alfonso o apresentou, rindo — uma bicha. No entanto me espantei com o jogo a que Lila o induziu.

Estávamos provando roupas de gestante. Saíamos do provador, nos olhávamos no espelho, e Alfonso e seu amigo nos admiravam, nos aconselhavam, desaconselhavam, numa atmosfera agradável. Depois, sem nenhum motivo, Lila começou a se agitar, a testa franzida. Não gostava de si, tocava a barriga pontuda, dizia a Alfonso frases como: o que você está dizendo, não me aconselhe coisas erradas, você vestiria uma cor assim?

Percebi naquilo que ocorria à minha volta a oscilação habitual entre o que era visível e o que era oculto. A certa altura, Lila pegou um belo vestido escuro e, como se o espelho da loja estivesse quebrado, disse a seu ex-cunhado: me deixe ver como fica *em mim*. Falou aquelas palavras incongruentes como se fosse um pedido usual, tanto que Alfonso não se fez de rogado, pegou o vestido e se fechou no provador por um tempo interminável.

Continuei provando roupas para mim. Lila me olhava distraída, o dono da loja me elogiava a cada peça que eu vestia; enquanto isso, esperava perplexa que Alfonso reaparecesse. Quando ele veio, fiquei de queixo caído. Meu velho colega de escola, de cabelos soltos, o vestido elegante, era a cópia fiel de Lila. Sua tendência a se parecer com ela, que eu notara havia tempo, se definira bruscamente, e talvez naquele momento fosse ainda mais bonito, mais bonita que ela, um macho-fêmea daqueles que eu tinha abordado em meu livro, pronto, pronta, a tomar a via que leva à Madona negra de Montevergine. Perguntei a Lila um tanto ansiosa: você gosta assim? E o dono da loja aplaudiu entusiasta, dizendo cúmplice: eu sei quem adoraria, você está linda. Alusões. Fatos que eu não sabia, e eles, sim. Lila deu um sorriso pérfido, murmurou: quero lhe dar de presente. Apenas isso. Alfonso aceitou com alegria, mas não houve outras frases, como se Lila tivesse ordenado a ele e ao amigo, sem uma palavra, que bastava, eu já tinha visto e ouvido o suficiente.

47.

Aquela sua oscilação calculada entre o evidente e o opaco me atingiu de modo particularmente doloroso certa vez — a única — em que as coisas desandaram numa de nossas consultas à obstetra. Era novembro, e a cidade ainda emanava calor como se o verão teimasse em prosseguir. Lila se sentiu mal na rua, nos sentamos por uns minutos num bar; depois, um tanto alarmadas, fomos ver a médica. Lila lhe explicou com tons autoirônicos que a coisa já volumosa que ela trazia na barriga a puxava, a empurrava, a paralisava, a incomodava, a enfraquecia. A obstetra ouviu divertida, a tranquilizou, disse: seu filho será como você, muito vivo, muito fantasioso. Então está tudo bem, ótimo. Mas, antes de nos despedirmos, eu insisti:
"Tem certeza de que está tudo certo?"
"Absoluta."
"Então o que é que eu tenho?", protestou Lila.
"Nada que tenha a ver com a gravidez."
"E tem a ver com o quê?"
"Com sua cabeça."

"E o que a senhora sabe de minha cabeça?"
"Seu amigo Nino a elogiou muito."
Nino? Amigo? Silêncio. Na saída, precisei me esforçar para convencer Lila a não mudar de médico. Antes de ir embora, ela me disse com seu tom mais feroz: seu amante com certeza não é amigo meu, mas, na minha opinião, não é nem mesmo amigo seu.

Portanto lá estava eu, empurrada com força para o coração de meus problemas: a inconfiabilidade de Nino. No passado, Lila já me havia demonstrado que sabia sobre ele coisas que eu desconhecia. Agora estava sugerindo que ainda havia outros fatos que ela conhecia, e eu não? Foi inútil pedir que se explicasse melhor, e ela se retirou encerrando qualquer discussão.

48.

Depois briguei com Nino por sua indelicadeza, pelas confidências que com certeza — embora ele negasse indignado — devia ter feito à mulher de seu colega, por tudo o que eu guardava dentro de mim e que, também naquela ocasião, afinal sufoquei.

Não disse a ele: Lila o considera um mentiroso traidor. Era inútil, ele simplesmente riria. Mas me ficou a suspeita de que aquela menção à sua inconfiabilidade aludisse a alguma coisa concreta. Era uma suspeita lenta, desinteressada, eu mesma não tinha nenhuma intenção de transformá-la numa insuportável certeza. E no entanto persistia. Por isso, num domingo de novembro, fui primeiro visitar minha mãe e depois, por volta das seis da tarde, fui para a casa de Lila. Minhas filhas estavam em Florença com o pai, Nino estava comemorando o aniversário do sogro com sua família (agora eu falava assim: *sua* família). Quanto a Lila, eu sabia que ela estava sozinha, Enzo tinha ido visitar uns parentes de Avellino e levara Gennaro.

Dentro de mim o bebê estava nervoso, atribuí o fato ao clima pesado. Lila também se queixou de que o menino se mexia demais, disse que era como uma marretada contínua no ventre. Queria dar um passeio para acalmá-lo, mas eu tinha levado doces, preparei eu mesma o café e pretendia ter uma conversa franca com ela, na intimidade daquela casa despojada, com janelas que davam para o estradão. Fiz de conta que queria jogar conversa fora. Aludi às questões que no fim das contas me interessavam menos — *por que Marcello anda dizendo que você foi a desgraça do irmão, o que você fez com Michele* — e assumi um tom meio zombeteiro, como se aqueles temas só servissem para rirmos um pouco. Queria chegar aos poucos, na intimidade, à pergunta que me atormentava: o que você sabe de Nino que eu não sei.

Lila me respondeu desinteressada. Ela se sentava, se levantava, dizia que sentia a barriga como se tivesse bebido litros de alguma bebida gasosa, se queixava do cheiro dos *cannoli*, que em geral lhe agradavam tanto e agora lhe pareciam enjoativos. Você sabe como Marcello é — disse —, nunca esqueceu o que lhe fiz na infância e, como é covarde, nunca diz as coisas na cara, banca o bonzinho inócuo, mas fica espalhando boatos. Então adotou o tom que sempre tinha naquela fase, afetuoso e ao mesmo tempo quase arrogante: mas você é uma senhora de respeito, deixe para lá meus problemas, me conte como sua mãe está. Queria como sempre que eu falasse de mim, mas não recuei. Justamente partindo de minha mãe, de suas preocupações com Elisa e meus irmãos, a reconduzi aos Solara. Ela bufou, disse com sarcasmo que os homens dão uma importância enorme ao sexo e especificou, rindo: não Marcello — embora ele também não seja flor que se cheire —, mas Michele, que ficou doido, se fixou em mim faz tempo e corre atrás até da sombra de minha sombra. Enfatizou alusivamente essa expressão — *sombra de minha sombra* —, disse que era por esse motivo que Marcello implicava com ela e a ameaçava, não suportava o fato de ela ter posto uma coleira no irmão e o levar por caminhos, segundo ele, humilhantes. Riu mais um pouco e rosnou: Marcello acha que me mete medo, mas que nada; a única pessoa que realmente sabia meter medo era a mãe dele, e veja como terminou. Falava e levava a mão à testa, se queixava do calor, da leve dor de cabeça que sentia desde a manhã. Entendi que queria me tranquilizar, mas também, contraditoriamente, me mostrar um pouco do que havia lá onde ela morava e trabalhava todos os dias, por trás da fachada das casas, nas ruas do bairro novo e do velho. Assim, por um lado negou várias vezes o perigo, por outro, me fez um quadro de delinquência avassaladora, extorsões, agressões, furtos, agiotagem, vinganças seguidas de vinganças. O livro vermelho que Manuela guardava, e que depois de sua morte passara a Michele, agora era conservado por Marcello, que estava tirando do irmão — por desconfiança — todo o controle dos negócios lícitos e ilícitos, além das amizades políticas. Disse de repente: há alguns anos Marcello trouxe a droga para o bairro, e só quero ver onde isso vai acabar. Apenas uma frase. Estava muito pálida e se abanava com a barra da saia.

De todas as alusões, a que mais me assustou foi a da droga, sobretudo pelo tom de reprovação desgostosa. Para mim, naquela época, a droga era a casa de Mariarosa, e também a casa da via Tasso em certas noites. Eu nunca tinha usado, a não ser um pouco de fumo por curiosidade, mas não me escandalizava se outros recorriam a ela — nos ambientes que eu tinha frequentado e continuava frequentando, ninguém se escandalizava com isso. Então, para manter a conversa viva, expus minha opinião recorrendo sobretudo aos tempos de Milão e a Mariarosa, para quem se drogar era um dos tantos canais do bem-estar individual, uma via para se libertar dos tabus, uma forma culta de desregramento. Mas Lila sacudiu a cabeça, contrariada: desregramento coisa nenhuma, Lenu, o filho da senhora Palmieri morreu disso há duas semanas, o encontraram nos jardins. E percebi sua antipatia por aquela palavra, *desregramento*, pelo meu modo de pronunciá-la atribuindo-lhe um valor muito positivo. Me defendi, arrisquei: devia ser doente do coração. Ela rebateu: era doente de heroína; e acrescentou depressa: agora chega, fiquei chateada, não quero passar o domingo falando dos podres dos Solara. No entanto foi o que ela fez, e mais do que noutras ocasiões. Passou um longo intervalo. Por inquietação, cansaço, escolha — não sei —, Lila alargara um pouco as malhas de seu discurso, e me dei conta de que, embora tivesse dito pouco, enchera minha cabeça de imagens novas. Há tempos eu sabia que Michele gostava dela — gostava daquela forma abstratamente obsessiva que o prejudicava —, e era claro que ela se aproveitara disso para deixá--lo de joelhos. Mas agora havia evocado a *sombra de sua sombra*, e com essa expressão pusera diante de meus olhos Alfonso, o Alfonso que se comportava como seu reflexo, em roupa de gestante, na loja da via dei Mille; e pude ver Michele — um Michele maravilhado — erguendo seu vestido e o apertando contra si. Quanto a Marcello, num instante a droga deixara de ser o que me parecia que fosse — uma brincadeira libertária entre pessoas abastadas — e se deslocara para o teatro abjeto dos jardinzinhos ao lado da igreja, se tornara uma víbora, um veneno que serpenteava no sangue de meus irmãos, de Rino, talvez de Gennaro, e matava, e carreava dinheiro para o livro vermelho antes custodiado por Manuela Solara e agora, tendo passado de Michele a Marcello, por minha irmã, na casa dela. Senti todo o fascínio daquela sua maneira de governar e desgovernar a seu bel-prazer, com pouquíssimas palavras, a fantasia alheia: aquele afirmar, silenciar, deixar imagens e emoções correrem sem acrescentar mais nada. Estou cometendo um erro — disse a mim mesma confusamente — ao escrever como fiz até agora, registrando tudo o que sei. Deveria escrever do modo como ela fala, abrindo voragens, construindo pontes sem as terminar, forçando o leitor a fixar a correnteza: Marcello Solara passando velozmente ao lado de minha irmã Elisa, de Silvio, Peppe, Gianni, Rino, Gennaro, Michele agarrado à sombra da sombra de Lila; sugerir que todos passam pelas veias do filho da senhora Palmieri, rapaz que nem sequer conheço e que agora me faz sofrer; veias bem distantes daquelas da gente que Nino leva para mim na via Tasso, das de Mariarosa, das de uma amiga dela que — agora me lembro — passou mal certa vez e precisou se desintoxicar, e também de minha cunhada, que sabe-se lá onde está, não a ouço há tempos, sempre há os que se salvam e os que sucumbem.

Foi difícil espantar as imagens de penetrações voluptuosas entre homens e de agulhas nas veias e de desejo e morte. Tentei retomar a conversa, mas havia algo que não andava, sentia o calor daquele fim de tarde na garganta, me lembro de um peso nas pernas e do suor no pescoço. Olhei o relógio na parede da cozinha, já havia passado das sete e meia. Descobri que não tinha mais vontade de mencionar Nino, de perguntar a Lila, que se sentava à minha frente sob uma luz amarelada de poucos watts, o que ela sabe dele que eu não sei. Sabia muito, demais, e poderia me fazer imaginar o que quisesse, e eu nunca mais conseguiria apagar as imagens da cabeça. Tinham dormido juntos, tinham estudado juntos, ela o havia ajudado a escrever seus artigos, assim como eu o ajudara com os ensaios. Por um instante voltaram os ciúmes, a inveja; me fizeram mal, e os afastei.

Ou talvez o que os afastou tenha sido uma espécie de trovão embaixo do prédio, embaixo do estradão, como se um dos caminhões que passavam ali continuamente tivesse achado um meio de se desviar em nossa direção, descer veloz sob a terra com o motor na máxima potência e correr entre nossos fundamentos atingindo e derrubando tudo.

49.

Perdi o fôlego, por uma fração de segundo não entendi o que estava acontecendo. A xícara de café tremeu no pires, a perna da mesa bateu em meu joelho. Dei um pulo, me dei conta de que Lila também estava assustada, tentando se levantar. A cadeira pendeu atrás de suas costas, ela tentou segurá-la, mas lentamente, curvada, uma mão esticada para a frente, em minha direção, a outra alongada para o espaldar, os olhos apertados como quando se concentrava antes de reagir. Nesse meio-tempo o trovão continuava correndo sob o prédio, e um vento subterrâneo erguia ondas de um mar secreto contra o piso. Olhei o teto, a lâmpada oscilava com a cúpula de vidro rosado.

Um terremoto, gritei. A terra se movia, uma tempestade invisível estava explodindo sob meus pés, sacudia a sala com um uivo de bosque dobrado por rajadas de vento. Os muros estalavam, pareciam inchados, se desarticulavam e rearticulavam nos ângulos. Do teto caía uma névoa de pó à qual se juntava a névoa que se desprendia das paredes. Me lancei para a porta ainda gritando: terremoto. Mas o movimento era só uma intenção, eu não conseguia dar um passo. Meus pés pesavam, tudo pesava, a cabeça, o peito, sobretudo a barriga. A terra na qual eu queria me apoiar se subtraía, por uma fração de segundo estava ali e depois já não estava.

Meu pensamento voltou a Lila, a procurei com o olhar. A cadeira finalmente havia caído, os móveis — especialmente uma velha cristaleira com seus pequenos objetos, copos, pratos e bibelôs — vibravam em uníssono com os vidros das janelas como ervas daninhas numa cornija quando há brisa. Lila estava de pé no centro da sala, encurvada, a cabeça para baixo, os olhos estreitos, a testa franzida, as mãos segurando a barriga como se temesse que explodisse e fosse se perder na poeira do reboco. Os segundos voavam, mas nada dava a impressão de querer voltar à ordem, e a chamei.

Não reagiu, parecia compacta, a única entre as formas presentes não sujeita a estremecimentos e tremores. Era como se tivesse anulado qualquer sentimento: os ouvidos não escutavam, a garganta não inspirava ar, a boca estava fechada, as pálpebras cancelavam o olhar. Era um organismo imóvel, rígido, vivo apenas nas mãos que, com dedos alargados, apertavam a barriga.

Lila, chamei. Saí de onde estava para agarrá-la, arrastá-la dali, era o mais urgente a fazer. Mas minha parte subalterna, aquela que eu supunha enfraquecida e que no entanto ressurgia, me sugeriu: talvez você deva fazer como ela, precisa ficar parada, dobrar-se para proteger seu bebê, não correr para fora. Foi difícil me decidir. Alcançá-la era difícil, mas se tratava apenas de um passo. Por fim a agarrei pelo braço, a sacudi, ela abriu os olhos que me pareceram brancos. O barulho era insuportável, toda a cidade estrondava, o Vesúvio, as ruas, o mar, as velhas construções dos Tribunali e dos Quartieri, e as recentes de Posillipo. Lila se soltou e gritou: não me toque. Foi um berro raivoso, que ficou mais impresso em mim que os segundos intermináveis do terremoto. Entendi que eu havia errado: ela, sempre no controle de tudo, naquele momento não controlava nada. Estava imóvel de terror, temia romper-se ao simples toque.

50.

Arrastei-a para fora com puxões violentos, empurrões, súplicas. Tinha medo de que o tremor que nos havia paralisado fosse seguido de outro, mais terrível, definitivo, e tudo desabasse sobre nós. Censurei-a, implorei, lembrei que precisávamos deixar os bebês a salvo. Então nos lançamos no rastro de gritos aterrorizados, um crescente tremor associado a movimentos involuntários, parecia que o coração do bairro e da cidade estava prestes a explodir. Assim que chegamos ao pátio, Lila vomitou, e eu lutei com a náusea que me apertava o estômago. O terremoto — o terremoto de 23 de novembro de 1980, com sua devastação infinita — entrou nos nossos ossos. Afugentou o hábito da estabilidade e da solidez, a certeza de que cada instante seria idêntico ao sucessivo, a familiaridade dos sons e dos gestos, sua reconhecibilidade certa. Infiltrou-se a suspeita quanto a qualquer segurança, o pendor a acreditar em toda profecia de desgraça, uma atenção angustiada aos sinais de friabilidade do mundo, e foi difícil recuperar o controle. Segundos e segundos e segundos que não terminavam nunca. Fora de casa estava pior do que dentro, tudo era movediço e cheio de gritos, fomos envolvidas por boatos que multiplicavam o horror. Foram vistos clarões vermelhos nas bandas da ferrovia. O Vesúvio despertara. O mar se chocara contra a Mergellina, a Villa Comunale, o Chiatamone. Havia desabamentos em Ponti Rossi, o cemitério do Pianto tinha afundado junto com os mortos, toda Poggioreale estava destruída. Os presos estavam sob os escombros ou tinham fugido, e agora matavam as pessoas por nada. O túnel que levava à Marina havia desmoronado, sepultando a metade do bairro que tentava escapar. E as fantasias se nutriam umas das outras, Lila — vi — acreditava em tudo e tremia agarrada a meu braço. A cidade é perigosa, me sussurrou, precisamos ir embora, as casas estão caindo, tudo vai cair sobre a gente, os esgotos estão jorrando a céu aberto, olhe os ratos como fogem. Enquanto as pessoas corriam para os carros e as ruas iam ficando engarrafadas, ela começou a me puxar, murmurando: todos estão indo para o campo, lá é mais seguro. Queria correr para o carro, queria chegar a um descampado onde apenas o céu, que parecia leve, podia cair sobre nossas cabeças. Eu não conseguia acalmá-la.

Chegamos ao carro, mas Lila estava sem as chaves. Tínhamos fugido sem pegar nada, batendo a porta atrás de nós, e mesmo que tivéssemos tido coragem para isso, não podíamos entrar no apartamento de novo. Agarrei uma maçaneta com todas as minhas forças, puxei, sacudi, mas Lila gritou, pôs as mãos nos ouvidos como se meus movimentos produzissem nela sons e vibrações insuportáveis. Olhei ao redor, avistei uma grande pedra que se soltara de uma mureta, quebrei uma das janelas. Depois eu mando consertar — falei —, agora vamos ficar aqui, já vai passar. Entramos no automóvel, mas tudo continuou, tínhamos a impressão permanente de que a terra tremia. Além do para-brisa empoeirado observávamos as pessoas do bairro que estavam reunidas em grupos e confabulavam. Porém, quando tudo parecia finalmente calmo, alguém passava correndo e berrando, o que provocava um corre-corre geral e choques violentos contra nosso carro, fazendo meu coração disparar.

51.

Eu tinha medo, ah, sim, estava apavorada. Mas, para minha grande surpresa, não estava tão assustada quanto Lila. Naqueles segundos de terremoto ela de repente se despira da mulher que havia sido até um minuto antes — a que sabia calibrar com precisão pensamentos, palavras, gestos, táticas e estratégias —, quase como se naquela circunstância a considerasse uma armadura inútil. Agora era outra. Era a pessoa que eu tinha visto na noite do réveillon de 1958, quando estourara a guerra de fogos de artifício entre os Carracci e os Solara; ou a que mandara me chamar a San Giovanni a Teduccio, quando trabalhava na fábrica de Bruno Soccavo, achava que estava doente do coração e queria me dar Gennaro para criar, porque estava certa de que ia morrer. Só que, se no passado os pontos de contato entre as duas Lilas subsistiam, agora aquela outra mulher parecia ter emergido diretamente das entranhas da terra, não se parecia minimamente com a amiga que poucos minutos antes eu invejara pela maneira como sabia selecionar as palavras com grande arte, nem sequer nos traços, que estavam desfigurados pela angústia.

Eu jamais poderia passar por uma metamorfose tão brusca, minha autodisciplina era estável, o mundo continuava à minha volta com naturalidade, mesmo nos momentos mais terríveis. Sentia que Dede e Elsa estavam com o pai em Florença, e Florença era um espaço fora de perigo, o que por si só me acalmava. Esperava que o pior tivesse passado, que nenhum prédio do bairro tivesse desmoronado, que Nino, minha mãe, meu pai, Elisa e meus irmãos estivessem assustados como nós, mas também vivos como nós. Mas ela, não, não conseguia pensar daquele modo. Contorcia-se, tremia, alisava a barriga, parecia não acreditar em nexos estáveis. Para ela, Gennaro e Enzo haviam perdido qualquer conexão conosco, tinham se desfeito. Emitia uma espécie de estertor, de olhos esbugalhados, agarrava a si mesma, se abraçava. E repetia obsessivamente adjetivos e substantivos incongruentes com a situação em que estávamos, articulava frases sem sentido e no entanto as pronunciava com convicção, dando-me repuxões.

Por um longo tempo foi inútil que lhe apontasse pessoas conhecidas, que abrisse a porta do carro, agitasse os braços, as chamasse para ancorá-la em nomes, em vozes que pudessem contar aquela mesma experiência terrível e, assim, tirá-la daquela fala desconexa. Apontei Carmen com o marido e os meninos, que cobriam a cabeça de modo engraçado com almofadas, e um homem, talvez o cunhado, que carregava até um colchão sobre as costas, e juntos a outros andavam depressa, a pé, rumo à estação, e levavam com eles objetos insensatos, uma mulher tinha uma panela na mão. Apontei Antonio com a mulher e os filhos, fiquei espantada como todos eram bonitos, pareciam personagens de um filme, enquanto se acomodavam com calma num furgãozinho verde que depois partiu. Apontei a família Carracci e agregados, maridos, esposas, pais, mães, coabitantes, amantes — vale dizer, Stefano, Ada, Melina, Pinuccia, Rino, Alfonso, Marisa e todos os filhos —, que apareciam e desapareciam na multidão, chamando uns aos outros continuamente por medo de se perderem. Apontei o carro de luxo de Marcello Solara que, roncando, tentava livrar-se do aglomerado de veículos; a seu lado estava minha irmã Elisa com o menino, e nos bancos de trás as sombras pálidas de minha mãe e de meu pai. Gritei nomes com a porta aberta, tentei envolver Lila também. Mas ela não se moveu. Ao contrário, me dei conta de que as pessoas — sobretudo as que conhecíamos bem — a assustavam ainda mais, especialmente se estavam agitadas, se gritavam chamados, se corriam. Apertou forte minha mão e fechou os olhos quando o carro de Marcello subiu na calçada aos arrancos e abriu caminho entre a gente que estava ali conversando. Exclamou: oh, meu Deus, expressão que eu nunca a ouvira dizer. O que foi, perguntei. Gritou arquejando que o carro estava se desmarginando, que também Marcello ao volante estava se desmarginando, a coisa e a pessoa esguichavam de si misturando metal líquido e carne.

Usou precisamente *desmarginar*. Foi naquela ocasião que ela recorreu pela primeira vez àquele verbo, se agitou para explicar seu sentido, queria que eu entendesse bem o que era a desmarginação e quanto aquilo a aterrorizava. Apertou ainda mais forte minha mão, resfolegando. Disse que o contorno de coisas e pessoas era delicado, que se desmanchava como fio de algodão. Murmurou que, para ela, era assim desde sempre, uma coisa se desmarginava e se precipitava sobre outra, era tudo uma dissolução de matérias heterogêneas, uma confusão, uma mistura. Exclamou que sempre se esforçara para se convencer de que a vida tinha margens robustas, porque sabia desde pequena que não era assim — *não era assim de jeito nenhum* —, e por isso não conseguia confiar em sua resistência a choques e solavancos. Ao contrário do que fizera até pouco antes, começou a escandir frases excitadas, abundantes, ora as misturando com um léxico dialetal, ora recorrendo às infindáveis leituras que fizera quando menina. Balbuciou que nunca deveria se distrair, quando se distraía as coisas reais — que a aterrorizavam com suas contorções violentas e dolorosas — se sobrepunham às falsas, que a acalmavam com sua compostura física e moral, e ela submergia numa realidade empastada, viscosa, sem conseguir dar contornos nítidos às sensações. Uma emoção tátil se diluía em visual, a visual se diluía em olfativa, ah, Lenu, o que é o mundo real, a gente viu agora mesmo, nada, nada que se possa dizer definitivamente: é assim. De modo que, se ela não estivesse atenta, se não cuidasse das margens, tudo se desfazia em grumos sanguíneos de menstruação, em pólipos sarcomatosos, em fragmentos de fibra amarelada.

52.

Falou por muito tempo. Foi a primeira e última vez que tentou me esclarecer o sentimento do mundo em que se movia. Até hoje, disse — e aqui faço um resumo em palavras minhas, de agora —, acreditei que se tratasse de momentos ruins, que vinham e depois passavam, como uma doença de crescimento. Lembra quando lhe contei que a panela de cobre tinha estourado? E do fim de ano de 1958, quando os Solara dispararam contra a gente, lembra? Os disparos foram o que me deu menos medo. O que me assustou de verdade é que as cores dos fogos de artifício eram cortantes — o verde e o roxo eram especialmente afiados —, podiam nos estraçalhar, e os rastros dos rojões raspavam sobre meu irmão Rino como limas, como grosas esfolando sua carne, faziam saltar para fora dele um outro irmão, asqueroso, que eu empurrava imediatamente para dentro — dentro de sua forma de sempre —, ou ele se voltaria contra mim para me fazer mal. Durante toda minha vida não fiz outra coisa, Lenu, senão barrar momentos como esse. Marcello me dava medo, e eu me protegia com Stefano. Stefano me dava medo, e eu me protegia com Michele. Michele me dava medo, e eu me protegia com Nino. Nino me dava medo, e eu me protegia com Enzo. Mas o que significa proteger, é só uma palavra. Agora eu precisaria lhe fazer a lista detalhada de todos os abrigos, grandes e pequenos, que construí para me esconder, e que não me serviram para nada. Lembra como me dava horror o céu de Ischia à noite? Vocês diziam como era lindo, mas eu não conseguia. Experimentava ali um gosto de ovo podre com a gema amarelo-esverdeada dentro do albume e da casca, um ovo sólido que se rompe. Tinha na boca estrelas-ovos envenenados, a luz delas era de uma consistência branca, borrachuda, grudava nos dentes junto com o negrume gelatinoso do céu, e eu os triturava com desgosto, sentia um estridor de grânulos. Entende? Estou sendo clara? No entanto eu estava feliz em Ischia, cheia de amor. Mas não bastava, a cabeça sempre acha uma brecha para olhar além — acima, embaixo, ao lado —, ali onde está o assombro. Na fábrica de Bruno, por exemplo, os ossos dos animais se despedaçavam sob meus dedos só de tocá-los, e de dentro deles saía um tutano rançoso; senti tal repulsa que acreditei que estava doente. Mas por acaso eu estava doente, tinha mesmo um sopro no coração? Não. O único problema sempre foi a perturbação da cabeça. Não consigo freá-la, preciso sempre fazer, refazer, cobrir, descobrir, reforçar e depois, de repente, desfazer e arrebentar. Veja Alfonso, ele sempre me deu ânsias desde menino, senti que a linha que o atava estava para se romper. E Michele? Michele se achava grande coisa, e no entanto bastou achar o fio de contorno e puxar, há-há-há, eu o rasguei, quebrei sua linha e a embaracei com a de Alfonso, matéria de homem dentro de matéria de homem, o pano que se tece de dia se desfaz à noite, a cabeça acha um jeito. Mas não adianta muito, o terror permanece, está sempre na fresta entre uma coisa normal e outra. Está ali, à espreita, como sempre suspeitei, e a partir desta noite eu sei com certeza: nada se sustenta, Lenu, nem aqui na barriga o bebê parece durar, mas não. Lembra quando me casei com Stefano e queria refazer o bairro de cima a baixo, somente coisas boas, e que a feiura de antes devia ser abolida? Quanto durou? Os bons sentimentos são frágeis, comigo o amor não resiste. Não resiste o amor por um homem, nem mesmo o amor pelos filhos resiste, logo se esgarça. Você olha pelo furo e vê a nebulosa de boas intenções se confundir com as más. Gennaro me faz sentir culpa, esta coisa dentro da barriga é uma responsabilidade que me fere, me esfola. Querer bem corre paralelo a querer mal, e eu não consigo, não consigo me condensar em torno de nenhuma boa vontade. A professora Oliviero sempre teve razão, eu não presto. Não sei manter viva nem sequer uma amizade. Você é gentil, Lenu, sempre teve muita paciência comigo. Mas esta noite eu entendi de forma definitiva: há sempre um solvente que opera devagar, com um calor suave, e vai desmanchando tudo, mesmo quando não há terremoto. Por isso, por favor, se lhe ofendo, se lhe digo coisas horríveis, você tape os ouvidos, não quero fazer isso, mas faço. Por favor, por favor, não me deixe agora, se não eu desmorono.

53.

Sim — falei várias vezes —, tudo bem, mas agora descanse. Abracei-a com força, ela acabou dormindo. Fiquei acordada, a observando, como ela me recomendara certa vez. De vez em quando percebia leves tremores, alguém gritava de terror dentro de um carro. Agora o estradão estava deserto. O bebê se mexia em minha barriga com um chapinhar, toquei o ventre de Lila, o dela também se mexia. Tudo se movia: o mar de fogo sob a crosta terrestre, e as fornalhas das estrelas, e os planetas, e os universos, e a luz dentro da treva, e o silêncio no gelo. Mas eu, mesmo agora que pensava nisso sob a onda das palavras turbulentas de Lila, eu sentia que em mim o assombro não conseguia lançar raízes, e até a lava e toda a matéria em fusão que eu imaginava em seu fluxo ardente dentro do globo terrestre, todo o medo que aquilo me inspirava, se recompunham em minha mente em frases ordenadas, em imagens harmoniosas, se tornavam um pavimento de pedras negras como as das ruas de Nápoles, um chão do qual eu era sempre e de todo modo o centro. Enfim, eu me dava peso, sabia me dar, não importava o que acontecesse. Tudo o que me tocava — os estudos, os livros, Franco, Pietro, as meninas, Nino, o terremoto —, tudo passaria, e eu — qualquer *eu* entre aqueles que fui somando —, *eu* continuaria firme, eu era a ponta do compasso que está sempre fixa, enquanto o grafite corre à volta traçando círculos. Já Lila — agora me parecia claro, e isso me deu orgulho, me acalmou, me enterneceu —, Lila penava para se sentir estável. Não conseguia, não acreditava. Por mais que sempre tivesse dominado todos nós, por mais que tivesse imposto e impusesse um modo de ser, sob o risco de arcarmos com seu ressentimento e sua fúria, ela percebia a si mesma como um magma, e todos os seus esforços, no fim das contas, eram voltados apenas para se conter. Quando, apesar de sua engenharia preventiva sobre pessoas e coisas, o magma prevalecia e transbordava, Lila se perdia de Lila, o caos parecia a única verdade, e ela — tão ativa, tão corajosa — se anulava aterrorizada, tornava-se um nada.

54.

O bairro se esvaziou, o estradão ficou quieto, o frio baixou. Nos edifícios, transformados em rochedos escuros, não havia uma só lâmpada acesa, nenhum brilho colorido de televisores. Também adormeci. Depois acordei sobressaltada, ainda estava escuro. Lila tinha saído do carro, a porta a seu lado estava entreaberta. Abri a minha, olhei ao redor. Os carros estacionados estavam todos cheios, uns tossiam, outros se lamentavam no sono. Nenhum sinal de Lila, fiquei nervosa, segui na direção do túnel. Encontrei-a não longe da bomba de gasolina de Carmen. Caminhava entre fragmentos de cornijas e outros detritos, olhando para cima, rumo às janelas de sua casa. Ao me ver, estava com um ar constrangido. Eu não estava bem, disse, me desculpe, enchi sua cabeça de bobagens, menos mal que estávamos juntas. Esboçou um meio sorriso de incômodo, disse uma das tantas frases quase incompreensíveis daquela noite — *"menos mal" é um borrifo de perfume que sai quando se aperta o soprador* —, estremeceu. Ainda não estava bem, e a convenci a voltar para o carro. Em poucos minutos tornou a dormir.

Assim que amanheceu a acordei. Estava calma, queria se explicar. Murmurou minimizando: você sabe que eu sou assim, de vez em quando há algo que me aperta aqui no peito. Falei: não é nada, são períodos de cansaço, você está cuidando de muita coisa ao mesmo tempo; de todo modo, foi horrível para todo mundo, não acabava nunca. Balançou a cabeça: eu sei como é que eu sou.

Tentamos nos organizar, achamos um jeito de entrar na casa dela. Fizemos um grande número de telefonemas, mas ou não conseguíamos linha, ou o telefone chamava inutilmente. Os pais de Lila não atenderam, não atenderam os parentes de Avellino que poderiam dar notícias de Enzo e Gennaro, não atendia ninguém no número de Nino, os amigos dele não respondiam. Mas falei com Pietro, que tinha acabado de saber do terremoto. Disse a ele que ficasse com as meninas por uns dias, o tempo de ver se o perigo tinha passado. Porém, quanto mais as horas passavam, mais a dimensão do desastre crescia. Nosso susto não foi à toa. Lila murmurou, como para se justificar: você viu, a terra estava para se partir em duas.

Estávamos zonzas de cansaço e de emoção, mas mesmo assim circulávamos a pé pelo bairro e pela cidade enlutada, ora muda ora estriada pelo som irritante das sirenes. Conversamos muito para acalmar nossa ansiedade: onde estava Nino, onde estava Enzo, onde estava Gennaro, como minha mãe estava, aonde Marcello Solara a levara, onde estavam os pais de Lila. Percebi que ela precisava voltar aos instantes do terremoto, não tanto para narrar de novo seu efeito traumático, mas para senti-los como um coração novo em torno do qual pudesse reorganizar a sensibilidade. Incentivei-a toda vez que pude e tive a impressão de que, quanto mais retomava o controle de si, mais se tornavam evidentes a destruição e a morte de cidades inteiras do Sul. Em pouco tempo ela começou a falar do terror sem se envergonhar, e me tranquilizei. Mas de qualquer modo algo de indefinido permaneceu nela: o passo cauteloso, uma velatura apreensiva na voz. A memória do terremoto durava, Nápoles a represava. Somente o calor ia se desprendendo, como um sopro enevoado que se erguia do corpo da cidade e de sua vida lenta e rouca.

Chegamos ao portão da casa de Nino e Eleonora. Bati por muito tempo, chamei, nenhuma resposta. Lila ficou a cem metros, me olhando, a barriga esticada, pontuda, um ar carrancudo. Falei com um sujeito que estava saindo com duas malas, ele disse que todo o prédio estava vazio. Fiquei ali um momento, não me decidia a ir embora. Espiei a figurinha de Lila. Me lembrei do que me dissera e sugerira pouco antes do terremoto, tive a impressão de que uma legião de demônios a perseguia. Usava Enzo, usava Pasquale, usava Antonio. Plasmava Alfonso. Dobrava Michele Solara arrastando-o num amor louco por ela, por ele. E Michele se contorcia tentando se livrar, demitia Alfonso, fechava a loja da piazza dei Martiri, mas inutilmente. Lila o humilhava, continuava humilhando, o subjugava. Quem sabe quantas coisas ela agora conhecia sobre as transações dos dois irmãos. Tinha examinado seus negócios quando recolhera dados para o computador, estava a par até do dinheiro da droga. Era por isso que Marcello a odiava, era por isso que Elisa a odiava. Lila sabia de tudo. Conhecia tudo por puro e simples medo de qualquer coisa viva ou morta. Conhecia sabe-se lá quantas histórias ruins a respeito de Nino. Parecia me dizer a distância: deixe ele para lá, ambas sabemos que ele foi a algum lugar seguro com a família e se lixou para você.

55.

O que se mostrou substancialmente verdadeiro. Enzo e Gennaro voltaram ao bairro de noite, aflitos, transtornados, com a aparência de sobreviventes de uma guerra atroz e uma única preocupação: saber como Lila estava. Já Nino reapareceu vários dias depois, parecia ter voltado das férias. Estava completamente confuso — ele me disse —, peguei meus filhos e fui embora. *Os filhos dele*. Que pai responsável. E aquele que eu levava na barriga?

Contou com seu tom despachado que tinha se refugiado com os meninos, Eleonora e os sogros numa *villa* da família, em Minturno. Fiquei de cara amarrada. Mantive-o afastado por dias, não quis vê-lo, fui cuidar de meus pais. Soube pelo próprio Marcello, que voltou sozinho ao bairro, que os levara a um lugar seguro em companhia de Elisa e Silvio, numa propriedade que tinha em Gaeta. Outro salvador da *sua* família.

Nesse meio-tempo, voltei sozinha à casa da via Tasso. Agora fazia muito frio, o apartamento estava gelado. Examinei as paredes uma a uma, não encontrei rachaduras. Mas à noite eu tinha medo de dormir, temia que o terremoto voltasse e estava contente que Pietro e Doriana tivessem aceitado ficar mais um pouco com as meninas.

Depois veio o Natal, não resisti, fiz as pazes com Nino. Fui buscar Dede e Elsa em Florença. A vida recomeçou, mas como uma convalescência cujo fim eu não via. Agora, sempre que encontrava Lila, sentia de sua parte uma oscilação de humor, especialmente quando assumia tons agressivos. Olhava-me como se dissesse: você sabe o que há sob cada palavra minha.

Mas eu sabia mesmo? Atravessava ruas bloqueadas ou passava ao lado de mil edifícios inabitáveis, reforçados por escoras robustas. Muitas vezes me via em meio aos estragos da ineficiência mais torpe e cúmplice. E pensava em Lila, em como ela voltara imediatamente a trabalhar, manipular, mudar, tripudiar, agredir. Eu me lembrava do terror que a aniquilara em poucos segundos, via os vestígios daquele terror no gesto já costumeiro de manter as duas mãos com os dedos abertos em volta da barriga. E me perguntava apreensiva: quem é ela agora, em que pode se transformar, que reações pode ter? Certa vez lhe disse, como para confirmar que um mau momento havia passado:
"O mundo voltou ao lugar."
Ela rebateu com escárnio:
"Que lugar?"

56.

No último mês de gravidez tudo ficou muito difícil. Nino pouco aparecia, precisava trabalhar, e isso me exasperava. As raras vezes em que aparecia, eu era grosseira e pensava: estou feia, ele não me deseja mais. E era verdade, eu mesma já não conseguia me olhar no espelho sem sentir desgosto. Estava com as bochechas inchadas e um nariz enorme. O peito e a barriga pareciam ter devorado o resto do corpo, me via sem pescoço, com as pernas curtas e os tornozelos grossos. Tinha me transformado em minha mãe, mas não a de agora, que era uma velhinha magra e aterrorizada; parecia bem mais a figura raivosa que eu sempre temera e que agora só existia em minha memória.

Aquela mãe perseguidora redespertou. Começou a agir por meu intermédio, desabafando por causa do cansaço, das angústias, da pena que a mãe moribunda me infligia com sua fragilidade, o olhar de pessoa que está para se afogar. Tornei-me intratável, qualquer contratempo me parecia uma conspiração, acabava muitas vezes aos gritos. Nos momentos de maior tristeza, tive a impressão de que os estragos de Nápoles também tivessem se instalado em meu corpo, que estivesse perdendo a capacidade de ser simpática e cativante. Pietro me ligava para falar com as meninas, e eu era fria. Me ligavam da editora ou de algum jornal, e eu protestava, dizia: estou no nono mês, não me sinto bem, me deixem em paz.

 Piorei também com minhas filhas. Não tanto em relação a Dede, que com sua mistura de inteligência, afeto e lógica implacável não me causava estranheza, já que se parecia com o pai. Foi Elsa quem começou a me irritar, pela maneira como — da bonequinha terna que era — estava se tornando um ser de traços desfocados, de quem a professora não parava de se queixar, acusando-a de esperta e violenta, ao passo que eu mesma, em casa ou na rua, a censurava continuamente por ela sempre querer brigar e se apropriar das coisas dos outros e, em vez de devolvê-las, quebrá-las. Somos um belo trio de mulheres, dizia comigo, é óbvio que Nino queira ficar longe, que prefira Eleonora, Albertino e Lidia. Quando à noite não conseguia dormir, com o bebê se agitando na barriga quase como se fosse feito de bolhas de ar em ebulição, torcia para que — contra toda previsão — aquele novo filho fosse menino e se parecesse com ele, que lhe agradasse, que o amasse mais que seus outros filhos.

 Porém, por mais que eu me esforçasse para voltar à imagem que preferia de mim — sempre quis ser uma pessoa equilibrada, que domava sabiamente os sentimentos mesquinhos ou até violentos —, naqueles dias finais não consegui me estabilizar em nenhum momento. Atribuía a culpa ao terremoto, que a princípio pareceu me perturbar pouco, mas que talvez tivesse calado mais fundo, bem dentro da barriga. Quando atravessava de carro o túnel de Capodimonte, era tomada pelo pânico, temia que um novo tremor o fizesse desabar. Quando passava no viaduto de corso Malta, que já vibrava normalmente, acelerava para escapar ao tremor que podia despedaçá-lo de uma hora para outra. Naquela fase, parei até de lutar contra as formigas, que com frequência e de bom grado apareciam no banheiro de casa: preferia deixá-las vivas e observá-las, Alfonso afirmava que elas sentiam antecipadamente a catástrofe.

Mas não foram só os efeitos do terremoto que me desorientaram, as meias palavras de Lila também contribuíram para isso. Agora eu observava se nas ruas havia seringas como as que me acontecera de encontrar distraidamente nos tempos de Milão. E, se por acaso topava com elas nos jardinzinhos do bairro, era tomada por uma névoa raivosa, me dava vontade de ir brigar com Marcello e com meus irmãos, mesmo sem ter clareza quanto a que argumentos usaria. Assim, acabei fazendo e dizendo coisas odiosas. Um dia respondi com maus modos a minha mãe, que vivia me perguntando se eu tinha falado de Peppe e Gianni com Lila: mãe, Lina não pode contratá-los, já tem o irmão que é drogado, e também teme por Gennaro, não despejem nela todos os problemas que vocês não conseguem resolver. Ela me olhou estarrecida, nunca havia feito nenhuma menção à droga, eu tinha dito uma palavra que não se podia pronunciar. Mas, se noutros tempos ela teria desandado a berrar em defesa de meus irmãos e contra minha insensibilidade, agora se fechou num canto escuro da cozinha e não deu um pio, tanto que fui eu que lhe murmurei arrependida: não se preocupe, vamos, a gente acha uma solução.

Que solução? Compliquei ainda mais as coisas. Localizei Peppe nos jardinzinhos — vai saber onde Gianni estava — e o recriminei, dizendo que era feio ganhar dinheiro com o vício dos outros. Falei: vá fazer qualquer trabalho, mas este, não — acaba com você e mata a mãe de preocupação. Durante todo o tempo ele limpou as unhas da mão direita com a unha do polegar da esquerda e, enquanto isso, ficou me ouvindo de olhos baixos, submisso. Tinha três anos a menos que eu e se sentia o irmão menor diante da irmã mais velha, que se tornara uma pessoa importante. Mas isso não o impediu de, no fim, me dizer com um risinho: sem meu dinheiro mamãe já estaria morta. E foi embora com um discreto sinal de despedida. Aquela resposta me deixou ainda mais nervosa. Deixei passar um dia ou dois e me apresentei a Elisa, esperando encontrar também Marcello. Fazia um frio terrível, as ruas do bairro novo estavam tão maltratadas e sujas quanto as do bairro velho. Marcello não estava, a casa era uma bagunça, minha irmã me incomodou com seu desleixo: não estava limpa nem vestida, só prestava atenção ao filho. Quase gritei com ela: diga a seu marido — e calquei a palavra *marido*, apesar de não serem casados — que ele está arruinando nossos irmãos; se quer vender droga, que o faça pessoalmente. Falei assim mesmo, em italiano; ela empalideceu e disse: Lenu, saia já da minha casa, com quem você acha que está falando, com os esnobes que você conhece? Vá embora, você é uma metida, sempre foi. Assim que tentei replicar, ela gritou: não apareça nunca mais aqui bancando a professorinha com meu Marcello, ele é uma boa pessoa, e devemos tudo a ele; se eu quiser, compro você, aquela puta da Lina e todos os merdas que você tanto aprecia.

57.

Cada vez mais me enredei no bairro que Lila me fizera entrever e me dei conta muito tarde de que estava mexendo em assuntos difíceis de resolver, aliás, violando uma regra que me impus ao voltar para Nápoles: não me deixar absorver pelo lugar onde nasci. Numa tarde em que eu tinha deixado as meninas com Mirella, primeiro fiz uma visita a minha mãe, depois, não sei se para me acalmar ou debelar a agitação que sentia, passei no escritório de Lila. Ada abriu a porta e me fez festa. Lila estava fechada em seu gabinete, discutindo em voz alta com um cliente; Enzo tinha ido a não sei que empresa, acompanhado de Rino; e ela se sentiu na obrigação de me fazer companhia. Entreteve-me com histórias sobre Maria, a filha, que já estava grande e ia muito bem na escola. Mas em seguida o telefone tocou, ela correu para atender e então chamou Alfonso: Lenuccia está aqui, venha. Com certo embaraço, meu ex-colega de escola, mais feminino que nunca nas maneiras, no penteado, nas cores da roupa, me fez entrar num pequeno ambiente despojado. Para minha surpresa, Michele Solara estava lá.

Há séculos não o encontrava, e um mal-estar se instalou entre nós três. Ele me pareceu muito mudado. Estava grisalho e o rosto parecia marcado, embora o corpo continuasse jovem e atlético. Mas o mais estranho é que se mostrou constrangido na minha presença — algo totalmente anômalo e muito distante de seu comportamento habitual. Antes de tudo, ficou de pé quando entrei. Além disso, foi gentil, mas falou pouquíssimo, a conversa debochada que sempre o caracterizara havia sumido. Olhou para Alfonso várias vezes, como se pedisse ajuda, mas logo tirou os olhos dele, como se só o fato de olhá-lo pudesse ser comprometedor. E Alfonso não se mostrou menos incomodado. Ajeitava continuamente o belo cabelo comprido, estalava os lábios buscando algo para dizer, e logo a conversa murchou. Os instantes me pareceram frágeis. Fiquei nervosa, mas não entendia por quê. Talvez me irritasse o fato de se esconderem — de mim, logo de mim, como se não fosse capaz de compreender, eu, que tinha frequentado e frequentava ambientes bem mais avançados que aquela saleta suburbana, que tinha escrito um livro elogiado até no estrangeiro sobre como as identidades sexuais eram instáveis. Senti na ponta da língua a vontade de exclamar: se entendi bem, vocês são amantes — e só não o fiz por medo de ter me equivocado quanto às alusões de Lila. Mas o certo é que não suportei o silêncio e falei muito, levando a conversa para essa direção.

Disse a Michele:

"Gigliola me falou que vocês se separaram."
"Sim."
"Eu também me separei."
"Eu sei, e sei também com quem se juntou."
"Você nunca gostou de Nino."
"Não. Mas a gente tem que fazer o que gosta, senão adoece."
"Ainda está em Posillipo?"
Alfonso se intrometeu cheio de entusiasmo:
"Sim, a vista de lá é linda."
Michele o olhou com fastio e disse:
"Estou bem."
Repliquei:
"Nunca se está bem sozinho."
"Melhor só que mal acompanhado", respondeu.

Alfonso deve ter percebido que eu estava prestes a dizer algo desagradável a Michele e tentou atrair minha atenção para si.

Exclamou:

"Eu também estou me separando de Marisa", disse; e contou em muitos detalhes certas brigas com a esposa por causa de dinheiro. Não fez nenhuma menção a amor, sexo, nem às traições dela. Em vez disso, continuou insistindo na questão do dinheiro, falou obscuramente sobre Stefano e aludiu apenas ao fato de Marisa ter passado a perna em Ada (*as mulheres tiram os homens das outras sem nenhum escrúpulo, com uma satisfação enorme*). Nas palavras dele, a esposa parecia uma mera conhecida sobre quem se podia falar com ironia. Olha só a dança das cadeiras — disse rindo —, Ada tirou Stefano de Lila e Marisa agora o está levando dela, há-há-há.

Fiquei ouvindo e, aos poucos, redescobri — mas como se o puxasse de um poço fundo — o velho companheirismo dos tempos em que nos sentávamos no mesmo banco da escola. Mas só então entendi que, mesmo nunca tendo me dado conta de sua diversidade, eu me afeiçoara a ele justamente porque não era como os outros meninos, por aquele anômalo estranhamento quanto às atitudes viris do bairro. E agora, enquanto falava, descobri que aquele laço ainda durava. Já Michele me incomodou cada vez mais, mesmo naquela ocasião. Mastigou umas vulgaridades sobre Marisa, se irritou com a conversa de Alfonso, a certa altura o interrompeu quase com raiva no meio de uma frase (*posso trocar duas palavrinhas com Lenuccia?*) e me perguntou sobre minha mãe, sabia-se que ela estava doente. Alfonso se calou imediatamente, enrubescendo, e eu desandei a falar de minha mãe, enfatizando de propósito como ela estava preocupada com meus irmãos. Falei:

"Ela não gosta que Peppe e Gianni trabalhem para seu irmão."

"Qual o problema com Marcello?"

"Isso eu não sei, me diga você. Soube que agora você tem desavenças com ele."

Ele me olhou quase embaraçado.

"Soube errado. De todo modo, se sua mãe não gosta do dinheiro de Marcello, pode mandá-los trabalhar sob as ordens de qualquer outro."

Estive a ponto de rebater aquele *sob as ordens: meus* irmãos *sob as ordens* de Marcello, *sob as ordens* dele, *sob as ordens* de qualquer outro; *meus* irmãos, aqueles que eu não ajudei a estudar e que agora, por culpa minha, estavam *sob as ordens*. Sob? Nenhum ser humano devia estar sob, muito menos sob os Solara. Fiquei ainda mais aborrecida e com vontade de brigar. Mas Lila apareceu.

"Oh, quanta gente", disse, e se dirigiu a Michele: "Você precisa falar comigo?".

"Sim."

"É coisa demorada?"

"É."

"Então converso primeiro com Lenuccia."

Ele fez um sinal tímido de concordância. Levantei e disse a Michele, mas tocando o braço de Alfonso como se o impelisse para o outro:

"Numa dessas noites me convidem a Posillipo, estou sempre sozinha. Se quiserem, eu cozinho."

Michele escancarou a boca, mas não emitiu um som; já Alfonso interveio ansioso:

"Não precisa, eu cozinho bem. Se Michele nos convidar, eu mesmo faço tudo."

Lila me levou embora.

Ficou comigo em sua sala por um bom tempo, conversamos de amenidades. Ela também já estava perto de completar nove meses, mas parecia que a gravidez não era mais um peso. Me disse divertida, apoiando na base da barriga a mão em copa: finalmente me habituei a ela, estou bem, quase, quase seguro o bebê aqui dentro para sempre. Com uma vaidade que raramente demonstrara, ficou de perfil para que eu a admirasse. Era alta, sua figura enxuta tinha belas curvas: a do seio pequeno, a do ventre, a das costas e dos tornozelos. E disse com uma ponta de vulgaridade: Enzo gosta mais de mim grávida, que chatice a tabelinha. Pensei: o terremoto lhe pareceu tão terrível que agora, para ela, cada segundo é uma incógnita e gostaria que tudo parasse, até a gravidez. De vez em quando eu olhava o relógio, mas em nenhum momento ela se preocupou com Michele, que estava esperando; ao contrário, parecia perder tempo comigo de propósito.

"Não veio por assunto de trabalho", ela disse quando lhe recordei que ele estava aguardando, "faz de conta, procura pretextos."

"Pretextos para quê?"

"Pretextos. Mas fique fora disso: ou você cuida de suas coisas, ou são assuntos que você deve tratar com seriedade. Aquela frase sobre o jantar em Posillipo, por exemplo, talvez fosse melhor não ter dito nada."

Fiquei sem jeito. Murmurei que era um período de tensão permanente, contei do confronto com Elisa e Peppe, disse que tinha intenção de enfrentar Marcello. Ela balançou a cabeça, reiterou:

"Não são assuntos em que você mete o bico e depois volta para a via Tasso."
"Não quero que minha mãe se vá com essa preocupação pelos filhos."
"Acalme-a."
"Como?"
Sorriu:
"Com mentiras. Mentiras são melhores que tranquilizantes."

58.

Mas naqueles dias de mau humor eu não era capaz nem de mentir direito. Só porque Elisa foi dizer a nossa mãe que eu a ofendera e, por isso, não queria mais manter relações comigo; só porque Peppe e Gianni gritaram com ela que nunca mais deveria ousar me mandar falar com eles como um policial, por fim me decidi a lhe contar uma mentira. Falei que tinha conversado com Lila e que Lila prometeu que cuidaria de Peppe e Gianni. Mas ela percebeu que eu estava pouco segura e me disse sombria: sim, muito bem, vá para casa, vá, que você tem as meninas. Fiquei furiosa comigo, nos dias seguintes percebi que estava ainda mais inquieta, resmungava que queria morrer logo. Porém, quando a levei ao hospital, ela se mostrou mais confiante.
"Ela me ligou", disse com sua voz rouca e dolente.
"Quem?"
"Lina."
Fiquei boquiaberta com a surpresa.
"E o que ela lhe disse?"
"Que eu posso ficar tranquila, ela vai cuidar de Peppe e Gianni."
"Em que sentido?"
"Não sei, mas, se ela me prometeu, isso quer dizer que vai achar uma solução."

"Com certeza."
"Nela eu confio, ela sabe como agir."
"Claro."
"Viu como está bonita?"
"Vi."
"Me disse que, se tiver uma menina, a chamará de Nunzia, como a mãe dela."
"Vai ter um menino."
"Mas, se for menina, vai chamá-la de Nunzia", reiterou e, enquanto falava, não olhava para mim, mas para as outras caras sofredoras na sala de espera. Falei:
"Eu com certeza vou ter uma menina, basta ver minha barriga."
"E então?"
Fiz esforço para prometer:
"Se for, vou dar a ela seu nome, não se preocupe."
Resmungou:
"O filho de Sarratore vai querer que se chame como a mãe dele."

59.

Neguei que Nino tivesse influência nesse quesito, naquela fase só o nome dele já me irritava. Tinha sumido, estava sempre ocupado. Mas justo no dia em que fiz aquela promessa a minha mãe, à noite, enquanto estava jantando com as meninas, ele apareceu de surpresa. Mostrou-se alegre, fez de conta que não notou que eu estava magoada. Jantou com a gente, ele mesmo levou Dede e Elsa para a cama entre historietas e brincadeiras, esperou que dormissem. Sua superficialidade desenvolta piorou ainda mais meu humor. Agora tinha dado uma escapada, mas depois sumiria de novo quem sabe por quanto tempo. O que ele temia, que me viessem as dores quando estivesse em casa, enquanto dormia comigo? Que se visse na obrigação de me acompanhar à maternidade? Que então tivesse de dizer a Eleonora: preciso ficar com Elena porque está tendo meu filho?

As meninas dormiram, ele reapareceu na sala. Me fez muitos carinhos, se ajoelhou na minha frente, me beijou a barriga. Num lampejo, Mirko me voltou à memória: quantos anos devia ter agora, uns doze?

"O que você sabe de seu filho?", perguntei sem preâmbulos.

Naturalmente ele não entendeu, achou que eu estivesse falando do bebê que tinha na barriga, sorriu desorientado. Então especifiquei, traindo com prazer uma promessa que tempo atrás fizera a mim mesma:

"Estou falando do filho de Silvia, Mirko. Eu o conheci, ele é idêntico a você. E então? Você o assumiu como pai? Algum dia se preocupou com ele?"

Franziu o cenho, se levantou.

"Às vezes não sei o que fazer com você", murmurou.

"Fazer o quê? Explique-se."

"Você é uma mulher inteligente, mas de vez em quando se torna outra pessoa."

"Defina melhor. Irracional? Idiota?"

Deu um sorrisinho e fez um gesto como para enxotar um inseto irritante.

"Você dá muita importância a Lina."

"O que Lina tem a ver com isso?"

"Ela lhe envenena a cabeça, os sentimentos, tudo."

Aquelas palavras me fizeram perder definitivamente a paciência. Falei:

"Esta noite quero dormir sozinha."

Não se opôs. Com o ar de quem, para não criar caso, se submete a uma grave injustiça, fechou devagar a porta às suas costas.

Duas horas depois, enquanto eu perambulava pela casa sem vontade de dormir, senti pequenas contrações, como se fossem do-

res menstruais. Liguei para Pietro, sabia que continuava a passar as noites estudando. Disse a ele: estou sentindo as primeiras contrações, amanhã venha buscar Dede e Elsa. Mal pus o telefone no gancho, e me desceu pelas pernas um líquido quente. Peguei a bolsa em que há tempos guardara o essencial e não tirei o dedo da campainha dos vizinhos, até que abriram a porta. Com Antonella eu já tinha um acordo prévio e, embora ainda estivesse meio dormindo, não se assustou. Disse a ela:
"Chegou a hora, deixo as meninas com você."
De repente a raiva passou, e toda ansiedade.

60.

Era 22 de janeiro de 1981, o dia do meu terceiro parto. Não tinha uma memória particularmente dolorosa das duas primeiras experiências, mas aquela foi sem dúvida a menos difícil, tanto que a senti como uma libertação feliz. A obstetra elogiou meu autocontrole, estava contente por eu não lhe dar problemas. Se todas fossem assim, me disse: você foi feita para botar filhos no mundo. Murmurou em meu ouvido: Nino está esperando lá fora, eu avisei a ele.

A notícia me deixou alegre, mas fiquei mais feliz ainda ao descobrir que meu rancor tinha passado de repente. Ao dar à luz, tirara também o peso da aspereza do último mês, e me senti feliz, de novo capaz de uma benevolência generosa. Acolhi com ternura a recém-chegada, uma menina de três quilos e duzentos gramas, roxinha, calva. Disse a Nino quando o permiti entrar no quarto, depois de ter me ajeitado para esconder um pouco os estragos do esforço: agora somos quatro mulheres, vou entender se você me deixar. Não fiz nenhuma menção à briga que tivemos. Ele me abraçou, me beijou, jurou que não podia viver sem mim. Me deu de presente um colarzinho de ouro com um pingente. Achei lindo.

Assim que me senti melhor, telefonei para minha vizinha. Soube que Pietro, diligente como de costume, já havia chegado. Falei com ele, queria vir à clínica com as meninas. Pedi que passasse a ligação para elas, estavam distraídas pela alegria de estar com o pai, ambas responderam com monossílabos. Disse a meu ex-marido que preferia que as levasse para Florença por alguns dias. Ele foi muito afetuoso, tive vontade de agradecer pela gentileza, dizer que gostava dele. Mas sentia em mim o olhar inquisidor de Nino e desisti.

Logo depois liguei para meus pais. Papai foi frio, talvez por timidez, talvez porque a vida lhe parecesse um desastre, talvez por compartilhar com meus irmãos a hostilidade por minha recente tendência a me meter nas coisas deles, quando nunca permiti que se metessem nas minhas. Minha mãe disse que queria ver a menina imediatamente, e foi difícil sossegá-la. Depois telefonei para Lila, que comentou divertida: tudo sempre vai bem com você, comigo nenhum movimento ainda. Talvez porque estivesse com muito trabalho, foi apressada e não disse se me visitaria na clínica. Tudo normal, pensei de bom humor, e adormeci.

Quando acordei, estava certa de que Nino tinha ido embora, mas ele estava lá. Falou demoradamente com a amiga obstetra, se informou sobre o reconhecimento da paternidade, não mostrou nenhuma apreensão pelas eventuais reações de Eleonora. Quando lhe disse que queria dar à menina o nome de minha mãe, se mostrou muito contente. E, assim que me recuperei, nos apresentamos diante de um funcionário da prefeitura para registrar que a criatura saída de minha barriga se chamava Immacolata Sarratore.

Mesmo naquela ocasião Nino parecia mais à vontade. Fui eu que me confundi, acabei dizendo que era casada com Giovanni Sarratore, me corrigi, murmurei *separada* de Pietro Airota, acumulei desordenadamente nomes, sobrenomes, informações imprecisas. Mas aquele momento me pareceu bonito, e voltei a acreditar que, para organizar minha vida privada, bastaria apenas um pouco de paciência.

Naqueles primeiros dias Nino deixou de lado seus mil compromissos e me demonstrou de todas as maneiras como eu era importante para ele. Só ficou mal quando descobriu que eu não queria batizar a menina.

"As crianças precisam ser batizadas", disse.

"Albertino e Lidia são batizados?"

"Claro."

Assim fiquei sabendo que, malgrado o anticlericalismo que ele proclamava, achava o batismo necessário. Houve momentos de constrangimento. Eu sempre tinha pensado, desde que estávamos no liceu, que ele não fosse religioso, e por outro lado ele me disse que, justamente por causa de minha polêmica com meu professor de religião no ginásio, se convencera de que eu era religiosa.

"De todo modo", disse perplexo, "religioso ou não, os meninos devem ser batizados."

"Que raciocínio é esse?"

"Não é um raciocínio, é um sentimento."

Assumi um tom brincalhão.

"Me deixe ser coerente", disse, "não batizei Dede e Elsa, não vou batizar Immacolata. Elas vão decidir quando estiverem grandes."

Ele pensou um pouco e caiu na risada:

"Mas claro, quem se importa, era só para fazer uma festa."

"Vamos fazê-la mesmo assim."

Prometi a ele que organizaria algo para seus amigos. Naquelas primeiras horas de vida de nossa filha, o observei em cada gesto, em suas expressões de desapontamento e de concordância. Me senti contente e ao mesmo tempo desorientada. Era ele? Era o homem que eu sempre tinha amado? Ou um desconhecido que eu estava forçando a assumir uma fisionomia clara e definitiva?

61.

Nenhum de meus parentes apareceu na maternidade, nenhum dos amigos do bairro. Talvez — pensei quando já estava em casa — eu devesse fazer uma festinha para eles também. Tinha mantido minhas origens tão afastadas de mim que, mesmo passando um bom tempo no bairro, nunca havia convidado ao apartamento da via Tasso nem sequer uma pessoa que tivesse a ver com minha infância e adolescência. Lamentei isso, senti aquela nítida separação como um resíduo de fases mais frágeis de minha vida, quase um sinal de imaturidade. Ainda estava com aquela ideia na cabeça quando o telefone tocou. Era Lila.
"Estamos chegando."
"Quem?"
"Eu e sua mãe."
Era uma tarde gelada, o Vesúvio tinha uma poeira de neve no topo, aquela visita me pareceu inoportuna.
"Com esse frio? Vai fazer mal a ela."
"Eu já falei, mas ela não quer ouvir."
"Daqui a uns dias vou dar uma festinha, vocês estão todos convidados, diga que nessa ocasião ela vai ver a menina."
"Diga você."

Não quis discutir, mas perdi toda a vontade de comemorações, senti aquela visita como uma intrusão. Tinha voltado para casa fazia pouco. Entre mamadas, banhos e alguns pontos de sutura que ainda me incomodavam, me sentia exausta. E de resto Nino estava em casa naqueles dias. Não queria que minha mãe se aborrecesse, e me incomodava que ele e Lila se encontrassem num momento em que eu não estava em boa forma. Tentei me livrar de Nino, mas ele pareceu não entender, aliás, se mostrou contente pela chegada de minha mãe e ficou lá.

Corri ao banheiro para me ajeitar. Quando bateram, me apressei em abrir. Não via minha mãe há dez dias. Pareceu-me violentíssimo o contraste entre Lila, ainda carregada de duas vidas, linda e enérgica, e ela, agarrada a seu braço como a um salva-vidas durante uma ressaca, mais encarquilhada que nunca, no extremo de suas forças, prestes a afundar. Deixei-a se apoiar em mim, acomodei-a numa poltrona diante da vidraça. Ela sussurrou: como a baía é linda. E olhou fixamente além da sacada, talvez para não ver Nino. Mas ele se aproximou e, com seu modo envolvente, começou a lhe mostrar os perfis enevoados entre o mar e o céu: aquela é a ilha de Ischia, lá é Capri, venha, daqui se vê melhor, apoie-se em mim. Em nenhum momento se dirigiu a Lila, nem sequer a cumprimentou. Fui eu que a entretive.

"Você se recuperou rápido", ela disse.

"Estou um pouco cansada, mas estou bem."

"Você insiste em morar aqui em cima, é difícil chegar aqui."

"Mas é bonito."

"Oh."

"Venha, vamos pegar a menina."

Fui com ela ao quartinho de Immacolata.

"Seu rosto já voltou ao normal", me elogiou, "que cabelo lindo. E este colar?"

"Foi um presente de Nino."

Tirei o bebê do berço. Lila a farejou, pôs o nariz em seu pescoço, disse que se sentia o cheiro dela assim que se entrava na casa.

"Que cheiro?"

"De talco, leite, desinfetante, cheiro de novo."

"Você gosta?"

"Gosto."

"Achei que ela nasceria mais pesada. Obviamente fui eu que engordei."

"Quem sabe como vai ser o meu."

Agora ela sempre falava no masculino.

"Vai ser lindo e saudável."

Fez sinal que sim, mas como se não tivesse ouvido, enquanto olhava a menina com atenção. Passou o indicador em sua testa, numa orelha. Repetiu o pacto que tínhamos feito de brincadeira. "Se for o caso, fazemos a troca."

Ri, levei a menina para minha mãe, que estava apoiada no braço de Nino, ao lado da janela. Agora o fixava de baixo para cima com simpatia, lhe sorria, era como se estivesse esquecida de si e se imaginasse jovem.

"Aqui está Immacolata", lhe disse.

Ela olhou para Nino. Ele exclamou de pronto:

"É um lindo nome."

Minha mãe murmurou:

"Não é verdade. Mas podem chamá-la de Imma, que é mais moderno."

Deixou o braço de Nino, me fez sinal para que lhe desse a neta. Passei-a para os seus braços, mas com medo de que ela não aguentasse o peso.

"Nossa Senhora, como você é bonita", sussurrou para ela, e se virou para Lila: "Você gosta?".

Lila estava distraída, os olhos fixos nos pés de minha mãe.

"Sim", disse sem desviar os olhos, "mas é melhor se sentar."

Também olhei o ponto que ela estava fixando. Sob o vestido preto, o sangue de minha mãe escorria.

62.

Peguei imediatamente a menina com um impulso instintivo. Ela se deu conta do que estava acontecendo, e vi em seu rosto a vergonha e o desgosto de si. Nino a amparou um segundo antes de desmaiar. Mamãe, mamãe, chamei, enquanto ele batia levemente em sua face com a ponta dos dedos. Fiquei alarmada, ela não voltava a si, e naquele instante o bebê começou a gritar. Vai morrer, pensei aterrorizada, resistiu até o momento em que pôde ver Immacolata e depois se deixou ir. Continuei repetindo mamãe, com a voz cada vez mais alta.

"Chame uma ambulância", disse Lila.

Corri para o telefone, parei desorientada, queria dar a pequena a Nino. Mas ele me atalhou, dirigiu-se a Lila e não a mim, disse que era mais rápido levá-la de carro ao hospital. Eu sentia o coração na garganta, a menina chorava, minha mãe recobrou a consciência e começou a se queixar. Murmurou chorando que não queria mais pôr os pés no hospital, puxou-me pela saia e lembrou que já tinha sido internada uma vez e não queria morrer naquele abandono. Ela tremia, e disse: quero ver a menina crescer.

Nessa altura Nino assumiu o tom firme que tinha desde estudante, quando se tratava de enfrentar situações difíceis. Vamos, disse, e ergueu minha mãe nos braços. Como ela protestou sem forças, ele a tranquilizou dizendo que cuidaria de tudo pessoalmente. Lila me olhou perplexa, e eu pensei: o médico que acompanha minha mãe no hospital é amigo da família de Eleonora, nesse momento Nino é indispensável, ainda bem que ele está aqui. Lila disse: deixe a menina comigo, vá você. Concordei, fiz que ia lhe passar Immacolata, mas com um gesto incerto, me sentia ligada a ela como se ainda a carregasse na barriga. De todo modo, eu agora não podia me separar dela, precisava lhe dar o peito, preparar seu banho. Mas também me sentia vinculada a minha mãe como nunca me senti; e eu tremia, o que era aquele sangue, o que significava aquilo?

"Vamos", disse Nino a Lila, impaciente, "seja rápida."

"Sim", murmurei, "vão vocês e me avisem."

Somente quando a porta se fechou senti a ferida daquela situação: Lila e Nino, juntos, levavam minha mãe embora; eles estavam cuidando dela, quando eu é que deveria estar lá.

Me senti fraca e confusa. Sentei no sofá, dei o peito a Immacolata para ela se acalmar. Não conseguia desviar os olhos do sangue no assoalho e, enquanto isso, imaginava o carro correndo pelas ruas frias da cidade, o lenço fora da janela para assinalar a urgência, a mão colada à buzina, minha mãe agonizando no banco de trás. O carro era de Lila: quem estava no volante era ela ou ele? Preciso ficar calma — disse a mim mesma.

Coloquei a pequena no berço e decidi telefonar a Elisa. Minimizei o que havia acontecido, não disse nada sobre Nino, mencionei Lila. Minha irmã perdeu a calma na hora, caiu no choro, me ofendeu. Gritou que eu tinha mandado minha mãe com uma estranha quem sabe para onde, que eu deveria ter chamado uma ambulância, que eu só pensava em mim e no meu conforto, que se mamãe morresse a responsável era eu. Então a escutei chamar Marcello várias vezes, com um tom de comando que eu desconhecia, gritos raivosos e ao mesmo tempo angustiados. Disse a ela: o que significa quem sabe para onde, Lila a levou para o hospital, por que você precisa falar assim? Ela bateu o telefone na minha cara.

Mas Elisa estava certa. Eu tinha perdido a cabeça, de fato devia ter chamado uma ambulância. Ou arrancar o bebê de mim e deixá-lo com Lila. Eu me dobrara à autoridade de Nino, àquela mania exibicionista dos homens de se mostrarem determinados e salvadores da pátria. Esperei que me ligassem ao lado do telefone.

Passou uma hora, uma hora e meia, e o telefone finalmente tocou, Lila disse calma:

"Ela foi internada. Nino conhece bem a equipe responsável por ela, lhe disseram que tudo está sob controle. Fique tranquila."

Perguntei:

"Ela está sozinha?"

"Está, eles não deixam entrar."

"Ela não quer morrer só."

"Não vai morrer."

"Ela se assusta, Lila, faça alguma coisa, ela não é mais a mulher de antigamente."
"O hospital funciona assim."
"Ela perguntou por mim?"
"Disse que você precisa trazer a menina."
"O que vocês estão fazendo agora?"
"Nino ainda vai ficar um pouco com os médicos, eu estou indo embora."
"Vá, sim, obrigada, descanse."
"Ele liga para você assim que puder."
"Está certo."
"E fique calma, se não seu leite pode secar."
Aquela alusão ao leite me fez bem. Sentei ao lado do berço de Immacolata como se só a proximidade dela pudesse manter meus seios carregados. O que era o corpo de uma mulher, eu tinha alimentado minha filha na barriga, e agora que estava fora ela se nutria do meu peito. Pensei que houve um momento em que eu também estive na barriga de minha mãe, e suguei seu peito. Um peito grande como o meu, talvez até maior. Até pouco antes de adoecer, meu pai aludira àquele peito muitas vezes, de modo obsceno. Nunca a tinha visto sem sutiã, em nenhuma fase da vida. Estava sempre escondida, não confiava em seu corpo por causa da perna. No entanto, ao primeiro copo de vinho, rebatia as obscenidades de meu pai com palavras não menos pesadas, em que se vangloriava de suas belezas, numa exibição de despudor que era puro teatro. O telefone tocou de novo, corri para atender. Era Lila de novo, agora seu tom era brusco.
"Temos problemas aqui, Lenu."
"Ela piorou?"
"Não, os médicos estão tranquilos. Mas Marcello chegou e está dando uma de louco."
"Marcello? O que Marcello tem a ver com isso?"

"Não sei."
"Passe o telefone para ele."
"Espere, ele está brigando com Nino."

Ao fundo reconheci imediatamente a voz espessa de Marcello, carregada de dialeto, e a voz em bom italiano de Nino, mas estrídula, como lhe acontecia ao perder a calma. Falei ansiosa:

"Diga a Nino que deixe para lá, aliás, diga que vá embora imediatamente."

Lila não respondeu, pude ouvi-la entrando numa discussão que não consegui entender e depois gritar de repente, em dialeto: que merda você está dizendo, Marcè, vá se foder, vá. Então gritou para mim: fale com esse cretino, por favor, resolvam-se vocês, eu não quero entrar nisso. Vozes distantes. Passados alguns segundos, Marcello atendeu. Tentando se impor com um tom gentil, me disse que Elisa lhe pedira que não deixasse a mãe no hospital e que ele estava ali justamente para levá-la a uma bela clínica em Capodimonte. Perguntou como se de fato buscasse minha concordância:

"Não fiz bem? Me diga se não fiz bem."
"Fique calmo."
"Estou calmo, Lenu. Mas você fez seu parto numa clínica, Elisa fez o dela numa clínica: por que sua mãe tem de morrer aqui dentro?"

Falei incomodada:
"Os médicos que cuidam dela trabalham aí."

Tornou-se agressivo como nunca tinha sido comigo:
"Os médicos estão onde está o dinheiro. Quem é que manda aqui: você, Lina ou aquele merda?"

"Não se trata de mandar."
"Se trata, sim. Ou você diz a seus amigos que eu posso levá-la a Capodimonte, ou eu quebro a cara de alguém e saio com ela assim mesmo."

"Me passe Lina", falei.

Ficar de pé me cansava, as têmporas latejavam. Disse: pergunte a Nino se minha mãe está em condição de ser transportada, diga para ele falar com os médicos e depois me ligar. Pus o telefone no gancho torcendo as mãos, não sabia o que fazer.

Em poucos minutos o telefone tornou a tocar. Era Nino.
"Lenu, controle esse animal, senão eu chamo a polícia."
"Perguntou aos médicos se minha mãe pode ser transportada?"
"Não, ela não pode ser transportada."
"Nino, você perguntou ou não? Ela não quer ficar no hospital."
"As clínicas particulares são ainda mais nojentas."
"Eu sei, mas agora se acalme."
"Estou calmíssimo."
"Tudo bem, mas volte logo para casa."
"E aqui?"
"Lina resolve."
"Não posso deixar Lina com esse sujeito."
Levantei a voz:
"Lina sabe se cuidar. Não consigo nem ficar de pé, a menina está chorando, preciso dar banho nela. Já lhe disse que volte imediatamente para casa."
Desliguei.

63.

Foram horas muito duras. Nino voltou para casa transtornado, falava em dialeto, estava nervosíssimo, repetia: agora vamos ver quem resolve. Percebi que a recuperação de minha mãe se tornara para ele um ponto de honra.Temia que Marcello de fato conseguisse transferi-la para algum lugar inadequado, desses montados só para ganhar dinheiro. No hospital — exclamou, voltando ao italiano — sua mãe tem à disposição especialistas de alto nível, professores que, apesar do estado avançado da doença, a mantiveram em vida até agora de modo digno.

Eu concordei com seus temores e ele se envolveu cada vez mais com a questão. Embora fosse a hora do jantar, ele ligou para gente importante, nomes então muito conhecidos em Nápoles, não sei se para desabafar ou para obter apoio numa eventual batalha contra a prepotência de Marcello. Sentia, porém, que bastava pronunciar o nome Solara e a conversa se complicava, ele ficava em silêncio, escutando. Só sossegou por volta das dez. Eu estava numa grande angústia, mas tentava não demonstrar para que ele não resolvesse voltar ao hospital. Minha agitação foi transmitida a Immacolata. Ela vagia, eu a amamentava, ela se acalmava e então tornava a vagir.

Não preguei olho. O telefone voltou a tocar às seis da manhã, corri para atender esperando que nem a menina nem Nino acordassem. Era Lila, tinha passado a noite no hospital. Me fez o relato com voz cansada. Aparentemente Marcello se rendera, tinha ido embora sem sequer se despedir. Ela se metera por escadas e corredores e por fim acabou achando a ala onde a haviam internado. Era uma sala da agonia, ali estavam outras cinco mulheres em sofrimento, gemendo, gritando, todas abandonadas à própria dor. Tinha encontrado minha mãe que, imóvel, os olhos arregalados, sussurrava virada para o teto: meu Deus, me faça morrer logo — e todo o corpo tremia no esforço de suportar a dor. Lila se agachou ao seu lado, a acalmou. Agora teve que sair de fininho porque estava amanhecendo e as enfermeiras começavam a circular. Achava graça por ter violado todas as regras, sempre sentia prazer com a insubordinação. Mas, naquela circunstância, tive a impressão de que fingia para não me fazer sentir o peso do esforço a que se submetera por minha causa. Estava às vésperas do parto, a imaginei extenuada, atormentada por suas necessidades. Preocupei-me com ela tanto quanto ela se preocupara com minha mãe.

"Como você está?"
"Bem."

"Tem certeza?"

"Absoluta."

"Vá descansar."

"Assim que Marcello chegar com sua irmã."

"Você tem certeza de que eles voltam?"

"Imagine se vão deixar de criar caso."

Enquanto eu estava ao telefone, Nino apareceu sonolento. Ficou um tempo escutando e então disse: "Deixe-me falar com ela." Não lhe passei o telefone, resmunguei: ela já desligou. Ele se lamentou, disse que tinha mobilizado um monte de pessoas para que minha mãe tivesse a melhor assistência possível e queria saber se já se notava algum fruto de suas investidas. Por ora, não — respondi. Combinamos que ele me acompanharia ao hospital junto com o bebê, embora houvesse um forte vento frio. Ele ficaria no carro com Immacolata, e eu iria ver minha mãe entre uma mamada e outra. Ele disse tudo bem, e me deu ternura que fosse tão solícito, exceto por um pequeno aborrecimento que me deu: ele se preocupara com tudo, menos com uma coisa prática como anotar o horário de visitas. Me informei por telefone, agasalhamos bem a menina e fomos. Lila não ligara de novo, e eu estava certa de que a encontraria no hospital. Porém, quando chegamos, descobrimos que não só ela não estava, mas tampouco minha mãe. Tinha sido liberada.

64.

Soube depois por minha irmã o que havia acontecido. Ela me contou com o tom de quem diz: vocês se acham grande coisa, mas sem a gente não são ninguém. Às nove em ponto Marcello tinha chegado ao hospital acompanhado de não sei que médico-chefe, que ele mesmo fora buscar em casa, de carro. Nossa mãe tinha sido imediatamente transportada numa ambulância para a clínica de Capodimonte. Lá — disse Elisa — ela está como uma rainha, nós, os parentes, podemos ficar o tempo que quisermos, e há uma cama para papai, que fará companhia a ela de noite. Especificou com desprezo: não se preocupe, é tudo por nossa conta. E em seguida fez uma ameaça explícita. Talvez — ela disse — seu amigo professor não tenha ainda entendido com quem ele está tratando, é melhor que você explique. E diga àquela escrota da Lina que ela pode até ser muito inteligente, mas que Marcello mudou, Marcello não é mais o namoradinho de antigamente, e também não é como Michele, que agora ela manipula como bem entende: Marcello disse que, se levantar a voz comigo outra vez, se me ofender como fez na frente de todos no hospital, acaba com ela.

Não mencionei nada a Lila, nem quis saber em que termos ela discutiu com minha irmã. Mas nos dias seguintes fui mais afetuosa, liguei para ela várias vezes para demonstrar como eu estava agradecida, para dizer que eu gostava dela e que não via a hora de que também tivesse seu filho.

"Tudo bem?", eu perguntava.
"Tudo."
"O bebê está se mexendo?"
"Que nada. Quer ajuda hoje?"
"Não, amanhã, se você puder."

Foram dias intensos, com uma complicada somatória de vínculos antigos e novos. Todo meu corpo ainda estava em simbiose com o organismo minúsculo de Imma, não conseguia me afastar dela. Mas também tinha saudades de Dede e Elsa, tanto que liguei para Pietro e ele finalmente as trouxe de volta. Elsa logo fingiu que gostava muito da nova irmãzinha, mas não resistiu muito, e em poucas horas começou a fazer caretas de repulsa, me dizendo: mas como ela é feia. Já Dede quis demonstrar imediatamente que podia ser uma mãe bem mais capaz que eu, e por várias vezes quase a deixou cair ou a afogou na banheirinha.

Eu estava precisando muito de apoio, pelo menos naqueles primeiros dias, e devo dizer que Pietro se ofereceu para ajudar. Ele, que como marido sempre fizera pouquíssimo para aliviar minhas dificuldades, agora que estávamos oficialmente separados não se sentia capaz de me deixar sozinha com três meninas, entre elas uma recém-nascida, e se ofereceu para ficar alguns dias. Mas precisei mandá-lo embora, não porque não quisesse o apoio dele, mas porque nas poucas horas em que ficou na via Tasso Nino me atormentou, não parou de ligar para saber se Pietro já tinha ido e se ele podia voltar para *sua casa* sem ser constrangido a encontrá-lo.

Naturalmente, quando meu ex-marido partiu, ele foi absorvido por seus compromissos políticos e de trabalho, e assim continuei sozinha: para fazer as compras, para levar as meninas à escola, para ir buscá-las, para ler um livro ou escrever duas linhas precisava deixar Imma com a vizinha.

Mas isso foi o de menos. Bem mais complicado foi me organizar para ir à clínica ver minha mãe. Eu não confiava em Mirella, as duas meninas e uma recém-nascida me pareciam demais para ela. Assim me decidi a levar Imma comigo. Eu a agasalhava bem, chamava um táxi e ia até Capodimonte, aproveitando as horas em que Dede e Elsa estavam na escola.

Minha mãe se recuperara. Claro, ela estava frágil, se não visse os filhos ali, todos os dias, imaginava desgraças e caía no choro. Além disso, estava permanentemente na cama, ao passo que antes, embora com dificuldade, se movia, saía. Mas era indiscutível que os luxos da clínica faziam bem a ela. Ser tratada como uma grande dama logo virou uma brincadeira que a distraía da doença e que, coadjuvada por alguma substância que lhe atenuava as dores, em certos momentos a deixava eufórica. Ela gostava do quarto espaçoso e bem iluminado, achava o colchão muito confortável, estava orgulhosa de ter um banheiro só seu e ainda por cima dentro do quarto. Um banheiro de verdade — enfatizava —, não uma latrina, e queria se levantar para mostrá-lo. Sem contar que havia a nova netinha. Quando íamos visitá-la com Imma, ela a mantinha a seu lado, lhe falava com frases infantis, se entusiasmava assegurando — coisa muito improvável — que ela lhe sorrira. Mas em geral a atenção pela recém-nascida não durava muito. E ela desandava a falar de sua infância, da adolescência. Voltava a quando tinha cinco anos, depois passava aos doze, depois aos catorze, e me contava de dentro daquelas fases suas peripécias e as de suas amigas da época. Numa manhã me disse em dialeto: desde pequena eu sabia que se morria, sempre soube, mas nunca pensei que chegaria minha vez, nem mesmo agora consigo acreditar. Noutra ocasião, começou a rir seguindo seus pensamentos e por fim murmurou: você está certa em não batizar a menina, é tudo uma estupidez, e eu sei que agora, que estou morrendo, vou me transformar inteira em pedacinhos. Mas foi sobretudo naquelas horas lentas que me senti realmente sua filha preferida. Quando me abraçava antes de eu ir embora, parecia querer deslizar para dentro de mim e ficar ali, assim como outrora habitei dentro dela. Os contatos com seu corpo, que me incomodavam quando ela estava saudável, agora me davam prazer.

65.

Foi curioso como a clínica logo se transformou num ponto de encontro de jovens e velhos do bairro.

Meu pai dormia com minha mãe, nas vezes em que o encontrava de manhã ele estava com a barba crescida e os olhos apavorados. Mal nos cumprimentávamos, mas isso não me parecia anômalo. Sempre tive pouco contato com ele, às vezes um contato afetuoso, na maioria distraído, em alguns casos de apoio contra minha mãe. Mas era uma relação quase sempre superficial. Minha mãe lhe conferia e lhe tirava relevância a depender da conveniência, relegando-o a um papel decorativo sobretudo quando se tratava de mim — somente ela podia pôr e dispor sobre minha vida. Agora, que a energia da esposa se reduzira a quase nada, ele já não sabia como falar comigo, nem eu com ele. Eu dizia oi, ele me respondia oi e então acrescentava: vou fumar um cigarro enquanto você faz companhia a ela. Às vezes eu me perguntava como conseguira sobreviver — ele, tão medíocre — no mundo feroz em que se movera, em Nápoles, no trabalho, no bairro, até mesmo em casa.

Quando Elisa chegava com o menino, eu via que entre ela e meu pai havia mais intimidade. Elisa o tratava com afetuosa autoridade. Com frequência passava ali o dia todo, e às vezes o mandava dormir em casa, na cama dele, inclusive à noite. Assim que chegava, minha irmã dava ordens e se queixava de tudo, da poeira, dos vidros da janela, da comida. Fazia isso para ser respeitada, queria deixar claro que quem mandava era ela. Peppe e Gianni não deixavam por menos. Quando percebiam minha mãe com um pouco de dor, e meu pai em desespero, ambos se alarmavam, grudavam na campainha, chamavam a enfermeira. Se a enfermeira demorava, meus irmãos a censuravam com dureza e depois, de modo contraditório, lhe davam altas gorjetas. Antes de ir embora, Gianni costumava pôr um punhado de dinheiro no bolso de uma delas e dizer: você tem de ficar atrás da porta e aparecer assim que mamãe chamar; o café você toma fora de serviço, entendido? Depois, para deixar claro que nossa mãe era uma pessoa de nível, mencionava três ou quatro vezes o nome dos Solara. A senhora Greco — dizia — é parte dos Solara.

É parte dos Solara. Aquelas palavras me davam raiva e vergonha. Entretanto pensava: ou isso, ou o hospital; e dizia a mim mesma: mas *depois* (não confessava nem a mim mesma o que entendia por *depois*), depois preciso esclarecer muitas coisas com meus irmãos e com Marcello. Por ora me dava prazer chegar ao quarto e encontrar minha mãe na companhia de suas amigas do bairro, todas da mesma idade, com as quais se gabava levemente dizendo frases do tipo: meus filhos preferiram assim, ou me indicando: Elena é uma escritora famosa, tem uma casa na via Tasso de onde se vê o mar, vejam que menina linda ela teve, se chama Immacolata como eu. Quando suas conhecidas iam embora sussurrando: está dormindo, eu imediatamente entrava para checar e então voltava com Imma para o corredor, onde o ar parecia mais puro. Deixava a porta do quarto aberta para vigiar a respiração pesada de minha mãe, que muitas vezes, depois do cansaço das visitas, caía em sono profundo e se queixava dormindo.

De quando em quando o dia ficava um pouco mais simples. Carmen, por exemplo, às vezes passava para me pegar de carro, dizendo que queria dar um oi para minha mãe. E Alfonso fazia o mesmo. Obviamente era uma prova de afeto por mim. Falavam com minha mãe de modo cerimonioso, no máximo lhe davam alguma satisfação elogiando o conforto do quarto e a netinha; e passavam o resto do tempo comigo, conversando no corredor, ou aguardando embaixo, no carro, para me levar em tempo à escola das meninas. As manhãs com eles foram sempre densas e criaram um efeito curioso: aproximaram o bairro de minha mãe, agora próxima do fim, ao bairro em construção sob a influência de Lila.

Contei a Carmen o que nossa amiga tinha feito por minha mãe. Ela falou satisfeita: a gente sabe que ninguém segura Lina — e falou dela de tal maneira que, me pareceu, lhe atribuísse poderes mágicos. Mas o que mais me marcou foram quinze minutos que passei com Alfonso no corredor impecável da clínica, enquanto o médico examinava minha mãe. Ele também, como sempre, se acendeu de gratidão por Lila, mas o que mais me espantou foi que, pela primeira vez, me falou explicitamente de si. Disse: Lina me ensinou um trabalho de grande futuro. Exclamou: sem ela, o que seria de mim, nada, um pedaço de carne viva sem nenhuma sensação de plenitude. Comparou o comportamento de Lila com o da esposa: sempre deixei Marisa livre para me meter todos os chifres que quisesse, dei meu nome aos filhos dela, mas mesmo assim ela implica comigo, sempre me atormentou e ainda me atormenta, cuspiu mil vezes na minha cara, diz que a enganei. E se defendeu: enganei nada, Lenu, você é uma intelectual e pode me entender, o mais enganado era eu, enganado por mim mesmo, e se Lina não me ajudasse eu ia morrer enganado. Seus olhos brilharam: a melhor coisa que ela fez por mim foi me forçar à clareza, me ensinar a dizer: se eu roço o pé nu dessa mulher não sinto nada, mas morro de desejo de roçar o pé daquele homem ali, aquele mesmo, e fazer carinho na mão dele, cortar suas unhas com a tesourinha, espremer seus cravos, estar com ele num salão de dança e dizer: se você sabe dançar valsa, me conduza, me deixe ver como sabe me levar. Rememorou fatos muito distantes: lembra quando você e Lina vieram à minha casa pedir a meu pai que devolvesse as bonecas, e ele me chamou e perguntou debochado: Alfò, foi você que pegou, porque eu era a vergonha da família, brincava com as bonecas de minha irmã e colocava os colares de mamãe. E me explicou, mas como se já soubesse tudo e lhe servisse apenas para expressar sua verdadeira natureza: desde pequeno eu sabia não só que não era o que os outros acreditavam, mas nem mesmo o que eu achava que fosse. Dizia a mim mesmo: sou outra coisa, algo que está escondido em minhas veias, que não tem um nome e que espera. Mas não sabia o que era aquela coisa, muito menos como podia ser eu; até que Lila me obrigou — não sei como dizer — a assimilar um pouco dela; você sabe como ela é, me disse: comece por aqui e veja o que acontece; foi assim que nos misturamos — foi muito divertido —, e agora já não sou quem eu era nem sou Lila, mas outra pessoa, que aos poucos vai se definindo.

 Estava contente por me ter feito aquelas confidências, e fiquei contente por ele as ter feito a mim. Naquelas ocasiões nasceu entre nós uma nova intimidade, diferente daquela de quando voltávamos a pé da escola. E tive a impressão de que com Carmen a relação também se tornava mais íntima. Depois percebi que ambos, cada qual a seu modo, estavam me pedindo mais. Aconteceu em duas circunstâncias, ambas ligadas à presença de Marcello na clínica. Geralmente minha irmã Elisa e o menino eram levados de carro para a clínica por um homem idoso chamado Domenico. Domenico os deixava na clínica e levava nosso pai de volta para o bairro. Mas às vezes era o próprio Marcello que acompanhava Elisa e Silvio. Numa manhã em que ele apareceu, Carmen estava comigo. Tinha certeza de que haveria tensão entre os dois, mas eles trocaram cumprimentos sem entusiasmo, mas também sem hostilidade, e ela circulou à sua volta como um animal pronto a aproximar-se ao primeiro sinal de favor. Quando ficamos a sós, ela me confidenciou em voz baixa, nervosíssima, que embora os Solara a detestassem, ela estava tentando ser amigável, tudo por amor ao irmão. Mas eu — exclamou — não aguento, Lenu, eu odeio eles, queria estrangulá-los, é só por necessidade. Então me perguntou: como você se comportaria em meu lugar?

Também com Alfonso aconteceu algo do gênero. Numa manhã em que ele me acompanhou até a clínica, a certa altura Marcello apareceu e ele se assustou só de vê-lo. Porém Solara não se comportou de modo diferente do habitual: me cumprimentou com gentileza constrangida e fez um sinal a Alfonso, fingindo não ver a mão que ele lhe estendia mecanicamente. Para evitar atritos, levei meu amigo ao corredor com a desculpa de que precisava amamentar Imma. Uma vez fora do quarto, Alfonso murmurou: se um dia me matarem, saiba que foi Marcello. Respondi: não exagere. Mas ele estava tenso, começou a listar com sarcasmo as pessoas do bairro que o matariam de bom grado, gente que eu não conhecia e gente que eu conhecia. Na lista ele pôs até o irmão, Stefano (riu: *só come minha mulher para mostrar que na família não somos todos bichas*), e também Rino (riu: *desde que notou que eu posso parecer a irmã dele, faria comigo o que não pode fazer com ela*). Mas no topo ele sempre pôs Marcello, que, na sua opinião, era quem mais o odiava. Disse com uma mistura de satisfação e angústia: acha que Michele enlouqueceu por minha culpa. E acrescentou rindo: Lila me encorajou a ficar parecido com ela, aprecia o esforço que faço, gosta de ver como a deformo, está contente com o efeito que essa deformação provoca em Michele, e eu também estou contente. Depois se deteve e me perguntou: o que você acha?

Enquanto o ouvia, dava de mamar à menina. Ele e Carmen não achavam suficiente que eu morasse em Nápoles, que nos encontrássemos de vez em quando: queriam que eu me reintegrasse definitivamente ao bairro, pediam que eu ficasse ao lado de Lila na condição de nume tutelar, pressionavam para que agíssemos como divindades ora em acordo, ora em disputa, mas de todo modo atentas a suas dificuldades. Aquele pedido de maior envolvimento nas coisas deles, que a seu modo também Lila me fazia com frequência, e que em geral me parecia uma pressão inoportuna, naquela ocasião me comoveu, senti que se juntava à voz cansada de minha mãe quando me indicava com orgulho às conhecidas do bairro como uma parte importante de si. Apertei Imma contra o peito e ajeitei sua manta para protegê-la das correntes de ar.

66.

Os únicos que nunca apareceram na clínica foram Nino e Lila. Nino foi explícito: não tenho nenhuma vontade de encontrar aquele camorrista, disse, lamento por sua mãe, diga que mandei lembranças, mas não posso acompanhar você. Às vezes eu me convencia de que era um pretexto para justificar seus sumiços, com mais frequência me parecia de fato magoado por ter feito tanto por minha mãe, enquanto eu e minha família acabamos seguindo os Solara. Expliquei a ele que se tratava de uma engrenagem difícil, lhe disse: Marcello não tem nada com isso, só aceitamos o que deixava nossa mãe mais satisfeita. Mas ele resmungou: assim Nápoles nunca vai mudar.

Quanto a Lila, não se pronunciou sobre a transferência para a clínica. No entanto continuou a me ajudar, mesmo podendo parir a qualquer momento. Eu me sentia em culpa, dizia: não se preocupe comigo, você precisa ficar de resguardo. Nada disso — me respondia, apontando a barriga com uma expressão entre irônica e preocupada —, ainda demora, nem eu nem ele estamos com vontade. Assim que eu precisava de algo, ela vinha correndo. Claro, nunca se ofereceu para me acompanhar de carro até Capodimonte, como Carmen e Alfonso faziam. Mas, se as meninas tivessem um pouco de febre e eu não pudesse mandá-las à escola — como ocorreu algumas vezes nas três primeiras semanas de vida de Immacolata, que foram de frio e chuva —, ela se mostrava disponível, deixava Enzo e Alfonso à frente do trabalho e subia até via Tasso para cuidar das três.

Eu ficava contente, o tempo que Dede e Elsa passavam com Lila era sempre proveitoso. Ela sabia como aproximar as duas irmãs da terceira, sabia responsabilizar Dede, sabia manter Elsa sob controle, sabia acalmar Imma sem recorrer à chupeta, como Mirella fazia sempre. O único problema era Nino. Temia acabar descobrindo que ele — sempre ocupado quando eu estava sozinha — conseguisse milagrosamente achar tempo de ir em socorro de Lila quando ela estivesse com as meninas. Por isso, num canto escondido de mim, eu nunca estava de fato tranquila. Lila chegava, eu lhe fazia mil recomendações, anotava num papel o número da clínica, deixava minha vizinha avisada para qualquer necessidade e saía correndo para Capodimonte. Ficava com minha mãe não mais que uma hora e depois escapava para chegar a tempo de dar de mamar e fazer a comida. Mas às vezes, no caminho de volta, imaginava num lampejo que chegava em casa e encontrava Nino e Lila juntos, conversando sobre tudo, como faziam em Ischia. Também tendia, naturalmente, a fantasias mais insuportáveis, mas as rechaçava imediatamente, horrorizada. O temor mais persistente era outro e, enquanto eu corria de carro, me parecia o mais fundado. Conjeturava que, no momento em que Nino estivesse ali, ela sentisse as dores do parto, de modo que ele tivesse de levá-la à clínica com urgência, deixando Dede assumir assustada o papel de mulher responsável, Elsa mexendo na bolsa de Lila para furtar algo, e Imma gritando no berço, torturada pela fome e pelas assaduras.

E ocorreu algo desse tipo, mas sem que Nino estivesse presente. Certa manhã, voltei para casa pontualmente em torno do meio-dia e descobri que Lila estava ausente, tinha começado o trabalho de parto. Senti uma angústia insuportável. Ela temia acima de tudo o tremor e a torção da matéria, odiava qualquer forma de mal-estar, detestava a cavidade das palavras quando se esvaziavam de todo sentido possível. Por isso rezei para que aguentasse.

67.

Sei do parto por duas fontes; por ela e por nossa obstetra. Ponho aqui os relatos na sequência e faço o resumo da situação com minhas palavras. Estava chovendo. Meu parto ocorrera uns vinte dias antes. Minha mãe estava na clínica havia umas duas semanas e, quando eu não ia visitá-la, chorava feito uma menina desesperada. Dede estava um pouco febril, Elsa se recusava a ir para a escola dizendo que queria cuidar da irmã. Carmen não estava disponível, nem Alfonso. Telefonei para Lila e fiz as recomendações de praxe: se não estiver se sentindo bem, se precisar trabalhar, não se incomode, eu acho outra solução. Ela rebateu a seu modo zombeteiro que estava ótima e disse que quem é patrão delega o trabalho e tira todo o tempo que quer. Amava as duas meninas, mas gostava especialmente de cuidar de Imma na companhia delas, era uma brincadeira que dava alegria às quatro. Já estou saindo, disse. Calculei que chegaria no máximo em uma hora, mas demorou mais. Esperei um pouco e, como sabia que ela sempre mantinha a palavra, disse à vizinha: é questão de minutos — então deixei as meninas com ela para ir ver minha mãe.

Mas Lila estava atrasada por uma espécie de presságio do corpo. Mesmo não tendo contrações, se sentia indisposta e, por precaução, preferiu ir para minha casa acompanhada de Enzo. Nem bem tinha entrado quando sentiu as primeiras dores. Telefonou imediatamente para Carmen pedindo que viesse dar uma mão à vizinha, e Enzo a levou para a clínica de nossa obstetra. As dores logo se tornaram violentíssimas, mas sem resultados, e o parto durou dezesseis horas.

A síntese que Lila me fez do episódio foi quase divertida. Não é verdade — disse — que só se sofre no primeiro filho e depois tudo é mais fácil: sempre há sofrimento. E desfiou uma série de argumentos ferozes e irônicos. Achava insensata aquela vontade de guardar o filho no ventre e, ao mesmo tempo, querer expeli-lo. É ridículo — disse — que essa adorável hospitalidade de nove meses seja seguida por uma ânsia de expulsar o hóspede da maneira mais violenta. Sacudia a cabeça indignada com a incoerência do mecanismo. Coisa de louco — exclamou recorrendo ao italiano —, é o próprio organismo que se rebela contra você, ou melhor, se revolta até se tornar o pior inimigo de si, até atingir a pior dor que existe. Ela experimentara por horas e horas chamas frias e afiadas na base da barriga, um fluxo insuportável de dor que a esmagava brutalmente no fundo do ventre e depois recuava, arrombando-lhe os rins. Vamos — ironizou —, você é uma mentirosa, onde está a bela experiência. E jurou, dessa vez séria, que nunca mais engravidaria.

Porém, segundo a obstetra — que uma noite Nino convidara para jantar com o marido —, o parto tinha corrido normalmente, outra mulher teria dado à luz sem se queixar tanto. O que o complicou foi apenas a cabeça agitada de Lila. A médica tinha ficado muito nervosa. Você faz o contrário do que precisa — a censurara —, você segura quando deve empurrar para fora: vamos, força, empurre. Segundo ela — que agora nutria uma evidente aversão pela paciente e ali, em minha casa, durante o jantar, não fez nada para ocultá-la, ao contrário, a exibiu de modo cúmplice, especialmente a Nino —, Lila tinha feito de tudo para não dar à luz o bebê. Segurava-o com todas as forças e, enquanto isso, estertorava: corte minha barriga, tire ele daqui, eu não consigo. E, como ela continuava encorajando-a, Lila passou a lhe gritar insultos vulgaríssimos. Estava ensopada de suor, nos disse a obstetra, tinha sob a grande fronte olhos sangrentos e gritava: você fala, dá ordens, mas fique aqui no meu lugar, cretina, empurre você o menino se for capaz, ele está me matando.

Fiquei irritada e disse à doutora: você não devia nos contar essas coisas. Ela se aborreceu ainda mais e exclamou: conto porque estamos entre amigos. Mas depois, mordida, assumiu o tom do médico e disse com gravidade artificiosa que, se gostávamos de Lila, devíamos (referia-se a Nino e a mim, naturalmente) ajudá-la a se concentrar em algo que realmente lhe desse satisfação, do contrário, com sua mente bailarina (expressou-se exatamente assim), arranjaria encrencas para si e para os que estivessem à sua volta. Por fim reiterou que tinha assistido na sala de parto a uma luta contra a natureza, um embate terrível entre uma mãe e sua criatura. Foi — asseverou — uma experiência de fato desagradável.

O bebê era uma menina, menina, e não menino, como todos tinham vaticinado. Quando saiu, e mesmo quando ainda estava na clínica, Lila, apesar de aniquilada, me mostrou a filha com orgulho. Perguntou:

"Imma pesava quanto?"

"Três quilos e duzentos."

"Nunzia pesa quase quatro quilos: a barriga era pequena, mas ela é grande."

Realmente deu o nome da mãe à menina. E para não contrariar Fernando, o pai, que com a velhice se tornara mais irascível que na juventude, nem os parentes de Enzo, batizou-a depois na igreja do bairro e fez uma grande festa na sede da Basic Sight.

68.

As meninas logo se tornaram uma ocasião para estarmos mais juntas. Lila e eu nos telefonávamos, nos encontrávamos para passear com as recém-nascidas, falávamos sem parar não mais de nós, mas delas. Ou pelo menos assim nos parecia. Na verdade, a nova riqueza e complexidade da relação começou a manifestar-se por uma atenção recíproca às nossas duas filhas. Comparávamos os bebês em cada detalhe como para nos assegurarmos de que o bem-estar ou o mal-estar de uma fosse o espelho nítido no bem-estar ou mal-estar da outra e, assim, pudéssemos prontamente intervir para consolidar o primeiro e eliminar o segundo. Trocávamos informações sobre tudo o que nos parecia bom e útil para um crescimento saudável, empenhando-nos numa espécie de competição virtuosa para ver quem descobria a melhor nutrição, a fralda mais confortável, o creme mais eficaz contra assaduras. Não havia roupinha comprada para Nunzia — mas agora a chamava de Tina, apelido derivado de Nunziatina — que não fosse comprada por Lila também para Imma, e eu fazia o mesmo, dentro de minhas possibilidades econômicas. Tina vai ficar bem com esse macacão, e comprei um também para Imma — ela dizia —, Tina vai ficar bem com esses sapatinhos, e comprei um par também para Imma.

"Percebeu", perguntei a ela um dia, rindo, "que você deu o nome de minha boneca ao bebê?"

"Que boneca?"

"Tina, não se lembra?"

Pôs a mão na testa como se tivesse dor de cabeça e disse: "É mesmo, mas não fiz de propósito."
"Era uma boneca bonita, eu gostava dela."
"Minha filha é mais bonita."
Enquanto isso as semanas corriam, e já despontavam os perfumes da primavera. Certa manhã minha mãe piorou, houve um momento de pânico. Como agora nem para meus irmãos os médicos da clínica pareciam à altura, ventilou-se a hipótese de transferi-la de volta ao hospital. Conversei com Nino para saber se, com a ajuda dos médicos que seu sogro conhecia e que tinham tratado de minha mãe anteriormente, era possível evitar a enfermaria e conseguir um quarto individual. Mas Nino disse que era contrário a recomendações ou solicitações, que no serviço público o tratamento devia ser igual para todos, e terminou resmungando de mau humor: neste país é preciso parar de pensar que, até para uma vaga no hospital, é preciso participar de uma seita ou recorrer à Camorra. Evidentemente a birra dele era com Marcello, e não comigo, mas mesmo assim me senti humilhada. Por outro lado, tenho certeza de que no final ele me ajudaria caso minha mãe, mesmo sofrendo horrivelmente, não deixasse claro de todas as maneiras que preferia morrer com conforto a retornar a uma enfermaria, nem que fosse por algumas horas. Assim, numa manhã, para nossa surpresa, Marcello levou à clínica um dos especialistas que tinham tratado de nossa mãe. O professor, que quando trabalhava no hospital era bem hostil, foi extremamente cordial e voltou várias vezes, acolhido com deferência pelos médicos da clínica particular. As coisas melhoraram.

Mas logo o quadro clínico se complicou de novo. Naquela altura minha mãe reuniu todas as energias e fez duas coisas contraditórias, mas para ela igualmente importantes. Como justo naqueles dias Lila tinha encontrado um jeito de colocar Peppe e Gianni na empresa de um cliente dela em Baiano, mas eles não se interessaram pela oferta, ela — abençoando mil vezes minha amiga por sua generosidade — convocou os dois filhos homens e, durante um encontro demorado, tornou-se pelo menos por alguns minutos o que tinha sido no passado. Armou uns olhos furiosos e ameaçou persegui-los do reino dos mortos se não aceitassem aquele trabalho: enfim, os fez chorar, os reduziu a cordeirinhos e só os liberou quando teve a certeza de que tinham se rendido. Então passou a uma ofensiva de sinal oposto. Convocou Marcello, de quem acabara de tirar Peppe e Gianni, e o fez jurar solenemente que se casaria com sua filha menor antes que ela fechasse os olhos para sempre. Marcello lhe prometeu, disse que ele e Elisa só haviam adiado o casamento porque esperavam a recuperação dela e, agora que a recuperação estava próxima, providenciaria imediatamente os papéis. Nesse momento minha mãe se iluminou. Não fazia nenhuma distinção entre a potência que atribuía a Lila e a que atribuía a Marcello. Tinha pressionado ambos e estava feliz por ter garantido o bem de seus filhos junto às pessoas mais importantes do bairro, ou seja, segundo ela, do mundo.

Por uns dois dias gozou de uma sossegada alegria. Numa das visitas levei Dede, que ela amava muito, e a deixei carregar Imma no colo. Conseguiu demonstrar afeto até por Elsa, a quem nunca devotou simpatia. Olhei para ela, era uma velhinha grisalha e enrugada apesar de não ter cem anos, mas sessenta. Senti pela primeira vez o choque do tempo, a força que estava me impelindo para os quarenta, a velocidade com que a vida se consumava, a concretude da exposição à morte: *se está acontecendo com ela*, pensei, *não há saída, vai acontecer comigo também*.

Certa manhã, quando Imma tinha pouco mais de dois meses, minha mãe me falou brandamente: Lenu, agora estou contente de verdade, só me preocupo por você; mas você é você e sempre soube pôr as coisas no lugar, do jeito que queria, por isso confio. Depois começou a dormir e entrou em coma. Resistiu ainda alguns dias, não queria morrer. Lembro que estava em seu quarto com

Imma e o estertor da agonia não parava nunca, agora já fazia parte dos rumores da clínica. Meu pai, que não aguentava mais ouvir aquilo, ficou em casa chorando naquela noite. Elisa tinha levado Silvio para tomar ar no pátio, meus irmãos fumavam numa saleta a poucos passos. Fixei longamente aquele relevo inconsistente sob o lençol. Minha mãe se reduzira a quase nada, no entanto tinha sido realmente um estorvo, pesara sobre mim fazendo com que eu me sentisse como um verme debaixo da pedra, protegida e esmagada. Desejei que sua agonia terminasse imediatamente, agora, e para meu espanto foi o que aconteceu. De repente o quarto ficou silencioso. Esperei, não tive forças para me levantar e ir até ela. Depois a língua de Imma estalou e o silêncio se rompeu. Deixei a cadeira, me aproximei da cama. Nós duas — eu e a pequena, que no sono estava buscando avidamente meu mamilo para sentir-se ainda parte de mim — éramos, naquele espaço de doença, tudo o que de vivo e de são ainda permanecia dela.

Naquele dia, não sei por que, eu tinha posto o bracelete que ela me dera mais de vinte anos atrás. Não o usava fazia tempo, em geral punha joias finas, às quais Adele me acostumara. Desde então o coloco com frequência.

69.

Foi difícil aceitar a morte de minha mãe. Mesmo não tendo derramado uma lágrima, senti uma dor que durou por muito tempo e que talvez nunca tenha realmente passado. Eu sempre a considerara uma mulher insensível e vulgar, que eu temera e de quem havia fugido. Logo depois do enterro, me senti como nas vezes em que cai um forte temporal de repente, você olha ao redor e não encontra onde se abrigar. Durante semanas eu a enxergava e ouvia em toda parte, de noite e de dia. Era um vapor que, na minha imaginação, continuava queimando sem pavio. Sentia saudades do modo diferente de estarmos juntas que descobrimos ao longo de sua doença, tentava prolongá-lo recuperando lembranças positivas de quando eu era pequena, e ela, jovem. Meu sentimento de culpa queria forçá-la a durar. Recolocava em minhas gavetas uma de suas presilhas, um lenço, tesouras, mas todos me pareciam objetos insuficientes, até o bracelete era muito pouco. Talvez tenha sido por isso que, tendo minha gravidez ressuscitado a fisgada na anca — o que perdurou mesmo depois do parto —, preferi não procurar um médico. Cultivei aquele incômodo como um espólio guardado em meu próprio corpo. As palavras que ela me disse já no final (*você é você, confio*) também me acompanharam por muito tempo. Morrera convencida de que, pela minha maneira de ser, pelos recursos que eu tinha acumulado, nunca seria abatida por nada. Essa ideia operou dentro de mim e acabou me ajudando. Decidi confirmar que ela não estava enganada. Recomecei disciplinadamente a cuidar de mim. Voltei a usar cada fragmento de tempo livre para ler e escrever. Perdi ainda mais o interesse pela política miúda — não conseguia de jeito nenhum me entusiasmar pelas tramas dos cinco partidos de governo e suas brigas com os comunistas, coisa que agora Nino fazia ativamente —, mas continuei acompanhando atentamente a deriva corrupta e violenta do país. Acumulei leituras feministas e, ainda fortalecida pelo pequeno sucesso de meu último livro, propus artigos para as novas revistas voltadas para mulheres. Mas devo admitir que grande parte de meus esforços foram sobretudo para convencer a editora de que meu novo romance já estava avançado.

Uns dois anos antes, eles me pagaram a metade de um bom adiantamento, mas nesse meio-tempo eu tinha feito bem pouco, me arrastava, ainda estava em busca de uma história. O diretor editorial, que era o responsável por aquele adiantamento generoso, nunca tinha feito pressão, se informava discretamente e, se eu me esquivava porque dizer em que pé as coisas estavam me parecia indigno, ele me deixava sair pela tangente. Depois houve um pequeno episódio desagradável. Apareceu no *Corriere della Sera* um artigo um tanto irônico que, depois de alguns elogios a um romance de estreia de discreto sucesso, aludia às promessas não cumpridas da nova literatura italiana e citava meu nome. Dias depois o diretor, que participaria de um congresso pomposo, veio a Nápoles e pediu um encontro comigo.

Logo fiquei preocupada com o tom sério. Em quase quinze anos ele nunca se valera de sua posição, tinha tomado minha defesa contra Adele, sempre me tratou com cordialidade. Com fingida alegria o convidei para jantar na casa da via Tasso, o que me custou esforço e ansiedade, mas também o fiz porque Nino queria lhe propor uma nova coletânea de ensaios.

O diretor se mostrou gentil, mas não afetuoso. Deu os pêsames por minha mãe, elogiou Imma, deu dois livrinhos muito coloridos a Dede e Elsa e esperou pacientemente que eu me virasse entre o jantar e as meninas, enquanto Nino o entretinha sobre seu possível livro. Quando chegamos à sobremesa, ele foi direto ao motivo do encontro: quis saber se podíamos programar o lançamento do meu romance para o próximo outono. Enrubesci:

"Outono de 1982?"

"Outono de 1982."

"Talvez sim, mas só vou poder confirmar mais adiante."

"Você precisa confirmar logo."

"Ainda estou longe do final."

"Você poderia me dar algo para ler."

"Não me sinto pronta."

Silêncio. Bebeu um gole de vinho e disse num tom grave:

"Até agora você teve muita sorte, Elena. O último livro se saiu especialmente bem, você é apreciada, conquistou um número razoável de leitores. Mas os leitores precisam ser cultivados. Se você os perder, perderá a possibilidade de publicar outros livros."

Fiquei chateada. Percebi que Adele, de tanto insistir, também abrira uma brecha naquele homem tão culto e gentil. Imaginei as palavras da mãe de Pietro, sua escolha de termos — é uma sulista traiçoeira que, por trás da aparência simpática, trama enganos pérfidos —, e me detestei porque estava confirmando para aquele homem que eu era assim mesmo. Diante da sobremesa, com poucas frases bruscas, o diretor liquidou a proposta de Nino e disse que era um momento ruim para livros de ensaio. O mal-estar aumentou, ninguém sabia mais o que dizer, falei de Imma até quando a visita olhou o relógio e balbuciou que precisava ir embora. Naquela altura não resisti e lhe disse:
"Tudo bem, lhe darei o romance a tempo de sair no outono."

70.

Minha promessa acalmou o diretor. Entreteve-se ali mais uma hora, falou disso e daquilo, esforçou-se para ser mais disponível com Nino. Por fim me abraçou, dizendo em meu ouvido: tenho certeza de que você está escrevendo uma história magnífica — e foi embora.
Assim que fechei a porta, exclamei: Adele continua movendo uma guerra contra mim, a situação é complicada. Mas Nino não concordou. A possibilidade — ainda que mínima — de ver seu livro publicado o tranquilizou. Além disso, tinha estado recentemente em Palermo para o congresso do Partido Socialista e, naquela ocasião, encontrou tanto Guido quanto Adele, e o professor manifestou apreço por seus trabalhos mais recentes. Por isso disse conciliador:
"Não exagere com as conjuras dos Airota. Viu como bastou você prometer que trabalharia firme para as coisas mudarem da água para o vinho?"
Brigamos. Tinha acabado de prometer um livro, é verdade, mas como, quando poderia escrevê-lo com a concentração e a

continuidade necessárias? Ele se dava conta do que tinha sido, do que ainda era minha vida? Listei ao acaso a doença e a morte de minha mãe, os cuidados com Dede e Elsa, os afazeres domésticos, a gravidez, o nascimento de Imma, o desinteresse dele pela menina, aquele vaivém de um congresso a outro cada vez mais sem minha presença, e o desgosto, sim, o desgosto de ter que dividi--lo com Eleonora. *Eu* — gritei para ele —, *eu* estou prestes a me divorciar de Pietro, e você nem sequer aceitou se separar. Eu podia trabalhar assim, entre tantas tensões, sozinha, sem nenhuma ajuda de sua parte? Mas a cena foi inútil, Nino reagiu como sempre. Assumiu um ar deprimido e murmurou: você não entende, não consegue entender, está sendo injusta — e jurou em tom lamentoso que me amava e que não podia prescindir de Imma, das meninas, de mim. Por fim se ofereceu para me pagar uma empregada doméstica.

Já em outras ocasiões ele me encorajara a encontrar uma pessoa que cuidasse da casa, das compras, da cozinha, das meninas, mas, para não parecer que eu estava com pretensões excessivas, sempre respondi que não queria pesar financeiramente mais do que o devido. Geralmente eu tendia a dar peso não ao que me favorecia, mas ao que ele poderia apreciar. De resto, não queria aceitar que em nossa relação estivessem aflorando problemas já vividos com Pietro. Mas daquela vez, para surpresa dele, falei de imediato: sim, tudo bem, me encontre essa mulher o mais rápido possível. E tive a impressão de falar com a voz de minha mãe, não a da mulher frágil dos últimos tempos, mas a da combativa. Quem se importava com a despesa, eu queria cuidar de meu futuro. E meu futuro era pôr de pé um romance em poucos meses. E esse romance teria de ser muito bom. E nada, nem mesmo Nino, devia me impedir de fazer bem meu trabalho.

71.

Fiz um balanço da situação. Os dois livros anteriores, que por anos tinham rendido certo dinheiro graças também às traduções, nos últimos tempos estavam parados. O adiantamento que eu recebera pelo meu próximo livro, e que eu ainda não honrara, estava perto de terminar. Os artigos que escrevia trabalhando até tarde da noite rendiam pouquíssimo ou nem sequer eram pagos. Em suma, eu vivia com a pensão que Pietro depositava pontualmente todo mês e que Nino complementava, assumindo o aluguel da casa, os boletos e — devo admitir — dando de presente a mim e às meninas roupas com que nos vestir. Mas, enquanto tive de enfrentar todas as mudanças, os incômodos e os sofrimentos que se seguiram a meu retorno a Nápoles, tive a impressão de que era justo que fosse assim. Já agora — depois daquela noite — decidi que era urgente me tornar o mais autônoma possível. Precisava escrever e publicar com regularidade, precisava consolidar minha fisionomia de autora, precisava receber. E o motivo não era a vocação literária, o motivo tinha a ver com o futuro: eu de fato pensava que Nino se incumbiria para sempre de mim e de minhas filhas?

Foi então que uma parte de mim — só uma parte — começou a admitir conscientemente, sem grandes sofrimentos, que era possível não contar muito com ele. Não se tratou apenas do velho medo de que me deixasse, me pareceu uma redução brusca do campo visual. Parei de olhar para longe, passei a pensar que, no imediato, não podia esperar de Nino mais do que ele já me dava, e que devia decidir se isso me bastava.

Continuei a amá-lo, naturalmente. Gostava de seu corpo longo e delgado, de sua inteligência metódica. E tinha uma grande admiração por seu trabalho. A velha habilidade em colher dados e interpretá-los se transformara numa competência muito solicitada. Havia pouco publicara um trabalho elogiadíssimo — talvez fosse o que tanto tinha agradado a Guido — sobre a crise econômica e sobre os movimentos cársticos dos capitais que, de filões todos por explorar, foram se deslocando para o setor da construção, as finanças, as redes privadas de TV. No entanto, algo nele começava a me aborrecer. Por exemplo, me senti mal ao ver a alegria por ter caído de novo nas graças de meu ex-sogro. E não gostei de como tinha recomeçado a distinguir Pietro — *um professorzinho desprovido de imaginação, superestimado apenas pelo sobrenome que tem e por sua obtusa militância no Partido Comunista* — do pai dele, o *verdadeiro* professor Airota, que elogiava sem meios-termos como autor de volumes fundamentais sobre o helenismo e como um combativo expoente da esquerda socialista. Além disso, me senti ferida por sua renovada simpatia em relação a Adele, definida com insistência como uma senhora notável, extraordinária nas relações públicas. Em resumo, ele me parecia sensível demais ao consenso de quem gozava de autoridade, pronto a passar para trás — e às vezes humilhar por inveja — quem ainda não tinha suficiente prestígio e quem ainda não tinha nenhum, mas poderia vir a ter. Isso estragava a imagem que eu sempre fizera dele, e que ele mesmo em geral se atribuía.

E não foi só. O clima político e cultural estava mudando, outras leituras iam se impondo. Todos tínhamos deixado de lado os discursos radicais, e até eu me surpreendia concordando com posições que anos antes tinha criticado em Pietro por mero desejo de contradizê-lo, por necessidade de brigar. Mas Nino se excedia, agora achava ridícula não só qualquer afirmação subversiva, mas também todo posicionamento ético, toda exibição de pureza. Me dizia com ar gozador:

"Há muita freirinha por aí."

"Como assim?"

"Gente que se escandaliza, como se não se soubesse que ou os partidos fazem o trabalho deles, ou surgem os grupos armados e as lojas maçônicas."

"O que você quer dizer com isso?"

"Quero dizer que um partido não pode ser senão um distribuidor de favores em troca de consenso, os ideais fazem parte da decoração."
"Bem, nesse caso eu sou uma freirinha."
"Isso eu já sei."
Comecei a achar desagradável sua ânsia de ser politicamente surpreendente. Quando organizava jantares em minha casa, constrangia suas visitas defendendo pela esquerda posições de direita. Os fascistas — afirmava — nem sempre dizem coisas erradas, é preciso aprender a dialogar com eles. Ou então: vamos parar com a denúncia pura e simples, é preciso sujar as mãos caso se queira mudar as coisas. Ou ainda: a justiça deve ser imediatamente submetida às razões de quem tem a tarefa de governar, a menos que se queira que os juízes se tornem verdadeiras minas ambulantes, perigosas à manutenção do sistema democrático. Ou mais: é preciso congelar os salários, o sistema de escala móvel é um desastre para a Itália. Se alguém intervinha contra ele, logo se tornava desdenhoso, ria, dava a entender que não valia a pena discutir com pessoas bitoladas, que só tinham velhos slogans na cabeça.

Para não me alinhar contra ele, limitei-me a um silêncio incomodado. Adorava as areias movediças do presente, o futuro para ele se decidia ali. Sabia de tudo o que ocorria nos partidos e no parlamento, dos movimentos internos ao capital e à organização do trabalho. Quanto a mim, lia com afinco apenas o que dizia respeito a episódios truculentos, os sequestros e os atentados dos grupos armados vermelhos, o debate sobre o declínio da centralidade operária, a individuação de novos sujeitos antagônicos. Consequentemente me via mais inserida na linguagem dos outros comensais que na dele. Certa noite, brigou com um amigo que ensinava na Faculdade de Arquitetura. Estava inflamado de paixão, todo desgrenhado, lindo.

"Vocês não são capazes de distinguir entre um passo adiante, um passo atrás e ficar parado."

"O que é um passo adiante?", perguntou o amigo.
"Um presidente de conselho que não seja o democrata-cristão de sempre."
"E ficar parado?"
"Uma manifestação de metalúrgicos."
"E um passo atrás?"
"Perguntar quem são mais limpos, os socialistas ou os comunistas."
"Você está se tornando cínico."
"Já você sempre foi um imbecil."
Não, Nino já não me convencia como antigamente. Expressava-se — não sei como dizer — de modo provocador e ao mesmo tempo opaco, como se justo ele, que exaltava a visão de longo alcance, agora só tivesse olhos para os movimentos e contramovimentos cotidianos de uma gestão que para mim, para seus próprios amigos, parecia podre desde os fundamentos. Chega, insistia, vamos parar com a aversão infantil ao poder, é preciso estar nos lugares onde as coisas nascem e morrem: partidos, bancos, televisões. E eu o escutava, mas, quando se dirigia a mim, baixava o olhar. Não escondia mais de mim mesma que a conversão dele em parte me entediava, em parte me dava a impressão de assinalar uma inconsistência que o arrastava para baixo.

Uma vez ele estava falando aquelas coisas a Dede, que precisava fazer não sei que pesquisa complicada a pedido da professora. Para mitigar o pragmatismo dele, falei:

"O povo, Dede, tem sempre a possibilidade de mandar tudo pelos ares."

"Mamãe", replicou ele com ar benévolo, "gosta de inventar histórias, o que é um lindo trabalho. Mas sabe pouco sobre como funciona o mundo em que vivemos e, então, toda vez que há algo que não lhe agrada, recorre a uma palavrinha mágica: vamos mandar tudo pelos ares. Diga a sua professora que é preciso pôr para funcionar o mundo que existe."

"Como?", perguntei.

"Com as leis."

"Mas se você mesmo disse que é preciso controlar os juízes." Balançou a cabeça descontente comigo, do mesmo modo que Pietro fazia noutros tempos. "Vá escrever seu livro", disse, "depois não vá se queixar de que não consegue trabalhar por culpa nossa." Prosseguiu com uma aulinha para Dede sobre a divisão dos poderes, que escutei em silêncio e concordei de A a Z.

72.

Quando estava em casa, Nino encenava um ritual irônico em companhia de Dede e Elsa. Todos me arrastavam até o quartinho onde eu tinha minha escrivaninha e me ordenavam taxativamente que começasse a trabalhar, fechando-me lá dentro e gritando-me em coro caso eu ousasse abri-la.

Em geral, quando tinha tempo, se mostrava muito disponível com as meninas. Tanto com Dede, que julgava muito inteligente, mas rígida demais, quanto com Elsa, que o divertia pela falsa aquiescência sob a qual fermentavam malícia e esperteza. Mas o que torci para que ocorresse jamais aconteceu: ele não se vinculou à pequena Imma. Brincava com ela, é claro, e às vezes parecia se divertir de verdade. Por exemplo, latia com Dede e Elsa em torno dela para induzi-la a pronunciar au-au. Eu os ouvia uivar pela casa enquanto tentava inutilmente rabiscar algum apontamento, e se Imma por puro acaso extraía do fundo da garganta um som indistinto parecido com *au*, Nino estrilava em uníssono com as meninas: ela falou, ela falou, excelente, au. Mas nada além disso. Na verdade, se servia da menina como uma boneca para entreter Dede e Elsa. Nas vezes cada vez mais raras em que passava um domingo conosco e o tempo estava bom, ia com elas e Imma à Floridiana, encorajando-as a empurrar o carrinho da irmã pelas alamedas da Villa. Quando voltavam para casa, os quatro estavam alegres. Mas me bastavam poucas palavras para intuir que Nino abandonava Dede e Elsa ao papel de mães de Imma e ia conversar com as mães verdadeiras do Vomero, que levavam os filhos para tomar sol e ar fresco. Com o tempo eu me habituara cada vez mais à sua propensão irrefletida em seduzir, a considerava uma espécie de tique. Acostumara-me sobretudo à maneira como ele atraía as mulheres de imediato. Mas a certa altura algo se deteriorou também nesse campo. Começou a saltar-me aos olhos que o número de suas amigas era impressionante, e que todas ficavam como encantadas na sua presença. Conhecia bem aquele fascínio, não me surpreendia. Estar ao lado dele dava a impressão de ser visível sobretudo a si mesma, e você ficava contente. Então era natural que todas aquelas garotas, mas também senhoras maduras, se afeiçoassem a ele — e, mesmo sem excluir o desejo sexual, não o achava uma razão necessária. Ficava perplexa diante da frase pronunciada tempos atrás por Lila: *na minha opinião, não é nem mesmo seu amigo*, e tentava o mais raramente possível convertê-la na pergunta: essas mulheres são amantes dele? Por isso não foi a hipótese de que me traísse o que mais me perturbou, mas outra coisa. Me convenci de que Nino encorajava naquelas pessoas uma espécie de impulso materno a fim de que fizessem, no limite do possível, o que lhe pudesse ser útil.

Pouco depois do nascimento de Imma as coisas começaram a melhorar cada vez mais para ele. Quando aparecia, me contava orgulhoso seus sucessos, e eu logo tive de me dar conta de que, assim como sua carreira no passado dera um salto graças à família da esposa, agora também, por trás de cada novo cargo que lhe era atribuído, havia a mediação de uma mulher. Uma delas lhe arranjara uma coluninha quinzenal no *Mattino*. Outra o sugeriu para a conferência de abertura de um importante congresso em Ferrara. Uma terceira o colocara no conselho diretor de uma revista de Turim. E outra ainda — originária da Filadélfia e casada com um oficial da Otan sediado em Nápoles — indicara recentemente seu nome para que figurasse entre os consultores de uma fundação americana. A lista de favores se alongava continuamente. De resto, eu mesma não o ajudara a publicar um livro por uma editora importante? Não estava tentando que publicassem outro? E, pensando bem, na origem de seu prestígio como estudante de liceu não houve a professora Galiani?

Comecei a estudá-lo enquanto ele se empenhava em sua carreira de sedutor. Convidava com frequência senhoras jovens e não tão jovens para jantar em casa, sozinhas ou acompanhadas dos respectivos maridos ou companheiros. Naquelas ocasiões, eu observava com certa ânsia como ele sabia lhes dar espaço: ignorava quase completamente as visitas do sexo masculino, colocava as mulheres no centro das atenções, às vezes dava destaque a uma em particular. Por noites e noites assisti a conversas que, mesmo ocorrendo na presença de outras pessoas, ele sabia conduzir como se estivesse a sós, num tête-à-tête, com a única senhora que naquele momento parecia lhe interessar. Não dizia nada de alusivo ou comprometedor, só fazia perguntas.

"E o que houve depois?"

"Fui embora de casa. Deixei Lecce aos dezoito anos, e Nápoles não foi uma cidade fácil."

"Onde você morava?"

"Num apartamento decadente da via dei Tribunali, com outras duas garotas. Não havia um canto tranquilo onde eu pudesse estudar."

"E os homens?"

"Nada de homens."

"Deve ter havido algum."

"Para minha desgraça, houve um, e está aqui presente, me casei com ele."

Embora a senhora tivesse posto o marido na berlinda quase para incluí-lo na conversa, ele o ignorava e continuava falando com sua voz aveludada. Nino tinha uma genuína curiosidade pelo universo feminino. Mas — isso agora eu sabia muito bem — não se parecia nem um pouco com os homens que, naqueles anos, davam a entender que haviam cedido ao menos um pouco de seus privilégios. Eu pensava não só em professores, arquitetos e artistas que frequentavam nossa casa e ostentavam uma espécie de feminilização nos comportamentos, nos sentimentos, nas opiniões; mas também no marido de Carmen, Roberto, que era extremamente solícito, e Enzo, que sem hesitar teria sacrificado todo seu tempo às necessidades de Lila. Nino se entusiasmava sinceramente pelo modo como as mulheres buscavam a si mesmas. Não havia jantar em que não repetisse que pensar *junto* com elas era, agora, a única saída para um verdadeiro pensar. Mas mantinha seus espaços e suas numerosas atividades bem protegidos, punha em primeiro lugar sempre e apenas a si mesmo, não cedia um instante de seu tempo.

Numa ocasião tentei desmenti-lo na frente de todos com ironia afetuosa:

"Não acreditem nele. No início me ajudava a tirar a mesa, a lavar os pratos; hoje não recolhe nem as meias do chão."

"Não é verdade", se insurgiu.

"É isso mesmo. Quer libertar as mulheres dos outros, mas a dele, não."

"Bem, sua libertação não deve necessariamente implicar a perda de minha liberdade."

Mesmo em frases desse tipo, ditas por brincadeira, reconheci de imediato, incomodada, ecos dos conflitos com Pietro. Por que eu implicara tanto com meu ex-marido e com Nino eu deixava passar? Pensava: talvez todo tipo de relação com os homens não possa senão reproduzir as mesmas contradições e, em certos ambientes, até as mesmas respostas satisfeitas. Mas depois dizia a mim mesma: não devo exagerar, em todo caso há diferenças, com Nino certamente é melhor.

Mas era assim mesmo? Me senti cada vez menos segura. Recordei o modo como, quando era nosso hóspede em Florença, me defendeu contra Pietro, e lembrei com prazer quanto me encorajara a escrever. E agora? Agora, que era urgente voltar a trabalhar a sério, já não me parecia capaz de instilar a confiança de antigamente. Com o passar dos anos as coisas tinham mudado. Nino sempre tinha suas urgências e, mesmo querendo, não podia se dedicar a mim. Para me agradar, se apressara em contratar para mim, por meio da mãe, uma tal de Silvana, uma mulher maciça de seus cinquenta anos, três filhos, o ar sempre alegre, muito ativa e excelente com as três meninas. Generosamente omitiu quanto pagava a ela e, depois de uma semana, me perguntou: tudo certo, está funcionando? Mas era evidente que considerava a despesa como uma autorização para não se preocupar comigo. Claro, era atencioso e se informava pontualmente: está escrevendo? Mas parava por aí. A centralidade que meu esforço de escrita tivera no início de nossa relação desaparecera. E não era só isso. Eu mesma, com certo embaraço, não reconhecia mais nele a autoridade de antigamente. Ou seja, descobri que a parte de mim que se confessava poder contar bem pouco com Nino acabava também não sendo capaz de ver em cada palavra dele a aura flamejante que desde menina eu tinha a impressão de vislumbrar. Entregava-lhe para ler um fragmento ainda informe e ele exclamava: perfeito. Contava resumidamente uma trama e personagens que estava esboçando e ele: bonito, muito inteligente. Mas não me convencia, não acreditava nele, manifestava opiniões entusiásticas sobre o trabalho de mulheres demais. Sua frase recorrente depois de uma noitada com outros casais era quase sempre: que homem maçante, ela com certeza é melhor do que ele. Todas as suas amigas, justamente por serem suas amigas, lhe pareciam sempre extraordinárias. E o juízo sobre as mulheres em geral era na maioria das vezes complacente. Nino conseguia justificar até a obtusidade sádica das funcionárias dos correios, a rudeza inculta das professoras de Dede e Elsa. Enfim, não me sentia mais única: eu era um módulo que valia por todas. Mas, se para ele eu não era única, que ajuda sua opinião podia me dar, como podia extrair energia dela para trabalhar bem?

Certa noite, exasperada pelos elogios que ele fizera em minha presença a uma amiga bióloga, lhe perguntei:

"Será possível que não exista uma mulher idiota?"

"Eu não disse isso: disse que, no geral, vocês são melhores que nós."

"Eu sou melhor que você?"

"Mas com toda a certeza, e sei disso há muito, muito tempo."

"Tudo bem, acredito, mas pelo menos uma vez na vida você já encontrou uma cretina?"

"Sim."

"Diga o nome."

Eu já sabia o que ele iria responder, no entanto insisti, esperando que dissesse Eleonora. Esperei, ele ficou sério:

"Não posso."

"Diga."

"Se eu disser, você se chateia."

"Não me chateio."

"Lina."

73.

Se no passado eu acreditara um pouco naquela hostilidade recorrente em relação a Lila, agora aquilo me convencia cada vez menos, até porque com certa frequência, como acontecera noites atrás, Nino demonstrava um sentimento bem diferente. Ele estava tentando terminar um ensaio sobre o trabalho e a robotização na Fiat, e percebi que estava com dificuldades (*o que é exatamente um microprocessador, o que é um chip, como isso funciona na prática?*). Então lhe disse: fale com Enzo Scanno, ele é ótimo. Perguntou distraidamente: quem é Enzo Scanno? O companheiro de Lina, respondi. Ele falou com um meio-sorriso: se é assim, prefiro falar com Lina, que com certeza sabe mais do que ele. E, como se lhe voltasse à memória, acrescentou com uma ponta de ressentimento: Scanno não era o filho idiota da verdureira?

Aquele tom me marcou. Enzo era o fundador de uma pequena empresa inovadora, um verdadeiro milagre quando se pensa que a sede se encontrava no coração do bairro velho. Nino deveria demonstrar em relação a ele — justamente como estudioso — interesse e admiração. No entanto, graças ao imperfeito *era*, o reconduzira ao tempo da escola fundamental, à época em que ajudava a mãe na mercearia ou circulava na companhia do pai com o carreto, quando não tinha tempo para estudar nem para brilhar. Tinha retirado com fastio todos os méritos de Enzo, atribuindo-os a Lila. Foi assim que me dei conta de que, se o tivesse forçado a escavar bem fundo, por fim se descobriria que o maior exemplo de inteligência feminina — talvez seu próprio culto dessa inteligência, e até certos raciocínios seus que punham no topo de todos os desperdícios o desperdício dos recursos intelectuais das mulheres — remetia a Lila, e que, se nosso período de amor já estava declinando, o período de Ischia permaneceria sempre radiante para ele. O homem por quem eu tinha deixado Pietro é o que é — pensei — porque o encontro com Lila o remodelou assim.

74.

Essa ideia me ocorreu numa manhã gelada de outono, enquanto eu acompanhava Dede e Elsa à escola. Estava dirigindo distraída, e a ideia fincou raízes. Distingui o amor pelo menino do bairro, pelo estudante do liceu — um sentimento *meu*, que tinha por objeto um fantasma *meu*, concebido antes de Ischia —, da paixão avassaladora pelo jovem da livraria em Milão, pela pessoa que apareceu em minha casa em Florença. Eu sempre estabeleci um nexo entre esses dois blocos emotivos e no entanto, naquela manhã, tive a impressão de que o nexo não existia, de que a continuidade era um truque da razão. No meio — pensei — houve a fratura do amor por Lila, a fratura que deveria ter apagado Nino para sempre de minha vida, mas da qual eu não quis ter consciência. Então a quem eu me ligara, e quem eu amava ainda hoje?

Em geral era Silvana que acompanhava as meninas à escola. Eu, enquanto Nino ainda dormia, ia cuidar de Imma. Naquela ocasião, porém, organizara meu dia de tal modo que pudesse passar a manhã fora de casa, queria ver se achava na Biblioteca Nacional um velho exemplar de Roberto Bracco, *Nel mondo della donna*. Enquanto isso, ia avançando lentamente no tráfego matutino com aquele pensamento. Guiava, respondia às perguntas das meninas, voltava a um Nino dividido em duas partes, uma pertencente a mim, outra que me era estranha. Quando com mil recomendações deixei Dede e Elsa cada uma em sua escola, o pensamento se tornara imagem e, como frequentemente ocorria naquele período, se transformara no núcleo de uma possível narrativa. Poderia ser — disse a mim mesma, enquanto descia para a beira-mar — um romance em que uma mulher se casa com o homem por quem foi apaixonada desde a infância, mas, na primeira noite de núpcias, descobre que, se uma parte do corpo dele lhe pertence, a outra é fisicamente habitada por sua amiga de infância. Então, num segundo, tudo foi varrido por uma espécie de toque de alarme doméstico: tinha me esquecido de comprar as fraldas de Imma.

Acontecia muitas vezes de a cotidianidade irromper como uma bofetada, tornando irrelevante ou até ridícula qualquer fantasia tortuosa. Encostei o carro, irritada comigo. Estava tão cansada que, embora registrasse detalhadamente em um bloco as coisas urgentes a comprar, acabava me esquecendo da própria lista. Bufei, não conseguia nunca me organizar como devia. Nino tinha um importante encontro de trabalho, talvez já tivesse saído de casa, de todo modo era inútil contar com ele. E não podia mandar Silvana à farmácia deixando a menina sozinha em casa. Assim não havia mais fraldas, Imma não podia ser trocada e há dias vinha sofrendo com assaduras. Voltei à via Tasso. Corri à farmácia, comprei as fraldas, cheguei em casa ofegante. Tinha certeza de ouvir os gritos de Imma já do patamar da escada, no entanto abri a porta com a chave e entrei num apartamento silencioso.

Entrevi a menina na sala, estava sentada no cercadinho, brincando com um boneco. Me esgueirei sem que ela me visse, do contrário começaria a gritar para que a pegasse no colo, e eu queria entregar logo o pacote a Silvana e tentar ir para a biblioteca. Como ouvi um leve rebuliço vindo do banheiro principal (tínhamos um banheirinho usado geralmente por Nino, e um banheiro que eu e as meninas usávamos), pensei que Silvana o estivesse limpando. Fui até lá, a porta estava entreaberta, a empurrei. Na janela luminosa do grande espelho, vi primeiro a cabeça de Silvana inclinada para a frente e me chamou a atenção o risco do penteado no centro, as duas metades pretas do cabelo marcadas por muitos fios brancos. Depois me dei conta dos olhos fechados de Nino, a boca escancarada. Então, num relance, a imagem refletida e os corpos verdadeiros se integraram. Nino vestia uma regata, o resto do corpo nu, as pernas compridas arqueadas, os pés descalços. Silvana, curvada para a frente, com ambas as mãos apoiadas na pia, estava com a grande calcinha enrolada nos joelhos e o avental escuro erguido até a cintura. Enquanto lhe esfregava o sexo segurando sua barriga pesada com um braço, apertava o seio enorme que saltava do avental e do sutiã, batendo o ventre plano contra suas nádegas largas e muito brancas.

Puxei a porta com força justo quando Nino arregalava os olhos e Silvana erguia a cabeça num susto, lançando-me um olhar aterrorizado. Fui correndo buscar Imma no cercadinho e, enquanto Nino gritava: Elena, espere, eu já estava fora de casa, nem chamei o elevador, corri pelas escadas com a menina nos braços.

75.

Me refugiei no carro, girei a chave e, com Imma sentada em meus joelhos, arranquei. A menina parecia feliz, queria tocar a buzina como Elsa lhe ensinara, falava suas palavrinhas incompreensíveis alternando-as com gritos de alegria por estar perto de mim. Olhei sem rumo, só queria me afastar o máximo possível de casa. Por fim me vi em Sant'Elmo. Estacionei, desliguei o carro e descobri que não tinha lágrimas, estava apenas gelada de horror.

Não conseguia acreditar. Será que aquele Nino que eu flagrara enquanto socava seu sexo duro no sexo de uma mulher madura — uma mulher que arrumava minha casa, fazia as compras, cozinhava, cuidava de minhas filhas; uma mulher marcada pelo cansaço da sobrevivência, gorda, disforme, absolutamente distante das senhoras cultíssimas e elegantes que ele trazia para jantar — era o mesmo rapaz de minha adolescência? Durante todo o tempo em que dirigi às cegas, talvez sem sequer sentir o peso de Imma seminua, dando pancadinhas inúteis na buzina e me chamando com alegria, não consegui dar uma identidade estável a ele. Ao entrar em casa, me sentira como se de repente encontrasse a descoberto, dentro do meu banheiro, uma criatura estranha que, em geral, se mantinha oculta na casca do pai de minha terceira filha. O estranho tinha os traços de Nino, mas não era ele. Era o outro, aquele nascido depois de Ischia? Mas qual? Aquele que engravidara Silvia? O amante de Mariarosa? O marido de Eleonora, infiel e no entanto ligadíssimo a ela? O homem casado que tinha dito a mim, uma mulher casada, que me amava e me queria a qualquer custo? Por todo o percurso até o Vomero, tentei me agarrar ao Nino do bairro e do liceu, ao Nino terno e amoroso, para tirar de mim aquela repulsa. Somente quando parei em Sant'Elmo tornei a me lembrar do banheiro e do momento em que ele abriu os olhos e me viu no espelho, parada na soleira. Então tudo me pareceu mais claro. Não havia nenhuma cisão entre aquele homem surgido depois de Lila e o rapaz por quem — antes de Lila — eu me apaixonara desde a infância. Nino era um só, e testemunha disso era a expressão que trazia estampada no rosto enquanto estava dentro de Silvana. Era a expressão assumida por seu pai, Donato, não quando me desvirginara nos Maronti, mas quando me tocara entre as pernas, debaixo do lençol, na cozinha de Nella.

Portanto nada de estranho, e muito de asqueroso. Nino era aquilo que não gostaria de ser e, contudo, sempre tinha sido. Enquanto batia ritmicamente contra a bunda de Silvana e, com gentileza, se preocupava em lhe dar prazer, ele não estava mentindo; exatamente como não mentia quando me fazia um mal e depois se lamentava, se desculpava, me implorava que o perdoasse, jurava me amar. *Ele é assim*, disse a mim mesma. Mas isso não me consolou. Ao contrário, senti que o horror, em vez de se atenuar, encontrava um refúgio ainda mais sólido naquela constatação. Por fim, uma mornidão líquida se espalhou até os joelhos. Despertei: Imma estava nua e tinha feito xixi em mim.

76.

Era impensável voltar para casa, mesmo com todo o frio e o risco de Imma adoecer. Envolvi-a em meu casaco como se estivéssemos brincando, comprei um pacote de fraldas, coloquei uma depois de

limpá-la com o lenço umedecido. Agora precisava decidir o que fazer. Dede e Elsa sairiam logo da escola, de mau humor, famintas, e Imma já estava com fome. Eu, com o jeans molhado, sem casaco, os nervos à flor da pele, sentia calafrios. Procurei um telefone, liguei para Lila, pedi:
"Posso almoçar aí com as meninas?"
"Claro."
"Enzo não vai se incomodar?"
"Você sabe que ele gosta."
Ouvi a vozinha alegre de Tina, Lila disse: calada. Então me perguntou com uma cautela que normalmente não tinha:
"Está tudo bem?"
"Não."
"O que houve?"
"O que você já tinha previsto."
"Brigou com Nino?"
"Depois lhe conto, agora preciso ir."
Cheguei à escola antes da hora. Imma já tinha perdido qualquer interesse por mim, pelo volante, pela buzina, e estava irritada, gritava. Forcei-a mais uma vez a se embrulhar no casaco e fomos procurar uns biscoitos. Achei que estava agindo com calma — dentro de mim, me sentia tranquila: continuava prevalecendo o desgosto em vez da fúria, uma repulsa não diferente da que sentiria se visse duas lagartas copulando —, mas me dei conta de que os passantes me olhavam curiosos, alarmados, enquanto eu corria pela rua com a calça molhada, falando em voz alta com a menina que, envolvida a pulso no casaco, se debatia e chorava.

Ao primeiro biscoito Imma se aquietou, mas a calma dela liberou minha ansiedade. Nino devia ter adiado seu compromisso, provavelmente estava me procurando, corria o risco de topar com ele na frente da escola. Como Elsa saía antes de Dede, que estava no segundo ano ginasial, fiquei numa esquina de onde podia espreitar o portão da escolinha sem ser vista. Batia os dentes de frio, Imma estava melando meu casaco com migalhas de biscoito encharcadas de saliva. Vigiei a área com apreensão, mas nem sinal de Nino. Tampouco apareceu na frente do ginásio, de onde Dede logo saiu num fluxo de empurrões, gritos e ofensas em dialeto. As meninas deram pouca importância a mim, mas se interessaram muito por eu ter ido buscá-las com Imma.

"Por que ela está enrolada no casaco?", perguntou Dede.
"Porque está com frio."
"Você viu que ela está acabando com ele?"
"Não importa."
"Teve uma vez que eu o sujei, e você me deu um tapa", se queixou Elsa.
"Não é verdade."
"É verdade, sim."
Dede quis saber:
"Por que ela está só de camiseta e fralda?"
"Ela está bem assim."
"Aconteceu alguma coisa?"
"Não. Agora vamos almoçar com a tia Lina."

Receberam a notícia com o entusiasmo de sempre, depois entraram no carro e, enquanto a pequena falava às irmãs em sua língua obscura, contente de estar no centro das atenções, as duas começaram a disputar o direito de segurá-la no colo. Ordenei que a segurassem juntas, sem puxar a menina para cá e para lá — ela não é de borracha, gritei. Elsa não ficou satisfeita com a solução e disse um palavrão em dialeto para Dede. Tentei acertá-la com um tapa, sibilei fuzilando-a pelo espelho do retrovisor: o que você disse, repita, o que você disse? Não chorou e abandonou Imma definitivamente à irmã, murmurando que não gostava de cuidar da irmãzinha. Em seguida, quando a menina espichava as mãos para brincar, passou a rejeitá-la com maus modos. Estrilava ferindo meus nervos:

Imma, pare, você me enche, está me sujando. E a mim: mamãe, faça ela parar. Não aguentei mais, dei um berro que assustou as três. Atravessamos a cidade num estado de tensão só rompido pelo murmúrio de Dede e Elsa, que se consultavam para entender se estava para acontecer novamente algo de irreparável em suas vidas. Não tolerei nem aqueles cochichos. Não tolerava mais nada: a infância delas, meu papel de mãe, os balbucios de Imma. De resto, a presença de minhas filhas dentro do carro contrastava com as imagens do coito que me ocorriam sem parar, com o cheiro de sexo que ainda sentia nas narinas, com a raiva que começava a abrir caminho acompanhada do dialeto mais vulgar. Nino comeu a empregada e depois foi para seu compromisso se fodendo para mim e para a filha dele. Ah, que homem nojento, eu só errava. Ele era que nem o pai? Não, simples demais. Nino era muito inteligente, Nino era extraordinariamente culto. Sua propensão a foder por aí não derivava de uma exibição de virilidade tosca e boçal, fundada em lugares-comuns em parte fascistas, em parte meridionais. O que ele tinha feito, o que estava fazendo comigo, era filtrado por uma consciência muito afinada. Ele manejava conceitos complexos, sabia que agindo daquela maneira me ofenderia até me destruir. Mas fez mesmo assim. Tinha pensado: não posso renunciar a meu prazer só porque aquela idiota pode me encher o saco. Isso, precisamente isso. E com certeza julgava filisteia — esse adjetivo ainda era muito presente em nosso meio — minha eventual reação. Filisteia, filisteia. Eu conhecia até a frase a que ele recorreria para se justificar com elegância: que mal tem, a carne é fraca, e eu já li todos os livros. Exatamente estas palavras, filho da puta escroto. A fúria abrira um vão no horror. Gritei para Imma — *até para Imma* — que ficasse calada. Quando cheguei ao prédio de Lila, já odiava Nino como nunca odiara ninguém até então.

77.

Lila tinha preparado o almoço. Sabia que Dede e Elsa adoravam *orecchiette* ao sugo e anunciou o prato para elas, suscitando uma encenação entusiasmada e barulhenta. Não só. Pegou Imma nos braços e cuidou dela e de Tina como se de repente sua filha se duplicasse. Trocou ambas, limpou as duas, as vestiu de modo idêntico, as papariou com uma extraordinária exibição de cuidados maternais. Então, como as duas logo se reconheceram e passaram a brincar entre si, deixou-as balbuciando e engatinhando juntas sobre um velho tapete. Como eram diferentes. Comparei irritada a filha que tive com Nino e a filha de Lila com Enzo. Tina me pareceu mais bonita e mais saudável que Imma, era o fruto docíssimo de uma relação sólida.

Nesse meio-tempo Enzo voltou do trabalho e, como sempre, foi cordialmente lacônico. Durante o almoço, nem ele nem Lila perguntaram por que eu não tocava a comida. Somente Dede falou, como se quisesse me tirar dos maus pensamentos dela e dos outros. Disse: mamãe come sempre pouco porque não quer ficar gorda, e eu também faço o mesmo. Exclamei ameaçadora: limpe o prato até a última garfada. Talvez para proteger minhas filhas de mim, Enzo começou a disputar com elas para ver quem comia e acabava mais rápido. Além disso, respondeu com gentileza ao monte de perguntas de Dede sobre Rino — minha filha esperava encontrá-lo pelo menos no almoço —, explicou que o rapaz tinha começado a trabalhar numa oficina e passava o dia todo fora. Depois, encerrado o almoço, em grande segredo levou as duas irmãs ao quarto de Gennaro para lhes mostrar todos os tesouros que havia lá dentro. Em poucos minutos explodiu uma música frenética, e eles não voltaram mais.

Fiquei sozinha com Lila e, entre sarcasmo e sofrimento, contei cada detalhe. Ela ficou escutando sem me interromper em nenhum momento. Percebi que, quanto mais eu articulava em palavras o que acontecera comigo, mais a cena de sexo entre aquela mulher gorda e Nino, magro, me parecia ridícula. Ele tinha acordado — a certa altura narrei em dialeto —, viu Silvana no banheiro e, antes mesmo de mijar, levantou o avental dela e meteu com vontade. Então estourei numa risada vulgar, e Lila me olhou incomodada. Quem se exprimia assim era ela, não esperava isso de mim. Você precisa se acalmar, disse; e, como Imma estava chorando, fomos até o outro cômodo.

Minha filha, lourinha, o rosto vermelho, derramava grossas lágrimas de boca escancarada e, assim que me viu, ergueu os bracinhos para que a pegasse no colo. Tina, séria, pálida, a fixava desconcertada e, quando a mãe apareceu, não se moveu e a chamou como para ser ajudada a entender, escandindo nitidamente *mamãe*. Lila carregou as duas meninas, ajeitou cada uma em um braço, beijou a minha enxugando suas lágrimas com os lábios, conversou com ela, a acalmou.

Eu estava atônita. Pensei: Tina diz mamãe com clareza, as duas sílabas, e Imma, quase um mês mais velha, ainda não. Me senti derrotada e triste. Mil novecentos e oitenta e um estava para terminar. Eu ia demitir Silvana. Não sabia o que escrever, os meses passariam voando, não entregaria meu livro, perderia terreno e o perfil de produtiva. Ficaria sem futuro, dependente da pensão de Pietro, sozinha com três filhas, sem Nino. Nino perdido, Nino acabado. Tornou a manifestar-se a parte de mim que ainda o amava, mas não como em Florença, e sim como o havia amado desde menina, na escola fundamental, quando o via sair do colégio. Procurei confusa um ponto de apoio para perdoá-lo apesar da humilhação, não suportava expulsá-lo de minha vida. Onde ele estava? Será possível que nem sequer tinha tentado me achar? Associei Enzo, que logo passou a cuidar das duas meninas, a Lila, que me liberou de qualquer compromisso e me ouviu dando todo o tempo para mim. Finalmente entendi que os dois já sabiam de tudo antes mesmo de eu chegar ao bairro. Perguntei:

"Nino ligou?"
"Sim."
"O que ele disse?"
"Que foi uma bobagem, que eu preciso ficar do seu lado e ajudá-la a entender, que hoje é assim que se vive. Blá-blá-blá."
"E você?"
"Bati o telefone na cara dele."
"Será que telefona de novo?"
"Imagine se não vai telefonar."
Me senti aviltada.
"Lina, eu não sei viver sem ele. Tudo durou tão pouco. Desfiz meu casamento, vim morar aqui com as meninas, tive uma filha com ele. Por quê?"
"Porque você se enganou."

A frase não me caiu bem, me soou como o eco de uma velha ofensa. Jogava na minha cara que eu tinha errado apesar de ela ter tentado me alertar do erro. Estava me dizendo que eu *quis* errar e, consequentemente, que *ela* se enganara: eu não era inteligente, eu era uma mulher estúpida. Falei:

"Preciso conversar com ele, preciso enfrentá-lo."
"Tudo bem, mas deixe as meninas comigo."
"Você não vai dar conta, são quatro."
"São cinco, há também Gennaro. E ele é o mais trabalhoso de todos."
"Está vendo? Vou embora com elas."
"Isso está fora de cogitação."

Admiti que precisava da ajuda dela, disse:
"Então só até amanhã, o tempo de resolver essa situação."
"Resolver como?"
"Não sei."
"Quer continuar com Nino?"

Senti que ela estava contrariada e quase gritei:

"O que é que eu posso fazer?"
"A única coisa possível: deixá-lo."
Para ela, essa era a solução correta, sempre tinha desejado que acabasse daquele modo, nunca me escondera isso. Falei:
"Vou pensar."
"Não, você não vai pensar. Já decidiu fingir que não houve nada e seguir adiante."
Evitei responder e ela insistiu, disse que eu não devia desperdiçar minha vida, que eu tinha outro destino, que se continuasse naquele rumo iria me perder cada vez mais. Notei que ela estava ficando ríspida, senti que, para me conter, estava prestes a me revelar o que há tempos eu queria saber, e há tempos ela me ocultava. Tive medo, mas eu mesma não a forçara em várias ocasiões a me esclarecer? E agora não tinha corrido para ela *também* para que, finalmente, me contasse tudo?
"Se tiver alguma coisa a me dizer", murmurei, "fale."
Então ela se decidiu, procurou meus olhos, fixei-os no chão. Disse que Nino a procurara várias vezes. Disse que tinha pedido para voltarem, tanto antes de se ligar a mim quanto depois. Disse que, quando tinham acompanhado minha mãe ao hospital, ele havia sido especialmente insistente. Disse que, enquanto os médicos examinavam minha mãe e os dois aguardavam o veredicto na sala de espera, ele havia jurado que só estava comigo para se sentir mais próximo dela.
"Olhe para mim", murmurou, "sei que estou sendo cruel ao lhe contar essas coisas, mas ele é bem pior do que eu. A maldade dele é a pior possível: é a da superficialidade."

78.

Voltei para a via Tasso determinada a romper qualquer relação com Nino. Encontrei a casa vazia e em perfeita ordem, sentei ao lado da porta-janela que dava para a sacada. A vida naquele apartamento tinha acabado, em dois anos se esgotaram as razões de minha própria presença em Nápoles.

Esperei com angústia crescente que ele desse notícias. Passaram-se algumas horas, peguei no sono, acordei sobressaltada no meio do escuro. O telefone estava tocando.

Corri para atender, certa de que era Nino; mas era Antonio. Estava ligando de um bar a poucos metros dali, me perguntou se eu podia ir encontrá-lo. Falei: suba. Senti que ele hesitou, por fim acabou concordando. Não tive dúvida de que foi Lila quem o mandou me ver, e ele o admitiu imediatamente.

"Ela não quer que você faça bobagens", disse, esforçando-se para falar em italiano.

"E você pode me impedir?"

"Posso."

"Como?"

Sentou-se na sala de estar depois de ter recusado o café que eu quis preparar para ele e, pacatamente, com o tom de quem está habituado a relatos minuciosos, me listou todas as amantes de Nino: nomes, sobrenomes, profissões, parentescos. Algumas eu não conhecia, eram relacionamentos de velha data. Outras ele trouxera para jantar aqui em casa, e eu me lembrava delas afetuosas comigo e com as meninas. Mirella, que às vezes cuidava de Dede, Elsa e até de Imma, estava com ele havia três anos. E mais longo ainda era o caso com a obstetra que tinha feito meu parto e o de Lila. Somou um grande número de fêmeas — chamou-as assim — com as quais, em tempos diversos, Nino aplicara o mesmo esquema: um período de intensa frequentação, depois encontros esporádicos, em nenhum caso um rompimento definitivo. Ele é um aficionado, disse Antonio com sarcasmo, nunca termina de fato as relações: ora vai com uma, ora com outra.

"Lina sabe disso?"

"Sabe."

"Desde quando?"
"Faz pouco."
"E por que não me disseram logo?"
"Eu quis lhe dizer logo."
"E Lina?"
"Ela falou para esperar."
"E você a obedeceu. Vocês me fizeram cozinhar e botar a mesa para pessoas com quem ele tinha me traído na véspera ou me trairia no dia seguinte. Jantei com pessoas enquanto ele tocava seus pés, o joelho ou quem sabe o que mais por baixo da mesa. Confiei meus filhos a uma garota que ele atacava assim que eu desviava os olhos."

Antonio deu de ombros, olhou as próprias mãos, as entrelaçou e as abandonou sobre os joelhos.

"Se me mandam fazer uma coisa, eu faço", disse em dialeto. Mas depois se confundiu. Faço quase sempre, disse, tentando se justificar: às vezes obedeço ao bolso, às vezes, ao afeto, em alguns casos, a mim mesmo. Se a pessoa não descobre essas traições no momento certo — murmurou —, elas não adiantam nada: quando se está apaixonado, se perdoa tudo. Para que as traições ganhem um peso específico, antes é preciso que amadureça um pouco de desamor. E continuou assim, amontoando frases sofridas sobre a cegueira de quem ama. Quase como exemplo, voltou a me falar de quando, anos antes, a serviço dos Solara, tinha espionado Nino e Lila. Naquele caso — afirmou com orgulho —, não fiz o que me mandaram. Não tinha sido capaz de entregar Lila a Michele, e chamou Enzo para que a tirasse daquela enrascada. Tornou a falar das porradas que tinha dado em Nino. Fiz isso — balbuciou — antes de tudo porque você gostava dele, e não de mim; e também porque, se aquele bosta voltasse para Lina, ela ficaria presa a ele e se arruinaria cada vez mais. Está vendo — concluiu —, também naquele caso não havia o que conversar, Lina não me ouviria, o amor não é só cego, é surdo também.

Perguntei atordoada:
"Em todos esses anos você nunca disse a Lina que Nino estava voltando para ela naquela noite?"
"Não."
"Mas deveria ter dito."
"Para quê? Quando a cabeça me diz: é melhor agir desse jeito, eu faço e não penso mais nisso. Quando se volta atrás, só se cria problema."
Como ele se tornara sábio. Fiquei convencida naquela ocasião de que a história de Nino e Lila teria durado um pouco mais, caso Antonio não a tivesse interrompido na base da porrada. Mas logo espantei a hipótese de que eles teriam se amado por toda a vida e que, talvez, tanto ele quanto ela se tornariam pessoas diferentes: além de improvável, a ideia me pareceu insuportável. Em vez disso, suspirei de agonia. Antonio, por razões dele, tinha decidido salvar Lila, e agora Lila o mandara me salvar. Olhei para ele e disse, com ostensivo sarcasmo, algo sobre seu papel de protetor das mulheres. Ele devia ter aparecido em Florença, pensei, quando eu estava em dúvida, quando não sabia o que fazer, e então decidir por mim com suas mãos nodosas, como anos antes havia decidido por Lila. Perguntei com deboche:
"Agora quais são suas ordens?"
"Antes de me mandar para cá, Lina me proibiu de quebrar a cara daquele bosta. Mas já fiz isso uma vez, e adoraria fazer de novo."
"Você não é confiável."
"Depende."
"Como assim?"
"É uma situação complicada, Lenu, fique fora disso. Só me diga se o filho de Sarratore deve se arrepender de ter nascido, e eu faço com que se arrependa."
Não aguentei mais, caí na risada pelo jeito afetado com que se exprimia. Era o tom que tinha aprendido no bairro desde menino, o

tom empertigado do macho indestrutível, ele, que na verdade sempre fora um tímido cheio de pavores. Que esforço devia ter feito, mas agora esse era o tom *dele*, não saberia adotar outro. A única diferença em relação ao passado era que, naquelas circunstâncias, ele estava tentando falar italiano, e a língua espinhosa ia saindo com um sotaque estrangeiro.

Ficou sério diante de meu riso, olhou os painéis escuros da janela, murmurou: não ria. Vi que, apesar do frio, sua testa estava brilhando, e ele suava de vergonha por ter me parecido ridículo. Falou: sei que não me expresso direito, sei melhor o alemão que o italiano. Percebi o cheiro dele, que ainda era o mesmo das emoções na época do pântano. Estou rindo — me desculpei — pela situação, por você, que sempre quis matar Nino, e por mim, que se ele voltasse agora eu lhe diria: sim, pode matá-lo; estou rindo de desespero, porque nunca fui tão ofendida, porque me sinto humilhada de um modo que nem sei se você pode imaginar, porque neste momento estou tão mal que é como se fosse desmaiar.

Realmente eu estava fraca, morta por dentro. Por isso de repente fui tomada de gratidão por Lila, por ela ter tido a sensibilidade de me mandar justamente Antonio; ele era a única pessoa de cujo afeto eu não duvidava naquele momento. Além disso, seu corpo seco, seus ossos grandes, as sobrancelhas grossas e o rosto sem delicadeza continuavam familiares, não me desagradavam, eu não os temia. No pântano — falei — fazia frio e a gente não sentia: estou tremendo, posso me encostar em você?

Ele me olhou inseguro, mas não esperei sua concordância. Me levantei, me sentei em seus joelhos. Ele permaneceu imóvel, apenas alargou os braços com medo de me tocar e os deixou cair nas laterais da poltrona. Me abandonei sobre ele, apoiei meu rosto entre seu ombro e o pescoço, por uns segundos tive a impressão de dormir.

"Lenu."
"Sim?"

"Você está bem?"
"Me abrace, preciso me esquentar."
"Não."
"Por quê?"
"Porque não sei se você me quer."
"Quero você agora, só desta vez: é algo que você deve a mim, e eu a você."
"Não lhe devo nada. Eu amo você, e você no entanto só amou aquele sujeito."
"Sim, mas nunca desejei ninguém como desejei você, nem mesmo ele."

Falei por muito tempo. Disse a verdade, a verdade daquele momento e do tempo distante do pântano. Ele era a descoberta da excitação, era o fundo da barriga que ficava quente, que se abria, que se liquefazia liberando uma languidez ardente. Franco, Pietro, Nino tinham tropeçado naquela expectativa, mas jamais conseguiram satisfazê-la, porque era uma expectativa sem objeto definido, era a esperança do prazer, a mais difícil de contentar. O gosto da boca de Antonio, o perfume de seu desejo, as mãos, o sexo grosso espremido entre as coxas constituíam um *antes* incomparável. O *depois* nunca estivera de fato à altura de nossas tardes escondidas entre a carcaça da fábrica de conservas, mesmo sendo feitas de amor sem penetração e muitas vezes sem orgasmo.

Falei com ele num italiano que me saiu complexo. Fiz isso mais para explicar a mim o que estava acontecendo do que para esclarecê-lo, o que deve ter lhe parecido um gesto de confiança, e o deixou contente. Ele me abraçou, beijou meu ombro, depois o pescoço, por fim a boca. Não creio ter tido outras relações sexuais como aquela, que uniu bruscamente os pântanos de mais de vinte anos atrás à sala da via Tasso, a poltrona, o piso, a cama, varrendo de golpe tudo o que acontecera no meio e que nos dividia, o que eu era, o que ele era. Antonio foi delicado, foi brutal, e eu também.

Ele quis e eu quis certas coisas com uma fúria, com uma ânsia, com uma urgência de violação que eu não imaginava possuir. No final ele estava aniquilado de espanto, assim como eu.
"O que foi que aconteceu?", perguntei aturdida, como se a memória de nossa absoluta intimidade já tivesse se dissipado.
"Não sei", ele disse, "mas ainda bem que aconteceu."
Sorri.
"Você é igualzinho aos outros, traiu sua mulher."
Eu estava brincando, mas ele levou a sério e respondeu em dialeto:
"Não traí ninguém. Minha mulher — *antes de agora* — não existe ainda."
Formulação obscura, mas compreendi. Estava tentando me dizer que concordava comigo e, por sua vez, se esforçava para me transmitir um sentimento do tempo alheio à cronologia corrente. Queria dizer que tínhamos vivido *agora* o pequeno fragmento de um tempo que pertencia a vinte anos atrás. Eu o beijei, murmurei: obrigada, e lhe disse que estava agradecida porque ele escolhera ignorar as ferozes razões de todo aquele sexo — as minhas e as dele — e ver naquilo apenas a necessidade de acertarmos nossas contas.

Então o telefone tocou, fui atender, podia ser Lila que me procurava por causa das meninas. No entanto era Nino.

"Ainda bem que você está em casa", disse agitado, "já estou chegando."

"Não venha."

"Então quando?"

"Amanhã."

"Me deixe explicar, eu preciso, é urgente."

"Não."

"Por quê?"

Disse a ele e desliguei.

79.

A separação de Nino foi difícil, demandou meses. Acho que nunca sofri tanto por um homem, afastá-lo de mim ou reaproximá-lo me causava igualmente angústia. Ele não quis admitir ter feito propostas sentimentais e sexuais a Lila. Então a insultou, escarneceu, acusou de querer destruir nossa relação. Mas estava mentindo. Nos primeiros dias mentiu sempre, tentou até me convencer de que o que eu tinha visto no banheiro foi um delírio devido ao cansaço e ao ciúme. Depois começou a ceder. Confessou alguns casos, mas os retrodatou; sobre outros, incontestavelmente recentes, disse que tinham sido irrelevantes, jurou que com aquelas mulheres só havia amizade, não amor. Brigamos durante todo o Natal, todo o inverno. Ora o silenciava, extenuada por sua habilidade em se acusar, se defender e depois pretender o perdão, ora cedia diante de seu desespero, que parecia autêntico — muitas vezes chegava embriagado —, ora o expulsava, porque por honestidade, por arrogância, talvez até por dignidade, nunca prometeu que não veria mais aquelas que ele chamava de suas amigas, nem quis me garantir que não ampliaria ainda mais a lista.

Quanto a essa questão, recorrendo a monólogos muito cultos e intermináveis, tentou de todas as maneiras me convencer de que não era culpa dele, mas da natureza, da matéria astral, dos corpos esponjosos e de sua excessiva irrigação, de seus flancos demasiado aquecidos, em suma, de sua virilidade transbordante. Por mais que eu some todos os livros que li — murmurava com ar sincero, sofredor, e no entanto vaidoso até o ridículo —, por mais que eu some as línguas que aprendi, a matemática, as ciências, a literatura e acima de tudo o amor por você — sim, o amor, e a necessidade que tenho de você, e o terror de poder perdê-la —, acredite, eu imploro, acredite, não há nada a fazer, não posso, não posso, não posso, a vontade ocasional, a mais estúpida, a mais obtusa, acaba prevalecendo.

Às vezes ele me comovia, com mais frequência me irritava, em geral eu reagia com sarcasmo. E ele se calava, desgrenhava nervosamente os cabelos, então recomeçava. Mas quando uma manhã lhe disse gelada que toda aquela necessidade de mulheres talvez fosse sinal de uma heterossexualidade frágil que, para resistir, precisava de contínuas afirmações, ele se ofendeu, me atormentou por dias e dias, queria saber se com Antonio tinha sido melhor do que com ele. Como naquela altura eu já estava cheia de seu blá-blá-blá aflito, gritei que sim. E, visto que naquela fase de litígios turbulentos alguns de seus amigos tinham tentado entrar em minha cama e eu, por tédio, por revide, algumas vezes acabei permitindo, mencionei o nome de pessoas a quem ele era ligado e, para feri-lo, disse que todos tinham sido melhores que ele.

Desapareceu. Tinha dito que não podia viver sem Dede e Elsa, tinha dito que amava Imma mais que seus outros filhos, tinha dito que cuidaria das três meninas mesmo se eu não quisesse reatar com ele. E na verdade não só se esqueceu de nós de um dia para o outro, mas também parou de pagar o aluguel da via Tasso e os boletos de luz, gás e telefone.

Procurei uma casa mais econômica na mesma zona, mas foi inútil: muitas vezes, para apartamentos menores e mais feios, queriam aluguéis ainda mais caros. Depois Lila me falou que tinham desocupado um apartamento de três cômodos e cozinha bem em cima do dela. Custava uma ninharia, das janelas se via tanto o estradão quanto o pátio. Ela me disse a seu modo, com o tom de quem observa: só estou lhe dando uma informação, faça como achar melhor. Eu estava deprimida e assustada. Elisa recentemente gritara comigo durante uma briga: papai está só, vá morar com ele, estou cansada de ter que cuidar dele sozinha. Eu naturalmente me neguei, na minha situação não podia me responsabilizar também por meu pai, já era escrava de minhas filhas: Imma adoecia continuamente, assim que Dede saía de uma gripe a gripe passava para Elsa, Elsa não fazia as tarefas se eu não me sentasse a seu lado, Dede se irritava e dizia: então você precisa me ajudar também. Eu estava exausta, com os nervos em frangalhos. Além disso, na enorme desordem em que caíra, não tinha sequer o pouco de vida ativa que me garantira até então. Recusava convites, colaborações e viagens, não ousava atender o telefone com medo de que a editora me pedisse o livro. Tinha acabado numa voragem que me puxava cada vez mais para baixo, e um hipotético retorno ao bairro seria a prova de que eu havia tocado o fundo. Reimergirmos eu e minhas filhas naquela mentalidade, deixar-me absorver por Lila, por Carmen, por Alfonso, por todos, justamente como de fato queriam. Não, não, jurei a mim mesma que iria viver nos Tribunali, na Duchesca, no Lavinaio, em Forcella, em meio aos tubos inocentes que assinalavam os estragos do terremoto, mas nunca voltaria ao bairro. Naquele clima, o diretor da editora me ligou.

"A que altura você está?"

Foi um instante, uma chama se acendeu em minha cabeça iluminando-a como o dia. Soube o que eu devia responder e o que devia fazer.

"Acabei ontem mesmo."

"É sério? Então me mande ainda hoje."

"Amanhã de manhã vou aos correios."

"Obrigado. Assim que o livro chegar, vou ler e lhe mando notícias."

"Não tenha pressa."

Desliguei. Fui buscar uma caixa no armário do quarto de dormir, tirei de dentro dela o manuscrito que anos atrás não agradara nem a Adele, nem a Lila; não tentei nem sequer relê-lo. Na manhã seguinte acompanhei as meninas à escola e fui com Imma enviar o pacote. Sabia que era um gesto arriscado, mas me pareceu o único possível para salvar minha reputação. Tinha prometido entregar um livro, e lá estava ele. Era um romance falho, decididamente ruim? Paciência, não seria publicado. Mas eu tinha trabalhado duro, não havia embromado ninguém, em breve faria algo melhor.

A fila nos correios foi massacrante, todo o tempo tive de protestar com os que não a respeitavam. Naquele momento meu desastre se mostrou evidente. *Por que estou aqui, por que desperdiço meu tempo desse jeito. As meninas e Nápoles me comeram viva. Não estudo, não escrevo, perdi toda a disciplina.* Eu havia conquistado uma vida muito distante daquela que teria esperado para mim, e no entanto olha onde eu terminara. Me senti desesperada, culpada em relação a mim e sobretudo perante minha mãe. Para piorar, nos últimos tempos Imma me deixava cada vez mais ansiosa: sempre que a comparava com Tina, me convencia de que ela sofria de algum retardo de desenvolvimento. A filha de Lila, que aliás era três semanas mais nova, tinha uma vivacidade enorme, parecia um ano mais velha, ao passo que ela se mostrava pouco reativa, tinha um ar embasbacado. Por isso eu a observava obsessivamente, a importunava com testes que inventava a cada instante. Pensava: seria terrível se Nino não só desgraçasse minha vida, mas também me fizesse ter tido uma filha com algum problema. No entanto me paravam na rua para dizer como ela era rechonchuda, como era lourinha. E lá na fila dos correios as mulheres também me congratulavam, ela era tão bochechuda. Mas ela, nem sequer um sorriso. Um sujeito lhe ofereceu uma bala, e Imma espichou a mão sem interesse, pegou a bala, a deixou cair. Ah, eu estava permanentemente ansiosa, todo dia uma nova preocupação se somava a outra. Quando saí da agência postal e o pacote já tinha sido expedido e não havia mais meio de detê-lo, estremeci e me lembrei de minha sogra. Meu Deus, o que é que eu tinha feito. Será possível que eu não tinha considerado que a editora daria o datiloscrito para Adele ler? No final das contas, foi ela quem quis publicar tanto meu primeiro quanto meu segundo livro; deviam isso a ela, pelo menos por cortesia. E ela teria dito: Greco está enganando vocês, este não é um texto novo, eu mesma o li anos atrás e é péssimo. Suei frio, me senti fraca. Para tapar um buraco, eu cavava outro. Já não era capaz nem de manter sob controle, nos limites do possível, a sequência de minhas ações.

80.

Para complicar as coisas, justo naqueles dias Nino reapareceu. Nunca me devolvera as chaves, embora eu tivesse insistido muito em reavê-las, e assim ele se materializou em minha casa sem telefonar, sem bater na porta. Expulsei-o de lá, disse que a casa era minha, que ele não pagava mais o aluguel e nem sequer dava um centavo para Imma. Jurou que, aniquilado como estava pela dor de nossa separação, tinha se esquecido. Me pareceu sincero, tinha um ar alucinado e estava bem mais magro. Prometeu com solenidade involuntariamente engraçada que recomeçaria a pagar a partir do mês seguinte, e me falou com voz comovida de seu afeto por Imma. Depois, aparentemente de modo descontraído, tornou a me indagar sobre o encontro com Antonio, sobre como tinha sido, primeiro em geral e depois no plano sexual. De Antonio, passou aos amigos dele. Tentou me fazer admitir que eu havia cedido (*ceder* lhe parecera o verbo apropriado) a este e aquele não por uma atração verdadeira, mas só por revanche. Me assustei quando ele começou a acariciar meu ombro, o joelho, o rosto. Imediatamente vi — nos olhos e nas palavras — que o que o deixava desesperado não era ter perdido meu amor, mas que eu tivesse me deitado com aqueles outros homens e que, mais cedo ou mais tarde, voltaria a me deitar com outros e os teria preferido a ele. Ele só havia reaparecido naquela manhã para se enfiar de novo em minha cama. Exigia que eu degradasse os amantes recentes demonstrando-lhe que meu único desejo era voltar a ser penetrada por ele. Enfim, queria reafirmar sua primazia e depois com certeza desapareceria de novo. Consegui fazer que me devolvesse as chaves e o mandei embora. Então me dei conta, com surpresa, de que não sentia mais nada por ele. Todo o longuíssimo tempo em que o havia amado se dissolveu definitivamente naquela manhã.

A partir do dia seguinte, comecei a me informar sobre o que devia fazer para conseguir um cargo ou pelo menos uma substituição nas escolas médias. Logo entendi que não seria algo simples, e de todo modo era preciso esperar o novo ano letivo. Como eu dava por certo meu rompimento com a editora, diante da qual, em minha imaginação, se daria o ruinoso desmoronamento de minha identidade de escritora, entrei em pânico. As meninas estavam habituadas desde o nascimento a uma vida abastada, eu mesma — a partir do casamento com Pietro — não conseguia me ver de novo sem livros, revistas, jornais, discos, cinema, teatro. Precisava pensar imediatamente em trabalhos provisórios, coloquei anúncios nas lojas da vizinhança em que me oferecia para dar aulas particulares.

Depois, numa manhã de junho, o diretor me telefonou. Tinha recebido o pacote, tinha lido o datiloscrito.

"Já?", falei com falsa desenvoltura.

"Sim. E é um livro que eu nunca esperaria de você, mas que você, para minha surpresa, acabou escrevendo."

"Está me dizendo que é ruim?"

"É, da primeira à última linha, puro prazer de contar."

Meu coração disparou no peito.

"É bom ou não é?"

"É extraordinário."

81.

Fiquei orgulhosa. Em poucos segundos, não só reconquistei a confiança em mim, mas também me tornei fluente, desandei a falar de minha obra com um entusiasmo infantil, ri várias vezes, interroguei a fundo meu interlocutor a fim de obter um consenso mais articulado. Logo entendi que ele tinha lido minhas páginas como uma espécie de autobiografia, uma organização em forma de romance da experiência que tive da Nápoles mais pobre e mais violenta. Disse que havia temido os efeitos negativos de meu retorno à cidade, mas agora precisava admitir que aquela volta me fizera bem. Omiti que o livro tinha sido escrito muitos anos antes, em Florença. É um romance duro, sublinhou, diria até masculino, mas paradoxalmente também delicado, enfim, um grande passo adiante. Depois falou de questões operacionais. Achou melhor adiar a publicação para a primavera de 1983, para que ele mesmo pudesse se dedicar a uma edição acurada e preparar bem o lançamento. Concluiu com certo sarcasmo:

"Conversei sobre o livro com sua ex-sogra, ela me disse que tinha lido uma velha versão e que não gostara; mas evidentemente ou o gosto dela envelheceu, ou suas questões pessoais atrapalharam uma avaliação desapaixonada."

Admiti depressa que, tempos atrás, tinha dado a Adele uma primeira redação do romance. Ele disse: dá para notar que o ar de Nápoles soltou definitivamente seu talento. Quando desligou, me senti muito aliviada. Mudei, me tornei especialmente afetuosa com minhas filhas. A editora me pagou o resto do adiantamento e minha situação financeira melhorou. Repentinamente passei a olhar a cidade e o bairro, e sobretudo o bairro, como parte importante de minha vida, da qual não só não deveria prescindir, mas também era essencial ao êxito de meu trabalho. Foi um salto brusco, passei da suspeita a uma prazerosa percepção de mim. O que eu havia sentido como um precipício adquiriu não apenas dignidade literária, mas também me pareceu uma escolha decisiva no campo cultural e político. O próprio diretor editorial o sancionou ao afirmar com autoridade: retornar ao ponto de partida significou, para você, dar mais um passo à frente. Claro, eu não disse a ele que o livro tinha sido escrito em Florença, que o retorno a Nápoles não tivera nenhuma influência no texto. Mas a matéria narrativa, a compacidade humana dos personagens provinham do bairro, e certamente o ponto de virada estava ali. Adele não tinha tido a sensibilidade para entendê-lo, por isso havia perdido. Todos os Airota haviam perdido. E mais um perdedor foi Nino, que no fundo me considerara parte de seu elenco de mulheres, sem me distinguir das outras. Por fim — algo ainda mais significativo para mim — quem também perdeu foi Lila. Ela não havia gostado de meu livro, tinha sido muito dura, cedera a um dos raros choros de sua vida quando teve de me ferir com seu julgamento negativo. Mas não lhe queria mal por isso, ao contrário, estava contente de que tivesse errado. Desde a infância eu lhe atribuía um peso excessivo, e agora me sentia quase aliviada. Finalmente estava claro que aquilo que eu era não era ela, e vice-versa. Sua autoridade não me era mais necessária, eu tinha a minha. Me senti forte, não mais vítima de minhas origens, mas capaz de dominá-las, de lhes dar uma forma, de resgatá-las para mim, para Lila, para qualquer um. O que antes me puxava para baixo, agora era a matéria que me levaria mais para o alto. Numa manhã de julho de 1982, telefonei para ela e disse:

"Tudo bem, vou ficar com o apartamento em cima do seu, estou voltando ao bairro."

82.

Troquei de casa em pleno verão, Antonio se incumbiu da mudança. Mobilizou uns homens fortões que esvaziaram o apartamento da via Tasso e arrumaram todas as coisas no bairro. A nova casa era escura, e a recente mão de tinta nos cômodos não serviu para reavivá-la. Mas, ao contrário do que eu tinha pensado desde o momento em que voltara a Nápoles, esse fato não me deixou incomodada, longe disso: a luz empoeirada, que desde sempre entrava a custo pelas janelas dos prédios, causou em mim o efeito de uma comovente memória infantil. Já Dede e Elsa protestaram longamente. Tinham crescido em Florença, em Gênova, no brilho da via Tasso, e logo detestaram o piso com as lajotas desconjuntadas, o banheiro apertado e escuro, o barulho do estradão. Só se resignaram porque agora podiam gozar de regalias consideráveis: ver a tia Lina todos os dias, acordar mais tarde, porque a escola ficava a poucos passos, ir para lá sozinhas, passar um bom tempo nas ruas e no pátio.

Logo senti a ânsia de me reapossar do bairro. Inscrevi Elsa na escola fundamental que eu frequentara, e Dede no mesmo ginásio em que estudei. Retomei contatos com todos, velhos ou novos, que se lembravam de mim. Comemorei aquela minha escolha com Carmen e a família, com Alfonso, com Ada, com Pinuccia. Obviamente eu tinha minhas perplexidades, e Pietro — muito descontente com aquele arranjo — acabou por acentuá-las. Me disse por telefone:

"Com base em que critério você pretende criar nossas filhas no lugar de onde você escapou?"

"Não vou criá-las aqui."

"Mas alugou uma casa aí e as inscreveu na escola sem pensar que merecem coisa melhor."

"Tenho um livro para terminar e só posso fazer isso bem neste lugar."

"Eu poderia ficar com elas."

"Ficaria com Imma também? As três são minhas filhas, e não quero que a terceira se separe das outras duas."

Ele se acalmou. Estava contente por eu ter deixado Nino e logo me perdoou aquela mudança. Siga firme no seu trabalho, disse, eu confio, você sabe o que faz. Torci para que fosse verdade. Olhava os caminhões que trafegavam barulhentos pelo estradão, levantando poeira. Passeava pelos jardinzinhos cheios de seringas. Entrava na igreja malcuidada e vazia. Ficava triste diante do cinema paroquial, fechado, diante das seções dos partidos que pareciam covis abandonados. Escutava os gritos de homens, mulheres, crianças nos apartamentos, especialmente à noitinha. Ficava assustada com as vendetas entre famílias, com as hostilidades entre vizinhos, a facilidade com que se entrava em luta corporal, as guerras entre bandos de rapazinhos. Quando ia à farmácia, me voltava a lembrança de Gino, e sentia horror ali no local onde ele fora assassinado, o contornava cautelosa, me dirigia com pena a seus pais, que ainda estavam atrás do velho balcão de madeira escura, só que mais encurvados, brancos nos aventais brancos, e sempre gentis. Absorvi tudo isso desde pequena — pensava —, vamos ver se agora sei controlá-lo.

"Como é que você se decidiu?", me perguntou Lila algum tempo depois da mudança. Talvez quisesse uma resposta afetuosa, ou talvez uma espécie de reconhecimento meu ao valor de suas escolhas, palavras do tipo: você fez bem em ficar aqui, sair pelo mundo não serve de nada, agora entendi. Em vez disso, respondi:

"É uma experiência."

"Experiência de quê?"

Estávamos em seu escritório, Tina estava ao redor dela, Imma perambulava por ali. Disse:

"Uma experiência de recomposição. Você conseguiu levar toda sua vida aqui, eu não: me sinto em pedacinhos dispersos."

Fez um ar de desaprovação.

"Deixe para lá essas experiências, Lenu, senão você se decepciona e vai embora de novo. Eu também me sinto em pedacinhos. Entre a sapataria de meu pai e este escritório só há poucos metros, mas é como se estivessem um no polo norte, outro no polo sul."

Respondi falsamente alegre:

"Não me desencoraje. Eu, por ofício, preciso colar um fato a outro com palavras, e no fim tudo deve parecer coerente, mesmo não sendo."

"Mas se a coerência não existe, por que fingir?"
"Para pôr em ordem. Lembra o romance que eu tinha lhe dado para ler, e você não tinha gostado? Ali eu tinha tentado enquadrar o que eu sei de Nápoles dentro do que depois aprendi em Pisa, em Florença, em Milão. Agora o entreguei à editora, e eles o acharam bom. Vão publicá-lo."
Ela apertou os olhos. Disse devagar:
"Eu tinha lhe dito que não entendo nada daquilo."
Senti que a tinha ferido. Era como se lhe tivesse jogado na cara: se você não consegue amarrar sua história dos sapatos com a história dos computadores, isso não significa que não se possa fazer, significa apenas que você não tem os instrumentos para isso. Me apressei em dizer: vai ver que ninguém comprará o livro, o que prova que você estava certa. Então listei um pouco ao acaso todos os defeitos que eu mesma atribuía ao texto, e o que eu queria manter ou mudar antes de publicá-lo. Mas ela saiu pela tangente, foi como se quisesse retomar altitude, desandou a falar de computadores como se quisesse sublinhar: você tem suas coisas, eu, as minhas. Então falou às meninas: querem ver uma máquina nova que Enzo comprou?

Foi com a gente até uma saleta. Explicou a Dede e Elsa: esta máquina aqui se chama PC, *personal computer*, custa um monte de dinheiro, mas é possível fazer coisas maravilhosas com ela, vejam como funciona. Sentou-se em um banco e antes de tudo ajeitou Tina no colo; depois, com paciência, começou a explicar cada elemento específico virando-se para Dede, para Elsa, para a pequena, jamais para mim.

Nesse meio-tempo observei Tina. Falava com a mãe, perguntava indicando: o que é isso; e, quando a mãe não lhe dava atenção, ela a puxava pela manga da blusa, agarrava-lhe o queixo, insistia: mamãe, o que é isso? Lila explicava como se ela fosse uma adulta. Enquanto isso, Imma circulava pelo cômodo, puxando um carrinho com rodas, e às vezes se sentava no chão desorientada. Venha,

Imma — a chamei várias vezes —, venha ouvir o que tia Lina está dizendo. Mas ela continuou brincando com o carrinho. Minha filha não tinha as qualidades da filha de Lila. Dias antes, minha angústia por ela talvez ter um retardo de desenvolvimento havia passado. Eu a levara a um pediatra muito bom, a menina não demonstrava retardo de nenhum tipo, e eu fiquei mais tranquila. No entanto, comparar Imma com Tina continuava me causando um leve mal-estar. Como Tina era viva: vê-la e ouvi-la falando era uma alegria. E como mãe e filha juntas me comoviam. Enquanto Lila falava do computador — começamos a usar essa palavra naquela época —, observei as duas com admiração. Naquele momento me sentia feliz, satisfeita comigo, e por isso também senti, muito nitidamente, que gostava de minha amiga assim como ela era, por suas qualidades e seus defeitos, por tudo, até por aquele serzinho que tinha posto no mundo. A menina era cheia de curiosidade, aprendia tudo num instante, tinha um grande vocabulário e uma coordenação motora surpreendente. Disse a mim mesma: ela puxou pouco a Enzo, é idêntica a Lila, basta ver como arregala os olhos, como os aperta, ver as orelhas sem lobo. Ainda não ousava admitir que Tina me atraía mais que minha filha, mas, quando aquela manifestação de competência terminou, mostrei entusiasmo pelo computador, enalteci muitíssimo a pequena mesmo sabendo que Imma podia sofrer (*como você é inteligente, como é linda, como fala bem, quantas coisas você aprende*), fiz enormes elogios a Lila, especialmente para atenuar o incômodo que lhe causei ao anunciar a publicação de meu livro, e por fim esbocei um quadro otimista do futuro que aguardava minhas três filhas e a dela. Elas vão estudar — falei —, vão viajar pelo mundo, se tornar quem sabe o quê. Porém, depois de ter beijado Tina bastante — *sim, ela é uma maravilha* —, rebateu ríspida: Gennaro também era esperto, falava bem, lia, era excelente na escola, e olha o que virou.

83.

Numa noite em que Lila estava falando mal de Gennaro, Dede tomou coragem e o defendeu. Ficou roxa e disse: ele é inteligentíssimo. Lila a olhou com interesse, sorriu para ela, replicou: você é muito gentil, sou a mãe dele e o que você disse me dá um grande prazer. A partir daquele momento, Dede se sentiu autorizada a defender Gennaro em qualquer ocasião, mesmo quando Lila estava furiosa com ele. Gennaro agora era um rapagão de dezoito anos, com um rosto bonito como o do pai quando jovem, mas fisicamente mais atarracado e sobretudo de caráter intratável. Quanto a Dede, que estava com doze anos, ele nem lhe dava atenção, tinha outras coisas na cabeça. Mas ela nunca deixou de considerá-lo o exemplar humano mais espetacular que já havia aparecido na face da terra e, assim que podia, lhe rasgava elogios. Às vezes Lila estava de mau humor e não respondia a ela. Mas noutras ocasiões ria, exclamava: que nada, é um delinquente; vocês três é que são excelentes, vão se tornar melhor que sua mãe. E Dede, apesar de contente com o cumprimento (ficava feliz sempre que podia se considerar melhor do que eu), passava imediatamente a diminuir-se só para engrandecer Gennaro.

Ela o adorava. Com frequência se postava na janela para vê-lo voltar da oficina e gritava assim que ele aparecia: oi, Rino. Se ele respondia oi (geralmente não fazia isso), ela corria ao patamar para vê-lo subir as escadas e tentava engatar uma conversa do tipo: você está cansado, o que houve com sua mão, não sente calor com esse macacão, e coisas desse gênero. Poucas palavras dele eram suficientes para galvanizá-la. Quando por acaso recebia mais atenção que o normal, a fim de prolongar o contato pegava Imma no colo e dizia: vou levá-la aqui embaixo para tia Lina, assim ela brinca com Tina. Eu nem tinha tempo de lhe dar a permissão, e ela já estava fora de casa.

Nunca tão pouco espaço havia separado Lila de mim, nem mesmo quando éramos crianças. Meu piso era seu teto. Dois lances de escada em descida me levavam à casa dela, dois em subida a traziam à minha. De manhã, de noite, escutava o som indistinto de suas conversas, os trinados de Tina aos quais Lila respondia como se também trinasse, a tonalidade espessa de Enzo que, silencioso como era, no entanto falava muito com a filha e com frequência entoava canções para ela. Eu especulava que os sinais de minha presença também chegavam a Lila. Quando ela estava no trabalho, quando minhas filhas maiores estavam na escola, quando na casa havia apenas Imma e Tina, que muitas vezes ficava comigo, inclusive para dormir, eu sentia o vazio debaixo e esperava ouvir os passos de Lila e Enzo voltando.

As coisas logo seguiram um bom caminho. Dede e Elsa cuidavam muito de Imma, a levavam com elas para o pátio ou para a casa de Lila. Se eu precisasse viajar, Lila tomava conta das três. Fazia anos que eu não tinha tanto tempo à disposição. Lia, revia meu livro, estava à vontade sem Nino e sem a angústia de perdê-lo. A relação com Pietro também melhorou. Ele veio mais vezes a Nápoles para ver as filhas, habituou-se definitivamente à palidez pobre do apartamento e ao sotaque napolitano, sobretudo de Elsa, com frequência ficava para dormir. Nessas ocasiões, mostrou-se gentil com Enzo e conversou muito com Lila. Embora no passado Pietro tivesse emitido juízos decididamente negativos sobre ela, me pareceu óbvio que ele tinha gosto em passar um tempo em sua companhia. Quanto a Lila, assim que ele ia embora, ela me falava a seu respeito com um entusiasmo que em geral não demonstrava por ninguém. Quantos livros deve ter estudado, dizia séria, cinquenta mil, cem mil? Creio que via em meu ex-marido a encarnação de suas fantasias infantis sobre pessoas que leem e escrevem por sabedoria, não por ofício.

"Você é excelente", me falou certa noite, "mas ele tem um jeito de falar que realmente me agrada: põe a escrita dentro da voz, mas não fala como um livro impresso."

"E eu falo?", perguntei de brincadeira.

"Um pouco."

"Ainda hoje?"
"Sim."
"Se eu não tivesse aprendido a falar dessa maneira, nunca teriam tido consideração por mim fora daqui."
"Ele é como você, mas mais natural." Quando Gennaro era pequeno, embora eu ainda não conhecesse Pietro naquela época, pensava que deveria criá-lo para ser exatamente assim."
Falou com frequência do filho. Disse que devia ter dado mais a ele, mas não tinha tido nem tempo, nem constância, nem capacidade. Acusou-se de, no início, ter ensinado ao menino o pouco que podia e depois ter perdido a confiança e o abandonado. Certa noite passou do primeiro filho à segunda, sem interrupção. Tinha medo de que, ao crescer, Tina também se estragasse. Eu elogiei muito a menina, com sinceridade, e ela me disse séria:
"Agora, que você está aqui, precisa me ajudar a fazê-la crescer como suas filhas. Enzo também gostaria, me pediu que eu falasse com você."
"Tudo bem."
"Você me ajuda, eu ajudo você. A escola não é suficiente; lembra a Oliviero? Comigo não bastou."
"Eram outros tempos."
"Não sei. Dei o possível a Gennaro, mas não deu certo."
"A culpa é do bairro."
Ela me olhou séria e disse:
"Não acredito, mas, já que você decidiu morar aqui com a gente, vamos mudar o bairro."

84.

Em poucos meses nossas relações se tornaram muito estreitas. Criamos o hábito de sair juntas para as compras, e aos domingos, em vez de passar o tempo passeando entre as velhas bancas do estradão, nos impúnhamos ir ao centro com Enzo para que nossas filhas tomassem um pouco de sol e ar fresco. Passeávamos pela via Caracciolo ou na Villa Comunale. Ele carregava Tina nos ombros e lhe fazia muitos mimos, até demais. Mas nunca se esquecia de minhas filhas, comprava balões, docinhos, brincava com elas. Eu e Lila ficávamos atrás de propósito. Conversávamos sobre tudo, mas não como na adolescência — aquela época não voltaria mais. Ela me fazia perguntas sobre coisas que ouvira na televisão, e eu respondia sem freios. Falava — sei lá — do pós-moderno, dos problemas do mundo editorial, das últimas novidades do feminismo, tudo o que me passava pela cabeça; e Lila ficava ouvindo atentamente, o olhar só um tantinho irônico, intervindo apenas para fazer novas perguntas, nunca para dizer o que pensava. Eu gostava de falar com ela. Gostava do ar admirado que fazia, gostava de frases do tipo: quanta coisa você sabe, quanta coisa é capaz de pensar — mesmo nas vezes em que a sentia zombeteira. Se a solicitava pedindo-lhe uma opinião, ela se retraía e resmungava: não, não me faça dizer bobagens, fale você. Muitas vezes me indagava sobre nomes famosos para saber se os conhecia e, quando eu dizia que não, ela ficava mal. Também ficava mal — devo dizer — sempre que eu reduzia a dimensões ordinárias pessoas conhecidas com quem tive algum contato.

"Então", concluiu certa manhã, "essa gente não é o que parece ser."

"De jeito nenhum, na maioria das vezes são excelentes em seus trabalhos. Mas quanto ao resto são ávidos, sentem prazer em fazer mal, estão do lado dos mais fortes e se encarniçam contra os fracos, formam bandos para combater outros bandos, tratam as mulheres como cadelinhas de passeio, assim que podem lhes dizem obscenidades e lhes metem a mão, exatamente como em nossos ônibus daqui."

"Você não está exagerando?"

"Não, para produzir ideias não é preciso ser santo. De todo modo, os verdadeiros intelectuais são pouquíssimos. A massa dos cultos comenta por toda a vida, preguiçosamente, ideias alheias. Investem suas melhores energias em exercícios de sadismo contra qualquer possível rival."

"Então por que você fica com eles?"

Respondi: não estou com eles, estou aqui. Queria que ela me sentisse parte do mundo elevado e, no entanto, diferente. Ela mesma me impelia nessa direção. Divertia-se quando eu era sarcástica com meus colegas, mas de todo modo queria que continuassem meus colegas. Às vezes eu tinha a impressão de que insistia para que lhe confirmasse que eu de fato fazia parte daqueles que diziam às pessoas como estava a situação e como era certo pensar. Para ela, a opção de residir no bairro só era sensata se eu continuasse me colocando entre os que escreviam livros, colaboravam em revistas e jornais, apareciam de vez em quando na televisão. Queria que eu fosse sua amiga, sua vizinha de casa, desde que mantivesse aquela aura. E eu a satisfazia. Seu consenso me dava confiança. Estava ao lado dela, passeando na Villa Comunale com nossas filhas, e no entanto era decididamente diversa, tinha uma vida de amplos horizontes. Sentia-me lisonjeada por me sentir uma mulher de grande experiência se comparada a ela, e sentia que ela também estava contente com o que eu era. Falava-lhe da França, da Alemanha e da Áustria, dos Estados Unidos, dos debates de que participara aqui e ali, dos homens que recentemente, depois de Nino, apareceram em minha vida. Ela prestava atenção a cada palavra com um meio sorriso, sem jamais falar de si. Nem mesmo o relato de minhas relações casuais atiçou sua vontade de se abrir comigo.

"Você está bem com Enzo?", perguntei a ela certa manhã.

"Bastante bem."

"E nunca tem interesse por algum outro?"

"Não."

"Você gosta muito dele?"
"Bastante."
Não havia meio de tirar-lhe mais que isso, era eu quem falava de sexo, e com frequência de modo explícito. Falação minha, silêncio dela. Contudo, não importava o assunto que tratássemos naquelas caminhadas, havia algo que se desprendia de seu próprio corpo e me envolvia, me estimulava o cérebro como sempre acontecera, me ajudando a refletir.

Talvez por isso eu a procurasse continuamente. Ela continuava emanando uma energia que dava ânimo, que consolidava um propósito, que de maneira irrefletida sugeria soluções. Era uma força que não atingia apenas a mim. Às vezes me convidava para jantar com as meninas, e com mais frequência era eu quem a convidava, naturalmente com Enzo e Tina. Gennaro não, não havia o que fazer, quase sempre estava fora e voltava tarde da noite. Enzo — pude logo perceber — estava preocupado com o rapaz, enquanto Lila dizia: ele já é grande, que faça o que achar melhor. Mas sentia que falava assim para atenuar o nervosismo do companheiro. O tom era idêntico ao de nossas conversas: Enzo fazia sinal que sim, algo passava dela para ele como um fluido corroborante.

Algo parecido ocorria nas ruas do bairro. Sair com ela para fazer compras não cansava de me surpreender, ela se tornara uma autoridade. Era continuamente parada, puxavam-na de lado com intimidade respeitosa, diziam-lhe palavras no ouvido, e ela escutava sem reações. Tratavam-na assim pela fortuna que tivera em seu novo trabalho? Porque passava a ideia de alguém que podia tudo? Ou porque a energia que sempre emanara, agora que estava próxima dos quarenta anos, lhe dava um ar de feiticeira que encantava e assustava? Não sei. Mas com certeza eu me espantava que dessem mais atenção a ela do que a mim. Eu era uma escritora conhecida, e a editora estava se esforçando para que, tendo em vista meu novo romance, se falasse de mim com frequência nos jornais: o *La*

Repubblica saiu com uma grande foto minha ilustrando um breve artigo sobre os próximos lançamentos, no qual a certa altura se dizia: *especialmente esperado é o novo romance de Elena Greco, uma história ambientada numa Nápoles inédita, de cores vermelho sangue* etc. Mas ao lado dela, ali, no lugar onde havíamos nascido, eu era apenas uma decoração, ou seja, uma testemunha dos méritos de Lila. Quem nos conhecia desde o nascimento atribuía a ela, à sua força de atração, o fato de o bairro poder contar em suas ruas com uma pessoa de prestígio como eu.

85.

Acredito que muitos se perguntavam por que eu, que nos jornais parecia rica e famosa, tivesse vindo viver num apartamento miserável, situado numa área de crescente degradação. Talvez as primeiras a não entender fossem minhas filhas. Uma noite Dede voltou amuada da escola:

"Um velho estava fazendo xixi no nosso portão."

E noutra ocasião Elsa chegou em casa assustadíssima:

"Hoje deram uma facada em alguém nos jardinzinhos."

Naqueles casos eu tinha medo, a parte de mim que havia tempos se retirara do bairro se indignava, se preocupava com as meninas, dizia chega. Em casa, Dede e Elsa falavam em bom italiano, mas às vezes as escutava da janela, ou enquanto subiam as escadas, e me dava conta de que principalmente Elsa recorria a um dialeto muito agressivo, não raro obsceno. Eu a censurava, ela fingia se arrepender. Mas eu sabia que era preciso muita autodisciplina para resistir ao fascínio da má-educação e a tantas outras tentações. Era possível que, enquanto eu me concentrava em fazer literatura, elas se perdessem? Para me acalmar, eu reiterava o limite temporal daquela permanência: depois da publicação de meu livro, deixaria

Nápoles definitivamente. Dizia e repetia a mim mesma: só precisava terminar a redação definitiva do romance. O livro estava seguramente se beneficiando de qualquer coisa que viesse do bairro. Mas o trabalho só avançava tão bem porque eu estava sempre atenta a Lila, que continuara por inteiro dentro daquele ambiente. Sua voz, seu olhar, seus gestos, sua maldade e sua generosidade, o próprio dialeto estavam intimamente ligados ao nosso local de nascimento. Até a Basic Sight, apesar do nome exótico (as pessoas chamavam seu escritório de *basissit*), parecia não uma espécie de meteorito caído do espaço, mas um efeito imprevisto da miséria, da violência e da degradação. Portanto, absorver dela para dar veracidade à minha narrativa me parecia algo indispensável. Depois eu iria embora para sempre, pretendia me mudar para Milão.

Bastava passar um tempo no escritório dela para perceber o contexto em que se movia. Observava seu irmão, que agora estava evidentemente devorado pela droga. Olhava Ada, que a cada dia era mais terrível, inimiga jurada de Marisa, que lhe tirara Stefano definitivamente. Olhava Alfonso — em cujo rosto, em cujos modos, o feminino e o masculino rompiam continuamente as barreiras com efeitos que num dia me repeliam, noutro me comoviam, e sempre me assustavam—, que muitas vezes estava com um olho roxo e a boca inchada por surras que levara quem sabe onde, quem sabe quando. Olhava Carmen, que, metida em seu uniforme azul de frentista, chamava Lila de lado e a consultava como a um oráculo. Olhava Antonio, que circulava em torno dela com frases truncadas ou ficava num silêncio decoroso quando, em visita de cortesia, levava sua linda mulher alemã e os filhos. Enquanto isso, captava uma infinidade de boatos. Stefano Carracci está prestes a fechar a charcutaria, não tem mais um centavo, precisa de dinheiro. Foi Pasquale Peluso quem sequestrou fulano e, se não foi ele, com certeza está envolvido nisso. O incêndio na fábrica de camisas foi o próprio sicrano quem causou, para ferrar a seguradora. Fique de olho em Dede, estão dando às crianças balas com droga. Um pederasta tem rondado a escola fundamental e levado meninos com ele. Os Solara estão abrindo um night club no bairro novo, mulheres e droga, a música vai ser tão alta que ninguém mais vai dormir. Pelo estradão, durante a noite, passam caminhões enormes transportando coisas que podem nos destruir mais que a bomba atômica. Gennaro começou a frequentar gente ruim, e eu — se ele continuar assim — não vou conseguir nem acordar para trabalhar. A pessoa que encontraram assassinada na entrada do túnel parecia uma mulher, mas era um homem: tinha tanto sangue no corpo que escorreu até a bomba de gasolina.

Observava e ouvia inclinando-me da borda daquilo que eu e Lila imaginávamos nos tornar na infância e que eu de fato me tornara: a autora de um livro substancioso, que eu estava limando — ou às vezes reescrevendo — e que logo seria lançado. Na primeira versão — pensava — coloquei dialeto demais. E cancelava, refazia. Depois achava que tinha posto muito pouco, e tornava a acrescentar. Estava no bairro, mas protegida naquele papel, dentro da encenação. O trabalho ambicioso justificava minha presença naquele lugar e, enquanto me dedicava a ele, dava um sentido à luz doentia dos cômodos, às vozes debochadas da rua, aos riscos que as meninas corriam, ao tráfego no estradão que levantava poeira no tempo bom e água e lama quando chovia, ao enxame de clientes de Lila e Enzo, chefetes da periferia, grandes carros de luxo, roupas de uma riqueza vulgar, corpos pesados que se moviam com modos ora prepotentes, ora rastejantes.

Certa vez em que eu aguardava Lila na sede da Basic Sight com Imma e Tina, tudo me pareceu mais claro: Lila desenvolvia um trabalho novo, mas totalmente imersa em nosso velho mundo. Escutei-a gritando da maneira mais vulgar com um cliente por questão de dinheiro. Fiquei abalada: aonde tinha ido parar a mulher

que emanava autoridade com cortesia? Enzo acudiu, e o homem — um tipo de seus sessenta anos, pequeno mas com uma pança enorme — foi embora praguejando. Depois falei para Lila:
"Quem você é realmente?"
"Em que sentido?"
"Se não quer falar, pode deixar."
"Não, vamos falar, mas se explique melhor."
"Quero dizer: num ambiente como este, com a gente com quem deve tratar, como você se comporta?"
"Fico atenta, como todo mundo."
"Só isso?"
"Bem, fico atenta e mexo meus pauzinhos para que tudo saia como eu quero. A gente sempre se comportou assim, não é?"
"Sim, mas agora temos responsabilidades, tanto em relação a nós quanto a nossos filhos. Você não disse que precisamos mudar o bairro?"
"E na sua opinião o que é preciso fazer para mudá-lo?"
"Recorrer à lei."
Eu mesma me espantei com o que estava dizendo. Fiz um discurso em que me descobri, para minha surpresa, ainda mais legalista do que meu ex-marido e, por muitos aspectos, mais do que Nino. Lila respondeu gozadora:
"A lei funciona quando se lida com gente que basta você falar *lei*, e todos ficam alerta. Mas aqui você sabe como é."
"E então?"
"Então, se as pessoas não têm medo da lei, você deve meter medo nelas. Trabalhamos muito, aliás, muitíssimo para aquele imbecil que você viu antes, mas ele não quer pagar, diz que não tem dinheiro. Eu o ameacei e disse: vou entrar na justiça. E ele respondeu: entre, estou me lixando para a justiça."
"Mas você vai processá-lo."
Ela riu:

"Assim nunca mais vou ver a cor do dinheiro. Tempos atrás, um contador nos roubou milhões. Nós o demitimos e denunciamos. Mas a justiça não moveu uma palha."

"E aí?"

"Aí me cansei de esperar e falei com Antonio. O dinheiro voltou rapidinho. E esse outro também vai voltar, sem processo, sem advogados e sem juízes."

86.

Então Antonio fazia trabalhos daquele tipo para Lila. Não remunerado, mas por amizade, por estima pessoal. Ou talvez — sei lá — ela o pedisse emprestado a Michele, de quem Antonio dependia, e Michele, que concordava com tudo o que Lila pedia, o emprestava.

Mas é verdade que Michele satisfazia todas as vontades dela? Se isso com certeza ocorria antes de minha mudança para o bairro, agora não era tão claro se as coisas continuavam assim. Primeiro notei alguns sinais incongruentes: Lila não pronunciava mais o nome de Michele de forma arrogante, mas com evidente incômodo e preocupação; além disso, ele aparecia cada vez mais raramente na Basic Sight.

Percebi pela primeira vez que algo havia mudado na festa de casamento de Marcello e Elisa, que foi luxuosíssima. Durante toda a recepção Marcello se manteve ao lado do irmão, várias vezes cochichou em seu ouvido, riram juntos, pôs o braço em seus ombros. Quanto a Michele, parecia ressuscitado. Voltou a fazer os discursos de antigamente, longos, empolados, enquanto ao lado dele sentavam disciplinadamente, quase como se tivessem passado uma borracha no modo como ele os havia tratado, Gigliola, agora extraordinariamente gorda, e os filhos. Fiquei espantada como a vulgaridade, ainda provinciana na época do casamento de Lila, tinha quase se modernizado. Tornara-se uma vulgaridade metropolitana, e a própria Lila se adequara a ela, nas maneiras, na linguagem, nas roupas. Enfim, não havia nada destoante exceto eu e minhas filhas, que, com nossa sobriedade, estávamos totalmente fora de lugar naquele triunfo de cores excessivas, risadas excessivas e luxos excessivos.

Talvez tenha sido por isso que o ataque de raiva de Michele pareceu particularmente alarmante. Ele estava fazendo um discurso em homenagem aos noivos quando a pequena Tina passou a se queixar de algo que Imma lhe tirara, estrilando no meio do salão. Ele falava, Tina gritava. Então Michele interrompeu de repente e gritou com olhos de alucinado: Lina, caralho, quer mandar 'sta sfaccimm'e criatura* ficar calada? Assim, exatamente com estas palavras. Lila o olhou fixo por um longo segundo. Não falou, não se moveu. Apenas apoiou lentamente uma mão na mão de Enzo, que estava sentado a seu lado. Eu deixei às pressas meu lugar na mesa e levei as duas meninas para fora.

O episódio mobilizou a noiva, quer dizer, minha irmã. Ao final do discurso, depois de ouvir o marulho dos aplausos, lá veio ela me encontrar em seu luxuosíssimo vestido. Disse alegre: meu cunhado voltou a ser quem era. E acrescentou: mas não se deve tratar as crianças assim. Então pegou Imma e Tina nos braços e, rindo e brincando, voltou ao salão com as duas meninas. Eu a acompanhei, perplexa.

Num primeiro momento, pensei que ela também tivesse voltado a ser o que era. De fato, Elisa mudou muito depois do casamento, como se o que a piorava até então fosse a ausência do vínculo matrimonial. Tornou-se uma mãe calma, uma esposa pacata e ao mesmo tempo firme, e suspendeu toda hostilidade em relação a mim. Agora, quando eu ia à casa dela com minhas filhas e muitas vezes com Tina, ela me acolhia com gentileza e

* Em dialeto napolitano: "esta porra de criança".

era afetuosa com as meninas. Marcello — quando o encontrava — também era amável. Me chamava de a cunhada que escreve romances (*como vai a cunhadinha que escreve romances?*), desembuchava duas palavras cordiais e desaparecia. A casa agora estava sempre em perfeita ordem, e Elisa e Silvio nos recebiam como vestidos para festa. Mas minha irmãzinha pequena — logo me dei conta — desaparecera definitivamente. O casamento havia inaugurado uma senhora Solara toda fingida, nenhuma palavra confidencial, apenas um tom benévolo com o sorriso nos lábios inteiramente copiado do marido. Eu me esforçava para ser afetuosa, com ela e sobretudo com meu sobrinho. Mas Silvio não me era simpático, se parecia demais com Marcello, e Elisa deve ter notado. Certa tarde, ela voltou a ser hostil por uns minutos. Me disse: você gosta mais da filha de Lina do que de meu filho. Jurei que não, abracei o menino, o enchi de beijos. Mas ela sacudiu a cabeça e sibilou: além disso, você veio morar ao lado de Lina, e não perto de mim ou de papai. Ou seja, continuava implicando comigo e agora também com nossos irmãos. Creio que os acusava de terem sido ingratos. Viviam e trabalhavam em Baiano, e nunca mais tinham ligado nem mesmo para Marcello, que fora tão generoso com eles. Os laços familiares, disse Elisa, a gente pensa que são fortes; mas não. Falou como se enunciasse um princípio universal e então acrescentou: para evitar que se rompam é preciso vontade, assim como fez meu marido; Michele estava abestalhado, mas Marcello o fez voltar ao que era — viu que belo discurso ele fez em meu casamento?

87.

A nova lucidez de Michele foi marcada não só pelo retorno ao palavreado florido, mas também pela ausência entre os convidados de uma pessoa que, naquele período de crise, com certeza estivera bem próxima: Alfonso. O fato de não ter sido convidado foi, para meu ex-colega de escola, um enorme sofrimento. Por dias e dias só fez se lamentar, perguntando-se aos gritos o que podia ter feito de errado aos Solara. Trabalhei para eles tantos anos — dizia —, e nem me convidaram. Depois aconteceu um fato que causou comoção. Uma noite ele veio jantar em minha casa com Lila e Enzo, estava muito deprimido. Mas ele, que nunca se vestira de mulher em minha presença senão naquela vez em que provara a roupa de gestante na loja da via Chiaia, chegou em trajes femininos, deixando de queixo caído sobretudo Dede e Elsa. Foi agressivo durante toda a noite, bebeu muito. Perguntava obsessivamente a Lila: estou engordando, estou ficando feio, não me pareço mais com você? E a Enzo: quem é mais bonita, eu ou ela? A certa altura, se queixou de que estava com prisão de ventre, que sentia uma dor danada naquilo que — virando-se para as meninas — chamou de bundinha. E passou a exigir que eu desse uma olhada para entender o que ele tinha. Olhe minha bundinha, dizia rindo debochado, e Dede o fixava perplexa, enquanto Elsa tentava sufocar uma risada. Enzo e Lila precisaram levá-lo embora às pressas.

Mas Alfonso não se acalmou. No dia seguinte, sem maquiagem, em roupas masculinas, olhos vermelhos de choro, saiu da Basic Sight dizendo que ia tomar um café no bar Solara. Na entrada, cruzou com Michele — não se sabe o que se disseram. Em poucos minutos, Michele começou a espancá-lo com socos e pontapés, então pegou a barra de ferro que servia para puxar a porta e o golpeou com método, demoradamente. Alfonso voltou ao escritório em frangalhos, e não parava de repetir: foi culpa minha, não consegui me controlar. Controlar em que sentido ninguém soube. O fato é que desde então ele piorou ainda mais, e Lila me pareceu preocupada. Por dias tentou sem sucesso acalmar Enzo, que não suportava a violência dos fortes contra os fracos e queria ir até Michele para ver se ele conseguia dar nele as mesmas porradas que tinha dado em Alfonso. Do meu apartamento eu escutava Lila, que lhe dizia: pare com isso, você está assustando Tina.

88.

Depois veio janeiro, e meu livro já estava bem nutrido dos ecos de tantos fatos miúdos do bairro. Fui tomada de grande angústia. Quando estava relendo a prova final, perguntei timidamente a Lila se ela teria a paciência de relê-lo (*mudou muito*), mas ela disse de jeito nenhum. Não li nem mesmo o último que você publicou — disse —, não tenho competência nessas coisas. Me senti sozinha, à mercê de minhas próprias páginas, e fiquei tentada até a ligar para Nino e perguntar se ele me faria o favor de lê-lo. Depois me dei conta de que, mesmo conhecendo meu endereço e número de telefone, ele nunca deu notícias, tinha ignorado em todos aqueles meses tanto a mim quanto à filha. Então renunciei a isso. O texto deixou para trás o último estágio da provisoriedade e desapareceu. Separar-me dele me assustou, agora só o reencontraria em sua forma definitiva, e toda palavra seria irremediável.

Telefonaram da assessoria de imprensa. Gina me disse: o pessoal da *Panorama* leu as provas e ficou muito interessado, vão mandar um fotógrafo. Imediatamente senti falta da casa da via Tasso, era um apartamento elegante. Pensei: não quero ser fotografada de novo na entrada do túnel, muito menos neste apartamento esquálido, nem nos jardinzinhos, entre as seringas dos drogados; não sou mais a garotinha de quinze anos atrás, esse é meu terceiro livro, desejo ser tratada como se deve. Mas Gina insistiu, o livro precisava ser bem divulgado. Disse a ela: passe meu número ao fotógrafo; queria pelo menos ser avisada a tempo, cuidar de minha aparência, adiar o encontro se não me sentisse em boa forma.

Naqueles dias me esforcei para manter a casa em ordem, mas ninguém telefonou. Concluí que já havia muitas fotos minhas circulando, e que a *Panorama* tinha renunciado ao ensaio fotográfico. Mas numa manhã, quando Dede e Elsa estavam na escola, e eu descabelada, de jeans e malha puída, sentada no assoalho brincando com Imma e Tina, bateram na porta. As duas meninas juntavam as peças espalhadas que serviam para construir um castelo, e eu as estava ajudando. Havia algumas semanas eu tinha a impressão de que a distância entre minha filha e a filha de Lila tinha sido definitivamente superada: as duas colaboravam na construção com firmeza de gestos e, se Tina demonstrava mais brilho e me fazia perguntas muitas vezes surpreendentes, num italiano límpido, sempre bem escandido, Imma era mais decidida, talvez mais disciplinada, e sua única desvantagem era uma língua contraída, que todos muitas vezes recorríamos a sua amiguinha para entender. Como demorei para acabar de responder a não sei que pergunta de Tina, tocaram a campainha de modo mais insistente. Fui abrir e me vi diante de uma bela mulher de seus trinta anos, cheia de cachos louros, com um longo impermeável azul. Era a fotógrafa.

Era de Milão e muito expansiva. Nada do que vestia era de pouco preço. Perdi seu número, disse, mas é melhor assim, quanto menos você espera ser fotografada, mais as fotos ficam boas. Olhou ao redor. Que dificuldade chegar até aqui, que lugarzinho infame, mas é disso mesmo que precisamos: são suas essas duas bonequinhas? Tina sorriu para ela, Imma não, mas era óbvio que ambas a consideravam uma espécie de fada. Apresentei as duas: Imma é minha filha, e Tina é filha de uma amiga. Mas, já enquanto eu falava, a fotógrafa começou a circular à minha volta tirando fotos continuamente, com máquinas diferentes e todo um arsenal de aparelhos. Preciso me arrumar um pouco, tentei dizer. Nada disso, você está ótima assim.

Me levou a cada canto da casa: à cozinha, ao quarto das meninas, ao meu quarto, até diante do espelho do banheiro.

"Você tem seu livro?"
"Não, ainda não saiu."
"E um exemplar do último que escreveu?"
"Tenho."
"Pegue e coloque aqui, faça de conta que está lendo."
Obedeci atordoada. Tina, por sua vez, pegou um livro e assumiu minha pose, dizendo a Imma: tire minha foto. A coisa entusiasmou a fotógrafa, que me disse: sente no chão com as meninas. Fez muitos disparos, Tina e Imma ficaram felizes. A mulher exclamou: agora vamos fazer uma só com sua filha. Fiz o gesto de aproximar Imma de mim, mas ela falou: não, a outra, tem uma carinha fantástica. Fiquei ao lado de Tina, ela fez uma quantidade interminável de fotos, Imma se entristeceu. Eu também — ela disse. Alarguei os braços e gritei para ela: sim, venha com a mamãe.

A manhã passou voando. A mulher de impermeável azul nos arrastou para fora de casa, mas um tanto tensa. Perguntou umas duas vezes: será que podem me roubar o equipamento? Depois se entusiasmou, quis fotografar cada ângulo miserável do bairro, me fez sentar num banco escangalhado, contra um muro descascado, ao lado do velho mictório. Eu dizia a Imma e a Tina: fiquem aqui paradas, não se mexam porque os carros estão passando, olha lá. Elas estavam de mãos dadas, uma loura e uma morena, a mesma estatura, e esperavam.

Lila voltou na hora do jantar e subiu até meu apartamento para buscar a filha. Tina não lhe deu tempo de entrar em casa e contou tudo:

"Veio aqui uma senhora belíssima."
"Mais bela do que eu?"
"Sim."
"Mais bela até que tia Lenuccia?"
"Não."
"Então a mais bela de todas é tia Lenuccia."

"Não, eu."
"Você? Que bobagem é essa?"
"É verdade, mamãe."
"E o que essa senhora fez?"
"Fotografias."
"De quem?"
"De mim."
"Só de você?"
"Sim."
"Mentirosa. Imma, venha aqui, me diga o que vocês fizeram."

89.

Esperei que a *Panorama* saísse. Agora eu estava contente, a assessoria de imprensa estava fazendo um ótimo serviço, me sentia orgulhosa de ser o centro de um ensaio fotográfico. Mas passou uma semana, e o ensaio não saiu. Passaram quinze dias, e nada. Estávamos no final de março, o livro já estava nas livrarias, e ainda nada. Me envolvi com outras coisas: uma entrevista para o rádio, outra para o *Mattino*. A certa altura precisei ir a Milão para o lançamento do livro. Foi na mesma livraria de quinze anos antes, apresentado pelo mesmo professor de então. Adele não apareceu, nem Mariarosa, mas o público foi mais numeroso do que da outra vez. O professor falou do livro sem muito entusiasmo, mas positivamente, e alguns dos presentes — havia sobretudo mulheres — intervieram entusiasmados com a complexa humanidade da protagonista. Enfim, um ritual que eu já conhecia bem. Viajei na manhã seguinte e voltei a Nápoles exausta.

Lembro que estava indo para casa arrastando a mala, quando um carro se aproximou de mim no estradão. Era Michele ao volante, com Marcello ao lado. Recordei o episódio em que os dois Solara tentaram me puxar para dentro do carro deles — tinham feito isso com Ada —, e Lila me defendera. Eu levava no pulso, assim como agora, o bracelete de minha mãe, e, sendo os objetos impassíveis por natureza, me retraí instintivamente para protegê-lo. Mas Marcello olhou fixo para a frente, sem me cumprimentar, sem sequer me dizer a frase habitual e amigável: olha a cunhadinha que escreve romances. Quem falou foi Michele, e ele estava furioso:

"Lenu, que merda você escreveu nesse seu livro. Infâmias sobre o lugar onde nasceu? Infâmias sobre minha família? Infâmias sobre quem a viu crescer, a admira e gosta de você? Infâmias sobre nossa maravilhosa cidade?"

Virou-se, pegou no banco de trás um exemplar da *Panorama* saído do forno e o estendeu a mim pela janela do carro.

"Você gosta de contar besteiras?"

Olhei. A revista semanal estava aberta na página referente a mim. Havia uma grande foto colorida em que eu e Tina estávamos sentadas no assoalho de casa. A legenda logo me chamou a atenção, e dizia: Elena Greco com a filha, Tina. No momento pensei que o problema fosse aquela legenda, e não entendi por que Michele estava tão furioso. Respondi perplexa:

"Eles erraram."

Mas ele se saiu com uma frase gritada, ainda mais incompreensível:

"Não foram eles que erraram, mas *vocês duas*."

"Vocês quem? Não sei o que você está falando."

Naquele ponto Marcello se intrometeu e disse aborrecido:

"Deixe para lá, Michè, Lina a manipula e ela nem se dá conta."

Partiu cantando pneu e me deixou na calçada, com a revista na mão.

90.

Fiquei petrificada, a mala ao lado. Li o artigo, quatro páginas com fotos dos lugares mais feios do bairro: a única em que eu aparecia era aquela com Tina, uma foto linda, na qual o fundo esquálido do apartamento conferia às nossas duas figuras uma particular elegância. Quem escrevia não resenhava meu livro e não falava dele como de um romance, mas o usava para narrar o que chamava de "feudo dos irmãos Solara", território definido como de fronteira, talvez ligado à nova Camorra organizada, talvez não. De Marcello se falava pouco, o mais citado era Michele, a quem se atribuía empreendedorismo, falta de escrúpulos e disposição a saltar de um palanque político a outro, segundo a lógica dos negócios. Que negócios? A *Panorama* apresentava uma lista deles, misturando os legais aos ilegais: o bar-confeitaria, os curtumes, as sapatarias, os minimercados, os night clubs, a agiotagem, o velho contrabando de cigarros, a receptação, a droga, as interferências nas obras depois do terremoto.

Suei frio.

O que é que eu tinha feito, como pude ser tão imprudente?

Em Florença eu tinha inventado uma trama baseada em fatos de minha infância e adolescência, com a insensatez que me vinha da distância. Vista de lá, Nápoles era quase um lugar da infância, uma cidade como aquelas dos filmes, as quais, embora ruas e edifícios sejam reais, servem apenas de cenário para fábulas românticas ou violentas. Depois, quando me mudei e passei a ver Lila todos os dias, fui tomada por uma ânsia de realidade e, mesmo evitando nomeá-lo, acabei narrando o bairro. Mas devo ter exagerado, e a relação entre verdade e ficção devia ter se desequilibrado: agora toda rua, todo prédio se tornara reconhecível, e talvez até as pessoas, até as violências. As fotos eram a prova do que minhas páginas continham de fato, identificavam a área de maneira definitiva, e o bairro deixava de ser — como sempre fora para mim, enquanto escrevia — uma invenção. O autor do artigo refazia a história do local e mencionava até os assassinatos de dom Achille Carracci e de Manuela Solara. Aliás, se demorava sobretudo neste último, conjeturando que podia ser a ponta visível de um conflito entre famílias camorristas ou uma execução encomendada pelo "perigoso terrorista Pasquale Peluso, nascido e crescido no bairro, ex-pedreiro e ex-secretário da seção local do Partido Comunista". Mas eu não tinha contado nada sobre Pasquale, não tinha contado nada sobre dom Achille ou Manuela Solara. Os Carracci, os Solara tinham sido para mim apenas formas, vozes capazes de alimentar, com a cadência dialetal, a gestualidade, a tonalidade às vezes violenta, um dispositivo totalmente fantasioso. Não queria me meter em suas histórias reais, não tinha nada a ver com "o feudo dos irmãos Solara".

Eu tinha escrito um romance.

91.

Fui para a casa de Lila num estado de grande agitação, as meninas estavam com ela. Você já voltou, perguntou Elsa, que se sentia mais livre quando eu não estava. E Dede me fez um gesto distraído, murmurando com falsa seriedade: um minuto só, mamãe, estou terminando as tarefas e já lhe dou um abraço. A única a demonstrar entusiasmo foi Imma, que grudou os lábios em meu rosto e me beijou demoradamente, sem desgrudar. Tina quis fazer o mesmo. Mas eu estava com a cabeça em outras coisas, dei pouquíssima atenção a elas e mostrei *Panorama* imediatamente a Lila. Falei dos Solara sufocando de ansiedade, disse: eles ficaram furiosos. Lila leu o artigo com calma e só fez um comentário: belas fotos. Exclamei:

"Vou mandar uma carta, vou protestar. Querem fazer uma reportagem sobre Nápoles, pois façam, sei lá, sobre o sequestro de

Cirillo, sobre os mortos da Camorra, sobre o que quiserem, mas não venham usar meu livro de qualquer jeito."
"E por quê?"
"Porque é literatura, não o relato de fatos reais."
"Pelo que lembro, era sim."
Olhei para ela, insegura.
"O que você está dizendo?"
"Eu lhe disse que não gostava do livro. As coisas devem ser contadas ou não: você ficava no meio do caminho."
"Era um romance."
"Um pouco romance, um pouco não."
Não repliquei, a ansiedade cresceu. Agora já não sabia se estava mais incomodada pela reação dos Solara ou por ela ter reconfirmado tranquilamente seu julgamento negativo de anos atrás. Quase sem as ver, olhei para Dede e Elsa, que tinha se apropriado da revista. Imma perguntou a Elsa:
"Onde eu estou?"
"Você não está, porque Tina é bonita e você é feia", respondeu a irmã.

Então Imma recorreu a Dede para saber se era verdade. E Dede, depois de ter lido a legenda da *Panorama* duas vezes em voz alta, tentou convencê-la de que, como ela se chamava Sarratore, e não Airota, não era de fato minha filha. Nessa altura não aguentei mais, estava cansada, exasperada, gritei: chega, vamos para nossa casa. As três protestaram, apoiadas por Tina e sobretudo por Lila, que insistiu querendo que ficássemos para o jantar.

Fiquei. Lila tentou me acalmar, tentou até me fazer esquecer de que tinha novamente falado mal de meu livro. Começou em dialeto e depois desandou a falar naquele seu italiano das grandes ocasiões, que nunca deixava de me surpreender. Citou a experiência do terremoto, em mais de dois anos nunca o tinha feito a não ser para lamentar como a cidade tinha piorado. Disse que desde então estava sempre atenta a não se esquecer de que somos seres muito complexos, cheios de física, astrofísica, biologia, religião, alma, burguesia, proletariado, capital, trabalho, lucro, política, inumeráveis frases harmônicas, inumeráveis frases desarmônicas, o caos de dentro e o caos de fora. Por isso se acalme, exclamou rindo, você quer que os Solara sejam o quê? Seu romance foi lançado: você o escreveu, reescreveu, estar aqui evidentemente lhe serviu para torná-lo mais verdadeiro, mas agora ele está lá fora e você não pode retomá-lo. Os Solara se enfureceram? Paciência. Michele a ameaçou? E daí? Pode haver um novo terremoto a qualquer momento, e bem mais forte. Ou todo o universo pode desabar. Então o que é Michele Solara? Nada. E Marcello também é nada. Aqueles dois são apenas carne que jorra demanda por dinheiro e ameaças. Suspirou e disse em voz baixa: os Solara serão sempre animais perigosos, Lenu, não há o que fazer; um deles eu tinha domesticado, mas o irmão tratou de torná-lo feroz de novo. Viu quanta porrada Michele deu em Alfonso? Eram porradas que ele queria dar em mim, e não tem coragem. E também essa raiva pelo seu livro, pelo artigo na *Panorama*, pelas fotos, é tudo raiva contra mim. Então pode se lixar para eles, assim como eu. Você os fez sair na imprensa, e isso os Solara não podem tolerar, faz mal aos negócios e às negociatas. Mas a gente gosta, não é? Precisamos nos preocupar com quê?

Fiquei ouvindo. Quando ela falava assim, com algumas passagens pretensiosas, sempre me vinha a suspeita de que ela continuara devorando livros como fazia na infância, mas, por razões incompreensíveis, me escondia esse fato. Na casa dela não se via um só livro, apenas fascículos hipertécnicos relacionados ao trabalho. Queria apresentar-se como uma pessoa sem nenhuma instrução; no entanto, de repente, lá estava ela falando de biologia, de psicologia, de como os seres humanos são complicados. Por que fazia isso comigo? Eu não sabia, mas precisava de apoio e confiei mesmo assim. No fim das contas, Lila conseguiu me acalmar. Reli o artigo e gostei. Examinei as fotos: o bairro era feio, mas Tina e eu estávamos bonitas. Fomos cozinhar, os preparativos me ajudaram a refletir. Concluí que o artigo e as fotos ajudariam o livro, e que o texto de Florença, robustecido em Nápoles, no apartamento que ficava acima do dela, tinha realmente melhorado. Sim, disse a ela, que os Solara se fodam. Então relaxei, tornei a ser afetuosa com as meninas.

Antes do jantar, após quem sabe que confabulações, Imma se aproximou de mim seguida de perto por Tina. Falou com sua linguagem feita de palavras bem pronunciadas e palavras no limite do compreensível:
"Mamãe, Tina quer saber se sua filha sou eu ou ela."
"E você quer saber?", perguntei de volta.
Seus olhos brilharam:
"Quero."
Lila disse:
"Somos mães das duas e amamos vocês."
Quando Enzo voltou do trabalho, entusiasmou-se com a foto da filha. No dia seguinte, comprou dois exemplares da *Panorama* e fixou em seu escritório tanto a imagem por inteiro quanto um detalhe que isolava sua menina. Naturalmente eliminou a legenda equivocada.

92.

Hoje, enquanto escrevo, me envergonho de como a sorte me favoreceu continuamente. O livro logo despertou interesse. Havia os que se entusiasmavam com o prazer que se sentia ao lê-lo. Havia os que elogiavam a habilidade com que a protagonista tinha sido tratada. Havia os que falavam de um realismo brutal, havia quem exaltava minha fantasia barroca, havia quem admirava a narração no feminino, macia e acolhedora. Enfim, choveram fórmulas todas positivas, mas frequentemente em nítido contraste entre si, como se os resenhistas não tivessem lido o livro que se encontrava nas livrarias, mas cada um houvesse evocado um livro-fantasma fabricado com seus próprios pré-julgamentos. Depois do artigo na *Panorama*, somente em um ponto todos estiveram de acordo: o romance era absolutamente estranho ao modo costumeiro de narrar Nápoles.

Quando chegaram os exemplares a que eu tinha direito por contrato, estava tão contente que decidi dar um a Lila. Nunca fizera isso com os livros anteriores, e dava por certo que, pelo menos no momento, ela nem folhearia o volume. Mas a sentia próxima, a única pessoa com quem eu podia contar de verdade, e queria demonstrar minha gratidão. Não reagiu bem. Evidentemente naquele dia estava muito ocupada, imersa em suas maneiras sempre briguentas em relação aos conflitos do bairro, que iria às eleições no próximo 26 de junho. Ou algo a havia contrariado, não sei. O fato é que eu lhe estendi o volume e ela nem tocou nele, disse que eu não devia desperdiçar meus exemplares.

Fiquei mal, e foi Enzo quem me tirou do embaraço. Dê a mim, balbuciou, nunca tive a paixão da leitura, mas vou guardá-lo para Tina, assim ela vai lê-lo quando for grande. E quis que eu fizesse uma dedicatória para a menina. Lembro que escrevi um tanto incomodada: a Tina, que fará melhor que todos nós. Depois li a dedicatória em voz alta, e Lila exclamou: não é preciso muito para fazer melhor que eu, espero que faça bem mais. Palavras inúteis, sem motivo: eu tinha escrito *melhor que todos nós*, e ela reduzira a *melhor que eu*. Enzo e eu deixamos para lá. Ela pôs o livro numa prateleira entre os manuais de computação, e falamos dos convites que eu vinha recebendo, das viagens que precisaria fazer.

93.

Em geral aqueles momentos de hostilidade eram manifestos, mas às vezes também pressionavam sob uma aparência de disponibilidade e de afeto. Lila, por exemplo, continuou se mostrando contente por cuidar de minhas filhas, porém, às vezes com uma única inflexão de voz, tendia a me fazer sentir em dívida, como se dissesse: isso que você é, isso em que está se tornando, depende do que eu, me sacrificando, permito que você seja e se torne. Quando eu notava levemente esse tom, ficava séria e propunha contratar uma babá. Mas tanto ela quanto Enzo quase se ofendiam, isso estava fora de cogitação. Numa manhã em que eu precisava da ajuda dela, mencionou irritada alguns problemas que a atormentavam, e eu disse com frieza que podia achar outras soluções. Tornou-se agressiva: eu lhe disse que não posso ajudar? Se você precisa, posso me organizar: suas filhas por acaso já se queixaram, alguma vez deixei de cuidar delas? Assim, me convenci de que ela desejava apenas uma espécie de declaração de indispensabilidade, e admiti com sincera gratidão que minha vida pública seria impossível se eu não pudesse contar com seu apoio. Depois me entreguei a meus compromissos sem mais escrúpulos.

Graças à eficiência da assessoria de imprensa, todo dia eu estava em um jornal diferente, e umas duas vezes também na televisão. Estava entusiasmada e muito tensa, gostava da atenção que crescia em torno de mim, mas ao mesmo tempo temia pronunciar frases erradas. Nos momentos de maior nervosismo, não sabia a quem me dirigir e recorria a Lila para um conselho:
"E se me fizerem perguntas sobre os Solara?"
"Fale o que você pensa."
"E se os Solara ficarem bravos?"
"Neste momento, você é mais perigosa para eles do que eles para você."

"Estou preocupada, Michele me pareceu cada vez mais maluco."
"Os livros são escritos para serem ouvidos, não para ficarem calados."
Na realidade, busquei ser sempre cautelosa. Estávamos no meio de uma acirrada campanha eleitoral, e nas entrevistas estive atenta a não me implicar em política, a não mencionar os Solara, que — como se sabia — estavam empenhados em angariar votos para os cinco partidos do governo. Em vez disso, falei bastante das condições de vida no bairro, da degradação ainda maior depois do terremoto, da miséria e das transações de falsa legalidade, das conivências institucionais. De resto — a depender das perguntas e do humor do momento —, falei de mim, de minha formação, do esforço que tinha feito para estudar, da misoginia na Normal de Pisa, de minha mãe, de minhas filhas, do pensamento feminino. Era um período complicado para o mercado de livros, os escritores de minha idade, inseguros entre vanguardismos e narrativa tradicional, tinham dificuldade em atribuir para si uma fisionomia e se afirmar. Mas eu estava em vantagem. Meu primeiro livro tinha saído no final dos anos 1960, no meu segundo eu havia demonstrado uma cultura sólida e interesses de amplo alcance, estava entre os poucos que já tinham uma pequena história editorial nas costas e até um pequeno público. Então o telefone começou a tocar com frequência cada vez maior. Mas raramente — diga-se — os jornalistas queriam opiniões ou raciocínios sobre questões literárias, pediam-me sobretudo considerações sociológicas e declarações sobre a atualidade napolitana. Seja como for, me empenhei de bom grado. E logo comecei a colaborar no *Mattino* sobre os mais variados temas, aceitei uma coluna em *Noi donne*, apresentei o livro onde quer que me convidassem, adaptando-o às exigências do público que tinha diante de mim. Eu mesma não acreditava no que estava me acontecendo. Os livros anteriores haviam tido uma boa acolhida, mas não daquela maneira premente. Recebi ligações de dois escritores muito famosos, que

nunca tinha tido a oportunidade de conhecer. Um diretor de grande prestígio quis me encontrar, tinha em mente transformar meu romance num filme. Todos os dias ficava sabendo que o livro tinha sido solicitado por esta ou aquela editora estrangeira. Enfim, eu estava cada vez mais contente.

Mas o que me deu especial satisfação foram dois telefonemas inesperados. O primeiro partiu de Adele. Conversou comigo com grande cordialidade, informou-se sobre as netas, disse que sabia tudo sobre elas por Pietro, que as tinha visto em fotos e eram lindas. Fiquei escutando, me limitei a poucas frases convencionais. Quanto ao livro, disse: eu reli, parabéns, você o melhorou muito. E ao se despedir me fez jurar que, se eu fosse apresentá-lo em Gênova, tinha de ligar para ela, devia levar as meninas para que ela as visse, devia deixá-las lá por uns dias. Jurei que sim, mas sabendo que não manteria o juramento.

Poucos dias depois me ligou Nino. Disse que meu romance era fantástico (*uma qualidade de escrita inimaginável na Itália*), me pediu para ver as três meninas. Convidei-o para o almoço, ele deu muita atenção a Dede, Elsa e Imma; depois, naturalmente, falou muito de si. Agora ficava pouquíssimo em Nápoles, estava sempre em Roma, trabalhava bastante com meu ex-sogro, exercia cargos importantes. Repetiu com frequência: as coisas vão bem, a Itália finalmente está tomando o rumo da modernidade. Então exclamou de repente, cravando os olhos nos meus: vamos voltar. Caí na risada: quando quiser ver Imma, basta ligar; mas nós dois não temos mais nada a dizer, tenho a impressão de ter concebido a menina com um fantasma, com certeza não era você que estava na cama. Foi embora carrancudo e nunca mais deu as caras. Esqueceu-se de nós — de Dede, de Elsa, de Imma, de mim — por um longo período. Esqueceu-se com certeza assim que fechei a porta.

94.

Naquela altura, o que eu queria mais? Meu nome, o nome de ninguém, estava definitivamente se tornando o nome de alguém. Era por esse motivo que Adele Airota tinha telefonado como para desculpar-se, era por esse motivo que Nino Sarratore tentara ser perdoado para poder voltar à minha cama, era por esse motivo que me convidavam para todo lado. Claro, era difícil me afastar das meninas e deixar de ser a mãe delas nem que fosse por poucos dias. Mas essa separação também se tornou uma prática habitual. E os sentimentos de culpa eram logo substituídos pela necessidade de agradar ao público. A cabeça se enchia de milhares de coisas, Nápoles e o bairro perdiam consistência. Outras paisagens se impunham, chegava a cidades lindas que eu nunca tinha visto, sentia que seria bom morar ali. Encontrava homens atraentes, que me faziam me sentir importante, que me davam alegria. Em poucas horas, abria-se diante de mim um leque sedutor de possibilidades. E os vínculos maternos se enfraqueciam, às vezes me esquecia de ligar para Lila, de dar boa-noite às meninas. Somente quando percebia que eu era capaz de viver sem elas é que caía em mim e voltava atrás.

Depois veio um momento particularmente ruim. Parti numa longa viagem de divulgação pelo Sul. Precisava ficar fora por uma semana, mas Imma não estava bem, tinha um ar abatido, estava muito resfriada. A culpa era minha, eu não podia transferi-la para Lila: ela era muito cuidadosa, mas tinha mil coisas a fazer e não podia ficar atrás das mínimas coisas das crianças, dos suores às correntes de ar. Antes de partir, pedi à assessoria de imprensa que me passasse o número de telefone dos hotéis em que me hospedaria e deixei a lista com Lila, para qualquer necessidade. Se houver algum problema — lhe disse —, me ligue que eu volto logo.

Fui. De início, não parava de pensar em Imma, em seu mal-estar, e telefonava sempre que podia. Depois me esqueci dela. Chegava a um lugar, me recebiam com grande cortesia, tinham preparado para mim uma programação intensíssima, eu tentava me mostrar à altura, e ao final me homenageavam com jantares intermináveis. O tempo voou. Uma vez tentei ligar, mas o telefone tocou sem que ninguém atendesse e deixei para lá; noutra vez, Enzo respondeu e disse a seu modo lacônico: faça o que você precisa fazer, não se preocupe; noutra vez falei com Dede, que exclamou com voz adulta: estamos bem, mamãe, tchau, divirta-se. Mas quando voltei para casa descobri que Imma estava no hospital havia três dias. A pequena tinha pegado uma pneumonia e precisou ser internada. Lila estava com ela, tinha deixado qualquer compromisso, tinha deixado até Tina, e se fechara com minha filha no hospital. Fiquei desesperada, protestei por não terem me avisado nada. Mas ela não quis ceder seu posto, nem quando voltei, e fez questão de se responsabilizar pela menina. Vá — dizia —, você ficou muito tempo viajando, descanse.

Eu realmente estava exausta, mas acima de tudo transtornada. Lamentava não ter estado ao lado de minha filha, tê-la privado de minha companhia justamente quando mais precisava de mim. De modo que agora eu não sabia quanto nem como ela havia sofrido. Já Lila sabia de cor todas as fases da doença da menina, a respiração difícil, a angústia, a corrida ao hospital. Olhei para ela ali, no corredor do sanatório, e me pareceu mais arrasada que eu. Tinha oferecido a Imma o contato permanente e afetuoso de seu corpo. Fazia dias que não pisava em casa, quase não dormia, tinha o olhar velado de cansaço. Quanto a mim, embora não o quisesse, me sentia por dentro — e talvez parecesse por fora — luminosa. Mesmo agora, quando já sabia da doença de minha filha, não conseguia espantar a satisfação por aquilo que me tornara, o gosto de me sentir livre, perambulando pela Itália, o prazer de dispor de mim como se não tivesse um passado e tudo estivesse começando agora.

Assim que a menina teve alta, confessei a Lila aquele estado de ânimo. Queria encontrar uma ordem na confusão de culpa e orgulho que sentia em mim, queria lhe dizer de minha gratidão, mas também que ela me contasse em detalhes o que Imma — já que eu não estava lá — tinha tomado dela. Mas Lila respondeu quase irritada: Lenu, deixe para lá, já passou, sua filha está bem, agora há problemas maiores. Por um instante achei que se referisse a seus problemas de trabalho, mas não era isso, os problemas diziam respeito a mim. Pouco antes da doença de Imma, ela soubera que eu estava prestes a ser processada. A autora da ação era Carmen.

95.

Fiquei espantada, sofri. Carmen? Carmen tinha feito aquilo comigo? Naquele momento terminou a fase exaltante de meu sucesso. Em poucos segundos, a culpa por ter negligenciado Imma se somou ao medo de que, por vias legais, tudo me fosse tirado, alegria, prestígio, dinheiro. Senti vergonha de mim, de minhas aspirações. Disse a Lila que queria falar imediatamente com Carmen, mas ela me desaconselhou a isso. E tive a impressão de que ela sabia mais do que me contara, mas mesmo assim fui procurá-la.

Primeiro passei na bomba de gasolina, mas Carmen não estava. Roberto me tratou com evidente constrangimento. Não mencionou o processo, disse que a mulher tinha ido com os filhos a Giugliano, estavam na casa de uns parentes, e ficaria lá por um tempo. Deixei-o ali plantado e corri à casa deles para ver se me falara a verdade. Mas Carmen de fato tinha ido a Giugliano, ou não abriu a porta para mim. Fazia muito calor. Passeei para me acalmar um pouco, depois procurei Antonio, não tinha dúvida de que ele sabia de alguma coisa. Pensei que seria difícil localizá-lo, ele estava sempre circulando. Mas a mulher me disse que ele tinha ido ao barbeiro, e de fato o

encontrei ali. Perguntei se tinha ouvido falar de ações legais contra mim, e ele, em vez de me responder, começou a falar mal da escola, disse que os professores implicavam com seus filhos, se queixavam de que falavam em alemão ou dialeto, mas o fato é que não lhes ensinavam o italiano. Depois, de modo inesperado, sussurrou:
"Aproveito para me despedir de você."
"Aonde você vai?"
"Estou voltando para a Alemanha."
"Quando?"
"Ainda não sei."
"E por que já está se despedindo?"
"Você nunca está por aqui, nos vemos pouco."
"É você que não me procura."
"Nem você."
"Por que está indo?"
"Minha família não está bem aqui."
"Foi Michele que o mandou embora?"
"Ele manda, eu obedeço."
"Então é ele que não quer mais você aqui no bairro."
Olhou as mãos, examinou-as bem.
"De vez em quando me volta o esgotamento nervoso", disse, e passou a me falar de sua mãe, Melina, que não estava bem da cabeça.
"Vai deixá-la com Ada?"
"Vou levá-la comigo", balbuciou, "Ada já tem muitos problemas. Além disso, eu tenho a mesma constituição dela, quero tê-la perto de mim para ver como vou ser mais tarde."
"Ela sempre morou aqui, vai sofrer na Alemanha."
"Sofre-se em toda parte. Quer um conselho?"
Pelo modo como me olhava, entendi que tinha decidido atacar o ponto da questão.
"Sou toda ouvidos."

"Vá você também."
"Por quê?"
"Porque Lina acredita que vocês duas juntas são imbatíveis, mas não é assim. E eu agora já não posso ajudá-las."
"Ajudar em quê?"
Abanou a cabeça descontente.
"Os Solara estão furiosos. Viu como as pessoas votaram aqui no bairro?"
"Não."
"Ficou claro que eles não controlam mais os votos que controlavam antigamente."
"E daí?"
"Lila conseguiu transferir muitos para os comunistas."
"E o que eu tenho a ver com isso?"
"Marcello e Michele veem Lina por trás de tudo, especialmente por trás de você. A denúncia existe, e os advogados de Carmen são os advogados deles."

96.

Voltei para casa, não procurei Lila. Excluí a hipótese de que não soubesse nada das eleições, dos votos, dos Solara enfurecidos que estavam à espreita por trás de Carmen. Ela me comunicava as coisas a conta-gotas, segundo seus interesses. No entanto resolvi telefonar para a editora, contei ao diretor sobre a ação e sobre o que Antonio me relatara. Por enquanto é só um rumor — disse a ele —, não há nada de concreto, mas estou muito preocupada. Ele tentou me tranquilizar, prometeu que faria uma consulta ao departamento jurídico e assim que tivesse novidades me ligaria. Concluiu: por que você está tão agitada? Isso é bom para o livro. Para mim, não — pensei —, errei em tudo, não devia ter voltado para cá.

Os dias passaram, a editora não se manifestou, mas recebi a notificação da denúncia em minha casa como uma punhalada. Li e fiquei boquiaberta. Carmen solicitava a mim e à editora a retirada de comércio do livro e um ressarcimento exorbitante por termos ofendido a memória de sua mãe, Giuseppina. Nunca tinha visto um papel que sintetizasse em si, no sobrescrito, no tipo de texto, nas decorações dos timbres e dos carimbos, a potência da lei. Descobri que aquilo que desde a adolescência, até da juventude, nunca me impressionara, agora me aterrorizava. Desta vez, corri para Lila. Quando lhe disse de que se tratava, ela reagiu com galhofa:
"Você queria a lei, aqui está a lei."
"O que é que eu vou fazer?"
"Um escândalo."
"Como assim?"
"Conte aos jornais o que está acontecendo."
"Você está doida. Antonio me disse que os advogados dos Solara estão por trás de Carmen, e não me venha dizer que você não sabia."
"Claro que eu sabia."
"Então por que não me contou?"
"Porque está vendo como você ficou nervosa? Mas não precisa se preocupar. Você tem medo da lei, e os Solara têm medo de seu livro."
"Tenho medo é de que eles possam acabar comigo, com todo o dinheiro que têm."
"Mas você precisa justamente atacar o dinheiro deles. Escreva. Quanto mais escrever sobre as trapaças deles, mais vai comprometer seus negócios."
Fiquei deprimida. Era isso que Lila pensava? Era esse o plano dela? Somente naquele momento compreendi com clareza que ela me atribuía a força que na infância atribuíamos à autora de *Mulherzinhas*. Era por isso que quisera de todas as maneiras que eu voltasse a viver no bairro? Me retraí sem dizer nada. Fui para minha

casa, liguei de novo para a editora. Torci para que o diretor estivesse fazendo alguma coisa, queria notícias que me acalmassem, mas não consegui falar com ele. No dia seguinte, foi ele quem me procurou. Anunciou-me em tom alegre que no *Corriere della Sera* havia um artigo seu — dele, de próprio punho — que tratava do caso. Vá correndo comprá-lo, disse, e me fale o que achou.

97.

Fui à banca mais ansiosa que nunca. Lá estava de novo minha foto com Tina, desta vez em branco e preto. O processo era anunciado já no título e era considerado uma tentativa de amordaçar uma das raras escritoras corajosas etc. etc. Não se mencionava o bairro, não se aludia aos Solara. De modo bastante hábil, o artigo inseria o episódio no interior de um conflito que se dava em todo lugar "entre os resíduos medievais que impedem o país de se modernizar e o avanço irrefreável, também no Sul, do rejuvenescimento político e cultural". Era um texto breve, mas que defendia com eficácia, sobretudo no final, as razões da literatura ao distingui-las daquilo que chamava de "lamentáveis rixas locais".

Fiquei mais tranquila, tive a impressão de estar bem protegida. Telefonei para ele, elogiei muito o artigo, depois fui mostrar o jornal a Lila. Esperava que ela se entusiasmasse. Era o que eu achava que ela queria, uma demonstração da potência que me atribuía. Entretanto falou secamente:

"Por que você deixou que esse sujeito escrevesse o artigo?"

"Qual é o problema? A editora tomou meu partido, ela vai tratar dessa barafunda, me parece um fato positivo."

"Tudo conversa mole, Lenu, esse tal só está interessado em vender o livro."

"E isso não é bom?"

"É bom, mas era você quem devia ter escrito o artigo."
Fiquei nervosa, não conseguia entender o que ela tinha em mente.
"Por quê?"
"Porque você é inteligente e sabe das coisas. Lembra quando escreveu contra Bruno Soccavo?"
Em vez de me deixar contente, aquela menção me aborreceu. Bruno estava morto, e eu não gostava de recordar o que eu havia escrito. Era um rapaz de miolo mole, que foi parar na rede dos Solara e quem sabe em quantas outras redes, já que acabou sendo assassinado. Não estava satisfeita de ter querelado com ele.
"Lila", disse, "o artigo não era contra Bruno, era um texto sobre as condições de trabalho na fábrica."
"Eu sei, e daí? Você o fez pagar por isso e agora, que é uma pessoa ainda mais importante, pode fazer melhor. Os Solara não podem se esconder atrás de Carmen. Você tem que desmascarar os Solara, eles não podem continuar mandando."
Entendi por que ela havia desprezado o texto do diretor. Não lhe importava minimamente a liberdade de expressão e a batalha entre o atraso e a modernização. Ela só se interessava pelas lamentáveis rixas locais. Queria que agora, ali, eu contribuísse no combate contra pessoas concretas, que desde a infância sabíamos bem quem eram. Falei:
"Lila, o *Corriere* não está nem aí para Carmen, que se vendeu, nem para os Solara, que a compraram. Para sair em um grande jornal, um artigo precisa ter um significado mais amplo, caso contrário não o publicam."
Sua expressão murchou:
"Carmen não se vendeu", disse, "continua sendo sua amiga, e só moveu essa ação contra você por um motivo: foi obrigada a isso."
"Não entendi, me explique melhor."
Sorriu para mim arrogante, estava furiosa.

"Não vou explicar coisa nenhuma: quem escreve livros é você, é você quem deve explicar. Eu só sei que nós aqui não temos nenhuma editora de Milão que nos protege, ninguém que escreve artigos por nós nos jornais. *Nós* somos apenas uma questão local e nos arranjamos como podemos: se *você* quiser dar uma mão, ótimo, se não, agiremos sozinhos."

98.

Voltei a Roberto e o pressionei até ele me dar o endereço dos parentes de Giugliano; depois entrei no carro com Imma e fui em busca de Carmen.
O calor era sufocante. Foi difícil encontrar o endereço, os parentes moravam na periferia. Quem me atendeu foi uma mulher enorme, que me disse de maneira rude que Carmen tinha voltado para Nápoles. Pouco convencida, peguei o caminho de volta ao lado de Imma, que protestava porque se dizia cansada, apesar de termos andado apenas uns cem metros. Mas assim que virei a esquina para voltar ao carro topei com Carmen, carregada de sacolas do mercado. Foi um instante, ela me viu e caiu no choro. Eu a abracei, e Imma também quis fazer o mesmo. Então fomos a um bar com mesinhas à sombra e, depois de ter obrigado a menina a brincar em silêncio com suas bonecas, pedi que me explicasse a situação. Ela confirmou o que Lila me dissera: tinha sido forçada a mover uma ação contra mim. E me disse ainda a razão: Marcello havia insinuado que sabia onde Pasquale estava escondido.
"Será possível?"
"É possível."
"E você sabe onde ele está?"
Vacilou, fez sinal que sim.
"Disseram que, quando quisessem, o matariam."

Tentei acalmá-la. Disse-lhe que, se os Solara de fato soubessem onde estava a pessoa que teria matado a mãe deles, já teriam acabado com ela tempos atrás.
"Então você acha que eles não sabem?"
"Claro que não sabem. Mas a essa altura, pelo bem de seu irmão, você só tem uma coisa a fazer."
"O quê?"
Disse que, se ela queria salvar Pasquale, deveria entregá-lo à polícia.
Não surtiu um bom efeito. Ela se empertigou, tentei explicar que era o único meio de protegê-lo dos Solara. Mas foi inútil, percebi que minha proposta lhe soava como a pior das traições, algo bem mais grave que sua traição contra mim.
"Assim você vai ficar nas mãos deles", acrescentei, "lhe pediram que me denunciasse, podem pedir qualquer outra coisa."
"Eu sou irmã dele", exclamou.
"Não é questão de amor de irmã", argumentei, "nesse caso o amor de irmã causou um dano a mim, com certeza não irá salvar Pasquale e pode acabar arrastando você também."
Não houve jeito de convencê-la, ao contrário, quanto mais discutíamos, mais eu ficava confusa. Então ela voltou a chorar: ora se lamentava pelo que tinha feito comigo e me pedia perdão, ora se lamentava pelo que podiam fazer ao irmão e se desesperava. Lembrei-me de como ela tinha sido na infância, na época jamais imaginaria que fosse capaz de uma fidelidade tão teimosa. Fui embora porque não estava em condições de consolá-la, porque Imma estava toda suada e eu temia que adoecesse de novo, porque já não estava claro para mim o que eu pretendia dela. Queria que interrompesse a longa cumplicidade com Pasquale? Isso porque eu acreditava que era o mais justo? Queria que optasse pelo Estado, e não pelo irmão? Por quê? Para livrá-la dos Solara e fazê-la retirar a queixa? Isso contava mais que sua angústia? Disse a ela:

"Faça o que achar melhor, e lembre-se de que de todo modo não estou magoada com você."
Mas nesse instante Carmen teve um inesperado brilho de ira nos olhos:
"E por que você deveria estar magoada comigo? O que você perde com isso? Você está nos jornais, faz propaganda de si, vende mais. Não, Lenu, você não devia falar assim, me aconselhou a entregar Pasquale à polícia, cometeu um grande erro."
Peguei o caminho de volta amargurada e, já durante a viagem, suspeitei que me equivocara em querer encontrá-la. Imaginei que agora ela mesma iria aos Solara falar de minha visita, e que eles a forçariam, depois do artigo no *Corriere*, a outras ações contra mim.

99.

Durante dias esperei por novos desastres, mas nada aconteceu. O artigo teve certo impacto, os jornais napolitanos o reproduziram e amplificaram, recebi telefonemas e cartas de apoio. As semanas passaram, me habituei à ideia de ter sido processada, descobri que isso era comum a muitos que faziam o mesmo trabalho e estavam bem mais expostos que eu. O cotidiano prevaleceu. Evitei Lila por um tempo, fiquei atenta especialmente a não fazer movimentos errados.
O livro não parava de vender. Em agosto saí de férias para Santa Maria di Castellabate e achei que Lila e Enzo também alugariam uma casa na praia, mas depois desistiram por causa do trabalho e até me confiaram Tina, com naturalidade. Entre os mil tormentos e afazeres daquele período (chama uma, grita com outra, aparta uma briga, faz compras, cozinha), meu único prazer foi espiar um casal de leitores que estava com meu livro nas mãos, debaixo de um guarda-sol.

No outono as coisas ficaram ainda melhores, ganhei um prêmio de certa importância que pagava ao vencedor um valor considerável e me senti ótima, hábil nas relações públicas, com perspectivas financeiras cada vez mais animadoras. Mas a alegria não voltou mais, aquele espanto das primeiras semanas de sucesso. Sentia os dias como se a luz estivesse opaca e percebia à minha volta um mal-estar difuso. De uns tempos para cá, não havia noite em que Enzo não gritasse com Gennaro, algo antes raríssimo. As vezes em que eu aparecia na Basic Sight, encontrava Lila confabulando com Alfonso e, se tentava me aproximar, ela me fazia sinal para esperar um instante com um gesto distraído. Comportava-se do mesmo modo quando falava com Carmen, que tinha voltado ao bairro, e com Antonio, que por razões obscuras havia adiado a partida indefinidamente.

Era claro que as coisas ao redor de Lila estavam piorando, mas ela me mantinha de fora, e eu preferia ficar de fora. Depois houve dois episódios horríveis, um depois do outro. Lila descobriu por acaso que Gennaro estava com os braços cheios de furos. Pude ouvi-la gritando como nunca havia feito antes. Atiçou Enzo, o impeliu a dar uma surra no filho, eram dois homens robustos e se pegaram para valer. No dia seguinte, expulsou Rino da Basic Sight apesar de Gennaro implorar que não demitisse o tio, jurando que não tinha sido ele quem o iniciara na heroína. Aquela tragédia abalou muito as meninas, sobretudo Dede.

"Por que tia Lina trata o filho dela assim?"
"Porque ele fez uma coisa que não se pode fazer."
"Ele é adulto, pode fazer o que quiser."
"Mas não algo que pode matá-lo."
"E por quê? A vida é dele, tem o direito de fazer o que quiser. Vocês não sabem o que é liberdade, nem mesmo tia Lina."

Ela, Elsa e até Imma estavam estarrecidas com aquela erupção de gritos e de pragas que saía de sua adorada tia Lina. Gennaro estava prisioneiro em casa e gritava o dia todo. Seu tio Rino desapareceu da Basic Sight depois de ter arrebentado um aparelho muito caro, e todo o bairro ouviu suas imprecações. Certa noite Pinuccia apareceu com os filhos e a mãe, suplicando a Lila que recontratasse o marido. Lila tratou as duas malíssimo: os gritos e insultos chegaram com nitidez ao meu apartamento. Assim você nos atira de mãos e pés amarrados aos Solara, gritava Pinuccia em desespero. E Lila rebatia: vocês merecem, estou de saco cheio de me esforçar por vocês sem sequer um mínimo de gratidão.

Mas isso foi pouco se comparado ao que ocorreu semanas depois. As águas já tinham se acalmado quando Lila passou a brigar com Alfonso, que se tornara indispensável ao funcionamento da Basic Sight, mas se comportava de maneira cada vez menos confiável. Faltava a importantes compromissos de trabalho e, quando estava presente, assumia atitudes embaraçosas, aparecia todo maquiado, falava de si no feminino. Mas naquela altura Lila já havia desaparecido inteiramente de seus traços, e a masculinidade, apesar de seus esforços, o estava reconquistando. Agora ia despontando em seu nariz, na testa, nos olhos, um pouco das feições do pai, dom Achille, tanto que ele mesmo estava triste com isso. O resultado é que parecia permanentemente em fuga do próprio corpo, que ia ficando mais pesado, e às vezes não se tinha notícias dele por dias seguidos. Quando reaparecia, estava quase sempre com sinais de espancamento. Retomava o trabalho, mas sem nenhum interesse.

Depois, um dia, desapareceu definitivamente. Lila e Enzo o procuraram por toda parte, sem sucesso. O corpo foi encontrado dias mais tarde na praia de Coroglio. Tinha sido assassinado a pauladas quem sabe onde, e depois jogado ao mar. Num primeiro momento não acreditei. Porém, quando me dei conta de que tudo era brutalmente verdadeiro, senti uma dor que não conseguia passar. Vieram-me as imagens de como ele era na época do ginásio, gentil, atento aos outros, amadíssimo por Marisa, perseguido por Gino, o filho do farmacêutico. Certas vezes cheguei a evocá-lo atrás do balcão da charcutaria nas férias de verão, quando era obrigado a um trabalho que detestava. Mas eliminei o resto de sua vida, a conhecia pouco, a sentia confusamente. Não conseguia pensar nele associado à figura em que se transformara, todos os nossos encontros recentes se apagaram, esqueci até o período em que trabalhava na loja de sapatos da piazza dei Martiri. Culpa de Lila, pensei no calor da hora: com sua mania de forçar os outros, remexendo tudo, acabou por transtorná-lo. Serviu-se dele de maneira obscura e depois o deixou ir. Mas mudei de opinião quase imediatamente. Lila tinha sabido da notícia horas atrás. Sabia que Alfonso estava morto, mas não conseguia livrar-se da raiva que sentia dele havia dias, insistindo de modo debochado em seu caráter inconfiável. Então, bem no meio de uma tirada desse tipo, desabou no chão de minha casa, evidentemente pela dor insuportável. A partir daquele momento, tive a impressão de que ela o amara mais do que eu, mais do que Marisa e — como aliás o próprio Alfonso me dissera várias vezes — o tivesse ajudado mais do que ninguém. Nas horas seguintes, perdeu todo interesse, parou de trabalhar, se esqueceu de Gennaro, deixou Tina comigo. Entre ela e Alfonso deve ter havido uma relação mais complexa do que eu imaginara. Deve ter se aproximado dele como de um espelho, se enxergara nele e quisera tirar de dentro de seu corpo uma parte de si. Exatamente o contrário — pensei incomodada — do que eu havia narrado em meu segundo livro. Alfonso deve ter apreciado muito aquele esforço de Lila, se oferecera inteiro como matéria viva, e ela o moldara. Ou pelo menos foi o que me pareceu no breve tempo em que tentei me acalmar e dar um sentido ao acontecimento. Mas no fim das contas isso não passou de uma sugestão minha. Na verdade, nem então nem mais tarde, ela jamais me contou nada sobre a relação entre eles. Ficou entorpecida no sofrimento, a fermentar quem sabe que sentimentos, até o dia do enterro.

100.

Éramos pouquíssimos no funeral. Nenhum dos amigos da piazza dei Martiri compareceu, nem sequer seus parentes vieram. Fiquei chocada sobretudo com a ausência de Maria, a mãe, embora os irmãos, Stefano e Pinuccia, tampouco estivessem lá, nem Marisa com os meninos, talvez filhos dele, talvez não. No entanto, quem apareceu de surpresa foram os irmãos Solara. Michele estava sinistro, magérrimo, olhava continuamente ao redor com olhos de louco. Marcello, ao contrário, estava quase compungido, algo que contrastava com o luxo de cada peça de seu vestuário. Não se limitaram ao cortejo fúnebre, foram de carro até o cemitério e estiveram presentes ao sepultamento. Durante todo o tempo me perguntei por que se expuseram àquele ritual e tentei interceptar o olhar de Lila. Ela não olhou para mim em nenhum momento, concentrou-se neles, não parou de fixá-los com um ar provocador. Ao final, quando viu que estavam indo embora, agarrou meu braço, estava furiosa.

"Venha comigo."
"Aonde?"
"Vamos falar com aqueles dois."
"Estou com as meninas."
"Enzo cuida delas."
Vacilei, tentei resistir, falei:
"Deixe para lá."
"Então eu vou sozinha."
Suspirei, sempre tinha sido assim, quando me recusava a atendê-la, ela me deixava plantada. Fiz sinal a Enzo para que olhasse

as meninas — ele parecia nem ter notado os Solara — e, com o mesmo espírito com que a segui pelas escadas até a porta de dom Achille, ou nas batalhas de pedras contra os meninos, acompanhei-a pela geometria das construções brancas, repletas de lóculos.

Lila ignorou Marcello e se postou na frente de Michele:
"Como é que você veio? Está com remorsos?"
"Não me encha o saco, Lila."
"Vocês dois acabaram, precisam ir embora do bairro."
"É melhor que vá você, enquanto é tempo."
"Está me ameaçando?"
"Estou."
"Não ouse tocar em Gennaro, e não chegue perto de Enzo. Entendeu, Michè? Lembre-se de que sei muita coisa que pode acabar com você, você e esse outro animal."
"Você não sabe nada, não tem nada e acima de tudo não compreendeu nada. Será possível que, mesmo sendo tão inteligente, ainda não se deu conta de que estou me lixando para você?"

Marcello o puxou pelo braço e disse em dialeto:
"Vamos, Michè, estamos perdendo tempo aqui."

Michele livrou o braço com força e se virou para Lila:
"Você acha que me mete medo porque Lenuccia está sempre nos jornais? É isso que você pensa? Que eu tenho medo de uma que escreve romances? Mas ela não é ninguém. Já você, sim, você é alguém, e até sua sombra é melhor do que qualquer pessoa em carne e osso. Mas nunca quis entender isso, então pior para você. Vou tirar tudo o que você tem."

Disse essa última frase como se de repente sentisse uma dor no estômago e então, como se reagisse à dor física, antes que o irmão pudesse detê-lo, desferiu um murro violentíssimo no meio da cara de Lila, derrubando-a no chão.

101.

Fiquei petrificada com aquele gesto imprevisto. Nem Lila poderia imaginá-lo, estávamos habituadas à ideia de que Michele não só jamais tocaria nela, mas também mataria quem ousasse fazê-lo. Por isso não consegui gritar, não emiti nem mesmo um som estrangulado.

Marcello arrastou o irmão embora, mas nesse meio-tempo, enquanto o puxava e empurrava, enquanto Lila vomitava em dialeto palavras e sangue (*vou te matar, juro por Deus, vocês dois já estão mortos*), ele me falou com ironia afetuosa: ponha isso em seu próximo romance, Lenu, e diga a Lila — se ainda não entendeu —, que eu e meu irmão *realmente* não gostamos mais dela.

Foi difícil convencer Enzo de que o rosto inchado de Lila foi resultado de uma queda desastrosa que, como lhe dissemos, se seguiu a um desmaio repentino. Aliás, tenho quase certeza de que não se convenceu de modo nenhum, primeiro porque minha versão — confusa como eu estava — deve ter lhe parecido implausível, segundo, porque Lila não se esforçou nem um pouco em parecer convincente. Porém, quando Enzo tentou objetar, ela lhe disse secamente que tudo tinha ocorrido exatamente assim, e ele parou de discutir. A relação deles era baseada na ideia de que até uma mentira evidente de Lila era a única verdade pronunciável.

Fui para casa com minhas filhas. Dede estava assustada, Elsa, incrédula, Imma fazia perguntas do tipo: o sangue está dentro do nariz? Eu estava desnorteada, furiosa. De vez em quando descia para ver como Lila estava e para ficar com Tina, mas a menina estava apavorada com o estado da mãe e entusiasmada por poder cuidar dela. Por esses dois motivos, não queria deixá-la um minuto sequer, e então espalhava uma pomada nela com grande delicadeza, botava pequenos objetos de metal em sua testa para refrescá-la e diminuir a dor de cabeça. Quando levei minhas filhas para baixo como isca, a fim de atrair Tina para mim, acabei complicando a situação. Imma tentou de todos os meios entrar na brincadeira dos cuidados, Tina não quis ceder o campo nem um milímetro e berrou desesperadamente, mesmo quando Dede e Elsa tentaram desautorizá-la. A mãe doente era a dela, e não queria cedê-la a ninguém. Por fim Lila expulsou todas, inclusive a mim, e com tanta energia que me pareceu já estar melhor.

De fato, recuperou-se depressa. Primeiro a fúria se transformou em raiva, depois se transmudou em desprezo até por mim. Não conseguia me perdoar por ter ficado paralisada diante da violência. Dizia a mim mesma: você se tornou o quê; por que veio morar aqui de novo, se não foi capaz de reagir contra aqueles dois canalhas; você é muito certinha, quer bancar a madame democrática que se mistura com a plebe, gosta de falar aos jornais: vivo onde eu nasci, não quero perder contato com minha realidade; mas você é ridícula: os contatos já foram perdidos há muito tempo, você desmaia só de sentir o fedor de vômito, de lixo, de sangue.

Pensava essas coisas e enquanto isso me vinham à cabeça imagens em que me lançava contra Michele com crueldade. Eu batia nele, o arranhava, mordia, meu coração disparava. Depois o desejo de massacre arrefeceu, e disse a mim mesma: Lila tem razão, não se escreve apenas por escrever, escreve-se para fazer mal a quem quer fazer mal. Um mal de palavras contra um mal de socos, pontapés e instrumentos de morte. Não muito, mas o suficiente. Claro, ela ainda tinha em mente nossos sonhos de infância. Pensava que, se alguém conseguisse fama, dinheiro e poder com a escrita, transformava-se em alguém cujas palavras eram como raios. Quanto a mim, já sabia há tempos que tudo era mais medíocre. Um livro, um artigo podiam fazer barulho, mas os guerreiros antigos, antes das batalhas, também faziam barulho, e se isso não se acompanhasse de uma força real e de uma violência desmedida era puro teatro. No entanto eu queria me reabilitar, um pouco de barulho já fazia mal. Uma manhã, fui ao andar de baixo e perguntei: o que é que você sabe que assusta os Solara?

Ela me olhou intrigada, deu um pouco de voltas desinteressadamente e respondeu: quando trabalhei para Michele pude ver muitos documentos, os estudei com cuidado, certas coisas ele mesmo me deu. Estava com o rosto pálido, fez uma expressão dolorosa, acrescentou no dialeto mais escrachado: se um homem quer uma racha e a deseja tanto que nem consegue dizer eu quero, se você o mandar pôr o pau no óleo fervente, ele põe. Depois segurou a cabeça com as mãos, a sacudiu com força como se fosse um copo com dados dentro, e me dei conta de que naquele momento ela também se desprezava. Não gostava de como era forçada a tratar Gennaro, como havia insultado Alfonso, como tinha enxotado o irmão. Não gostava de nenhuma das palavras debochadas que agora lhe saíam da boca. Não se suportava, não suportava nada. Mas a certa altura deve ter notado que estávamos no mesmo humor e me perguntou:

"Se eu lhe der coisas para escrever, você as escreve?"

"Escrevo."

"E depois manda publicar?"

"Talvez, não sei."

"Depende de quê?"

"Preciso estar segura de que fará mal aos Solara, e não a mim e a minhas filhas."

Olhou para mim sem conseguir se decidir. Então disse: fique com Tina por dez minutos — e saiu de casa. Voltou depois de meia hora com uma bolsa de pano florido, cheia de documentos.

Ficamos na mesa da cozinha, enquanto Tina e Imma cochichavam movimentando bonecas, carroças e cavalos pelo assoalho. Lila tirou muitos papéis, apontamentos dela, até dois cadernos de capa vermelha toda manchada. Imediatamente folheei curiosa estes últimos: páginas quadriculadas escritas com a caligrafia das velhas escolas fundamentais, uma contabilidade minuciosamente glosada numa língua cheia de erros gramaticais e rubricada em cada folha por um M.S. Entendi que eram parte daquilo que o bairro sempre chamara de o livro vermelho de Manuela Solara. Como soava sugestiva, apesar de ameaçadora — ou justamente porque ameaçadora —, a expressão *livro vermelho* durante nossa infância e adolescência. Mas não importava que se usasse outra palavra — registro, por exemplo —, ou caso se modificasse a cor, o livro de Manuela Solara nos emocionava como um documento secretíssimo, o centro de aventuras sanguinolentas. No entanto, aqui estava ele. Era um conjunto de vários cadernos escolares, semelhantes aos dois que estavam diante de nós: cadernos sebosos e banais, cuja borda inferior direita se erguia em onda. Percebi num relance que a memória já era literatura e que talvez Lila tivesse razão: meu livro — que estava fazendo tanto sucesso — era de fato ruim, e era ruim porque bem organizado, escrito com um cuidado obsessivo, porque eu não soubera imitar a banalidade descoordenada, antiestética, ilógica e deformada das coisas.

Enquanto as meninas brincavam — e caso insinuassem qualquer briga eu já lançava gritos nervosos para acalmá-las —, Lila colocou sob meus olhos todo o material que possuía e passou a explicá-lo. Então o organizamos e sintetizamos. Quanto tempo fazia que não nos concentrávamos juntas em alguma coisa. Ela me pareceu contente, entendi que era o que queria e esperava de mim. No fim do dia ela desapareceu de novo com sua bolsa, e eu voltei ao meu apartamento para examinar os apontamentos. Depois, nos dias seguintes, quis que nos encontrássemos na Basic Sight. Fechamo-nos em seu escritório e ela se pôs ao computador, uma espécie de televisão acoplada a um teclado, bem diferente daquele que tempos atrás ela mostrara a mim e às meninas. Apertou o botão de ligar, enfiou retângulos escuros dentro de blocos cinzentos. Aguardei perplexa. Na tela surgiram tremores luminosos. Lila começou a bater no teclado, fiquei boquiaberta. Nada de comparável a uma máquina de escrever, nem a uma elétrica. Ela acariciava com a polpa dos dedos as teclas cinza e a escrita nascia sobre a tela em silêncio, verde como a grama recém-germinada. Aquilo que havia em sua cabeça, preso a sabe-se lá que córtex cerebral, parecia despejar-se no exterior como por milagre, fixando-se no nada da tela. Era potência que, mesmo passando por ato, permanecia potência, um estímulo eletroquímico que se transformava imediatamente em luz. Pareceu-me a escrita de Deus como deve ter sido no Sinai, na época dos mandamentos, impalpável e tremenda, mas com um efeito concreto de pureza. Magnífico, falei. Eu ensino a você, ela disse. E de fato me ensinou, e começaram a alongar-se segmentos brilhantes, hipnóticos, frases que eu dizia, frases que ela dizia, nossas discussões voláteis que iam se imprimir no poço escuro da tela como rastros sem espuma. Lila escrevia, eu revisava. Então ela apagava com uma tecla, com outras fazia desaparecer todo um bloco de luz e o fazia ressurgir mais acima ou mais abaixo num instante. Mas logo em seguida era Lila quem mudava de ideia, e tudo se modificava de novo num segundo, movimentos fantasmáticos, o que está aqui ou não está mais ou já está lá. E não há necessidade de caneta, de lápis, não há necessidade nem mesmo de mudar de folha, colocar outra no rolo. A página é a tela, única, jamais o traço de um adendo, aparentemente sempre a mesma. E a escrita é incorruptível, as linhas estão todas alinhadas com perfeição, emanando um sentimento de limpeza mesmo agora, que estamos somando as imundícies dos Solara às imundícies de meia Campânia.

Trabalhamos durante dias. O texto baixou do céu à terra com o barulho das impressoras, concretizou-se em pontinhos pretos depositados no papel. Lila o achou inadequado, reescrevemos, foi difícil corrigi-lo. Ela estava irritada, esperava mais de mim, achava que eu soubesse responder a todas as suas perguntas, se enraivecia porque tinha certeza de que eu era um poço de ciência e no entanto, a cada linha, descobria que eu ignorava a geografia local, os meandros das secretarias, o funcionamento dos conselhos municipais, as hierarquias de um banco, os delitos e as penas. Entretanto, contraditoriamente, há tempos não a sentia tão orgulhosa de mim e de nossa amizade. *Precisamos destruí-los, Lenu, e se isso não bastar vou matá-los.* Nossas cabeças se chocaram — pensando bem, pela última vez — uma contra a outra, demoradamente, e se fundiram até se tornar uma só. Por fim, precisamos nos resignar e aceitar que tudo estava terminado: inaugurava-se o tempo pálido das coisas consumadas. Ela reimprimiu tudo pela enésima vez, eu coloquei nossas páginas num envelope e as enviei ao diretor da editora, pedindo que mostrasse o material aos advogados. Preciso saber — expliquei a ele por telefone — se esse material é suficiente para pôr os Solara na cadeia.

102.

Passou uma semana, passaram duas. Até que uma manhã o diretor telefonou e se desdobrou em elogios.
"Você está numa fase esplêndida", disse.
"Trabalhei com uma amiga minha."
"Mas o texto tem sua melhor marca, é extraordinário. Me faça um favor: mostre essas páginas ao professor Sarratore, assim ele vai entender como se pode transformar qualquer coisa numa leitura apaixonante."
"Não vejo mais Nino."
"Talvez por isso esteja tão em forma."
Não ri, tinha urgência em saber o que os advogados haviam dito. A resposta me decepcionou. Não há material suficiente, disse o diretor, nem sequer para um dia de cadeia. Você pode até ter alguma satisfação, mas para a cadeia esses seus Solara não vão,

especialmente se — como você diz — estão enraizados na política local e têm dinheiro para comprar quem quiserem. Me senti fraca, as pernas bambas, perdi confiança, pensei: Lila vai ficar furiosa. Falei desanimada: eles são bem piores do que eu pintei. O diretor percebeu minha decepção, tentou me pôr para cima, tornou a elogiar a paixão que eu pusera naquelas páginas. Mas a conclusão continuou a mesma: com isso aqui você não vai conseguir arruiná-los. Depois, para minha surpresa, insistiu para que eu não deixasse o texto na gaveta e o publicasse. Eu mesmo telefono para o *Espresso*, me propôs, neste momento, se você se sair com um artigo desse tipo, será um gesto importante para você, para o público, para todos; vai mostrar que a Itália em que vivemos é bem pior do que aquela que pintamos para nós. E me pediu permissão para submeter mais uma vez o texto aos advogados, para saber que riscos legais eu correria, o que seria preciso eliminar e o que eu poderia manter. Pensei em como tudo tinha sido fácil quando se tratou de assustar Bruno Soccavo e recusei com firmeza. Falei: vou acabar sendo processada de novo, vou me ver inutilmente num mar de problemas e serei forçada a pensar — coisa que não quero fazer, por amor a minhas filhas — que as leis só funcionam com quem as teme, não com quem as viola.

Esperei um tempo, tomei coragem e por fim contei tudo a Lila, palavra por palavra. Ela ficou calma. Ligou o computador, deu uma passada no texto, mas acho que não o releu, fixava a tela enquanto refletia. Então me perguntou num tom novamente hostil:

"Você confia nesse diretor?"

"Confio, é uma pessoa excelente."

"Então por que não quer publicar o artigo?"

"De que serviria?"

"Para esclarecer as coisas."

"Já está tudo claro."

"Para quem? Para você, para mim, para o diretor?"

Balançou a cabeça descontente e disse com frieza que precisava trabalhar. Falei:
"Espere."
"Estou com pressa. Sem Alfonso o trabalho se complicou. Vá, por favor, vá."
"Por que você está irritada comigo?"
"Vá."
Não nos vimos por um período. De manhã mandava Tina para mim, de noite Enzo vinha buscá-la, ou ela gritava do patamar: Tina, venha para a mamãe. Passaram umas duas semanas, acho, até que o diretor me ligou com um tom muito afetuoso.
"Muito bem, fico contente que tenha se decidido."
Não entendi, e ele me explicou que um amigo dele do *Espresso* tinha telefonado, precisava urgentemente de um endereço meu. Por meio dele, fiquei sabendo que o texto sobre os Solara sairia com alguns cortes no número daquela semana. Você podia me avisar, falou, que tinha mudado de ideia.
Suei frio, não sabia o que dizer, fiz de conta que não houve nada. Mas num segundo compreendi que foi Lila quem mandou nossas páginas para a revista. Corri para ela a fim de protestar, estava indignada, mas a encontrei particularmente afetuosa e sobretudo alegre.
"Já que você não se decidia, decidi eu."
"Mas eu tinha decidido não publicar o texto."
"Eu não."
"Então assine só você."
"Como assim? A escritora aqui é você."
Foi impossível transmitir-lhe minha desaprovação e minha angústia, qualquer frase crítica que eu dizia perdia o gume contra seu bom humor. O artigo saiu com grande destaque, seis páginas cerradas, e naturalmente só trazia uma assinatura, a minha.
Quando me dei conta, brigamos. Falei irritada:
"Não entendo por que você se comporta assim."

"Eu entendo", ela respondeu. Ainda trazia no rosto os sinais do soco de Michele, mas com certeza não foi o medo que a impediu de assinar. Estava aterrorizada por outros motivos, e disso eu sabia: ela estava se lixando para os Solara. Mas me senti tão magoada que a ataquei mesmo assim — *você tirou sua assinatura porque gosta de ficar escondida, porque é fácil atirar a pedra e esconder a mão, estou cheia de suas tramoias* —, e ela começou a rir, achou a acusação insensata. Não gosto que você pense assim, disse. Então assumiu um ar enfezado, resmungou que mandara o artigo ao *Espresso* só com a minha assinatura porque a dela não valia nada, porque eu é quem tinha estudado, porque eu era famosa, porque agora eu podia fustigar qualquer um sem temor. Naquelas palavras tive a confirmação de que ela ingenuamente superestimava minha função, e lhe disse isso. Mas ela se aborreceu, disse que eu é que me subestimava, por isso mesmo queria que eu me empenhasse mais e melhor, que ampliasse ainda mais o consenso em torno de mim, o que ela mais desejava era que meus méritos fossem reconhecidos cada vez mais. Você vai ver, exclamou, o que acontecerá com os Solara.

Voltei para casa sem energia. Não consegui afastar a suspeita de que ela estivesse me usando, exatamente como Marcello dissera. Ela me atirara às feras e contava com o pouco de notoriedade que eu tinha para vencer uma guerra que era dela, para cumprir suas vinganças, para sufocar seus sentimentos de culpa.

103.

Na verdade, assinar aquele artigo foi para mim um novo salto de qualidade. Graças à sua divulgação, muitos fragmentos meus se rearticularam. Demonstrei que não tinha apenas uma vocação de romancista, mas, assim como no passado tratara de lutas sindicais e me engajara na crítica da condição feminina, agora me batia contra a degradação de minha cidade. O pequeno público que eu conquistara em fins dos anos 1960 se uniu àquele que, entre altos e baixos, cultivei nos anos 1970 e a esse novo, mais numeroso, de agora. Isso favoreceu os dois primeiros livros, que foram reeditados, e o terceiro, que continuou vendendo muito bem, ao passo que cada vez mais ganhava corpo a ideia de fazer um filme a partir dele.

Naturalmente aquelas páginas me trouxeram enormes aborrecimentos. Fui convocada por agentes policiais. Fui ouvida na delegacia fiscal. Fui vilipendiada em jornais locais de direita com rótulos do tipo *divorciada, feminista, comunista, apoiadora de terroristas*. Recebi telefonemas anônimos que ameaçavam a mim e a minhas filhas num dialeto carregado de obscenidades. Porém, mesmo vivendo angustiada — a angústia agora me parecia conatural à escrita —, acabei no fim das contas me agitando bem menos do que quando escrevi o artigo na *Panorama* e recebi a denúncia de Carmen. Era o meu trabalho, estava aprendendo a fazê-lo cada vez melhor. Além disso, me sentia protegida pelo suporte legal da editora, pela aceitação que tinha nos jornais de esquerda, pelos encontros sempre cheios com meu público e pela ideia de que eu tinha razão.

No entanto, para ser honesta, não foi só isso. O que mais me tranquilizou foi quando ficou evidente que os Solara não fariam absolutamente nada contra mim. Minha visibilidade os impeliu à maior invisibilidade possível. Michele e Marcello não só não moveram uma segunda ação, mas mantiveram um silêncio completo, sempre, e mesmo quando os encontrei diante dos tutores da ordem ambos se limitaram a cumprimentos frios, mas respeitosos. E assim as águas se acalmaram. Tudo o que ocorreu de concreto foi a abertura de vários inquéritos e seus relativos processos. Mas, como previra o departamento jurídico da editora, os primeiros logo encalharam, os segundos terminaram — imagino — sob milhares de outros processos, e os Solara continuaram livres e soltos. O único prejuízo que o artigo causou foi de natureza afetiva: minha irmã, meu sobrinho Silvio e até meu pai me excluíram — não com palavras, mas nos atos — de suas vidas. Somente Marcello continuou sendo cordial. Uma tarde o encontrei no estradão e olhei para o outro lado. Mas ele parou diante de mim e disse: Lenu, eu sei que se você pudesse não teria feito aquilo, não estou com raiva de você, a culpa não é sua; por isso saiba que minha casa está sempre aberta. Rebati: ontem Elisa bateu o telefone na minha cara. Sorriu: sua irmã é quem manda, o que é que eu posso fazer?

104.

Mas aquele resultado no fim das contas conciliador deprimiu Lila. Não escondeu a decepção, mas tampouco a externou. Seguiu em frente fingindo que nada acontecera: passava em minha casa para deixar Tina e ia se fechar no escritório. Contudo, às vezes ficava na cama o dia todo, dizia que a cabeça estava explodindo e cochilava.

Tive o cuidado de não lhe lembrar que a decisão de publicar nossas páginas tinha sido dela. Não falei: eu lhe disse que os Solara se safariam sem um arranhão, a editora já tinha me alertado, agora é inútil ficar sofrendo. Mas mesmo assim seu rosto estampava a tristeza por ter feito uma avaliação equivocada. Naquelas semanas se sentiu humilhada por ter passado a vida atribuindo um poder a coisas que, nas hierarquias ordinárias, contavam muito pouco: o alfabeto, a escrita, os livros. Ela, que parecia tão desencantada, tão adulta, só pôs fim a sua infância — hoje penso — naqueles dias.

Parou de me ajudar. Com frequência sempre maior me deixou responsável por sua filha e às vezes, raramente, até por Gennaro, obrigado a vadiar em minha casa. Por outro lado, minha vida era cada vez mais cheia de compromissos e eu não sabia como me virar. Certa manhã em que fui falar com ela sobre as meninas, me respondeu entediada: chame minha mãe e peça para ela ajudar. Era uma novidade, me retraí embaraçada, obedeci. Foi assim que Nunzia veio à minha casa, muito envelhecida, remissiva, pouco à vontade, mas eficiente como quando cuidava da casa na época de Ischia.

Minhas filhas mais velhas logo a trataram com arrogância agressiva, especialmente Dede, que estava em fase de transição e não tinha mais nenhuma delicadeza. A pele do rosto se avermelhara, uma turgidez a estava deformando, varrendo dia após dia a imagem à qual estava habituada, e ela se sentia feia, ficava intratável. Começamos a ter bate-bocas do seguinte tipo:

"Por que precisamos ficar com essa velha? Tenho nojo quando ela cozinha, é você quem deve cozinhar."

"Pare com isso."

"Ela cospe quando fala, reparou que não tem dentes?"

"Não quero ouvir nenhuma palavra a mais, chega."

"Já temos de viver nesta latrina, agora precisamos ter em casa essa aí também? Não quero que ela durma com a gente quando você não estiver."

"Dede, eu já disse, chega."

Elsa não ficava atrás, mas agia à sua maneira: mantinha-se seriíssima, recorria a tons que pareciam me apoiar, mas na verdade eram pérfidos.

"Eu gosto dela, mamãe, você fez bem em trazê-la para cá. Tem um cheiro bom de cadáver."

"Agora eu lhe dou um tapa. Sabe que ela pode ouvir?"

A única que se afeiçoou imediatamente à mãe de Lila foi Imma: estava sob a influência de Tina e a imitava em tudo, inclusive nos afetos. Ambas ficavam à sua volta durante todo o tempo que ela trabalhava no apartamento e a chamavam de vovó. Mas a vovó era brusca, sobretudo com Imma. Fazia carinho na neta de verdade, às vezes se emocionava vendo como era falante e afetuosa, ao passo que trabalhava em silêncio quando a falsa neta buscava atenção. Nesse meio-tempo — descobri — ela ia sendo roída por dentro. Ao final de sua primeira semana de serviço, me falou com olhos baixos: Lenu, ainda não conversamos sobre o pagamento. Fiquei mal: tinha achado estupidamente que ela viesse porque a filha havia pedido; se soubesse que teria de pagar, escolheria uma jovem que agradasse a minhas filhas e a quem eu pediria tudo o que precisasse. Mas me contive, falamos de dinheiro e fixamos um valor. Só então Nunzia ficou mais serena. Encerrada a tratativa, sentiu necessidade de justificar-se: meu marido está doente, disse, já não trabalha, e Lina enlouqueceu, demitiu Rino, estamos sem um centavo. Murmurei que entendia, pedi que fosse mais gentil com Imma. Obedeceu. A partir de então, apesar de dar todas as atenções a Tina, esforçou-se em tratar com gentileza também minha filha.

Foi com Lila, porém, que ela não mudou de atitude. Tanto na chegada quanto na saída, Nunzia jamais sentiu necessidade de passar na filha, que no entanto lhe arranjara aquele trabalho. Quando se encontravam na escada, nem sequer se cumprimentavam. Era uma velha que havia perdido a prudente amabilidade de antigamente. Mas é preciso dizer que Lila estava cada vez mais intratável, piorando a olhos vistos.

105.

Comigo, sem motivo nenhum, ela assumia frequentemente um tom irritado. O que mais me aborreceu foi o fato de que me tratava como se eu estivesse alheia ao que ocorria com minhas filhas.
"Dede ficou de chico."
"Foi ela quem lhe contou?"
"Foi, você nunca está em casa."

"E você usou essa expressão com a menina?"
"E o que é que eu devia dizer?"
"Algo menos vulgar."
"Você sabe como suas filhas falam entre si? E já escutou o que elas dizem de minha mãe?"
Eu não gostava daquele tom. Ela, que no passado se mostrara tão afetuosa com Dede, Elsa e Imma, me pareceu determinada a diminuí-las aos meus olhos, e aproveitava cada ocasião para me mostrar que, de tanto viajar pela Itália, eu as estava negligenciando com graves consequências para a educação delas. Fiquei particularmente exasperada quando passou a me acusar de não ver os problemas de Imma.
"O que ela tem", perguntei.
"Apareceu um tique no olho."
"Acontece raramente."
"Eu vi várias vezes."
"O que você acha que é?"
"Não sei. Só sei que se sente órfã de pai e não está muito segura de ter uma mãe."
Tentei ignorá-la, mas era difícil. Como já disse, Imma sempre me preocupou um pouco e, mesmo quando enfrentava bem a vivacidade de Tina, de todo modo eu tinha a impressão de que lhe faltava algo. Além disso, de uns tempos para cá, reconhecia nela traços meus que não me agradavam. Era remissiva, cedia imediatamente em relação a tudo por medo de não agradar, ficava triste por ter cedido. Teria preferido que ela herdasse a ousada capacidade de sedução de Nino, sua vitalidade displicente, mas não era assim. Imma demonstrava uma aquiescência descontente, queria tudo e fingia não querer nada. Os filhos — eu dizia — são fruto do acaso, ela não puxou nada ao pai. Mas Lila não concordava nesse ponto, ao contrário, achava sempre um jeito de aludir à semelhança da pequena com Nino, só que não via nela nada de positivo, falava como de um vício orgânico. E então

me repetia sem parar: estou falando essas coisas porque gosto dela e me preocupo.
Tentei encontrar uma explicação para aquela animosidade repentina contra minhas filhas. Pensei que, como a tinha decepcionado, ela estivesse tomando distância de mim sobretudo se afastando delas. Pensei que, como meu livro estava fazendo cada vez mais sucesso, legitimando minha autonomia em relação a ela e a seu julgamento, tentasse me diminuir diminuindo as filhas que eu tinha feito e minha capacidade de ser uma boa mãe. Mas nenhuma das duas hipóteses me tranquilizou, até que uma terceira abriu caminho: Lila estava vendo o que eu, como mãe, não sabia ou não queria ver, e, como se mostrava crítica especialmente em relação a Imma, seria bom entender se suas ressalvas tinham algum fundamento.

Assim comecei a observar melhor a menina e logo me convenci de que ela estava de fato sofrendo. Parecia prostrada diante da alegre expansividade de Tina, de sua elevadíssima capacidade de verbalização, de como sabia suscitar ternura, admiração e afeto em todo mundo, especialmente em mim. Minha filha, que também era graciosa e inteligente, ao lado de Tina empalidecia, suas qualidades se apagavam, e ela se ressentia. Um dia assisti a uma divergência entre elas num belo italiano: o de Tina, impecável na pronúncia; o de Imma, ainda com algumas sílabas faltantes. Estavam colorindo com pastéis certos perfis de animais e Tina tinha decidido usar o verde para um rinoceronte, enquanto Imma misturava cores ao acaso para um gato. Tina disse:

"Pinte de cinza ou de preto".

"Você não pode mandar nas minhas cores."

"Não estou mandando, é só uma sugestão."

Imma olhou para ela, alarmada. Não sabia a diferença entre uma ordem e uma sugestão. Falou:

"Também não quero fazer sua sugestão."

"Então não faça."
O lábio inferior de Imma tremeu:
"Está bom", disse, "eu faço, mas não gosto."
Tentei ser mais cuidadosa com ela. Para começar, evitei demonstrar entusiasmo por qualquer manifestação de Tina, potencializei as capacidades de Imma, passei a elogiá-la por qualquer coisinha. Mas logo percebi que isso não bastava. As duas meninas gostavam uma da outra, o contraste as ajudava a crescer, elogios artificiais não eram suficientes para evitar que Imma, espelhando-se em Tina, visse algo que a feria e cuja causa certamente não era sua amiga.

Nessa altura comecei a ruminar as palavras de Lila: é órfã de pai, não está muito segura de ter uma mãe. Lembrei a legenda errada da *Panorama*. Aquela legenda, potencializada pelas brincadeiras maldosas de Dede e Elsa (*você não é da família: você se chama Sarratore, e não Airota*), deve ter feito seus estragos. Mas o centro da questão era mesmo aquilo? Excluí a hipótese. A ausência do pai me pareceu algo bem mais grave, e me convenci de que o sofrimento vinha dali.

Depois de chegar a essa conclusão, comecei a notar como Imma buscava a atenção de Pietro. Nas vezes em que ele telefonava para as filhas, ela ficava num canto e se punha a ouvir a conversa. Se as irmãs se divertiam, ela também fingia se divertir, e quando a conversa terminava e ambas se despediam do pai, Imma gritava: tchau. Muitas vezes Pietro a escutava e dizia a Dede: me passe Imma para um oi. Mas naqueles casos ela ficava intimidada e saía correndo, ou então pegava o fone e não dizia palavra. Tinha comportamentos semelhantes quando ele vinha a Nápoles. Pietro nunca se esquecia de lhe trazer uma lembrancinha, e Imma o rondava, brincava de ser sua filha, ficava contente quando ele lhe fazia um elogio, quando a pegava no colo. Certa vez em que meu ex-marido veio ao bairro para levar Dede e Elsa com ele, deve ter notado o evidente mal-estar da menina, e ao se despedir me disse: faça uns carinhos nela, está triste por as irmãs saírem e ela ficar.

Essa observação dele aumentou minha ansiedade, disse a mim mesma que precisava fazer alguma coisa, pensei em falar com Enzo e pedir que fosse mais presente na vida de Imma. Mas ele já era muito atencioso. Quando brincava de cavalinho com a filha, a certa altura a desmontava das costas e pegava minha filha; se comprava um brinquedo para Tina, comprava outro idêntico para ela; se chegava a se comover com as perguntas inteligentes que sua pequena lhe fazia, se lembrava de também demonstrar entusiasmo pelos porquês mais terra a terra da minha. Mas mesmo assim conversei com ele, e às vezes Enzo chegou a censurar Tina quando ela ocupava o centro da cena e não dava espaço a Imma. Isso me desagradou, a menina não tinha culpa nenhuma. Nessas ocasiões Tina ficou desconcertada, a tampa que desceu de repente sobre sua fervura lhe pareceu uma punição imerecida. Não entendia por que o encanto se rompera, apressou-se em recuperar a aprovação do pai. Então fui eu que a atraí para mim e brinquei com ela.

Em resumo, as coisas não iam bem. Certa manhã eu estava no escritório de Lila, queria que ela me ensinasse a escrever no computador. Imma brincava com Tina debaixo da escrivaninha, e Tina traçava com palavras lugares e personagens imaginários com a inteligência de sempre. Criaturas monstruosas estavam perseguindo suas bonecas, príncipes corajosos estavam prestes a salvá-las. Mas ouvi minha filha exclamar com uma raiva inesperada:

"Eu não."
"Você não?"
"Eu não me salvo."
"Não é você quem se salva, é o príncipe."
"Eu não tenho."
"Então eu deixo o meu salvar você."
"Já disse que não."

Me senti ferida por aquele salto brusco, com o qual Imma passou da boneca para si mesma, apesar de Tina tentar entretê-la na brincadeira. Lila ficou nervosa com minha distração e disse: "Meninas, ou vocês falam em voz baixa, ou vão brincar lá fora."

106.

Naquele dia escrevi uma longa carta para Nino. Listei os problemas que, na minha opinião, complicavam a vida de nossa filha: suas irmãs tinham um pai que dava atenção a elas, ela, não; sua amiga de brincadeiras, a filha de Lila, tinha um pai afetuosíssimo, ela, não; eu estava sempre viajando a trabalho e me via forçada a deixá-la com frequência; enfim, Imma corria o risco de crescer se sentindo sempre em desvantagem. Enviei a carta e esperei que ele desse notícias. Como isso não aconteceu, decidi telefonar para a casa dele. Eleonora atendeu.

"Ele não está", disse apática, "está em Roma."

"Poderia lhe dizer, por gentileza, que minha filha precisa dele?"

Sua voz se rompeu na garganta. Depois se recompôs:

"Também os meus não veem o pai há pelo menos seis meses."

"Ele a deixou?"

"Não, ele nunca deixa ninguém. Ou você tem a força de deixá-lo — e nisso você foi excelente, eu a admiro — ou ele vai, vem, desaparece, reaparece como e quando lhe convém."

"Pode dizer a ele que eu liguei e que, se não aparecer logo, eu vou localizá-lo e vou levar a menina ao lugar onde ele estiver?"

Desliguei.

Foi preciso um tempo para que Nino se decidisse a telefonar, mas por fim o fez. Como de costume, comportou-se como se tivéssemos estado juntos poucas horas antes. A voz era enérgica, alegre, me fez muitos elogios. Cortei a conversa e perguntei:

"Recebeu minha carta?"

"Recebi."

"E por que não respondeu?"

"Porque não tenho um minuto de tempo."

"Então ache o tempo, e rápido, Imma não está bem."

Falou de má vontade que voltaria a Nápoles no fim de semana, obriguei-o a vir almoçar no domingo. Insisti em que, nessa ocasião, ele não conversasse comigo, não brincasse com Dede e Elsa, mas se concentrasse por um dia inteiro em Imma. Essa sua visita — disse — deve se tornar um hábito: seria ótimo se você viesse uma vez por semana, mas não lhe peço nem isso, não espero esse gesto de você; mas uma vez por mês é necessário. Respondeu num tom grave que viria toda semana, prometeu, e naquele momento seguramente estava sendo sincero.

O dia em que esse telefonema ocorreu já não me lembro, mas nunca me esquecerei daquele em que, às dez da manhã, todo elegante, Nino apareceu no bairro ao volante de um carro de luxo, novo e reluzente. Era 16 de setembro de 1984. Eu e Lila tínhamos completado quarenta anos havia pouco, Tina e Imma estavam quase com quatro.

107.

Disse a Lila que Nino viria almoçar em minha casa. Falei: o obriguei a isso, quero que passe o dia todo com Imma. Esperei que ela compreendesse que, pelo menos naquele dia, não era o caso de me trazer Tina, mas ela não entendeu ou não quis entender. Ao contrário, se mostrou solícita, exclamou: vou dizer a minha mãe que cozinhe para todos, e podemos almoçar aqui em casa, que tem mais espaço. Aquilo me surpreendeu, me deixou nervosa. Ela detestava Nino, o que era aquela intrusão? Recusei, disse: eu cozinho — e reiterei que o dia seria dedicado a Imma, não havia espaço nem tempo para outra coisa. Mas às nove em ponto do dia seguinte Tina subiu o lance de escada com seus brinquedos e bateu na minha porta. Estava impecável, as trancinhas muito pretas, os olhos brilhando de simpatia.

Deixei-a entrar, mas logo tive de brigar com Imma, que ainda estava de pijama, sonolenta, sem tomar o café da manhã, e no entanto queria começar a brincar imediatamente. Como se recusava a me obedecer, fazendo caretas e rindo com a amiga, fiquei furiosa, fechei Tina — estarrecida com o meu tom — num quarto para que brincasse sozinha, e então obriguei Imma a se arrumar. Não quero, ela gritou o tempo todo. Disse a ela: você precisa se vestir, papai já está chegando. Há dias eu vinha lhe avisando, mas, ao ouvir aquela palavra, ela se rebelou ainda mais. Eu mesma, ao recorrer a ela para comunicar a iminência da chegada, fiquei ainda mais nervosa. A menina se retorcia, berrava: não quero papai — como se papai fosse um remédio repulsivo. Não achava que se lembrasse de Nino, não estava expressando uma rejeição àquela determinada pessoa. Pensei: talvez eu tenha errado ao forçá-lo a vir; quando Imma fala que não quer papai, está dizendo que não quer qualquer um, quer Enzo, quer Pietro, quer o que Tina e suas irmãs têm.

Nessa altura me lembrei da outra menina. Ela não havia protestado, não aparecera em nenhum momento. Tive vergonha do meu comportamento, Tina não tinha nenhuma responsabilidade pelas tensões daquele dia. Chamei-a com ternura, ela se apresentou toda contente e sentou num banquinho no canto do banheiro para me dar conselhos sobre como fazer em Imma trancinhas idênticas às suas. Minha filha se acalmou, deixou que a enfeitasse sem protestar. Por fim, as duas foram correndo brincar, e eu fui tirar Dede e Elsa da cama.

Elsa pulou muito alegre, estava feliz de rever Nino e ficou pronta em pouco tempo. Já Dede passou um tempo infinito no banheiro e só saiu de lá quando eu comecei a berrar. Não conseguia aceitar sua transformação. Sou repugnante, disse com lágrimas nos olhos. E foi se trancar no quarto gritando que não queria ver ninguém. Então fui depressa cuidar de mim. Já não me importava minimamente com Nino, mas não queria que me visse desleixada e envelhecida. Além disso, eu temia que Lila aparecesse e sabia muito bem que ela, quando queria, era capaz de concentrar totalmente o olhar de um homem sobre si. Eu estava agitada e ao mesmo tempo sem ânimo.

108.

Nino chegou excepcionalmente pontual e subiu a escada carregado de presentes. Elsa correu para esperá-lo no patamar, sendo logo seguida por Tina e depois, com cautela, por Imma. Notei o tique em seu olho direito. Lá vem papai, lhe disse, e ela fez desanimadamente que não.

Mas Nino se comportou bem. Já nas escadas começou a cantarolar: onde está minha pequena Imma, preciso lhe dar três beijos e uma mordidinha. Quando apareceu no patamar, disse oi a Elsa, puxou distraidamente uma trancinha de Tina e agarrou a filha, a encheu de beijos, lhe disse que nunca tinha visto cabelos tão lindos, elogiou o vestidinho, os sapatinhos, tudo. Já em casa, não me fez sequer um sinal de cumprimento. Em vez disso, se acomodou no chão, ajeitou Imma sobre suas pernas cruzadas e somente então deu mais corda a Elsa e cumprimentou calorosamente Dede (*Meu Deus, como você cresceu, está magnífica*), que se aproximara dele com um sorriso tímido.

Vi que Tina estava perplexa. Os estranhos, todos eles, ficavam encantados com ela e a mimavam assim que punham os olhos nela: mas Nino tinha começado a distribuição de presentes e por enquanto a ignorava. Então ela se dirige a ele com sua vozinha carinhosa, tentou sentar em suas pernas ao lado de Imma, não conseguiu e se

apoiou em seu braço, pousando a cabeça com ar lânguido no ombro dele. Nada, Nino deu um livro a Dede, outro a Elsa e então se concentrou na filha. Comprara de tudo para ela. Esperava enquanto ela desembrulhava um presente e logo lhe dava outro. Imma me pareceu agradecida, comovida. Olhava aquele homem como se ele fosse um mágico que viera fazer maravilhas somente para ela e, quando Tina tentava pegar uma lembrancinha, ela estrilava: é meu. Tina imediatamente se retraiu fazendo beicinho; então a peguei no colo e lhe disse: venha com a tia. Só nesse momento Nino se deu conta de que estava exagerando, meteu a mão no bolso, tirou uma caneta que parecia cara e lhe disse: esta é para você. Recoloquei a menina no chão, ela pegou a caneta sussurrando um obrigada, e ele de fato pareceu notá-la pela primeira vez. Senti que murmurou espantado:
"Você é idêntica à sua mãe."
"Posso escrever meu nome para você?", perguntou séria.
"Você já sabe escrever?"
"Sei."
Nino tirou do bolso um papel dobrado, ela o apoiou no assoalho e escreveu: Tina. Que incrível, ele elogiou. Mas no instante seguinte procurou meu olhar temendo ser censurado e, para remediar, virou-se para a filha: aposto que você também é incrível. Imma quis provar a ele que era, agarrou a caneta da amiga, rabiscou a folha muito concentrada. Ele se derramou em elogios, embora Elsa já torturasse a irmãzinha (*não dá para entender nada, você não sabe escrever*) e Tina tentasse em vão recuperar a caneta dizendo: também sei escrever outras palavras. Por fim, para encerrar o assunto, Nino se levantou carregando a filha e disse: agora vamos ver o carro mais lindo do mundo — e levou todas para fora, Imma no colo, Tina tentando pegar sua mão, Dede o puxando para si e Elsa se apropriando da caneta com um gesto voraz.

109.

A porta se fechou. Escutei a voz grossa de Nino pelas escadas — prometia comprar docinhos e dar uma volta de carro com elas —, enquanto Dede, Elsa e as duas pequenas gritavam de entusiasmo. Imaginei Lila no andar de baixo, trancada no apartamento, em silêncio, ouvindo aquelas mesmas vozes que chegavam aos meus ouvidos. A nos separar, apenas a lâmina do pavimento; no entanto ela sabia encurtar ainda mais a distância ou expandi-la segundo o humor, a conveniência e os movimentos de sua cabeça agitada como o mar quando a lua o arrebata inteiro e o puxa para cima. Arrumei a casa, cozinhei, pensei que Lila — embaixo — estava fazendo o mesmo. Ambas esperávamos ouvir de novo a voz de nossas filhas, os passos do homem que tínhamos amado. Ocorreu-me que ela deve ter reconhecido muitas vezes os traços de Nino em Imma, assim como ele agora reconheceu em Tina os traços dela. Em todos aqueles anos ela sempre sentira aversão, ou sua preocupação afetuosa com a menina também dependia daquela semelhança? Ainda era secretamente atraída por Nino? Agora estaria espreitando da janela? Tina conseguiu que ele a segurasse pela mão, e ela olhava a filha ao lado daquele homem magro e altíssimo pensando: se as coisas tivessem acontecido de outro jeito, poderia ser filha dele? O que estaria planejando? Daqui a pouco subiria ao meu apartamento para me magoar com um comentário pérfido? Ou abriria a porta de casa justo quando ele estivesse passando na frente, voltando com as quatro meninas, e o convidaria a entrar e depois me chamaria lá de baixo, e eu seria forçada a convidar ela e Enzo para almoçar?

 O apartamento estava em completo silêncio, mas lá fora os sons do domingo se misturavam: os sinos do meio-dia, os gritos dos vendedores da feira, a passagem dos trens na triagem, o tráfego dos caminhões rumo aos canteiros de obra abertos todos os dias da semana. Nino com certeza deixaria que as meninas se enchessem de doces, sem pensar que depois não tocariam na comida. Eu o conhecia bem: atendia a todos os pedidos, comprava de tudo sem pestanejar, exagerava. Assim que o almoço ficou pronto e a mesa posta, fui para a janela que dava para o estradão. Queria chamá-los para dizer que estava na hora de voltar. Mas as bancas da feira impediam a visão, e só consegui enxergar Marcello passeando entre minha irmã e Silvio. A imagem de cima do estradão me deu uma sensação de angústia. Os feriados sempre me pareceram um verniz que oculta a degradação, mas naquela oportunidade a impressão ganhou força. O que eu estava fazendo naquele lugar, por que continuava vivendo ali quando tinha dinheiro suficiente para me instalar em qualquer lugar? Tinha dado muita linha a Lila, tinha deixado que reatasse muitos nós, eu mesma havia acreditado que, recuperando publicamente minhas origens, seria capaz de escrever melhor. Tudo me pareceu mais feio, senti uma forte repulsa até pela comida que preparei. Depois reagi, escovei o cabelo, verifiquei se estava bom e saí. Passei quase na ponta dos pés diante da porta de Lila, não queria que ela me ouvisse e resolvesse vir comigo.

No lado de fora havia um forte cheiro de amêndoas torradas; olhei ao redor. Primeiro vi Dede e Elsa, estavam comendo algodão doce e examinando uma banca cheia de bugigangas: pulseiras, brincos, colares, presilhas para cabelo. Perto delas notei Nino, parado na esquina. Um segundo depois percebi que estava se dirigindo a Lila, bonita como quando queria encantar, e Enzo, sério, de cenho franzido. Ela carregava Imma e a menina mexia em sua orelha, como fazia sempre com a minha quando se sentia negligenciada. Lila deixava que ela a puxasse sem se retrair, de tanto que parecia absorvida por Nino, que conversava com ela de seu modo satisfeito, sorrindo e gesticulando com os braços compridos, as mãos longas.

Fiquei furiosa. Então era por isso que Nino saíra e desaparecera. Era assim que cuidava da filha. Chamei, ele não me ouviu. Quem se virou foi Dede, que riu com Elsa de minha voz fina demais, como sempre faziam quando eu gritava. Chamei de novo. Queria que Nino se despedisse imediatamente e voltasse para casa *sozinho*, só com minhas filhas. Mas havia o assovio ensurdecedor do vendedor de amendoins e o barulho de um caminhão que passava vibrando inteiro e levantando poeira. Bufei, fui até eles. Por que Lila estava carregando minha filha, qual a necessidade daquilo? E por que Imma não estava brincando com Tina? Não cumprimentei ninguém, disse a Imma: o que você está fazendo no colo, você já é grande, venha cá — e a tirei de Lila e a coloquei no chão. Então me virei para Nino: as meninas precisam almoçar, já está pronto. No entanto percebi que minha filha continuava agarrada à minha saia, não saíra para brincar com a amiga. Olhei ao redor, perguntei a Lila: Tina está onde?

Ela ainda trazia no rosto a expressão de cordial concordância com que até um minuto antes estava escutando Nino. Deve estar com Dede e Elsa, disse. Respondi: não está. Queria que cuidasse da filha dela com Enzo, em vez de se meter entre a minha e o pai no único dia em que ele se mostrara disponível. Porém, enquanto Enzo olhava em torno à procura de Tina, Lila continuou conversando com Nino. Falou-lhe das vezes em que Gennaro desaparecera. Riu, disse: teve uma manhã em que ninguém o encontrava, todos tinham saído da escola e ele não estava lá; fiquei apavorada, imaginei as piores coisas, mas ele estava tranquilo nos jardinzinhos. E foi justamente ao se lembrar daquele episódio que ela perdeu a cor. Seus olhos se esvaziaram, perguntou a Enzo com voz alterada: "Você a encontrou? Onde ela está?"

110.

Procuramos Tina por todo o estradão, depois em todo o bairro, depois de novo no estradão. Muitos se juntaram a nós. Veio Antonio, veio Carmen, veio Roberto, o marido de Carmen, e até Marcello

Solara mobilizou seu pessoal e circulou pessoalmente pelas ruas, até tarde da noite. Lila agora se parecia com Melina, corria para cima e para baixo sem uma lógica. Mais louco que ela parecia Enzo. Gritava, brigava com os vendedores ambulantes, ameaçava coisas terríveis, queria vasculhar em seus carros, camionetes e carretas. Os guardas precisaram intervir para acalmá-lo.

A cada momento parecia que Tina tinha sido localizada, e todos davam um suspiro de alívio. A menina era conhecida de todo mundo, não havia quem não jurasse que a havia encontrado um minuto antes parada naquela banca, ou naquela esquina, ou no pátio, ou nos jardinzinhos, ou na direção do túnel com um homem alto, com um baixo. Mas cada indício se mostrou ilusório, as pessoas perderam a confiança e a boa vontade.

Durante a noite se estabeleceu o boato que acabou prevalecendo. A menina tinha descido da calçada correndo atrás de uma bola azul. Mas justo naquele momento estava vindo um caminhão. O caminhão era uma massa cor de lama e avançava numa velocidade regular, trepidando e balançando pelos buracos do estradão. Ninguém tinha visto mais nada, mas se escutara o choque, o choque que passou diretamente do relato à memória de qualquer um que escutasse. O caminhão não havia freado, nem sequer diminuíra a marcha, e desapareceu no fundo do estradão com o corpo de Tina, com as trancinhas. Não ficou no asfalto nem uma gota de sangue, nada, nada, nada. Naquele nada se perdera o veículo, e se perdeu para sempre a menina.

VELHICE
HISTÓRIA DO RANCOR

1.

Fui embora de Nápoles definitivamente em 1995, quando todos diziam que a cidade estava renascendo. Mas agora já não acreditava muito nessas ressurreições. Durante os anos, tinha visto o advento de uma nova estação ferroviária, o tímido despontar do arranha-céu de via Novara, os edifícios navegantes de Scampia, a proliferação de prédios altíssimos e reluzentes sobre o pedregulho cinzento da Arenaccia, da via Taddeo da Sessa, da piazza Nazionale. Aquelas construções, concebidas na França ou no Japão e surgidas entre Ponticelli e Poggioreale com a viciosa lentidão habitual, num ritmo contido, logo perderam todo esplendor e se transformaram em tocas para desesperados. Que ressurreição era essa? Apenas uma maquiagem de modernidade espalhada aqui e ali ao acaso, com muita fanfarronice, sobre o rosto corrompido da cidade.

Sempre era assim. O truque do renascimento suscitava esperanças e depois trincava, tornava-se crosta sobre crostas antigas. Por isso, justamente quando corria a obrigação de permanecer na cidade para defender sua recuperação sob a égide do ex-Partido Comunista, eu decidi ir embora para Turim, atraída pela possibilidade de dirigir uma editora que na época se mostrava cheia de ambições. Depois dos quarenta o tempo começou a voar, e eu não conseguia mais acompanhá-lo. O calendário real tinha sido substituído por aquele dos prazos contratuais, os anos saltavam de uma publicação a outra, eu fazia um enorme esforço para atribuir uma data aos acontecimentos que diziam respeito a mim, a minhas filhas, e os encastoava dentro da escrita, que me tomava cada vez mais tempo. Quando tinha ocorrido tal coisa, e aquela outra? De modo quase irrefletido, me orientava pela data de lançamento dos meus livros. Aliás, livros eu já tinha publicado muitos, e eles me trouxeram certa autoridade, uma boa fama, uma vida abastada. Com o tempo, o peso das filhas se atenuara bastante. Dede e Elsa — primeiro uma, depois outra — tinham ido estudar em Boston incentivadas por Pietro, que fazia sete ou oito anos tinha uma cátedra em Harvard. Estavam bem com o pai. Com exceção das cartas em que se queixavam do clima infame e do pedantismo dos bostonianos, estavam satisfeitas com a situação e com o fato de terem escapado às escolhas que eu lhes havia imposto tempos atrás. Naquela altura, Imma sonhava em fazer como as irmãs; o que eu estava fazendo no bairro? Se no início o lugar favorecera minha imagem de escritora que, mesmo podendo viver longe dali, permanecera numa periferia perigosa para continuar se nutrindo de realidade, agora eram muitos os intelectuais que se vangloriavam do mesmo lugar-comum. Além disso, meus livros tinham tomado outros rumos, e a matéria do bairro acabara num canto. Sendo assim, não era hipocrisia gozar de certa notoriedade, viver cheia de privilégios e no entanto me autolimitar, residir num espaço onde eu só podia registrar com incômodo a deterioração da vida de meus irmãos, de minhas amigas, de seus filhos e netos, talvez até de minha última filha?

Na época Imma era uma menina de catorze anos, muito estudiosa, e eu não deixava faltar nada a ela. Mas quase sempre falava um dialeto duro e tinha colegas de escola que não me agradavam; eu ficava tão ansiosa quando a via sair depois do jantar que ela frequentemente acabava desistindo e ficando em casa. E, quando estava na cidade, eu também levava uma vida limitada. Tinha amigas e amigos da Nápoles culta, deixava que me cortejassem e estabelecia relações que, porém, duravam pouco. Até os homens mais brilhantes em pouco tempo se revelavam desiludidos, ressentidos com a má sorte, espirituosos e no entanto sutilmente maldosos. Às vezes eu tinha a impressão de que me desejavam apenas para me mostrar seus originais, para me perguntar sobre a televisão ou o cinema, em alguns casos para conseguir dinheiro emprestado que, depois, nunca mais devolviam. Às vezes eu fazia cara de paisagem e fingia não entender, me esforçando para ter uma vida social e sentimental. Mas sair de casa à noite, vestida com alguma elegância, não era uma diversão, só me dava angústia. Certa vez não consegui fechar o portão a tempo e fui atacada e roubada por dois meninos de não mais que treze anos. O taxista que aguardava ali perto nem pôs a cara na janela do carro. Por isso, no verão de 1995 fui embora de Nápoles levando Imma.

Aluguei uma casa às margens do Pó, bem em frente à ponte Isabella; minha vida e a de minha terceira filha melhoraram imediatamente. A partir dali ficou mais fácil refletir sobre Nápoles, escrever sobre ela e estimular que escrevessem com lucidez a seu respeito. Amava minha cidade, mas arranquei do peito qualquer defesa protocolar. Ao contrário, me convenci de que o desconforto em que mais cedo ou mais tarde o amor terminava era uma lente para observar todo o Ocidente. Nápoles era a grande metrópole europeia onde, com maior clareza, a confiança na técnica, na ciência, no desenvolvimento econômico, na bondade natural, na história que conduz necessariamente ao melhor e na democracia se revelara com grande antecipação totalmente desprovida de fundamento. Ter nascido nesta cidade — cheguei a escrever certa vez pensando não em mim, mas no pessimismo de Lila — serve apenas para isto: saber desde sempre, quase por instinto, aquilo que hoje, entre mil distinções, todos começam a afirmar: o sonho de um progresso sem limites é na verdade um pesadelo cheio de fúria e de morte.

No ano 2000 Imma foi estudar em Paris, e fiquei sozinha. Tentei convencê-la de que não era necessário, mas, como muitas de suas amigas tinham feito a mesma escolha, ela não quis ficar para trás. A princípio a coisa não me pesou muito, eu tinha uma vida cheia de compromissos. Mas em dois anos comecei a sentir a velhice, era como se eu estivesse desbotando com o mundo dentro do qual me afirmara. Apesar de ter vencido dois prêmios prestigiosos em épocas distintas e com obras diferentes, eu agora vendia pouquíssimo: em 2003, só para dar um exemplo, os treze romances e os dois volumes de ensaios que eu tinha na bagagem me renderam no total dois mil trezentos e vinte e três euros brutos. Naquela altura tive de admitir que meu público não esperava mais nada de mim, e que os leitores mais jovens — seria melhor dizer as leitoras, desde o início eu fui lida sobretudo por mulheres — tinham outros gostos, outros interesses. Os jornais também deixaram de ser uma fonte de renda. Quase não se lembravam de mim, me chamavam cada vez menos para colaborações ou pagavam uma ninharia, quando pagavam. Quanto à televisão, depois de algumas boas experiências nos anos 1990, tentei levar adiante um programa vespertino dedicado aos clássicos da literatura grega e latina, uma ideia que só tinha vingado graças ao apreço de alguns amigos, entre eles Armando Galiani, que tinha uma transmissão no Canal 5, mas também boas relações com a TV pública. O resultado foi um fiasco indiscutível, e desde então não tive outras oportunidades de trabalho. Um vento adverso também começara a soprar na editora que eu tinha dirigido por anos. No outono de 2004 fui substituída por um jovem muito esperto, de pouco mais de trinta anos, e reduzida à condição de consultora externa. Eu já estava com sessenta anos e me senti no final de meu percurso. Os invernos em Turim eram muito frios, os verões, muito quentes, as classes cultas, bem pouco acolhedoras. Eu andava nervosa, dormia pouquíssimo. Os homens agora nem me notavam. Da varanda eu olhava o Pó, os remadores, a colina, e me entediava.

Comecei a ir a Nápoles com mais frequência, mas já não tinha vontade de reencontrar parentes e amigos, e amigos e parentes não tinham vontade de me rever. Visitava apenas Lila, mas muitas vezes, por escolha minha, nem mesmo ela. Eu ficava incomodada. Nos últimos anos ela se apaixonara pela cidade com um bairrismo que me parecia tosco, e eu preferia passear sozinha por via Caracciolo, ou subir ao Vomero, ou perambular pelos Tribunali. Foi assim que, na primavera de 2006, fechada num velho hotel do corso Vittorio Emanuele por causa de uma chuva que não parava nunca, escrevi para passar o tempo, em poucos dias, uma novela de não mais de oitenta páginas, ambientada no bairro, que falava de Tina. Escrevi rapidamente para não me dar tempo de inventar. Disso surgiram páginas secas e diretas. A história só tomava um rumo fantasioso no final.

Publiquei a narrativa no outono de 2007 com o título de *Uma amizade*. O livro foi recebido com grande entusiasmo, ainda hoje vende muito bem, as professoras o aconselham às alunas como leitura de verão.

Mas eu o detesto.

Dois anos antes, quando o cadáver de Gigliola foi encontrado nos jardinzinhos — uma morte por infarto, em solidão, de uma esqualidez terrível —, Lila me fizera prometer que nunca escreveria sobre ela. No entanto, sim, eu escrevi, e o fiz da maneira mais direta. Por alguns meses achei que tinha escrito meu livro mais bonito, minha fama de autora ganhou novo impulso, fazia muito tempo que não obtinha tanta aprovação. Porém, quando em fins de 2007 — já em clima natalino — fui apresentar *Uma amizade* na Feltrinelli da piazza dei Martiri, de repente me envergonhei e temi encontrar Lila na plateia, quem sabe na primeira fila, pronta a intervir para me pôr em dificuldade. Mas a noite correu muito bem, e eu fui muito festejada. Quando voltei ao hotel, um pouco mais confiante, tentei ligar para ela, primeiro no fixo, depois no celular, depois de novo no fixo. Ela não atendeu, não me atendeu nunca mais.

2.

Não sei contar a dor de Lila. O que aconteceu a ela, e que talvez estivesse à espreita desde sempre em sua vida, não foi a morte de uma filha por doença, por acidente, por um ato de violência, mas sua repentina desaparição. A dor não coagulou em torno de nada. Não lhe sobrou um corpo inerte ao qual se agarrar em desespero, não celebrou o funeral de ninguém, não pôde deter-se diante de um corpo que antes caminhava, corria, falava, a abraçava e depois se reduzira a algo arruinado. Lila se sentiu, acho, como se um membro que até minutos antes era parte de seu corpo tivesse perdido forma e substância sem ter sofrido traumas. Mas não conheço o suficiente o sofrimento que se abateu sobre ela, não consigo sequer imaginá-lo.

Nos dez anos que se passaram desde a perda de Tina, apesar de continuar morando no mesmo prédio, apesar de encontrá-la todos os dias, jamais a vi chorar nem assisti a crises de desespero. Depois da primeira busca pelo bairro, dia e noite à procura absurda da filha, cedeu como se estivesse cansada demais. Sentou-se ao lado da janela da cozinha e não se moveu por um longo período, embora dali se avistasse apenas um trecho da ferrovia e um pouco de céu. Depois se levantou e recomeçou a vida normal, mas sem nenhuma resignação. Os anos passaram piorando ainda mais seu caráter, e ela semeou em torno de si mal-estar e medo, envelheceu estrilando, brigando. A princípio falava de Tina em qualquer ocasião e com qualquer um, agarrava-se ao nome da pequena como se pronunciá-lo servisse para trazê-la de volta. Mas depois se tornou impossível mencionar aquela perda em sua presença, e se eu o fizesse, ela em poucos segundos se livrava de mim com maus modos. Demonstrou apreciar apenas uma carta de Pietro, sobretudo — acho — porque ele conseguira escrever de maneira afetuosa sem jamais aludir a Tina. Ainda em 1995, antes de eu partir, ela agia como se nada tivesse ocorrido, salvo em raríssimas ocasiões. Certa vez Pinuccia falou da menina como de um anjinho que velava sobre todos nós. Lila lhe disse: suma daqui.

3.

Ninguém no bairro deu crédito às forças da ordem e aos jornalistas. Homens, mulheres, até bandos de meninos procuraram Tina durante dias e semanas, ignorando polícia e televisão. Todos os parentes, todos os amigos se mobilizaram. O único que só se fez vivo em duas ocasiões — e por telefone, com frases genéricas que só serviam para confirmar: eu não tenho nenhuma responsabilidade nisso, eu tinha acabado de entregar a menina a Lina e a Enzo — foi Nino. Mas não me surpreendeu, ele era um desses adultos que, quando brincam com uma criança e a criança cai ralando um joelho, parecem criança também e temem que alguém lhes diga: foi você quem deixou ela cair. De resto, ninguém deu importância a ele, e o esquecemos em poucas horas. Enzo e Lila confiaram sobretudo em Antonio, que adiou mais uma vez a partida para a Alemanha só para encontrar Tina. Fez isso por amizade, mas também — como ele mesmo esclareceu, para nossa surpresa — por ordem de Michele Solara.

Os Solara se empenharam mais que qualquer um naquele episódio do desaparecimento da menina e — devo dizer — deram grande visibilidade ao seu empenho. Mesmo sabendo que seriam tratados de modo hostil, apresentaram-se uma noite na casa de Lila com o tom de quem fala em nome de toda a comunidade e juraram que fariam de tudo para que Tina voltasse sã e salva para seus pais. Lila os fixou por todo o tempo, como se os visse sem os escutar. Enzo, muito pálido, ouviu por alguns minutos e então gritou que eles é que tinham levado sua filha. Disse ali e em muitas outras ocasiões, vociferou em toda parte: os Solara tinham levado Tina porque ele e Lila sempre se recusaram a lhes dar uma cota dos lucros da Basic Sight. Queria que alguém objetasse algo para poder trucidá--lo. Mas ninguém nunca o contrariou em sua presença. Naquela noite, nem mesmo os dois irmãos objetaram. "Compreendemos sua dor", disse Marcello, "se me levassem Silvio, eu ficaria louco assim como você está." Esperaram que alguém acalmasse Enzo e foram embora. No dia seguinte, mandaram em visita de cortesia suas esposas, Gigliola e Elisa, que foram recebidas sem afeto, mas com mais gentileza. Em seguida, multiplicaram suas iniciativas. Provavelmente foram os Solara que organizaram uma espécie de varredura tanto entre os vendedores ambulantes que em geral estavam presentes nas festas do bairro, quanto entre os ciganos dos arredores. E com certeza foram eles que lideraram um autêntico movimento de indignação popular contra a polícia, quando veio buscar com a sirene a toda primeiro Stefano, que na época teve seu primeiro ataque de coração e foi parar no hospital, depois Rino, que foi liberado em poucos dias, e por fim Gennaro, que chorou por horas, jurando que amava a irmãzinha acima de qualquer pessoa no mundo e jamais lhe faria mal. De resto, provavelmente foram os Solara que organizaram os turnos de vigilância em frente à escola fundamental, graças aos quais se encarnou por uma boa meia hora o pederasta sedutor de meninos, que até então não passava de fantasia popular. Um homem franzino de seus trinta anos, que, mesmo não tendo filhos para acompanhar até a entrada e buscar na saída, apresentava-se igualmente no portão da escola, foi espancado, conseguiu escapar e foi perseguido por gente enfurecida até os jardinzinhos. Ali certamente o teriam linchado caso não tivesse conseguido esclarecer que não era o que estavam pensando, mas um aprendiz do *Mattino* em busca de notícias.

Depois daquele episódio o bairro começou a se acalmar, e as pessoas aos poucos se recolheram ao rame-rame da vida cotidiana. Como não se encontrou vestígio de Tina, tornou-se cada vez mais plausível o boato do caminhão atropelador. A hipótese foi levada a sério seja pelos que se cansaram de procurar, seja por policiais e jornalistas. A atenção se deslocou para os canteiros de obra da região e ali parou por um bom tempo. Foi naquela altura que reencontrei Armando Galiani, o filho de minha professora no liceu. Tinha abandonado a medicina, não conseguira entrar no parlamento com as eleições de 1983 e agora, graças a um canal fechado improvisadíssimo, estava experimentando um jornalismo muito agressivo. Soube que o pai dele tinha morrido havia pouco mais de um ano, e que a mãe estava morando na França, mas ela também não estava bem de saúde. Me pediu que o acompanhasse até Lila, disse a ele que Lila estava péssima. Ele insistiu, eu liguei. Lila se esforçou para se lembrar de Armando, mas, quando se recordou, ela — que até aquele momento nunca falara com nenhum jornalista — concordou em encontrá-lo. Armando explicou que estava fazendo uma reportagem sobre o pós-terremoto e que, circulando pelos canteiros, tinha ouvido falar de um caminhão desmantelado que fugira depressa por causa de um episódio terrível em que se envolvera. Lila o deixou falar e então disse:

"Você está inventando tudo isso."

"Estou contando o que sei."

"Você não se importa nada com o caminhão, com os canteiros de obra e com minha filha."

"Você está me ofendendo."

"Não, vou ofendê-lo agora. Você era um merda de médico, um merda de revolucionário e agora é um merda de jornalista. Vá embora da minha casa."

Armando fechou a cara, fez um sinal de despedida a Enzo e se retirou. Uma vez na rua, mostrou-se muito desolado. Murmurou: nem essa grande dor foi capaz de mudá-la, explique que eu só queria ajudar. Depois fez uma longa entrevista comigo e nos despedimos. Fiquei tocada por seus modos gentis, pela vigilância sobre as palavras. Devia ter passado por maus momentos, seja na época das escolhas de Nadia, seja quando se separara da esposa. Mas agora parecia em boa forma. Havia transformado em cinismo condoído a antiga atitude de quem sabe tudo sobre a justa via anticapitalista.

"A Itália se tornou um poço escuro", disse em tom aflito, "e todos nós acabamos dentro dele. Se você circula por aí, logo vê que as pessoas de bem já entenderam. Que pena, Elena, que pena. Os partidos operários estão cheios de pessoas honestas, que foram deixadas sem esperança."

"Por que você está fazendo esse trabalho?"

"Pelo mesmo motivo que você faz o seu."

"Ou seja?"

"Desde que não posso me esconder atrás de nada, descobri que sou vaidoso."

"E quem lhe disse que eu também sou vaidosa?"

"A comparação: sua amiga não é. Mas lamento por ela, a vaidade é um recurso. Quando você é vaidoso, presta atenção a si e às suas coisas. Lina não tem vaidade, por isso perdeu a filha."

Por um período acompanhei o trabalho dele, me pareceu competente. Foi ele quem localizou a carcaça queimada de um velho veículo nas bandas dos Ponti Rossi, e foi ele quem o relacionou ao desaparecimento de Tina. O caso despertou certo clamor, a notícia se espalhou pelos jornais nacionais e circulou por uns dias. Depois se apurou que não havia nenhum nexo possível entre o veículo queimado e o sumiço da menina. Lila me disse:

"Tina está viva, nunca mais quero ver aquele escroto."

4.

Não sei por quanto tempo ela acreditou que sua filha ainda estava viva. Quanto mais Enzo se desesperava, destruído pelas lágrimas e pela raiva, mais Lila dizia: você vai ver que a trarão de volta. Com certeza nunca acreditou no caminhão pirata, disse que teria percebido imediatamente, que antes de qualquer um teria ouvido o choque, ou pelo menos um grito. E não me pareceu que desse crédito à tese de Enzo, jamais aludiu a um envolvimento dos Solara. Em vez disso, por um período muito longo, acreditou que quem havia raptado Tina foi algum dos seus clientes, alguém que sabia quanto a Basic Sight faturava e que queria dinheiro em troca da restituição da menina. Essa também era a tese de Antonio, mas é difícil dizer que elementos concretos a sustentavam. A polícia certamente se interessou por aquela possibilidade, mas, como nunca houve telefonemas em que se pedisse um resgate, ao final deixaram para lá.

    O bairro logo se dividiu entre uma maioria que achava que Tina estava morta e uma minoria que a imaginava viva e prisioneira em algum lugar. Nós que gostávamos de Lila fazíamos parte dessa minoria. Carmen se convencera dessa hipótese e a repetia insistentemente a todo mundo, e se alguém, com o passar do tempo, se convencesse de que Tina estava morta, ganhava sua inimizade. Uma vez a escutei sussurrando a Enzo: diga a Lina que Pasquale também está com vocês, ele também acha que a menina será encontrada. Mas a maioria prevaleceu, e quem ainda se esforçava em procurar Tina era considerado imbecil ou hipócrita. Também começaram a pensar que a cabeça de Lila não a ajudava.

    Carmen foi a primeira a intuir que o consenso que se formara em torno de nossa amiga antes do desaparecimento de Tina, e a solidariedade que se manifestara em seguida, eram ambos superficiais, e que por baixo proliferava em relação a ela uma velha aversão. Veja só, me disse, antigamente a tratavam como se fosse Nossa Senhora, e agora, ao contrário, passam direto por ela sem nem sequer um olhar. Comecei a prestar atenção e me dei conta de que era exatamente assim. No fundo as pessoas pensavam: lamentamos que tenha perdido Tina, mas isso significa que, se você realmente fosse aquilo que queria que acreditássemos, nada nem ninguém mexeria contigo. Na rua, quando estávamos juntas, começaram a cumprimentar a mim, e não a ela. Seu ar inquieto e o nimbo de desolação que víamos nela eram preocupantes. Enfim, a parte do bairro que se habituara a considerar Lila uma alternativa aos Solara se retraiu decepcionada.

Não só. Tomou pé uma iniciativa que nos primeiros dias pareceu afetuosa, mas logo se mostrou pérfida. No portão de casa, na porta da Basic Sight, apareceram bilhetes comovidos escritos a Lila ou diretamente a Tina, até poesias copiadas de livros didáticos. Depois se passou a velhos brinquedos trazidos por mães, avós, crianças. Depois vieram prendedores de cabelo, fitas coloridas, sapatinhos gastos. Depois apareceram bonecas costuradas à mão, com caretas horríveis, manchadas de vermelho, e bichos mortos enrolados em trapos imundos. Então Lila recolhia tudo com calma e depois jogava no lixo, mas de repente começava a berrar maldições terríveis contra qualquer um que passasse ali, especialmente contra os meninos que a observavam de longe; e assim ela passou de mãe que suscitava pena à louca que espalhava o terror. Na vez em que uma menina adoeceu gravemente depois de Lila a amaldiçoar ao vê-la escrever com giz no portão: *Tina foi comida pelos mortos*, antigos rumores se somaram aos novos e ela foi cada vez mais isolada, como se só sua visão já trouxesse desgraça.

No entanto ela pareceu não perceber. A certeza de que Tina ainda estava viva a absorveu totalmente, e a meu ver foi isso que a impeliu a Imma. Nos primeiros meses tentei reduzir os contatos entre ela e minha caçula, tinha medo de que ela sofresse ainda mais só de vê-la. Mas Lila logo demonstrou que queria tê-la perto de si o máximo possível, e eu então a deixei mais tempo com ela, até para dormir. Certa manhã fui buscá-la, a porta da casa estava entreaberta, entrei. A menina estava perguntando por Tina. Depois daquele

domingo, tentei tranquilizá-la dizendo que ela tinha ido passar uma temporada com os parentes de Enzo em Avellino, mas com frequência ela insistia em saber quando a amiga voltaria. Agora estava perguntando diretamente a Lila, mas Lila parecia não escutar a voz de Imma e, em vez de responder, estava lhe contando em detalhes sobre quando Tina havia nascido, seu primeiro brinquedo, como grudava em seu peito sem largar mais e coisas desse tipo. Parei uns segundos na soleira, ouvi Imma a interrompendo impaciente:
"Mas quando ela volta?"
"Você está se sentindo sozinha?"
"Não tenho com quem brincar."
"Eu também não."
"Então quando ela volta?"
Lila não disse nada por um longo instante, depois a censurou:
"Não é da sua conta, fique calada."
Aquelas palavras ditas em dialeto foram tão bruscas, tão ásperas, tão inadequadas que me alarmei. Troquei umas palavras genéricas com ela e levei minha filha para casa.

Sempre perdoara os excessos de Lila e, naquelas circunstâncias, estava ainda mais disposta a isso que no passado. Várias vezes ela exagerara, e nos limites do possível eu tentava fazê-la raciocinar. Quando os policiais interrogaram Stefano e ela imediatamente se convenceu de que Tina fora levada por ele — tanto que, por algum tempo, se recusara a ir vê-lo no hospital depois do infarto —, tentei acalmá-la, fomos juntas visitá-lo. E foi graças a mim que ela não atacou também o irmão, quando a polícia fez perguntas sobre ele. Também ajudei muito no dia terrível em que Gennaro foi intimado à delegacia e, assim que voltou para casa, se viu imediatamente acusado, houve uma briga, e ele foi morar na casa do pai gritando para Lila que ela havia perdido para sempre não apenas Tina, mas ele também. Enfim, a situação estava feia e eu podia entender que ela implicasse com todos, até comigo. Mas com Imma, não, eu não podia permitir. A partir daquele momento, quando Lila levava a menina com ela, eu me agitava, refletia, buscava soluções. Mas houve pouco a fazer, os cordões de sua dor estavam muito embaraçados, e Imma por algum tempo foi parte daquele embaraço. Na desordem geral em que todos tínhamos parado, apesar de todo o abatimento, Lila continuou me apontando qualquer pequeno mal-estar de minha filha, como tinha feito até eu me decidir a chamar Nino para casa. Senti naquilo uma obsessão, fiquei enciumada, mas me esforcei para entender o fato *também* como um aspecto positivo: ela aos poucos estava deslocando para Imma — pensei — seu amor materno, estava me dizendo: já que você teve sorte, já que sua filha continua a seu lado, você precisa aproveitar, precisa cuidar da menina, dar a ela todas as atenções que ainda não deu.

Mas essa era apenas a aparência das coisas. Logo especulei que, mais no fundo, Imma — o corpo dela — devia lhe parecer o sinal de uma culpa. Pensei muitas vezes na situação em que a menina se perdeu. Nino a entregara a Lila, mas *Lila não se preocupara com ela*. Tinha dito à filha: *espere aqui*; e à minha filha: *venha com a titia*. Talvez tivesse feito isso para pôr Imma diante dos olhos do pai, para que a elogiasse, para estimular o afeto dele, quem sabe. Mas Tina estava agitada, ou simplesmente se sentiu negligenciada, se ofendeu, e foi para longe. Consequentemente a dor tinha feito o ninho no peso do corpo de Imma entre seus braços, no contato, no calor vivo que ele ainda emanava. Mas minha filha era frágil, lenta, em tudo diferente de Tina, que era radiante, ágil. Imma nunca poderia se tornar uma substituta, era apenas um dique contra o tempo. Enfim, imaginei que Lila quisesse tê-la a seu lado para reter dentro de si aquele domingo terrível e enquanto isso pensar: Tina está aqui, logo vai puxar minha saia, vai me chamar, e então vou pegá-la nos braços e tudo vai voltar a ser o que era. Era por isso que não queria que a menina desmantelasse tudo. Quando a pequena insistia para que sua amiga reaparecesse, quando apenas lhe lembrava que

Tina de fato não estava ali, ela a tratava com a mesma dureza com que tratava os adultos. Mas isso eu não podia tolerar. Assim que vinha buscar Imma, eu mandava Dede ou Elsa com uma desculpa qualquer para vigiá-la. Se tinha usado aquele tom quando eu estava presente, o que podia acontecer quando a levava por horas.

5.

De vez em quando eu me furtava ao apartamento, ao lance de escadas entre minha casa e a dela, aos jardinzinhos, ao estradão e partia a trabalho. Eram momentos em que eu dava um suspiro de alívio: me enfeitava, colocava vestidos elegantes, até o leve arrastar de perna que me ficara da gravidez me parecia uma espécie de agradável traço distintivo. Embora ironizasse de bom grado o comportamento bilioso de escritores e artistas, na época tudo o que tinha a ver com o mundo da editora, do cinema, da televisão e qualquer tipo de manifestação estética ainda me parecia uma paisagem de fantasia, que era maravilhoso descortinar. Mesmo quando vinha a temporada do caos perdulário e festivo dos grandes congressos, das grandes convenções, das grandes montagens, das grandes mostras, dos grandes filmes, das grandes óperas, eu gostava de estar dentro daquilo, ficava lisonjeada quando às vezes me reservavam um lugar nas primeiras filas, daqueles exclusivos, de onde podia apreciar o espetáculo dos grandes e pequenos poderes sentada entre gente muito conhecida. Já Lila permaneceu sempre no centro de *seu* horror, sem jamais uma distração. Certa vez em que recebi um convite para não sei que ópera no San Carlo — teatro maravilhoso, onde eu também nunca tinha estado — e insisti em levá-la comigo, ela não quis ir e convenceu Carmen a me acompanhar. Só permitia distrair-se, se é que se pode dizer isso, com outro motivo qualquer de sofrimento. Uma nova dor agia sobre ela como uma espécie de antídoto. Tornava-se combativa, determinada, era como alguém que sabe estar se afogando, mas mesmo assim move braços e pernas para se manter à tona.

Uma noite soube que o filho voltara a se picar. Sem dizer uma palavra, sem sequer avisar a Enzo, foi buscá-lo na casa de Stefano, o apartamento no bairro novo onde décadas antes vivera como casada. Mas não o encontrou: Gennaro também se desentendera com o pai e fazia uns dias se transferira para a casa do tio Rino. Foi recebida com explícita hostilidade por Stefano e Marisa, que agora moravam juntos. O homem bonito de antigamente se reduzira a pele e osso, palidíssimo, as roupas que vestia pareciam duas numerações acima. O infarto o aniquilara, estava apavorado, comia quase nada, não bebia, não fumava mais, não podia se agitar por causa do coração acabado. Mas naquela ocasião se agitou muito, e tinha motivos para isso. Havia fechado definitivamente a charcutaria por causa da doença. Ada queria dinheiro para si e para a filha. Também queriam a irmã Pinuccia e a mãe, Maria. Marisa o queria para si e para os filhos. Lila logo compreendeu que Stefano pretendia tirar aquele dinheiro dela, e que para isso usaria Gennaro. De fato, embora tivesse expulsado o filho de casa dias antes, passou a defendê-lo, disse — apoiado por Marisa — que para cuidar bem de Gennaro era preciso muito dinheiro. E, como Lila replicou que não daria mais nenhum centavo a ninguém, que estava se fodendo para parentes, amigos e todo o bairro, a briga foi feroz. Stefano listou com lágrimas nos olhos, berrando, tudo o que tinha perdido ao longo dos anos — das charcutarias à própria casa —, e de modo obscuro atribuiu aquela derrocada a Lila. Mas o pior veio de Marisa, que gritou para ela: Alfonso se destruiu por culpa sua, você arruinou todos nós, você é pior que os Solara, quem roubou sua filha fez bem.

Somente nessa altura Lila emudeceu, olhou ao redor em busca de uma cadeira para se sentar. Não a encontrou e apoiou as costas na parede da sala, que décadas antes tinha sido *sua* sala, na época um cômodo branco, móveis novíssimos, nada ainda tinha sido gasto pelas devastações das crianças que tinham crescido mais tarde, pela incúria dos adultos. Vamos — disse finalmente Stefano, que talvez tenha percebido que Marisa exagerara —, vamos buscar Gennaro. E saíram juntos, ela amparada em seu braço, rumo à casa de Rino.

Uma vez ao ar livre, Lila se recuperou e se soltou. Fizeram o caminho a pé, ela dois passos à frente, ele dois atrás. Seu irmão vivia na antiga casa dos Carracci, com a sogra, Pinuccia e os filhos. Gennaro estava lá, e assim que o rapaz viu os pais começou a gritar. Assim aconteceu outra briga, primeiro entre pai e filho, depois entre mãe e filho. A princípio Rino ficou calado, então, com os olhos apagados, iniciou uma ladainha sobre o mal que a irmã lhe fizera desde que eram pequenos. Quando Stefano se intrometeu, investiu também contra ele, o insultou, disse que todos os problemas tinham começado quando ele quis dar uma de bacana, e no entanto foi ferrado primeiro por Lila, depois pelos Solara. Estavam para se atracar, até que Pinuccia segurou o marido e lhe murmurou: você tem razão, mas calma, não é o momento, enquanto a velha Maria precisou conter Stefano, que arquejava: chega, meu filho, faça de conta que não ouviu, Rino está mais doente que você. Nesse momento Lila agarrou energicamente o filho pelo braço e o levou embora.

Mas no caminho foram alcançados por Rino, o ouviram se arrastando atrás deles. Queria dinheiro, queria a qualquer custo, imediatamente. Disse: eu vou morrer se você me deixar assim. Lila continuou andando, enquanto ele a empurrava, ria, gemia, a segurava por um braço. Então Gennaro desandou a chorar e gritou para ela: você tem dinheiro, mãe, dê para ele. Mas Lila enxotou o irmão e levou o filho para casa, sibilando: você quer virar o quê? Quer ficar que nem seu tio?

6.

Com a volta de Gennaro o apartamento de baixo virou um inferno ainda pior, e às vezes me vi forçada a descer correndo porque temia que se matassem. Naquelas ocasiões, Lila abria a porta e me dizia gélida: quer o quê? Eu respondia igualmente fria: vocês estão exagerando, Dede está chorando, quer chamar a polícia, e Elsa está assustada. Ela respondia: fiquem em casa, e tape os ouvidos de suas filhas, se não querem escutar. Naquele período mostrou cada vez menos interesse pelas duas meninas, as chamava com sarcasmo explícito de senhoritas. Mas minhas filhas também mudaram de atitude em relação a ela. Principalmente Dede perdeu o fascínio, era como se, também a seus olhos, o sumiço de Tina lhe tivesse tirado autoridade. Uma noite me perguntou:
"Se tia Lina não queria outro filho, por que resolveu ter?"
"Como é que você sabe que não queria?"
"Ela disse a Imma."
"A Imma?"
"Sim, eu mesma escutei com estes ouvidos. Fala com ela como se não fosse pequena, eu acho que é maluca."
"Não é loucura, Dede, é sofrimento."
"Nunca chorou uma lágrima."
"As lágrimas não são sofrimento."
"É verdade, mas sem as lágrimas quem lhe garante que a dor existe?"
"Existe, e muitas vezes é uma dor ainda maior."
"Não é o caso dela. Quer saber o que eu penso?"
"Diga."
"Ela perdeu Tina de propósito. E agora também quer perder Gennaro. Para não falar de Enzo: já viu como ela o trata? Tia Lina é igualzinha a Elsa, não gosta de ninguém."

Dede era assim, gostava de ser alguém que via mais longe que os outros e adorava formular juízos inapeláveis. Proibi que ela repetisse aquelas palavras terríveis na presença de Lila e tentei explicar que nem todos os seres humanos reagem da mesma maneira, Lila e Elsa tinham estratégias afetivas diferentes das dela.

"Sua irmã, por exemplo", eu disse, "não encara as coisas de frente como você e acha ridículos os sentimentos muito exaltados, sempre fica com um pé atrás."

"De tanto ficar com o pé atrás, perdeu toda a sensibilidade."

"Por que você implica tanto com Elsa?"

"Porque ela é idêntica a tia Lina."

Um círculo vicioso: Lila errava porque era como Elsa, Elsa errava porque era como Lila. Na verdade, no centro daquele julgamento negativo estava Gennaro. Segundo Dede, justo naquele caso muito significativo, Elsa e Lila cometiam o mesmo erro de avaliação e revelavam o mesmo distúrbio afetivo. Exatamente como para Lila, para Elsa Gennaro era pior que um animal. A irmã — me contou Dede — lhe dizia com frequência, por escárnio, que Lila e Enzo estavam certos em massacrá-lo de pancadas só de ele tentar pôr o nariz fora de casa. Somente uma estúpida como você — lhe jogava na cara —, que não sabe nada sobre homens, se deixa encantar por aquele amontoado de carne suja e sem um pingo de inteligência. E Dede rebatia: somente uma megera como você é capaz de definir um ser humano desse modo.

Como ambas eram leitoras vorazes, as duas brigavam na linguagem dos livros; tanto que, se de repente não passavam ao dialeto mais brutal para se insultar, eu escutava seus bate-bocas quase com admiração. O lado positivo daquele conflito foi que Dede reduziu cada vez mais a hostilidade em relação a mim; mas o negativo me pesou muito: a irmã e Lila se tornaram o objeto de toda a sua virulência. Dede me denunciava continuamente todas as torpezas de Elsa: era odiada pelos colegas porque se achava a melhor em tudo e os humilhava sempre que podia; gabava-se de ter tido relações com homens adultos; cabulava as aulas e, para se justificar, falsificava minha assinatura. Sobre Lila, me dizia: é uma fascista, como você pode ser amiga dela? E se alinhava sem meios-termos com Gennaro. Na sua opinião, a droga era a rebelião das pessoas sensíveis contra as forças da repressão. Jurava que mais cedo ou mais tarde acharia um jeito de libertar Rino — o chamava sempre e apenas assim, habituando-nos a chamá-lo do mesmo modo — da prisão em que sua mãe o mantinha. Em todas as ocasiões tentei jogar água na fervura, repreendi Elsa, defendi Lila. Mas às vezes era difícil proteger Lila. Os picos de sua dor raivosa me assustavam. Por outro lado temia que, como já ocorrera no passado, seu organismo não suportasse, e assim, apesar de gostar da agressividade lúcida e apaixonada de Dede, apesar de me divertir com a ousadia fantasiosa de Elsa, ficava atenta para que minhas filhas não a colocassem em crise com palavras imprudentes (sabia que Dede seria perfeitamente capaz de dizer algo do tipo: *tia Lina, pode dizer a verdade, você quis perder Tina, não aconteceu por acaso*). Mas todo dia eu temia o pior. Mesmo estando imersas na realidade do bairro, as senhoritas — como dizia Lila — tinham um forte senso de sua diferença. Especialmente quando voltavam de Florença, sentiam-se de qualidade superior e faziam de tudo para demonstrá-lo a todo mundo. Dede era excelente no ginásio, e seu professor — um homem de não mais que quarenta anos, muito culto, encantado pelo sobrenome Airota —, quando a sabatinava, parecia mais preocupado em errar as perguntas do que ela em errar as respostas. Elsa era menos brilhante na escola, de maneira geral seu boletim era péssimo em meados do ano, mas o que a tornava insuportável era a desenvoltura com que, na reta final, ela embaralhava as cartas e conseguia ficar entre os melhores. Eu conhecia as inseguranças e os medos de ambas, sentia que eram meninas assustadas, por isso dava pouca trela para sua arrogância. Mas os outros, não, e vistas de fora com certeza deviam parecer odiosas. Elsa, por exemplo, distribuía com leviandade infantil apelidos ofensivos dentro e fora da sala, não tinha respeito por ninguém. Chamava Enzo de o cafona mudo; chamava Lila de a mariposa venenosa; chamava Gennaro de o crocodilo *ridens*, o crocodilo que ri. Mas acima de tudo implicava com Antonio, que visitava Lila quase todos os dias, no escritório ou em casa, e assim que chegava ia confabular com ela e Enzo num canto. Depois do episódio de Tina, Antonio se tornara intratável. Se eu estivesse por perto, era mais ou menos explicitamente despachada; se estivessem elas, minhas filhas, depois de uns minutos as excluía fechando a porta. Elsa, que conhecia bem Poe, o chamava de a máscara da morte amarela, porque Antonio por natureza tinha uma cor ictérica. Então era óbvio que eu temesse alguma derrapada por parte delas. O que aconteceu pontualmente.

Certa vez em que eu estava em Milão, Lila desceu ao pátio onde Dede estava lendo, Elsa conversava com umas amigas e Imma brincava. Não eram mais crianças. Dede estava com dezesseis anos, Elsa, quase treze, e só Imma era pequena, com cinco. Mas Lila tratou as três como se não tivessem nenhuma autonomia. Arrastou-as para casa sem explicações (elas estavam habituadas a sempre receber uma explicação), gritou apenas que ficar ao ar livre era perigoso. Minha filha mais velha achou aquele comportamento insuportável e estrilou:

"Mamãe confiou minhas irmãs a mim, sou eu quem deve decidir se é hora de entrar ou não."

"Quando a mãe de vocês não está, a mãe sou eu."

"Uma mãe de merda", respondeu Dede passando ao dialeto, "você perdeu Tina e nem chorou."

Lila lhe deu uma bofetada que a aniquilou. Elsa reagiu em defesa da irmã e também levou uma bofetada, Imma desandou a chorar. Ninguém sai de casa, reiterou minha amiga arfando, lá fora é perigoso, lá fora se morre. Obrigou-as a ficar em casa durante dias, até meu retorno.

Quando voltei, Dede me contou todo o episódio e, honesta como era por princípio, também me relatou sua resposta infame. Quis que ela entendesse que suas palavras tinham sido horríveis e a repreendi com dureza: eu avisei que você não devia fazer isso. Elsa se alinhou com a irmã, me explicou que tia Lina estava ruim da cabeça, vivia obcecada com a ideia de que para escapar aos perigos era preciso viver entrincheirado em casa. Foi difícil convencer minhas filhas de que a culpa não era de Lila, mas do império soviético. Em um lugar chamado Chernobyl uma central nuclear tinha explodido emitindo radiações perigosas que, sendo o planeta pequeno, podiam contaminar qualquer um até dentro das veias. Tia Lina as protegeu, falei. Mas Elsa gritou: não é verdade, ela bateu em nós, a única coisa boa é que só nos deu congelados para comer. Imma: eu chorei muito, não gosto de congelados. E Dede: nos tratou pior do que trata Gennaro. Murmurei: tia Lina se comportaria do mesmo modo também com Tina, pensem no tormento que deve ter sido para ela proteger vocês e ao mesmo tempo imaginar que a filha está em algum canto e ninguém cuida dela. Mas foi um erro me expressar daquela maneira na frente de Imma. Enquanto Dede e Elsa fizeram trejeitos céticos, ela ficou perturbada e escapou para brincar.

Dias depois Lila me abordou com seu modo direto:

"É você quem diz a suas filhas que eu perdi Tina e nunca chorei?"

"Pare com isso, você acha que eu vou dizer uma coisa desse tipo?"

"Dede disse que eu era uma mãe de merda."

"É uma menina."

"É uma menina mal-educada."

Nessa altura cometi erros não menos graves que os de minhas filhas. Falei:

"Acalme-se, eu sei como você gostava de Tina. Tente não guardar tudo dentro de si, você precisa desabafar, devia falar de tudo o que lhe passa pela cabeça. É verdade, o parto foi difícil, mas você não deve fantasiar a respeito disso."

Errei em tudo: o pretérito imperfeito de *gostava*, a alusão ao parto, o tom abobalhado. Respondeu de chofre: cuide de suas coisas. E então gritou, como se Imma fosse uma adulta: ensine a sua filha que, se alguém lhe conta alguma coisa, não é para ela sair dizendo por aí.

7.

As coisas pioraram ainda mais quando numa manhã — acho que era um dia de junho de 1986 — houve outro desaparecimento. Nunzia chegou mais sombria que de costume e disse que, na noite anterior, Rino não tinha voltado para dormir em casa, e Pinuccia o estava procurando por todo o bairro. Me deu aquela notícia sem me olhar no olho, como fazia quando o que me dizia era na verdade um comunicado para Lila.

Desci para dar a notícia. Lila imediatamente chamou Gennaro, dava por certo que ele sabia onde o tio estava. O rapaz resistiu muito, não queria revelar nada que tornasse a mãe ainda mais dura. Porém, quando o dia inteiro passou e Rino não apareceu, ele decidiu colaborar. Na manhã seguinte, recusou ser acompanhado por Enzo e Lila na busca, mas se resignou à companhia do pai. Stefano chegou esbaforido, nervoso com mais aquele incômodo que seu cunhado lhe dava, ansioso porque não se sentia com forças, tocava continuamente o pescoço, dizia lívido: estou sem fôlego. Por fim pai e filho — o rapaz grande, o homem que parecia de arame, mas coberto de roupas largas — se encaminharam para a ferrovia.

Atravessaram a praça da triagem e andaram ao longo de velhos trilhos onde havia vagões em desuso. Num deles encontraram Rino. Estava sentado, tinha os olhos abertos. O nariz parecia enorme, a barba comprida e ainda escura lhe subia pelas faces até as maçãs do rosto, como uma erva daninha.

Ao ver o cunhado, Stefano se esqueceu de sua saúde e teve um verdadeiro ataque de raiva. Gritou ofensas ao cadáver, queria chutá-lo. Você era um *strunz* desde menino — berrou — e continuou um *strunz*: merece essa morte, morreu realmente como um *strunz*. Tinha raiva dele porque desgraçara a vida da irmã Pinuccia, porque arruinara seus sobrinhos e porque arruinara seu filho. Olhe, disse a Gennaro, olhe aí o seu destino. Gennaro o agarrou pelos ombros e o apertou forte, enquanto ele se debatia e chutava o ar.

Era de manhã cedo, mas já começava a fazer calor. O vagão fedia a merda e mijo, os assentos estavam afundados, os vidros, tão sujos que não se via lá fora. Como Stefano continuava se retorcendo e vociferando, o rapaz disse coisas horríveis ao pai. Gritou que lhe dava asco ser filho dele, que as únicas pessoas que ele respeitava em todo o bairro era sua mãe e Enzo. Nesse instante Stefano começou a chorar. Ficaram um tempo junto ao corpo de Rino, mas não para velá-lo, só para se acalmar. Voltaram para dar a notícia.

8.

Nunzia e Fernando foram os únicos a sentir a perda de Rino. Pinuccia chorou o marido o mínimo indispensável e depois pareceu renascer. Duas semanas depois se apresentou em minha casa para me perguntar se podia substituir a sogra, que estava arrasada e já não tinha forças para trabalhar: cuidaria da casa, cozinharia e tomaria conta de minhas filhas em minha ausência exatamente pelo mesmo valor. Revelou-se menos eficiente que Nunzia, mas mais falante e sobretudo mais simpática aos olhos de Dede, Elsa e Imma. Fazia enormes elogios às três e, com frequência, também a mim. Como você está ótima, dizia, uma verdadeira lady; vi que você tem vestidos lindos no armário e muitos sapatos, dá para ver que é uma pessoa importante e que frequenta gente de peso: é verdade que vão fazer um filme a partir de seu livro?

Depois dos primeiros tempos em que posou de viúva, passou a me perguntar se havia roupas que eu não usava mais, embora fosse grande e as peças não coubessem nela. Posso alargá-las, dizia, e eu escolhia algumas. Ela de fato as adaptava com esmero e, depois de um tempo, aparecia para trabalhar como se estivesse indo a uma festa, desfilando para cima e para baixo pelo corredor para que eu e minhas filhas déssemos nosso parecer. Era muito agradecida a mim, às vezes estava tão contente que queria conversar em vez de trabalhar, e desandava a falar dos tempos de Ischia. Aludia com frequência a Bruno Soccavo comovida, murmurando: que fim triste ele teve; e em duas ocasiões disse uma frase que devia lhe agradar muito: fiquei viúva duas vezes. Certa manhã me confidenciou que Rino tinha sido um marido de verdade apenas durante poucos anos, quanto ao resto, tinha se comportado como um adolescente: mesmo na cama, um minuto e pronto, às vezes nem um minuto. Ah, sim, ele não tinha nenhuma maturidade, era fanfarrão, mentiroso e ainda por cima pretensioso, pretensioso como Lina. É uma característica da raça dos Cerullo — se irritou —, são bravateiros e sem sentimentos. Então começou a falar mal de Lila, disse que ela se apropriara de tudo o que era fruto da inteligência e do trabalho do irmão. Repliquei: não é verdade, Lina gostava muito de Rino, foi ele quem a explorou de todas as maneiras. Pinuccia me olhou hostil e de uma hora para outra começou a elogiar o marido. Os sapatos Cerullo — escandiu — foi ele quem inventou, mas depois Lina se aproveitou, enganou Stefano, conseguiu se casar com ele, roubou um monte de dinheiro — papai nos deixara milionários — e aí fez um acordo com Michele Solara, arruinou todos nós. Acrescentou: não a defenda, você sabe muito bem.

Naturalmente não era verdade, eu sabia o contrário daquilo, Pinuccia falava assim por causa de antigos rancores. No entanto, a única reação autêntica de Lila diante da morte do irmão acabou validando não poucas daquelas mentiras. Há tempos eu já percebera que cada um organiza a memória como lhe convém, e ainda hoje me surpreendo ao fazer o mesmo. Mas me causou espanto que se pudesse chegar a ponto de conferir aos fatos uma ordem que ia contra os próprios interesses. Quase imediatamente Lila começou a atribuir a Rino todos os méritos pela história dos sapatos. Disse que desde menino o irmão tinha uma fantasia e uma competência extraordinárias, que se os Solara não tivessem aparecido ele poderia se tornar melhor que Ferragamo. Fez de tudo para estancar o fluxo da vida de Rino no exato momento em que a oficina do pai foi transformada em pequena empresa; quanto ao resto, a tudo o que ele tinha feito a si e a ela, tirou substância. Manteve viva e compacta apenas a figura do rapaz que a tinha defendido contra o pai truculento, que a apoiara nas ânsias de menina que buscava saídas para a própria inteligência.

Aquela atitude deve ter lhe parecido um bom remédio contra a dor, porque naquele mesmo período ela voltou a se animar e começou a fazer o mesmo em relação a Tina. Não passou mais os dias como se a pequena fosse voltar a qualquer momento, mas tentou preencher o vazio da casa e dentro de si com uma figurinha luminosa, como se fosse o efeito de um programa de computador. Tina se tornou uma espécie de holograma, existia e não existia. Era mais vivida que revivida. Me mostrava as melhores fotos dela ou me fazia escutar sua vozinha tal como Enzo a registrara num gravador quando tinha um ano, dois, três, ou evocava suas perguntas engraçadas, suas respostas extraordinárias, atenta a falar sempre no presente: Tina tem, Tina faz, Tina diz.

Obviamente isso não a apaziguou, ao contrário, passou a gritar mais que antes. Gritava com o filho, com os clientes, comigo, com Pinuccia, com Dede e Elsa, às vezes com Imma. Gritava sobretudo com Enzo quando, durante o trabalho, ele caía no choro. Mas às vezes ficava sentada como fizera nos primeiros tempos e falava a Imma de Rino e da menina como se por algum motivo tivessem partido juntos. Caso a menina perguntasse: quando eles voltam, respondia sem se zangar: voltam quando quiserem. Mas até isso se tornou menos frequente. Depois de nossa desavença a propósito de minhas filhas, ela parecia não precisar mais de Imma. De fato, pouco a pouco, ficou cada vez menos com ela e, embora de modo mais afetuoso, passou a tratá-la como uma de suas irmãs. Numa noite em que tínhamos acabado de entrar no saguão cinzento de nosso prédio — e Elsa se queixava porque tinha visto uma barata, e Dede se enojava só de pensar, e Imma queria que eu a carregasse no colo —, Lila disse às três, como se eu não estivesse presente: vocês são filhas de madame, o que estão fazendo aqui, convençam sua mãe a levá-las embora.

9.

Então, depois da morte de Rino, aparentemente ela começou a melhorar. Parou com o ar alarmado e os olhos estreitos. A pele do rosto, que lembrava uma vela branca de lona esticada por vento forte, foi se abrandando. Mas a melhora se mostrou momentânea. Logo apareceram rugas desordenadas na testa, no canto dos olhos e até nas faces, onde pareciam falsas dobras. E o corpo todo começou a envelhecer um pouco, a espinha encurvou, o ventre ficou inchado.

Um dia Carmen lançou uma de suas expressões e disse: Tina se enquistou dentro dela, precisamos tirá-la de lá. E tinha razão, era preciso achar um jeito de fazer a história da menina voltar a correr. Mas Lila se recusava, tudo da filha permanecia imóvel. Creio que algo se movesse, e com imensa dor, apenas com Antonio e Enzo, mas por necessidade, em segredo. Porém, quando de repente Antonio partiu — sem se despedir de ninguém, com sua família louríssima e a delirante Melina já bem velha —, ela não teve nem mais os relatos misteriosos que ele lhe fazia. Ficou só, enfurecendo-se com Enzo e Gennaro, muitas vezes atiçando um contra o outro. Ou distraída, atrás de seus pensamentos, com uma atitude de espera.

Eu passava na casa dela todos os dias, mesmo quando me via perseguida pelos prazos dos textos, e fazia de tudo para reavivar a intimidade entre nós. Como ela andava cada vez mais desinteressada, uma vez lhe perguntei:

"Você ainda gosta do seu trabalho?"

"Nunca gostei."

"Mentira, eu lembro que você gostava."

"Não, você não lembra nada: quem gostava era Enzo, e então eu me obriguei a gostar."

"Então procure outra coisa para fazer."

"Estou bem assim. Enzo anda com a cabeça nas nuvens, e se eu não o ajudar, fechamos."

"Vocês dois precisam sair desse sofrimento."

"Que sofrimento, Lenu: precisamos sair é da raiva."

"Então saiam da raiva."

"Estamos tentando."

"Tentem com mais convicção, Tina não merece isso."

"Deixe Tina de fora, pense nas suas filhas."

"Eu penso."

"Não o suficiente."

Naqueles anos ela sempre achou uma brecha para inverter a situação e me forçar a ver os defeitos de Dede, de Elsa, de Imma. Você as negligencia, falava. Eu aceitava as críticas, algumas eram fundadas, com frequência eu estava correndo atrás de minha vida e as deixava para trás. Enquanto isso, aguardava a ocasião para deslocar de novo a conversa para ela e Tina. A partir de certa altura, comecei a importuná-la por seu aspecto doentio.

"Você está muito pálida."

"E você está muito bronzeada: olhe só, está roxa."
"Estou falando de você: o que é que você tem?"
"Anemia."
"Que anemia."
"A menstruação me vem a qualquer hora e depois não passa."
"Desde quando?"
"Desde sempre."
"Diga a verdade, Lila."
"É verdade."
Eu a solicitava, muitas vezes a provocava, e ela reagia, mas sem nunca chegar ao ponto de perder o controle e se libertar. Me ocorreu que agora se tratava de uma questão linguística. Ela recorria ao italiano como a uma barreira, eu tentava impeli-la ao dialeto, nossa língua da franqueza. Mas, ao passo que seu italiano era traduzido do dialeto, meu dialeto era cada vez mais traduzido do italiano, e ambas falávamos uma língua falsa. Era preciso que ela arrebentasse, que as palavras jorrassem incontroladas. Queria que dissesse no napolitano sincero de nossa infância: que porra você quer, Lenu, estou assim porque perdi minha filha, e talvez esteja viva, talvez esteja morta, mas não consigo suportar nenhuma dessas duas possibilidades, porque, se estiver viva, está longe de mim, num lugar onde lhe acontecem coisas horríveis, que eu, eu vejo nitidamente, vejo tudo todos os dias e noites, como se acontecessem diante de meus olhos; mas, se estiver morta, eu também morri, morri aqui dentro, uma morte mais insuportável que a morte verdadeira, que é morte sem sentimento, enquanto esta morte aqui lhe força todo dia a sentir cada coisa, a acordar, se lavar, se vestir, comer e beber, trabalhar, conversar com você que não entende ou não quer entender, com você, que só de vê-la toda arrumada, parecendo saída do salão de beleza, com as filhas que vão bem na escola, que fazem tudo sempre de modo perfeito, que nem este lugar de merda consegue estragá-las, ao contrário, parece lhes fazer bem — faz que

se tornem ainda mais seguras de si, ainda mais pretensiosas, ainda mais certas de ter o direito de se apropriar de tudo —, me azeda mais o sangue do que ele já é normalmente: então vá, vá, me deixe em paz, Tina devia ser melhor que todos vocês, mas enfim a levaram embora, e eu não aguento mais. Eu queria induzi-la a uma fala desse tipo, confusa, intoxicada. Sentia que, se ela tomasse coragem, extrairia do emaranhado tortuoso do cérebro palavras assim. Mas não aconteceu. Aliás, pensando bem, naquela fase ela foi menos agressiva do que em outros períodos de nossa história. Talvez o desabafo que eu desejava fosse feito de sentimentos só meus, que me impediam de ver a situação com clareza e faziam Lila me parecer ainda mais fugidia. Às vezes temia que ela guardasse algo de impronunciável na cabeça, que eu não era sequer capaz de imaginar.

10.

O pior eram os domingos. Lila ficava em casa, não ia trabalhar, e de fora chegavam os rumores do feriado. Descia à casa dela, falava: vamos sair, vamos dar um passeio no centro, vamos ver o mar. Ela se recusava, se enfurecia se eu insistisse demais. Assim, para remediar suas reações bruscas, Enzo dizia: eu vou, vamos. Ela imediatamente estrilava: sim, vão, me deixem em paz, vou tomar um banho e lavar os cabelos, me deixem respirar.

Saíamos, minhas filhas vinham com a gente e às vezes até Gennaro, que depois da morte do tio todos agora chamávamos de Rino. Naquelas horas de passeio, Enzo se abria comigo a seu modo, com poucas palavras, às vezes obscuras. Dizia que sem Tina já não sabia qual o sentido de juntar dinheiro. Dizia que roubar crianças para fazer seus pais sofrerem era um sinal dos tempos nojentos que estavam chegando. Dizia que, depois do nascimento da filha, era como se uma lampadazinha tivesse acendido em sua cabeça, e agora a luzinha se apagara. Dizia: lembra quando, bem aqui, nesta rua, eu a levava no cangote? Dizia: obrigado, Lenu, pela ajuda que nos dá, não se chateie com Lina, é um período cheio de desgraças, mas você a conhece melhor do que eu, mais cedo ou mais tarde vai se recuperar. Eu ouvia, perguntava: ela está muito pálida, como ela está fisicamente? Queria dizer: eu sei que ela está arrasada pelo sofrimento, mas, me diga, está bem de saúde, você notou sintomas preocupantes? Mas, diante de *fisicamente*, Enzo se atrapalhava. Não sabia quase nada do corpo de Lila, a adorava como se faz com os ídolos, com prudência e respeito. E respondia sem convicção: está bem. Depois ficava nervoso, com pressa de voltar para casa, dizia: vamos tentar convencê-la a pelo menos caminhar um pouco pelo bairro.

Inútil, somente em raríssimas ocasiões consegui arrastar Lila para fora aos domingos. Mas não foi uma boa ideia. Ela andava a passos rápidos, malvestida, o cabelo solto e despenteado, chispando ao redor olhares raivosos. Eu e minhas filhas íamos atrás dela solícitas e parecíamos criadas mais bonitas, mais ricamente enfeitadas que a patroa. Todos a conheciam, inclusive os vendedores ambulantes, que se lembravam muito bem dos problemas que tinham passado com o desaparecimento de Tina e agora temiam passar por outros, então a evitavam. Aos olhos de todos, ela era a mulher tremenda que, atingida por uma grande desgraça, trazia no corpo essa potência e a expandia ao redor de si. Lila avançava com o olhar feroz pelo estradão, rumo aos jardinzinhos, e as pessoas baixavam os olhos, desviavam a vista. Mas se alguém a cumprimentasse, ela não dava atenção, nem respondia. Pelo modo como caminhava, parecia ter uma meta a ser alcançada com urgência. Na verdade, apenas escapava à lembrança do domingo de dois anos antes.

Nas vezes em que saímos juntas foi inevitável cruzar com os Solara. Eles não se afastavam do bairro havia um bom tempo, Nápoles assistira a uma lista longuíssima de assassinatos e eles, pelo menos aos domingos, preferiam passar o dia em paz por aquelas ruas de sua infância, que, no que lhes dizia respeito, eram tão seguras quanto uma fortaleza. As duas famílias sempre faziam as mesmas coisas. Iam à missa, passeavam entre as barracas, levavam os filhos à biblioteca do bairro, que por tradição, desde que eu e Lila éramos pequenas, abria nos feriados. Eu achava que fosse Elisa ou Gigliola que impunha aquele ritual culto, mas, certa vez em que precisei parar e trocar umas palavras com eles, descobri que era Michele. Disse-me apontando os filhos, que já eram crescidos, mas evidentemente obedeciam por puro medo, já que não demonstravam nenhum respeito pela mãe:

"Eles sabem que, se não lerem pelo menos um livro por mês, da primeira à última página, eu não lhes dou nenhum centavo: não estou certo, Lenu?"

Não sei se de fato pegavam livros emprestados, tinham dinheiro para comprar toda a Biblioteca Nacional. O fato é que, fosse por verdadeira necessidade ou por encenação, eles agora cultivavam aquele hábito: subiam as escadas, empurravam a porta de vidro dos anos 1940, entravam, ficavam ali não mais que dez minutos e saíam.

Quando estava sozinha com minhas filhas, Marcello, Michele, Gigliola e até os meninos se mostravam cordiais, somente minha irmã tinha um comportamento frio diante de nós. Já com Lila as coisas se complicavam, eu temia que a tensão subisse perigosamente. Mas naquelas raras ocasiões de passeio dominical ela sempre fez como se não existissem. Os Solara se comportavam da mesma maneira e, visto que eu estava com Lila, também preferiam me ignorar. Mas num domingo de manhã Elsa não quis observar aquela regra não escrita e cumprimentou com seus modos de rainha de copas os filhos de Michele e Gigliola, que lhe retribuíram incomodados. Então, embora fizesse muito frio, todos fomos obrigados a parar por uns minutos. Os dois Solara fingiram que tinham coisas urgentes a tratar, eu falei com Gigliola, as meninas com os meninos, Imma examinou com atenção o primo Silvio, que víamos raramente. Ninguém dirigiu a palavra a Lila, e Lila se manteve calada. Apenas Michele, quando interrompeu a conversa com o irmão e me falou com seu tom debochado, a citou sem olhar para ela. Disse: "Lenu, agora vamos dar um pulo na biblioteca e depois vamos almoçar. Não quer vir com a gente?"

"Não, obrigada", respondi, "precisamos voltar: fica para uma próxima, será um prazer."

"Ótimo, aí você diz o que os meninos devem ler ou não. Você é um exemplo para a gente, você e suas filhas. Quando as vemos passar na rua sempre dizemos: antigamente Lenuccia era como a gente, e olha como está agora. Não sabe o que é arrogância, é democrática, vive aqui com a gente, exatamente como a gente, apesar de ser uma pessoa importante. Ah, sim, quem estuda fica bom. Hoje todo mundo vai à escola, todos estão com os olhos nos livros, por isso no futuro teremos tanta bondade que vai até nos sair pelas orelhas. Porém, quando não se lê nem se estuda — como aconteceu com Lina, como aconteceu com todos nós —, continuamos ruins, e a ruindade é feia. Não é verdade, Lenu?"

Segurou meu pulso, tinha os olhos brilhantes. Repetiu com sarcasmo: não é verdade?, e eu fiz sinal que sim, mas livrei o pulso com força demais, e o bracelete de minha mãe ficou na mão dele.

"Oh", ele exclamou, dessa vez buscando o olhar de Lila sem o encontrar. Disse com falso lamento: "Desculpe, vou mandar consertá-lo".

"Não se preocupe."

"Absolutamente não, é meu dever: você vai tê-lo de volta como novo. Marcè, você passa no joalheiro?"

Marcello fez sinal que sim.

Enquanto isso as pessoas passavam de olhos baixos, era quase hora do almoço. Quando conseguimos nos livrar deles, Lila me disse: "Você sabe se defender ainda menos que antes: nunca mais vai ver o bracelete."

11.

Tive certeza de que estava para chegar uma de suas crises. Ela parecia debilitada, e eu a sentia cheia de angústia, como se esperasse que algo de ingovernável rachasse ao meio o edifício, o apartamento, ela mesma. Por alguns dias não tive notícias dela, estava prostrada por uma gripe. Dede também estava com tosse e febre, eu dava por certo de que o vírus logo chegaria a Elsa e Imma. Além disso, precisava entregar um trabalho com urgência (tinha de inventar algo para uma revista que dedicava um número inteiro ao corpo feminino), e não me sentia nem com vontade nem com forças para escrever.

Do lado de fora começara a soprar um vento frio que fazia tremer os vidros das janelas, as esquadrias não fechavam bem, deixava escapar lâminas de gelo. Na sexta, Enzo veio me dizer que ele precisava ir a Avellino porque uma velha tia não estava bem. Quanto a Rino, passaria o sábado e o domingo com Stefano, que lhe pedira que o ajudasse a desmontar os móveis da charcutaria para levá-los a um sujeito disposto a comprá-los. Então Lila ficaria sozinha, e Enzo me disse que ela estava deprimida, pediu que lhe fizesse companhia. Mas eu estava exausta, mal conseguia me concentrar num pensamento e Dede me chamava, Imma me solicitava, Elsa protestava, e o pensamento evaporava. Quando Pinuccia apareceu para arrumar a casa, pedi que cozinhasse também para sábado e domingo e me fechei em meu quarto, onde também tinha uma mesa de trabalho.

No dia seguinte, já que Lila não dava as caras, desci e fui convidá-la para o almoço. Ela abriu a porta desgrenhada, de chinelos, um velho robe verde-escuro sobre o pijama. Mas, para meu espanto, estava com os olhos e a boca fortemente maquiados. A casa estava uma bagunça, e havia um cheiro desagradável. Falou: se o vento soprar mais forte, vai varrer o bairro do mapa. Nada mais que uma hipérbole abusada, mas mesmo assim me alarmei: ela se expressara como se de fato estivesse convencida de que o bairro pudesse ser arrancado de seus fundamentos e lançado em pedaços para as bandas de Ponti Rossi. Quando notou que eu tinha percebido a anomalia de seu tom, sorriu de maneira forçada e murmurou: falei por brincadeira. Fiz sinal que sim, listei as coisas gostosas que tínhamos para o almoço. Ela se entusiasmou exageradamente, mas no instante seguinte mudou de novo de humor e disse: me traga o almoço aqui, não quero ir à sua casa, suas filhas me deixam nervosa.

Levei o almoço e também o jantar. As escadas estavam geladas, eu não me sentia bem e não queria subir e descer só para depois ouvir coisas desagradáveis. Mas dessa vez ela estava especialmente cordial, disse espere, fique um pouco comigo. Puxou-me para o banheiro, penteou os cabelos com muito cuidado e falou de minhas filhas com ternura, com admiração, como para me convencer de que não era verdade o que tinha dito minutos antes.

"No início", disse, dividindo o cabelo em duas bandas e começando a fazer duas tranças sem perder de vista a própria imagem no espelho, "Dede se parecia com você, e agora está cada vez mais semelhante ao pai. Com Elsa está acontecendo o contrário: parecia idêntica ao pai, mas agora começa a se parecer contigo. Tudo se move. Uma vontade, uma fantasia circula mais rápido que o sangue."

"Não estou entendendo."

"Lembra quando eu achava que Gennaro fosse filho de Nino?"

"Lembro."

"Eu acreditava mesmo nisso, o menino era idêntico a ele, uma cópia."

"Está querendo dizer que um desejo pode ser tão forte a ponto de parecer já realizado?"

"Não, quero dizer que por alguns anos Gennaro foi *realmente* o filho de Nino."

"Não exagere."

Ela me fixou um instante com malícia, deu alguns passos pelo banheiro mancando, caiu numa risada um tanto artificial.

"Então você acha que estou exagerando?"

Compreendi com alguma irritação que ela estava imitando meu passo.

"Não zombe de mim, sinto dor no quadril."

"Você não sente dor nenhuma, Lenu. Inventou que precisa mancar para que sua mãe não morra totalmente, e agora manca de verdade, e eu fico de olho, isso lhe faz bem. Os Solara pegaram seu bracelete e você não disse nada, não lamentou, não se preocupou. No momento pensei que era porque você não sabe se rebelar, mas agora entendi que não se trata disso. Você está envelhecendo como se deve: se sente forte, deixou de ser filha, se tornou uma mãe de verdade."

Me senti incomodada, repeti:

"Sinto apenas uma dorzinha."

"Até as dores fazem bem a você. Bastou mancar um pouco e agora sua mãe está quieta dentro de você. Sua perna está contente de mancar, e por isso você também está. Não é assim?"

"Não."

Ela fez uma careta irônica para reiterar que não acreditava em mim e me mirou com os olhos pintados e reduzidos a fissuras:

"Na sua opinião, quando Tina tiver quarenta e dois anos, vai ser assim?"

Olhei para ela. Tinha uma expressão provocadora, as mãos apertadas em torno das tranças. Respondi:

"É provável, sim, talvez sim."

12.

Minhas filhas precisaram se arranjar sozinhas, fiquei para comer com Lila embora sentisse o frio nos ossos. Durante todo o tempo falamos de semelhanças físicas, tentei entender o que estava acontecendo na cabeça dela. Mas também comentei o trabalho que eu estava fazendo. Falar com você me ajuda, disse para lhe dar confiança, me faz pensar. Minha declaração pareceu alegrá-la, e ela murmurou: quando sei que lhe sou útil, me sinto melhor. Logo em seguida, tentando me ajudar, entrou em raciocínios tortuosos e disparatados. Tinha posto muito arrebique para esconder a palidez e nem parecia ela, mas uma máscara de Carnaval com as maçãs do rosto muito vermelhas. Às vezes a acompanhei com interesse, noutras reconheci apenas os sinais do mal-estar que eu bem conhecia e me assustei. Entre outras coisas ela disse, rindo: por um tempo eu criei um filho de Nino, justamente como você faz com Imma, um filho de carne e osso; mas, quando esse filho se tornou filho de Stefano, onde foi parar o filho de Nino? Gennaro ainda o traz dentro de si? E eu? Frases assim: ela se perdia. Depois começou de repente a elogiar meu tempero, disse que tinha comido com gosto, coisa que não fazia há muito tempo. Quando respondi que não tinha sido eu que preparara, mas Pinuccia, ela fechou a cara e disse que não queria nada de Pinuccia. Naquela altura Elsa me chamou do patamar, gritou que eu precisava voltar imediatamente para casa, Dede com febre era ainda pior que Dede saudável. Disse a Lila que me chamasse a qualquer momento caso precisasse de mim, recomendei que repousasse e subi depressa ao meu apartamento.

    Durante o resto do dia me esforcei para esquecê-la, trabalhei até tarde da noite. As meninas tinham crescido com a ideia de que, quando eu realmente estava com a corda no pescoço, tinham de se arranjar sozinhas sem me perturbar. De fato me deixaram em paz, e trabalhei bem. Como sempre, me bastava uma meia frase de Lila e meu cérebro reconhecia sua aura, se ativava, liberava inteligência. Agora eu sabia que trabalhava melhor sobretudo quando ela, mesmo que só com poucas palavras desconexas, garantia à parte mais insegura de mim que eu estava no caminho certo. Achei uma organização compacta e elegante para seu balbucio digressivo. Escrevi sobre meu quadril, sobre minha mãe. Agora que eu era cada vez mais admirada, admitia sem incômodo que falar com ela me suscitava ideias, me levava a estabelecer nexos entre coisas distantes. Naqueles anos de vizinhança, eu no andar de cima, ela no de baixo, isso tinha acontecido com frequência. Bastava um leve empurrão e a cabeça, que parecia oca, se descobria cheia e viva. Atribuía a ela uma espécie de visão de longo alcance, atribuiria pela vida inteira, e não via nisso nada de mal. Dizia a mim mesma que ter maturidade era isso, reconhecer que necessitava de seus empurrões. Se antigamente eu escondia até de mim aquela ignição que ela me provocava, agora tinha orgulho disso, tinha até escrito a respeito em algum lugar. *Eu era eu* e, justamente por esse motivo, podia abrir espaço para ela em mim e lhe dar uma forma resistente. *Já ela não queria ser ela* e, portanto, não era capaz de fazer o mesmo. A tragédia de Tina, o físico debilitado, a cabeça em desordem com certeza concorreriam para suas crises. Mas o mal-estar que chamava de desmarginação tinha *aquela* razão de fundo. Fui deitar por volta das três, acordei às nove.

Dede estava sem febre, em compensação Imma tossia. Arrumei o apartamento e fui ver como Lila estava. Bati por muito tempo, ela não abria. Apertei o botão da campainha até escutar seu passo arrastado e a voz esbravejando insultos em dialeto. As tranças estavam meio desfeitas, a maquiagem borrara, estava parecendo ainda mais uma grande máscara dolente.

"Pinuccia me envenenou", afirmou convicta, "nem consegui dormir, minha barriga está arrebentando."

Entrei, tive uma impressão de desleixo, de sujeira. No piso, ao lado da pia, vi papel higiênico ensopado de sangue. Disse:

"Comi as mesmas coisas que você e estou me sentindo bem."

"Então me explique o que é que eu tenho."

"Está menstruada?"

Ela se irritou:

"Eu sempre estou menstruada."

"Então você precisa ir a um médico."

"Não vou deixar que ninguém examine minha barriga."

"O que você acha que tem?"

"Eu sei o que é."

"Vou buscar um calmante na farmácia."

"Você não tem nenhum em casa?"

"Não tenho necessidade."

"E Dede e Elsa?"

"Nem elas."

"Ah, vocês são perfeitas, vocês nunca precisam de nada."

Bufei, lá vinha ela de novo:

"Quer brigar?"

"Você é que quer brigar, onde já se viu me dizer que o que eu tenho são cólicas menstruais. Não sou uma menina como suas filhas, sei muito bem se essas dores são cólicas ou outra coisa."

Não era verdade, ela não sabia nada de si. Quando tinha de lidar com os movimentos de seu organismo, era pior que Dede e Elsa. Notei que estava sofrendo, apertava a barriga com as duas mãos. Talvez eu tivesse me enganado: ela com certeza estava dominada pela angústia, mas não por causa de seus antigos terrores, e sim por um mal real. Preparei-lhe um chá de camomila, dei a ela, vesti um capote e corri para ver se a farmácia estava aberta. O pai de Gino era um farmacêutico muito experiente, certamente me daria bons conselhos. Mas eu tinha acabado de sair ao estradão e estava passando entre as bancas de domingo quando ouvi estampidos — pá-pá-pá-pá — semelhantes aos que os meninos fazem na véspera de Natal, com fogos de artifício. Foram quatro num curto intervalo, e depois um quinto: pá.

Entrei na rua da farmácia. As pessoas pareciam desnorteadas, o Natal ainda estava longe, alguns apertavam o passo, outros corriam.

De repente começou a ladainha das sirenes: a polícia, uma ambulância. Perguntei a um sujeito o que havia acontecido, ele abanou a cabeça, censurou a esposa porque estava se atrasando e saiu de fininho. Então vi Carmen com o marido e os dois filhos. Estavam do outro lado do estradão, atravessei. Antes que eu perguntasse, Carmen me disse em dialeto: mataram os dois Solara.

13.

Há momentos em que aquilo que se põe ao lado de nossas vidas e que parece que as acompanhará para sempre — um império, um partido político, uma fé, um monumento, mas também simplesmente as pessoas que fazem parte do nosso cotidiano — vem abaixo de maneira repentina, justamente quando somos tomados por mil outras coisas. Aquele período foi assim. Dia após dia, mês após mês, o cansaço se somou ao cansaço, o tremor ao tremor. Por um longo tempo tive a impressão de ser como certas figuras de romances e de quadros que surgem paradas sobre um rochedo ou na proa de um navio, enfrentando uma tempestade que no entanto não as abala, nem sequer as aflora. Meu telefone tocou sem parar. O fato de eu residir no feudo dos Solara me obrigou a uma corrente infinita de palavras orais e escritas. Depois da morte do marido, minha irmã Elisa se transformou numa menina aterrorizada, queria que eu ficasse a seu lado dia e noite, estava certa de que os assassinos voltariam para acabar com ela e o filho. Precisei sobretudo cuidar de Lila, que naquele mesmo domingo foi subitamente tirada do bairro, do filho, de Enzo, do trabalho, e acabou nas mãos dos médicos porque estava fraca demais, via coisas que pareciam verdadeiras mas não eram, se esvaía em sangue. Descobriram que estava com o útero fibromatoso, a operaram, o extirparam. Certa vez — ainda estava no hospital — acordou sobressaltada, exclamou que Tina saíra de novo de sua barriga e agora estava se vingando de todos, e dela também. Por uma fração de segundo pareceu convencida de que quem matou os Solara foi sua filha.

14.

Marcello e Michele morreram num domingo de dezembro de 1986, em frente à igreja onde tinham sido batizados. Tinham sido assassinados havia poucos minutos, e já todo o bairro conhecia os detalhes. Haviam atirado em Michele duas vezes, em Marcello, três. Gigliola tinha escapado, os filhos correram atrás dela por instinto. Elisa agarrara Silvio e o apertara contra si girando as costas para os assassinos. Michele morreu imediatamente, Marcello, não: sentou-se num degrau e tentou abotoar o paletó, mas sem conseguir.

Quando interrogados, aqueles que demonstravam saber tudo da morte dos irmãos Solara se deram conta de que não tinham visto quase nada. Quem fez os disparos foi um homem sozinho, que depois subiu com calma num Ford Fiesta vermelho e foi embora. Não, tinham sido dois, dois homens, e ao volante do Fiat 147 amarelo usado na fuga estava uma mulher. Nada disso, os assassinos eram três, todos homens, os rostos cobertos por balaclavas, e escaparam a pé. Em certos casos até pareceu que os tiros foram dados por ninguém. No relato que Carmen me fez, por exemplo, os Solara, minha irmã, meu sobrinho, Gigliola e os filhos se agitavam na frente da igreja como se tivessem sido atingidos por efeitos sem causa: Michele caía de costas no chão e batia a cabeça com força na pedra vulcânica; Marcello se acomodava com cuidado num degrau e, como não conseguia abotoar o paletó sobre o pulôver azul de gola alta, praguejava e se deitava de lado; as mulheres, os filhos não sofreram nem um arranhão e em segundos alcançaram a igreja para se esconder. Parece que os presentes tinham olhado apenas para o lado dos assassinados, não para o dos assassinos. Naquela ocasião, Armando voltou a me entrevistar em seu programa de TV. Não foi o único. Num primeiro momento, falei e relatei por escrito, em vários meios, tudo o que eu sabia. Mas nos dois ou três dias seguintes me dei conta de que sobretudo os repórteres dos jornais napolitanos sabiam bem mais do que eu. As informações que até pouco antes não se achavam em lugar nenhum de repente transbordaram. Uma lista impressionante de empresas criminosas, das quais eu nunca tinha ouvido falar, foram atribuídas aos irmãos Solara. Igualmente impressionante foi a lista de seus bens. O que eu tinha escrito a quatro mãos com Lila, o que eu tinha publicado enquanto ainda estavam vivos era uma ninharia, quase nada se comparado ao que apareceu nos jornais depois que eles morreram. Por outro lado, me dei conta de que eu sabia outras coisas, histórias que ninguém sabia e sobre as quais ninguém tinha escrito, nem mesmo eu. Sabia que, quando éramos meninas, os Solara nos pareciam lindos, corriam o bairro de cima a baixo em sua Millecento como os guerreiros antigos em seus carros de guerra; sabia que, certa noite, tinham nos defendido na piazza dei Martiri dos jovens rebeldes de Chiaia, que Marcello quis se casar com Lila, mas depois se casou com minha irmã Elisa, que Michele entendera com grande antecipação as qualidades extraordinárias de minha amiga e a amara por anos de um modo tão absoluto que acabara se perdendo. Justamente enquanto tomava consciência de saber aquilo tudo, descobri que eram importantes. Indicavam como eu e mil outras pessoas corretas de toda Nápoles tínhamos vivido dentro do mundo dos Solara, tínhamos participado da inauguração de suas lojas, tínhamos comprado doces em seu bar, tínhamos comemorado seus casamentos, comprado seus sapatos, nos hospedado em suas casas, comido na mesma mesa, tomado de modo direto ou indireto seu dinheiro, sofrido sua violência e feito de conta que nada havia acontecido. Marcello e Michele eram, querendo ou não, parte de nós assim como Pasquale. Porém, ao passo que em relação a Pasquale, mesmo entre mil nuances, logo se traçou uma linha nítida de separação, a linha que nos separava de pessoas como os Solara fora e era, em Nápoles, em toda a Itália, vacilante. Quanto mais saltávamos para trás, horrorizados, mais a linha nos incluía. A concretude que aquela inclusão assumira no espaço restrito e familiar do bairro me deprimiu. Alguém, para jogar lama em mim, escreveu que eu era aparentada com os Solara e por um tempo evitei frequentar minha irmã e meu sobrinho. Também evitei Lila. É verdade, Lila tinha sido a inimiga mais ferrenha dos dois irmãos; mas o dinheiro com que iniciou sua pequena empresa não fora acumulado enquanto trabalhava para Michele, talvez até o desviando para si? Por um período dei voltas em torno desse tema. Depois o tempo passou, os Solara se misturaram aos tantos que todo dia acabavam na lista dos assassinados e, aos poucos, nossa única preocupação foi que, para o lugar deles, viria gente menos familiar e ainda mais feroz. Eu me esqueci dos dois a tal ponto que, quando um rapaz de uns quinze anos me entregou um pacote enviado por um joalheiro de Montesanto, de início não intuí o que pudesse conter. Fiquei encantada com o estojo vermelho, o envelope endereçado à doutora Elena Greco. Tive de ler o bilhetinho para entender do que se tratava. Marcello escrevera com uma letra insegura apenas o seguinte: desculpe, e então assinou com um M cheio de volutas, aquele que antigamente ensinavam na escola fundamental. No estojo estava meu bracelete, tão reluzente que parecia novo.

15.

Quando contei a Lila sobre o pacote e lhe mostrei o bracelete todo lustroso, ela disse: não o coloque mais nem deixe que suas filhas usem. Tinha voltado para casa muito debilitada, bastava subir um lance de escada para sentir o peito ofegante. Tomava pílulas e aplicava as injeções em si, mas, pálida como estava, parecia ter visitado o reino dos mortos e falava do bracelete como se estivesse certa de que ele viera de lá.

A morte dos Solara se acavalara à sua internação de urgência no hospital, o sangue que ela perdera se misturara ao deles — e também em minha sensação daquele domingo caótico. No entanto, sempre que tentei falar daquela espécie de execução diante da igreja, ela fez um ar contrariado, reagiu com frases do tipo: eram pessoas de merda, Lenu, quem está se lixando para eles, lamento por sua irmã, mas, se ela tivesse sido um pouco mais esperta, não teria se casado com Marcello, todo mundo sabe que pessoas como ele acabam assassinadas.

Em algumas ocasiões tentei atraí-la para aquele sentimento de contiguidade que naquele momento me perturbava, e imaginei que ela devia senti-lo mais que eu. Falei algo como:

"A gente os conhecia desde meninas."
"Todos fomos crianças."
"Eles lhe deram trabalho."
"Era do interesse deles e meu."
"Com certeza Michele foi um canalha, mas às vezes você não ficava atrás."
"Devia ter feito pior."

Falava tentando se limitar ao desprezo, mas uma expressão maldosa lhe escapava dos olhos, entrelaçava os dedos, os apertava até as juntas ficarem brancas. Eu percebia que, por trás das palavras já bastante ferozes, se ocultavam outras ainda mais ferozes, que ela evitava dizer, mas que já estavam prontas em sua cabeça. Era possível lê-las no rosto, quase as ouvia gritadas: se foram os Solara que me levaram Tina, então fizeram pouco com eles, deviam ter esquartejado seus corpos, arrancado seus corações, jogado suas vísceras na rua; e, se não foram eles, de todo modo quem os matou fez bem, mereciam isso e ainda mais; se me tivessem chamado, eu logo sairia correndo para dar uma mão. Mas nunca chegou a se expressar assim. Aparentemente a brusca saída de cena dos dois irmãos não exerceu nenhuma influência sobre ela. Apenas a encorajou a passear com mais frequência pelo bairro, já que não havia mais o perigo de encontrá-los. Jamais acenou retornar ao ativismo anterior ao desaparecimento de Tina, nem sequer retomou sua vida de casa e trabalho. Encompridou a convalescência por semanas e semanas, vagando entre o túnel, o estradão e os jardinzinhos. Caminhava de cabeça baixa, não falava com ninguém e como, por causa do aspecto desleixado, continuava parecendo um perigo para si e para os outros, ninguém lhe dirigia a palavra.

Às vezes me obrigava a acompanhá-la, e era difícil dizer não. Passamos com frequência diante do bar-confeitaria, que exibia um cartaz onde estava escrito *fechado por luto*. O luto não acabou nunca, a loja não reabriu nunca mais, o tempo dos Solara estava acabado. Mas a cada oportunidade Lila dava uma olhada nas portas abaixadas, no cartaz desbotado, e constatava satisfeita: está sempre fechado. Aquilo lhe parecia tão positivo que, enquanto prosseguíamos, ela podia chegar até a uma risadinha, apenas uma risadinha, como se naquele fechamento houvesse algo de ridículo.

Somente numa ocasião paramos na esquina quase para assimilar sua feiura, agora que estava sem os adornos típicos do bar. Ali havia mesinhas e cadeiras coloridas, o perfume dos doces e do café, um vaivém de gente, transações secretas, acordos honestos e pactos infames. Agora lá estava a parede cinzenta e toda descascada. Quando o avô morreu, disse Lila, quando a mãe morreu assassinada, Marcello e Michele cobriram o bairro de cruzes e Nossas Senhoras e foi uma ladainha sem fim; agora que eles morreram, zero. Depois se lembrou de quando ainda estava na clínica e eu lhe contara que, pelas palavras evasivas das pessoas, as balas que mataram os Solara não foram disparadas por ninguém. Ninguém os matou — sorriu —, ninguém chora sua perda. E então se interrompeu, ficou calada uns segundos. Depois, sem nenhum nexo evidente, me confessou que não queria mais trabalhar.

16.

Não me pareceu uma manifestação ocasional de mau humor, certamente já pensava naquilo fazia tempo, talvez desde que saíra da clínica. Disse:
"Se Enzo conseguir levar adiante sozinho, bem; se não, vamos ver."
"Você quer se desfazer da Basic Sight? E vai fazer o quê?"
"E é necessário fazer alguma coisa?"
"Você precisa ocupar sua vida."
"Como você?"
"Por que não?"
Riu, suspirou:
"Eu quero perder tempo."
"Você tem Gennaro, tem Enzo, precisa pensar neles."
"Gennaro está com vinte e três anos, já cuidei dele até demais. Quanto a Enzo, tenho de afastá-lo de mim."
"Por quê?"
"Quero voltar a dormir sozinha."
"É triste dormir sozinha."
"Você não dorme?"
"Eu não tenho um homem."
"E por que eu devo ter?"
"Não se sente mais ligada a Enzo?"
"Sinto, mas não tenho mais desejo por ele nem por ninguém. Fiquei velha e, quando durmo, não quero ser incomodada por ninguém."

"Vá a um médico."
"Chega de médicos."
"Eu vou com você, esses problemas se resolvem."
Ficou séria.
"Não, estou bem assim."
"Ninguém está bem assim."
"Eu, sim. Foder é uma coisa muito superestimada."
"Estou falando de amor."
"Estou preocupada com outras coisas. Você já se esqueceu de Tina, eu, não."
Senti que ela e Enzo estavam brigando cada vez mais. Ou melhor, de Enzo só me chegava a voz espessa, levemente mais acentuada que antes, ao passo que Lila só fazia gritar. No andar de cima, filtradas pelo pavimento, dele só me chegavam frases escassas. Não estava irritado — nunca se irritava com Lila —, estava desesperado. Dizia substancialmente que tudo se arruinara — Tina, o trabalho, a relação deles —, mas ela não estava fazendo nada para redefinir a situação, ao contrário, queria que tudo continuasse se estragando. Fale você com ela, me disse uma vez. Respondi que não adiantaria, que Lila só precisava de mais tempo para reencontrar o equilíbrio. Pela primeira vez Enzo replicou de maneira dura: Lila nunca teve um equilíbrio.

O que não era verdade. Quando queria, ela sabia ser calma, sensata, mesmo naquela fase de grandes tensões. Nos dias bons, se mostrava serena e muito afetuosa. Cuidava de mim e de minhas filhas, se informava sobre minhas viagens, sobre o que eu estava escrevendo, sobre as pessoas que eu encontrava. Acompanhava muitas vezes divertida, noutras indignada, os relatos de ineficiências didáticas, de professores malucos, brigas e amores que Dede, Elsa e até Imma lhe faziam. E era generosa. Numa tarde pediu ajuda a Gennaro e levou para mim um velho computador. Me instruiu sobre como fazê-lo funcionar e concluiu: é um presente para você.

Já no dia seguinte passei a usá-lo para escrever. Rapidamente me habituei, apesar de viver obcecada com o medo de que uma queda de energia me apagasse horas de trabalho. Quanto ao resto, era uma entusiasta daquela máquina. Contei a minhas filhas, na presença de Lila: pensem que comecei a escrever com caneta tinteiro, depois passei à esferográfica, depois à máquina de escrever — trabalhei também com as elétricas — e agora aqui estou eu, bato nas teclas e surge essa escrita milagrosa: é lindo, não volto mais para trás, chega de caneta, vou escrever sempre com o computador, venham, toquem aqui o calo que tenho no indicador, vejam como é duro: está comigo desde sempre, mas agora vai desaparecer.

Lila se divertiu com toda aquela alegria, tinha a expressão de quem está feliz por ter dado um presente que agradou. Mas disse: a mãe de vocês tem o entusiasmo de quem não entende nada, e as levou consigo para me deixar trabalhar. Mesmo sabendo que havia perdido a confiança delas, quando estava de bom humor as levava com frequência ao escritório para instruí-las sobre o que suas máquinas mais novas eram capazes de fazer, como e por quê. Dizia para reconquistá-las: a senhora Elena Greco, não sei se a conhecem, tem a atenção de um hipopótamo dormindo num pântano; vocês, sim, é que são espertas. Mas não conseguiu recuperar seu afeto, especialmente o de Dede e Elsa. Ao voltar, as meninas me diziam: não dá para entender o que ela tem na cabeça, mamãe, primeiro nos incentiva a aprender e depois diz que são máquinas que servem para ganhar muito dinheiro destruindo todos os velhos modos de ganhar dinheiro. Entretanto, rapidamente, ao passo que eu só sabia usar o computador para escrever, minhas filhas — e até Imma — adquiriram noções e competências que me deixaram orgulhosa. Diante de cada impasse comecei a depender sobretudo de Elsa, que sempre sabia o que fazer e depois se gabava com a tia Lina: resolvi isso assim e assim, o que acha, fiz certo?

As coisas andaram ainda melhor quando Dede começou a envolver Rino. Ele, que nunca quisera nem chegar perto de um daqueles objetos de Enzo e Lila, passou a mostrar um pouco de interesse, no mínimo para não ser criticado pelas meninas. Certa manhã Lila me disse, rindo:
"Dede está transformando Gennaro."
Respondi:
"Rino só precisa de confiança."
Ela rebateu com ostensiva vulgaridade:
"Sei bem a confiança de que ele precisa."

17.

Esses eram os dias bons. Mas logo vinham os ruins: sentia calor, sentia frio, ficava amarelada, depois vermelha, depois gritava, fazia exigências, se cobria de suor, brigava com Carmen, a quem acusava de bronca e choramingas. Depois da operação, seu organismo parecia cada vez mais desnorteado. De repente cortava abruptamente as gentilezas e achava Elsa insuportável, desancava Dede, tratava mal Imma e, quando eu lhe dirigia a palavra, virava as costas para mim e ia embora. Naqueles períodos terríveis não suportava ficar em casa nem no escritório. Pegava um ônibus ou o metrô e ia.
"O que você tem feito?", eu perguntava.
"Circulo por Nápoles."
"Sim, mas onde?"
"Preciso prestar contas a você?"
Qualquer ocasião era pretexto para um atrito, bastava um nada. Brigava especialmente com o filho, mas atribuía a culpa por seus dissabores a Dede e Elsa. De fato, tinha razão. Minha filha mais velha passava muito tempo com Rino, e agora a irmã, para não se sentir isolada, se esforçava para aceitar o rapaz, passava muitas horas

com os dois. A consequência era que ambas estavam inoculando nele uma espécie de insubordinação permanente, atitude que, se na casa delas era apenas um apaixonado exercício verbal, em Rino produzia uma fala confusa e autoindulgente que Lila não suportava. Aquelas duas — gritava ao filho — falam com inteligência, você repete tolices feito um papagaio. Nesses dias ela era intolerante, não aceitava frases feitas, expressões patéticas, qualquer forma de sentimentalismo e acima de tudo o espírito rebelde nutrido de velhos slogans. Contudo, no momento oportuno, ela mesma exibia um anarquismo afetado que me parecia fora de lugar. Tivemos um duro embate quando, nas vésperas da campanha eleitoral de 1987, lemos que Nadia Galiani tinha sido detida em Chiasso.

Carmen correu para minha casa tomada de um ataque de pânico, não conseguia raciocinar, dizia: agora prendem Pasquale também, você vai ver, ele escapou dos Solara, mas a polícia vai matá-lo. Lila lhe disse: não foi a polícia que prendeu Nadia, foi ela mesma quem se entregou para negociar uma pena mais branda. Aquela hipótese me pareceu sensata. Havia poucas linhas nos jornais, não se falava de perseguições, disparos, capturas. Para acalmar Carmen, tornei a aconselhar: Pasquale também faria bem em se entregar, você sabe o que eu acho. Foi um deus nos acuda, Lila ficou furiosa e começou a berrar:

"Se entregar a quem?"
"Ao Estado."
"Ao Estado?"

Fez uma lista cerrada de latrocínios e conivências criminosas, antigas e recentes, de ministros, parlamentares, policiais, juízes e serviços secretos desde 1945 até aquele momento, mostrando-se como sempre mais informada do que eu podia imaginar. E gritou:

"*Este* é o Estado; por que então, caralho, você quer entregar Pasquale a ele?" Depois me provocou: "Quer apostar que Nadia pega uns meses de cana e sai logo, mas Pasquale, se o pegarem, vão trancafiá-

-lo numa cela e jogar a chave fora?". Quase partiu para cima de mim, repetindo de maneira cada vez mais agressiva: "Quer apostar?".
Não respondi. Estava preocupada, aquela conversa não fazia bem a Carmen. Depois da morte dos Solara, ela imediatamente retirou a queixa contra mim, me fez mil gentilezas, mostrou-se sempre disponível com minhas filhas apesar de estar cheia de incumbências e angústias. Era uma pena que, em vez de acalmá--la, estivéssemos aumentando seu tormento. Ela tremia, falou se dirigindo a mim, mas invocando a autoridade de Lila: se Nadia se entregou à polícia, Lenu, quer dizer que ela se arrependeu, que agora vai jogar toda a culpa em Pasquale e tirar o corpo fora: não é verdade, Lina? Mas depois disse hostil a Lila, invocando minha autoridade: não é mais uma questão de princípio, Lina, precisamos pensar no bem de Pasquale, precisamos convencê-lo de que é melhor viver na prisão do que ser assassinado: não é verdade, Lenu?
Nessa altura Lila nos ofendeu pesadamente e, embora estivéssemos em sua casa, foi embora batendo a porta.

18.

Para ela, sair e perambular era agora a solução para todos os conflitos e problemas nos quais se debatia. Com frequência cada vez maior, saía de casa de manhã e só voltava à noite, sem se preocupar com Enzo, que não sabia como lidar com a clientela, com Rino ou comigo, nas vezes em que ela assumia responsabilidades com as meninas quando eu viajava a trabalho. Ela agora era inconfiável, bastava uma contrariedade e ela largava tudo sem pensar nas consequências.
Carmen certa vez afirmou que Lila se refugiava no velho cemitério da Doganella, onde tinha escolhido um túmulo de menina para pensar em Tina, que túmulo não tinha, e depois passeava pelas alamedas arborizadas, pelas plantas, pelos velhos lóculos, parando

diante das fotos mais esmaecidas. Os mortos — me disse — são uma segurança, têm uma lápide, uma data de nascimento e morte, ao passo que a filha dela, não, a filha vai ficar para sempre apenas com a data de nascimento, e isso é horrível, a pobre menina nunca vai ter uma conclusão, um ponto fixo onde a mãe poderá se sentar e acalmar. Mas Carmen tinha propensão a fantasias mortuárias, e por isso eu não dava tanta importância. Imaginava que Lila percorria a cidade a pé sem atentar para nada, apenas para entorpecer a dor que depois de anos continuava a envená-la. Ou conjeturava que ela de fato decidira, a seu modo sempre extremo, não se dedicar mais a nada nem a ninguém. E, como sabia que sua cabeça precisava exatamente do contrário, temia que seus nervos não aguentassem, que na primeira ocasião se atirasse contra Enzo, contra Rino, contra mim, contra minhas filhas, contra um passante que a importunasse, contra quem lhe lançasse um olhar a mais. Em casa eu podia brigar com ela, acalmá-la, controlá-la. Mas e na rua? Sempre que ela saía, eu tinha medo de que se metesse em encrencas. Mas cada vez mais, quando eu estava ocupada e ouvia a porta de baixo batendo e seu passo pelas escadas, depois já na rua, dava um suspiro de alívio. Não subiria até minha casa, não viria com palavras provocadoras, não teria espicaçado as meninas, não teria depreciado Imma, não teria tentado de todos os modos me fazer mal.

    Voltei com insistência a pensar que já era tempo de ir embora. A essa altura era insensato — para mim, para Dede, para Elsa, para Imma — continuarmos no bairro. De resto, depois da internação no hospital, depois da cirurgia, depois dos desequilíbrios do corpo, a própria Lila começara a dizer cada vez mais o que antes só dizia esporadicamente: vá embora, Lenu, o que você está fazendo aqui, olhe para você, parece que só continua aqui porque fez uma promessa à Virgem. Queria me lembrar de que eu não estivera à altura de suas expectativas, de que minha residência no bairro era apenas uma encenação para intelectuais, que de fato com todo o meu estudo, com todos os meus livros, eu não servira e não servia para ela e para o lugar onde tínhamos nascido. Eu me incomodava e pensava: ela me trata como se quisesse me demitir por escasso desempenho.

19.

Começou um período em que eu listava continuamente o que era preciso fazer. Minhas filhas necessitavam de estabilidade, e eu devia acima de tudo me empenhar para que seus pais assumissem suas responsabilidades. Nino continuava sendo o problema maior. Às vezes ligava, fazia alguma gracinha a Imma por telefone, ela respondia em monossílabos, e fim. Recentemente ele tinha dado um passo no fim das contas previsível, conhecendo suas ambições: concorrera às eleições nas listas do Partido Socialista. Na ocasião havia me mandado uma cartinha pedindo meu voto e que eu conseguisse votos para ele. À carta, que se encerrava com um *Diga também a Lina!*, anexara um santinho onde aparecia uma sua foto sedutora e uma nota biográfica. Na nota havia uma linha sublinhada a caneta em que declarava aos eleitores que era pai de três filhos: Albertino, Lidia e Imma. À margem havia escrito: *mostre essa linha à pequena, por favor.*

Não votei nele nem pedi que votassem, mas mostrei o santinho a Imma e ela me perguntou se podia guardá-lo. Quando o pai foi eleito, lhe expliquei em linhas gerais o que significavam povo, eleições, representação, parlamento. Agora ele se estabelecera de vez em Roma. Depois do sucesso eleitoral, deu notícias apenas uma única vez com uma carta tão apressada quanto jubilosa, me pedindo que a mostrasse à filha, a Dede e a Elsa. Nenhum número de telefone, nenhum endereço, apenas palavras cujo sentido era uma oferta de proteção à distância (*fiquem seguras de que olharei por todas vocês*). Mas Imma também quis conservar aquele testemunho em favor da existência de seu pai. E quando Elsa lhe dizia palavras do tipo: você é chata, é por isso que você se chama Sarratore, e nós, Airota, ela parecia menos desorientada — quem sabe menos preocupada — por aquele sobrenome diferente do das irmãs. Num dia em que a professora lhe perguntara: você é filha do deputado Sarratore, ela no dia seguinte lhe levou como prova o santinho que guardava para qualquer necessidade. Eu estava contente com o seu orgulho e planejava agir para que aquilo se consolidasse. Nino tinha sua vida agitada e turbulenta de sempre? Muito bem. Mas a filha não era um broche a ser usado e depois jogado na gaveta à espera de uma nova ocasião.

Com Pietro nunca tive problemas nos últimos anos. Depositava pontualmente o dinheiro para o sustento das filhas (de Nino nunca recebi um centavo) e era um pai presente nos limites do possível. Mas havia pouco rompera com Doriana, estava cansado de Florença, queria ir para os Estados Unidos. E, teimoso como era, acabaria conseguindo. Isso me alarmava. Dizia a ele: assim você vai abandonar suas filhas, e ele replicava: agora parece uma deserção, mas você vai ver que em breve sobretudo elas vão aproveitar. Era provável, e nesse ponto suas palavras tinham algo em comum com as de Nino (*fiquem seguras de que olharei por todas vocês*). Mas o fato é que Dede e Elsa também ficariam sem pai. E, se Imma aprendera a prescindir dele desde sempre, Dede e Elsa eram ligadas a Pietro, estavam habituadas a recorrer a ele quando queriam. Sua partida as deixaria tristes e limitadas, disso eu tinha certeza. Claro, já estavam bem grandes, Dede tinha dezoito anos, Elsa, quase quinze. Estavam frequentando boas escolas, ambas tinham ótimos professores. Mas era suficiente? Elas nunca chegaram de fato a se integrar, nenhuma das duas confiava nos colegas de turma e amigos, só pareciam estar bem quando viam Rino. Mas o que elas realmente tinham em comum com aquele rapagão bem mais velho e mais infantil que elas?

Não, eu precisava ir embora de Nápoles. Podia tentar morar em Roma, por exemplo, e por amor a Imma reatar as relações com Nino, obviamente num plano apenas amigável. Ou voltar a Florença, investir numa maior proximidade de Pietro com as filhas, esperando que assim ele não partisse para os Estados Unidos. A decisão me pareceu particularmente urgente quando, certa noite, Lila veio à minha casa com ar hostil, num estado de evidente mal-estar, e me perguntou:

"É verdade que você disse a Dede que parasse de ver Gennaro?"

Fiquei confusa. Tinha apenas sugerido a minha filha que ela não devia estar o tempo todo grudada ao rapaz.

"Ver, ela poder ver quanto quiser: só tenho medo de que Gennaro se incomode, ele é adulto, ela é uma menina."

"Lenu, seja sincera. Você acha que meu filho não serve para sua filha?"

Olhei para ela perplexa:

"Servir como?"

"Você sabe perfeitamente que ela se apaixonou."

Caí na risada.

"Dede? Com Rino?"

"Por que não, você acha impossível que sua filha tenha perdido a cabeça pelo meu?"

20.

Até aquele momento eu tinha dado pouca importância ao fato de que Dede, ao contrário da irmã, que trocava alegremente de cavalheiro servo a cada mês, nunca tivera uma paixão declarada e ostensiva. Tinha acabado por atribuir aquele comportamento retraído em parte ao fato de ela não se sentir bonita, em parte ao seu rigor, e de quando em quando eu brincava com ela (seus colegas são todos desinteressantes?). Era uma garota que não perdoava frivolidades da parte de ninguém, sobretudo de si, mas especialmente de mim. As vezes em que me vira não digo nem paquerando, mas apenas rindo com um homem — ou, sei lá, me mostrando receptiva com algum amigo seu que a acompanhara até a casa —, me demonstrara toda sua reprovação e, num episódio desagradável de meses atrás, chegou a me dizer uma vulgaridade em dialeto, o que me deixou furiosa.

Mas talvez não fosse questão de guerra às frivolidades. Depois das palavras de Lila, passei a observar Dede com atenção e me dei conta de que sua atitude protetora em relação ao filho de Lila não estava circunscrita, como eu pensara até aquele instante, a um longo afeto de menina ou a uma acalorada defesa adolescente dos humilhados e ofendidos. Ao contrário, me dei conta de que seu ascetismo era o efeito de uma relação intensa e exclusiva com Rino, que durava desde a primeira infância. Aquilo me assustou. Pensei na longa duração de meu amor por Nino e disse a mim mesma, alarmada: Dede está indo pelo mesmo caminho, mas com o agravante de que, se Nino era um rapaz extraordinário e se tornou um homem bonito, inteligente, de sucesso, Rino é um jovem inseguro, inculto, desprovido de fascínio, sem nenhum futuro e, pensando bem, mais que a Stefano, ele se assemelha ao avô, dom Achille.

Decidi conversar com ela. Faltavam poucos meses para o exame final do ensino médio, ela estava muito ocupada, teria sido fácil me dizer: estou ocupada, vamos deixar para depois. Mas Dede não era Elsa, que sabia me evitar, sabia fingir. Bastava pedir à minha filha mais velha e eu tinha certeza de que ela, em qualquer momento, não importa o que estivesse fazendo, teria respondido com a máxima franqueza. Perguntei:

"Você está apaixonada por Rino?"
"Estou."
"E ele?"
"Não sei."
"Desde quando você sente isso?"

"Desde sempre."
"Mas e se ele não lhe corresponder?"
"Minha vida perde o sentido."
"O que você pensa em fazer?"
"Vou lhe dizer depois do exame."
"Diga agora."
"Se ele me quiser, vamos embora."
"Para onde?"
"Não sei, mas com certeza vamos embora daqui."
"Ele também odeia Nápoles?"
"Sim, quer ir para Bolonha."
"Por quê?"
"É um lugar onde há liberdade."
Olhei para ela com afeto.
"Dede, você sabe que nem seu pai nem eu a deixaremos ir."
"Não é preciso que me deixem ir. Eu vou e pronto."
"Com que dinheiro?"
"Vou trabalhar."
"E suas irmãs? E eu?"
"Mais cedo ou mais tarde, mãe, a gente precisa se separar."
Saí sem forças daquela conversa. Embora ela me tivesse exposto ordenadamente coisas disparatadas, me esforcei para me comportar como se estivesse dizendo coisas razoabilíssimas.

Depois, com grande apreensão, tentei pensar no que fazer. Dede era só uma adolescente apaixonada, por bem ou por mal eu a recolocaria na linha. O problema era Lila: eu a temia e logo percebi que, com ela, o embate seria duro. Tinha perdido Tina, Rino era seu único filho. Ela e Enzo conseguiram tirá-lo das drogas a tempo com métodos muito rígidos e não aceitariam que eu também o fizesse sofrer. Tanto mais que a companhia de minhas duas filhas estava fazendo bem a ele, e era possível que um afastamento o levasse a desviar-se de novo. De resto, aquela provável regressão de Rino também me preocupava. Eu gostava dele, tinha sido um menino infeliz e era um jovem infeliz. Com certeza sempre gostara de Dede, com certeza renunciar a ela seria algo insuportável. Mas o que fazer? Tornei-me mais afetuosa, queria que não houvesse mal-entendidos: eu o estimava, sempre tentaria ajudá-lo em tudo, era só me pedir; mas qualquer um se dava conta de que ele e Dede eram muito diferentes e que qualquer solução que eles buscassem se revelaria em pouquíssimo tempo um desastre. Agi assim, e Rino por sua vez se mostrou mais gentil, consertou as persianas quebradas, torneiras que gotejavam, enquanto as três irmãs lhe serviam de ajudantes. Mas Lila não apreciou aquela disponibilidade do filho. Quando ele se demorava muito com a gente, o chamava para baixo com um grito imperioso.

21.

Não me limitei àquela estratégia, telefonei para Pietro. Estava prestes a se transferir para Boston, agora parecia decidido. Estava chateado com Doriana, que — me confessou abatido — se mostrara uma pessoa inescrupulosa, sem ética nenhuma. Então passou a me ouvir com atenção. Conhecia bem Rino, lembrava-se dele desde pequeno e sabia como havia crescido. Perguntou duas vezes, para ter certeza de não estar enganado: ele não tem problemas com drogas? E uma vez só: está trabalhando? Por fim, disse: isso não tem nem pé nem cabeça. E concordamos que, entre os dois, levando em conta a sensibilidade de nossa filha, até um flerte deveria ser evitado.

    Fiquei satisfeita ao ver que tínhamos a mesma opinião e pedi que ele viesse a Nápoles para conversar com Dede. Prometeu que viria, mas tinha uma infinidade de compromissos e só apareceu nas vésperas das provas de Dede, basicamente para se despedir das filhas antes de se mudar para os Estados Unidos. Não nos encontrávamos fazia tempo. Tinha o mesmo ar distraído de sempre. Os cabelos agora eram grisalhos, o corpo se tornara mais pesado. Como não via Lila e Enzo desde antes do sumiço de Tina — nas vezes em que viera ver as filhas só parou por algumas horas, ou as levou em viagem —, se dedicou muito a eles. Pietro era um homem gentil, atento a não causar constrangimentos com seu papel de professor prestigioso. Conversou bastante com eles assumindo aquele ar grave e participante que eu bem conhecia e que antes me dava nos nervos, mas que hoje apreciava porque não era fingido, tanto que Dede também fazia o mesmo com naturalidade. Não sei o que ele falou de Tina, mas, enquanto Enzo permaneceu impassível, Lila se iluminou, agradeceu a linda carta que ele lhe enviara, disse que a ajudara muito. Só então eu soube que Pietro lhe escrevera quando ela perdeu a filha e fiquei surpresa com a gratidão genuína de Lila. Ele se esquivou, ela excluiu Enzo inteiramente da conversa e desandou a falar com meu ex-marido de coisas napolitanas. Estendeu-se muito sobre o palácio Cellamare, que eu mal sabia que ficava no alto de Chiaia, ao passo que ela — como descobri naquela ocasião — conhecia em detalhes sua estrutura, sua história, seus tesouros. Pietro a ouviu com interesse. Eu me agitava, queria que ele ficasse com as filhas e sobretudo que tivesse uma conversa séria com Dede.

Quando Lila finalmente o deixou livre e Pietro, depois de se dedicar a Elsa e Imma, achou um jeito de se afastar com Dede, pai e filha tiveram uma conversa longa e serena. Observei-os da janela enquanto passeavam para lá e para cá pelo estradão. Fiquei espantada — acho que pela primeira vez — com a semelhança física entre os dois. Dede não tinha os cabelos crespos do pai, mas sim a ossatura avantajada, assim como algo no andar. Era uma garota de dezoito anos, tinha sua suavidade feminina, mas a cada gesto, a cada passo, parecia entrar e sair do corpo de Pietro como se fosse sua morada ideal. Permaneci na janela hipnotizada por ambos.

O tempo se dilatou, os dois conversaram tanto que Elsa e Imma começaram a espernear. Eu também preciso falar de minhas coisas com o papai, disse Elsa, e se ele for embora sem conversarmos? Imma murmurou: ele prometeu que depois falaria comigo. Finalmente Pietro e Dede voltaram, pareciam de bom humor. Durante a noite, as três meninas se reuniram à sua volta para ouvi-lo. Ele disse que iria trabalhar em um edifício de tijolos vermelhos, enorme, lindo, que tinha uma estátua na entrada. A estátua representava um senhor de rosto e trajes escurecidos, exceto um pequeno sapato que os estudantes tocavam todo dia por superstição e que, portanto, estava bastante polido, brilhando ao sol como se fosse de ouro. Eles se divertiram entre si e me excluíram. Como sempre, pensei naquela ocasião: agora que não precisa ser pai o tempo todo é um pai excelente, até Imma o adora; talvez com os homens só possa ser assim: viver um pouco com eles, ter filhos e tchau. Se fossem superficiais como Nino, iriam embora sem sentir nenhum tipo de obrigação; se fossem sérios como Pietro, não faltariam a nenhuma de suas obrigações e, quando preciso, dariam o melhor de si. Seja como for, a época das fidelidades e das convivências sólidas tinha acabado tanto para homens quanto para mulheres. Mas então por que viam o pobre Gennaro, vulgo Rino, como uma ameaça? Dede viveria sua paixão, a consumaria e seguiria seu caminho. Provavelmente de vez em quando o encontraria, trocaria com ele algumas palavras afetuosas. O andamento era este: por que eu desejaria algo diferente para minha filha?

A pergunta me perturbou, decidi com meu melhor tom autoritário que já era hora de dormir. Elsa tinha jurado que, daqui a poucos anos, depois de terminar o liceu, iria viver nos Estados Unidos com o pai, e Imma estava puxando Pietro pelo braço, queria atenção, com certeza estava a ponto de perguntar se ela também poderia ir. Dede se mantinha calada, perplexa. Talvez, pensei, as coisas já tenham se resolvido, Rino acabou num canto e agora ela vai dizer a Elsa: você precisa esperar quatro anos, mas eu termino o liceu agora e no máximo daqui a um mês vou morar com papai.

22.

Porém, assim que Pietro e eu ficamos sós, bastou olhá-lo de frente para entender que estava muito preocupado. Disse:
"Não há nada a fazer."
"Como assim?"
"Dede funciona por teoremas."
"O que ela lhe disse?"
"Não importa o que disse, mas o que com certeza vai fazer."
"Vai para a cama com ele?"
"Vai. Planejou um programa rigidíssimo, com etapas rigorosamente estabelecidas. Logo depois das provas ela vai se declarar a Rino, vai perder a virgindade, os dois vão embora juntos e vão viver de esmolas, pondo em crise a ética do trabalho."
"Não brinque."
"Não estou brincando, estou lhe dizendo palavra por palavra o plano dela."
"Bancar o sarcástico é fácil, já que você vai dar no pé e me deixar com o papel da mãe malvada."
"Ela conta comigo. Disse que, assim que o rapaz se decidir, irá com ele me encontrar em Boston."
"Eu quebro as pernas dela."
"Ou talvez ele e ela quebrem as suas."
Discutimos até tarde da noite, a princípio apenas sobre Dede, depois também sobre Elsa e Imma, e no final sobre tudo: política, literatura, os livros que eu estava escrevendo, os artigos nos jornais, um novo ensaio que ele estava preparando. Fazia muito tempo que não conversávamos assim. Zombou de mim com simpatia por meu

jeito de — segundo ele — sempre tomar posições medianas. Ironizou meu semifeminismo, meu semimarxismo, meu semifreudismo, meu semifoucaultismo, meu semisubversivismo. Somente comigo — disse com um tom um pouco mais ríspido — você nunca usou meios-termos. Suspirou: nada estava bom para você, eu era inadequado em tudo. Já aquele outro era perfeito. Mas e agora? Dava uma de pessoa rigorosa, e foi parar na gangue socialista. Elena, Elena, como você me fez sofrer. Ficou contra mim até quando me apontaram um revólver. E levou para casa amigos de infância que eram dois assassinos. Lembra? Mas paciência, Elena é assim, amei muito você, temos duas filhas, imagine se ainda não gosto de ti.

Deixei-o falar. Depois admiti que muitas vezes tomei posições sem sentido. Também admiti que ele tinha razão quanto a Nino, que foi uma grande decepção. E tentei voltar a Dede e Rino. Estava preocupada, não sabia como lidar com aquilo. Disse que, entre outras coisas, afastar o rapaz de nossa filha me traria enormes problemas com Lila e que me sentia em culpa, sabia que ela o tomaria como uma ofensa. Fez sinal que sim.

"Você precisa ajudá-la."

"Não sei como fazer."

"Ela está tentando de todas as maneiras ocupar a cabeça e sair do sofrimento, mas não consegue."

"Não é verdade, isso foi antes, agora ela nem trabalha, não faz nada."

"Você se engana."

Lila lhe revelara que passava dias inteiros na Biblioteca Nacional, queria aprender tudo sobre Nápoles. Olhei para ele, incerta. Lila de novo numa biblioteca, não mais aquela de bairro dos anos 1950, mas a prestigiosa e ineficiente Biblioteca Nacional. Era isso que fazia quando se ausentava do bairro? Era uma nova mania? E por que não me contara? Ou falou a Pietro justamente para que ele me contasse?

"Ela não lhe disse?"
"Vai dizer quando sentir necessidade."
"Dê força para que continue. É inaceitável que uma pessoa tão dotada tenha parado no quinto ano da fundamental."
"Lila só faz o que quer."
"Você quer enxergá-la assim."
"Eu a conheço desde os seis anos."
"Talvez ela a deteste por isso."
"Ela não me detesta."
"É difícil constatar todos os dias que você é livre, e ela continuou prisioneira. Se existe um inferno, ele está na cabeça insatisfeita dela — não queria entrar lá nem por um segundo."

Pietro disse precisamente *entrar lá*, e o tom era de horror, de fascínio, de pena. Repeti:

"Lila não me detesta de jeito nenhum."

Riu.

"Tudo bem, como quiser."

"Vamos dormir."

Ele me olhou em dúvida. Eu não tinha arrumado a cama auxiliar, como fazia sempre.

"Juntos?"

Fazia doze anos que nem sequer nos tocávamos. Durante toda a noite temi que as meninas acordassem e nos encontrassem na mesma cama. Fiquei olhando na penumbra aquele homem grande, despenteado, que roncava discretamente. Quando éramos casados, raramente dormira por tanto tempo comigo. Com frequência me atormentava demoradamente com seu sexo de gozo difícil, caía no sono, depois se levantava e ia estudar. Dessa vez o amor foi agradável, um abraço de despedida, ambos sabíamos que não ocorreria de novo e por isso ficamos bem. Com Doriana Pietro aprendeu o que eu não soube ou não quis lhe ensinar, e fez de tudo para que eu percebesse isso.

Por volta das seis o acordei e disse: está na hora de ir. Fui com ele até o carro, me recomendou pela milésima vez que cuidasse das meninas, especialmente de Dede. Trocamos um aperto de mão, nos beijamos no rosto e ele foi embora. Fui sem vontade até a banca, o jornaleiro estava desempacotando os jornais. Voltei para casa como sempre com os três diários dos quais leria somente os títulos. Estava preparando o café da manhã, pensava em Pietro, nas nossas conversas. Eu poderia ter me detido em qualquer coisa — em seu ressentimento brando, em Dede, em seu psicologismo um tanto fácil a respeito de Lila —, mas às vezes se estabelece uma misteriosa conexão entre nossos circuitos mentais e os acontecimentos cujo eco está prestes a chegar até nós. Ficou impresso em minha mente que ele definira Pasquale e Nadia — eram eles os amigos de infância aos quais acenara polemicamente — como dois assassinos. Em relação a Nadia — me dei conta — eu já usava a palavra assassina com naturalidade; quanto a Pasquale, continuava me recusando a fazê-lo. Ainda estava me perguntando por que quando o telefone tocou. Era Lila, que ligava do andar de baixo. Tinha ouvido meus passos quando eu saíra com Pietro e quando voltara. Queria saber se eu tinha comprado os jornais. No rádio tinham acabado de dizer que Pasquale havia sido capturado.

23.

Aquela notícia nos absorveu totalmente por semanas, e admito que me ocupei mais com a situação de nosso amigo do que com as provas de Dede. Lila e eu corremos imediatamente à casa de Carmen, que já sabia de tudo, pelo menos do essencial, e nos pareceu tranquila. Pasquale tinha sido preso nas montanhas do Serino, na região de Avellino. A polícia cercou a casa onde estava refugiado, e ele se comportou de modo racional, não reagiu com violência nem tentou escapar. Agora — disse Carmen — só espero que não o deixem morrer na prisão, como fizeram com papai. Continuava achando que o irmão era uma pessoa boa, aliás, levada pela emoção, chegou a dizer que nós três — ela, eu e Lila — tínhamos uma dose íntima de maldade muito superior à dele. Nós só conseguimos cuidar de nossas vidas — murmurou em prantos —, Pasquale, não, Pasquale cresceu como nosso pai nos educou.

Graças à dor sincera daquelas palavras, talvez pela primeira vez desde que nos conhecíamos, Carmen conseguiu levar a melhor sobre mim e Lila. Lila, por exemplo, não objetou nada e, quanto a mim, senti grande incômodo diante daquela fala. Os dois irmãos Peluso me confundiam com sua pura e simples existência no cenário de minha vida. Eu excluía totalmente que o pai marceneiro tivesse ensinado a eles, como Franco fizera com Dede, o apólogo insosso de Menenio Agrippa, mas ambos — Carmen menos, Pasquale mais — sempre souberam por instinto que os membros de um homem não se nutrem quando a barriga de outro se enche, e quem quiser fazer com que se acredite nisso mais cedo ou mais tarde vai ter o que merece. Mesmo sendo diferentes em tudo, com sua história eles formavam um bloco que eu não queria assimilar nem a mim, nem a Lila, mas ao mesmo tempo não conseguia distanciar. Talvez por isso um dia eu dizia a Carmen: fique contente, agora que Pasquale está nas mãos da lei a gente pode entender melhor como ajudá-lo; e no outro dizia a Lila, completamente de acordo com ela: leis e garantias não valem nada quando se trata de tutelar quem não tem poder, vão massacrá-lo na cadeia. E às vezes, por fim, chegava a admitir com as duas que, apesar de a violência que tínhamos experimentado desde a infância me repugnar, uma quantidade módica para enfrentar o mundo feroz em que vivíamos era necessária. Nessa linha confusa de raciocínio, tentei fazer todo o possível em favor de Pasquale. Não queria que ele se sentisse — ao contrário de sua companheira Nadia, que era tratada com grande respeito — um nada que não estava no coração de ninguém.

24.

Procurei advogados confiáveis e, de tanto telefonar, ao final decidi recorrer a Nino, o único parlamentar que eu conhecia pessoalmente. Nunca consegui falar com ele, mas, depois de longas tratativas, uma secretária marcou uma reunião. Comunique a ele — disse fria — que levaria nossa filha comigo. Da outra ponta da linha houve um instante de hesitação. Comunicarei, disse por fim a mulher. Poucos minutos depois, o telefone tocou. Era ainda a secretária: o deputado Sarratore terá enorme satisfação em encontrá-la em seu escritório da piazza Risorgimento. Mas nos dias seguintes o local e a data mudaram sucessivamente: o deputado tinha viajado, o deputado voltara mas tinha compromissos, o deputado estaria em uma longa sessão no parlamento. Eu mesma me surpreendi ao ver como era difícil entrar em contato direto, apesar de minha discreta notoriedade, apesar da carteira de jornalista, apesar de ser a mãe de sua filha, com um representante do povo. Quando finalmente tudo se definiu — o lugar era simplesmente o Montecitorio —, Imma e eu nos arrumamos e partimos para Roma. Ela me perguntou se podia levar seu precioso santinho eleitoral, e eu disse que sim. No trem não tirou os olhos dele, como se preparando para um confronto entre foto e realidade. Uma vez na capital, pegamos um táxi e fomos ao Montecitorio. A cada obstáculo eu mostrava documentos e dizia, sobretudo para que Imma ouvisse: somos aguardadas pelo deputado Sarratore, esta é sua filha, Imma, Imma Sarratore.

Esperamos muito, a certa altura a menina disse ansiosa: será que o povo está segurando ele? Tranquilizei-a: não vai segurá-lo. De fato Nino finalmente chegou, precedido da secretária, uma jovem

muito atraente. Elegantíssimo, radiante, abraçou e beijou a filha com grande afeto, pegou-a nos braços, carregou-a assim por todo o tempo, como se ainda fosse uma menininha. Mas o que mais me espantou foi a imediata intimidade com que Imma se agarrou a seu pescoço e lhe disse feliz, exibindo o santinho: você é mais bonito do que nesta foto, sabe que minha professora votou em você?
Nino prestou muita atenção a ela, pediu que lhe contasse da escola, das matérias de que mais gostava. Não deu muita importância a mim, agora eu pertencia a uma vida passada — uma vida inferior —, e lhe pareceu inútil desperdiçar energias. Falei de Pasquale, ele me escutou sem jamais descuidar da filha, fez apenas um sinal à secretária para que tomasse nota. Ao final do relato, me perguntou sério:
"O que você espera de mim?"
"Que verifique se ele está em boa saúde e se goza de todas as garantias legais."
"Ele está colaborando com a justiça?"
"Não, e duvido que colabore um dia."
"Seria bom que fizesse."
"Como Nadia?"
Esboçou um risinho constrangido.
"Nadia está se comportando da única maneira possível, se não pretende passar o resto da vida na prisão."
"Nadia é uma menina mimada, Pasquale, não."
Não retrucou imediatamente, apertou o nariz de Imma como se fosse um botão e imitou o som de uma campainha. Riram juntos, e então me disse:
"Vou ver qual é a situação de seu amigo, estou aqui para zelar que o direito de todos seja garantido. Mas também lhe digo que os parentes das pessoas que ele assassinou também têm direitos. Não se brinca de rebelde derramando sangue de verdade para depois gritar: temos nossos direitos. Entendeu, Imma?"
"Sim."

"Sim, papai."
"Sim, papai."
"E se a professora a tratar mal, me chame."
Emendei:
"Se a professora a tratar mal, ela vai se virar sozinha."
"Assim como Pasquale Peluso se virou?"
"Pasquale nunca teve ninguém a quem pedir o favor de protegê-lo."
"E isso o justifica?"
"Não, mas é significativo que, no caso de Imma precisar garantir um direito, você lhe diga: me chame."
"Você não me chamou para ajudar seu amigo Pasquale?"
Fui embora nervosíssima e triste, mas para Imma foi o dia mais importante de seus primeiros sete anos de vida.

Os dias passaram. Achei que tivesse sido tempo perdido, e no entanto Nino manteve a palavra, procurou saber de Pasquale. Foi por ele que eu fiquei sabendo, em seguida, coisas que os advogados não sabiam ou omitiam. O envolvimento de nosso amigo em alguns crimes políticos famosíssimos que tinham assombrado a Campânia estava, sim, no centro das confissões detalhadas de Nadia, mas isso já era conhecido há tempos. O fato novo era que ela agora tendia a atribuir tudo a ele, inclusive ações de menor ressonância. Assim, na longa lista de crimes de Pasquale, apareceram também o assassinato de Gino, o de Bruno Soccavo, a morte de Manuela Solara e por fim a de seus dois filhos, Marcello e Michele.

"Que tipo de acordo sua ex-namorada fez com os policiais?", perguntei a Nino na última vez em que o encontrei.
"Não sei."
"Nadia está dizendo um monte de mentiras."
"Não duvido. Mas uma coisa eu sei com certeza: ela está arruinando muita gente que se sentia protegida. Por isso diga a Lina que fique atenta, ela sempre a odiou."

25.

Muitos anos tinham transcorrido, e no entanto Nino não perdia a ocasião de citar Lila, mostrando-se zeloso com ela mesmo à distância. Eu estava ali, diante dele, eu o tinha amado, trazia a meu lado sua filha, que lambia um sorvete de chocolate. Mas ele me considerava apenas uma amiga de juventude a quem encenava o caminho extraordinário que percorrera, dos bancos do liceu à cadeira no parlamento. Naquele nosso último encontro sua maior deferência foi me colocar em seu mesmo nível. Não me lembro a propósito de que ele disse: nós dois, sim, é que subimos muito alto. Mas já enquanto pronunciava aquela frase li em seu olhar que a enunciação de partida era um truque. Considerava-se muito superior a mim, e a prova era que, malgrado meus livrinhos de sucesso, estava diante dele na condição de solicitante. Seus olhos sorriam para mim com cordialidade, como se sugerissem: veja o que você perdeu ao me perder.

Afastei-me depressa com a menina. Tinha certeza de que ele teria outra atitude se Lila estivesse presente. Teria balbuciado, se sentido misteriosamente esmagado, talvez até meio ridículo com aqueles ares de pavão. Quando chegamos à garagem onde eu tinha deixado o automóvel — naquela ocasião eu tinha ido a Roma de carro —, ocorreu-me um dado para o qual nunca havia atinado: somente com ela Nino pusera em risco as próprias ambições. Em Ischia, e depois por todo o ano seguinte, ele se abandonara a uma aventura que só poderia lhe trazer problemas. Uma anomalia, considerando seu percurso de vida. Na época ele já era um estudante universitário muito conhecido e promissor. Se juntara a Nadia — isso hoje está claro para mim — porque ela era filha da professora Galiani, porque a considerara uma chave de acesso ao que então nos parecia uma classe superior. Suas escolhas sempre foram coerentes com sua ambição. Não tinha se casado com Eleonora por interesse? E eu mesma, quando deixei Pietro por ele, não era de fato uma mulher bem inserida, escritora de algum sucesso, ligada a uma editora importante, enfim, útil à sua carreira? E todas as outras senhoras que o haviam ajudado não entravam na mesma lógica? Nino amava as mulheres, é verdade, mas era acima de tudo um cultor das relações úteis. O que sua inteligência produzia jamais teria, por si só, sem a rede de poder que foi tecendo desde rapaz, energia suficiente para se impor. Mas e Lila? Parara na escola fundamental, era a esposa muito jovem de um comerciante, se Stefano descobrisse a relação entre eles poderia matar os dois. Por que, naquele caso, Nino pôs em jogo todo seu futuro?

Ajeitei Imma no carro, a censurei por ter deixado o sorvete escorrer no vestido comprado para aquela ocasião. Dei a partida, saí de Roma. Talvez o que tivesse atraído Nino fosse a impressão de ter encontrado em Lila aquilo que ele também presumira ter e que agora, justamente pelo contraste, descobria que não tinha. Ela possuía inteligência e não tirava proveito disso, ao contrário, a desperdiçava como uma aristocrata para quem todas as riquezas do mundo são apenas um sinal de vulgaridade. Esse era o dado de fato que deve ter deslumbrado Nino: a gratuidade da inteligência de Lila. *Ela se distinguia entre tantas porque, com naturalidade, não se dobrava a nenhum adestramento, a nenhum uso e a nenhum fim.* Todos nós nos dobráramos, e aquele dobrar-se — por meio de provas, fracassos, sucessos — nos redimensionara. Somente Lila, nada nem ninguém parecia redimensioná-la. Ao contrário, mesmo se tornando com o passar dos anos estúpida e intratável como qualquer um, as qualidades que lhe havíamos atribuído permaneceriam intactas, quem sabe até se agigantassem. Mesmo quando a odiávamos, acabávamos por respeitá-la e temê-la. Pensando nisso, não me surpreendia que Nadia, apesar de tê-la encontrado pouquíssimas vezes, a detestasse e quisesse fazer mal a ela. Lila tomara Nino dela. Lila a humilhara em suas crenças revolucionárias. Lila era má e sabia atacar antes de ser atacada. Lila era plebe, mas recusava qualquer redenção. Em suma, Lila era uma inimiga notável e prejudicá-la podia ser uma satisfação pura, sem o adorno do sentimento de culpa que certamente suscitava uma vítima assinalada como Pasquale. Nadia de fato era capaz de pensar assim. Como tudo se amesquinhara com os anos: a professora Galiani, sua casa com vista para o golfo, seus milhares de livros, seus quadros, as conversas cultas, Armando, Nadia também. Era tão graciosa, tão bem-educada, quando a vi na frente da escola com Nino, quando me recebeu naquela festa no belo apartamento dos pais. E ainda tinha algo de incomparável quando se despira de todo privilégio pensando que, em um mundo radicalmente novo, se apresentaria sob vestes bem mais deslumbrantes. Mas e agora? As razões nobres daquele despojamento se dissiparam. Restavam o horror de tanto sangue derramado obtusamente e a infâmia daquela atribuição de culpas ao ex-pedreiro, que antigamente lhe parecera a vanguarda de uma humanidade nova e que agora, junto a tantos outros, lhe servia para reduzir a quase nada as próprias responsabilidades.

Fiquei agitada. Enquanto dirigia para Nápoles pensei em Dede. Senti que ela estava prestes a cometer um equívoco semelhante ao de Nadia, semelhante a todos os equívocos que nos extraviam de nós. Estávamos no final de julho. No dia anterior, Dede tirara a nota máxima no exame de maturidade. Era uma Airota, era minha filha, sua inteligência brilhante só podia dar ótimos frutos. Logo poderia fazer bem melhor do que eu e até do que o pai. O que eu conquistara com esforço diligente e muita sorte, ela arrebatara e continuaria arrebatando em seguida, com desenvoltura, como por direito de nascimento. No entanto qual era seu projeto? Ir se declarar a Rino. Afundar ao lado dele, alijar de si qualquer vantagem, perder-se por espírito de solidariedade e de justiça, pelo fascínio daquilo que não se assemelha a nós, porque nos balbucios daquele rapaz ela via sabe-se lá que mente fora do comum. Perguntei a Imma de supetão, olhando-a pelo espelho retrovisor:

"Você gosta de Rino?"
"Eu não; mas Dede gosta."
"Como é que você sabe?"
"Elsa me contou."
"E quem contou a Elsa?"
"Dede."
"Por que você não gosta de Rino?"
"Porque ele é muito feio."
"E de quem você gosta?"
"De papai."
Vi em seus olhos o ardor que, naquele momento, ela via queimar em torno de seu pai. Uma luz — pensei — que Nino nunca jamais teria se tivesse naufragado com Lila; a mesma luz que, no entanto, Nadia perdera para sempre afundando com Pasquale; e que abandonaria Dede caso ela se perdesse seguindo Rino. De repente senti com vergonha que eu entendia, e justificava, a irritação de Galiani quando vira a filha sentada no colo de Pasquale, entendia e justificava Nino quando de um modo ou de outro se retirara da vida de Lila e, por que não, entendia e justificava Adele quando precisou fazer das tripas coração ao aceitar que eu me casasse com seu filho.

26.

Assim que voltei ao bairro, passei na casa de Lila. Ela estava apática, distraída, mas isso agora já era típico dela, e eu não me preocupei. Relatei minuciosamente o que Nino me dissera e somente no final mencionei aquela frase ameaçadora que lhe dizia respeito. Perguntei:
"Nadia pode lhe fazer mal de verdade?"
Fez um esgar de desinteresse.
"Uma pessoa só pode lhe fazer mal se você gostar de alguém. Mas eu não gosto mais de ninguém."

"E de Rino?"
"Rino foi embora."
Pensei imediatamente em Dede e em suas intenções, me apavorei.
"Para onde?"
Pegou uma folha sobre a mesa e a estendeu a mim, murmurando:
"Escrevia tão bem quando era menino e agora, veja só, virou de novo um analfabeto."
Li o bilhete. De forma muito vacilante, Rino se dizia cansado de tudo, insultava Enzo com dureza, anunciava que ia embora para Bolonha e que ficaria com um amigo que tinha conhecido durante o serviço militar. Seis linhas ao todo. Nenhuma menção a Dede. Meu coração disparava no peito. Aquela letra, aquela ortografia, aquela sintaxe, o que tudo aquilo tinha a ver com minha filha? Até a mãe o sentia como uma promessa frustrada, como uma derrota, talvez até como uma profecia: aí está o que aconteceria com Tina caso não a tivessem levado.
"Foi embora sozinho?", perguntei.
"Com quem você queria que tivesse ido?"
Balancei a cabeça, duvidosa. Ela leu em meus olhos o motivo de minha preocupação e sorriu:
"Está com medo de que ele tenha ido com Dede?"

27.

Corri para casa seguida por Imma. Entrei, chamei Dede, chamei Elsa. Nenhuma resposta. Precipitei-me no quarto onde minhas filhas mais velhas dormiam e estudavam. Dede estava lá, deitada na cama, os olhos queimados de lágrimas. Fiquei aliviada. Pensei que ela tivesse declarado seu amor a Rino e que ele a tivesse dispensado.

Não tive tempo de falar: talvez porque se dera conta do estado da irmã, Imma começou a contar com entusiasmo sobre o pai. Mas Dede a rechaçou com um insulto em dialeto, se levantou, caiu no choro. Fiz sinal a Imma para que não a levasse a mal, falei com doçura a minha filha: eu sei que é terrível, sei muito bem, mas vai passar. A reação foi violenta. Como eu estava alisando seus cabelos, ela fez um movimento brusco com a cabeça e gritou: o que você está dizendo, você não sabe de nada, não compreende nada, só pensa em si mesma e nas idiotices que escreve. Depois me passou uma folha quadriculada, ou melhor, a jogou em minha cara e saiu correndo. Quando entendeu que a irmã estava desesperada, Imma também ficou com os olhos brilhosos. Murmurei para mantê-la ocupada: chame Elsa, vá ver onde ela está, e peguei a folha, era um dia de bilhetes. Imediatamente reconheci a caligrafia de minha segunda filha. Elsa escrevia longamente a Dede. Explicava que não se pode controlar os sentimentos, que Rino a amava fazia tempo e que ela aos poucos se apaixonara. Naturalmente sabia que lhe causaria grande dor e lamentava por isso, mas também sabia que uma eventual renúncia de sua parte à pessoa amada não teria resolvido as coisas. Depois se dirigia a mim num tom quase brincalhão. Dizia que decidira abandonar a escola, que meu culto aos estudos sempre lhe parecera uma tolice, que não eram os livros que tornavam as pessoas boas, mas as pessoas boas que fazem alguns bons livros. Enfatizava que Rino era bom e, no entanto, nunca tinha lido um livro; e também enfatizava que seu pai era bom e tinha escrito ótimos livros. O nexo entre livros, pessoas e bondades se esgotava ali, eu não era citada. Por fim se despedia de mim com afeto e pedia que eu não me chateasse muito: Dede e Imma me dariam as satisfações que ela já não se sentia apta a me dar. À irmã caçula dedicava um coraçãozinho alado.

Fiquei furiosa. Investi contra Dede, que não tinha sido capaz de perceber como a irmã, segundo seu costume, pretendia surru-

piar-lhe o que lhe era mais precioso. Você devia ter compreendido, gritei, devia ter interrompido a ação dela, você é tão inteligente e se deixa trapacear por uma espertinha vaidosa. Então corri para baixo e disse a Lila:
"Seu filho não foi embora sozinho, seu filho levou Elsa com ele."
Ela me olhou desorientada:
"Elsa?"
"Sim. E Elsa é menor de idade, Rino é nove anos mais velho, juro por Deus que vou denunciar o caso à justiça."
Ela caiu na risada. Não era uma risada maldosa, mas incrédula. Ria e dizia aludindo ao filho:
"Mas veja só o estrago que ele foi capaz de causar, eu o subestimei. Ele fez suas duas senhoritas perderem a cabeça, nem posso acreditar. Lenu, venha cá, se acalme, se sente. Se você pensar bem, é mais para rir que para chorar."
Gritei em dialeto que não achava nada engraçado naquilo, que o que Rino tinha feito era gravíssimo, que de fato eu estava indo à delegacia. Então ela mudou de tom, apontou a porta e me disse:
"Vá falar com os guardas, vá, está esperando o quê?"
Eu fui, mas naquele momento desisti da polícia e voltei para casa subindo os degraus de dois em dois. Gritei a Dede: quero saber aonde aqueles dois foram, me diga imediatamente. Ela se assustou, Imma tapou as orelhas com as mãos, mas não me acalmei enquanto Dede não admitiu que Elsa tinha conhecido o amigo bolonhês de Rino numa vez em que ele viera ao bairro.
"Você sabe o nome dele?"
"Sei."
"Tem o endereço, o telefone?"
Ela tremeu, estava a ponto de me dar as informações que eu queria. Depois, embora odiasse a irmã mais do que Rino, deve ter pensado que delatar era infame e se calou. Eu me vi sozinha, gritei, e me pus a vasculhar as coisas dela, revistei a casa inteira. Depois

parei. Enquanto eu procurava numa das folhas inumeráveis uma anotação no diário escolar, me dei conta de que outras coisas estavam faltando. Todo o dinheiro que eu normalmente guardava numa gaveta havia sumido, e além disso não estavam lá minhas joias, nem sequer o bracelete de minha mãe. Elsa sempre tivera grande apego àquele bracelete. Dizia meio brincando e meio a sério que, se tivesse feito um testamento, a avó o deixaria com ela, e não comigo.

28.

Aquela descoberta me deixou ainda mais determinada, e Dede por fim me passou o endereço e o número de telefone que eu procurava. Quando se decidiu, desprezando-se por ter cedido, gritou para mim que eu era idêntica a Elsa, que eu não respeitava nada nem ninguém. Mandei-a calar a boca e me agarrei ao telefone. O amigo de Rino se chamava Moreno, e eu o ameacei. Disse que sabia que ele traficava heroína, que o prejudicaria a ponto de ele nunca mais sair da cadeia. Não obtive nada dele. Jurou que não sabia nada de Rino, que se lembrava de Dede, mas que essa filha de que eu falava, Elsa, ele nunca conhecera.

Voltei para Lila. Ela mesma abriu a porta, mas dessa vez também estava Enzo, que me tratou com gentileza e me fez sentar. Falei que queria ir imediatamente a Bolonha, pedi a Lila em tom imperativo que me acompanhasse.

"Não é preciso", ela respondeu, "você vai ver que eles voltam assim que o dinheiro acabar."

"Rino tirou quanto de você?"

"Nada. Ele sabe que se pegar dez liras minhas eu acabo com ele."

Me senti humilhada. Murmurei:

"Elsa pegou meu dinheiro e minhas joias."

"Porque você não soube educá-la."

Enzo disse a ela:
"Pare com isso."
Ela reagiu bruscamente:
"Falo quanto quiser. Meu filho se droga, meu filho não estudou, meu filho fala e escreve mal, meu filho é um encostado, meu filho tem todas as culpas. Mas quem rouba é sua filha, quem trai a irmã é Elsa."
Enzo me disse:
"Vamos, eu vou com você até Bolonha."
Fomos de carro, viajamos de noite. Eu tinha acabado de voltar de Roma, a viagem de automóvel me esgotara. A dor e a fúria que me tomaram tinham absorvido todo resíduo de força e, agora que a tensão estava baixando, me sentia exausta. Sentada ao lado de Enzo, enquanto saíamos de Nápoles e pegávamos a autoestrada, comecei a ficar ansiosa por ter deixado Dede, a ter medo pelo que pudesse acontecer a Elsa, a sentir certa vergonha por ter assustado Imma, pelo modo como falara com Lila, me esquecendo de que Rino era seu único filho. Não sabia se telefonava a Pietro nos Estados Unidos para dizer que viesse logo, não sabia se de fato recorreria à polícia. "Vamos resolver tudo entre nós", disse Enzo afetando segurança, "não se preocupe, é inútil prejudicar o rapaz."
"Não quero prestar queixa contra Rino", expliquei, "só quero que encontrem Elsa."
Era verdade. Murmurei que desejava recuperar minha filha, voltar para casa, fazer as bagagens, não ficar nem mais um minuto naquela casa, no bairro, em Nápoles. Não faz sentido, lhe disse, que eu e Lila agora comecemos a brigar sobre quem educou melhor os filhos, se o que ocorreu foi culpa do dela ou da minha, não aguento isso.
Enzo me ouviu longamente, em silêncio; depois, embora o percebesse há tempos irritado com Lila, começou a justificá-la.

Não falou de Rino ou das preocupações que ele dava à mãe, mas de Tina. Disse: se uma criatura de poucos anos morre, está morta, acabada, mais cedo ou mais tarde você se conforma com isso. Porém, se ela desaparece, se não se sabe mais nada a seu respeito, não há nada que reste no lugar dela, em nossa vida. Tina vai voltar ou não volta nunca mais? E, quando voltar, vai voltar viva ou morta? A cada momento — murmurou — você se pergunta onde ela está. Vive como cigana pelas ruas? Está na casa de gente rica e sem filhos? Fazem coisas horríveis com ela e depois vendem suas fotos ou vídeos? Foi esquartejada e venderam seu coração por uma fortuna para que batesse no peito de outra criança? Suas outras partes estão debaixo da terra, foram queimadas? Ou está inteira debaixo da terra, porque morreu acidentalmente após ser raptada? E se a terra e o fogo não a consumiram, e ela está crescendo quem sabe onde, que aspecto terá agora, como se transformará em seguida, se a encontrarmos na rua a reconheceremos? E se a reencontrarmos, quem vai nos devolver tudo o que perdemos dela, tudo o que aconteceu enquanto não estávamos, e Tina, que era pequena, se sentiu abandonada?

A certa altura, enquanto Enzo me falava com frases embargadas e densas, notei suas lágrimas à luz dos faróis e entendi que não falava apenas de Lila, mas estava tentando expressar também o próprio sofrimento. Aquela viagem com ele foi importante, ainda hoje para mim é difícil imaginar um homem com uma sensibilidade mais fina que a dele. No início me falou o que todo dia, toda noite, naqueles quatro anos, Lila lhe sussurrara ou gritara. Depois me incentivou a contar sobre meu trabalho e minhas insatisfações. Falei-lhe das meninas, dos livros, dos homens, dos ressentimentos, da necessidade de aprovação. E acenei àquele meu escrever incessante, que agora se tornara uma obrigação, me esforçava dia e noite para me sentir presente, para não ser posta à margem, para lutar contra quem me considerava uma mulherzinha intrusiva e sem talento: perseguidores — murmurei — cujo único objetivo é me fazer perder público, mas não porque são movidos por sabe--se lá que motivos elevados, e sim pelo gosto de impedir que eu melhore, ou visando reservar a si e a seus protegidos um miserável poder em prejuízo meu. Deixou que eu desabafasse, elogiou a energia que eu punha nas coisas. Veja — disse — como você se apaixona. Essa sua inquietação a ancorou ao mundo que você escolheu, lhe deu uma competência ampla e detalhada sobre ele, acima de tudo a engajou em todos os sentimentos. Assim a vida a levou por aí, e Tina, para você, é certamente um episódio atroz, lhe dá tristeza pensar nele, mas é também, a essa altura, um fato distante. Já para Lila, em todos esses anos, o mundo desabou sobre ela quase por acaso e escoou no vazio deixado pela filha como a chuva que cai pela calha. Ela continuou presa a Tina, e lhe veio o rancor contra tudo o que permanece vivo, que cresce e prospera. Claro, disse, ela é forte, me trata malíssimo, invoca com você, diz coisas horríveis. Mas você nem imagina quantas vezes ela desmaiou enquanto parecia tranquila, lavando os pratos ou olhando o estradão pela janela.

29.

Em Bolonha não achamos nenhum vestígio de Rino e de minha filha, ainda que Moreno, assustado com a calma feroz de Enzo, nos tenha levado por ruas e locais que, segundo ele, se estivessem na cidade, com certeza os dois teriam uma boa acolhida. Enzo ligou várias vezes para Lila, eu, para Dede. Esperávamos que surgissem boas notícias, mas não foi assim. Naquela altura, me vi tomada por uma nova crise, já não sabia o que fazer. Tornei a tocar no assunto:
"Vou à polícia."
Enzo sacudiu a cabeça.

"Espere mais um pouco."
"Rino acabou com a vida de Elsa."
"Você não pode dizer isso. Precisa tentar ver suas filhas como elas realmente são."
"É o que faço sempre."
"Sim, mas não faz bem. Elsa faria qualquer coisa para ferir Dede, e as duas só se amam e estão de acordo num único ponto: atormentar Imma."
"Não me faça dizer coisas ruins: é Lila quem deve pensar assim, e você só repete o que ela diz."
"Lila gosta de você, a admira, tem afeto por suas filhas. Sou eu que vejo as coisas assim, e estou falando para ajudá-la a raciocinar. Se acalme, você vai ver que vamos encontrar os dois."

Não os encontramos e decidimos voltar a Nápoles. Mas nos arredores de Florença Enzo quis telefonar para Lila de novo e saber se havia novidades. Quando desligou, me disse perplexo:

"Dede precisa falar com você, mas Lila não sabe o motivo."
"Ela está na casa de vocês?"
"Não, na sua."

Liguei imediatamente, temi que Imma estivesse mal. Dede nem me deu tempo de falar e disse:

"Vou amanhã mesmo para os Estados Unidos, vou estudar lá."

Tentei não gritar:

"Agora não é o momento para isso, assim que for possível vamos falar com papai".

"Uma coisa precisa ficar clara, mamãe: Elsa só volta para esta casa quando eu tiver ido embora."

"Agora o mais urgente é saber onde ela está."

Ela gritou comigo em dialeto:

"Aquela cretina acabou de ligar, está na casa da vovó."

30.

A vovó era obviamente Adele, e telefonei a meus sogros. Guido atendeu e passou com frieza para a esposa. Adele foi cordial, me disse que Elsa estava lá e acrescentou: não apenas ela.

"O rapaz também está?"

"Está."

"Você se incomoda se eu for para aí?"

"Pode vir, estamos esperando."

Pedi que Enzo me deixasse na estação de Florença. A viagem foi complicada, atrasos, esperas, aborrecimentos de todo tipo. Pensei em Elsa que, com sua esperteza inventiva, acabou envolvendo Adele. Se Dede era incapaz de trapaças, ela dava o melhor de si quando se tratava de inventar estratégias capazes de protegê-la e, se possível, garantir-lhe a vitória. Era evidente que tinha planejado me impor Rino na presença da avó, uma pessoa que — ela e a irmã sabiam muito bem — me aceitara como nora de má vontade. Durante toda a viagem me senti aliviada por saber que ela estava protegida e a odiei pela situação em que estava me metendo.

Cheguei a Gênova preparada para um embate duro. Mas encontrei Adele muito receptiva e Guido gentil. Quanto a Elsa — vestida para festa, maquiladíssima, o bracelete de minha mãe no pulso, exibindo o anel que anos antes seu pai me dera de presente —, foi afetuosa e desenvolta como se achasse inconcebível que eu pudesse estar chateada com ela. O único silencioso, sempre de olhos baixos, era Rino, tanto que me deu pena e acabei sendo mais hostil com minha filha do que com ele. Talvez Enzo tivesse razão, naquela história toda o rapaz tinha um papel de pouquíssima relevância. Não tinha nada da dureza e da ousadia da mãe, foi Elsa quem o arrastou com ela, seduzindo-o só para fazer mal a Dede. As raras vezes em que teve coragem de me encarar, lançou-me olhares de cão fiel.

Logo entendi que Adele recebera Elsa e Rino como se faz com um casal: tinham um quarto só para eles, toalhas, dormiam juntos. Elsa ostentou sem problemas aquela intimidade ratificada pela avó, talvez até a acentuando para mim. Quando, depois do jantar, os dois se retiraram de mãos dadas, minha sogra tentou me fazer confessar minha aversão por Rino. É uma menina, disse a certo ponto, não sei o que viu nesse rapaz, é preciso ajudá-la a sair disso. Respondi me esforçando: é um bom rapaz, mas, mesmo que não fosse, ela está apaixonada e não há muito que fazer. Agradeci por tê-la acolhido com afeto, sem preconceitos, e fui dormir.

Mas passei toda a noite pensando na situação. Se eu tivesse errado nem meia frase, provavelmente teria arrasado minhas duas filhas. Não podia separar Elsa e Rino com um corte preciso. Não podia obrigar as duas irmãs a um convívio impossível naquele momento: o que tinha acontecido era grave, e por um tempo as duas meninas não poderiam mais viver sob o mesmo teto. Pensar numa transferência para outra cidade só complicaria as coisas, Elsa insistiria em continuar com Rino. Logo me dei conta de que, se quisesse levar Elsa de volta para casa e conseguir que completasse seus estudos até o fim do liceu, precisaria abrir mão de Dede e mandá-la de fato para o pai. Assim, no dia seguinte, instruída por Adele sobre o melhor horário para ligar (descobri que ela e o filho se falavam com frequência), conversei com Pietro. A mãe já o tinha informado em detalhes o que acontecera, e por seu mau humor deduzi que o verdadeiro sentimento de Adele sobre aquele episódio não era certamente aquele que ela demonstrava a mim. Pietro me disse grave:

"Precisamos tentar entender que raça de pai nós fomos e de que privamos nossas filhas."

"Você está dizendo que eu não fui e não sou uma boa mãe?"

"Estou dizendo que é preciso uma continuidade dos afetos, e que nem eu nem você soubemos assegurá-la a Dede e Elsa."

Então o interrompi, anunciei que ele teria a oportunidade de ser pai em tempo integral pelo menos com uma de nossas meninas: Dede queria se transferir imediatamente para a casa dele, viajaria o mais rápido possível.

Não recebeu bem a notícia, se calou, tergiversou, disse que ainda estava em fase de adaptação e que precisaria de tempo. Respondi: você conhece Dede, os dois são idênticos, mesmo que você diga não, ela logo estará aí.

No mesmo dia, assim que tive a ocasião de conversar frente a frente com Elsa, a enfrentei sem nenhuma consideração por seus caprichos. Fiz que me devolvesse o dinheiro, as joias e o bracelete de minha mãe, que pus imediatamente, escandindo: nunca mais toque em minhas coisas.

Ela assumiu tons conciliadores, eu, não; sibilei que não hesitaria um minuto em denunciar primeiramente Rino, e depois ela. Assim que tentou replicar, a empurrei contra uma parede e ergui a mão para acertá-la. Devia ter uma expressão terrível, porque ela caiu no choro, aterrorizada.

"Eu odeio você", soluçou, "não quero te ver nunca mais, não vou mais botar os pés naquela merda de lugar onde você nos obrigou a viver."

"Tudo bem, você vai ficar aqui o verão inteiro, se seus avós não a expulsarem antes."

"E depois?"

"Depois, em setembro, você volta para casa, retoma a escola, vai estudar e morar com Rino em nosso apartamento até se encher."

Ela me olhou estupefata, houve um longo intervalo de incredulidade. Eu tinha pronunciado aquelas palavras como se anunciasse a mais terrível das punições, e ela as recebeu como um gesto de surpreendente generosidade.

"É verdade?"

"É."

"Eu nunca vou me encher."
"Veremos."
"E tia Lina?"
"Tia Lina vai concordar."
"Não queria fazer mal a Dede, mamãe, eu amo Rino, aconteceu."
"Vai acontecer outras mil vezes."
"Não é verdade."
"Pior para você. Quer dizer que vai amar Rino pelo resto da vida."
"Você está zombando de mim."
Disse que não, simplesmente sentia todo o ridículo daquele verbo na boca de uma garotinha.

31.

Voltei ao bairro, comuniquei a Lila o que havia proposto aos dois meninos. Foi uma troca fria, quase uma tratativa.
"Eles vão ficar em sua casa?"
"Sim."
"Se estiver bom para você, para mim também está."
"Quanto às despesas, dividimos."
"Eu posso pagar tudo."
"Por agora eu tenho dinheiro."
"Por agora eu também tenho."
"Então estamos acertadas."
"Como Dede reagiu?"
"Bem. Viaja daqui a duas semanas, vai encontrar o pai."
"Diga que venha se despedir de mim."
"Não acredito que venha."
"Então diga a ela que mande lembranças a Pietro."
"Vou dizer."
De repente senti uma grande dor e falei:

"Em poucos dias perdi duas filhas."
"Não use essa expressão: você não perdeu nada, ao contrário, ganhou um filho homem."
"Foi você que conduziu tudo para essa direção."
Franziu o cenho, pareceu desorientada.
"Não sei de que você está falando."
"Você sempre tem que aliciar, bater, ferir."
"Agora vai embirrar comigo pelas confusões que suas filhas aprontam?"
Murmurei estou cansada e me retirei.

Na realidade, durante dias, semanas, não pude deixar de pensar que Lila não suportava os equilíbrios de minha vida e por isso buscava miná-los. Sempre tinha sido assim, mas depois do desaparecimento de Tina ela piorara: fazia um movimento, observava as consequências, fazia outro movimento. O objetivo? Talvez nem ela soubesse. O certo é que as duas irmãs tinham rompido o relacionamento, Elsa estava numa grande enrascada, Dede ia embora e eu continuaria no bairro quem sabe por quanto tempo ainda.

32.

Preparei a partida de Dede. De tanto em tanto lhe dizia: fique, você vai me dar uma grande dor. Ela respondia: você é tão ocupada que nem vai perceber que eu fui embora. Insistia: Imma adora você, e Elsa também, vocês vão se entender, vai passar. Mas Dede não queria nem ouvir o nome da irmã, assim que a mencionava ela assumia uma expressão de desgosto e saía batendo a porta.

Numa noite antes da partida, de repente ficou palidíssima — estávamos jantando — e começou a tremer. Murmurou: não consigo respirar. Imma rapidamente lhe serviu água. Dede deu um gole, então saiu de seu lugar e veio sentar em meu colo. Foi um fato totalmente novo. Ela era grande, mais alta que eu, há tempos parara de ter qualquer mínimo contato corporal comigo, se por acaso nos tocávamos ela escapava como por repulsa. Fiquei surpresa com seu peso, o calor, o quadril farto. Abracei-a pela cintura, ela pôs os braços em volta de meu pescoço e chorou soluçando forte. Imma deixou seu lugar na mesa, se aproximou, tentou ser envolvida no mesmo abraço. Deve ter pensado que a irmã não viajaria mais e nos dias seguintes estava alegre, comportando-se como se tudo tivesse voltado ao normal. Mas o fato é que Dede foi embora, aliás, depois daquele abandono, mostrou-se cada vez mais dura e explícita. Com Imma foi afetuosa, beijou-a cem vezes, disse: quero pelo menos uma carta por semana. Quanto a mim, deixou-se abraçar e beijar, mas sem retribuir. Cerquei-a de cuidados, fiz de tudo para atender seus desejos, não adiantou. Quando me queixei de sua frieza, disse: não há possibilidade de ter uma relação autêntica com você, as únicas coisas que importam são o trabalho e tia Lina; não há nada que não seja tragado para dentro disso, a verdadeira punição para Elsa é continuar aqui: tchau, mamãe.

De positivo houve apenas que ela voltou a chamar a irmã pelo nome.

33.

Quando nos primeiros dias de setembro Elsa voltou para casa, esperei que, com sua vivacidade, ela espantasse a impressão de que Lila realmente havia conseguido me puxar para dentro de seu vazio. Mas não foi assim. Em vez de dar vida nova ao apartamento, a presença de Rino na casa o tornou cinzento. Era um rapaz afetuoso, completamente devotado a Elsa e a Imma, que o tratavam como seu criado. Eu mesma, devo dizer, adquiri o hábito de lhe solicitar mil tarefas tediosas — especialmente enfrentar as longas filas dos correios —, e, livrando-me delas, tive mais tempo para trabalhar. Mas ficava deprimida ao ver em torno de mim aquele corpanzil lento, disponível ao mais leve aceno e no entanto abatido, sempre obediente exceto quando se tratava de respeitar prescrições fundamentais, como erguer a tampa do vaso para urinar, deixar a banheira limpa, não largar meias e cuecas sujas pelo chão.

Elsa não movia uma palha para melhorar a situação, ao contrário, a complicava de bom grado. Não gostava das afetações que ela fazia com Rino diante de Imma, detestava aquela encenação de mulher desinibida quando de fato ela era uma menina de quinze anos. Acima de tudo não tolerava o estado em que deixava o quarto onde antes dormia com Dede e que agora dividia com Rino. Levantava-se da cama sonolenta para ir à escola, tomava o café depressa e ia embora. Pouco depois aparecia Rino, por mais de uma hora comia de tudo, se trancava no banheiro por pelo menos outra meia hora, se vestia, vadiava, saía, ia buscar Elsa na escola. Na volta, comiam alegremente e logo se fechavam no quarto.

Aquele cômodo era como o local de um delito, Elsa não queria que se tocasse em nada. Mas nenhum dos dois cuidava de abrir a janela, de arrumá-lo um pouco. Eu mesma fazia isso antes de Pinuccia chegar, me irritava que ela sentisse o cheiro de sexo, que encontrasse vestígios de seus relacionamentos.

Pinuccia não gostava daquela situação. Quando se tratava de roupas, sapatos, maquiagem, penteados, mostrava-se admirada com aquilo que chamava de minha modernidade, mas naquele caso específico logo deu a entender, e de todas as maneiras, que eu havia feito uma escolha moderna demais, de resto uma opinião que devia ser muito difusa no bairro. Certa manhã, foi muito desagradável topar com ela diante de mim, enquanto eu tentava trabalhar, segurando um jornal de onde despontava um preservativo amarrado para evitar que o esperma escorresse. Encontrei no pé da cama, me disse enojadíssima. Fiz de conta que nada acontecera. Não precisa me mostrar, comentei continuando a escrever no computador, a cesta de lixo está lá para isso.

Na verdade eu não sabia como me comportar. A princípio pensei que, com o tempo, tudo melhoraria. No entanto as coisas só se complicaram. Todo dia havia desentendimentos com Elsa, mas eu tentava não exagerar, ainda sentia a ferida da partida de Dede e não queria perdê-la também. Assim procurei cada vez mais Lila para lhe dizer: fale com Rino, ele é um bom rapaz, tente explicar que ele precisa ser um pouco mais organizado. Mas parecia que ela só estava esperando minhas recriminações para puxar briga.

"Mande-o de volta para cá", irritou-se numa manhã, "chega dessa idiotice de morar em sua casa. Aliás, vamos fazer assim: espaço há, quando sua filha quiser encontrá-lo, ela desce, bate na porta e, se quiser, dorme aqui."

Me aborreci. Minha filha deveria bater e perguntar a ela se podia dormir com seu filho? Resmunguei:

"Não, está bem assim."

"Se está bem assim, sobre o que estamos discutindo?"

Bufei:

"Lila, só estou lhe pedindo que fale com Rino: ele tem vinte e quatro anos, diga que se comporte como um adulto. Eu não quero brigar o tempo todo com Elsa, vou acabar perdendo a calma e a expulsando de casa."

"Então o problema é sua filha, não o meu."

Naquelas ocasiões a tensão subia rapidamente, mas acabava sem saída: ela ironizava, eu voltava para casa frustrada. Numa noite estávamos jantando quando das escadas partiu seu grito intransigente: queria que Rino fosse vê-la imediatamente. Ele ficou agitado, Elsa se ofereceu para acompanhá-lo. Mas assim que Lila pôs os olhos nela, disse: são assuntos nossos, volte para sua casa. Minha filha subiu cabisbaixa e enquanto isso, no andar de baixo, explodiu uma briga violentíssima. Lila berrava, Enzo berrava, Rino berrava.

Eu sofri por Elsa, que torcia as mãos ansiosa e dizia: mamãe, faça alguma coisa, o que está acontecendo, por que o tratam assim?
Não falei nada, não fiz nada. A briga terminou, passou certo tempo, Rino não subiu. Então Elsa me obrigou a ir ver o que tinha acontecido. Desci e quem me abriu a porta não foi Lila, mas Enzo. Estava esgotado, deprimido, não me convidou a entrar. Disse:
"Lila me falou que o rapaz não está se comportando bem, por isso a partir de agora ele vai ficar aqui."
"Me deixe falar com ela."
Discuti com Lila até tarde da noite, Enzo se trancou no quarto, sombrio. Entendi quase imediatamente que ela queria que lhe implorassem. Tinha intervindo, recuperara seu meninão, o humilhara. Agora desejava que eu lhe dissesse: seu filho é como se fosse meu filho, está ótimo que ele fique lá em casa, que durma com Elsa, não vou me queixar mais. Resisti longamente, depois cedi e trouxe Rino de volta para casa. Assim que saímos do apartamento, ouvi que ela e Enzo voltaram a brigar.

34.

Rino ficou muito agradecido.
"Eu lhe devo tudo, tia Lenu, você é a melhor pessoa que eu conheço e sempre vou lhe querer bem."
"Rino, eu não sou nada boa. Você só precisa me fazer o favor de lembrar que temos apenas um banheiro e que esse banheiro, além de servir a Elsa, é usado também por mim e por Imma."
"Tem toda razão, me desculpe, às vezes eu me distraio, não vou mais fazer isso."
Ele se desculpava continuamente, se distraía continuamente. A seu modo, agia de boa-fé. Declarou mil vezes que queria procurar um emprego, que queria contribuir com as despesas da casa, que

ficaria atento para não me causar nenhum tipo de incômodo, que tinha por mim um apreço sem limites. Mas trabalho ele não achou nenhum, e a vida, em todos os aspectos mais desagradáveis da cotidianidade, continuou como antes ou talvez pior. No entanto parei de recorrer a Lila, dizia apenas: está tudo bem.

Era cada vez mais claro para mim que a tensão entre ela e Enzo estava aumentando, e eu não queria servir de estopim aos seus ataques. O que há algum tempo me preocupava era que a natureza de suas brigas tinha mudado. No passado Lila gritava e Enzo na maioria das vezes se calava. Mas de uns tempos para cá não era mais assim. Ela estrilava, com frequência eu ouvia o nome de Tina, e sua voz filtrada pelo pavimento parecia uma espécie de uivo doentio. Depois Enzo explodia de repente. Gritava, e seu grito se expandia numa torrente tumultuosa de palavras exasperadas, todas num dialeto violento. Lila então parava subitamente, enquanto Enzo berrava não se escutava a voz dela. Mas assim que ele se calava, ouvia-se a porta batendo. Eu prestava atenção aos passos de Lila pelas escadas, na entrada do prédio. Depois suas passadas se perdiam entre os rumores do tráfego no estradão.

Até pouco tempo atrás Enzo correria atrás dela, mas agora não fazia mais isso. Eu pensava: talvez eu deva descer, conversar com ele, dizer: você mesmo me contou como Lina continua sofrendo, seja compreensivo. Mas desistia e esperava que ela voltasse logo. No entanto ela passava o dia todo fora e às vezes a noite também. O que fazia? Imaginava que se refugiasse na biblioteca, como Pietro me contara. Ou que vagasse por Nápoles examinando cada palácio, cada igreja, cada monumento, cada lápide. Ou que misturasse as duas coisas: primeiro explorava a cidade, depois ia ver nos livros para se informar. Tomada pelos acontecimentos, não tive tempo nem vontade de puxar conversa sobre aquela sua nova mania, nem ela de resto tocou no assunto comigo. Mas eu sabia quanto ela era capaz de se tornar obsessivamente concentrada quando algo a interessava, e não me espantava que pudesse dedicar tanto tempo e energia a isso. Só me vinha alguma preocupação quando aqueles sumiços se seguiam aos gritos, e a sombra de Tina se soldava àquele perder-se pela cidade noturna. Então me ocorriam as galerias de tufo nos subterrâneos da cidade, as catacumbas com intermináveis cabeças de defunto, as caveiras de bronze que introduzem às almas infelizes da igreja de Purgatorio ad Arco. E às vezes ficava acordada até escutar o portão bater e seus pés subindo as escadas.

Num daqueles dias tenebrosos, aconteceu que a polícia se apresentou. Tinha havido uma briga, ela foi embora como sempre. Apareci assustada na janela, vi os policiais se dirigindo ao nosso edifício. Fiquei aterrorizada, pensei que algo tivesse acontecido a Lila. Corri ao patamar. Os policiais procuravam Enzo, tinham vindo prendê-lo. Tentei me intrometer, entender o caso. Fui silenciada com maus modos, e o levaram embora algemado. Enquanto descia as escadas, Enzo gritou para mim em dialeto: quando Lila voltar, diga que não se preocupe, é uma idiotice.

35.

Por muito tempo foi difícil entender de que ele era acusado. Lila suspendeu toda atitude hostil em relação a ele, juntou forças e cuidou apenas dele. Manteve-se silenciosa e determinada naquela nova provação. Só se enfureceu quando descobriu que o Estado — como ela não tinha nenhum vínculo oficial com Enzo e nunca se separara de Stefano — não queria reconhecer um estatuto equivalente ao de esposa e, consequentemente, a possibilidade de visitá-lo. Passou então a gastar bastante dinheiro para lhe prestar assistência por canais não oficiais e também para que ele a sentisse próxima.

Nesse meio-tempo, voltei a recorrer a Nino. Sabia por Marisa que esperar qualquer ajuda dele era inútil, ele não mexia uma palha nem pelo pai, nem pela mãe ou pelos irmãos. Mas comigo ele de novo colaborou prontamente, talvez para impressionar Imma, talvez porque se tratava de mostrar seu poder a Lila, mesmo que de maneira indireta. De todo modo, nem ele conseguiu entender exatamente qual era a situação de Enzo, e em diferentes momentos me deu versões conflitantes, às quais ele mesmo atribuía escassa confiabilidade. O que tinha acontecido? Com certeza, durante suas confissões atabalhoadas, Nadia havia citado o nome de Enzo. Com certeza havia exumado o período em que Enzo frequentara com Pasquale o coletivo de operários-estudantes na via dei Tribunali. Com certeza atribuíra a ambos pequenas ações de alerta, realizadas em anos já bem distantes, contra os bens de oficiais da Otan residentes na via Manzoni. Com certeza os investigadores estavam tentando implicar Enzo em muitos dos crimes que haviam atribuído a Pasquale. Mas nesse ponto as certezas acabavam e começavam as suposições. Talvez Nadia tivesse afirmado que Enzo recorrera a Pasquale para crimes de natureza não política. Talvez Nadia tenha declarado que algumas daquelas ações sanguinárias — em especial o assassinato de Bruno Soccavo — tinham sido executadas por Pasquale e planejadas por Enzo. Talvez Nadia tenha dito que ficou sabendo pelo próprio Pasquale que quem matou os irmãos Solara foram três: ele, Antonio Cappuccio e Enzo Scanno, amigos de infância que cometeram aquele crime movidos por uma longa solidariedade e por um rancor igualmente duradouro.

Eram anos complicados. A ordem do mundo em que tínhamos crescido estava se dissolvendo. As velhas competências devidas ao longo estudo e à ciência do bom caminho político pareciam de repente um modo insensato de empregar o tempo. Anarquista, marxista, gramsciano, comunista, leninista, trotskista, maoísta, proletarista estavam rapidamente se tornando etiquetas retrógradas ou, pior, uma marca de ferocidade. A exploração do homem pelo homem e a lógica da otimização dos lucros, que antes eram consideradas uma abominação, agora tinham voltado a ser em toda parte os pilares da liberdade e da democracia. Enquanto isso, por vias legais e ilegais, todas as contas que ficaram abertas dentro do Estado e das organizações revolucionárias estavam se fechando com mão pesada. Era fácil acabar assassinado ou na prisão, e entre a gente comum começou um corre-corre. Aqueles como Nino — que tinha assento no parlamento —, ou como Armando Galiani — que agora gozava de certa fama graças à televisão —, haviam intuído a tempo que o clima estava mudando e se adaptaram rapidamente à nova era. Quanto àqueles como Nadia, evidentemente tinham sido bem assessorados e agora estavam lavando a própria consciência com um gotejamento de delações. Mas pessoas como Pasquale e Enzo, não. Imagino que eles continuaram a pensar, a se exprimir, a atacar e se defender recorrendo a palavras de ordem que tinham aprendido nos anos 1960 e 1970. Na verdade Pasquale prosseguiu sua batalha mesmo dentro da cadeia e não disse uma palavra aos servidores do Estado, nem para acusar, nem para se desculpar. Já Enzo com certeza falou. Com seu modo vacilante, sopesando cuidadosamente cada palavra, expôs seus sentimentos de comunista, mas ao mesmo tempo rejeitou as acusações que eram feitas contra ele.

Por sua vez, Lila concentrou sua agudeza, seu péssimo gênio e advogados caríssimos na batalha para tirá-lo daquela enrascada. Enzo estrategista? Combatente? Mas quando, se havia anos trabalhava dia e noite na Basic Sight? Como seria possível matar os Solara em parceria com Antonio e Pasquale, se naquelas horas ele estava em Avellino, e Antonio, na Alemanha? Como se não bastasse, mesmo admitindo que fosse possível, os três amigos eram conhecidíssimos no bairro e, mascarados ou não, teriam sido reconhecidos.

Mas de nada adiantou, a máquina da justiça — como se diz — seguiu em frente e a certa altura temi que até Lila fosse presa. Nadia não parava de soltar nomes. Prenderam alguns dos que tinham integrado o coletivo da via dei Tribunali — um trabalhava na FAO, outro era funcionário de banco —, e acabou sobrando até para a ex-mulher de Armando, uma tranquila dona de casa que se casara com um técnico do Enel. Nadia só poupou duas pessoas: o irmão e, apesar dos temores difusos, Lila. Talvez a filha da professora Galiani tenha pensado que, ao atingir Enzo, já a golpeara em profundidade. Ou talvez a odiasse e respeitasse ao mesmo tempo, tanto que depois de muitas incertezas resolveu mantê-la de fora. Ou talvez tivesse medo dela, e temeu um confronto direto. Mas prefiro a hipótese de que ela tenha sabido da história de Tina e acabou se apiedando, ou melhor, tenha pensado que, se uma mãe passa por uma experiência daquela, não há mais nada que realmente possa feri-la.

Enquanto isso, pouco a pouco as acusações imputadas a Enzo foram se revelando sem fundamento, a justiça perdeu força, se cansou. No fim das contas, depois de muitos meses, quase nada ficou de pé contra ele: a velha amizade com Pasquale, a militância no comitê operário-estudantil nos tempos de San Giovanni a Teduccio, o fato de que a casa semiarruinada nas montanhas do Serino, onde Pasquale esteve escondido, era alugada a um de seus parentes de Avellino. De etapa judicial em etapa judicial, aquele que fora considerado um líder perigoso, idealizador e executor de crimes brutais, acabou sendo degradado a simpatizante da luta armada. Quando até mesmo essas simpatias se revelaram opiniões genéricas, que jamais se efetivaram em ações criminosas, Enzo finalmente voltou para casa.

Mas quase dois anos tinham transcorrido desde sua detenção, e no bairro se consolidara a fama de que ele era um terrorista muito mais perigoso que Pasquale Peluso. Pasquale — diziam as pessoas nas ruas e no comércio — todos nós conhecemos desde menino, sempre trabalhou, sua única culpa foi a coerência de homem íntegro que, para não se despir das roupas de comunista que seu pai costurara para ele, mesmo depois da queda do muro de Berlim, assumiu a culpa de outros e nunca vai se render. Já Enzo — diziam — é muito inteligente, soube se disfarçar bem com seus silêncios e com os milhões da Basic Sight, mas sobretudo tem atrás de si, a conduzi-lo, Lina Cerullo, sua alma negra, mais inteligente e mais perigosa que ele: esses dois, sim, deviam ter feito coisas terríveis. Assim, de maledicência em maledicência, imprimiu-se neles a marca de quem não só havia derramado sangue, mas também fora tão esperto a ponto de acabar se safando.

Naquele clima a empresa deles, já em dificuldades pelo desinteresse de Lila e pela fortuna que ela gastara com advogados, não conseguiu se recuperar. Os dois a venderam de comum acordo, e embora Enzo calculasse que ela valeria um bilhão de liras, a muito custo amealharam duzentos milhões. Na primavera de 1992, quando já não brigavam mais, se separaram tanto como parceiros nos negócios quanto como casal de companheiros. Enzo deixou boa parte do dinheiro com Lila e foi procurar trabalho em Milão. A mim, disse certa tarde: fique perto dela, é uma mulher que não está bem consigo, vai ter uma velhice triste. Por um período me escreveu assiduamente, e eu fiz o mesmo. Me telefonou duas vezes. E depois sumiu.

36.

Mais ou menos naquela época outro casal também sucumbiu, Elsa e Rino. Viveram de amor e na paz por cinco ou seis meses, depois minha filha me chamou de lado e me confidenciou que se sentia atraída por um jovem professor de matemática, um docente de outra classe que nem sequer sabia de sua existência. Perguntei:
"E Rino?"
Respondeu:
"Ele é meu grande amor."

Enquanto ela somava gracejos a suspiros lânguidos, compreendi que distinguia entre amor e atração, e que o amor por Rino não era minimamente arranhado pela atração relativa ao professor. Já que eu estava como sempre ocupada — escrevia muito, publicava muito, viajava muito —, foi Imma quem se tornou confidente tanto de Elsa quanto de Rino. Minha filha mais nova, que respeitava os sentimentos de ambos, ganhou a confiança dos dois e se transformou numa fonte confiável de informações para mim. Soube por ela que Elsa conseguira seduzir o professor. Soube por ela que, depois de certo tempo, Rino começara a suspeitar de que sua relação com Elsa já não ia tão bem. Soube por ela que Elsa tinha deixado o professor para não magoar Rino. Soube por ela que, depois de um mês de intervalo, ela não resistiu e retomou o caso. Soube por ela que Rino, depois de sofrer durante quase um ano, por fim a enfrentou chorando e lhe suplicou que dissesse se ainda o amava. Soube por ela que Elsa gritou para ele: não te amo mais, amo outro. Soube por ela que Rino lhe deu uma bofetada, mas *só* com a ponta dos dedos, só para mostrar que era homem. Soube por ela que Elsa correu para a cozinha, pegou a vassoura e o golpeou furiosamente sem que ele reagisse.

Já por meio de Lila fiquei sabendo que Rino — quando eu não estava em casa e Elsa nem voltava da escola, passando a noite fora — corria para ela desesperado. Cuide um pouco de sua filha, me disse uma noite, tente entender o que ela pretende. Mas falou com desinteresse, sem demonstrar apreensão pelo destino de nenhum dos dois. De fato, acrescentou: veja, se você tem seus compromissos e não quer fazer nada, dá na mesma. Depois resmungou: nós não fomos feitas para ter filhos. Queria rebater que eu me sentia uma boa mãe e que me esforçava como nenhuma outra para prosseguir meu trabalho sem tirar nada de Dede, Elsa e Imma. Mas não o fiz, percebi que naquele momento ela não estava contra mim nem contra minha filha, só estava tentando conferir uma normalidade ao seu desamor por Rino.

As coisas foram diferentes quando Elsa deixou o professor, passou a namorar o colega de turma com quem estudava para os exames de maturidade e comunicou o fato imediatamente a Rino, para que ele entendesse que terminara. Então Lila subiu ao meu apartamento e, aproveitando que eu estava em Turim, fez uma cena terrível com ela. O que sua mãe lhe meteu na cabeça, disse em dialeto, você é uma insensível, faz mal às pessoas sem nem se dar conta. Por fim gritou: querida, você se acha grande coisa, mas não passa de uma vagabunda. Ou pelo menos foi o que Elsa me relatou, corroborada o tempo todo por Imma, que me confirmou: é verdade, mamãe, ela a chamou de vagabunda.

Não importa o que Lila lhe disse, o fato é que minha segunda filha ficou marcada. Perdeu a leveza. Abandonou o colega com quem estudava, mostrou-se gentil com Rino, mas o deixou sozinho na cama e se transferiu para o quarto de Imma. Depois de passar no exame de maturidade, decidiu ir visitar o pai e Dede, embora a irmã nunca tenha dado sinais de que queria fazer as pazes. Viajou para Boston e ali as duas, ajudadas por Pietro, chegaram à conclusão de que ambas se equivocaram ao se apaixonar por Rino. Amigas de novo, fizeram uma longa viagem pelos Estados Unidos com grande alegria, e quando Elsa retornou a Nápoles me pareceu mais serena. Mas não ficou muito tempo comigo. Inscreveu-se em Física, voltou a ser frívola e cortante, mudou de namorado com frequência. Como era perseguida pelo colega de escola, pelo jovem professor de matemática e naturalmente também por Rino, não prestou os exames, voltou às velhas paixões, misturou-as com as novas e não fez mais nada. Por fim, voou de novo aos Estados Unidos e resolveu estudar lá. Assim como Dede, ela também foi embora sem se despedir de Lila, mas de modo inteiramente inesperado falou bem dela para mim. Disse que entendia por que eu era sua amiga há tantos anos e a definiu sem nenhuma ironia a melhor pessoa que já havia conhecido.

37.

Mas essa não era a opinião de Rino. Embora possa parecer surpreendente, a partida de Elsa não o impediu de continuar morando comigo. Por muito tempo ficou desesperado, temia afundar de novo na miséria física e moral de que *eu* — me atribuía, cheio de devoção, este e muitos outros méritos — o havia salvado. E continuou ocupando o quarto que tinha sido de Dede e Elsa. Naturalmente ele me fazia mil favores. Quando eu viajava, me acompanhava de carro até a estação e carregava minha mala, fazendo o mesmo na volta. Tornou-se meu motorista, meu carregador, meu factótum. Quando precisava de dinheiro, me pedia com gentileza, com afeto, e sem o mínimo escrúpulo.

Às vezes, quando me deixava nervosa, eu o lembrava de que tinha obrigações em relação à mãe. Ele entendia e desaparecia por um período. Mas acabava voltando incomodado, murmurando que Lila nunca estava em casa, que o apartamento vazio o deprimia, ou vinha resmungando: ela nem me disse tchau, não para de escrever no computador.

Lila escrevendo? E o que ela escrevia?

De início a curiosidade foi fraca, o equivalente de uma constatação distraída. Na época eu estava com quase cinquenta anos, vivia meu período de maior sucesso, publicava até dois livros por ano, vendia bastante. Ler e escrever tinha se tornado um ofício e, como todos os ofícios, começava a pesar sobre mim. Lembro que pensei: no lugar dela, eu estaria tomando sol numa praia. Depois disse a mim mesma: se escrever lhe faz bem, melhor assim. E fui cuidar de outras coisas, esqueci o assunto.

38.

A partida de Dede e depois a de Elsa foram uma grande dor. Deprimiu-me o fato de que ambas, ao final, tenham preferido o pai a mim. Com certeza gostavam de mim, com certeza sentiam minha falta. Eu enviava cartas continuamente, nos momentos de melancolia telefonava sem me importar com a conta. E gostava da voz de Dede quando ela me dizia: sonho muitas vezes com você; e como me comovia quando Elsa escrevia: estou procurando seu perfume em toda parte, quero usá-lo também. Mas o dado concreto é que elas tinham ido embora, e que eu as perdera. Cada carta delas, cada telefonema testemunhava que, mesmo sofrendo com nossa separação, não tinham com o pai os conflitos que tiveram comigo, ele era o ponto de acesso a seu verdadeiro mundo.

Uma manhã Lila me disse num tom difícil de decifrar: não faz sentido você continuar mantendo Imma aqui no bairro, mande-a para Roma, para morar com Nino, está na cara que ela gostaria de poder dizer às irmãs: fiz o mesmo que vocês. Aquelas palavras tiveram um efeito desagradável sobre mim. Como se me desse um conselho desapaixonado, ela estava sugerindo que eu também me separasse de minha terceira filha. Dava a impressão de dizer: seria melhor para Imma e seria melhor para você. Repliquei: se Imma também me deixar, minha vida não tem mais sentido. Mas ela sorriu: onde está escrito que as vidas devem ter um sentido? Então começou a diminuir todo aquele meu esforço em escrever. Dizia divertida: o sentido é aquele traço de segmentos pretos como a merda de um inseto? Convidou-me a descansar um pouco, exclamou: qual a necessidade de tanto esforço, chega.

Passei um longo período de mal-estar. De um lado pensava: quer que eu me prive até de Imma; de outro, dizia a mim mesma: tem razão, preciso aproximar Imma do pai. Não sabia se mantinha preso a mim o afeto da única filha que me restara ou, para o bem dela, tentava reatar o vínculo com Nino.

Opção esta que não seria nada fácil, e as recentes eleições tinham sido uma prova disso. Imma tinha apenas onze anos de idade, mas mesmo assim se tomou de paixão política. Escreveu ao pai — me lembro —, telefonou para ele, se ofereceu para fazer campanha para ele de todas as maneiras e quis que eu também o ajudasse. Eu detestava os socialistas ainda mais que no passado. As vezes em que tinha encontrado Nino lhe dirigira frases do tipo: como você se transformou, não o reconheço mais. Cheguei a dizer com algum exagero retórico: nascemos na miséria e na violência, os Solara eram criminosos que se apropriavam de tudo, mas vocês são piores, vocês são um bando de saqueadores que fazem leis contra as pilhagens alheias. Ele me respondera alegremente: você nunca entendeu nada de política e nunca vai entender, brinque de literatura e não fale de coisas que não conhece.

Mas depois a situação se complicou. Uma corrupção de longuíssima data — comumente praticada e comumente sofrida em todos os níveis como norma não escrita, mas sempre vigente e das mais respeitadas — veio à tona graças a uma repentina inflexão da magistratura. Os meliantes de alto coturno, que a princípio pareciam poucos e tão ineptos que foram flagrados com as mãos nas arcas, se multiplicaram a ponto de se tornarem a verdadeira face da gestão da coisa pública. Nas vésperas das eleições vi um Nino menos fagueiro. Como eu tinha certa notoriedade e prestígio, ele se serviu de Imma para me pedir que eu me alinhasse publicamente em seu favor. Disse sim à menina para que não se magoasse, mas depois de fato não intervim. Imma ficou com raiva, reiterou seu apoio ao pai, e quando ele lhe pediu que aparecesse a seu lado numa propaganda eleitoral, ela se encheu de entusiasmo. Eu protestei e me vi numa péssima situação. De um lado, não neguei a permissão a Imma — era impossível fazê-lo sem causar uma ruptura —, de outro, gritei a Nino por telefone: coloque Albertino, coloque Lidia em sua publicidade, mas não ouse usar minha filha desse jeito. Ele insistiu, vacilou, por fim se rendeu. Obriguei-o a dizer a Imma que ele fora informado de que crianças não podiam participar de campanhas publicitárias. Mas ela entendeu que quem a privou do prazer de posar publicamente ao lado do pai tinha sido eu, e me disse: você não gosta de mim, mamãe; Dede e Elsa você mandou para Pietro, já eu não posso passar nem cinco minutos com papai. Quando Nino não foi reeleito, Imma caiu no choro e murmurou entre soluços que a culpa era minha. Enfim, tudo era complicado. Nino se amargurou, ficou intratável. Por um período nos pareceu a única vítima daquelas eleições, mas não era bem assim; rapidamente todo o sistema dos partidos foi arrastado, e perdemos os rastros dele. Os eleitores se voltaram contra os antigos, os novos e os novíssimos. Se as pessoas se retraíram horrorizadas diante de quem queria abater o Estado, agora saltavam para trás desgostosas diante de quem, fingindo de várias maneiras servi--lo, o devoraram como um grande verme devora a maçã. Uma onda negra, antes oculta sob luxuosas cenografias de poder e uma logorreia tão desavergonhada quanto insolente, agora se tornava sempre mais visível, inundando cada canto da Itália. O bairro de minha infância não era o único lugar a não ser tocado por nenhuma graça, não era Nápoles a única cidade irredimível. Certa manhã topei com Lila nas escadas, parecia alegre. Me mostrou o exemplar da *Repubblica* que acabara de comprar. Havia uma foto do professor Guido Airota. O fotógrafo flagrara em seu rosto, não sei quando, uma expressão amedrontada que o tornava quase irreconhecível. O artigo, repleto de diz-se e de talvez, levantava a hipótese de que até o célebre estudioso e antigo dirigente político pudesse em breve ser convocado pelos juízes por saber muito a respeito da podridão da Itália.

39.

Guido Airota nunca se apresentou diante dos juízes, mas por dias e dias jornais e revistas traçaram mapas da corrupção em que ele também figurava. Naquela circunstância, fiquei contente de que

Pietro estivesse na América, de que também Dede e Elsa agora tivessem uma vida do outro lado do oceano. Mas me preocupei com Adele, pensei que devia pelo menos telefonar para ela. Entretanto vacilei, disse a mim mesma: ela vai achar que estou gostando, vai ser difícil convencê-la do contrário.

Mas liguei para Mariarosa, me pareceu um caminho mais fácil a ser percorrido. Engano meu. Fazia anos que não a via nem ouvia, me atendeu com frieza. Disse com uma ponta de sarcasmo: que bela carreira você fez, minha cara, agora é lida por todo lado, não se pode abrir um jornal ou revista sem topar com sua assinatura. Depois falou minuciosamente de si, algo que nunca acontecera no passado. Citou livros, artigos, viagens. O que mais me espantou é que tinha deixado a universidade.

"Por quê?", perguntei.
"Não gostava."
"E agora?"
"Agora o quê?"
"Você vive de quê?"
"Sou de família rica."

Mas se arrependeu da frase assim que a pronunciou, riu incomodada, e foi ela quem logo em seguida falou do pai. Disse: tinha de acontecer. E citou Franco, murmurou que ele tinha sido um dos primeiros a entender que ou se mudava tudo e depressa, ou viriam tempos cada vez mais duros e não haveria mais esperança. Meu pai — disse com raiva — pensou que fosse possível mudar uma coisa aqui, outra ali, ponderadamente. Porém, quando você muda pouco ou nada, é forçado a entrar no esquema de mentiras: ou pactua com isso, ou é eliminado. Então perguntei:

"Guido é culpado, ele desviou verba?"

Riu nervosa:

"Sim. Mas é totalmente inocente, em toda a vida nunca pôs no bolso nenhum centavo que não fosse mais que lícito."

Depois tornou a falar de mim, mas com um tom quase ofensivo. Reiterou: você escreve em excesso, não me surpreende mais. E, apesar de eu ter telefonado, quem disse tchau foi ela, e desligou. O juízo duplo e incongruente que Mariarosa formulara sobre o pai se mostrou verdadeiro. O clamor midiático em torno de Guido arrefeceu aos poucos, e ele voltou a se fechar em seu escritório, mas como um inocente seguramente culpado ou, caso se prefira, como culpado seguramente inocente. Naquela altura tive a impressão de que já podia telefonar para Adele. Ela me agradeceu a gentileza com ironia, demonstrou que estava mais informada que eu sobre a vida e os estudos de Dede e Elsa, pronunciou frases do gênero: este é um país em que se está exposto a todo tipo de injúria, as pessoas de bem deveriam emigrar o mais rápido possível. Quando perguntei se podia dar um oi a Guido, me respondeu: eu mando suas lembranças para ele, agora está descansando. Depois exclamou rancorosa: o único erro dele foi se cercar de recém-alfabetizados sem nenhuma ética, jovens arrivistas prontos a tudo, gentalha.

Naquela mesma noite a televisão mostrou a imagem particularmente alegre do ex-deputado socialista Giovanni Sarratore — que na época já não era mais jovem: tinha cinquenta anos — e o inseriu na lista cada vez mais longa dos corruptores e dos corruptos.

40.

Aquela notícia perturbou sobretudo Imma. Em seus poucos anos de vida consciente tinha visto o pai muito pouco, e no entanto o transformara num ídolo. Se gabava dele com os colegas de escola, se gabava com os professores, mostrava a todo mundo uma foto publicada nos jornais em que os dois apareciam de mãos dadas bem na entrada do Montecitorio. Quando imaginava o homem com quem iria se casar, dizia: com certeza vai ser muito alto, moreno e bonito. Quando soube que o pai tinha ido parar na cadeia como qualquer outro morador do bairro — lugar que ela considerava horroroso: agora que estava crescendo, dizia sem meios-termos que tinha medo dali, e cada vez mais com razão —, perdeu aquele pouco de segurança que eu conseguira lhe assegurar. Soluçava durante o sono, acordava no meio da noite e queria deitar em minha cama. Em certa ocasião topamos com Marisa, descuidada, mal vestida, mais raivosa que de costume. Disse sem se preocupar com Imma: Nino merece, sempre só pensou em si, e você sabe bem disso, não quis lhe prestar nenhuma ajuda, bancava o homem honesto apenas com os parentes, aquele merda. Minha filha não suportou nem a primeira palavra, nos deixou no estradão e saiu correndo. Me despedi de Marisa às pressas e fui atrás de Imma, tentando consolá-la: não se importe com isso, seu pai e sua tia nunca se deram muito bem. Mas a partir daquele momento parei de falar criticamente de Nino diante dela. Ou melhor, parei de falar sobre ele na frente de qualquer um. Me lembrei de quando recorri a ele para saber de Pasquale e Enzo. Havia sempre a necessidade de um santo no Paraíso para nos orientar na calculada opacidade do mundo de baixo, e Nino, embora alheio a qualquer santidade, naquela ocasião me ajudou. Agora que os santos estavam despencando no inferno, para saber dele eu não tinha a quem recorrer. Notícias inconfiáveis me chegavam apenas dos círculos profundos de seus advogados.

41.

Lila, devo dizer, nunca demostrou nenhum interesse pela sorte de Nino. Reagiu à notícia de seus problemas legais como se fosse algo totalmente risível. Disse com o ar de quem se lembra de um detalhe que explicava tudo: sempre que precisava de dinheiro, pedia a Bruno Soccavo, e com certeza nunca devolveu. Depois murmurou que podia imaginar o que lhe acontecera. Tinha distribuído sorrisos, apertado muitas mãos, se sentira o melhor de todos, quis demonstrar incessantemente que estava à altura de qualquer situação possível. Se havia feito algo de errado, era pelo desejo de agradar cada vez mais, de parecer o mais inteligente, de subir sempre mais alto. Apenas isso. E em seguida fez como se Nino não existisse mais. Assim como se empenhou ao máximo em favor de Pasquale e de Enzo, mostrou-se de todo indiferente às dificuldades do excelentíssimo ex-deputado Sarratore. É provável que acompanhasse seu caso nos jornais e na TV, onde Nino apareceu várias vezes, pálido, grisalho de repente, com um olhar de menino emburrado que murmura: juro que não fui eu. O certo é que nunca me perguntou o que eu sabia sobre ele, se tinha conseguido encontrá-lo, o que ocorreria com ele, como tinham reagido o pai, a mãe, os irmãos. Em vez disso, sem uma razão clara, reacendeu nela o interesse por Imma e voltou a cuidar da menina.

Se por um lado abandonou Rino a mim como um cachorrinho que se afeiçoa a outra dona e já não abana o rabinho para a anterior, por outro se ligou muito a minha filha novamente, e Imma, que era sempre ávida de afeto, voltou a gostar dela. Eu as observava conversando entre si, muitas vezes saíam juntas, e Lila me dizia: estou mostrando a ela o Jardim Botânico, o Museu, Capodimonte.

Na última fase de nossa permanência em Nápoles, de tanto levá-la para passear, transmitiu-lhe uma curiosidade pela cidade que depois ficou. Tia Lina sabe um monte de coisas, me dizia Imma admirada. E eu ficava contente porque Lila, ao levá-la consigo em suas perambulações, conseguiu atenuar sua angústia pelo pai, a raiva pelas ofensas ferozes dos colegas de escola instruídos pelos pais, a perda da centralidade que os professores lhe atribuíam graças ao sobrenome. Mas não foi somente isso. Pelos relatos de Imma, cada vez mais detalhados, descobri que o objeto no qual Lila se concentrava, sobre o qual escrevia talvez por horas e horas, inclinada no computador, não era esse ou aquele monumento, mas Nápoles em sua inteireza. Um projeto imenso, sobre o qual nunca havia falado comigo. Acabara o tempo em que ela tendia a me envolver em suas paixões, agora escolhera minha filha como confidente. Repetia para ela as coisas que aprendia, ou a levava para ver o que a entusiasmara ou simplesmente despertara sua curiosidade.

42.

Imma era muito receptiva, memorizava tudo com rapidez. Foi ela quem me instruiu a respeito da piazza dei Martiri, local tão importante para Lila e para mim no passado. Eu não sabia nada sobre o assunto, já Lila estudara sua história e a contara a minha filha. Ela a repetiu para mim na própria praça, numa manhã em que saímos para fazer compras, misturando — creio — informações, fantasias dela, fantasias de Lila. Aqui, mamãe, no século XVIII era um campo. Havia árvores, havia casas de camponeses, tabernas e uma estrada que descia direto para o mar e se chamava Calata Santa Caterina a Chiaia, do nome da igreja ali na esquina, que é antiga mas feinha. Depois que, em 15 de maio de 1848, foram assassinados bem neste lugar muitos patriotas que queriam uma constituição e um parlamento, o rei Ferdinando II de Bourbon, para mostrar que a paz havia voltado, decidiu abrir uma rua da Paz e erguer na praça uma coluna com uma Nossa Senhora no alto. Mas quando foi proclamada a anexação de Nápoles ao reino da Itália, e os Bourbon foram expulsos, o prefeito Giuseppe Colonna di Stigliano pediu ao escultor Enrico Alvino que transformasse a coluna com a Nossa Senhora da Paz lá no alto numa coluna em memória dos napolitanos mortos pela liberdade. Então, na base da coluna, Enrico Alvino pôs esses quatro leões que simbolizam os grandes momentos da revolução de Nápoles: o leão de 1799, mortalmente ferido; o leão dos movimentos de 1820, que aparece trespassado por uma espada mas dá mordidas no ar; o leão de 1848, que representa a força dos patriotas submetidos, mas não vencidos; e por fim o leão de 1859, ameaçador e vingador. Depois, mamãe, lá em cima, em vez da Nossa Senhora da Paz, foi colocada a estátua de bronze de uma jovem e linda mulher, ou seja, a Vitória, que se equilibra sobre o mundo: essa Vitória na esquerda segura a espada, na direita, uma coroa para os cidadãos napolitanos mártires da Liberdade que, caídos nas refregas e no patíbulo, com seu sangue resgataram o povo etc. etc.

Várias vezes tive a impressão de que Lila usava o passado para normalizar o presente tempestuoso de Imma. Nas coisas napolitanas que ela lhe contava, em sua origem sempre havia algo de horrível, de disforme, que em seguida ganhava os contornos de um belo edifício, de uma rua, de um monumento, para depois perder memória e sentido, piorar, melhorar, piorar, segundo um fluxo imprevisível por natureza, todo feito de ondas, calmaria, reviravoltas e cascatas. O essencial no esquema de Lila era fazer perguntas. Quem eram os mártires, o que significavam os leões, e quando houve as refregas e os patíbulos, e a via della Pace, e a Nossa Senhora, e a Vitória? As narrativas eram um alinhar dos antes, dos depois e dos então. Antes da Chiaia elegante, bairros aristocráticos, havia a playa citada nas epístolas de Gregório, os paludes que se estendiam até a praia e o mar, o bosque selvagem que subia até o Vomero. Antes do Saneamento de fins do século XIX, antes das cooperativas de ferroviários, era uma área malsã, corrompida em cada pedra, mas também com não poucos monumentos esplêndidos, depois devastados pela mania de desventrar a pretexto de reformar. E uma das áreas a serem saneadas se chamava Vasto havia muito tempo. Vasto era um topônimo que indicava o terreno entre Porta Capuana e Porta Nolana, de modo que o bairro, uma vez saneado, manteve o mesmo nome. Lila insistia nessa denominação — Vasto —, ela gostava, e Imma também: *Vasto* e *Risanamento*, estrago e boa saúde, ânsia de estragar, saquear, deturpar, arrancar as vísceras, e ânsia de edificar, ordenar, desenhar novas ruas ou renomear as antigas, buscando consolidar mundos novos e esconder velhos males, que estavam sempre prontos para a revanche.

De fato, antes que o Vasto se chamasse Vasto e ficasse substancialmente gasto — contava tia Lina —, naquele lugar havia quintas, jardins e fontes. Ali, ninguém menos que o marquês de Vico mandara construir um palácio com um jardim chamado de Paraíso. O jardim do Paraíso era cheio de jorros d'água ocultos, mamãe. O mais famoso estava numa grande amoreira-branca sobre a qual tinham sido dispostas canaletas quase invisíveis pelas quais escorria a água que caía em chuva dos ramos ou descia em cascata pelo tronco. Entendeu? Do Paraíso do marquês de Vico ao Vasto do marquês do Vasto, ao Saneamento do prefeito Nicola Amore, ao Vasto de novo e a posteriores Renascenças e assim por diante, sempre nesse passo.

Ah, que cidade, dizia tia Lina a minha filha, que cidade esplêndida e significativa: aqui foram faladas todas as línguas, Imma, aqui se construiu de tudo e se destruiu de tudo, aqui as pessoas não confiam em nenhuma falação e são bem falastronas, aqui há o Vesúvio que todo dia recorda que o maior feito dos homens poderosos, a obra mais esplêndida, o fogo, e o terremoto, e as cinzas, e o mar em poucos segundos reduzem a nada.

Eu ia escutando, mas às vezes ficava perplexa. Sim, Imma se acalmara, mas só porque Lila a estava introduzindo num fluir permanente de esplendores e misérias, dentro de uma Nápoles cíclica onde tudo era maravilhoso e tudo se tornava cinza e insensato e tudo voltava a cintilar, como quando uma nuvem corre sobre o sol e parece que é o sol que foge, um disco que se torna tímido, pálido, próximo da extinção, mas que logo, dissipada a nuvem, de repente volta a ser ofuscante e é preciso proteger-se com a mão de tanto que reluz. Os palácios com jardins paradisíacos caíam em ruínas nos relatos de Lila, se tornavam selvagens e às vezes eram habitados por ninfas, dríades, sátiros e faunos, às vezes por almas de mortos, às vezes por demônios que Deus mandava para castelos e também para as casas de gente comum a fim de purgarem os pecados ou para pôr à prova inquilinos de alma boa, a serem premiados após a morte. O que era belo, sólido e radiante se povoava de fantasias noturnas, e as histórias de sombras fascinavam a ambas. Imma me informava que na ponta de Posillipo, a poucos passos do mar, em frente à Gajóla, justo em cima da gruta das Fadas, havia uma famosa construção habitada por espíritos. Os espíritos, me dizia, também se encontravam nos edifícios da travessa San Mandato e da travessa Mondragone. Lila lhe prometera que iriam juntas procurar nas ruelas de Santa Lucia um espírito chamado Carão, por causa da cara larga, e que era perigoso, atirava pedras grandes em quem o incomodava. Muitos espíritos de crianças mortas também moravam em Pizzofalcone e em outras localidades, como ela dissera. Com frequência se via uma menina à noite nas bandas de Porta Nolana. Existiam de verdade ou não existiam? Tia Lina dizia que os espíritos existiam, mas não nos palácios, nas travessas ou perto das antigas portas do Vasto. Existiam nos ouvidos das pessoas, nos olhos quando os olhos olhavam para dentro, e não para fora, na voz assim que se começa a falar, na cabeça quando se pensa, porque as palavras e também as imagens estão cheias de fantasmas. Não é verdade, mamãe?

Sim, eu respondia, talvez sim: se tia Lina disse isso, pode ser. Esta cidade é cheia de fatos e de casos — Lila lhe dissera —, você vê espíritos quando vai ao Museu, à Pinacoteca e principalmente à Biblioteca Nacional, nos livros há uma infinidade deles. Você abre um e, por exemplo, topa com Masaniello. Masaniello é um espírito engraçado e terrível, fazia os pobres rirem e os ricos tremerem. Imma gostava sobretudo de que ele matava com a espada não o duque de Maddaloni, não o pai do duque de Maddaloni, mas seus retratos: zás-zás-zás. Aliás, segundo ela, o momento mais divertido era quando Masaniello cortava a cabeça dos retratos do duque e de seu pai, ou mandava enforcar os de outros nobres ferozes. *Cortava as cabeças dos retratos*, ria Imma incrédula, *mandava enforcar os retratos*. E depois das decapitações e dos enforcamentos Masaniello trajava uma roupa de seda azul bordada de prata, punha uma corrente de ouro no pescoço, prendia um broche de diamantes no cabelo e ia ao Mercado. Ia para lá assim, mamãe, todo empetecado de marquês, duque e príncipe, ele, que era plebeu, ele, que era pescador e não sabia ler nem escrever. Tia Lina lhe dissera que em Nápoles podia acontecer de tudo, abertamente, sem fingir que se faziam leis e decretos e estados inteiros melhores que os anteriores. Em Nápoles se excedia sem subterfúgios, às claras e com plena satisfação.

Ficara muito impressionada com a história de um ministro que envolvia o museu de nossa cidade e Pompeia. Imma me disse em tom grave: sabe, mamãe, que um ministro da Instrução Pública, o excelentíssimo senhor Nasi, um representante do povo de quase cem anos atrás, aceitou de pessoas encarregadas das escavações de Pompeia a oferta de uma estatueta de valor que tinha sido recém-escavada? Sabe que ele mandou fazer moldes das melhores obras de arte descobertas em Pompeia para decorar sua mansão em Trapani? Esse Nasi, mamãe, mesmo sendo ministro do Reino de Itália, agiu instintivamente: levaram para ele uma bela estatueta em homenagem, e ele a tomou para si, achou que ficaria muito bem em sua casa. Às vezes se erra, mas, quando não lhe ensinaram desde pequeno o que é o bem público, você nem compreende que é um erro.

Não sei se ela disse essa última frase porque repetia as palavras de Lila ou porque fazia seus próprios raciocínios. Seja como for, não gostei do que ela disse e decidi intervir. Falei com cuidado, mas fui explícita: tia Lina lhe conta muitas coisas incríveis, fico contente, quando ela se entusiasma por algo, ninguém a segura. Mas você não deve achar que as pessoas cometem más ações por leviandade. Você não pode acreditar nisso, Imma, principalmente quando se trata de excelentíssimos e de ministros, de senadores e de banqueiros e de camorristas. Você não deve acreditar que o mundo morde a própria cauda e que ora vai bem, ora vai mal, ora vai bem de novo. É preciso trabalhar com constância, com disciplina, passo a passo, não importa como vão as coisas à nossa volta, e prestando atenção para não errar, porque os erros se pagam.

O lábio inferior de Imma tremeu, e ela me perguntou:

"Papai não vai voltar ao parlamento?"

Não soube o que responder, e ela se deu conta. Como para me animar a dar uma resposta positiva, murmurou:

"Tia Lina acha que sim, que ele vai voltar."

Hesitei muito, até que me decidi:

"Não, Imma, creio que não. Mas papai não precisa ser uma pessoa importante para que gostem dele."

43.

Foi uma resposta totalmente equivocada. Nino, com sua costumeira habilidade, conseguiu se safar da arapuca em que havia caído. Imma soube e ficou muito contente. Pediu para vê-lo, mas ele se eclipsou por algum tempo, e foi difícil descobrir seu paradeiro. Quando conseguimos marcar um encontro, ele nos levou a uma pizzaria da Mergellina, mas não mostrou a vivacidade habitual. Estava nervoso, distraído, disse a Imma que não confiasse nunca em alinhamentos políticos, definiu-se vítima de uma esquerda que não era esquerda, ao contrário, era pior que os fascistas. Você vai ver — garantiu — que papai vai pôr tudo em ordem.

Em seguida, li seus artigos muito agressivos, nos quais retomava uma tese que defendera em tempos distantes: o poder judiciário deveria ser submetido ao poder executivo. Escrevia indignado: não é possível que os magistrados um dia combatam aqueles que querem atingir o coração do Estado e, no dia seguinte, queiram convencer o cidadão de que esse coração está enfermo e precisa ser jogado fora. Ele batalhou para não ser jogado fora. Passou pelos velhos partidos em desmanche deslocando-se cada vez mais para a direita e, em 1994, radiante, voltou a ocupar uma cadeira no parlamento. Imma descobriu com alegria que seu pai era de novo o excelentíssimo deputado Sarratore, e que Nápoles lhe dera um altíssimo número de preferências. Assim que ela soube da notícia, veio me dizer: você escreve livros, mas não sabe ver longe como tia Lina.

44.

Não me incomodei, no fundo minha filha só queria me fazer notar que eu tinha sido maldosa com o pai dela, que não tinha entendido como ele era bom. Mas aquelas palavras (*você escreve livros, mas não sabe ver longe como tia Lina*) tiveram uma função inesperada: me levaram a ter consciência de que Lila, a mulher que segundo Imma sabia ver mais longe, aos cinquenta anos voltara oficialmente aos livros, aos estudos, e até escrevia. Pietro já havia levantado a hipótese de que, com aquela escolha, ela estivesse prescrevendo a si mesma uma espécie de terapia para combater a ausência angustiante de Tina. Porém, no último ano de minha permanência no bairro, não me contentei mais nem com a sensibilidade de Pietro, nem com a mediação de Imma: sempre que podia, puxava conversa sobre aquele assunto e fazia perguntas.

"De onde veio todo esse interesse por Nápoles?"

"Qual o mal?"

"Nenhum; aliás, eu até a invejo. Você estuda por prazer, já eu leio e escrevo apenas por trabalho."

"Eu não estudo. Me limito a ver um edifício, uma rua, um monumento, e quando é o caso passo um tempo buscando notícias sobre eles, só isso."

"E estudar é isso."
"Você acha?"
Saía pela tangente, não queria confiar em mim. Mas às vezes se acendia como só ela sabia fazer e desandava a falar da cidade quase como se não fosse feita das mesmas ruas, da normalidade dos locais de todo dia, mas tivesse revelado apenas a ela seu brilho secreto. Assim, em poucas frases, ela a transformava no lugar mais memorável do mundo, no mais rico de significados, tanto que depois de conversar um pouco eu voltava às minhas coisas com um fogo na cabeça. Que grave negligência tinha sido nascer e viver em Nápoles sem me esforçar para conhecê-la. Estava prestes a deixar a cidade pela segunda vez, fiquei nela ao todo trinta anos redondos de minha vida, e no entanto não sabia grande coisa do lugar em que tinha nascido. No passado, Pietro já tinha me criticado por causa de minha ignorância, e agora eu mesma me recriminava. Escutava Lila e me dava conta de minha inconsistência.

No entanto ela, que aprendia com uma velocidade sem esforço, agora parecia capaz de dar a cada monumento e a cada pedra uma tal densidade de significado, uma tal relevância imaginativa, que eu abandonaria de bom grado as bobagens que estava fazendo para também me lançar aos estudos. Mas aquelas *bobagens* absorviam todas as minhas energias, graças a elas eu vivia confortavelmente, e com frequência trabalhava também à noite. Às vezes, no apartamento silencioso, eu parava tudo e pensava que ela talvez também estivesse acordada naquele momento, talvez estivesse escrevendo assim como eu, talvez resumisse textos lidos na biblioteca, talvez redigisse suas reflexões, talvez partisse daí para contar coisas suas, talvez não lhe interessasse a verdade histórica, mas buscasse apenas pontos de apoio para fantasiar.

O fato é que avançava a seu modo extemporâneo, com repentinas curiosidades que depois arrefeciam e desapareciam. Pelo que eu podia entender, ora ela estava concentrada na fábrica de porcelana próxima ao Palazzo Reale; ora acumulava informações sobre San Pietro a Majella; ora buscava testemunhos de viajantes estrangeiros nos quais tinha a impressão de discernir uma mistura de encanto e repulsa. Todos, dizia, todos, de século em século, louvaram o grande porto, o mar, os navios, os castelos, o Vesúvio alto e negro com suas chamas indignadas, a cidade em anfiteatro, os jardins, os hortos e os palácios. Mas depois, sempre ao longo dos séculos, passaram a se queixar da ineficiência, da corrupção, da miséria física e moral. Nenhuma instituição que por trás da fachada, por trás do nome pomposo e dos numerosos assalariados, funcionasse de verdade. Nenhuma ordem decifrável, somente uma multidão desregrada e incontrolável por ruas atulhadas de vendedores de toda mercadoria possível, gente que fala com voz altíssima, pivetes, pedintes. Ah, não há cidade que espalhe tanto rumor e tanto estrépito quanto Nápoles.

Uma vez me falou da violência. Nós acreditamos, disse, que se tratava de um traço do bairro. Ela estava em nosso entorno desde o nascimento, nos roçou e nos tocou a vida inteira, a gente pensava: tivemos pouca sorte. Lembra como usávamos as palavras para ferir e quantas inventávamos para humilhar? Lembra as porradas que deram e que também levaram Antonio, Enzo, Pasquale, meu irmão, os Solara, até eu, até você? Lembra quando meu pai me atirou pela janela? Agora estou lendo um velho artigo sobre San Giovanni a Carbonara, em que se explica o que era a Carbonária ou o Carboneto. Eu achava que ali antigamente houvesse carvão, que houvesse os carbonários. Nada disso, lá era o lugar do lixão, que todas as cidades tinham. Chamava-se Fosso carbonário, e para lá escorriam as águas imundas, lá eram jogadas as carcaças dos animais. E o Fosso carbonário de Nápoles se encontrava, desde os tempos antigos, onde hoje está a igreja de San Giovanni a Carbonara. Naquela área, chamada de piazza di Carbonara, em sua época, o poeta Virgílio ordenara que todo ano se fizesse o *ioco de Carbonara*, jogos de gladiadores, mas não com *morte de homini come de po è facto* — ela gostava desse italiano antigo, se divertia, o citava com evidente prazer —, e sim para exercitar os *homini ali facti de l'arme*, treiná-los para o uso das armas. Mas logo já não se travava de *ioco* ou de exercício. Naquele lugar onde se jogavam os bichos e as imundícies começaram a derramar também muito sangue humano. Parece que ali também foi inventado o jogo de atirar *prete*, as pedradas que a gente trocava na infância, lembra, quando Enzo me acertou uma vez na testa — ainda tenho a cicatriz — e se desesperou e me deu de presente uma coroa de sorvas. Mas depois, na piazza di Carbonara, das pedras se passou às armas, e ali se tornou o lugar onde se combatia até o último sangue. Mendigos, nobres e príncipes acorriam para ver como as pessoas se matavam por vendeta. Quando algum lindo rapaz tombava atravessado por lâminas batidas na bigorna da morte, burgueses, reis e rainhas se desfaziam em aplausos que subiam até as estrelas. Ah, a violência: lacerar, matar, arrancar. Entre fascinação e horror, Lila me falava misturando dialeto, língua italiana e citações eruditas que aprendera sabe-se lá onde e recordava de memória. Todo o planeta, dizia, é um enorme Fosso carbonário. E às vezes eu pensava que ela poderia fascinar auditórios lotados, mas depois a reconduzia à sua dimensão real. É uma mulher de cinquenta anos que mal frequentou a escola, não sabe como se faz uma pesquisa, não sabe o que é a verdade documental: lê, se apaixona, mistura verdadeiro e falso, fantasia. Apenas isso. O que parecia interessá-la e diverti-la era sobretudo que aquela podridão, todo aquele massacre de membros despedaçados, olhos arrancados e cabeças cortadas era depois coberto — literalmente coberto — por uma igreja dedicada a são João Batista e por um mosteiro de frades eremitas de santo Agostinho fornido de uma riquíssima biblioteca. Ah, ah — ela ria —, debaixo havia sangue e, em cima, Deus, a paz, a prece e os livros. Nasceu assim o emparelhamento de são João ao Fosso carbonário, isto é, o topônimo de san Giovanni a Carbonara: uma rua por onde passamos mil vezes, Lenu, que fica a poucos metros da estação, da Forcella e dos Tribunali. Eu sabia onde ficava a avenida de san Giovanni a Carbonara, sabia perfeitamente, mas não conhecia aquelas histórias. Ela falou longamente sobre isso. Falou de modo a me fazer sentir — suspeitei — que aquelas coisas que contava oralmente já estivessem substancialmente escritas e pertencessem a um texto amplo cuja estrutura, no entanto, me escapava. Me perguntei: o que ela tem em mente, quais são suas intenções? Está apenas dando ordem a suas perambulações e leituras ou planeja um livro de curiosidades napolitanas, um livro que obviamente nunca levará a cabo, mas que lhe servirá para seguir em frente dia a dia, agora que não somente Tina desapareceu, mas também Enzo, desapareceram os Solara, até eu desapareço levando comigo Imma que, entre altos e baixos, a ajudou a sobreviver?

45.

Pouco antes de partir para Turim, passei muito tempo com ela, foi uma despedida afetuosa. Era um dia de verão de 1995. Falamos sobre tudo, por horas, mas no final ela se concentrou em Imma, que agora tinha catorze anos, era bonita, viva, tinha acabado de concluir o ginásio. Ela a elogiou sem repentinas deslealdades, e eu fiquei ouvindo seus elogios, agradeci por tê-la ajudado numa fase difícil. Ela me olhou perplexa e me corrigiu:

"Ajudo Imma desde sempre, não só agora."

"Sim, mas depois dos problemas de Nino você foi muito útil."

Também não gostou dessas palavras, foi um momento confuso. Não queria que eu associasse a Nino a atenção que dedicara a Imma, recordou que tinha cuidado da menina desde o início, disse que o fizera porque Tina a amava muito e acrescentou: talvez Tina tenha amado Imma mais que a mim. Depois balançou a cabeça, descontente.

"Não entendo você", disse.

"Não entende o quê?"

Ficou nervosa, tinha algo em mente que queria me dizer, mas segurava.

"Não entendo como é que durante todo esse tempo você não tenha pensado em nenhum momento nessa possibilidade."

"Em que, Lila?"

Calou-se por uns segundos, depois falou de olhos baixos.

"Lembra a foto na *Panorama*?"

"Qual?"

"Aquela em que você estava com Tina e se dizia que ela era sua filha."

"Claro que lembro."

"Muitas vezes pensei que podem ter levado Tina por causa daquela foto."

"Como assim?"

"Acreditaram que estavam sequestrando sua filha, mas acabaram levando a minha."

Falou assim, e naquela manhã tive a prova que das mil hipóteses, das fantasias e das obsessões que a haviam atormentado, e que ainda atormentavam, eu não tinha percebido quase nada. Não bastou uma década para acalmá-la, o cérebro não conseguia encontrar um canto sossegado para sua filha. Murmurou:

"Você aparecia sempre nos jornais e na TV, toda bonita, toda elegante, toda loura: talvez quisessem seu dinheiro, não o meu, vai saber, hoje não sei mais nada, as coisas vão num sentido e depois mudam de direção."

Disse que Enzo tinha falado sobre isso com a polícia, que ela falara com Antonio, mas nem a polícia nem Antonio levaram a sério aquela hipótese. Entretanto ela me falou como se naquele instante estivesse de novo certa de que as coisas tinham acontecido daquele jeito. Quem sabe o que mais ela cultivara e ainda cultivava sem que eu me desse conta? Nunziatina tinha sido raptada em lugar de minha Immacolata? Meu sucesso era responsável pelo sequestro de sua filha? E aquela sua ligação com Imma seria uma ansiedade, uma proteção, uma salvaguarda? Teria imaginado que os sequestradores, depois de se desfazerem da menina errada, seriam capazes de voltar para pegar a certa? Ou o que mais? O que se passara e passava por sua cabeça? Por que só agora me falava daquela hipótese? Queria me inocular um último veneno para me punir por eu estar prestes a deixá-la? Ah, eu entendia por que Enzo tinha ido embora. Viver com ela se tornara doloroso demais.

Percebeu que eu a olhava com preocupação e desandou a falar — como para se pôr a salvo — de suas leituras. Mas dessa vez de modo muito confuso, o mal-estar lhe distorcia os lineamentos. Balbuciou sorrindo que o mal segue caminhos imprevisíveis. Você ergue em cima dele igrejas, conventos, estantes de livros — os livros parecem tão importantes, disse com sarcasmo, você dedicou toda a vida a eles —, e o mal afunda o piso e abre buracos onde menos se espera. Depois se acalmou, voltou a falar de Tina, de Imma, de mim, mas conciliadora, quase se desculpando por aquilo que me dissera. Quando há silêncio demais, disse, minha cabeça se enche de ideias, não dê importância. Somente nos romances ruins as pessoas sempre pensam a coisa certa, sempre dizem a coisa certa, todo efeito tem sua causa, há os simpáticos e os antipáticos, os bons e os maus, tudo no fim nos consola. Murmurou: pode ser que Tina volte esta noite, e então de que adianta saber como foi, o essencial é que ela esteja de novo aqui e me perdoe pela distração. Me perdoe você também, disse, e me abraçou, concluiu: vá, vá, faça coisas ainda mais lindas do que já fez até agora. Eu fiquei perto de Imma *também* pelo medo de que alguém a levasse, e você *também* continuou gostando realmente de meu filho mesmo quando sua filha o deixou.

Quanta coisa você suportou por ele, obrigada. Fico muito contente de termos sido amigas por tanto tempo e de sermos ainda.

46.

Aquela ideia de que tinham raptado Tina pensando que fosse minha filha me transtornou, mas não porque achasse que tivesse algum fundamento. Pensei sobretudo no emaranhado de sentimentos obscuros que a havia gerado e tentei pôr ordem naquilo. Depois de tanto tempo, até me ocorreu que Lila, por motivos de todo ocasionais — sob as mais insignificantes ocasiões se ocultam léguas de areia movediça —, acabara chamando sua filha com o nome de minha adorada boneca, aquela que, quando pequena, ela jogara no fundo de um porão. Foi a primeira vez, recordo, que fantasiei sobre aquilo, mas não aguentei por muito tempo, cheguei à beira de um poço escuro com alguns reflexos de luz e recuei. Toda relação intensa entre seres humanos é cheia de armadilhas e, caso se queira que dure, é preciso aprender a desviar-se delas. Foi o que fiz também naquela circunstância e, ao final, tive a impressão de apenas confirmar pela enésima vez quanto nossa amizade era esplêndida e tenebrosa, como tinha sido longo e complicado o sofrimento de Lila, como ele ainda durava e duraria para sempre. Mas fui embora para Turim convencida de que Enzo tinha razão: Lila estava bem longe de uma velhice tranquila dentro dos limites que se impusera. A última imagem que me ofereceu de si foi a de uma mulher de cinquenta e um anos que parecia ter dez a mais e que de tanto em tanto, enquanto falava, era tomada por incômodas ondas de calor e ficava vermelho fogo. As manchas lhe subiam até o pescoço, o olhar se perdia, agarrava a barra da saia com as mãos e se abanava, mostrando a mim e a Imma a calcinha.

47.

Em Turim já estava tudo pronto: eu havia encontrado um apartamento perto da ponte Isabella e me esforçara para levar para lá grande parte de minhas coisas e de Imma. Partimos. O trem, me lembro bem, tinha acabado de deixar Nápoles, minha filha estava sentada diante de mim e pela primeira vez parecia melancólica por aquilo que estava deixando para trás. Eu estava muito cansada por causa do vaivém dos últimos meses, pela quantidade de coisas que deveria providenciar, pelo que tinha feito, pelo que me esquecera de fazer. Me abandonei no assento, olhei pela janela a periferia da cidade e o Vesúvio que se distanciavam. Foi naquele momento que saltou de repente, feito um flutuante não mais comprimido sob a superfície da água, a certeza de que Lila, escrevendo sobre Nápoles, certamente escreveria sobre Tina, e o texto — justamente porque nutrido do esforço de dizer uma dor indizível — se revelaria fora do comum.

Aquela certeza se estabeleceu com força e nunca se dissolveu. Nos anos de Turim — enquanto dirigi a pequena mas promissora casa editorial que me contratara, enquanto me senti muito mais estimada, diria até mais poderosa do que tinha sido Adele aos meus olhos décadas atrás —, essa certeza ganhou a forma de um presságio, de uma esperança. Teria gostado que um dia Lila me telefonasse e me dissesse: tenho aqui um datiloscrito, um copião, uma miscelânea, enfim, um texto que eu gostaria que você lesse e me ajudasse a organizar. Eu o leria imediatamente. Mexeria nele para lhe dar uma forma aceitável, provavelmente de passagem em passagem acabaria por reescrevê-lo. Apesar de sua vivacidade intelectual, da memória extraordinária, das leituras que deve ter feito por toda a vida, às vezes compartilhando comigo, na maioria me ocultando, Lila tinha uma formação absolutamente insuficiente e nenhuma competência de narradora. Temia que me apresentasse um acúmulo desordenado de coisas boas e mal formuladas, de coisas esplêndidas colocadas no lugar errado. Mas nunca me ocorreu — nunca — que ela pudesse ter escrito uma historieta tola, cheia de lugares-comuns, ao contrário, sempre estive absolutamente segura de que se trataria de um texto digno. Nos períodos em que penava para implantar um projeto editorial de bom nível, cheguei a interrogar insistentemente Rino, que aliás aparecia com frequência em minha casa, chegava sem telefonar, dizia passei para um oi e ficava pelo menos duas semanas. Eu perguntava a ele: sua mãe ainda está escrevendo? Você nunca deu uma olhada para ver de que se trata? Mas ele respondia sim, não, não lembro, são coisas dela, não sei. Eu insistia. Fantasiava sobre em que coleção inseriria aquele texto fantasma, sobre o que eu faria para lhe dar a máxima visibilidade e também me beneficiar de seu brilho. Às vezes ligava para Lila, perguntava como ela estava, sondava com discrição, em termos gerais: continua a paixão por Nápoles, tem feito muitas anotações? Ela respondia matematicamente: que paixão, que anotações, sou uma velha louca que nem Melina, se lembra de Melina, quem sabe se ainda está viva. Então eu deixava o assunto para lá e mudava de tema.

48.

Durante aqueles telefonemas falávamos cada vez mais de mortos, que também eram uma ocasião para tratarmos dos vivos.

O pai dela, Fernando, tinha morrido, e poucos meses depois Nunzia morreu. Lila então se transferiu com Rino para o velho apartamento em que ela nascera e que havia comprado tempos atrás com seu dinheiro. Mas agora os outros irmãos alegavam que ele era propriedade dos pais e a atormentavam reivindicando o direito de cada um ter sua parte.

Depois de um novo infarto Stefano também morrera — não tiveram tempo nem de chamar uma ambulância, desabou de cara no chão —, e Marisa foi embora do bairro levando os filhos. Nino finalmente tinha feito algo por ela. Não só lhe arranjara uma vaga de secretária em um escritório de advocacia da via Crispi, mas também lhe dava dinheiro para manter os rapazes na universidade.

Tinha morrido um sujeito que nunca cheguei a conhecer, mas que se sabia que era amante de minha irmã Elisa. Ela havia deixado o bairro, mas nem ela, nem meu pai, nem meus irmãos me avisaram. Soube por Lila que tinha se mudado para Caserta, conhecera um advogado que também era conselheiro municipal e se casou de novo, mas não me convidou para o matrimônio.

Tínhamos conversas desse tipo, e ela me mantinha atualizada sobre todas as novidades. Eu lhe falava de minhas filhas, de Pietro, que se casara com uma colega cinco anos mais velha que ele, do que eu estava escrevendo, de como ia minha experiência editorial. Somente umas duas vezes cheguei a lhe perguntar mais explicitamente sobre a questão que me atraía:

"Se você, digamos, tivesse escrito algo — é uma hipótese —, me deixaria ler?"

"Algo de que tipo?"

"Qualquer coisa. Rino me disse que você está sempre no computador."

"Rino só diz bobagem. Navego na internet. Me informo sobre as novidades eletrônicas. É isso o que faço quando estou no computador. Não escrevo."

"Tem certeza?"

"Sim. Por acaso respondo a seus e-mails?"

"Não, e isso me deixa furiosa: eu sempre lhe escrevo, e você, nada."

"Está vendo? Não escrevo nada a ninguém, nem sequer a você."

"Tudo bem. Mas caso escreva alguma coisa você me daria para ler, me deixaria publicar?"

"A escritora é você."
"Você não me respondeu."
"Respondi, mas você faz de conta que não entende. Para escrever é preciso desejar que algo sobreviva a você. Já eu não tenho nem mesmo a vontade de viver, nunca a tive tão forte quanto você. Se pudesse me apagar agora, enquanto estamos falando, ficaria mais que contente. Imagine se vou começar a escrever."

Ela já havia expressado aquela vontade de se apagar várias vezes, mas a partir do fim dos anos 1990 — sobretudo de 2000 em diante — aquilo se tornou uma espécie de refrão insolente. Era uma metáfora, naturalmente. Que a atraía, recorrera a ela nas circunstâncias mais diversas, e nunca me ocorreu, nos tantos anos de nossa amizade — nem nos momentos mais terríveis que se seguiram ao sumiço de Tina —, que ela pensasse em suicídio. Apagar-se era uma espécie de projeto estético. Isso não é mais possível, ela dizia, a eletrônica parece tão limpa e no entanto suja, suja muito, a obriga a deixar marcas suas em tudo, como se cagasse ou mijasse continuamente em cima de você: mas eu, de mim, não quero deixar nada, a tecla que prefiro é a que serve para apagar.

Em alguns períodos aquela ânsia tinha sido mais verdadeira, em outros, menos. Lembro uma tirada pérfida que partia de minha notoriedade. Eh, disse certa vez, quantas histórias por causa de um nome: famoso ou não, é só uma fitinha em torno de um saco enchido de qualquer jeito com sangue, carne, palavras, merda e pensamentozinhos. Zombou longamente de mim sobre aquele ponto: solto a fita — *Elena Greco* — e o saquinho fica ali, funciona do mesmo modo, obviamente a esmo, sem méritos nem deméritos, até que se rompe. Em seus dias mais sombrios, dizia com uma risada ríspida: quero desatar meu nome, desfiá-lo, jogá-lo fora, me esquecer dele. Mas noutras ocasiões estava mais relaxada. Acontecia — digamos — de eu ligar para ela esperando convencê-la a me falar de seu texto e, embora ela negasse com força sua existência, continuando a se esquivar, sentia que meu telefonema a surpreendera em pleno momento criativo. Certa noite ela estava num feliz entorpecimento. Fez seus discursos habituais sobre a demolição de toda hierarquia — tantas histórias sobre a grandeza deste e daquele, mas qual o mérito de ter nascido com certas qualidades, é como admirar o cestinho do bingo quando você o chacoalha e depois saem os números bons —, mas se expressou com fantasia e ao mesmo tempo com precisão, percebi o prazer de inventar imagens. Ah, como ela sabia usar as palavras quando queria. Dava a impressão de custodiar um sentido secreto e próprio que anulava o sentido de tudo. Foi isso, talvez, que começou a me entristecer.

49.

A crise chegou no inverno de 2002. Na época, mesmo com altos e baixos, eu ainda me sentia realizada. Todo ano Dede e Elsa vinham dos Estados Unidos, às vezes sozinhas, às vezes com namorados completamente provisórios. A primeira se dedicava às mesmas coisas que o pai, a segunda conseguira precocemente uma cátedra em um setor misteriosíssimo da álgebra. Quando as irmãs chegavam, Imma suspendia todos os compromissos e passava o tempo todo com elas. A família se recompunha, ficávamos as quatro mulheres na casa de Turim, ou passeávamos pela cidade, felizes de estarmos juntas pelo menos por um breve período, atentas umas às outras, afetuosas. Eu olhava para elas e me dizia: que sorte eu tive.

Mas no Natal de 2002 ocorreu algo que me deprimiu. As três meninas vieram passar uma longa temporada comigo. Dede havia se casado recentemente com um engenheiro sério, de origem iraniana, e dois anos antes tivera um menininho muito vivaz chamado Hamid. Elsa veio acompanhada de um colega de Boston, também ele matemático e ainda mais novo que ela, muito extrovertido. Imma também veio de Paris, onde há dois anos estudava filosofia, e chegou com um colega de curso, um francês altíssimo, feinho e quase mudo. Como aquele dezembro foi agradável. Eu estava com cinquenta e oito anos, era avó, mimava Hamid. Lembro que na noite de Natal estava num canto com o menino e contemplava serenamente os corpos jovens e cheios de energia de minhas filhas. Todas e nenhuma se pareciam comigo, suas vidas eram muito distantes da minha e, apesar disso, sentia que eram partes incindíveis de mim. Pensei: quanto esforço eu fiz e que longo caminho percorri. Podia ter cedido a cada passo, mas não o fiz. Fui embora do bairro, voltei, consegui ir embora de novo. Nada, nada me puxou para baixo com essas meninas que eu gerei. Ficamos a salvo, coloquei todas elas a salvo. Ah, elas agora pertencem a outros lugares e a outras línguas. Consideram a Itália um canto esplêndido do planeta e, simultaneamente, uma província insignificante e inconsequente, habitável apenas por férias breves. Dede me diz com frequência: saia, venha morar em minha casa, você também pode fazer seu trabalho de lá. Eu digo sim, mais cedo ou mais tarde vou fazer isso. Elas têm orgulho de mim, mas sei que nenhuma delas me suportaria por muito tempo, nem mesmo Imma. O mundo mudou prodigiosamente e pertence cada vez mais a elas, cada vez menos a mim. Mas tudo bem — pensei, paparicando Hamid —, no final o que conta são essas meninas excelentes, que não toparam com nenhuma das dificuldades que eu mesma tive. Têm maneiras, tons, exigências, pretensões e consciência de si que eu ainda hoje não ouso me permitir. Outros, outras não têm essa sorte. Nos países de algum conforto prevaleceu uma mediania que escamoteia os horrores do resto do mundo. Quando desses horrores irrompe uma violência que chega até dentro de nossas cidades e de nossos hábitos, estremecemos e nos alarmamos. No ano passado morri de medo e fiz longas ligações a Dede, a Elsa, até a Pietro, quando vi na TV os aviões acendendo as torres de Nova York como se acende com um leve raspar a cabeça de um fósforo. No mundo de baixo há o inferno. Minhas filhas sabem disso, mas só por palavras, e ficam indignadas enquanto gozam das alegrias da vida, até que dure. Atribuem seu bem-estar e o sucesso ao pai. Mas eu — eu, que não tive privilégios — sou o fundamento de seus privilégios. Enquanto raciocinava assim, algo me inquietou. Ocorreu provavelmente quando as três meninas levaram alegremente seus companheiros para a estante onde estavam meus livros. É provável que nenhuma delas jamais tenha lido um deles, o certo é que eu nunca tinha visto fazerem isso, e de todo modo nunca falaram deles comigo. Mas agora estavam folheando alguns deles, liam até umas frases em voz alta. Aqueles livros tinham nascido do clima em que eu vivera, daquilo que me sugestionara, das ideias que me influenciaram. Tinha acompanhado passo a passo meu tempo, inventando histórias, refletindo. Tinha apontado males, os havia posto em cena. Tinha prefigurado não sei quantas vezes mudanças salvadoras que no entanto nunca chegaram. Tinha usado a língua de todos os dias para indicar coisas de todos os dias. Tinha insistido em certos temas: o trabalho, os conflitos de classe, o feminismo, os marginalizados. Agora escutava frases minhas escolhidas ao acaso e as sentia com embaraço. Elsa — Dede era mais respeitosa, Imma, mais discreta — lia com um ar irônico trechos de meu primeiro romance, lia do relato sobre a invenção das mulheres por parte dos homens, lia de livros que haviam recebido vários prêmios. Sua voz punha habilmente em relevo certos defeitos, excessos, tons demasiado exclamativos, a decrepitude de ideologias que eu defendera como verdades indiscutíveis. Detinha-se especialmente divertida no léxico, repetia duas ou três vezes palavras que há tempos tinham saído de moda e soavam insensatas. A que eu estava assistindo? A um deboche afetuoso como se fazia em Nápoles — o tom minha filha seguramente tomara dali — que, no entanto, de linha em linha, estava se tornando a demonstração do escasso valor de todos aqueles volumes alinhados ao lado de suas traduções?

O jovem matemático companheiro de Elsa foi o único, creio, a se dar conta de que minha filha estava me magoando e a interrompeu, tirou-lhe o livro da mão, me fez perguntas sobre Nápoles como se se tratasse de uma cidade da fantasia, semelhante àquelas de onde, antigamente, os mais audaciosos exploradores traziam notícias. O dia de festa passou. Mas desde então algo mudou dentro de mim. De quando em quando pegava um de meus livros, lia algumas páginas, percebia sua fragilidade. Minhas incertezas de sempre se fortaleceram. Duvidei cada vez mais da qualidade de minhas obras. Entretanto o texto hipotético de Lila, paralelamente, assumiu um valor inesperado. Se antes o imaginara como uma matéria bruta na qual eu poderia trabalhar em companhia dela, extraindo dali um bom livro para minha editora, agora se transmudou numa obra acabada e, portanto, numa possível pedra de toque. Fiquei surpresa ao me pegar perguntando: e se mais cedo ou mais tarde de seus arquivos sair uma narrativa muito melhor que as minhas? E se eu de fato jamais escrevi um romance memorável, e ela, justo ela, o está escrevendo ou reescrevendo há anos? E se o gênio que Lila expressara na infância com A fada azul, perturbando a professora Oliviero, agora, na velhice, estiver manifestando toda sua potência? Nesse caso seu livro se tornaria — ainda que só para mim — a prova do meu fracasso e, ao lê-lo, eu compreenderia como deveria ter escrito, mas não fui capaz. Nesse ponto a teimosa autodisciplina, os estudos extenuantes, cada página ou linha que eu tinha publicado com sucesso se dissipariam assim como, no mar, a tempestade que chega se choca com a linha lilás do horizonte e recobre tudo. Minha imagem de escritora vinda de um lugar degradado, mas aportada a um êxito difusamente apreciado, teria revelado a própria inconsistência. Se atenuaria a satisfação por minhas filhas bem criadas, pela notoriedade, até por meu último amante, um professor da Politécnica oito anos mais novo que eu, um filho, duas vezes divorciado, que eu encontrava uma vez por semana em sua casa na colina. Toda minha vida se reduziria apenas a uma batalha mesquinha para mudar de classe social.

50.

Mantive sob controle a depressão, telefonei menos para Lila. Agora não esperava mais, mas *temia*, temia que ela me dissesse: quer ler essas páginas que escrevi, faz anos que trabalho nelas, lhe mando por e-mail. Não tenho dúvida de como eu reagiria caso descobrisse que ela realmente tinha invadido minha identidade laboral, esvaziando-a. Certamente ficaria admirada como fiquei diante de *A fada azul*. Publicaria seu texto sem hesitar. Faria de tudo para impor de todas as maneiras seu valor. Mas eu não era mais a criatura de poucos anos que precisou descobrir as qualidades extraordinárias de sua colega de classe. Agora eu era uma mulher madura, com uma fisionomia consolidada. Era o que a própria Lila, ora por brincadeira, ora a sério, muitas vezes tinha repetido: Elena Greco, a amiga genial de Raffaella Cerullo. Uma repentina inversão dos destinos me aniquilaria.

Mas naquela fase as coisas ainda iam bem. A vida plena, a aparência ainda jovial, as incumbências do trabalho e uma reconfortante notoriedade não deram muito espaço a esses pensamentos, os reduziram a um vago descontentamento. Depois vieram os anos ruins. Meus livros vendiam cada vez menos. Perdi meu cargo na editora. Fiquei mais pesada, me deformei, me senti velha e assustada com a possibilidade de uma velhice pobre e sem aura. Precisei me dar conta de que, enquanto eu trabalhava segundo a forma mental que forjara para mim décadas atrás, tudo agora era diferente, inclusive eu.

Em 2005 fui a Nápoles, encontrei Lila. Foi um dia difícil. Ela estava ainda mais mudada, se esforçava para ser sociável, cumprimentava neuroticamente todo mundo, falava pelos cotovelos. Ao ver africanos e asiáticos em cada canto do bairro, ao sentir cheiro de cozinhas desconhecidas, ela se entusiasmava e dizia: eu não viajei pelo mundo como você fez, mas, veja só, o mundo veio até mim. Em Turim já acontecia a mesma coisa, e a irrupção do exótico, sua inserção na cotidianidade, me agradava. Mas somente ali no bairro percebi como a paisagem antrópica se modificara. O velho dialeto imediatamente acolhera, segundo uma consolidada tradição, línguas misteriosas, enquanto ia acertando as contas com habilidades fonadoras diversas, com sintaxes e sentimentos outrora muito distantes. A pedra cinzenta dos prédios exibia inscrições inesperadas, antigos tráficos lícitos e ilícitos se misturavam aos novos, o exercício da violência se abria a novas culturas.

Foi a vez em que se difundiu a notícia do cadáver de Gigliola nos jardinzinhos. No momento não se sabia que ela havia morrido de infarto, e pensei que a tivessem assassinado. Seu corpo emborcado no chão era enorme. Como deve ter sofrido com aquela sua transformação, ela, que tinha sido bonita e se casara com o lindo Michele Solara. Eu ainda estou viva — pensei — e no entanto já não consigo me sentir diferente desse corpo grande e estirado sem vida neste local deplorável, desse modo deplorável. Era assim. Mesmo me cuidando obsessivamente, eu já não me reconhecia mais, tinha um passo cada vez mais incerto, toda manifestação minha já não era aquela a que me habituara havia décadas. Na juventude me sentira tão diferente de Gigliola, e agora me dava conta de que era como ela.

Já Lila não parecia se importar com a velhice. Gesticulava com energia, estrilava, fazia largos sinais de saudação. Não lhe perguntei pela enésima vez sobre seu texto eventual. Qualquer coisa que ela me houvesse dito, tinha certeza de que não me animaria. Agora eu não sabia mais como sair da depressão, a que me agarrar. O problema não era mais a obra de Lila, sua qualidade, ou pelo menos eu não precisava sentir aquela ameaça para perceber que o que eu tinha escrito desde o final dos anos 1960 até aquele momento tinha perdido peso e força, não falava mais a um público como achei que tivesse feito por décadas, não tinha leitores. Em vez disso, naquela ocasião tristíssima de morte, me dei conta de que a própria natureza de minha angústia se modificara. Agora me angustiava que nada de mim duraria no tempo. Meus livros tinham visto a luz cedo demais, e com seu pequeno êxito me haviam dado por décadas a ilusão de estar empenhada num trabalho significativo. Mas de repente a ilusão perdera força, e agora eu já não conseguia acreditar na relevância de minha obra. Por outro lado, também para Lila tudo havia passado: levava uma vida obscura, fechada no pequeno apartamento de seus pais, enchia o computador de sabe-se lá que impressões e pensamentos. Todavia — eu imaginava — havia a possibilidade de que seu nome — fitinha ou não que fosse —, justo agora que ela era uma mulher velha, ou quem sabe depois de morta, permaneceria ligado a uma obra única e de grande relevo: não os milhares de páginas que eu tinha escrito, mas um livro de cujo sucesso ela jamais gozaria como gozei dos meus, e que no entanto duraria no tempo e seria lido e relido por centenas de anos. Lila tinha aquela possibilidade, e eu a desperdiçara. Meu destino não era diferente do de Gigliola; o dela, talvez sim.

51.

Por um período deixei o tempo correr. Trabalhava pouquíssimo e, por outro lado, nem na editora nem em qualquer outro lugar me pediam colaborações. Não via ninguém, dava apenas longos telefonemas a minhas filhas, insistia para que me passassem os netos, aos quais eu falava imitando voz de criança. Agora Elsa também tinha um menininho chamado Conrad, e Dede havia dado uma irmãzinha a Hamid, que resolveu chamar de Elena.

Aquelas vozes infantis, que se exprimiam com grande precisão, me faziam lembrar de Tina. Nos momentos de maior tristeza eu tinha cada vez mais certeza de que Lila escrevera a história detalhada de sua filha, cada vez mais certeza de que a misturara à história de Nápoles com a ingenuidade petulante da pessoa inculta que, no entanto, talvez por isso mesmo, acabava alcançando resultados prodigiosos. Depois me dava conta de que se tratava de fantasia minha. Sem querer, somava apreensão, inveja, rancor, afeto. Lila não tinha aquele tipo de ambição, nunca tinha tido ambições. Para pôr de pé qualquer projeto com o nosso próprio nome é preciso ter amor de si, e ela mesma me dissera, não se amava, não amava nada de si. Nas noites de maior depressão cheguei a imaginar que ela tivesse perdido a filha para não se ver reproduzida em toda sua antipatia, em toda sua reatividade ruim, em toda sua inteligência sem escopo. Queria se apagar porque não se tolerava. Fizera isso continuamente, durante a vida toda, a começar por seu fechamento em um perímetro sufocante, limitando-se de maneira crescente justo quando o planeta já não queria ter fronteiras. Nunca tinha pegado um trem, nem para ir a Roma. Nunca subira num avião. Sua experiência era reduzidíssima, e quando eu pensava nisso lamentava por ela, ria, me levantava com um breve gemido, ia até o computador, escrevia para ela o enésimo e-mail para dizer: venha me encontrar, vamos ficar um pouco juntas. Naqueles momentos eu dava por certo que não havia nem nunca haveria um original de Lila. Eu sempre a supervalorizara, dela não viria nada de memorável, o que me tranquilizava e ao mesmo tempo, sinceramente, me entristecia. Eu amava Lila. Queria que ela durasse. Mas queria que fosse eu a fazê-la durar. Achava que era minha missão. Estava convicta de que ela mesma, desde menina, me atribuíra essa tarefa.

52.

O relato que mais tarde intitulei *Uma amizade* nasceu naquele estado de suave esgotamento, em Nápoles, numa semana de chuva. É claro que eu sabia estar violando um pacto não escrito entre mim e Lila, e também sabia que ela não suportaria aquilo. Mas acreditava que, se o resultado fosse bom, no final ela me diria: obrigada, eram coisas que eu não tinha coragem de dizer nem a mim, e você falou em meu nome. Há essa presunção em quem se sente predestinado às artes, sobretudo à literatura: trabalha-se como alguém que tivesse recebido uma investidura, mas de fato ninguém jamais nos investiu de coisa nenhuma, fomos nós que demos a nós mesmos a autorização para sermos autores, mas lamentamos quando os outros dizem: essa ninharia que você fez não me interessa, aliás, me entedia, quem lhe deu o direito. Escrevi em poucos dias uma história que durante anos, desejando e temendo que Lila a estivesse escrevendo, tinha acabado por imaginar em cada detalhe. Fiz porque tudo o que vinha dela, ou que eu lhe atribuía, me dava a impressão, desde menina, de ser mais significativo e mais promissor do que aquilo que vinha de mim.

Quando terminei a primeira redação estava num quarto de hotel com uma varandinha de onde se tinha uma bela vista do Vesúvio e do hemiciclo acinzentado da cidade. Poderia ter chamado Lila pelo celular e dizer: escrevi sobre mim, sobre você, Tina, Imma, quer ler, são só oitenta páginas, passo em sua casa, posso ler em voz alta para você. Não o fiz por temor. Ela me proibira expressamente não só de escrever a seu respeito, mas também de usar pessoas e histórias do bairro. As vezes em que acontecera, mais cedo ou mais tarde ela achou um jeito de me dizer — até com dor — que o livro era ruim, que ou se é capaz de contar as coisas exatamente como aconteceram, em sua proliferação sem ordem, ou se trabalhava com a imaginação inventando um fio para si, e eu não soubera fazer nem isso, nem aquilo. De modo que eu deixei para lá e me tranquilizei, dizendo: vai ser como sempre foi, ela não vai gostar do livro, vai fazer de conta que nada aconteceu e daqui a uns anos vai dar a entender, ou me dirá com clareza, que eu devo buscar resultados melhores. Na realidade, pensei, se fosse por ela eu nunca deveria ter publicado uma linha sequer. O livro saiu, fui surpreendida por uma aceitação que não recebia há tempos e, como precisava disso, me senti feliz. *Uma amizade* evitou que eu entrasse na lista de escritores que todos consideram mortos, mas que ainda estão vivos. Os livros antigos recomeçaram a vender, reacendeu-se o interesse por minha pessoa, a vida, malgrado a velhice incipiente, retornou plena. Mas aquele livro, que a princípio considerei o melhor que eu já tinha escrito, em seguida passei a desprezá-lo. Foi Lila quem me fez odiá-lo, recusando de todas as maneiras se encontrar comigo, discuti-lo comigo, até me insultar e encher de tapas. Liguei para ela insistentemente, mandei muitos e-mails, fui ao bairro, conversei com Rino. Nunca mais deu notícias. Por outro lado, o próprio filho nunca me disse: ela faz isso porque não quer te ver. Ele foi vago como sempre, balbuciou: você sabe como ela é, está sempre circulando por aí, o celular ou está desligado ou ela o esquece em casa, às vezes nem volta para dormir. Assim precisei admitir que nossa amizade tinha terminado.

53.

De fato não sei o que a ofendeu, se um detalhe, se a história inteira. Na minha opinião, *Uma amizade* tinha o mérito de ser linear. Em síntese narrava, com todos os disfarces do caso, sobre nossas duas vidas, desde a perda das bonecas até a perda de Tina. Em que eu havia errado? Pensei por muito tempo que ela se chateara porque na parte final, mesmo recorrendo à fantasia mais que noutros pontos da história, eu contara o que de fato tinha acontecido na realidade: Lila tinha valorizado Imma aos olhos de Nino e, ao fazer isso, se distraíra e assim perdera Tina. Mas, evidentemente, aquilo que na ficção do relato serve com toda inocência para chegar ao coração dos leitores se torna uma infâmia para quem percebe ali o eco dos fatos que realmente viveu. Enfim, por um longo período acreditei que o que garantiu o sucesso do livro foi justamente o que mais machucou Lila.

Mas depois mudei de opinião. Me convenci de que a razão de sua recusa estava em outro lugar, em meu modo de narrar o episódio das bonecas. Eu tinha exagerado artificiosamente o momento em que elas desapareceram no escuro do porão, tinha potencializado o trauma da perda e, para obter efeitos comoventes, tinha usado o fato de que uma das bonecas e a menina desaparecida tinham o mesmo nome. O conjunto havia induzido programaticamente os leitores a conectar a perda infantil das filhas falsas à perda adulta da filha verdadeira. Lila deve ter achado cínico e desonesto o fato de eu ter recorrido a um momento importante de nossa infância, à sua menina, à sua dor, para comover meu público.

Mas estou reunindo apenas hipóteses, precisaria me confrontar com ela, ouvir suas discordâncias, poder me explicar. Às vezes me sinto em culpa e a entendo. Às vezes a detesto por ter escolhido me excluir de sua vida tão nitidamente e justo agora, na velhice, quando precisaríamos de proximidade e solidariedade. Ela sempre agiu assim: quando eu não me dobro, ela me exclui, me pune, me estraga até o prazer de ter escrito um bom livro. Estou no limite. Esse seu jeito de encenar o próprio sumiço, além de me preocupar, me exaspera. Talvez a pequena Tina não seja o ponto, talvez não seja o ponto nem seu fantasma, que continua a obcecá-la tanto na forma da menina de quase quatro anos, a mais resistente, quanto na forma lábil da mulher que hoje, assim como Imma, teria trinta anos. O ponto, sempre e simplesmente, somos nós duas: ela, que quer que eu dê o que sua natureza e as circunstâncias a impediram de dar, e eu, que não consigo dar o que ela pretende; ela, que se irrita com minha insuficiência e por birra quer me reduzir a nada, assim como fez consigo, e eu, que escrevi meses e meses e meses para lhe dar uma forma que não perca os contornos e superá-la e acalmá-la e assim, por minha vez, me acalmar.

EPÍLOGO
RESTITUIÇÃO

1.

Eu mesma não consigo acreditar. Terminei este relato que achei que não terminaria nunca. Terminei e o reli pacientemente não tanto para cuidar um pouco da qualidade da escrita, mas para verificar se, mesmo numa única linha, seria possível encontrar a prova de que Lila se infiltrou em meu texto e decidiu contribuir para escrevê-lo. Mas tive de admitir que todas estas páginas são só minhas. Lila não fez o que várias vezes ameaçou fazer — entrar em meu computador —, talvez nem fosse capaz disso, e essa foi por muito tempo minha fantasia de velha senhora ignorante de redes, de cabos, conexões e duendes eletrônicos. Lila não está nestas palavras. Há apenas o que eu fui capaz de fixar. A menos que, de tanto imaginar o que e como ela teria escrito, eu já não esteja em condição de distinguir o meu e o dela.

Durante este trabalho, muitas vezes liguei para Rino e perguntei de sua mãe. Não se sabe nada sobre ela, a polícia limitou-se a convocá-lo três ou quatro vezes para lhe mostrar o cadáver de mulheres idosas e sem nome, são tantas que desaparecem. Em duas ocasiões tive de ir a Nápoles e o encontrei no velho apartamento do bairro, um espaço mais escuro e mais decrépito do que nunca. De Lila realmente não havia mais nada, faltava tudo o que tinha sido dela. Quanto ao filho, me pareceu mais distraído que de costume, como se a mãe tivesse saído definitivamente até de sua cabeça. O que me fez voltar à cidade foram dois funerais, primeiro o de meu pai, depois o de Lidia, a mãe de Nino. Mas faltei ao enterro de Donato, não por ressentimento, apenas porque estava no exterior. Quando fui ao bairro para o enterro de meu pai, havia uma grande agitação porque tinham acabado de assassinar um jovem na frente da biblioteca. Naquela ocasião pensei que esta história poderia continuar indefinidamente, narrando ora o esforço de jovens sem privilégio para melhorar de vida pescando livros entre velhas prateleiras, como eu e Lila fizemos na infância, ora a meada de conversas sedutoras, promessas, enganos e sangue que impede minha cidade e o mundo de qualquer melhora verdadeira.

Quando voltei para o enterro de Lidia era um dia nublado, a cidade parecia tranquila, e eu também me senti tranquila. Depois Nino chegou e só fez falar em voz alta, brincar, até rir, como se não estivéssemos no enterro de sua mãe. Achei-o corpulento, inchado, um homenzarrão corado de cabelos bem ralos que não parava de se autocelebrar. Foi difícil me livrar dele depois do enterro. Não queria ouvi-lo nem vê-lo na minha frente. Me dava a impressão de um tempo desperdiçado, de esforço inútil, que eu temia que ficasse em minha cabeça espalhando-se sobre mim, sobre tudo.

Na ocasião de ambos os funerais me organizei com antecedência para fazer uma visita a Pasquale. Nesses anos fiz isso sempre que pude. Ele estudou muito na prisão, conseguiu um diploma, recentemente se formou em geografia astronômica.

"Se eu soubesse que para tirar um diploma e se formar bastava ter tempo livre, ficar fechado num lugar sem se preocupar em ganhar o dia e aprender disciplinadamente de cor páginas e páginas de alguns livros, eu teria feito antes", me disse certa vez, num tom zombeteiro.

Hoje é um senhor idoso, se expressa de modo tranquilo, está bem mais em forma que Nino. Comigo raramente recorre ao diale-

to. Mas não se desviou nem uma vírgula do círculo de ideias generosas em que seu pai o cercou desde menino. Quando o encontrei depois do enterro de Lidia e lhe falei de Lila, ele caiu na risada. Deve estar fazendo suas coisas inteligentes e fantasiosas em algum canto, murmurou. E se comoveu lembrando-se daquela vez em que nos encontramos na biblioteca do bairro, quando o professor dava prêmios aos leitores mais assíduos e a mais assídua foi Lila, seguida de toda a família, ou seja, sempre de Lila, que pegava livros abusivamente com as carteirinhas dos parentes. Ah, Lila, a sapateira, Lila, que imitava a mulher de Kennedy, Lila, a artista e decoradora, Lila, a operária, Lila, a programadora, Lila, sempre no mesmo lugar e sempre fora de lugar.
"Quem levou Tina?", perguntei a ele.
"Os Solara."
"Tem certeza?"
Sorriu com os dentes muito maltratados. Entendi que não estava me dizendo a verdade — talvez não a conhecesse nem se interessasse por ela —, mas estava proclamando sua fé indiscutível, fundada na experiência primária da prepotência, na experiência do bairro que, apesar das leituras que tinha feito, do diploma que conseguira, das viagens clandestinas para lá e para cá, dos crimes que tinha cometido ou que assumira para si, continuava sendo a marca de toda sua certeza. Me respondeu:
"Quer que eu também lhe diga quem matou aqueles dois merdas?"
De repente li em seu olhar algo que me deu horror — um rancor inextinguível — e disse que não. Ele balançou a cabeça mantendo ainda o sorriso no rosto. E murmurou:
"Você vai ver que, quando se decidir, Lila vai reaparecer."
Mas o fato é que não havia mais vestígio dela. Naquelas duas ocasiões de luto, passeei pelo bairro, perguntei a esmo por curiosidade: ninguém mais se lembrava dela, ou talvez fingis-

sem. Não pude falar dela nem com Carmen. Roberto tinha morrido, ela deixou a bomba de gasolina e foi morar com um dos filhos, em Formia.

Então para que serviram todas estas páginas? Eu pretendia agarrá-la, reavê-la a meu lado, e vou morrer sem saber se consegui. Às vezes me pergunto onde ela se dissolveu. No fundo do mar. Dentro de uma fenda ou de um túnel subterrâneo cuja existência só ela conhece. Numa velha banheira cheia de um ácido poderoso. Dentro de um fosso carbonário de outros tempos, daqueles a que dedicava tantas palavras. Na cripta de uma igrejinha abandonada na montanha. Numa das tantas dimensões que ainda não conhecemos, mas Lila, sim, e agora ela está lá, ao lado da filha.

Vai voltar?

Vão voltar juntas, Lila velha, Tina mulher madura?

Nesta manhã, sentada na sacadinha que dá para o rio Pó, estou esperando.

2.

Tomo o café todo dia às sete, vou até a banca de revistas na companhia do labrador que peguei recentemente, passo boa parte da manhã no parque Valentino, brincando com o cachorro, folheando os jornais. Ontem, ao voltar para casa, encontrei sobre minha caixa de correspondência um pacote mal confeccionado com folhas de jornal. Peguei-o com perplexidade. Nada testemunhava que tinha sido deixado para mim, e não para algum outro inquilino. Não havia um bilhete de acompanhamento, nem meu sobrenome escrito a caneta em algum lugar.

Abri com cautela um lado do embrulho e foi o suficiente. Tina e Nu saltaram da memória antes mesmo que as libertasse inteiramente do invólucro. Reconheci de imediato as bonecas que, uma depois da outra, quase seis décadas antes, tinham sido jogadas — a minha por Lila, a de Lila por mim — num subsolo do bairro. Eram mesmo as bonecas que nunca reencontramos, embora tivéssemos descido ao fundo da terra para buscá-las. Eram aquelas que Lila me impelira a buscar na casa de dom Achille, ogro e ladrão, e dom Achille disse que não estava com elas, e talvez tenha imaginado que quem as roubara foi seu filho Alfonso, e por isso nos ressarciu com dinheiro para que comprássemos outras. Mas com aquele dinheiro nós não compramos bonecas — como poderíamos substituir Tina e Nu? —, mas *Mulherzinhas*, o romance que induzira Lila a escrever *A fada azul* e que me levou a me tornar o que eu era hoje, a autora de muitos livros e principalmente de uma novela de notável sucesso que se chamava *Uma amizade*.

    A entrada do prédio estava silenciosa, dos apartamentos não vinham vozes nem rumores. Olhei ao redor, ansiosa. Queria que Lila despontasse da escada A ou B ou da guarita deserta do porteiro, magra, grisalha, as costas encurvadas. Desejei mais que qualquer coisa, desejei mais que um retorno inesperado de minhas filhas com os netos. Esperava que me dissesse com seu jeito debochado de sempre: gostou do presente? Mas não foi o que aconteceu, e caí no choro. Então foi isso que ela me fez: tinha me enganado, tinha me arrastado para onde bem quis, desde o início de nossa amizade. Durante toda a vida tinha contado uma história *sua*, de redenção, usando *meu* corpo vivo e *minha* existência.

    Ou talvez não. Talvez aquelas duas bonecas que haviam atravessado mais de meio século e vieram parar em Turim significavam apenas que ela estava bem e que gostava de mim, que tinha rompido as barreiras e finalmente pretendia girar o mundo, agora não menos miúdo que o seu, vivendo na velhice, segundo uma nova verdade, a vida que na juventude lhe proibiram e que se proibira.

    Subi de elevador, me fechei em meu apartamento. Examinei as duas bonecas com cuidado, senti seu cheiro de mofo, coloquei-

-as contra o dorso de meus livros. Ao constatar que eram pobres e feias, fiquei confusa. Diferentemente do que ocorre nos romances, a vida verdadeira, depois que passou, tende não para a clareza, mas para a obscuridade. Pensei: agora que Lila se fez ver tão nitidamente, devo resignar-me a não vê-la nunca mais.